제국의 기억과 전유

- 1940년대 한국문학의 연속과 비연속 -

'기억과 경계' 학술총서 간행사

기억과 경계는 특정한 공동체의 정체성을 구성하는 핵심적인 요소이다. 남과 다른 '우리'만의 고유한 기억과 경계는 근대 민족주의의 중요한 자원으로 활용되어 왔다. 그렇지만 일국 문화의 근대성을 하나의 민족과 인종이 지닌 어떤 본질의 진보적인 발로라고 가정하는 것은 역사적 사실과 어긋나는 상상이다. 에드워드 사이드가 "겹치는 영토, 섞이는 역사"라고 묘사한 제국주의 지배 하의 지구적 문화적 상황은 한국 혹은 동아시아의 문화적 근대성의 조건이기도 했다. 본 '기억과 경계' 학술총서는 경계화된 국민문화들을 횡단하는 동아시아인의 경험을 국가 간 지배와 저항의 낡은 이분법으로부터 벗어나 재조명함으로써 그 문화정체성의 과거, 현재, 미래를 광범위한 지정학적 판도 속에서 읽고자 하는 기획이다.

본 '기억과 경계' 학술총서는 국민문화의 강고한 경계에 대한 재고와 함께 식민지와 그 이후 세계의 '기억'의 생산과 전유 양상에 대한 도전적인 문제제기를 위해 기획했다. 본 총서는 기억과 경계를 문제 삼으며 일국적 경험을 넘어서는 비판적 상상력에 충실하고자 한다. '자연스러운 것'으로 여겨져 왔던 국민적 정체성에 의문부호를 달고, 그 주변과 바깥 그리고 그 중심의 균열 지점에서 생성된 사실과 지식, 사상과 실천, 수사와 표상 등에 대한 지적 고민을 여기에 담고자 한다. 앞으로 이어질 이 공동의 작업에 뜻있는 연구자들의 동참과 편달을 기대한다.

제국의 기억과 전유

1940년대 한국문학의 연속과 비연속

정종현 지음

어문학사

책머리에

　‘대한민국’의 건국은 생각처럼 ‘자연스러운 일’은 아니었다. 대한민국은 건국을 둘러싸고 관점을 달리한 당파들 사이의 정치적 투쟁의 산물이었다. 단독정권으로 설립된 ‘대한민국’은 이후 ‘(민족)국가성’의 획득을 위한 다양한 정치, 사회적 노력과 문화기획을 수행했다. 따라서 탈식민지 한국사회에서 청산의 대상으로 간주된 식민지의 기억과 제도가 어떻게 새로운 국가(문화)의 ‘고유성’으로 변형되고 재맥락화되었는가에 대한 연구의 관점이 필요하다. 이 책은 ‘대한민국(Republic of Korea)’의 설립을 역사화하여 접근하고 있으며, 대한민국의 엘리트들이 자신의 ‘민족국가성’을 강조하기 위해 구성한 민족문화에 대한 상상이 식민지적인 것의 연속/단절 속에서, 동시에 새로운 헤게모니로 등장한 미국문화와의 관계 속에서 이루어진 일종의 잡종적인 문화적 구성물이라는 인식을 기본적인 입론으로 삼고 있다.

　이러한 문제의식을 담고 있는 이 책은 필자의 이전 저작인 『동양론과 식민지 조선문학』(창비, 2011)의 후속편에 해당한다. 그 저술에서 나는 저항과 협력의 이분법 속에서 이해되어온 이른바 ‘암흑기’의 한국문학을 '제국적 주체성'이라는 새로운 범주를 매개로 접근하고자 했다. 그 논의의 마지막 결론에서 약속했던 '제국적 주체'들의 해방 이후의 행방에 대한 연구, 달리 말하면 '암흑기'와 '해방기'를 겹쳐 놓는 방식 —1940년대 한국문학을 접근하는 연속/비연속의 관점에 기반을 둔 연구의 작은 결실이 이 책이다. 이러한 고민은 박사학위 논문을 제출한 2006년 이래 오랜 동안 축적된 것이다. 근 6년여의 고민들이 담긴 몇 논문을 엮어 새로 다듬었으며, 전체의 유기적인 구조의 빈 곳을 채우는 새로운 원고를 작성해서 한 권의 책으로 정리했다. 많은 진지한 식민지 연구자들이 겪는 일종의 직업병적인 병폐 중의 하나가 해방 이후 한국사회의 복잡한 속성을 식민지적인 것의 연속으로 일방화해서 이해하는 것일지도 모른다. 이 연구에서도 식민지와 탈식민지 사회의 연속성에 주목하다 보니 해방 이후 한국 사회가 지향한 '새로움'에 대한 열망을 과소평가한 것이 아닌가 하는 두려움이 남는다. 다만, 독자들이 그 '새로움'을 제대로 읽어내기 위한 사전 작업으로 이해해주길 바랄 따름이다.

이 저술은 한국연구재단의 인문저술지원사업의 수혜를 받은 결과물이다. 고백컨대, 나는 요즘 진리와 학문의 즐거움을 추구하는 학자로서의 자의식보다는 국가 혹은 민간 재단의 연구비 용역을 받아 그 결과를 납품하면서 생계를 유지하는 '학술노동자' 혹은 '학술 하청업자'로서의 정체성이 더욱 강화되는 듯한 느낌을 받고 있다. 어느 사이 나는 국가와 자본에 순치된 것이다. 그럼에도 나는 여전히 국가를 상대화하고, 소수자를 억압하는 국가주의를 비판하며, 국가주의와 결합된 자본의 논리에 대해서 논급하는가 하면, 자유와 해방으로서의 문학을 꿈꾼다. 이율배반처럼 보일지 모르지만, 나는 앞으로도 국가의 돈을 받아 연구하며 국가를 비판한다는 이 모순된 존재 방식을 끌어안고 살아갈 생각이다. 오늘도 공부의 즐거움과 생활의 괴로움 사이를 오가고 있을 많은 동학들에게 내 삶과 고민의 흔적을 띄운다.

2012년 11월

정종현

차례

제1부

서론

—신화의 시간 '8·15'의 재인식—

해방 직후 김송은 「만세」[1], 「무기없는 민족」[2], 「인경아 울어라」[3]로 이어지는 흥미로운 연작을 선보였다. 소설은 해방 직후 일본인들의 화폐 남조(濫造), 풀려나오는 물자와 축제처럼 먹고 흥청대는 대중들, 일본인들의 부동산과 물품을 매매하여 모리(謀利)하는 세태, 만주로부터 되돌아오는 농민들과 일본에서 돌아오는 노동자 등의 '전재민'의 형상, 그리고 그들이 만주에서 겪었던 이중국적 하의 간난신고와 해방 이후에 당한 살육에 대한 기억 등 일본 제국 질서 붕괴 직후의 동아시아 지역의 혼돈의 편린을 포함한 다채로운 풍경을 '경성/서울'을 배경으로 펼쳐놓고 있다. 이러한 해방 직후 한국 사회의 파노라마 자체도 무척이나 흥미로운 것이지만, 더욱 주목해야 할 것은 소설의 주인공 강신행이 징병되었다가 돌아와 격동의 해방기를 헤쳐나가며 새로운 주체로 정립되어 가는 과정 그 자체이다.

소설의 서사시간은 '태평양전쟁'[4]에서 일본의 패색이 짙어가는 1945년 여름으로부터 시작하여 조선에 대한 모스크바 삼상회의의 신탁통치 결정이 전해져 반대시위가 일어나는 1946년 초까지를 배경으로 한다. 주인공 신행의 이 시기의 행로는 말 그대로 식민지-탈식민지의 문제를 압축한다. "징병검사에 갑종으로 합격되었느니만큼 체격이

---

1) 김송, 「만세」, 『백민』(창간호), 1945. 12.
2) 김송, 「무기없는 민족」, 『백민』, 1946. 2.
3) 김송, 「인경아 울어라」, 『백민』, 1946. 4.
4) 작가는 이 소설에서 불과 두 달 전까지 익숙했던 '대동아전쟁'이라는 클리셰 대신에 '태평양전쟁'이라는 용어를 사용하거니와 이러한 지정학적 용어의 대체는 세계에 대한 인식의 전환을 보여준다. 또한 해방 직후 조선인이 일본적인 세계인식으로부터 미국을 중심에 둔 새로운 세계인식으로 얼마나 급속도로 전환했는가를 보여주는 증거이기도 하다.

튼튼하고 늠름"한 강신행은 "교육을 받지 못한 탓으로 단순하고 소박하야 때로는 야수적인 근성이 있으나 선량한 족속의 아들"로 "솔직하고 정열적"이다. 강신행은 징병되어 훈련소에 가서 "석 달 동안 군사훈련과 일어를 배"[5]우게 된다. 소설에서 강신행은 '매맞는 것이 두려워' 배우기를 힘쓰거니와, 그가 문자를 해독하고 명령을 수행할 수 있게 되는 것은 훈련소라는 통제 체계 안에서 욕설과 구타라는 폭력에 의한 규율 주체화의 과정을 거쳐서 가능해진다. 이 석달의 훈련을 끝내고 돌아온 강신행은 그의 아내 봉이에게 "남편이 가끔 일어로 말할 때 마치 딴사람을 대하는 듯"[6]하다고 새롭게 지각되거니와, 푸코식으로 말하자면 '신행'은 군대와 학교라는 근대 규율기구의 기능을 결합시켜 놓은 '훈련소'라는 근대적 테크놀로지에 폭력적으로 몸과 의식을 맞추며 새롭게 구성된 인물인 셈이다.[7]

해방 이후 용산 병영에서 풀려난 강신행은 이후 건국준비위원회 치안대에 자원하고 군중들과 함께 참여한 시위 도중에 일본군의 기관총에 의해 다리에 총상을 입고 끌려가 고문을 당한다. 9월 9일 미군의

---

5) 김송, 「만세」, 『백민』(창간호), 1945. 12, 44쪽.

6) 김송, 위의 소설, 46쪽.

7) 대표적인 규율기구인 군대의 명령체계는 언어를 통해서 통제된다. 군대내에서 명령어를 이해하지 못하고, 일본인들과의 공동 내무반 생활이 어려울 정도인 조선인들을 그대로 병력으로 사용하는 것은 불가능했다. 近藤劍一(編)(1961), 「太平洋戰下終末期朝鮮의 政治」(『第85回帝國議會說明資料』, 200쪽)에 따르면, 1943년에 이르러서 일본어를 이해하는 사람의 비율이 22% 정도였다고 한다. 징병 적령자인 20세 전후의 연령층에서의 일본어 보급률 또한 전 연령층의 평균을 크게 넘어서지 못하고 있었다.(최유리, 『일제말기 식민지 지배정책연구』, 국학자료원, 1997, 161쪽) 따라서 징병을 위해서 일본어보급계획이 대대적으로 실행되었고, 일본어를 모르는 청년들을 징집하여 훈련소 내에서 일본어교육과 군사훈련을 병행하게 되었다.

진주와 함께 풀려난 신행은 옛 일본인 운영의 '일선인쇄소'를 새로운 시대에 맞게 개명한 '대한인쇄소'에서 노동자로 일한다. 강신행은 어느 날 그 아버지 강주사가 읽어준 조선공산당계의 것으로 추정되는 삐라[8]로부터 정치적 충격을 받고, 더불어 자신이 한글을 모른다는 사실에 수치심을 느끼게 된다. 그는 조선어학회가 주최하는 3주일간의 한글 강습과 한 달 간의 역사 강습을 통해[9], 달리 말하면 새로운 국민국가 이데올로기의 핵심에 해당하는 '국어'와 '국사'의 습득을 통해 민족적 주체로서의 아이덴티티를 획득한다. 이후 강신행은 그 아내 '봉이'에게 한글과 역사의 중요성을 설파하고 교육을 권유하는 계몽적 주체로 변신한다. 또한 지속적인 삐라와 벽신문, '거리의 정치'[10]에 의해 그는 임정계의 민족주의자로 거듭나 인쇄소 안의 인공파와 대립한다. 연작의 결말에서 그는 신탁통치를 매개로 민족주의적 비전을 지닌 정치적 주체로 신생하게 된다.[11]

---

8) 강주사가 주어온 삐라의 내용은 "조선 사람은 오랫동안 친일파와 일본놈에게 착취당해서 가난할 대로 가난하여 살 길이 어렵다는 것이다. 그러니까 앞으로 새 나라를 건설함에 있어서 부자와 가난이 없는 평등한 국가를 만들어야 한다는 것이다. 그러자면 모든 공장을 국가 경영으로 하고 모든 농토는 농민에게 주고 노동자의 일하는 시간을 단축하고 품삯을 올려주어야 한다는 것이다"(「인경아 우러라」, 42쪽) 이 삐라는 조선공산당계에서 뿌려진 삐라로 추정된다. 해방기 '삐라'의 다양한 면모에 대해서는 김현식 편, 『삐라로 듣는 해방 직후의 목소리』, 소명출판, 2011을 참조할 것.

9) 『자유신문』 1945년 11월 4일자(2면) 기사 「한글 제2회 강습」은 "우리말의 연구와 보급에 큰 역할을 하야온 '한글문화보급회'에서는 조선어학회 원호아래 제2회 한글강습회(고등부)를 지난 1일부터 10일까지 교동(校洞) 초등학교에서 열고 잇는데 同會를 연하야 제3회강습회를 계획하고 잇다. (중략) 그리고 동회에서는 함돈익(咸敦益) 선생의 『조선역사』를 근일 발간할 터인데 일반의 예약을 밧기로 되엇다"라고 전하고 있다. 소설에서 신행이 받은 한글과 국사 강습은 실제로 이루어진 해방기의 이러한 강습을 반영하고 있는 것이다.

10) 해방기 '거리의 정치'와 주체 형성의 문제에 대해서는 천정환, 「해방기 거리의 정치와 표상의 생산」, 『상허학보』 29, 2009를 참조할 것.

11) 이 소설에서 확인할 수 있는 것은 해방 이후의 상황을 좌우의 확연한 진영론으로 구분하

다시 한 번 강조해야 할 것은 '교육을 받지 못한 탓으로 단순하고 소박하야 때로는 야수적인' 상태에 있던 강신행이 문자와 역사의 세계로 강제적으로 편입되어 규율화 되고 주체화될 수 있었던 이유는 식민지 '훈련소'의 경험이 중요하게 작용했다는 사실이다. 해방기 '거리의 정치'는 식민지의 규율체계를 통해 문자의 세계를 경험한 신행을 새로운 정치적 주체로 변신시킨다. 자신을 표현할 수도 없고, 늘 누군가에 의해서 대신 대변되었던, 강신행으로 표상되는 익명의 군중들이 정치적인 주체로 부상될 수 있었던 과정이 식민지의 제도와 규율에 기반을 두고 있다는 사실은 각별히 강조될 필요가 있다. 이러한 사실은 해방 이후의 정치와 문학/문화를 설명할 때 중요하게 고려해야만 할 대전제이다.

이러한 상황을 강렬한 한 장의 삽화로 보여주는 또 다른 사례로 해방을 일본에서 맞이한 재일조선인 사학자 강덕상의 회고를 잠시 살펴보자.

하숙집에 도착하니 분위기가 완전히 바뀌어 그곳은 그야말로 아수라장이었다. 모두가 땅을 치고 울며, 하늘을 우러러보고 외쳐대고 있었다. 패

는 것이 냉전 체제 성립 이후의 질서를 이 시기에 투사하는 일종의 결과론일지도 모른다는 사실이다. 신행이 정치적으로 각성되는 계기는 건준 및 공산당 계열의 삐라이며 이후 임시정부가 가지고 있던 공장 국영화 등의 정책을 강조하면서 지금 당장 이루어지지 않을 사회주의적 비전 대신에 민족의 분단을 막고 통일정부를 수립하자는 주장을 하는 일정한 경향성을 지닌 정치적 주체로 전환하고 있다. 아마도 이것은 작가 김송이 해방 직후에 가지고 있었던 정치의식을 반영하는 것일 터이다. 실제로 당시의 여론조사 중 대다수의 대중들이 앙케이트에서 건국 후 선호하는 정체를 사회주의로 답하고 그 지도자로 이승만이나 김구 등을 언명했다는 것 등에서 알 수 있듯이, 해방 직후의 이념의 횡단선은 지금의 대중적 감각과는 다른 측면을 지니고 있었다.

전의 현실을 알게 된 것은 이때였다. 하숙집 주인의 가족들은 전쟁의 그
림자가 컸다. 장남은 남방전선에 있었다. 차남은 단추 일곱 개를 단 해군
예과연습생이었다. 호주는 가라후토(사할린)에 가 있었다. 그야말로 부
녀자와 아이들만 남아 있는 전형적인 후방(銃後) 가정이었다. 패전, 귀신
이나 짐승 같은 영미(鬼畜美英)에게 점령되고 그 안에서 자기들의 운명이
어찌될지 그야말로 공포와 불안 속에 떨고 있었다. 그들의 슬픔에는 전율
이 일 정도였다.

　나는 이 비탄의 자리를 그냥 바라보기만 했다. 무언가 외풍이 부는 것
같은 위화감이 있었다. 희미한 해방감이 있었던 것 같기도 하지만 분명하
지 않다. 확실한 것은 황국소년을 자부한 내가 이 '아수라장'에 동조할 수
없는 방관자였다는 점이다.

　(…중략…)

　집에 돌아오니, 이 동네에 사는 동포가 모두 한 자리에 모여 술잔치를
벌이고 있었다. 이 주변 일대와는 전혀 다른 떠들썩한 자리였다. 마치 꼭
꼭 눌려 있던 것이 요란한 소리를 내며 터져나온 듯 기쁨의 대축하연이었
다. 나는 거기서 처음으로 태극기를 보았다. 정확히 말하면 만들어지는
것을 보았다. 재료는 일본 국기였다. 먼저 빨간 동그라미를 태극모양으로
다시 만들고 이어 사방으로 세 개의 괘를 붙였다. 몹시 이상한 짓을 하는
것 같아 짜증이 날 지경이었으나, 곧 이 깃발을 흔들면서 독립만세를 외
치는 함성이 이 주변을 쩌렁쩌렁하게 울리게 된 것은 말할 것도 없다. 나
는 이 해방의 고리에 순수하게는 들어가지 못했다. 자발적으로 따돌림을
당하고 있는 그런 느낌이었다.[12] (밑줄—인용자)

---

12) 강덕상, 「조선사료연구회의 호즈미 세미나에 참석하기까지」, 해설·감수 미야타 세쓰코,
　　정재정 옮김, 『식민통치의 허상과 실상』, 혜안, 2002, 331쪽.

소학교 고학년이었던 어린 강덕상은 1945년 8월 15일에 군사훈련을 받으러 갔다가 패전 소식을 접하고 자신이 하숙하고 있던 일본인 가정의 15일의 모습과 조선인 부모들의 흥성거리는 16일의 광경을 이처럼 대조적으로 기억하고 있다. 황국소년이었던 그는 그럼에도 일본인 하숙집의 비탄에는 함께 할 수 없는 어떤 '외풍' 같은 위화감을 감지하며, 일장기 위에 조악한 파란 물감으로 태극기를 그려 만드는 것을 보고서는 '히노마루'가 모욕당하는 듯한 느낌을 받고 무엇인가 큰 배신감과 같은 것을 느꼈다고 회고한다. 일본에서 황국 이데올로기를 통해 자아와 정체성을 구성했던 식민지 출신의 소년에게 '8·15'는 자신이 그들과 다르다는 것을 확인하는 계기였으며, 또한 자신의 부모 세대의 행위는 강한 분노를 촉발하는 배신의 이미지로 다가왔던 것이다. 황국신민서사를 흥얼거리면서 훌륭한 일본신민을 지향했던 그 목표가 소멸한 뒤에 '전후' 일본 사회에서 이 고독한 '황국소년'을 기다렸던 것은 차별과 배제의 체험이었다는 것은 잘 알려진 사실이다.[13] 강덕상의 기억에서 주목해야 하는 것은 어쩌면 해방 이후 한국 사회의 식민-탈식민의 문제는 일장기 위에 푸른 물감을 덧칠하여 선명한 태극기를 만들어내는 행위와 관련될 지도 모른다는 사실이다.

소년 강덕상이 일본에서 느꼈던 그 배신감과 유사한 경험을 해방

---

13) 해방부터 대한민국 설립까지의 궤적을 따라 전개되는 이 글은 국민국가의 경계 내부와 외부에서 배제되고 차별된 사람들과 문제들에 대해서도 관심을 갖고자 애썼지만, 충분치 못했음을 인정해야만 할 것 같다. 이는 본 연구가 국가형성과 문학의 관계를 질문하는 것을 그 중심 테마로 하고 있기 때문에 생긴 불가피한 현상이다. 그렇지만, 국민국가의 경계 내·외부의 소수자들의 존재를 시야에 넣으면서 연구를 진행하고자 노력했다는 사실을 밝혀둔다.

직후의 소설가 박홍민은 단편 「벌쟁이」[14]에서 인상깊게 묘사하고 있다. 식민지 말기 국민학교에 다니는 정애는 일본말이 능숙하지 않아 급우들로부터 놀림을 받는다. 그녀가 조선어를 쓸 때마다 창씨(創氏)한 가네야마(金山) 선생은 "빠가"라고 야단치며 그녀의 뺨을 때린다. 그로 인해 그녀는 '벌쟁이'라는 별명을 얻게 된다. 해방 후 교코라는 여학생이 정애의 학교로 전학을 온다. 교코는 일본에서 나고 자랐으며 조선어를 잘하지 못하는 '귀환전재민(戰災民)'의 자식이다. 교코는 항상 혼자였고 정애는 그녀가 불쌍해서 친구가 되어 주려고 한다. 정애가 교코에게 일본어로 말을 걸 때, 이제는 이름을 원래의 성인 김씨로 바꾼 가네야마 선생이 "내가 일본말을 하지 말라고 했지"라며 다시 정애의 뺨을 때린다.[15]

이 회비극적인 상황에서 식민주의적이든 아니든 모든 문화는 언어의 정치를 일방적으로 집행함으로써 자신을 구축하고 유지한다고 주

---

14) 박홍민, 「벌쟁이」, 『婦人』 3호, 1946.

15) 이러한 삽화는 당대의 텍스트 뿐만 아니라 해방기에 유년기를 겪었던 많은 문인들이 증언하는 것이기도 하다. 박완서는 자전적 소설인 『그 많던 싱아는 누가 다 먹었을까』(웅진출판, 1992)에서 해방 전후의 기억을 그려내고 있는데, 주인공 '나'는 해방 이후 학교에 "일본어를 가르치던 국어 선생님이 그냥 우리말의 국어 선생님으로 눌러앉아 있"는 것을 이해할 수 없었다고 기억한다. 즉 8·15를 기점으로 한 해방기는, '국어'가 일본어에서 한국어(조선어)로 바뀌듯 이전과 달라진 낯선 시·공간임과 동시에 같은 학교에서 같은 선생님 밑에서 같은 학생들이 모여 공부를 하는 이전과 달라진 것이 없는 시·공간이기도 하다. 1940년대를 일련의 연속적인 관점과 미시적인 접근을 통해 그리고 있는 유종호(『나의 해방전후』, 민음사, 2004)도 해방은 '충격'이었다고 서술한다. 그것은 같은 교사의 입을 통해 어제까지 듣던 말과는 정반대의 말을 듣게 되었을 때의 충격이고, 국어라는 이름으로 일본 말을 배우던 학교에서 국어라는 이름으로 조선어를 배우게 되었을 때의 충격이다. 이것은 박완서, 유종호에게만 국한된 것이 아니고 그보다 약간 위의 세대, 즉 손창섭, 장용학을 포함하는 50년대 작가군의 의식과 작품을 규정하는 중요한 요건이라고 할 수 있다.

장하며 "모든 문화는 근원적으로 식민지적"[16]이라는 데리다의 도발적 명제를 떠올릴 수도 있을 것이다. 일본어를 금지시키고 일본어를 쓸 때마다 뺨을 때리는 김선생은 '국어'라는 일본 제국의 제도와 이념을 그대로 유지하면서도 그 '국어' 안에서 일본어 어휘를 일소함으로써 민족적인 정신을 회복하고 새로운 정체성을 형성할 수 있다고 믿었던 해방기 담론의 핵심을 체현하고 있는 인물이다. 그에게는 가네야마에서 '본래'의 김씨로 '돌아가고', '일본어'에서 '조선어'로 '귀환'함으로써 신생 조선은 건설될 수 있는 것이었다. 김선생, 혹은 식민지 잔재를 일소함으로써 순정한 민족문화와 민족국가로 돌아갈 수 있다고 믿었던 사람들에게 '8·15'는 일본적인 것, 완전한 단절을 의미하는 기호였다. 그렇지만 그러한 단절이 가능했는가? 가령 그 가네야마 선생의 선창으로 식민지 말기에 매일 같이 조회시간에 암송되었을 '황국신민서사'는 해방 이후에는 동일한 형태와 형식 속에서 '사명문답(使命問答)'으로 바뀐다.

"너희들은 누구냐?"
"조선의 아들이오! 조선의 딸이오."
"너희들은 뭐할 사람이냐?"
"조선을 지고 갈 사람이오."[17]

---

16) Jacques Derrida, *Monolingualism of the Other or the Prosthesis of Origin*, Stanford:Stanford Univ. Press, 1998, p.39.
17) 경성종암공립초등학교, 「민주주의 교육경영시안」, 『교육』 창간호, 1948.(이길상·오만석 공편, 『한국교육사료집성-미군정기편 III』, 한국정신문화연구원, 1997, 756쪽 재인용)

동일한 장소에서 어제까지 일본어로 외웠던 황국신민서사를 오늘 조선어 사명문답으로 대체하여 외쳐대는 조회야말로 해방기에 이루어졌던 민족으로의 귀환의 이데올로기를 상징적으로 보여주는 장면일 터이다. 그것은 정애에게는 도무지 이해할 수는 없지만 따라야 했던 김선생의 폭력처럼, 거스를 수 없는 시대의 조류였다. 신생 조선의 이상으로 들끓던 해방기, 새로운 이데올로기에 제국의 후예들은 자신들의 신체와 감각을 맞추어 갔으며 민족으로의 '귀환'이라는 당위 아래 합리화된 폭력에 의한 상흔은 개인의 내면에 유폐되었다.

다소 장황한 느낌이 있지만 일련의 사례들을 열거한 것은 민족주의에 바탕한 기존 시대구분의 통념이 간과하고 있는 중요한 사실을 환기시키기 위해서이다. 1945년 이후의 상황은 새로운 국민국가 건설을 주도한 엘리트들의 관점에서 보자면 이전과 완전히 단절된 것으로 상상되거나 그렇게 되어야만 하는 것이었지만, 생활인의 차원에서는 아무리 망각이 강요되어도 단절될 수 없는 연속의 측면을 지니고 있었다. 그것은 일종의 신체화된 기억이다. 해방 이후 한국사회의 집단적 합의는 '8·15'를 이전 사회와 가치, 제도와의 완전한 단절점으로 묘사하도록 하였고, 그것은 정치적으로 사상적으로 사회적으로 각기 이해를 달리하는 제(諸)집단의 필요와 일치하였다. 해방 이전 개인들의 신체화된 기억은 이 집단의 윤리와 합의 안에서 억압되었고, 망각되도록 강요되었다. 그러나 '국민학교'라는 지속되는 제도 안에 놓여 있는 '정애'의 관점에서 보자면 '8·15'는 단절이 아니며, 그것을 단절로 가정하고 새로운 세계상을 상상하는 것은 일종의 폭력이었다.

그렇다면, 이 단절의 신화로서의 '8·15'의 실제는 어떠했는가를 잠시 살펴보도록 하자. 1945년 8월 15일 12시 일본 천황 히로히토의 이른바 '옥음방송'은 항복 선언이라기 보다는 항복의사의 표명이었다. 우리는 광복절 특집드라마에서 지직거리는 천황의 방송 소리를 숨죽여 듣다가 바로 거리로 쏟아져 나온 사람들의 대한독립만세 소리로 구성되는 '8·15'의 이미지에 익숙해져 있다.[18] 과연 이것이 1945년 8월 15일의 실상일까? 여기서 조금 길지만 작가 이태준이 전하는 해방 직후의 장면을 읽어보자.

> 버스 속엔 아는 사람도 하나 없다. 대부분이 국민복들인데 한 사람도 그럴듯한 기색은 보이지 않는다. 한 사십 리 나와 저쪽에서 들어오는 버스와 마주치게 되었다. 이쪽 운전사가 팔을 내밀어 저쪽 차를 같이 세운다.
>
> "어떻게 된 거야?"
>
> "무에 어떻게 돼?"
>
> "철원은 신문이 왔겠지?"

---

18) 1945년 8·15에 대한 기억은 비단 한국 사회에서만 문제적인 것이 아니라 동아시아 3국이 각기 그 기억을 대하는 방식과 동기가 다르다는 점에서 중요하게 접근해야 한다. 이에 대한 논의로는 아시아평화와 역사교육연대 편, 『한·중·일 3국의 8·15기억』, 역사비평사, 2005를 참조. 일본에서도 8월 15일 천황의 종전조서를 들은 일본 국민들이 황거 앞에서 쓰러져 우는 신문사진 등이 대표적인 8·15의 표상으로 자리잡았다. 사토 다쿠미는 "라디오 앞에서 쓰러져 우는 어린 국민"이라는 제목 등으로 연출되고 합성된 『홋카이도신문』 등 당대 저널리즘의 사진들이 8·15의 이미지를 사후적으로 연출하여 구성한 것이었으며, 공식 항복일인 9월 2일 등을 배제하고 히로시마의 피폭일인 8월 6을 기념하여 수난자의식을 주조하고, 이러한 전쟁이 '패전'으로서가 아니라 천황의 조서에 의한 '종전일'로 교과서 및 미디어를 통해서 자리잡게 되는 과정을 분석하고 있다.(사토 다쿠미, 원용진·오카모토 마사미 옮김, 『8월 15일의 신화』, 궁리, 2007 참조) 한국 사회에서 8·15는 '광복절'로 기념일화했지만, '광복'과 '해방' 또는 '독립'이라는 각각 그 내포가 다른 개념으로 명명된다. 또한 이 날은 동시에 정부수립기념일이기도 하며, 분단국가의 출발을 의미하는 기표이기도 하다.

"어제 방송대루지 뭐."

"잡음 때문에 자세들 못 들었어. 그런데 무조건 정전이라지?"

두 운전사의 문답이 이에 이를 때, 누구보다도 현은 좁은 틈에서 벌떡 일어섰다.

"그게 무슨 소리들이오?"

"전쟁이 끝났답니다."

"뭐요? 전쟁이?"

"인전 끝이 났어요."

"끝! 어떻게요?"

"글쎄, 그걸 잘 몰라 묻습니다."

하는데 저쪽 운전대에서,

"결국 일본이 지구 만 거죠. 철원 가면 신문을 보십니다."

하고 차를 달려 버린다. 이쪽 차도 갑자기 구르는 바람에 현은 펄석 주저앉았다.

'옳구나! 올 것이 왔구나! 그 지리하던 것이……'

현은 코허리가 찌르르해 눈을 슴벅거리며 좌우를 둘러보았다. <u>확실히 일본 사람은 아닌 얼굴들인데 하나같이 무심들하다.</u>

"여러분은 인제 운전사들의 대활 못 들었습니까?"

서로 두리번거릴 뿐, 한 사람도 응하지 않는다.

"일본이 지고 말었다면 우리 조선이 어떻게 될 걸 짐작들 허시겠지요?"

그제야 그것도 조선옷 입은 영감 한 분이,

"어떻게든 되는 거야 어디 가겠소? 어떤 세상이라고 똑똑히 모르는 걸 입을 놀리겠소?"

한다. 아까는 다소 흥미를 가지고 지껄이던 운전사까지,

"그렇지요. 정말인지 물어 보기만도 무시무시헌걸요."

하고, 그 피곤한 주름살, 그 움푹 들어간 눈으로 버스를 운전하는 표정

뿐이다.

현은 고개를 푹 수그렸다. 조선이 독립된다는 감격보다도 이 불행한 동포들의 얼빠진 꼴이 우선 울고 싶게 슬펐다.

'이게 나 혼자 꿈이나 아닌가?'

현은 철원에 와서야 꿈 아닌 『경성일보』를 보았고, 찾을 만한 사람들을 만나 굳은 악수와 소리나는 울음을 울었다. 하늘은 맑아 박꽃 같은 구름송이, 땅에는 무럭무럭 자라는 곡식들, 우거진 녹음들, 어느것이고 우러러 절하고 소리 지르고 날뛰고 싶었다.

*

현은 십칠일날 새벽, 뚜껑 없는 모래차에 모래 실리듯 한 사람 틈에 끼여, 대통령에 누구, 육군 대신에 누구, 그러다가 한 정거장을 지날 때마다 목이 터지게 독립 만세를 부르며 이날 아침 열시에 열린다는 건국대회에 미치지 못할까 보아 초조해하면서 태극기가 휘날리는 열광의 정거장들을 지나 서울로 올라왔다.

청량리 정거장을 나서니, 웬일일까, 기대와는 달리 서울은 사람들도 냉정하고 태극기조차 보기 드물다. 시내에 들어서니 독오른 일본 군인들이 일촉즉발(一觸卽發)의 예리한 무장으로 거리마다 목을 지키고 『경성일보』가 의연히 태연자약한 논조다.

현은 전보 쳐준 친구에게로 달려왔다. 손을 잡기가 바쁘게 건국대회가 어디서 열리느냐 하니, 모른다 한다. 정부 요인들이 비행기로 들어왔다는데 어디들 계시냐 하니, 그것도 모른다 한다. 현은, 대체 일본 항복이 사실이긴 하냐 하니, 그것만은 사실이라 한다. 현은 전신에 피곤을 느끼며 걸상에 주저앉아 그제야 여러 시간 만에 처음 정신을 가다듬었다. 그리고 이 친구로부터 팔월 십오일 이후 이틀 동안의 서울 정황을 대강 들었다.[19]

---

19) 이태준, 「해방전후」, 『이태준문학전집』3, 깊은샘, 1995, 33~35쪽.

이태준의 이 소설에는 일본의 항복이 실제로는 시차를 두고 알려 졌다는 것, 그 소식에 대한 민중들의 반응도 즉각적인 환희로 이어지 지 않았다는 것, 그리고 해방을 맞이한 지방과 서울의 반응의 차이 등 을 전하고 있다.[20] 실제로 지역과 세대, 계급, 젠더 및 식민지 시기 자 신의 이력에 따라서 천황의 항복 메시지를 듣고 떠올린 심정과 그 대 응은 달랐을 것이다. 누군가에게 그것은 기쁨이었고, 또 다른 누군가 에게는 공포였으리라. 많은 이에게는 새로운 기대와 함께 미지의 앞날 에 대한 막연한 불안의 심정도 엇갈렸을 터이다.

김남천도 소설 「1945년 8·15」에서 동래여고보 교사로 재직중 해 방을 맞이하여 서울로 상경하는 여주인공 김문경을 통해서 이러한 상 황을 재현하고 있다. 소설에서는 지속되는 식민지 풍경과 귀환전재민 의 형상을 보여준다. 헌병들에게 주눅들어 있는 조선의 민중들과 꾀재 재한 전재민들의 몰골을 보면서 박문경은 "전쟁은 끝난 것일까?"[21]라 고 반문하거니와, 서울역에서 우연히 만난 이경희를 통해서 지금-여 기의 시간은 "독립은 됐지만 아직 전시"[22]로 명명되기도 한다. 이런 의 미에서 현재 우리가 가지고 있는 8·15는 어쩌면 신화의 시간일지도 모

---

20) 일본 교토에서 1년간 박사후연수를 진행하는 중에 재일조선인 역사학자 강재언 선생을 오사카의 코리아타운에서 만나 간단한 인터뷰를 진행할 기회가 있었다. 제주도 출신인 강재언 선생은 징병장을 받고 고향 제주도 가까운 전라도 광주의 누나 집에서 징병의 날 을 기다리던 20세에 해방을 맞이했다. 선생은 8·15 당일에는 해방에 대한 아무런 실감도 없었으며 광주 시내도 역시 조용했다고 기억했다. 해방을 실감한 것은 신문을 통해 휘문 고보에서 석방된 정치범을 맞이하며 연설하는 여운형의 사진을 본 시각적 경험을 통해서 였다고 회고했다.

21) 김남천, 「1945년 8·15」, 『자유신문』 1945.10.15.–1946.6.28.(총165회) 여기서는 이희환 편집, 김남천, 『1945년 8·15』, 작가들, 2007, 22쪽.

22) 김남천, 위의 소설, 24쪽.

른다.

당시의 공식적인 미디어의 현황은 8월 15일을 이전 시간과의 단절의 기표로만 구성하는 현재의 통념이 잘못되어 있음을 보여준다. 『매일신보』 1945년 8월 16일자 1면의 구성은 이 상황을 잘 보여준다. 위 사진에서 보는 것처럼 1면의 맨 첫단은 "平和再建에 大詔渙發"이라는 제목으로 히로히토 천황의 '종전조서'를 가타가나의 일본어로 그대로 전재하고 있다.

항복이 아니라 전쟁의 고통 속에서 전쟁을 종식시키는 주체로서의 천황, 그리고 영미와의 4년간의 전쟁만을 문제삼으며 소련과 중국을 배제하고 전쟁책임을 축소시키는 전략 등 이 '종전조서'가 지니는 문제에 대해서는 다양한 형태의 비판이 제기된 바 있다.[23] 이러한 조서의 내용에 대한 비판보다도 여기서 주목하고자 하는 것은 이 신문 편집이 보여주는 지속되고 있는 현실 권력의 표상체계이다. 천황의 '조서'는 신문에서 가타가나로 1면 상단에 어떤 번역의 매개없이 초월적인 권위로 존재한다. '8·15'라는 단절적 시간의 신화와 달리 이 미디어의 편집 자체는 식민지와 동질적인 시공간의 연속을 반증한다. 천황의 조서 아래에는 여전히 지속되는 제국의 질서가 공간적으로 배열되어 있다. 조서 바로 밑에는 '와신상담국난극복'이라는 내각의 결의가 동경발로 배치되어 있으며, 그 옆에는 "경거를 엄계하야 냉정침착하라"라는 아베총독의 성명을 통해 여전히 자신의 힘을 현시하는 총독부가 자

---

23) 대표적으로 고모리 요이치, 송태욱 옮김, 『1945년 8월 15일, 천황 히로히토는 이렇게 말하였다』, 뿌리와 이파리, 2004 참조.

『매일신보』 1945년 8월 16일자 (1면)

리한다. 공식적인 미디어의 지면 내/외부에서 식민지는 여전히 천황과 내각, 총독으로 매개되는 일본제국의 권력의 자장 안에 있다. '경거를 엄계'하라는 발화의 배후에는 조선주둔군과 경찰력이 버티고 있었다.

'8·15'를 젠더, 계급, 세대, 지역의 차이를 무시하고 단일한 기억으로 조정하는 것은 식민지 경험을 균질화된 수난의 기억으로 구성하고자 하는 민족주의의 동력과 관련이 있다. 여기서 놓치지 말아야 하는 것은 '8·15'를 신화의 시간으로 삼는 이러한 단일한 기억으로의 조정이 식민지 시기 모든 조선인이 피해자라는 수난의 정치학을 통해 식민체제에 대한 협력과 수탈의 대리인들이 지은 죄를 탕감하는 기능을 동시에 수행하고 있다는 점이다. 따라서 탈식민지 한국문학, 문화의 형성과정을 이해하기 위해서는 무엇보다도 그 기원에 해당하는 '8·15'의

순간에 대한 개별적인 경험과 그 복수의 시간성의 감각을 복원하는 것
에서부터 시작해야 할 것이다.[24]

　해방기[25]는 흔히 현대 한국사회의 기원으로 간주되는 시기이다. 그
것은 이 시기가 식민지에서 벗어나 근대민족국가를 건설할 수 있는 가
능성을 지니고 있었고, 새로운 민족국가와 민족문화에 대한 다양한 기
획들이 갈등하면서 결국 불완전하긴 하지만 남·북한이라는 현재의 국
가를 잉태한 기간이었기 때문이다. 이 시기가 한국사회의 기원으로 간
주되는 것은 '제국 신민(臣民)'의 기억을 청산하고 민족국가의 '국민',

---

24) 이런 점에서 재조일본인을 포함하여 각각의 이력과 젠더, 세대, 지역, 정치적 성향을 달
리하며, 한반도와 한반도 외부에서 해방을 맞이한 40인의 8·15 기억과 '해방공간' 체험을
묶은 문제안외, 『8·15의 기억-해방공간의 풍경, 40인의 역사체험』, 한길사, 2005는 개인
의 기억과 공식적인 역사의 기억의 차이 및 균열을 보여주는 흥미로운 저작이다. 당시 경
성방송국 직원이었던 문제안은 "사실 15일에 해방 사실을 안 사람은 몇 명 안됩니다. 요즘
에 와서는 가끔 정치하는 사람들이나 높은 지위에 있는 사람들이 방송에 나와서, 마치 제
눈으로 보기라도 한 거처럼 '8월 15일 서울 거리에는 만세소리가 울려 퍼지고 태극기가 물
결치듯 휘날렸다'고 떠벌리지만, 다 거짓말입니다. 그날 서울 큰 거리에는 아무도 없었어
요."(19쪽)라고 술회하고 있다.
25) 이 글에서는 '해방기'와 '탈식민지시기'라는 두 개의 용어를 함께 사용한다. 1945년 8월 15
일의 해방으로부터 미군정을 거쳐서 1948년 8월 15일 대한민국 정부 수립의 3년간의 시간
은 한국의 학계에서 '해방공간' '해방기' '미군정기' 등의 용어로 설명해 왔다. 이 시기의 가
장 강력한 규정력이 미군정이었기에 역사학계에서는 이러한 규정력에 근거하여 '미군정
기'라는 용어를 사용하는 추세인 듯하다. 이에 반해 당시 한국인의 주체적 가능성에 의미
를 부여하는 맥락에서 국문학계에서는 '해방기'라는 용어를 사용하는 관행이 정착되고 있
는 듯하다. 이 글에서는 국문학계의 관례에 따라 이 시기를 '해방기'로 명명하고자 한다.
그렇지만 '해방기'라는 용어만으로는 정부 수립 이후부터 1950년까지의 2년 동안에 한국
사회에서 일어난 정치, 사회, 문화적 변화가 포착되지 않는다. 실제로 그 동안 학계에서
정부 수립 이후와 한국 전쟁 이전의 2년의 변화는 논의의 대상에서 배제되어온 측면이 있
다. 본 연구에서는 '해방기'를 포함한 1945년부터 1950년까지 5년간의 1940년대 후반기를,
식민지 이후라는 시기성과 식민지적 잔재를 청산하고 자기 구성의 모색이 핵심적인 의제
였던 이 시기의 주체적 가능성의 양상을 아울러 고려하여 '탈식민지시기'라는 잠정적 용
어를 통해 명명하고자 한다. 이 탈식민지시기는 '아시아-태평양전쟁'과 '한국전쟁'을 고려
한다면 일종의 '전간기(戰間期)'로 이해할 수도 있을 것이다.

'민족'으로서의 정체성을 형성하였다는 가정을 전제로 한 것이다. 그렇다면, 이 새로운 정체성의 형성은 어떻게 가능했으며, 어떤 방식으로 이루어졌는가? 또한 새로운 정체성 형성의 과정에서 식민지 시기 일본국가의 경험은 어떠한 방식으로 작동하였는가? 이와 같은 질문을 던졌을 때, 기존의 연구에서 만족할 만한 해답을 얻기는 어렵다. 해방기를 식민지와 완전히 절연된 시기로 파악하는 민족주의, 계급주의적 범주의 연구와, 거꾸로 해방 이후의 문화와 식민지 시기의 문화 간의 연속성을 과도하게 강조하는 내셔널리즘 비판을 표방한 연구의 역편향, 이 두 가지 유형의 기존 연구의 문제점을 지양하면서 새로운 연구 패러다임을 고민해 보려는 것이 본 연구의 목적이다.[26]

본 연구는 현대 한국 사회의 기원으로 간주되는 1940년대 후반기의 실상을 온전히 구명하기 위해서 이 시기를 '식민지-제국'의 경험과 신생 민족국가 건설이 겹쳐있는 '1940년대'라는 범주 안에서 접근해야 한다는 문제의식 위에서 진행될 것이다. '1940년대'는 '연속과 비연속, 지속/기원'이라는 모순적인 상황이 병존하는 시기이다. 해방기에 신생 조선을 건설하려는 다양한 열망과 기획은 현재의 남북한 사회의 기원이지만, 동시에 그 기획과 열망은 '식민지-제국'의 문화적 유산의 지속과 제도 위에서 사유된 것이다. 한국 사회의 경우에는 미국이라는 새

---

[26] 나는 『해방전후사의 인식』과 『해방전후사의 재인식』이 그것이 제출된 각각의 시대적 상황의 관점을 반영하고 있는 의미있는 연구이지만, 이러한 연속과 단절의 문제의 한 축을 지나치게 강조한 측면이 있다고 판단하고 있다. 본 연구는 해방 이후 한국 문학과 문화의 혼종성과 식민지와의 연속적인 측면에 대한 사유라는 점에서 김철, 『식민지를 안고서』, 역락, 2009, 권명아, 『식민지 이후를 사유하다: 탈식민화와 재식민화의 경계』, 책세상, 2009 등의 문제의식을 공유하고 있다는 점을 밝혀둔다.

로운 문화적 헤게모니가 그 위에 덧붙여졌다. 이 시기 한국사회와 문화의 형성 과정은 포스트콜로니얼 이론에서 제기하는 것처럼 '홑눈'이 아닌 '겹눈'으로 바라봐야할 중층적이고 혼종적인 현상이다. 이 글에서는 한국 현대문화가 본질적으로 일종의 잡종문화로 형성된 것이라는 관점을 취하고 있다.

본 연구에서는 1940년대 후반기에 해당하는 해방기를 구명하기 위해 1940년대 전반기인 이른바 '암흑기'와 아울러 검토하는 '겹눈'의 '1940년대' 연구를 제안하고자 한다. 기존의 한국문학연구에서 1945년 8월 15일을 기점으로 '암흑기'와 '해방기'로 변별되었던 시기를 '1940년대'라는 동일 지평에 배치함으로써 이 시기 한국문학의 연속/비연속의 양상을 방법적으로 재구할 수 있으리라 기대한다. 또한 본 연구에서는 '1940년대'라는 방법적 시기 범주와 함께 '귀환'이라는 키워드를 중심으로 해방기의 문학과 문화상황을 재구하고자 한다. 해방기에는 '귀환'을 핵으로 하는 민족의 서사가 당대의 의제로 기능했다. 귀환은 '새로운 민족국가'를 건설하기 위해 '다시 돌아간다'는 역설의 담론이었다. '식민지-제국'의 유민인 해방기 조선인들은 '일본적인 것'으로부터 '조선적인 것'으로 귀환함으로써 새로운 조선을 만든다는 담론을 공유하고 있다. 해방기의 담론은 식민지라는 부끄러운 기억과 경험, 제도를 청산하고 새롭게 건설될 미래의 민족국가를 건설하는데 집중되었다. 이때 아직 만들어지지 않은 민족국가는 미래형일 수밖에 없었다. 신생 조선의 기획에서는 만들어지지 않은 미래의 민족국가와 민족문화를 상상하면서, 그것이 식민지 이전에 존재했다고 가정되는 '민족적인 것'으로의 귀환을 통해서 가능하다는 역설의 담론이 생성되었다. 즉,

'상상의 공동체'로의 이행은 식민지 이전의 '민족됨'과 '민족적 가치'로의 귀환을 통해 가능하다고 주장되었다. 해방의 격동은 새롭게 구성되어야 할 민족국가라는 심상지리를 형성했고, 그것을 구성하는 요소들은 식민지-제국의 잔재로부터 자유로운 순수한 것이어야 했다. 식민지 이전의 문화, 친일로 전향하기 이전의 계급주의, 일본어투가 침투하기 이전의 한글, 왜곡되기 전의 순정한 조선사 등 식민지 이전에 존재한 것으로 가정되는 상상적 민족문화로의 귀환을 통해 신생 민족국가와 민족문화가 창출될 수 있었다. 따라서 이 '귀환'을 문제제기하는 것은 해방기 '민족국가(문화)'라는 '상상의 공동체'를 발명한 다양한 기획과 방식을 구명하고, 현대 한국사회의 기원을 복원하는 작업이 될 것이다.

여기서 이른바 한국문학사에서 강고하게 범주화된 '암흑기'와 '해방기'를 겹쳐 읽는다는 것이 단순히 1940년대 전반기와 후반기를 물리적으로 연속시킨다는 의미가 아님을 강조해 둘 필요가 있다. 서두에서 제기한 김송의 소설에서 강신행이 상징하는 식민지적인 것의 연속, 혹은 소년 강덕상의 시야에 포착된 일장기로부터 태극기로의 변화라는 삽화를 제시한 이유는 단지 식민지적인 것의 연속성만을 과도하게 강조하려는 의도는 아니었다. 가령, 일장기 위에 태극기를 그리는 행위는 식민지 이전의 '대한제국'의 상징으로 귀환하는 행위이면서, 동시에 새롭게 도래할 미래의 민족국가를 염원하는 보다 능동적인 주체의 행위로 해석할 수 있다. 본 연구에서는 '낡은 구호와 언어'의 단순한 재생처럼 보이지만 그 안에 담긴 대중들의 열망과 시대의 에너지, 새로움에 대한 지향에 더욱 주목하고자 한다. 식민지-탈식민지의 연속과 비연속이라는 개념은 평면적이고 안이한 시간적 순차가 아니라 새로움의 열망이 넘쳐있으며 그 낡은 것에 새로움을 담으려는 기묘한 동거와 모순이 공존하는 입체적이고 역동적인 범주일 수밖에 없다.

앞에서 언급한 김송 소설의 강신행의 경우는 이를 증거하는 사례이다. 그는 명백하게 식민지 규율체계에 의해서 주체화의 기반을 마련했지만 그렇게 각성된 신행이 걸어간 이후의 길은 탈식민의 지향을 지닌 것이었다. '신행'은 해방 이후 징병과 징용을 통해 만주, 일본, 남양, 중국 등의 전선으로 끌려갔다가 돌아온 귀환자들의 조건을 공유하는 인물이다. 브루스 커밍스가 『한국전쟁의 기원』에서 인상깊게 묘사한 이른바 '대구 항쟁' 전후의 인민위원회의 조직과 결성 및 지방에서의 격렬한 사회적 변화는 이들 돌아온 무수한 '신행'들과 관련을 맺고 있다.[27] 일본군 훈련소라는 제국/식민지의 제도를 통해 규율주체화한 인물이지만 조선의 역사와 한글을 배우면서 해방된 조선의 미래를 기획하는 그의 열정과 에너지를 단순히 식민지적인 것의 재생으로 회수해버려서는 안 된다는 점을 다시 한 번 강조해야만 한다.

일본 제국 붕괴 이후의 모든 조선인을 귀환자라고 명명할 수 있다면, 이러한 귀환자들이 해방 이후 탈식민지 조선 사회를 새롭게 구성하고자 했던 열망과, 성공 여부를 떠나 다양한 전망으로 충일했던 이 시기의 '신행'들이 걸어간 길을 숙고하는 것이 이 연구의 목적이기도

---

27) 브루스 커밍스, 『한국전쟁의 기원』1, 박자동 옮김, 일월서각, 1986. 355~359쪽. 커밍스는 해방전후 인구 변동의 통계를 이용하여 해방 전 징병·징용으로 급격한 인구감소를 보였다가 해방 후 인구가 유입된 군 단위에서 인민위원회의 급진성의 정도가 상승하는 양상을 읽어내고 있다. 다른 세계를 경험하고 돌아온 '귀환자'들이 정치적 주체로 각성된 양상이 통계를 통해 확인된다.

하다는 점을 밝혀 둔다. 새로운 유형의 권력과 행위 규범이 채 형성되지 않은 이 시기는 이례적인 유동성과 자유, 그리고 개방성으로 가득 차 있었다. 이 속에서 스스로의 삶을 다시 만들어가야 한다는 것을 사람들은 비로소 절실하게 깨닫고 있었다. 그들의 에너지가 남북한 단정 수립으로 모두 수렴된 것은 아니다. 이 글이 대한민국 국가 형성과 그와 관련된 문화기획들을 중점에 두고 다루다 보니 불가피하게 여기로 수렴되지 않는 대중들의 에너지를 전부 포착하고 지형화할 수는 없었다는 점을 미리 토로하지 않을 수 없다. 그렇지만 해방기 새로운 규범과 민족국가를 꿈꿨던 대중들의 열망에 대해서도 주의를 기울이며 논의를 전개하고자 했다는 점을 부기해 둔다. 본 연구는 이러한 문제 의식 속에서 기본적으로 해방 이후부터 대한민국 설립기의 국가 형성 과정과 문학, 문화, 지식제도의 관계를 묻는데 중점을 두면서, 그 안에서 식민지와의 연속성의 지점을 아울러 고려하며 논의를 진행할 것이다.

앞으로 논의는 크게 네 부분으로 나뉜다. 제 2부에서는 귀환의 민족서사와 38선의 문학지리에 대해서 검토한다. 해방과 함께 시작된 한반도로의 지리적 귀환을 다룬 다양한 문학 텍스트들을 통해 한국인의 심상지리가 제국 일본의 국민국가의 지리에서 어떻게 신생 조선의 지리로 경계 조정되는가를 검토한다. 문학텍스트에 반영된 신체적, 지리적 귀환의 궤적은 '식민지-제국'의 다분히 모호한 제국적 정체성으로부터 확실하고 자명한 민족적 국민국가의 국민으로 정체성의 경계가 조정되는 과정을 상징하는 것이었다. 해방기 '귀환'의 서사들을 통해 그 귀환이 '상상의 공동체'를 창출하는데 어떤 기여를 하였는가, 나아가 귀환하지 못한 자들과 귀환하였다가 다시 원래의 자리로 되돌아간 사람들의 이야기를 분석함으로써 민족과 탈민족의 관계를 당대적 인 맥락에서 점검할 것이다. 해방기의 심상지리와 관련하여 핵심적으 로 검토될 것이 38선의 문제이다. 베네딕트 앤더슨은 문화적 구성물로 서의 상상의 공동체인 민족을 언급하면서 인쇄 자본주의의 두 총아인 소설과 신문이 민족이라는 공통감각을 구성해내는 데 수행한 역할을 강조한 바 있다. 군사적 점령의 분계선에 불과했던 38선이 물질화하고 국경화하는 과정을 소설과 저널리즘이 어떻게 재현했는가, 분단된 영 토를 어떻게 전체로서 심상지리화했는가 등을 검토할 것이다. 남북한 국가성립과 더불어 한국의 작가들이 자신의 정체성을 조정하면서 38 선을 작품의 심상지리 안에서 국경화해 가는 과정도 중요한 논의의 내 용이다. 여기서는 김동리, 염상섭 등 남한을 자신의 국가로 선택한 작 가들의 이야기와 더불어 38선의 장소정치학을 통해 남한을 원경화하 면서 북한을 자신의 국가로 선택해간 이태준의 행로를 중요하게 분석 할 것이다.

3부에서는 1940년대 대중문학의 해방전후에 대해서 검토한다. 1930년대 비슷한 시기에 등단하여 1950년대에 한국 대중문학의 총아 로 일컬어졌던 김내성, 정비석 대중소설의 해방전후를 검토함으로써 당대의 풍속과 대중문화에 각인된 식민지와 탈식민지 문화의 연속과 비연속에 대해서 검토한다. 대표적인 추리와 연애의 대중서사 작가인 김내성과 왜곡된 근대성을 젠더 표상을 통해 보여준 작가 정비석을 중 심으로 본격문학 뿐만이 아니라 대중서사의 차원에서 식민지-탈식민 지의 연속/비연속의 문제를 다루어 볼 것이다. 이들 작품을 통해 일본 적인 가치가 미국적인 패러다임으로 전환된 양상을 대중들의 풍속의 차원에서 확인할 수 있을 것이다.

4부 학살의 기억과 민족적 공공기억의 구성에서는 식민지기의 수난과 학살의 기억이 민족적 공공기억으로 구성되는 과정을 3·1 표상, 유관순 영웅화 과정, 관동대지진의 회상 등을 통해 분석한다. 3·1은 식민지 시기 전민족적인 독립운동으로 실재하지만, 그에 대한 기억이 본격적으로 내러티브화하고 표상화된 것은 해방기 이후이다. 해방 직후 3·1운동 발발의 배경, 실체, 의의 및 3·1운동에 대한 기억은 개인과 집단의 정체성의 기원으로 소환되었다. 특히 유관순이 3·1운동의 '성처녀'로 표상되게 된 사정을 유관순 기념사업회, 전기의 간행, 1948년 영화의 제작 등을 아우르며 검토할 것이다. 또한, 억눌렸던 관동대지진의 학살의 기억을 통해 정체성을 재구하고 지금-여기의 자기 문제를 투사하는 방식을 아울러 검토함으로써 새로운 민족의 형성과 학살의 공공기억이 맺고 있는 관계를 구체화할 것이다.

5부 전통과 의례 만들기와 '한국학'의 형성에서는 단군, 화랑 등을 통해 면면이 이어온 국수적 정신의 기원을 창출해가는 해방기의 문화기획에 대해서 검토한다. 집합적 자기인식의 근거로 제시된 이러한 상징들은 사실 제국의 판도 안에서는 다른 형태의 존재 형식을 지녔던 것들이다. 일본과 조선의 동조동근론의 하나의 사례로 설명되었던 단군이 단일민족의 기원으로 재구성되고, 사무라이 정신의 또 다른 표본으로 제시되었던 화랑이 새로운 국민국가의 이념으로 재맥락화되는 과정 등 제국적인 맥락에서 배치되었던 조선적인 것이 단일민족국가의 상징으로 축소 조정되는 과정을 검토해볼 것이다. 이와 더불어 태극기, 무궁화 등의 상징물들 역시 제국 시기 하나의 지방인 조선을 상징하는 지방색에서 다시 독립국가의 상징으로 의미부여되고 재맥락화되어가는 과정을 검토할 것이다. 이와 더불어 식민지적 아카데미즘의 지식(제도)가 해방 이후 변용되어 남북한으로 분화되어가는 과정을 을유문화사가 간행한 인문사회과학 종합학술지 『學風』(1948. 10-1950. 6)을 통해서 재구할 것이다.

제2부

귀환의 민족서사와 38선의 문학지리

제1장

해방기 소설에 나타난 지리적 귀환의 서사

(1) 제국의 붕괴와 귀환의 서사

1945년 8월 15일은 식민지제국 일본이 붕괴한 날이다. 제국이 해체되면서 사람들이 이동하게 되었고, 한국 사회에서 그 이동은 귀환이라고 명명되었다. 일본인들과 조선인들은 제국적 질서에서 '내지'와 '외지'로 구분되었던 일본 열도와 한반도로 귀환하였다. 제국적 질서의 해체와 그에 수반된 제국 '신민(臣民)'들의 민족지(民族'誌/地')로의 이동은 이후 일본, 남한, 북한이라는 국민국가 형성으로 이어졌다.[1]

귀환의 민족서사는 해방기 한국사회를 이해하는 핵심적인 개념이다. 해방기의 담론은 식민지라는 부끄러운 기억과 경험, 제도를 청산

---

1) 제국적 질서의 해체와 '탈식민지화'의 일환으로서 '귀환'이 전후 일본, 남한, 북한 등의 국민 국가형성으로 이어지고 있다는 아사노 도요미(『살아서 돌아오다―해방공간에서의 귀환』, 이길 진 번역, 솔, 2005)의 관점은 이 글의 문제의식에 참조가 되었다.

하고 새로운 민족국가를 건설하는 데 집중되었다. 이때 '새로운' 민족국가를 건설하기 위해 '민족적인 것'으로 '돌아간다'는 역설적인 담론이 생성된다. 만들어지지 않은 미래의 민족국가와 민족문화를 상상하면서, 그것이 식민지 이전에 존재했다고 가정되는 '민족적인 것'으로의 귀환을 통해서 가능하다는 역설이 성립한 것이다. 귀환의 민족서사는 다양한 층위에서 나타났는데, 공간적으로는 고향 및 한반도로의 귀환을 의미했다. 시간적으로는 훼손되지 않은 식민지 이전의 '민족적인 것'이라는 과거, 혹은 앞으로 건설될 민족국가라는 미래로의 귀환이 병존했다. 이러한 민족으로의 귀환의 서사는 사상, 제도, 역사, 언어 등 문화의 전분야에서 이루어진 것이지만, 그것이 일차적으로 가시화된 것은 지리적인 귀환이다.

이 장의 목적은 식민지제국의 생활권(life sphere)이었던 동아시아적 지리가 어떻게 소설의 심상지리에서 축소되어 민족국가의 지리로 경계조정되는가를 밝히고, 새롭게 형성되는 남·북한이라는 국민국가로 그 경계가 고착되어 갔는가를 검토하는 데 있다. 해방기 지리적 귀환을 다룬 귀환소설은 일종의 '로드 픽션'이라고 명명할 수 있을 것이다. 많은 소설 이론서들이 지적하듯이, 여행은 자기동일성을 구축하고 정체성을 형성해가는 과정과 관련된다. 식민지제국 시절 '내선일체(內鮮一體)', '선만일여(鮮滿一如)' 등 조선인의 정체성을 둘러싼 모순되는 구호를 통해서도 알 수 있듯이[2], 분열되어 있던 조선인들에게 8·15는 민

---

2) '내선일체'와 '선만일여'라는 구호는 조선인의 정체성과 관련한 혼란상을 증거한다. 미나미 지로 총독 이래의 '내선일체'론이 조선인의 정체성을 인정하지 않는 동화주의의 구호였다면, '선만일여'는 조선인을 하나의 실체로 인정한 후에 민족간의 협화를 강조한 구호였다.

족과 국가가 합치되고 자기정체성이 명확해지는 일대 사건이었다. 이런 의미에서 해방 이후 집단적으로 이루어진 귀환의 여정은 자기동일적 주체로서의 민족과 국민국가가 형성되는 과정의 은유로 읽을 수 있다.

여기서 다루는 대상 작품은 귀환의 여정을 포함하고 있는 소설들이다. 이때, 귀환의 여정에 대한 서술분량이 적더라도 그 여정을 압축적으로 제시한 후 해방기 한국사회에 대해 '귀환전재민'[3]의 위치에서 묘사하고 있다면 그것을 귀환소설이라고 명명하고자 한다. 상술했듯이 해방기의 귀환이 지리적·신체적인 것만이 아니라 정신사적인 귀환, 궁극적으로 식민지제국의 신민(臣民)으로부터 해방 후의 국민국가 조선으로의 귀환을 의미하는 것이라면 지리적 귀환의 여정이 간략히 다루어졌더라도 해방기 한국사회의 내부에서 귀환과 국민국가 건설의 문제를 제기하는 소설도 귀환소설로 분류할 수 있을 것이다.

지리적인 귀환의 서사의 경우에도 다양한 유형이 존재한다. 귀환의 루트에 따라 분류하면 크게는 일본으로부터의 귀환, 북(만주와 중국)으로부터의 귀환의 서사로 유형을 나눌 수 있다. 귀환의 여정도 (1) 귀환의 출발지로부터 한반도 도착 직전이나 도착까지를 다루는 유형,

---

당대 제국 안에서의 조선인의 정체성의 혼란은 이러한 제국의 모순된 구호를 통해서도 짐작할 수 있다.

3) 해방기의 귀환을 "식민지 시기 이주, 강제연행의 결과이자 탈식민지기 민족의 재통합과 '국민형성'과정의 전사"로 파악하는 이연식의 연구(「해방직후 조선인 귀환연구에 대한 회고와 전망」, 『한일민족문제연구』, 2003. 12)에 따르면, 귀환전재민, 특히 전재민이라는 용어는 "일본의 입장을 무비판적으로 사용했던 擬制的 개념으로서 조선인이 입은 피해를 식민지배 전반이 아닌 '전쟁'이라는 협소한 틀로 국한시키는 한계를 지닌 것"이다. 그러나 귀환전재민이라는 용어가 당대로부터 현재에 이르기까지 귀환자들을 가리키는 것으로 통용되었다. 본고에서도 이 용어의 문제점을 지적한 위에서 사용하도록 한다.

⑵ 귀환의 출발지로부터 한반도 내의 최종적인 도착지까지를 서사의 중심으로 하는 유형 ⑶ 귀환의 출발지로부터 한반도 도착까지의 여정은 가속되고, 지리적 귀환 이후 겪게 되는 한국 사회의 내부에서 경험하는 상징적인 귀환의 문제를 다루는 유형 등으로 나눌 수 있다. 또한 미소의 분할 점령에서 비롯된 분단에 의한 한반도 내부에서의 이동을 다루는 내부적인 귀환의 서사와 재일조선인 및 중국 연변자치주의 조선족 등 한반도로 돌아오지 못한 조선인들의 상황도 유예되고 지속되고 있는 귀환의 유형으로 제시할 수 있을 것이다.[4]

그 유형이 어떠하든 이 시기 지리적 귀환의 서사는 '지금-여기'의 'A'로부터 해방된 조선 'B'로 이동하는 것을 기본적인 서사의 골간으로 한다. 이때 'A'는 과거 식민지적 질곡에 의해 고향으로부터 축출된 타향이자 수난의 기억과 결부된 고통의 땅으로 묘사되며 'B'는 이제까지의 질곡이 해결되는 '빛'과 '삶'의 유토피안적 민족공동체로 상상된다. 결국 귀환의 민족서사는 유토피안적 민족국가의 자기동일적 세계로 입사한다는 의식을 드러내게 마련이다. 이러한 의식이 아무런 모순없이 이루어지는 경우가 있는가 하면, 지리적으로 귀환한 해방기 한국사회에서 유토피안적 전망이 깨어지고, 정치적인 혼란과 민족 내부의 위계화, 비균질적인 사회적 유동성 등을 묘사하며 아직 국민국가로 형성되지 못한 해방기의 사회상을 드러내고 있는 유형까지 그 구체적인 서

---

4) 귀환의 서사를 확장해서 보자면, 분단의 고착 이후 한반도 내부에서의 이동, 한반도로 돌아오지 못한 재일 조선인들의 '북송' 혹은 '귀국운동' 등도 귀환의 민족서사의 범주에서 고찰할 수 있을 것이다. 즉, 38선이 고착화되고 토지개혁과 남북한 정권의 수립과 함께 남북 사이에 발생한 이동도 귀환의 범주에서 다룰 수 있다는 말이다. 황순원의 『카인의 후예』(1954), 임옥인의 『월남전후』(1957) 등도 귀환의 서사의 연장에서 파악할 수 있을 것이다.

사의 내용이 다르다. 이제부터 식민지제국의 질서 안에서 이루어진 징용과 이주로 인해 동아시아 각지로 흩어졌던 조선인들이 귀환했던 중요한 통로인 일본과 만주(중국)로부터의 귀환의 서사를 검토하고, 지리적 귀환 이후 해방기 한국사회를 문제삼고 있는 소설들, 즉 한반도 내부에서 귀환이 지속되고 있는 소설을 분석하여 식민지시기와는 반대방향인 한반도로의 지리이동이 어떻게 새로운 주체성 구성으로 이어지는가를 검토하겠다.

(2) 일본으로부터의 귀환과 정체성의 경계

안회남은 식민지 말기 징용되어 규슈(九州) 탄광에서 노역 중에 해방을 맞은 작가이다. 그는 1930년대 이래 사소설적 독법을 유발하는 이른바 '신변소설'을 써왔다.[5] 해방 이후 규슈 탄광의 징용에서 돌아온 안회남은 자신의 경험을 일련의 연작으로 소설화하였다. 이 연작 역시 안회남을 연상시키는 소설가 '나' 혹은 '안상'이 직접 등장하여 서술하는 방식을 취하고 있다. 창작집 『불』[6]에 실린 「말」, 「섬」, 「별」, 「鐵鎖 끊어지다」, 「그 뒤 이야기」, 「쌀」, 「소」, 「봄」, 「불」 등은 규슈탄광의 징용 경험, 해방 이후의 귀환 과정, 귀환 이후의 이야기 등을 다룬다.[7]

---

5) 30년대 이래 그가 실험한 '신변소설'은 인격적 지표로서의 '안회남＝서술자＝주인공'을 동일하게 간주하는 '사소설적 독법'을 작동시켰다. 이에 대해서는 정종현, 「私的 영역의 대두와 '진정한 自己' 구축으로서의 소설-안회남의 '신변소설'을 중심으로」, 『한국근대문학연구』4, 2001을 참조할 것.

6) 안회남, 『불』, 을유문화사, 1947.

7) 탄광 징용 경험에 대한 한국의 소설로는 안회남의 이 단편 연작들 정도를 꼽을 수 있다. 최

이 중에서 『신천지』 창간호에 게재된 「섬」[8]은 탄광징용자들의 귀환의 여정을 다루고 있는 데, 그 지리적인 귀환의 여정이 지니는 상징적 의미에 특히 주목해야 할 작품이다.

「섬」의 서술자 '안상'은 안회남이 이전부터 구축해 온 사소설적 맥락에 의해 작가 자신으로 간주될만한 인물이다. 서술자는 우선 식민지 시기 규슈탄광에 징용된 조선인들의 탈출을 막기 위해 일본인 탄광주와 국가권력이 고안해 낸 정착 정책에 대해서 설명한다. 이 정책은 조선에서 가족들을 불러 탄광촌에 정착시킴으로써 그 가족을 볼모로 노동력을 안정적으로 착취하는 데 목적이 있었다. 해방 이후 조선인 노무자들은 가족들과 함께 귀환했지만, 귀환과 잔류 사이에서 고민하는 사람들이 존재했다. 그들은 일본인 여성과 가정을 꾸린 조선인 노무자들이다. 이들을 대표하는 '朴'에 대해 서술자는 "일본인 여자와 결혼해서 정착해 살았다는 그 자체가 강제적이었었고, 조선사람 남자로서는 어쩔 수 없어서, 말하자면 피치 못할 사정에 억눌려서, 이룩한 생활"[9]이라고 설명하고 있다. 일본인과의 결혼의 한 원인이 일본 제국주의의 징용에 있었던 것은 사실이지만, 이주 노무자들과 일본인 여자와의 결혼이 강제적이었다는 서술이 늘 진실은 아니다. 조선인 남자와 일본인 여성과의 가족 구성은 일본인과 조선인이 병존했던 식민지제국 사

근 일본에서 식민지 시기 탄광 징용자들의 생활상과 후일담을 소재로 한 아주 흥미로운 소설이 발간되었다. 하하키기 호세이, 정혜자 옮김, 『해협』, 나남, 2012. 풍부한 자료조사에 기반한 이 소설에서 징용된 조선인 탄광노동자들의 생활을 실감할 수 있다. 일독할만한 소설이다.

8) 안회남, 「섬」, 『신천지』, 1946.1.

9) 안회남, 위의 소설, 106쪽.

회에서 증가하는 추세였고, 그 동기도 생활의 편의, 애정 등 다양할 터이다.[10]

서술자는 '박'이 처한 상황을 "그들도 다 조선으로 나가고 싶었지만, 일본인 여자는 절대로 조선엘 못가고, 또 조선사람은 남아 있지 않아야만 되었으므로, 잘 해결할 수가 없었다."[11]고 서술한다.[12] '박'은 고민끝에 혼자서 귀환한다. '박'이 떠난 지 1주일 후 서술자 일행 역시 귀환의 배에 오르고 풍랑을 만나 대마도에 정박하게 된다. 그 섬에서 '나'는 먼저 떠난 '박'을 만나는데, 그는 두고 온 가족들에 대한 고뇌와 번민으로 대마도에 체류하고 있었다. 여기서 대마도의 풍경에 대한 묘사는 상징적이다. 서술자 '안'은 일행들이 "여기도 조선이여!"라고 중얼거리는 소리와 함께 이곳저곳에서 눈에 띄는 소나무를 보며 "조선에 가까운 듯"한 풍경을 새롭게 자각한다. 과거 식민지제국의 지리에서 현해탄은 민족적인 차별의 표지와 식민지 백성의 비애가 드러나는 공간이었지만, 그럼에도 일본제국이라는 국민국가 내부에 있는 균질적인

---

10) 예를 들어, 해방 직후 사할린으로부터 북해도를 거쳐 일본 열도를 관통하여 나가사키의 하리오 섬의 수용소에 도착해 한반도로의 '귀환'과 일본 사회에서의 잔류로 나뉘게 되는 조선인들의 해방기 귀환의 문제를 서사화한 이회성의 『백년 동안의 나그네』(김석희 옮김, 프레스빌, 1995)의 주인공인 '유근재' 역시 '朴'과 유사한 식민지적 질곡에 의해 일본에 체재하며 가정을 꾸렸다. 하지만, '유근재-마쓰코' 부부의 가족 구성은 강제적인 것이라기 보다 애정에 근간한 것이었다. 또는 박경리의 『토지』에 등장하는 오가다 지로와 유인실의 사랑도 픽션이지만 당대의 리얼리티와 무관한 것만은 아닐 것이다.

11) 안회남, 앞의 소설, 106쪽.

12) 이러한 진술 역시 당대의 법적 제도적 차원에서 짚어보고 넘어가야 할 문제이다. 일본인 여자들이 조선으로 귀환할 수 없는 법적 제약이 있었던 것인지, 아니면 일본인 처자를 버리는 것을 합리화하는 기제인지에 대한 판별이 필요하다. 일본 미군정은 한정된 재산을 소지하고 조선으로 귀환할 것을 종용하기는 했지만, 돌아가지 않는 조선인을 축출하지는 않았다.

공간이었다.[13] 그러나 이 작품에서는 대마도가 '일본'과 '조선'의 경계로 새롭게 발견되고 있다. 「섬」에서 대마도와 그곳에서 주저하는 '박'의 위치는 귀환의 민족 서사의 한 양상을 상징적으로 보여준다. 식민지제국에서 대마도가 '(내지)일본'과 '(외지)조선' 사이에 위치한 지리적인 중간 지대였다면, 「섬」의 서사에서 대마도는 지리적인 위치에서뿐만 아니라 제국이 해체된 후 새롭게 형성되어 가는 국민국가 '일본'과 '조선'의 정체성의 경계를 상징한다. 대마도는 식민지제국의 난민인 '박'이 선택해야만 하는 새로 형성된 심상지리의 경계지대였다. '박'의 고민의 요체는 고향과, 일본에 버리고 온 처자식 사이에서의 고뇌이다. '박'과 서술자 '안'의 의식 속에서 귀환할 고향은 일본인 처자를 용납하지 않는 공간이다. 반대로 일본인 처자를 선택하는 순간 그것은 고향으로의 귀환을 포기하는 것이다. "창자를 끊는 슬픔과 뼈속까지 슴여드는 번민을 못이겨 냄인지 얼골이 몹시 여의고 창백"[14]해져 있는 박의 고뇌는 선택의 기로에 선 경계인의 고민이다. 대마도라는 경계의 지대에서 '박'이 내린 선택은 다시 규슈로 처자를 찾아 되돌아가는 것이었으며, '박'을 뒤로 한 채 일행은 조선으로 귀환한다.

그러나 몇 달 후 서술자 '안'은 '박'을 서울의 종로에서 다시 만난다. '박'은 '안'이 궁금해 하는 것을 꺼리는 표정이 역력하다. 서술자 '안'에게 '박'은 당시의 활기와 '씩씩함'을 공유하고 있는 듯이 보인다. 소설

---

13) 식민지 시기 이래 '현해탄'의 표상과 그에 대한 조선인, 일본인, 재일조선인들의 인식에 대해서는 박광현, 「'재일'문학 속의 현해탄」, 김태준 편저, 『문학지리·한국인의 심상지리』 하, 논형, 2005 및 박광현, 『현해탄의 트라우마―식민주의의 산물, 그 언어와 문화』, 어문학사, 2012를 참조할 것.

14) 안회남, 앞의 소설, 111쪽.

의 서사는 '박'이 어떻게 다시 서울 종로에 있게 되었는가에 대해서는 일러주지 않는다. '박'은 그러한 궁금증을 어색한 다른 인사말로 돌리면서 사라진다. 신생 조선의 건설이라는 활기를 공유하고 있는 '박'의 '씩씩함'은 아마도 규슈에 있는 처자를 버리고 획득된 것일 터이다. 일본인 처와 혼혈의 자식들로 표상되는 식민지제국의 기억을 버림으로써 해방된 조선의 서울 종로 복판을 활보하는 박서방의 '씩씩한 기품'은 획득될 수 있었다. 징용이라는 수난의 기억과 일본인 처자와의 결혼이 강제적이었다는 알리바이를 통해 '박'의 '조선' 민족으로의 '귀환'은 서술자 '안'에게 수긍된다. 그 과정에서 '박'이 처자와 과거의 기억을 폭력적으로 청산하는 것은 '민족'과 '건설'이라는 시대의 슬로건에 의해 합리화될 수 있었다.[15] 그렇지만, 이러한 민족으로의 귀환으로도 봉합할 수 없는 어떤 결락과 폭력의 상흔을 소설은 그 무의식에서 포착하고 있다. 서술자는 '박'의 뒷모양을 보면서 "검푸른 물결 속에 외로히슨 섬"[16]을 생각한다. 그것은 단지 박서방이라는 한 실존적 개인의 외로움이 아니라, 동아시아 질서의 붕괴 이후 새로운 정체성 경계에 신체

---

15) 영친왕 이은과 일본 귀족 이방자의 결혼도 이러한 귀환의 서사와 관련해서 해석할 수 있는 여지가 있다. 이 둘의 이야기는 대중적으로 재생산되어 소비되어 왔다. 이 둘의 결혼은 왕위계승자인 어린 영친왕을 볼모로 삼아 일본인 귀족과 강제결혼을 통해 순혈의 적통을 오염시킨 이야기로 제국주의 일본이 이왕가(조선)에 가한 가혹한 폭력의 상징으로 언급되곤 한다. 그렇지만 이러한 수난의 이야기는 역설적으로 해방 이후 이왕가의 복벽에 대한 논의가 전혀 언급될 수 없는 동인으로도 작용한 듯하다. 이미 이왕가는 일본 황가에 편입되어 민족적 아이덴티티를 상실했으며, 영친왕/이방자의 결혼과 그 자식 이구가 지니는 혼혈의 아이덴티티는 순혈적 민족국가로 상상되는 신생 조선과는 어울릴 수 없는 것이었다. 해방 이후 돌아오지 못한 영친왕의 서사는 동시기 '조선인-일본인' 가정의 또 하나의 사례로 이해될 수 있을 것이다.

16) 안회남, 앞의 소설, 111쪽.

와 정신을 맞추어가고 있던 경계의 인간들에 대한 은유라고 볼 수 있
을 것이다. 이런 점에서 이 작품의 표제인 '섬'은 일본과 신생 조선의
지리적 경계를 상징할 뿐만 아니라, 제국의 유민으로서 조선인 사회
내부에서의 정체성 경계를 상징하는 것이기도 하다.

　식민지제국이 해체된 후 조선인들은 한반도로 지리적이고 신체적
인 귀환을 수행했다. '박'의 경우는 '조선'으로의 귀환이 생활의 근거
와 가족을 버려야만 가능했던 적지 않은 '조선인-일본인' 가정의 한 전
형적인 사례이다. 많은 조선인들이 「섬」의 '대마도'로 상징되는 경계
의 위치에서 조선으로 귀환할 것인가 일본에 잔류할 것인가를 선택해
야 했다.[17] 이 소설에서 묘사되는 '대마도'는 재일조선인들의 경계인적
인 위치를 보여주는 일종의 지리적인 메타포로 읽을 수도 있다. '조선
인-일본인' 가정이 아니더라도, 대마도의 '박'의 위치에서, 해방된 조선
의 경제적 빈곤, 정치적 혼란, 분단의 진행 등 다양한 이유 때문에 귀
환을 유보하고 한시적 거류를 선택한 것이 현재의 재일조선인들이다.
이런 의미에서 대마도의 '박'은 '8·15' 이후 자민족 중심의 국민국가를
형성한 일본 사회와 한국 사회 어디에도 귀속되지 못하고 난민의 위치
에 놓여진 재일조선인의 삶과 위치를 예시(豫示)하는 것이라고 할 수
있다.[18]

---

17) 가령 앞서 언급했던 이회성의 장편 『백년 동안의 나그네』의 유근재는 하리오 섬의 오무라
　　수용소라는, 「섬」의 대마도와 동일한 선택의 지점에서 아내 마쓰코와 자식들과 함께 일본
　　에 잔류하는 선택을 한다.
18) 대마도에서의 '박'의 위치, 그것은 상술한 대로 전후 일본과 해방 이후의 남북한이라는 국
　　민국가의 경계로 수렴되지 못한 '재일'의 조선인을 상징한다. 최근 문제가 되었던 교토의
　　우토로 마을이나 양석일의 『밤을 걸고』(김성기 옮김, 태동출판사, 2001)와 현월의 『그늘의
　　집』(신은주·홍순애 옮김, 문학동네, 2000) 속에 그려진 밑바닥 인생을 살아가는 재일 조선인

안회남의 징용 체험과 관련된 일련의 귀환소설에서 「불」은 식민지 제국의 기억을 청산하고 민족과 새로운 국가 건설로 연결되는 귀환의 서사를 보여준다. 이 작품은 징용을 다녀온 소설가 '나(안상)'가 소설가적 관심을 가지고 지켜본 징용 체험자 이서방에 관한 이야기이다. 이 서방은 남태평양의 전선 트라크[19]의 아비규환에서 생환한 인물이다. 그가 징용되어 간 사이 아버지와 어린 아들이 죽고, 아내는 다른 귀환자와 살림을 차려 떠나가 버리는 등 집안이 망해 흉가가 되어 버렸다. 빛과 생명, 새로운 생활을 꿈꾸며 돌아온 고향에서 이서방을 기다린 것은 귀환의 꿈과는 정반대인 참담한 현실이었다. 정월 대보름날의 여러 의식과 쥐불놀이 끝에 이서방은 자신의 집을 불살라 버린다. 이서방의 이 행위는 서술자에게 "자신의 집에 불을 놓아 과거의 악몽을 불살라 버리고 파괴"[20]한 것으로 받아들여진다. 농부 이서방이 집을 불태우는 행위는 전통적인 대보름 불놀이의 정화의식 및 망월의식과 결부되어 있으며, 서술자는 이서방의 행위에 비추어 자신의 집에 대한 소시민적인 애착을 반성하고 있다. 이서방은 과거의 식민지제국에서 비롯한 불행을 상징하는 '집'을 불사르는 정화의식을 통해 귀환의 서사를 마감하고 새로운 출발을 시작하는 제의를 치르고 있으며, 서술자는 이러한 행위를 식민지적 유산과 봉건적이고 소시민적인 의식의 청산에 바탕한 건설 의식으로 받아들이고 있다. 해방기의 귀환은 그 과정

들의 집단촌 등은 재일조선인들의 '귀환'의 민족서사가 여전히 진행중임을 보여주는 사례일 것이다. 이들 작품과 텍스트에 대한 접근을 통해 한민족의 민족담론에서 배제되어온 재일 조선인의 '귀환'의 민족서사를 재구성할 수 있을 것이다.

19) 현재 미크로네시아 공화국에 속한 남태평양상의 섬으로 2차대전의 전장이었다.

20) 안회남, 「불」, 『불』, 을유문화사, 1947, 87쪽.

자체가 식민지 기억과의 절연을 통해 정화된 민족주체로 신생하는 제의라고 할 수 있는데, 「불」은 이러한 정화와 제의로서의 귀환의 서사를 대표하는 소설이다. 「불」 이후 「폭풍의 역사」, 「농민의 비애」 등, 해방기 좌파 문학의 수작으로 평가받는 소설과 조선문학가동맹의 활동을 거쳐 월북한 안회남의 행적은 소설집 『불』에서 다룬 일련의 귀환의 민족서사가 귀결되는 지점을 보여준다고 할 수 있을 것이다.[21]

일본으로부터의 귀환을 문제삼은 엄흥섭의 「귀환일기」[22]는 자기동일적 주체로서의 민족과 국가가 결부되는 귀환의 민족서사를 구축한다. 「귀환일기」는 '여자정신대'로 일본에 끌려갔다가 술집 작부로 전락했던 영희와 순이가 일단의 귀환자들과 함께 조선으로 귀환하는 여정을 서사화한 소설이다. 정신대로 끌려와 근로보국이라는 명목으로 군수공장에서 혹사되다 탈출한 영희와 순이는 가짜 형사에게 속아 술집 작부로 팔려가 매춘을 하다 해방을 맞는다. 순이는 아버지가 누구인지 모르는 아이를 임신한 지 9개월째인 만삭의 몸이지만, 조선으로 돌아가겠다는 일념으로 시모노세키를 향한다. 영희와 순이는 시골 간이역인 'S'역에서 스무명 남짓한 조선인 귀환자를 만나 동행하게 된다.

---

21) 사소설적 계보의 '신변소설'의 작가로 도시적 소시민의 정서 등을 다루었던 안회남의 해방기의 정치적, 문학적 행보는 방향전환이라는 의미에서 보면 일종의 '전향'이다. 이러한 방향전환의 중요한 동인은 문인으로서는 거의 유일했던 징용체험이 준 변화와 그 체험이 주는 도덕적 자부와도 관련되어 있다. 그렇지만 그의 일련의 징용체험 소설을 보면 한 가지 의문이 든다. 안회남이 징용소설에서 자신의 분신으로 구성한 인물들은 사실상 징용노동자와 달리 노동하지 않는 자이다. 그는 탄광노무자들의 여러 고민을 상담해주는 역할로 그려지는 데 어쩌면 안회남은 지식인이었기에 일종의 노무사로서 행정적인 업무를 맡고 있었던 것이 아닌가 추론할 수 있다. 징용된 노무자들도 모두 같은 노동자는 아니었던 것이다.

22) 엄흥섭, 「귀환일기」, 『우리文學』, 1946. 2.

그 무리 안에서 대구 출신의 만삭의 중년여인과 노파 및 청년들을 알
게 되고 서로 도우며 시모노세키에 도착한 후, '야미' 귀환선을 타고
조선으로 귀환하는 중에 아이를 출산한다. 귀환의 과정에서 순이 일
행 사이에서 싹트는 유대감도 민족이라는 동일성을 전제로 한 것이지
만,[23] 특히 '건국둥이'라고 명명되는 순이가 낳은 아이가 소설에서 차
지하는 위치에 각별히 주목해야 한다.

> 비록 몸은 천한 구렁속에 처박허였을 망정 원수 일본인에게는 절대로
> 몸을 허하지 않었다. 그렇다면 뱃속에든 어린아이는 역시 조선의 아들이
> 아닌가! 해방된 조선! 독립되려는 조선에 만일 더러운 원수의 씨를 받어
> 가지고 도라간다면 이얼마나 큰 죄인일가! 그러나 결코 그런 붓그러운
> 죄는 짓지 안었다. 다만 애비를 알수없는 어린애를 배엿다는 사실만은 시
> 집않간 처녀로서 커다란 치명상이요 불명예이나 그러나 조선사람의 씨를
> 바든것만은 떳떳이 자랑할만한 사실이 아닐가—[24]

해방기 귀환의 민족서사의 핵심에 순혈의 종족적 강박이 위치하고
있음을 여실히 보여주는 진술이다. 일본인을 매춘의 대상으로 하지 않
은 것을 민족적 자긍심으로 서술하면서, 순이는 자신의 아이가 조선
인의 피를 공유하고 있다는 사실을 통해 윤리적인 죄의식을 탕감받는
다. 순이의 독백에서 그녀가 출산한 아이는 '조선'을 아비로 하는 민족

---

23) 노인과 아이들, 부녀들을 '야미'배에 태우기 위해서 돈을 모으는 청년들의 행위는 특히 인
　　상적이다. 금전을 낸다는 '주체적'인 행위를 통해 같은 조선인이라는 것을 자각하고, '조선
　　인'이라는 '우리'를 확인하게 된다. 모금과 '同鄕' 혹은 '공동체' 의식의 확립에 대해서는 成
　　田龍一, 『故鄕という物語』, 吉川弘文館, 1997, 136쪽을 참조할 것.
24) 엄홍섭, 위의 소설, 10쪽.

의 아들이 된다. 이러한 서사 속에서 이민족의 피가 섞이지 않는 혈족적 동일성으로 민족을 정의하고, 순혈로 이루어진 국민국가가 상상된다. 순이가 출산한 그 시간에 차가운 겨울바람이 부는 갑판 위에서 대구 출신의 중년여인 역시 출산을 한다. 이 여인은 그 아이가 일본인의 핏줄이기 때문에 아무런 애착을 가지지 않으며, 차마 바다에 버리지는 못하지만 그 아이를 거두려고도 하지 않는다. 아버지의 혈통 때문에 그 아이는 자신의 어머니에 의해서 배척되고 공동체로부터 배제된다. 결국 배에 탄 귀환민들에 의해 그 아이는 거두어지지만, 「귀환일기」가 제시하는 귀환의 서사는 순이가 낳은 '건국동이'를 통한 순혈의 민족으로 이루어진 국민국가 수립으로 수렴된다고 할 수 있을 것이다.

(3) 만주(중국)로부터의 '귀환' 과 심상지리의 조정

허준의 「잔등」에는 만주 경험과 관련한 주목할 만한 인식이 보인다. 소설은 만주로부터 조선으로 귀환하는 지식인의 시선을 통해 해방 직후의 만주와 조선의 정황을 보여준다. 소설에서 서술자 '나'가 "열흘이고 스무 날이고 주을에 푸욱 잠겨서 만주의 때를 뺄 꿈"[25] 때문에 귀향의 여정을 '주을 온천' 쪽으로 잡으려 했다는 독백은 각별히 강조될 필요가 있다. '만주의 때'라는 표현은 식민지적 궁핍함 때문에 만주를 유랑한 실향한 식민지인의 슬픈 과거를 상징한다. 작품에서 서술자

---

25) 허준, 『殘燈』, 을유문화사, 1946, 6쪽. 해방기 허준의 「잔등」과 귀환의 문제에 대한 본격적인 논의로는 신형기, 「허준과 윤리의 문제-「잔등(殘燈)」을 중심으로」, 『상허학보』 17, 2006을 참조할 것.

가 겪은 만주 경험의 구체적 내용은 밝혀져 있지 않다. 그러나 만주 경험을 '때'로 치환하는 서술자는 이미 만주와 그곳에서의 경험을 잊어야하고 벗겨내야 할 오욕으로 간주하고 있다고 볼 수 있다. 더 확장해서 해석하자면, 목욕이라는 의식을 통해 벗겨야 할 이 '때'는 제국 일본을 배경으로 형성된 식민지적 정체성이다. 식민지제국의 실향민인 '나'가 귀환의 벽두에 행하고자 한 '주을 온천'에서의 목욕은 '만주의 때'로 표상되는 제국적 정체성을 벗겨내고, 새로운 국민국가인 신생 '조선'의 민족적 정체성으로 전환하는 일종의 제의인 셈이다. 소설에서 서술자 일행이 만주에서 조선으로 귀환하는 여정은 그 자체로 식민지 조선인의 생활권(life sphere)이었던 만주가 후경화되는 과정이기도 하다. 해방 이후 제국의 '신민'이 신생 조선의 '국민'으로 변형되는 과정과 지역 표상의 경계가 조정되고 조정된 경계가 자연화되는 과정은 서로 관련되어 있다. 만주의 후경화와 더불어 '만주의 때'를 벗겨버리려는 서술자의 태도에는 동아시아적 근대를 배경으로 한 트랜스내셔널(trans-national)한 만주 체험을 민족적인 기억으로 경계 조정해가는 해방기 귀환 서사의 무의식이 드러나 있다고 할 수 있다.[26]

---

26) 이러한 태도는 동아시아적 근대를 배경으로 한 트랜스내셔널한 만주 체험을 내셔널한 기억으로 경계 조정한 해방 후 남북한의 변화상을 예비한다. 가령, 북한에서 주체사상이 공식화되는 시기에 '중국항일연군'의 부대장 김일성이라는 '역사적 사실'은 '조선인민혁명군'의 수령 김일성이라는 신화로 변모된다. 중국인, 조선인, 일본인을 아우르는 트랜스내셔널한 반제투쟁의 경험이 '조선인'만의 민족적 투쟁이라는 '북조선건국신화'로 변경된 것이다.(와다 하루키, 『북조선』, 서동만·남기정 공역, 돌베개, 2002, 26쪽) 문학에서는 '까마귀' 작으로 되어 있는 『피바다』가 김일성작으로 바뀌면서 중국-조선인의 반제국주의 연대 투쟁의 서사가 조선인만의 서사로 교체되는 형식으로 이러한 정치적 변화에 대응되었다.(이에 대해서는 정종현, 「피바다'와 주체문예이론의 관련양상」, 『한국문학연구』25집, 2002를 참조) 또한, 박정희를 비롯한 박정희 정권의 중요 인물들이 만주국의 군대와 대동학원 출신의 만주 인

김만선의 단편집 『압록강』[27]은 만주체험을 소재로 한 단편들과 해방 직후의 정황을 그리고 있는 작품들로 구성되어 있다. 특히 「귀국자」, 「한글강습회」, 「이중국적」, 「압록강」 등의 네 편의 단편은 해방 전후의 만주 풍경과 귀국의 과정, 이주민으로서의 만주국 생활을 청산하고 본토로 귀환한 귀국자가 겪는 정체성의 혼란이 연작소설처럼 그려져 있다. 우선 「이중국적」은 8·15 직후 만주의 불안한 상황과 중국인들에 의한 조선인 학살을 다루고 있는 소설이다. 중국인의 입장에서 조선인은 일본 국민이며, 혹은 침략자 일본인의 하수인이었다. 해방 직후 혼란스러운 만주에서 조선인은 일본인과 함께 중국인들의 약탈대상이 되었다.[28] 「이중국적」은 일본인에게는 '조센징(요보)'으로, 중국인에게는 '꺼우리팡즈'라는 경멸적 호칭으로 불리며 제국주의의 주구로 인식된 재만조선인들의 당대 위치를 증언한다. 주인공 박노인은 수십년전 만주로 이주하여 농업과 거간으로 자리를 잡은 재만조선인

맥이라는 것도 널리 알려진 사실이다. 남한에서는 만주와 중국의 반제 투쟁에서 의열단을 포함한 공산주의 계열의 기억을 소거시켰다.

만주 경험을 다룬 분단기 남북한의 소설들은 193~40년대 일본 제국, 만주국 등의 동아시아적 정치 질서 아래 혼종적인 정체성의 경계를 지니고 있었던 식민지인의 경험을 해방 이후의 단일한 내셔널리즘의 경계안으로 조정했다. 이기영의 『두만강』, 『피바다』와 『한 자위단원의 죽음』, 태항산에서 항일연군으로 활동한 연변작가 김학철의 『격정시대』와 『해란강아 말하라』, 조정래의 『아리랑』 등 분단기 남·북한의 장편소설에서 민족적 수난과 저항의 성소로 표상되는 만주를 만날 수 있다. 박경리의 『토지』도 만주에 대한 해방 이후의 내셔널한 문학적 상상력에서 예외가 아니다. '친일적인' 파렴치한 조준구에게 토지를 빼앗기고 간도에서 치부한 후 평사리로 귀환하는 서희의 노정으로 요약되는 최씨 집안의 몰락과 재기과정은, 만주에서 민족적 정체성을 보존하며 실력을 길러 일본 제국주의를 구축한다는 민족해방서사의 은유라고도 할 수 있다.

27) 김만선, 『압록강』, 동지사, 1948.

28) 이를테면 채만식의 유고인 「소년은 자란다」에서 영호 모친이 만주인들에 의해 윤간당해 살해되는 것 역시 당대적 사실을 반영하고 있는 삽화일 것이다.

으로 만주사변 이전에 이미 중국인으로 귀화하였고, 만주국 건국 이후에는 중국적(中國籍)을 숨기고 만주국의 이등 국민인 '반도인'으로 살아왔다.[29] 박노인은 식민지적 질곡에 의해 만주로 이주한 조선 유이민을 대표하는 전형적 인물이다. 만주국 건국 전에는 중국으로의 귀화를 통해 자신의 안위를 보장 받았고, 만주국 건국 이후에는 '반도인'으로 처세하면서 생활의 기반을 닦았다. 만주국에 거주했던 조선인들 스스로를 중간자적 계급으로 상상하였고, 그런 의식을 투사한 텍스트들이 존재하더라도, 만주국에서 조선인의 법적 사회적 지위는 실질적으로는 중간자가 아니었다.[30] 박노인은 자신이 중국인 처와 중국적을 가지고 있다는 사실에 안도하고, 일본의 항복 후 피난간 조선인들을 비웃었으나 곧 중국 민중들과 폭도로 화한 만주국군에 의해 죽임을 당하게 된다. 박노인은 중국적을 소유한 만주국인이었고, 중국인들에게 선량하

---

29) 한수영(「친일문학 논의와 '재만조선인문학'의 특수성」, 『재일본 및 재만주 친일문학의 논리』, 역락, 2004)은 '이주자-내부-농민의 시선'의 개념틀을 통해 당대의 에스닉 집단인 '재만조선인'의 복잡한 사회적 위치와 이로부터 기인한 만주국에 대한 복합적인 태도의 층위를 설명한다. 그는 안수길 작품의 면밀한 분석을 통해 이주민 조선인 집단의 만주국에 대한 태도, 협화회와 치외법권에 대한 입장 등이 호의적이라 하여 그것을 근거로 친일성 여부를 단정할 수 없다고 지적한다. 안수길의 경우를 중심으로 논의를 전개한 것이지만, 이는 당대 '재만조선인'의 문학과 정체성을 분석할 때 중요하게 참조해야 할 관점이라고 판단된다. 한수영의 논의에 덧붙이고 싶은 것은, '이주자-내부-지식인의 시선' 역시 만주국에서의 조선인의 중층적인 특수 지위에 대해서 많은 참조를 제공하며, 그것이 늘 '농민의 시선'과 대척점에 있지도 않다는 사실이다. 김만선의 소설들은 해방 이후 쓰여졌지만, 이러한 이주자-지식인의 관점과 정체성을 잘 드러내고 있다고 할 수 있으며, 아마도 염상섭이 만주 이주시 작품을 남겼다면, 이러한 시선이 보다 부각되어 있으리라 추론해볼 수도 있다. 새로운 작품 발굴의 가능성을 기대해 볼 뿐이다.

30) 한석정(「만주국과 조선과의 관계」, 『아시아문화』, 한림대학교 아시아문화연구소, 2003, 145쪽)에 따르면, 만주에서 범죄를 저지른 중범자들은 조선으로 압송되어 재판을 받았으며, 1937년 조선인이 만주인과 동일한 권리, 의무를 향유하게 되었다는 발표와 함께 현실적으로 2중 국적자가 되었으나, 공적, 사적 부문에서는 주변적 지위에 머물렀다.

게 대했다는 자부심을 가지고 있었으며, 만주를 삶의 터전으로 생각했다. 하지만 정작 위기상황에 처했을 때 그의 동료 중국인들이 그를 대한 태도는 같은 국민이 아니라 제국주의의 대리인, 이방인 취급이었다. 박노인은 재만조선인이 처했던 사회적, 국가적 정체성의 애매함을 대표한다.

표제작이기도 한 「압록강」은 2차 세계대전 직후 귀국의 여정을 다룬 작품이다. 김만선은 「이중국적」에서 해방 직후의 만주상황을 통해 귀환의 동기와 전사(前史)를 그렸다면, 이 소설에서는 실제 귀환의 여정을 그리고 있다. 이 소설에서 '대부분의 조선사람들이 만주에서 그대로 살아나갈 자신을 잃고, 생활이 불안해만 갔'[31]다는 진술은 앞서 살핀 「이중국적」의 배경이 되는 만주의 정세와 관련하여 읽어야 할 것이다. 「압록강」에서 중국인들로부터 받게 되는 생명에 대한 위협으로부터 벗어나서 독립한 조선으로 귀환하는 것은 일종의 유토피안적 전망과 함께 제시되어 있다. 작품에서 '조선'과 조선을 표상하는 '압록강'은 '지금-여기'의 척박한 만주의 현실과 대척점에 위치한다. 피난열차 상에 번진 전염병으로 아이들이 죽고, 아이를 죽인 병인 발진티프스로 인해 그 어머니인 젊은 여인도 죽자 남편이 아내의 시신을 안동 못미친 중국의 한 철교에서 강으로 던져 버리는 참극이 발생한다. 이를 자살로 오해한 피난민들의 반응은 민족으로의 귀환의 열망이 국토 및 지리와 어떻게 결부되는가를 보여준다. "제-길헐, 기왕 자살을 하려거든 압록강 추렁추렁하는 깊숙한 물속에나 빠질게지……깃것 여기까지 와

---

31) 김만선, 앞의 책, 91쪽.

서 그래 모래밭으로 떠러저 만주떼거지같은 까마구떼의 밥이 된담!"[32] 이라는 승객들의 반응에는 '추렁추렁한 깊숙한' 압록강물로 표상되는 풍요로운 국토에 대한 강한 일체화가 담겨 있다.[33] 이 '압록강'은 귀환자들에게 황량한 '모래밭'으로 표상되는 '이곳'의 현실과 대비되며, "저 강만건느면―신의주(新義州)의 땅을 밟기만하면 모든 걱정, 시름이 단숨에 날러갈상싶"[34]은 유토피아적 미래로 들어가는 상징적인 관문이다. 압록강은 제국적 정체성을 씻어내고 민족의 구성원으로 공증받는 제의의 관문이기도 하다.

정체성의 변화를 보여주는 한 사례가 술에 대한 주인공 원식의 취향의 변화이다. 만주에서는 반 되쯤은 거뜬히 먹던 빼갈이 신의주에서는 구역질이 나는 역겨운 것으로 변하며, 그동안 맛이 없다고 느꼈던 막걸리를 마주치기만 하면 마시게 된다. 즐겨먹던 빼갈을 역겨워하고 막걸리를 찾게되는 원식의 행위는 만주의 기억을 씻어내고 조선적인 정체성을 획득하는 행위의 하나라고 할 것이다. 압록강이라는 제의의 공간을 통과함으로써, 서술자 '원식'은 피난열차에 승차하려는 일본인을 총독부 권력을 대체해 치안을 유지하던 새로운 행정력인 보안대원에게 고발할 수 있는 용기를 획득하고 "생전 처음으로 일본놈에게 벌

---

32) 김만선, 위의 책, 101쪽

33) 「압록강」의 이 구절에서 느껴지는 국토의 민족주의적 신체화, 일체화의 감정은 김산·님 웨일즈의 『아리랑』(동녘, 1994, 개정2판 6쇄)에서 김산(장지락)이 하고 있는 진술을 연상시킨다. 님 웨일즈와의 첫만남에서 김산은 "우리 조선사람들은 조선의 강에서 투신자살할 수 있다는 것을 다행으로 여긴답니다. 중국의 강들은 그러기에는 너무 더럽지요"(25쪽)라며 '금수강산'으로 조선을 표상하고 있다.

34) 김만선, 위의 책, 102쪽.

을 준 가슴의 설렘"[35]을 느낄 수 있게 된다. 귀환이라는 제의, 압록강이라는 민족으로 향한 상징적 관문을 통과함으로써 원식은 민족과 건국의 주체의 자격을 획득하는 것이다.

「귀국자」는 인텔리 이주자 '혁' 일가의 만주국 경험과 귀국 후의 생활을 그린 단편이다. '혁'은 만주 신경의 신문사에 근무하다 일어를 유창하게 구사하는 아내 영애의 주선으로 만주국 관료가 되었으나 양심의 불편함으로 다시 신문사로 이직했던 인텔리이다. '혁'의 아내 영애는 만주국 시절 '도모노가이(友之會)'를 조직하여 일본인 유력자들의 부인들과 사귀고 여러 좌담 등에 참여하면서 활약했던 인물로, 해방기에는 남편에게 군정청 통역이나 관리가 되도록 종용할 정도로 세상사는 이치와 출세에 대해서 남다른 감각을 지니고 있는 처세형 인물이다. 이들 일가는 만주국 시절 일본인들이 거주하는 관사에서 살며, 그 딸 '경희'를 일본인 학교에 보냈다. '경희'는 일본어와 일본국가를 배경으로 한 교육을 통해 스스로를 일본인으로 구성한 식민지의 아이이다. 관사에 살던 시절 경희는 조선인을 일본인이 부르던 경멸적 호칭인 '요보'로 부르며 자신과 구별짓는가 하면, 조선어를 사용하는 부모를 힐난하는 아이였다. 제국의 소국민으로 자랐던 딸 '경희'는 식민지 잔재를 청산하고 민족적인 정체성 형성을 강화해 가던 해방 직후 '서울'의 학교 분위기에 적응하지 못하며 정체성의 혼란을 겪는다.[36] '혁'

---

35) 김만선, 앞의 책, 106쪽.

36) 「귀국자」의 서두는 상징적이다. 어린 아들 영환이 "잇데 기마쓰(다녀오겠습니다!)" 하며 나가자 '혁'은 "학교에 다녀오겠읍니다 그래!"라며 교정해 준다. 아버지의 지적에 무의식적으로 튀어나온 일본어를 교정하는 영환에 비해 일본어밖에 모르고 만주국의 가정과 학교에서 철저히 일본인이고자 했던 경희는 해방기 일본어 사용을 엄금했던 조선의 학교에

역시 해방기의 서울에서 전문학교 영어교사로 취직했지만, 사회에 적응하지 못하며 찬탁·반탁에 대한 확고한 주관도 없이 부유하는 인물로 그려진다. 그는 유약하지만 자신의 만주국 경험을 부끄러워할 만큼은 자기성찰적이다. 그는 1946년 2월 15일에 조직된 좌익 통일전선 '민주주의민족전선(약칭 民戰)'에서 활동하는 과거의 동료 장덕수나 찬탁 지지의 서울운동장 좌파 시위에 참여하는 친구 김인수 등, 해방기 정국에서 확고한 신념을 가지고 움직이는 사람들을 바라보면서 자신과 같은 사람은 조선에 거주할 자격이 없다고 생각한다. 그의 고민의 요체는 자신이 "진정한 의미의 조선사람이 되어야 한다는 것을 깨달았으면서도 이 무한히 바쁘고 피가 끓어야 할 순간"[37)에 정열을 내지 못한다는 데 있다. 더 나아가 그는 스스로를 "조선인이 아니다"라고 인식한다. 경희와 영환 남매의 정체성의 혼란은 그대로 '혁' 자신의 정체성의 혼란이기도 하다. '혁'은 신체적인 귀환은 이루었지만 정신적인 귀환을 완수하지 못했으며, 제국인으로서의 경험과 새롭게 요구되는 민족적인 정체성 사이에서 부유한다.

'혁'의 정체성의 혼란의 한 원인인 만주국 체험의 내용은 무엇인가. 해방된 조선에서 '혁'이 만주국에서 한 신문사 생활과 관료 생활은 내세울 바가 아니고, '혁' 또한 과거 자신의 삶에 대한 부끄러움을 안고 있지만, 그것이 그대로 부역의 삶이었다고만 단죄하기 어려운 정황이 존재한다. 차별받는 조선인 인텔리 지식인이 만주국 안에서 느꼈을 역

적응하지 못해 학교에 가는 것을 싫어한다. 서론에서 언급했던 박흥민의 「벌쟁이」의 또 다른 '교코'가 「귀국자」의 경희인 셈이다.

37) 김만선, 「귀국자」, 앞의 책, 29쪽.

설적인 일말의 해방감을 '혁'은 다음과 같이 술회한다.

「내선일체」가 아닌 민족협화가 만주에서의 倭政의 구호이었을 때 「만주국」의 한개 구성민족이라고 겉으로나마 대접을 받았고 그래서 영애는 「도모노가이」(友之會)란 일종 귀족적인 부인회를 조직해 이민족과의 친선을 부르짖게 되었다. 딴 민족과의 친선이라고 하나 주동체는 日女들이라 만주여자들은 그냥 따라다니는 피동체였으며 조선사람들은 만주국에서의 조선사람들 지위가 정말 한개민족으로서의 대접을 받는 것인지 일인취급인지 도무지 분간키 어려웠듯이 조선부인네들만의 분회(分會)를 가졌으면서도 일인들의 예속적 혹은 보조적 기능밖에 발휘를 못했었다.[38]

여기에는 조선인들이 만주에서 처한 사회적 위치와 인식에 대해 엿볼 수 있는 중요한 단서가 들어 있다. 혁의 진술을 통해 만주국의 '오족협화'의 슬로건이 조선인에게는 자신의 정체성을 확인할 수 있는 이데올로기였다는 사실을 알 수 있다. 조선총독부의 공식적인 정책은 '내선일체'의 추구였다. 식민지 조선은 '조선인'으로서의 정체성이 부정되는 공간이었다. 그러나 만주는 독립국을 표방했으며 민족 사이의 협화를 강조했다.[39] 그것은 비록 이데올로기였지만, '오족협화'라는 지배

---

38) 김만선, 앞의 책, 18쪽.
39) 일본, 조선, 중국, 만주, 몽골인의 5족이 협력해 동양적 왕도정치가 실현되는 이상향을 목표로 관동군에 의해 설립된 프로젝트 국가인 만주국은 사실상 괴뢰국이었지만, 일본은 만주국의 독립성을 반복적으로 강조했다. 실질적으로는 관동군의 영향 하에 있었지만, 독립된 국가라는 이데올로기가 일종의 국가 효과를 발휘한 측면도 있었다. 이에 대해서는 한석정, 『만주국 건국의 재해석—괴뢰국의 국가효과』, 동아대학교출판부, 1999 참조.

자의 이데올로기 속에서 조선인은 만주국을 구성하는 한 단위의 구성 민족으로 대접을 받았으며 스스로의 정체성을 유지할 수 있었다. 이러한 사실이 만주국의 관료 생활을 미화시켜주는 것은 아니지만, 이주민인 조선인이 만주국에서 느꼈을 어느 정도의 해방감을 설명해 준다. 그러나 조선인들의 지위는 '한개 민족으로서의 대접을 받는 것인지 일인 취급인지 분간키 어려운' 상태에 있었다. 조선인들은 '선계(鮮系)'로서의 차별적 지위를 일상의 영역에서 느낄 수밖에 없었다. 혁의 처 영애는 '총후를 지키는 여성의 각오', '징병제도실시와 여성의 의무' 등의 좌담회에서 일본인 헌병 '제등' 소좌로부터 "기무라상만치만 황민화되었다면 이런 좌담회 같은 것 열 필요도 없다"[40]는 말을 들을 만큼 제국의 이데올로기에 적극적으로 협력한 인물이다. 그런 '영애'조차도 배급에서 "당신은 '선계(鮮系)'이니 좁쌀을 섞어가야 한다"는 말을 듣게 되며 차별에서 예외가 되지 못한다.[41] 영애는 '이렇게 차별대우를 하면서 황국신민은 무엇이고 징병은 무엇이냐'고 제등 소좌를 찾아가 반발한다. 식량 배급에서 차별을 받았다는 사실도 중요하지만, 그 부당한 차별대우에 항의하는 논법, 즉 차별하면서 '황국신민은 무엇이고 징병은

---

40) 김만선, 앞의 책, 22쪽.

41) 식량사정이 악화되면서 만주국에서도 식량 배급제가 실시되었다. 소속 민족별로 식량 통장의 색깔이 달랐다. 일본인은 적색 통장, 조선인은 백색 통장, 만주인과 중국인은 황색 통장을 받았다. 이 색깔은 배급 물품의 차이를 의미했다. 일본인에게는 쌀과 설탕 등이 비교적 풍부하게 지급된 반면 만주인, 중국인에게는 주로 수수, 콩 등 잡곡이 지급되었다. 조선인들은 일본인들보다는 못했지만, 만주, 중국인들보다는 더 나은 배급을 받았다. 조선인의 입장에서는 일본인에 비해 차별받은 것으로 의식했겠지만, 중국인의 입장에서 조선인은 제2의 일본인과 다르지 않았다. 해방 이후 동북지방에서의 조선인에 대한 살육과 약탈에는 이러한 오랜 감정이 그 배경에 있었다.

무엇이냐'는 논리도 주목할 대목이다.[42] 「귀국자」는 식민지제국과 만주국의 이중 국적과 조선인이라는 민족정체성이 애매하게 혼종되어 있었던 식민지 조선인의 모호한 정체성이 해방 이후 민족 국가 건설의 과정에서 정리되어 가는 과정을 '혁' 일가의 어제와 오늘을 통해 보여주는 소설이라고 할 수 있다. 서울운동장에서 밀려나오는 시위대열을 바라보면서 "목이 터지도록 만세를 불러보려고 했으나 목에서 걸려 가지고서는 기회를 놓"[43]친 혁이 군중의 틈으로부터 빠져 나와 향하게 될 곳은 김만선의 이후의 소설을 통해서 확인해야 할 것이다. 해방기 서울과 남한 정세에 대한 비판적이고 음울한 시선이 이 시기 김만선의 일련의 소설에는 드러나 있다. 「노래기」, 「어떤 친구」 등 창작집 『압록강』의 나머지 소설들에서는 이러한 부정적 시선이 여실히 드러나 있으며, 「大雪」[44]에서는 좌익운동을 하는 일가족과 모리배 및 우익 청년 단원들을 대비시키며 남한 사회를 비판하고 있다. 김만선이 언제 월북했는지는 확실치 않지만, 월북 후의 김만선이 한국 전쟁 시기에 북한의 종군작가로 활동하는 것이 확인된다.[45] 아마도 자신의 이력이 반영

---

42) 제국의 이데올로기를 그대로 발화하면서 조선의 이익을 요구하는 논법은 식민지 지식인들의 30년대 후반기의 글들에서 어렵지 않게 찾을 수 있다. 배급의 차별에 격분한 '영애'의 발언에서 '친일'적인 인물이 당국을 격렬히 비판하는 당대의 저널리즘의 논법을 발견하게 된다. 차별하면서 '황국신민은 무엇이고 징용은 무엇이냐'고 격분하고 있는 영애의 발화는 이들 지식인들의 공식적 논설의 구어에 해당한다고 할 수 있다. 이에 대해서는 정종현, 『동양론과 식민지 조선문학』, 창비, 2011을 참조할 것.

43) 김만선, 앞의 책, 37쪽.

44) 김만선, 「大雪」, 『신천지』, 1949. 2.

45) 이 시기 작품이 「당증」(1950), 「사냥꾼」(『문학예술』 4권 5호, 1951년 8월호)이다. 그 이후에도 「태봉령감」(『조선문학』 1956. 12), 「폭우 속에서」(『조선문학』 1957. 11), 「서부 전선에서(종군기)」(『조선문학』 1963. 2) 등을 발표하는 등 지속적으로 창작 활동을 하고 있다. 만주국의 경험에서부터 해방기, 북한의 공산주의 문학 활동에까지 걸쳐 있는 김만선에 대한 포괄

되었을 만주국에서의 관료 및 관제신문사 등의 제국의 기억에 대한 자기비판과 청산의 과정을 거쳐, 김만선은 '조선민주주의인민공화국'이라는 종착지에서 지리적 정신적 귀환을 종결한 것으로 보인다.[46]

(4) 지속되는 귀환 - 국민과 난민 사이

귀환의 민족 서사에서 공통되는 구조는 '지금-여기'를 결핍과 고통의 공간으로 제시하고 해방된 '고향', '고국'을 빛과 삶의 유토피안적 공간으로 설정하는 것이다. 귀환의 서사는 '지금-여기'의 각박한 현실로부터 식민지적 질곡이 제거된 유토피안적 '고향'으로 귀환한다는 의식을 공유한다. 채만식의 유고 「소년은 자란다」는 이러한 전형적인 이항대립이 나타나 있는 사례이다.

(A)

그 빠른 기차로도 사흘이나 오는, 이 만리 타국, 일컬어 호지라는 북간도 구석에서, 동네를 온통 울타리로 둘러 막고, 주야로 경비를 하여야 하는 불안한 땅에서, 강냉이 조밥으로 창자를 채우면서, 살이 어는 무서운 추위에 떨면서, 그러면서 한편으로는, 이곳까지 뒤쫓아 온 왜사람들에게 시달리고, 만주사람들에게 시달리고 하면서, 산다느니 보다도, 죽지 못해 살아 있는, 시방의 이 형편에다 비하여 그 얼마나 호강이며 팔짜 편한 세

적인 고찰은 별도의 연구를 수행하고자 한다.

46) 본 연구에서는 다루지 못한 중국으로부터의 귀환의 한 양상이 '상해'로부터의 귀환 이야기이다. 최근 해방기 문학에 나타난 상해에서 온 이주자의 표상을 분석한 흥미로운 논문이 발표된 바 있다. 이에 대해서는 김익균, 「해방기 사회의 타자와 동아시아의 얼굴—해방기 소설에 표상된 상해에서 온 이주자」, 『한국학연구』38, 2011을 참조할 것.

상이겠느냔 말이었었다.

(B)

산 좋고, 물 좋은 고국. 농사 하기 꼬옥 알맞은 고국. 건 땅에 벼농사 지어, 기름 자르르 흐르는 입쌀밥 먹으면서 딱따거리고 따귀 올려붙이는 순사 꼴 아니 보면서 농사 한것을 송두리째 뺏아가는 공출, 물론 없을 것이매 또한 면소로 주재소로 붙들려 다닐 염려 없을 터. 자식을 공부 시키기 좋고 일가와 친척이 있고. 선산이 있고 죽으면 고향 땅에 묻히고. 줄이고 줄여 잡아도, 이렇게는 살수가 있는 고국이었다.[47]

(A)로부터 (B)로의 이동은 해방기 귀환 서사의 기본구조이며, 이때 (B)는 유토피아로 설정된다. 그러나 이러한 환상은 현실에 직면하며 곧 깨어진다. 영호에게 고향으로의 귀환은 '어머니의 죽음', '아버지와의 이산', '빈곤'과 결부된 것이다. 만주 '대이수구' 민족학교의 교사로 귀환을 열렬히 주장하고 권했던 오선생이 귀환한 고국의 현실에 절망하며 다시 한번 해방이 되어야 한다고 말하는 데서도 알 수 있듯이, 해방은 온전한 것이 아니었으며 해방된 조선에서 귀환자들은 타자일 뿐이었다. 귀환전재민인 소년 영호가 바라본 해방기의 조선사회는 유토피안적 전망과는 무관하다. 그곳에서 귀환전재민들은 자기동일적인 주체로서의 민족의 주변으로 밀려난 위치에 있었다. 영호는 혼란한 세상에서 처세를 통해 치부한 해방기 조선사회의 인간 군상과 귀환한 자신들을 대비시키며, "우리는 거기서 살 때, 언젠가 고국에서 사람들이

---

47) 채만식, 「소년은 자란다」, 『월간문학』 1972. 9, 48쪽.

찾아 온 것을, 퍽도 반가와 하면서, 세상에 없는 손님으로 맞이하여, 알뜰히들 대접을 하고 하였건만"[48]이라고 술회한다. 소년 영호는 일가가 단란하게 살았던 '거기'를 오히려 고향으로 인식한다. 영호에게 해방은 "타국으로 흘러가서, 간신히 의지하고 살던 집과, 농사하던 땅이며, 농사 진 곡식, 애탄개탄 장만한 세간과, 더러는 어머니까지도, 해방은 우리에게서 뺏은 것이 아닌가? 그리고서 준 것은, 압제 없는 살기와, 살집과 농사할 땅과의 대신에, 입었던 옷을 누더기를 만들게 한 것과 석탄 부스러기와, 밀가루와, 쓰러져가는 저 알량한 집과, 이것이 아닌가?"[49]라고 기존의 생활과 가족을 빼앗은 사건으로 받아들여진다. 애초부터 귀환할 곳이 없었던 오윤서 일가는 전라도 땅 어디에서든 농사를 지으며 살아갈 생각으로 내릴 역도 정하지 못한 채 목포까지 가는 열차표를 쥐고 정처없는 출발을 한다. 대전에서 혼란한 와중에 아버지와 헤어지게 되는 영호, 영자 남매의 삽화는 해방기 귀환 서사의 한 양상을 대변한다. 영호 일가에게 애초부터 귀환할 고향은 존재하지 않았으며, 막연한 유토피아적 전망과 함께 귀환의 목적지로 삼았던 조선 반도에 도착해서도 그들 일가의 귀환은 끝나지 않았다. 오윤서 일가의 귀환은 여전히 진행중이다. 이 소설은 결국 영호라는 소년의 성장 이야기로 이어질 터인데, 영호가 향해가게 될 미래는 미지로 남겨져 있다.[50]

---

48) 채만식, 위의 소설, 75쪽.

49) 채만식, 위의 소설, 120쪽.

50) 채만식은 「민족의 죄인」을 통해서 자신의 식민지 친일행위에 대한 죄의식을 토로한 바 있다. 이 소설에서 그는 '시험받지 않은 정조'론을 내걸거니와 이후 「논이야기」, 「미스터방」 등을 통해서 미군정 치하 남한 사회에 대한 비판적 의식을 드러내고, 월남한 친일지주 집

「소년은 자란다」 외에도 귀환전재민의 위치에서 조선사회의 음울한 사회상을 묘사한 작가들로 엄흥섭, 계용묵 등을 들 수 있다. 엄흥섭의 「집 없는 사람들」[51]도 중국으로부터 인천에 돌아온 귀환전재민을 소재로 한 소설이다. 작품은 중국 천진서 배를 타고 인천으로 귀환한 귀환전재민이 그곳에서 겪는 해방기의 음울한 현실을 묘사하고 있다. 특히 추운 겨울에 살 집이 없어 남의 처마 밑에서 지내거나, 식민지 시기 파놓은 방공호에서 거주하는 귀환민들의 상황이 그려져 있다. 이 작품에서는 전재민의 처지와 모리배의 처세가 대비된다. 이러한 소설의 묘사 속에서는 운명을 함께하는 공동체로서의 민족이라는 일체감은 존재하지 않는다. 기민한 처세와 모리를 하는 '그들' 혹은 정주민들과 귀환전재민으로 그러한 처세를 할 수 없는 '우리'가 날카롭게 구분되고 있다. 계용묵의 「별을 헨다」[52]에서도 같은 귀환민이면서도 적산가옥을 무단으로 점유하고, 귀환민의 옷가지와 세간 등을 수완좋게 헐값으로 사들여 치부하는 인물을 제시하며, 해방기의 다양한 인간군상들의 처세를 보여준다. 주인공은 이러한 처세에 능하지 못하며, 다른 이의 곤경을 이용해 치부할 생각도 없어 고향인 이북으로나 갈까 하고 출발하였다가 이북에서 이남으로 오는 친지를 만나 그곳의 어려운 형편을 전해듣고 자신이 돌아갈 곳이 없음을 확인하는 쓸쓸함 속에서 소

안 출신의 국방경비대 소위 '재춘'이 한국전쟁을 예감하는 「낙조」 등을 통해 분단과 전쟁으로 치닫고 있는 당대 한국 사회에 대한 예민한 촉수를 선보였다. 대한민국 설립 전후를 배경으로 하는 이 소설에서 그는 외세 의존적인 남북한 모두의 단정수립을 비판하는 관점을 보이거니와 그의 유고인 「소년은 자란다」의 이 자라는 소년이 주체로서 참여하게 될 사회를 채만식이 어떻게 상상했을까는 미지로 남게 되었다.

51) 엄흥섭, 「집 없는 사람들」, 『백민』, 1947. 5.
52) 계용묵, 「별을 헨다」, 『동아일보』, 1946. 12.; 『계용묵전집』1, 민음사, 2004.

설이 끝나고 있다.[53]

지리적 귀환 이후의 삶을 소재로 한 이들 귀환소설에는 해방기 조선의 인플레와 불안한 정치 상황 등에서 비롯한 우울과 불안이 그려져 있다. 귀환전재민들은 귀환한 한반도 안에서 직면하게 되는 정치적 혼란과 궁핍함, 그리고 정처없는 떠돎을 통해 그들이 유토피안적 전망 속에서 찾아온 고향과 고국이 귀환의 종착지가 아니었다는 사실을 깨닫는다. 그들의 귀환은 종결된 것이 아니고 여전히 지속되고 있는 것이다. 그들 중에는 해방된 조선의 암울한 현실과 혼란, 궁핍을 피해 원래의 삶의 터전으로 되돌아가는 사람들도 생긴다. 중도 합작파인 언론인 오기영이 『신천지』의 고정 칼럼 「三面佛」에서 "해방의 고국으로 돌아오기를 원치 아니하는 재외동포의 수가 무려 수십만"이었으며 그 이유가 "이 땅에 온대야 즐거움보다는 슬픔이 앞서고 평안함보다는 고생스러움이 더할 것을 알기 때문"[54]이라고 서술하고 있듯이, 해방기를 감격의 시대, 기쁨의 귀환으로만 기억하는 것은 후대의 선입견이다. 이 칼럼의 뒷부분에서 오기영은 당대 신문을 인용하며 한번 돌아왔던 전재동포들이 밀항선을 타고 다시 '왜지(倭地)'로 나가는 사례가 무수하다고 증언하고 있다. 더욱 눈여겨 봐야 할 것은 이들 귀환 동포들에 대한 주택, 노동, 식량 대책이 전무한 위정 당국이 밀항해서 되돌

---

53) 이외에도, 홍구범의 「봄이 오면」(1947. 5), 최태웅의 「집」(1947. 8-9), 손소희의 「회심」(1948. 5), 유주현의 「煩擾의 거리」(1948. 10), 안수길의 「여수」(1949. 5), 김광주의 「惡夜」(1950. 2), 장덕조의 「삼십년」(1950. 2) 등 『백민』지 소재의 일련의 소설들에도 귀환전재민이 귀환한 한반도에서 느끼는 기아와 궁핍의 실상과 주변인으로서의 위치가 묘사되어 있다. 또한 곽하신의 「停車場廣場」(『신천지』 1947. 7)에서는 기아와 궁핍의 전재민들이 현실의 모순에 맞서 집단행동으로 나아가는 면모를 묘사하고 있다.

54) 오기영, 「三面佛」, 『신천지』 1권 9호, 1946. 10, 6쪽.

아가는 사람들을 다시 끌어오고 있다는 진술일 것이다. 황순원의 「담배 한대 피울 동안」[55]에는 고국을 찾아온 귀환전재민이 거리의 여자로 전락, 밀항하다가 잡혀와 처벌받는 상황이 묘사되는데 이것은 더 이상 사람들의 흥미를 끌지도 못할 만큼 일상화된 사회면 기사였다고 진술 되고 있다.[56] 이들 '귀환전재민'은 무너진 제국에서 새로 형성되는 국 민국가 사이를 가로지르는 국민과 난민 사이의 존재였다.

사실 일본제국 붕괴 이후의 이동의 서사는 한국 사회에만 국한되 는 것이 아니다. 귀환의 서사는 완결된 것이 아니라 현재까지도 여전 히 지속되고 있다고 할 수 있다. 일본의 패전 이후 동아시아 질서가 와 해되면서, 식민지제국을 구성하던 식민자와 피식민자 모두가 새롭게 형성될 민족국가를 기대하며 귀환하였다. 제국의 해체는 일본과 조선 뿐만 아니라 타이완과 오키나와인들에게도 새로운 질서를 예감케 하 는 것이었다. 이들 각각의 귀환의 양상과 그 결과는 각기 다르다. 가령 일본에서는 '패전' 이후의 귀환의 여정을 서사화한 많은 기록들이 존재 하며, 연구자들도 이를 '인양(引揚)'이라고 범주화하여 연구해 오고 있 다. 그러나 난파된 배나 난민을 구호한다는 '인양'이라는 용어에서 알 수 있듯이, 그것은 '시련'과 '고통'이 강조되는 서사였다. 8·15 이후 일 본인들이 기록했던 귀환의 서사는 '비참한 귀환의 체험'과 여정이 주를

---

55) 황순원, 「담배 한대 피울 동안」, 『신천지』 2권 6호, 1947. 7.

56) 이회성의 『백년 동안의 나그네』를 통해서도 이 같은 사실을 확인할 수 있다. 오무라 수용 소에는 귀환 후 다시 밀항하여 일본으로 돌아오다 적발된 사람들이 강제 송환을 위해 대 기하고 있었다. 또한, 귀환선을 타고 부산을 오가며 장사를 하는 재일 거류민들의 언급을 통해 해방기 조선의 혼란상과 궁핍함 때문에 돌아가지 않고 일본의 물품을 조선에 밀무 역하고 있는 당대의 정황도 보고하고 있다.

이루며, 그 고통의 서사를 통해 '피해자의 상'이 주조되었다.[57] 인양서사를 대표하는 후지와라 데이의 『흐르는 별은 살아 있다』의 경우는 흥미로운 사례이다. '패전' 직후의 인양의 서사는 주로 여성과 아이들이 일본으로 귀환하는 과정을 다루는 기록들에 집중되어 있다. 이것은 북한 지역과 만주에 거주하고 있던 일본인 남성들(군인 및 관료)이 소련군의 포로로 시베리아에 억류된 상태에서 여성과 아이들만의 귀환이 이루어진 당대의 리얼리티를 반영하는 것이다. 그렇지만 이 인양의 서사가 주조하는 여성과 어린 아이들이 받는 고통은 이들 일본인 인양자들이 과거 구제국의 식민자이자 가해자라는 사실을 상쇄시키고 전쟁에 의한 피해자라는 수난자의 상을 극대화하는 정치적 효과를 유발하고 있다. 후지와라 데이의 이 수기는 1949년에 이미 번역되어 한국 사회에서 소개되었는데,[58] 흥미로운 것은 이 수기가 38선이라는 냉전의 분계선을 넘는 과정에 대한 월남서사로 전이되어 한국의 월남민의 정서를 반영하는 텍스트로 전환되었다는 점이다.[59] 일본인들의 '인양'의 서

---

57) 패전 후의 '인양'의 서사를 고향 이야기와 결부시켜 설명하고 있는 연구물로 나리타 류이치(「'고향'이라는 이야기·再說」, 『한국문학연구』 30, 2006. 6.)를 참조하였다.

58) 藤原てい, 『내가 넘은 38선』, 정광현 옮김, 수도문화사, 1949.

59) 일본 제국의 이른바 '외지'들-조선, 만주, 남양, 타이완 등등의 각지에서 살아 돌아온 인양서사 모음집인 『生きて祖國へ』의 제5권의 조선편 제목은 『死の三十八度線』(國書刊行會 內 引揚體驗集編輯委員會, 國書刊行會, 1981)이다. 일본인의 인양서사에서 38선은 하나의 고난과 역경을 상징하는 경계선이었으며, 이러한 측면이 후지와라 데이의 『흐르는 별은 살아 있다』의 서사에도 투사되어 있다. 해방기의 조선인 월남민들은 이러한 서사에 자신들의 체험을 투사하며 번역 소비했다고 말할 수 있을 것이다. 이에 대한 보다 상세한 논의는 김예림, 「종단한 자, 횡단한 텍스트-후지와라 데이의 인양서사, 그 생산과 수용의 정신지(精神誌)」, 『상허학보』 34, 2012를 참조할 것. 이 논문 외에도 김예림은 「'배반'으로서의 국가 혹은 '난민'으로서의 인민 : 해방기 귀환의 지정학과 귀환자의 정치성」, 『상허학보』 29, 2009에서 국가의 작동과 인민의 길항의 관계가 갖는 의미를 귀환 현상과 귀환자 정체성을 통해서 구명한 바 있다. 국민국가 수립으로 귀환의 문학적 현상을 모두 해소시

사에서 일본인들의 일본인됨에 대한 심각한 의문은 제기되지 않는 것처럼 보인다. 과거의 제국과 일본 열도로 국한된 '8·15' 이후의 국민국가 일본은 분명 다른 것이다. 특히 인양의 서사를 생산해낸 '외지'의 일본인들, 그 중에서도 그 '외지'를 고향으로 태어난 2세들에게 열도 일본으로의 귀환은 일본 '본토'의 일본인들과 다른 자신들의 정체성을 날카롭게 확인하게 되는 또 다른 계기이기도 했다.[60] 그렇지만 이러한 차이들은 새로 구성된 국민국가의 틀 안에서 억압되거나 은폐되어야 했다. 1950년대 이후 인양의 서사와 인양문학들의 발표는 억압되었던 자신들의 기억과 일본 국민국가 내부로 수렴되지 않는 과거의 기억들이 분출된 현상으로 이해할 수도 있을 것이다.[61]

다시 한국사회의 경우로 시각을 돌려보자. 남북한의 분단과 재일·재중조선인 등의 존재는 해방기의 의제였던 민족국가로의 귀환이 여전히 유예 혹은 지속되고 있는 상황을 방증한다.[62] 앞에서 해방기에

키지 않기 위해서 김예림의 관점은 소중하게 참조될 필요가 있다.

60) 이를테면, 국민국가 비판론으로 잘 알려진 니시카와 나가오(西川長夫) 리츠메이칸 대학 명예교수도 북한의 강계 지방에서 나고 자란 인양자이다. 필자는 니시카와 교수와 면담을 할 기회가 있었는데, 인양되어 일본의 향리로 돌아왔을 때 그곳의 아이들과 정서라든가 언어의 측면에서 전혀 다른 문화를 지닌 자신이 묘한 이질감을 겪게 되었으며, 그러한 체험이 어쩌면 프랑스문학이라는 언어의 국제주의적 모색을 하게 했을지도 모르겠다고 술회한 적이 있다. 일반화하기는 어렵지만 이러한 사례는 만주 출신의 인양자인 아베 코보의 문학적 언어와도 관련되리라고 생각되거니와 이주와 언어의 문제는 또 다른 연구의 주제라고 할 수 있겠다. 니시카와 나가오의 인양의 체험과 자신의 학문에 대한 생각은 「담론 : 나의 생애와 학문, 그리고 조선 −뒤늦게 온 청년의 만년(晩年)에 대하여」, 『사이間SAI』 12, 2012를 참조할 것.

61) 최근에 한국 학계에도 인양작가들에 대한 일본 연구자들의 연구가 소개되고 있다. 하라 유스케, 「고바야시 마사루(小林勝)와 최규하(崔圭夏)」, 『사이間SAI』 12, 2012 등은 일본과 한국 문학사의 경계에 있는 재조일본인 출신 인양 작가에 대한 흥미로운 연구이다.

62) 과거 일본 제국의 정체성과 조선인 정체성 모두에서 벗어나 새로운 정체성을 형성한 인물들의 흥미로운 사례들도 존재한다는 점을 부기해 둘 필요가 있다. 이를테면 일본군 군속

이루어진 월남과 월북을 한반도 내에서 지속된 귀환의 사례로 간략히 언급했거니와, 이외에도 1950년대 이후 재일동포 사회에서 일어났던 북송운동, 한국전쟁 이후 실향민 의식 등은 모두 지속되는 귀환 서사의 범주 안에서 검토할 수 있는 대상이다. 북송운동의 경우는 자기 사회 내부에 있는 재일조선인을 북한으로 송출함으로써 사회 문제를 해소하려는 일본 정부의 이해와 한국 전쟁 이후 부족해진 노동력을 귀환하는 재일조선인들로 보충하려는 북한의 정치, 경제적 이해관계가 부합함으로써 가능했던 현상이다.[63] 이러한 정치경제적 이해관계와 더불어 재일조선인들이 빛과 희망의 유토피아인 '조국'으로 귀환한다는 '귀환의 민족서사'가 중요한 이데올로기로 작동한 것이기도 하다. 북송운동은 해방기에 유예되었던 귀환으로 국민과 난민 사이에 위치하게 된 재일조선인의 미귀환자로서의 존재론적 위치에서 비롯된 것이다. 이외에도 냉전시대 자기 경험을 발화하지 못하고 국민국가의 내부적 난민으로 부유(浮游)했던 시베리아 억류자들의 서사도 8·15 이후 완결되지 못한 동아시아 귀환 이야기의 하나의 사례이다.[64]

에서 전후 인도네시아 독립운동의 영웅이 되는 양칠성의 경우는 그 한 사례이다. 이에 대해서는 우쓰미 아이코, 무라이 요시노리 공저, 『적도에 묻히다: 독립영웅, 혹은 전범이 된 조선인들 이야기』, 김종익옮김, 역사비평사, 2012를 참조할 것.

63) 마루카와 데쓰시는 『냉전문화론』(장세진 옮김, 너머북스, 2010, 176쪽)에서 "경제분석의 각도에서 귀국운동을 촉구한 북한측의 의도를 고찰하자면, 한국전쟁에 의해 유실된 방대한 노동인구의 결원을 벌충하기 위한 조치였던 것으로 알려져 있다. (중략) 다른 한편 일본정부가 이 사업을 지원한 데는 한국전쟁에 의한 '원초적인 축적'에도 불구하고 그 혜택을 입지 못한 방대한 생활보호수급 계층을 일본 열도의 바깥으로 배제하려는 의도가 있었다"고 적고 있다. 재일조선인의 북송운동에 대한 보다 자세한 논의는 테사 모리스 스즈키의 『북한행 엑서더스』, 한철호 옮김, 책과함께, 2010을 참조할 것.

64) 한겨레신문의 김효순 대기자는 오랜 동안 침묵의 지층에 묻혀 있던 시베리아 억류자들의 체험을 끌어내어 정리하는 의미있는 작업을 수행했다. 이에 대해서는 김효순, 『나는 일본

얼마전 나는 인구의 변동을 통해 사회적인 다양한 현상을 해명하는 작업을 하고 있는 한 사회학자에게서 이른바 '탈북자'들에 대한 홍미로운 이야기를 들은 바 있다. 아직까지 확실한 통계치로 제시되지는 않았지만, 현재 '탈북'한 많은 사람들의 선대가 과거 만주와 일본 등에서 귀환한 사람들이라고 한다. 이들은 북한의 재주자들에 비해서 성분과 사상의 투철성 등에서 미흡한 집단으로 구분되어 지속적인 의심과 감시의 대상이 되었다. 북한의 통치자 김정은의 생모 고영희가 재일조선인 출신의 북송자인 것을 언급하는 것이 금지되어 있다는 사실에서 알 수 있듯이, 북송된 재일조선인은 북한 국가 내부에서 또 다른 에스닉 집단을 형성하고 있는 셈이다. 해방 이후 만주나 일본으로부터 돌아온 이들 귀환자들은 북한의 변방, 특히 국경 지방으로 밀려나 배치되었다. 이후 이른바 '고난의 행군' 시기 북한의 식량난에 의해 배급체계가 원활하지 않은 상황에서 이들의 후손 가운데 많은 탈북자가 생겼다고 한다. 식민주의의 질곡이 만들어낸 '100년 동안의 유랑'의 하나의 사례라고 할 수 있는 북한 '탈북자'들의 사연은 국민과 난민 사이에 놓여 있는 많은 사람들의 존재를 뼈아프게 인식할 필요를 제기한다고 하겠다.

군 인민군 국군이었다』, 서해문집, 2009를 참조할 것.

제2장

38선의 문학지리와 '대한민국'의 심상지리

(1) 저널리즘이 재현한 38선과 세계 심상지리

1948년 4월에 개최된 '전조선 정당사회단체·대표자연석회의'의 취재차 북한을 방문했던 기자 김석동이 남긴 「북조선의 인상」[1]에서는 보행자가 우측통행을 엄수하는 평양 거리에서 좌측통행에 익숙해져 있는 남한 방문단과 평양시민이 자꾸 어깨를 부딪혀 교통경찰에게 주의를 받는 장면이 등장한다. 사소해 보일지 모르지만, 이것은 38선을 경계로 설립된 남북한이 정치, 경제, 사회, 문화 및 일상과 신체의 규율에 이르기까지 이미 서로 다른 공동체를 형성하고 있다는 것을 예시한다.[2]

---

1) 김석동, 「북조선의 인상」, 『문학』 8호, 1948. 7.
2) 미군정 시기 정해진 보행자의 좌측통행 규칙은 반세기를 훌쩍 넘겨 이명박 정부가 들어선 2000년대에 이르러서 '글로벌 스탠다드'에 맞춘다는 이유로 우측통행으로 바뀐다. 나는 이

기자는 계속해서 깨끗하고 질서정연한 평양 시가와 뒤숭숭한 서울 거리를 교차시키고, 전차 타기도 수월하며, 점포에도 물건이 차있는 평양 시가를 제시하면서 북한 사회에 대한 긍정적인 시각을 드러내고 있다. 특히 책가게에서 소련의 출판물들인 『고요한 돈』, 『레닌 선집』 등을 발견했지만 "북조선 돈이 없어서"[3] 구입하지 못했다고 기록하는 대목은 각별한 주의가 필요하다. 이는 남북한이 각각 독자적인 화폐를 사용하는 경제권으로 재편되었음을 보여준다. 여기서 38선은 다른 체제와 경제권을 나누는 명백한 국경선의 기능을 하고 있다. 그렇지만 해방 직후부터 북한의 화폐개혁이 단행된 1947년 12월까지는 그 사정이 약간 달랐다. 잠시 아래 인용을 주목해보자.

"방금 미소회담이 속행되고 있거니와 일단 38도선이 무너지면 전국적으로 통용하고 있는 조선은행권 외에 38선 이북에서 사용하고 있는 소련 주둔군의 군표와 아울러 세가지의 화폐가 통용될 것으로 이리되면 새 조선건설의 경제면에는 여러 가지 조건이 좋지 못한 부면이 나타나지 않을

명박 정부가 이 규칙을 바꾼 뒤에 잠시 동안 좌, 우측 보행에 혼돈을 겪으며 국가의 규칙에 규율된 나의 신체에 우선 놀랐고, 그 규칙에 다시 몸을 맞추려는 내 자신에 대해서 다시 한 번 놀랐다. 국가가 발화하는 규칙에 금세 대중들은 자신의 몸을 맞추어 갔다. 어쩌면 이 것은 국가 폭력과 관련된 것은 아닐까. 국가의 명령과 발화에 몸을 맞추지 못했을 때 체험한 절멸의 경험―그것은 3·1운동 등에서의 집단 학살의 경험일 수도 있고, 한국전쟁에서의 집단 학살일 수도 있으며 독재 정부에서의 고문과 폭력적 살해의 경험일 수도 있다. 냉전시대 국가의 폭력은 작은 규칙에 본능적으로 몸을 맞추는 민중의 생리 속에 여전히 그 흔적을 남기고 있는 것은 아닐까. 운전 중에 맞닥뜨리는 "비보호 좌회전"이라는 규칙이 좌익은 보호받지 못한다는 뜻으로 들리는 것은 내가 냉전이데올로기적인 피해의식에 사로잡힌 때문일까?

3) 김석동, 위의 글, 120쪽.

까 주목되는 바이다."[4]

1946년 1월 『동아일보』는 미국 재무성과 육해군성에서 조선에서도 조선은행권을 보완하기 위해 원단위의 군표를 사용하겠다고 통고하였으며, 이 군표를 사용하게 되면 구매력을 조장할 것은 예상할 수 있지만 이로 인하여 쇠약한 조선의 경제계를 혼란케 할 것이라고 우려하고 있다. 해방 직후의 통화팽창으로 고통받고 있던 남한사회의 염려에 대해서 러치 군정장관은 1월 29일 기자회견을 통해 "절대로 군표를 발행치 않겠다"고 확언하고 2월 5일에도 담화문에서 군표 발행설을 거듭 부정했다. 그렇지만 계속되는 인플레이션 때문에 미군정도 결국은 군표를 사용하게 되었다. 1946년 6월 29일 군정청공보부로부터의 특별발표에 의해서 "머지않아 발행될 미군표는 조선에 주둔해 있는 미국인과 미국 육군성 군속에게만 한하여 사용"하도록 하여 "민간에 통용되지 않"도록 하는 조처와 함께 발행될 것이 공포된다.[5] 미군정이 남한의 국내 통화와 철저히 격리하겠다고 언급하고 있지만, 달러와 동일한 가치를 지닌 군표가 남한 사회에서 유통되는 것을 행정규제만으로는 막기 어려웠다. 간략히 살펴본 것처럼, 적어도 1946년 6월부터 남북한에는 식민지시기부터 유통되던 '조선은행권'과 38선 이남의 미군표, 이북의 소군표 등 세 가지 화폐가 유통되는 상황이었다. 일본인들이 사용하던 일본은행권과 여기에 만주의 화폐까지 포함시키면 해방

---

4) 「미정부, 조선주둔미군의 군표사용계획 발표」, 『동아일보』 1946.1.26.
5) 「공보부, 미군군표의 사용한계에 대해 특별담화」, 『서울신문』 1946.6.30.

직후 화폐의 유통상황은 더욱 복잡해진다. 염상섭이 소설 「38선」에서 묘사하고 있는 잠상들의 풍경은 좋은 참조가 된다. 신의주 사건 직후인 1946년 어간을 서사의 시간으로 하고 있다는 점을 염두에 두고 아래 인용을 읽어보자.

> 이 사람도 잠상(潛商)인가 싶었다. 잠상군이 아니기로 이런길을 나서면 주사약 한상자라도 지녔을것이요. 흰 것(아편가루) 아니면 일본지폐장이라도 구두창밑이든지 여자의 속것춤에 숨겨가지고 왔을지 모를거라. 운수좋아서 여자가 붙들려가지 않을 경우면 여자의 몸은 그리 뒤지지 않는다기도 하거니와, 요지막까지도 <u>三八 이북에서는 일본돈 시세가 좋아서 돈장사의 왕래가 상당하다. 남쪽에서 일본돈을 몸에 지닐 수 있는대로 지니고 건너서면 이북에 있는 일본사람은 조선돈이나 만주돈과 바꾸어 두느라고 갈급이 난 것이다. 그러나 이북에서도 일본은행권은 통용이 아니되고</u> 일본으로 돌려 보낸다는 예정은 점점 밀려가니 조선은행권이나 만주돈을 다 쓴 사람은 저의끼리 바꾸어 쓰기도 하겠지마는 그나마 일본사람 전체에 미천이 들어나면 일본은행권을 생으로 먹는수도 없고 팔아먹을 것은 다 팔아먹고 나면 미구불원에 굶어 죽을지 모를 형편이다.[6]
>
> (밑줄 – 인용자)

이 장면을 통해서 적어도 다섯 가지의 화폐 유통 상황을 재구할 수 있다. 식민지 시기에는 '내지'의 일본은행에서 발행하는 '일은권'과 조선은행 발행의 '조은권' 그리고 만주국의 화폐 등이 상호 호환되면서

---

6) 염상섭, 「38선」, 『염상섭전집』10권, 민음사, 1987, 60쪽.

사용되었다. 해방 이후 북한에서는 소련 군표가 발행되어 유통되었고, 남한에서도 미군표가 풀리기 시작한다. 위의 인용문에서는 일본 열도를 향해 귀환하려는 일본인들이 자국 내에서 통용되는 일본은행권을 최대한 확보하고자 자신들이 지니고 있는 조은권과 만주돈을 일은권과 교환하는 과정에서 잠상들이 환전이윤을 남기는 세태를 포착하고 있는 것이다. 또한 인용에서는 북한에서 이미 일은권이 화폐로서 기능하지 못하고 있다는 사실도 알 수 있다.

제국 '내지'의 일은권이 화폐로서의 가치를 상실하고 식민지 시기의 조은권, 만주권 등과 미/소 군표가 공존하고 있는 상황은 38선의 표상과 국민국가의 심상지리와 연관된 주민들의 감각과 관련해서도 중요한 시사를 준다. '조선은행권'이라는 식민지 제도의 연속이 남북한의 일상적 경제생활의 공유감각을 유지시키는 기반이었다. 식민지의 제도가 역설적으로 미소 군정기 분단된 남북한의 일상을 통합시켜내는 역할을 하고 있는 것이다. 이러한 공유감각이 여전히 지속되는 한편으로 실질화되기 시작한 38선을 경계로 그 이남과 이북이라는 심상지리의 분단이 진행되고, 그것이 식민지 제도의 공통 감각을 균열시키며 틈입되고 있는 상황이 바로 이 군표의 사용을 통해서 벌어지고 있다.[7] 미군표와 소군표는 38선 남북의 공간과 결합되어 이들 영역을 분절되고 독립된 공간으로 감각화해가는 역할을 한다.

---

7) 38선을 월경했던 잠상들의 활동은 이러한 '조선은행권'의 기반 속에서 가능했던 것이었다. 38선이 확고한 국경선이나 국민국가의 경계로서 자리한 것이 아니라 많은 틈새가 존재했으며 그것이 국민국가의 정체성을 균열시키고 있었다는 것을 이 시기 염상섭의 이동의 서사를 분석하며 논증하고 있는 이종호, 「해방기 이동의 정치학-염상섭 소설을 중심으로」, 『한국문학연구』36, 2009. 6을 통해 확인할 수 있다.

1944년 발행된 조선은행권

태평양전쟁기의 일본은행권

소련군 군표

미군정이 발행한 미군표A

영화인이자 조만식의 측근이었던 오영진은 소련 군표의 후일담을 다음처럼 전한다. "소련 군표의 후일담은 주지하는 바와 같이, 1947년 12월의 북조선화폐개혁으로 가장 간단히 해결되었으니, 소련군사령부는 그들이 무제한으로 발행한 군표와 조은권을 일일이 신지폐와 교환하여 주는 번쇄한 사무 대신에, 2개월 후에는 신지폐로 반환한다는 성명과 군표와 조선은행권을 그대로 은닉하여 두는 자는 반동분자라는 협박으로 이를 완전회수하여 군표만은 소각해 버렸다"[8]고 회고한다. 김동성의 기사는 1947년 12월 북한의 화폐개혁 이후 남한의 조선은행권으로는 물건을 구입할 수 없었던 저간의 사정을 압축하고 있는 것이다.[9]

---

8) 오영진, 『소군정하의 북한─하나의 증언』, 중앙문화사, 1952, 80-81쪽.

9) 대한민국은 첫 번째 화폐의 제조를 위해 1950년 한국은행을 설립했다. 설립 보름도 안 되어 한국전쟁이 발발하여 대구로 피난을 가서 7월 22일 이승만 대통령 초상화를 도안으로

38도선 마을에 임의로 그어진 선

　　화폐 통화를 통해서 살펴보았듯이, 해방 직후의 38선은 미소 양대 연합군의 '잠정적인 군사 점령의 분할선'으로 출발하여 실질적이고 심리적인 국경선으로 점점 물질화되어 갔다. 38선이라는 경계는 얄타회담에서 군인들이 분할 점령을 위해 우연히 그은 지도 위의 선이었으며, 해방 직후에는 자유롭게 오갈 수 있는 임의의 선이었을 뿐이다. 그렇지만 비교적 이른 시기인 1945년 9월의 기사들에서 이 38선이 대중들에게 실질적인 이동의 경계로 작용하기 시작하고 있는 상황을 확인할 수 있다. "북위 38도를 사이에 두고 그 이남으로부터 그 이북으로 가는 교통문제는 자못 힘드는 문제로 되어 있으며 마치 외국가는 것 이상으로 되어 있어 이래서는 절대로 여행을 못가는 것 같이 생각"들

한 1000원권과 광화문을 도안으로 한 100원권을 제조했다. 그전까지는 조선은행권이 사용되었다.

이 일반의 인식으로 제기되어 이에 대해 군정청은 "38도 이북으로 여행하지 말라는 것은 아니오 다만 우리 미국군인에게 대해서만 이를 금지하고 있다. 그러므로 조선인측에서 이리로 여행하는 것은 우리가 금하지는 않으니까 갈 수 있으면 가도 좋을 것이다. 다만 소련측이 점령하고 있는 38도 이북이므로 현재 철도편이 원상대로 회복되기만 우리는 방금 절충"[10] 중이라 해명하고 있다. 그 이동의 자유와 교통의 소통이 보장된다고 언명되지만 38선은 서서히 장벽의 역할을 하고 불통의 표상으로 표현된다. 당대 저널리즘의 기사를 일독해보면 38선이 점점 국경선으로 물질화되어 가는 변화의 과정이 포착된다. 임의로 그어진 '국경선 아닌 국경선'은 이 땅을 터전으로 살았던 사람들의 삶을 폭력적으로 분할하였다. 해방 직후 아주 이른 시기부터 저널리즘은 38선이

「딱한 지경의 車」, 『자유신문』 1945. 10. 20.

10) 「군정청, 일반인의 38선여행은 자유라고 발표」, 『매일신보』 1945.9.25.

‘조선’이라는 ‘전체적 신체’를 어떻게 불구적으로 절단하는가를 민감하게 파악하고 있었다.

첫 번째 삽화에서는 수레의 본체와 바퀴가 각각 38선을 경계로 ‘朝’와 ‘鮮’으로 나뉘어 있는 비정상적인 상태를 보여준다. “차대도 튼튼하고 박휘도 튼튼하건만 웬수의 삼팔도라는 장벽이 가리여서 차대는 남쪽에 박휘는 북쪽에 각각 난호여잇스니 소용이 잇나? 차대만 가진 주인이나 박휘만가진 주인이나 장탄식만하고 잇스니 그 정경이 딱하기 그지업다. 웬수의 삼팔도장벽이여! 언제나 이장벽이 시원하게 업서지어 차대와 박휘가 일체가 되고 끌리 밀 리가 힘을한테모아 이차는 시원스리 자주독립의 외길을 달릴 것인지? ‘조선’이라는 이차의 사정이 딱하기 짝이업다”고 적고 있다. 이 시사만화는 분리된 수레를 통해 분단을 상징하고 하나의 온전한 수레를 통해서 ‘자주독립’을 상상하고

「이 겨울을 보내기가 걱정이다」, 『자유신문』 1945. 11. 6

있다.

두 번째 삽화에서도 '쌀'과 '숯'이 남과 북으로 나뉘어 온전한 밥을 지을 수 없는 비정상적인 분리의 상태로 38선을 표상한다. 이것은 실제로 평야지대인 남한의 '쌀'과 북한의 풍부한 천연자원과 전력이 나뉨으로써 불구의 경제상태가 된 사태를 상징적으로 포착하고 있는 그림이다. 이러한 시사만화는 실제로 저수지와 평야가 38선에 의해 분할된 연백평야의 사례를 상기시킨다.

> 연백평야의 수답관수 문제는 현지 20만 농민의 사활문제인 동시에 연산 80만석의 옥답을 황무지로 만들지 않을까 하여 각 방면에서 우려하고 있던 중 2일 하지중장실로부터 경기도 미인고문 앤더슨에게 보낸 전화에 의하면 북조선에서는 지난 1일부터 우선 관수만은 승낙이 있었다하여 38선을 뚫고 흘러오는 물결은 수십만평의 광막한 옥답을 기경케 할 것으로 현지 농민들은 환희 속에 논갈이를 시작하리라 한다.[11]

위의 인용을 통해서, 삶의 터와 일상생활에 가해진 갑작스럽고 부자연한 폭력적인 단절의 양상을 엿볼 수 있다. 38선을 경계로 막힌 것은 연백평야에 공급된 저수지의 물만은 아니었다. 압록강의 수풍댐에서 발전된 풍부한 전력의 단전으로 남한은 심각한 전력난을 겪게 된다. 해방기 조선을 탐방하고 기사를 남긴 미국의 진보적 저널리스트 마크 게인은 『해방과 미군정』에서 이러한 상황을 접한 뒤 다음과 같이 성찰한 바 있다. "소련과 우리는 일본보다 더욱더 한국을 해쳤을지도

---

11) 「남북당국간의 타협으로 연백평야에 대한 잠정적 관수 실시」, 『조선일보』 1947.5.30.

모른다. 왜냐하면 일본은 한국을 점령하고 이를 일본경제의 병든 종속물로 만들었다 할지라도 적어도 한국의 통일은 유지되어왔기 때문이다. 일본이 항복했을 때, 한국은 하나의 독립된 국가가 될 준비를 갖추고 있었으나 두 세력이 들어왔다. 양측은 이 나라를 공업화된 북부와 농업경제의 남부 둘로 분할해버리고 38선에서 철도를 차단시켜버렸다. 그리고는 전력을 다해 경계선을 봉쇄하고 자기들 입맛에 맞는 정치체제를 키워갔던 것이다."[12]라고 적고 있다. 1946년 12월 경에 그는 이미 "38선은 두 세계간의 실질적인 국경선"이 되었으며 "새 국경의 양쪽 모두에서 다가올 무력대결의 준비가 치열하게 진행되고 있다"[13]는 것을 보고한다.

생활의 터전에 가해진 갑작스런 폭력에 대해서 해방기 조선인들은 다양한 방식으로 표현하였다. 우선, 지금까지도 익숙한 표현이지만 이미 초창기부터 이 38선은 신체와 질병의 수사학을 통해 그 부정적 효과가 강조되었다. 38선에 대한 가장 흔한 표현 중의 하나가 민족의 '최대의 암'[14]이라는 질병의 표상이다. 이와 함께 주목할만한 표현은 신체의 은유이다. 가령 박순천은 미소공동위원회에 보내는 탄원서에서 "남북을 막아 맥박을 불통케 해놓은" "38도선을 끊어달라"[15]고 요청하고 있다. 38선은 "국가와 민족의 생명을 이분단하는 死線"[16]이라는 '독립

---

12) 마크 게인, 까치편집부번역, 『해방과 미군정』, 까치, 1986, 125쪽.

13) 마크 게인, 위의 책, 같은 쪽.

14) 「조선기독교청년회 전국연합회, 38선철폐등 결의문을 하지에게 제출」, 『자유신문』 1945. 12. 1.

15) 「독립촉성부인단 박순천, 미소공위에 38선 철폐 요망」, 『동아일보』 1946. 3. 20

16) 「독립촉성애국부인회 전국녀대표자대회 최종일」, 『동아일보』 1946. 6. 21, 「한국여론협회,

「삼팔도의 담벼락은 단결의 뭉치로 때려부시자!」『자유신문』 1945. 10. 26.

촉성애국부인회'의 성명서도 민족과 한반도의 영토를 인간 신체로 비유하고 그 신체에 가해지는 폭력으로 38도선을 은유하는 사례이다.

38선을 표현하는 또 다른 방식은 그것을 불통(不通)의 물질성을 가진 철벽으로 표상하는 상상력일 것이다. 많은 저널리즘이 38선을 삼천만이 부수고 깨뜨려야 할 철벽으로 묘사하고 있다. 위의 시사만화의 삽화는 해방 직후 38선이 영구 분단의 국경이 될 것이라고는 생각하지 못할 시절, 민족적 단결을 통해서 그 장벽을 쉽게 부술 수 있으리라는 기대를 담고 있는 그림이다. 불통의 장벽으로서의 38선 표상은 미군정청 당국의 발표에서도 찾아볼 수 있다. 군정장관 아놀드는 미대통령

좌우합작원칙과 위폐사건 공판정 소동사건 여론조사」, 『동아일보』 1946. 8. 6의 기사에서도 "38선은 우리나라를 두토막으로 갈랐고, 우리의 피와 살을 좌우로 갈라 놓았다"라고 38선을 표상하고 있다.

트루만에게 "남북조선으로 분리한 38선은 일종의 철벽이며 2주일에 한번씩 우편물 鹽素 織糸 등의 교류가 있을 뿐"[17]이라고 보고하고 있다. 이러한 철벽의 이미지는 다음과 같은 수사와 연결되어 불통의 38선 표상을 더욱 구체화한다.

> "문제의 38선은 과연 어느 때나 터질까. (…)현재 서울중앙우편국에 쌓여 있는 38이북 5도에 보낼 우편물은 실로 산더미같다. 보통 우편이 80만통, 서류우편이 1만 5천통, 이 많은 우편물이 지금 창고속에서 잠을 자고 있는 것이다. 그렇건만 매일 각 지방국으로부터 모여드는 38이북행 편지는 매일 2·3백통씩 쇄도하고 있어 그 정리만은 하면서 개통될 날을 기다리고 있다."[18]

38선은 현재에도 공간을 넘나드는 인간, 통신, 사회적 이동을 차단하는 고립과 단절, 막힘의 표상으로 자리하고 있거니와, 이 기사의 서술 즉 언제나 '터질까'라는 질문 속에는 38선이 '터져야' 하는 '보'와 같은 장벽으로 상상되고 있음을 알려준다.

1946년 한반도 분단 점령의 두 당사자인 미국과 소련이 제 1차 미소공동위원회를 개최하면서 38선 문제가 곧 해결되리라는 기대가 대두했다. 그렇지만 곧 철폐될 것 같았던 38선은 미소공동위원회의 개최 이후 더욱 공고해졌다. 아래의 시사만화는 38선을 분할한 주체가 미국과 소련이며, 그 둘이 38선 문제를 해결하기 위해 개최한 미소공위가

---

17) 「아놀드, 트루만 방문후 담화 발표」, 『조선일보』 1946. 10. 18.
18) 「38선에 막힌 우편물 80여만통, 창고에 보관」, 『동아일보』 1946. 2. 18.

「더욱 굳게 잠거진 삼팔도선」, 『자유신문』 1946. 2. 10.

소득없이 끝났음에도 서로 인사를 나누며 헤어지는 장면을 그리고 있다. 그 둘의 손에만 굳게 잠긴 38선의 열쇠가 들려있고 조선 민족은 그 장벽의 양편에서 그들을 바라만 보고 있다. 미소공위 이후 38선은 단순히 한반도 만의 문제가 아니라 세계사적 차원의 냉전의 대립선으로 자리잡아 가고, 이에 대한 자각이 조선인들에게도 대두되기 시작한다. 미국 월레스 국무장관의 연설을 소개하는 『동아일보』 1946년 9월 17일자 사설 「미국의 대외정책」에서는 이러한 인식의 편린이 직접적으로 드러나 있다. "현재 미소 양대세력이 세계를 지배하고 있다는 것은 수텟틴에서 트리에스트에 이르는 동남구라파에서 우리의 38선에 이르기까지의 심각한 대립상으로 이미 우리가 주지하고 있는 바이다. (…) 월레스씨의 연설에 의하여 이 대립이 일시적이 아니라 항구화 하였다는 것은 세계일가적 인류이상의 환멸을 의미하는 동시에 인류의 운명에

「이것을 뛰여넘을 재조가 잇슬가」, 『자유신문』 1946. 3. 8.

대하여 암담한 예상을 품게하는 것"[19]이라고 주장한다. 이 신문의 사설에서 알 수 있듯이, 미소 냉전의 본격적인 출발이 감지되면서 세계 체제의 대립선으로서 38선 표상이 등장하기 시작한다.

38선의 문제가 한반도 내부의 문제가 아니라 세계사적 차원의 진영대립, 동아시아 차원의 대립과 결부되어 있다는 자각은 더욱 심화된다. 『조선일보』는 "일본에는 현재 조선 38선과 같은 국경선이 일본 本州와 樺太(사할린-인용자) 간에 형성되어 있다는데 미점령군측은 조선 38선문제 해결을 위하여 과거에 있어서 최대한의 양보를 하여 왔으나 소측의 성의있는 제안에 접하지 못하였다 함은 이미 미측에서 발표한 바와 같다. 소측에서는 조선을 점차 중국과 연결시키어 반전선의 일부

---

19) 「사설-미국의 대외정책」, 『동아일보』 1946. 9. 17.

로 간주하고 있는 것이다. 하여간 이 지구로부터 미군이 철퇴한다면 소측은 이 지구에 진주하리라는 것은 명백하다 한다."[20]라고 38선의 문제를 사할린과 일본 본토와의 경계선, 중국의 국공내전의 대립과 연결지어 국제적 냉전의 심상질서 속에서 사유하고 있다. 2차세계대전 이후 동아시아 질서 재편의 과정에서 조선에서의 38선 문제가 일본에서의 본토와 사할린 등의 북방 4개섬을 둘러싼 소·일 국경문제, 그리고 중국의 국공내전의 대치에 이르기까지 미/소를 축으로 하는 이념에 의한 냉전의 진영선의 하나로 사유된다.

이와 같이 38선은 일본제국의 해체 이후 제국 내부의 에스닉 집단을 형성했던 일본, 조선, 대만의 정체성의 문제와 다민족대국가를 이루었던 일본제국의 국경선 재편의 문제와도 연동된다는 점을 상기할 수 있다. 이러한 진단은 미국 자체에서도 이루어지고 있었고, 그것을 국내의 저널리즘은 반복해서 기사화하였다. 한국의 여러 언론에서 비중있게 취급한 뉴욕타임즈 논설위원인 해일리의 조선문제에 대한 언급을 살펴보자. 해일리는 38선을 '조선문제의 암'이라고 표현하면서 군사적 협정선이었던 이 장벽이 "현지 미소 양군정은 물론이요 양국외무당국을 대표하는 공동위원회의 손으로써 해결하기에는 너무나 거북한 난문제가 되고 말았다. 이란 다다넬스 트리에스트 그리고 중국 등의 제지역을 망나한 일련의 세계적 과제속에 38선문제를 발견해야만 할 것이다. 미소 양국 수뇌자가 제한없는 최고결정권을 가지고 검토 해결

---

20) 「소련외상 몰로토프의 UN에서의 군축문제 제의에 대한 일본 반향」, 『조선일보』 1946. 11. 1.

해야만 할 38선"[21]이라고 논평하고 있다. 해일리는 유럽과 동아시아에 걸쳐져 있는 세계사적 차원의 냉전 체제가 작동하고, 38선 문제가 이전과는 다른 단계로 전환하였음을 알려주고 있다. 이러한 상황에서 미국이 취하게 되는 태도는 38선을 이른바 '자유진영의 방파제'로 취급하며, 38선 이남을 미국화하여 소련과의 체제 경쟁에서 승리하자는 관점으로 나아간다. 이와 관련하여 이 시기 미국배상조사위원 포레의 견해는 주목할만한 참조점을 시사하고 있다.

"소련식 인민위원회의 손으로 거대한 지역개혁이 수행되고 있다. 이곳 공업시설을 조직 운용하기 위하여서는 제일급의 기술자가 소련으로부터 파견되어 있다. 이러한 환경에서 북조선인들은 실업문제를 해결하는 동시에 자주정권의 형태를 정비하고 있다. 우리들의 인생관이 세계인류에게 최대행복을 준다는 것을 확신할진대 우리들은 감연히 그 시합에 응하여야만 할 것이다. 여는 소련국민에 대하여 모든 우호감에서 이러한 말을 하는 것이다. 합법적이며 평화적인 수단 방법으로써 소련이 그 지지자를 획득한다는 것은 소련이 가진 천부의 권리인 동시에 우리도 또한 동일한 권리가 있다는 것을 소련이 인정해야만 할 것이다. 소련을 설복하여 철폐할 수 없는 38선 장벽이라면 차라리 우리 구역내에서 미국민주주의만이 전후 세계의 다난을 타개할 수 있다는 것을 증명하여야만 한다. 조선에 필요한 생산시설을 당연히 요구할 수 있는 배상의 형식으로써 일본으로부터 이전하지 않으면 안된다. 조선의 공업을 부여하며 확장하기 위하여 위능한 기술자와 행정인을 파견하여야만 한다. 다시 말하자면 설교만이 아니라 행동을 통하여 우리들의 사상을 가르치자. 이리하여 연합국이 보장한 조선인

---

21) 「뉴욕타임즈지 논설위원 해일리, 조선문제 언급」, 『동아일보』 1946. 11. 5.

의 자유스러운 선거권행사의 시기가 온다면 그들은 병립해 온 두가지 사
상계열을 신중 음미할 것이다. 조선인이 자립적으로 채택할 사상이야 말
로 조선인에게 가장 많은 안전과 행복과 자유를 부여할 것이다."[22]
（밑줄 – 인용자）

배상문제조사관인 포레가 일본의 공업시설에 대한 이관을 이야기
하다가 38선을 매개로 펼치는 일종의 미, 소 체제 경쟁에 대한 논리이
다. 즉 소련이 북한의 소련구역에서 자신들의 지지자를 만들어내는 것
이 천부의 권리라고 하며, 자신들도 '우리 구역' 안에서 미국 민주주의
의 우월성을 증명하여 향후 남북한의 통일 선거에서 체제를 선택하게
한다는 다분히 합리적인 것처럼 보이는 주장을 하고 있다. 하지만 여
기서 38선을 경계로 한 체제 경쟁은 그들에게는 '시합'일지 모르지만
조선인에게는 영구적인 분단의 씨앗이었다. 소련과 미국의 '천부의 권
리'라는 것은 제국주의의 자기 주장에 불과하다. 38선은 이미 철폐할
수 없는 진영의 경계로 간주된다. 포레가 일본이 배상의 형식으로 시
설을 이전하고 유능한 기술자와 행정력을 파견하여 남한의 공업경제
의 기반을 닦아야 한다고 말하는 데에서는 이후 전개될 남한, 일본, 미
국으로 연결되는 냉전 진영의 반공전선 안에서 완성될 안보의 분업과
경제적인 종속 체계를 예감할 수도 있을 것이다. 1947년으로 접어들면
이러한 상황 인식은 일반의 상식이 된다. 각 정당의 신년사를 소개하
고 있는 『조선일보』의 신년호 특집에서 편집자는 "38선은 세계 양대세
력인 미소양국의 근본적 대립이 극동에서는 이 선을 현실적 구획을 정

---

22) 「미국배상조사위원 포레의 배상문제에 대한 견해 공개」, 『동아일보』 1946. 11. 24, 26.

하고 있어 38선은 우리 민족의 운명의 선인 동시에 극동에 있어서 세계 양대세력의 화약고"[23]로 명명한다. 이제 1980년대 말의 소련 붕괴로 인한 냉전체제의 종식 때까지 하나의 클리셰로 작동했던 스테레오타입의 38선 표상이 1947년의 신문지상을 장식하기 시작한다. AP통신의 시사평론가 멕켄지의 논평을 소개하고 있는 한 신문을 사례로 들어보자.

> "조선은 동아세아에 있어서 전략상의 요지가 되고 있다. 그러므로 만약 조선이 소련장악하에 들게 되면 이것은 광범한 극동지배의 관건이 될 것이며, 이 반면 서구 데모크라시를 위한 방벽적 역할을 하게 되는 경우에는 이것은 공산주의 공세를 防遏할 수 있을 것이다. 또 그리스 터키 조선은 열강각국의 정치적 군사적 전략가들이 반드시 언급하는 국명인데 3국이 공산주의 진영으로 들어가게 되면 이것은 동반구의 대부분을 소련이 지배함을 의미하는 것이며 이 반면 서구민주주의의 요새로 되는 경우에는 장차 전 세계에 파급할 볼세비키혁명을 중단시킬 수 있을 것이다."[24]
> (밑줄 – 인용자)

38선을 직접적으로 언급하고 있진 않지만, 조선으로 표상되는 세계 체제의 경계선은 38선으로 대체가능한 것이다. 논평을 통해 조선 혹은 38선은 동아시아의 전략상 요지이자 서구 데모크라시를 위한 방벽적 역할, 이른바 동아시아에서의 '자유진영의 방파제'라는 담론이 등

---

23) 「각 정당, 새해맞아 민족의 당면문제에 대해 소신 피력」, 『조선일보』 1947. 1. 1.
24) 「AP시사평론가 맥켄지, 조선이 공산화되면 소련이 극동 지배하리라 논평」, 『서울신문』 1947. 3. 28.

장하고 있음을 알 수 있다. 이후 38선은 그대로 남한 민족의 정체성을 규정짓는 지리적 국토의 북방선으로 자리하게 된다. 그 북방한계선이 이후 남한 사회를 살아가는 전후세대의 상상력을 제약하고 대한민국을 대륙과 절연된 섬으로 전락시켰다는 사실을 지적하는 것은 새삼스러운 일이다.

당대 대중에게 38선이라는 우연한 경계를 하나의 국경으로 환기시키고 물질화하며, 심상지리로 내면화시키는 데 중요한 작용을 한 것이 신문 저널리즘이다. 베네딕트 앤더슨이 『상상의 공동체』[25]에서 이미 지적했듯이, 인쇄 자본주의의 총아인 소설과 함께 신문은 공통의 언어를 상용하는 자들이 자신들이 동시적이고 균질적인 공간에서 연결되어 있다는 감각을 창출하는 데 중요한 역할을 수행한다. 38선을 경계로 각기 다른 주권성을 주장한 미군정과 북한의 인민위원회의 실질적인 통치가 이루어졌던 이 시기에 저널리즘의 기사는 의도했든 하지 않았든 38선을 경계로 한 영토성을 감각화하고 실질화하였다. 미군정하의 신문 기사는 38선 이남의 공동체를 분리된 전체로 감각해간 과정을 보여준다. 당대 신문기사에서 38선 이남을 하나의 전체로 상상하게 만드는 기사들을 어렵지 않게 발견할 수 있다. 가령 "16일 현재로 38도 이남에 남아 있는 일본인은 4만 857명이라고 발표하였다"[26]라는 통계의 발표, 대구사건의 주모자들이 38선을 넘어 이북으로 가려 하는 것을 그 직전 역에서 잡았다는 사건 기사, 38선을 우회하는 해상밀무역

---

25) Benedict R. Anderson, *Imagined Communities*, London: Verso 1991; 베네딕트 앤더슨, 『상상의 공동체: 민족주의의 기원과 전파에 대한 성찰』, 윤형숙 옮김, 나남, 2002.
26) 「38선 이남의 잔류일본인이 4만여명이라고 발표」, 『동아일보』 1945. 12. 18.

을 단속한다든가, 허가한다든가 등등 매일 신문지면을 장식하는 38선 관련기사는 38선의 경계성과 국경성을 강화하면서 이 경계를 더욱 국경으로 심상지리화해가는 효과를 가져왔다고 할 수 있다. 즉, 당대 서울에서 발행되는 신문에서 발표되는 통계, 사회적 사건 등은 거의 대부분 38선 이남의 미군정 관할의 세계에 국한되어 다루어졌고, 이를 통해 상상되는 지리는 38선 이남으로 한정되고 있다. '학병동맹'이 1월 20일을 학병의 날로 정해 전국학병대회와 추도제를 집행하기로 한 사실을 전하면서, "동맹에서는 대회준비연락과 아울러 지방실정을 조사하는 한편 전몰학병조사와 유가족을 위문하기 위하여 29일 일제히 38선 이남의 각지방에 조사반을 파견"[27]하기로 했다고 적는다. 학병동맹의 전체 조직은 이제 남한으로 국한되며, 그 전체(남한)에 조사반을 파견하고 있다. 이러한 기사의 반복 속에서 '38선 이남'이라는 균질화된 장소는 완결된 하나의 전체로 지각되어 간다. 행정적, 정치적, 경제적인 차원에서, 그리고 일상의 차원에서도 이러한 분리와 차단, 고립이 일어났지만, 심상지리의 차원에서도 독립된 공간장소화의 과정이 진행되고 있었다고 할 것이다.

이와 함께 38선 이북은 원경화된다. '38선철폐 요구 국민대회'의 표어에서는 '38 이북'이라는 또 다른 고립된 저편의 심상지리화와 그 부정적 공간 표상의 특성이 드러나 있다.[28] 이 국민대회에서는 '-생지옥 38이북의 동포를 살리자. -38이북의 기계없는 공장의 노동자를 살리

---

27) 「조선학병동맹, 1월 20일을 학병의 날로 제정」, 『동아일보』 1946. 1. 7.
28) 「38선 철폐요구 국민대회 개최」, 『동아일보』 1946. 3. 6.

자. -38이북의 언론, 집회, 결사의 자유를 다오. -38이북의 농민의 식량을 약탈 말라' 등의 표어를 통해 38선 이북의 북한을 억압과 수탈의 땅으로 표상한다. 38선을 경계로 상대편을 부정적으로 재구성하는 전형적인 스테레오 타입이 발생하고 있음을 알 수 있다. 38선이라는 경계가 물질화하고, 실질적으로 국경화하면서 월경한 이북민들은 실향을 공동의 감각으로 하는 내국적 디아스포라 집단으로 동일화되어 갔다. 월남민들의 이러한 동일화는 고향을 잃었다는 공통점, 고향의 원래 모습과 현재의 38 이북을 분절화하여 표상화하는 방식으로 진행된다. 1945년 11월 18일에 대표적인 서북인사라고 할 조선일보 사장 방응모를 비롯한 재경서북인유지의 발기로 38도선 철폐 촉진대회가 서북출신 인사 500명이 모인 가운데 이루어지는 데, 이 대회에서는 38이북을 언론, 출판, 집회, 결사, 신앙의 자유가 없고, 조선인 정치운동자의 구금, 소련군의 북한 물자의 수탈 및 국외반출 등의 폐해가 가득한 공간으로 묘사하고 있다.[29] "형제자매를 이국 아닌 이국 38이북에 두고 비분을 못이겨 헤매는 재경서북인"[30]으로 38선 이북에서 이남으로 지리이동을 한 이주자집단으로 자신들을 동일화하는 재경서북인대회의 결의문은 흥미롭다. 이 기사에서는 "38선으로 인하여 호흡이 막혀 버리었다" "남북조선을 좀먹는 38선의 병균을 응급치료할 의사의 큰 임무를 가진 것" 등등 앞에서 살펴본 38선에 대한 신체와 질병의 은유를 볼 수 있다. 그러나 무엇보다도 이 기사에서 주목해야 할 것은 38

---

29) 「재경서북인, 38선 철폐촉진대회 개최」, 『자유신문』 1945. 11. 18.
30) 「서북협회주최로 재경서북인대회가 개최」, 『동아일보』 1946. 5. 22.

선이 국경으로 현현하여 38이북을 이국으로 인식하는 양상이며, 38선 이북에서 이남으로 넘어온 월남민들의 정체성 인식의 문제이다. 그들이 바라보는 이주자로서의 38선 이북과 이남 사회에 대한 관점과 세계관은 더욱 세심하게 분석될 필요가 있다. 해방기에 씌어진 황순원의 단편들, 1950년대 중반에 쓰여졌지만 해방기를 배경으로 하는 임옥인의 『월남전후』까지도 이러한 맥락에서 접근할 수 있을 것이다.

이 시기에는 38선으로 생긴 장벽 너머의 고향 이북과 재경(在京)이라는 상황을 공동성의 기반으로 하는 이북출신 디아스포라들이 각종 단체들을 조직하고 있다. 일례로 '38선 이북학생원호회 조직'[31]이 출범한다. 이후 '서북청년단' 등 해방기 정국에서 악명높았던 우익 청년단의 중요한 기반이 이러한 실향과 재경이라는 공동성에 기반한 38선 이북에서의 경험과 원한을 하나의 공통분모로 하는 월남민이라는 디아스포라 의식이었다는 사실을 각별히 주목할 필요가 있다. 38 이북을 '서북조선'으로 표현하는 것은 당대의 일반적인 용법이다. 황해도, 평안도를 아우르는 관서라는 명칭과 함경도를 일컫는 관북이라는 명칭이 합해져 북조선을 '서북'지방 혹은 서북조선이라고 명명하거니와 서북협회, 서북청년회 등은 재경, 혹은 재이남 북조선 출신 모두를 포괄하는 모임이라고 할 것이다.

38선이라는 심상지리에 의한 디아스포라 집단의 형성은 국내의 월남민의 문제에만 국한된 것은 아니었다. 재일조선인의 기원과 그 형성은 식민지 시기의 이동과 이주가 직접적인 원인이지만, 이들 재일 디

---

31) 「38선 이북학생원호회 조직」, 『동아일보』 1946. 3. 15.

아스포라 한인들의 공동체도 38선이라는 새로운 장벽에 의해 분절되어 갔다. 동경에 있던 연합군최고사령부(GHQ)에서는 송환계획을 수립하고 1946년 12월 15일까지 조선으로 귀환하지 않는 조선인은 조선정부가 수립되어 그들을 조선인으로 인정할 때까지 일본국적으로 취급한다고 발표했다. 이에 대해서 조선인단체 대표단은 "우리는 일본의 무조건 항복과 동시에 재일 조선인은 자동적으로 일본국적을 이탈하는 것으로 생각하고 있다. 조선인은 조선인으로 돌아가고자 하나 38선으로 말미암아 북선으로 가지 못하고 있는 사람이 다수이며 또한 일부는 현하 조선의 정정이 소연하여 귀국을 꺼리고 있는 사람도 있다. 장구한 기간에 걸쳐 일본과 경제관계를 가지고 있어 12월 15일까지 귀국할 수 없는 사람도 많다. 아직도 일본에 남아있는 조선인 수는 약 60만 가량 있다"[32]고 성명을 발표하고 사령부 포고의 재고를 요청한다. 조선으로 돌아갈 수 없는 이유로 정정의 소란, 38선에 의한 북조선으로의 이동 불가, 일본과의 경제관계 등을 거론하고 있는데, 재일조선인 문제의 발생에 38선에 의한 분단이 중요하게 작용하기 시작했음을 알 수 있다. 잠정적인 귀환종료일로 제시되었던 12월 15일에 일본 「조선일보」 특파원 강주호가 전하는 재일동포의 근황은 38선이 초래한 재일사회의 분단상을 짐작케 한다.

"사상적으로 재일동포들도 역시 세계 양대 사상의 영향을 받아 좌우로 갈려있어 행동이 통일되지 못하고 있다. 재일동포의 90%는 전부 일제의

---

32) 「재일조선인단체, 조선교포의 일본국적 소유에 대해 항의」, 『서울신문』 1946. 11. 15.

식민지 착취정책에 희생되어 일본 노동시장에 갔던 사람들인 것만큼 무식하고 단순하여 지도자의 말을 맹종하는데 좌우 지도자의 선동으로 수차에 긍한 동족상잔의 피비린내 나는 추태도 연출하여 진주당시 미군의 조선인에 대한 동정적 태도가 일변하게 좋지 못한 인상을 주었다. 일본인들은 조선인의 분열을 이용하여 일본에 있어서 조선인의 지위를 없이 하도록 모략하는 데 좋은 재료로 삼게 되어 현재 조선인에 대한 미군의 태도는 매우 냉정해 가는 경향이 농후하며 일본당국은 미군의 힘을 빌어 조선인에게 법적으로 압박을 가하고 있는 현상이다. 이러한 현황도 역시 본국이 하루바삐 자주독립을 하여 국가와 국가간의 특별한 협정이 없는 한 근본적 해결이 되지 못할 것이며 본국의 지도자층은 좀더 시야를 넓혀 재일 80만을 위한 특별한 유의가 필요하다고 생각한다."[33]

강주호는 GHQ가 12월 15일까지 조선으로 귀환하는 사람들에게 공장시설 중 輕機類 4천폰드만 반출할 수 있게 하여 식민지 시기 피땀으로 이룬 경제적 기반을 포기할 수 없어 귀환하지 못한다는 점, 2세들의 교육 문제 등을 서술한 후에 위의 보고를 하고 있는 바, 여기서 38선이 이념의 냉전선으로 작동하고 그에 연동하여 재일사회 자체가 분열하고 있는 양상을 볼 수 있다.

신문미디어가 재현하는 38선의 장소 재현에 관한 이상의 검토를 전제로 이제부터는 베네딕트 앤더슨이 신문과 함께 상상의 공동체로서의 민족을 구성하는 양대 인쇄미디어의 하나로 언급한 소설의 심상지리를 통해 대한민국이라는 경계가 구성되고 '대한민국 민족'이 형성

---

33) 강주호, 「재일동포의 근황」, 『조선일보』 1946. 12. 15.

되는 과정을 재구해 보고자 한다. 베네딕트 앤더슨의 민족주의 연구
는 38선과 관련하여서도 시사적이다. 이 시기 소설에서는 이미 인물들
의 동선이 미치는 공간, 서사를 통해 현현되는 현실의 공동체의 공간
들이 38선을 경계로 분할되어가는 양상을 보였으며 이는 결과적으로
강고하게 물질화되어 가는 두 개의 정치공동체를 대중에게 각인시키
는 결과를 가져왔다. 프랑코 모레티도 민족주의와 소설의 문제, 소설
과 민족(국가)이라는 심상지리의 문제에 대해서 참조할 만한 시사를 남
긴 바 있다. 프랑코 모레티는『근대의 서사시』[34]에서 세계체제에 조응
하는 텍스트를 '근대의 서사시'로 명명하면서, 소설을 국민국가의 심상
지리에 대응하는 문학 양식으로 설명했다. 같은 소설이라고 하더라도
식민지제국이라는 국민국가의 생활권에서 살았던 '제국인'의 심상지리
와 남·북한의 국민국가의 영역에서 살고 있는 남북한 '국민'의 심상지
리는 다를 것이다. 앞서 해방기의 귀환 서사, 특히 지리적인 귀환의 여
정을 다루는 소설에 나타나는 이러한 심상지리 경계의 상징적인 변화
는 한마디로 제국 지리가 한반도의 경계로 축소되어가는 과정이었다
고 한다면, 이제부터는 38선을 경계로 소설의 심상지리가 새로운 민족
과 국민의 경계를 창출해가는 과정을 분석해 보도록 하겠다.

---

34) 프랑코 모레티, 조형준 옮김,『근대의 서사시』, 새물결, 2001.

(2) '一民' 의 경계선 38선과 '남한민족' 의 탄생 : 김동리의
경우

2부 1장의 지리적 귀환의 소설들에서 살펴본 해방기의 혼란과 귀환전재민의 궁핍한 삶을 다루고 있는 많은 서사들이 여전히 완결되지 않은 귀환을 증거한다면, 김동리의 「혈거부족」[35]은 귀환의 서사가 대한민국(Republic of Korea)이라는 '남한 민족'의 창출과 국민국가로 귀착되는 과정을 상징적으로 보여주는 텍스트이다. 이 소설의 배경은 해방 직후의 삼선교와 돈암동 사이의 구릉에 있는 방공호에서 살고 있는 10가구로 이루어진 혈거부락이다. 만주에서 귀환하다가 남편을 잃은 순녀와 옥희 모녀, 진주한 소련군과 새로 등장한 북한 정권에 등을 돌리고 월남한 황생원 일가, 사연은 밝혀져 있지 않지만 충청도 논산 출신으로 굴이 무너져 죽은 4번굴의 일가, 반지빠른 처세에 얼치기 공산주의 사상을 설파하는 윤씨 등, 10기의 방공굴에 살고 있는 사람들의 면면은 식민지제국의 붕괴 이후 난민의 상태에서 새롭게 공동체를 구성해가는 민족 구성원을 상징한다. 이 중 이 서사의 핵심 인물인 순녀와 황생원 모자가 귀환전재민이라는 사실에 주목해야 한다. 순녀는 만주로부터 귀환하여 이 혈거부족에 안착한 사람이고, 황생원 모자는 38선을 넘어 월남한 이력에서 알 수 있듯이, 미소의 분단점령으로 한반도 내에서 발생한 귀환전재민이다. 확장해서 해석하자면 식민지제국 질서가 붕괴된 후 새로운 민족국가가 서지 않은 해방기 조선 민족 전체

---

35) 김동리, 「穴居部族」, 『백민』, 1947. 3.

가 귀환전재민, 즉 난민의 위치에 있었다고 할 수 있다. 혈거부족이라는 명명은 한반도 안과 밖의 각지에서 모여 새롭게 민족적 공동체를 구성해가는 해방기 한국 사회의 자기동일적 주체 정립에 대한 열망을 나타낸다.

새로운 자기동일적 주체인 혈거부족을 통해 상상되는 민족적 정체성은 무엇인가. 김동리는 혈거부족을 묘사하면서 자기동일적 주체인 민족의 경계와 그 범주를 재조정하고 있다. 우선 이 혈거부족에서 '북한'이 제거되고 있는 방식에 주목해야 한다. "원숫놈에 병덩들과 도둑놈들"[36]에게 욕을 보고 대동강에 투신해 죽은 결곡한 성품의 황생원 전처의 삽화를 묘사하면서 38선 이북의 북한 사회는 '원수'로 표상되며 원경화된다. 이를 통해 북한에 진주한 소련군과 연결된 북한 당국은 민족이라는 동일자로부터 삭제된다. 김동리는 북한 사회의 원경화와 함께 좌익과 공산주의 사상도 민족적 삶의 원형질과 정서로부터 배제하고 있다. 2번 굴에서 살고 있는 윤가는 반지빠르고 처세에 능한 인물이자 얼치기 공산주의자로 묘사된다. 그는 순박한 성품을 지닌 황생원과 그 어머니인 노파, 남편의 유골을 소중히 여기는 순녀 등 "남쪽이든 북쪽이든 사람사는 정은 어디든 다르지 않다"[37]고 설명되며 구축되는 보편적인 인간상, 즉 '십만년·백만년 전'의 조상적부터 이어져 오는 것으로 감각화되는 인간의 보편적인 정서와 민족의 원형질에 배치되는 인물로 설정된다. 윤가는 혈거부족에서 가장 식자가 든 인물이며

---

36) 김동리, 앞의 소설, 40쪽.
37) 김동리, 위의 소설, 44쪽.

공산주의 사상을 뇌까리는 인물로 설정된다. 그는 순녀를 겁탈하려다가 실패하고 혈거부족에서 축출되는데, 이 와중에도 자신의 방공굴을 7백원의 돈을 받고 파는 능란한 수완을 보인다. 작가는 황생원 모자와 순녀 등을 통해 혈거부족의 순량한 인간상을 백만년 전부터 내려오는 변하지 않는 민족됨과 인간성을 공유한 것으로 주조해 낸 후, 순녀를 강간하려 하고 방공호를 팔아넘기는 윤씨의 행태를 공산주의 사상과 결부시켜 대비시킴으로써 혈거부족 내에서 축출하여 민족이라는 동일자의 범주를 새롭게 조정한다. 공산주의와 좌익사상을 민족 고유의 정서와 인간됨, 나아가 보편적인 인간상의 대척점으로 제시함으로써, 혈거부족이라는 새로운 민족의 표상에서 작가는 북한과 함께 공산주의를 타자화하고 있다.

북한과 공산주의의 타자화와 함께 새롭게 구성되는 자기동일적 주체로서의 민족이 만드는 국민국가의 실체란 무엇인가. 노파와 순녀가 미군정하의 입법의원 설치를 독립으로 오해하고 기뻐했다가 실망하는 결말의 삽화에서 순진무구한 마음으로 독립에 열광하는 순녀와 노파를 내세워 작가가 주장하고자 하는 것은 결국 이 순수한 인간의 정을 지닌 혈거부족의 동일자가 38선 이남의 남한 민족을 뜻하며, 대한민국이라는 남한 단정의 국민국가로 실체화할 것임을 암시하고 있다. 이를 종합해 볼 때 「혈거부족」은 귀환의 민족서사가 대한민국이라는 국민국가 건설로 이어지는 과정을 서사화한 '성공한' 귀환을 다루고 있다고 할 수 있다. 이러한 귀환을 남한 민족이라는 새로운 정체성으로 결정짓는 핵심적인 경계가 바로 38선이다.

냉전이 '남한 민족'을 창출하는 데 어떻게 작용했는가를 잘 보여주는 소설이 김동리의 「해방」이다. 이 작품은 『동아일보』에 1949년 9월 1일부터 1950년 2월 16일까지 총 156회에 걸쳐 연재된 소설이다.[38] 먼저, 이 작품이 쓰여진 시기에 주목할 필요가 있다. 1949년 9월부터 1950년 2월은 그 동안 학계에서 주목되지 못한 대한민국 설립으로부터 한국 전쟁 발발 사이의 시기와 겹친다. 이 시기에는 냉전 체제가 확고하게 자리를 잡고 공산당 계열의 정치 활동이 전면 금지되었으며 '일민주의'를 통해 남한 민족을 창출하는 이데올로기적 공동체화가 수행되어가는 시기였다. 정치적 현실에 대해서 직접적으로 개입하는 소설을 창작하지 않았다고 알려진 김동리의 문학적 계보에서 이채로운 이 작품은 이러한 당대의 맥락 위에서 이해해야만 한다.

대한민국의 설립 이후라는 글쓰기의 시간 위에서 이 소설이 다루고 있는 서사의 시간은 해방 직후이다. 이 작품은 당대에 가장 민감한 사안이었던 친일파 처리문제나 좌우익의 대립 문제에 대해, 대한민국 설립 이후 문학계의 헤게모니를 장악한 김동리의 현실인식이 노골적으로 드러나 있다는 점에서 주목할만하다. '생의 구경적 형식'으로서의 문학을 제기하며 좌익의 문학을 비문학적인 사이비 이데올로기 문학으로 타자화했던 '순수'문학의 옹호자인 김동리의 문학관에서 비추어보자면 이 소설은 자신이 경멸해 마지않았던 직접적 이데올로기의 노출이라는 점에서 가장 비김동리적인 작품이라고도 말할 수 있을 것이다. 이 소설은 '생의 구경적 형식'이라는 '순수'가 지탱하고자 했던

---

38) 이 작품은 김주현에 의해 현대활자화하여 소개되고 해제되었다. 여기서는 김주현이 정리한 『어문론총』 제37호(2002), 39호(2003)의 정리본을 참조하여 인용하였다.

것이 역설적으로 어떤 특정한 이데올로기였음을 보여주는 것이기도
하다.[39]

　　이 소설에서 우선 주목할 것은 친일파에 대한 인식이다. 소설에서
친일파를 대표하는 인물로 등장하는 심재영(靑松俊雄)의 경력은 전형
적이다. 그는 소설의 주인공인 이장우가 근무하는 동아여자대학의 교
주이자 이장우의 지우인 대한청년단장 우정근의 장인이며, 이장우와
연정이 싹트는 심양애의 아버지이기도 하다. 심재영은 젊은 나이에 와
세다 대학 정경과를 마치고 돌아와 3·1운동에 투신하여 삼년간의 징
역을 치르고 신간회에서 조직을 맡아 헌신한 열렬한 민족주의자이
다. 그러다가 사십대에 상해임시정부에 군자금을 조달했다는 명목으
로 일본 경찰에 체포되어 3년형을 언도받지만 예심에서부터 임시정부
에 대한 비판적 언사를 하고 복역 세 달이 못되어 참회성명서, 사죄서
명, 여죄고백 등을 발표하고 전향성명서를 공표한다. 이후 식민지 말
기에는 '내지황도선양모범 농촌시찰단' 단장, 총력연맹이사 겸 문필보
국회 총재 등으로 시국에 적극적으로 협력한다. 소설에서 소개되는 식
민지 말기의 학병권유 연설도 실제로 이루어진 식민지 말기의 실상을
반영한다.

　　"나는 이 민족과 이 강산을 사랑하기 때문에 제군의 출전을 요구하는
　　것입니다. 관념으로나 공상으로가 아니라 실질적이고 구체적으로 이 민
　　족과 이 강산을 사랑하는 방법으로서 나는 제군의 출전을 요구하는 것입

---

39) 아마도 그런 이유 때문에 김동리는 자신의 첫 장편에 해당하는 이 작품을 상재하지 않았
으며, 전집에서도 누락시켰을 것으로 추측된다.

니다. 제군은 이 민족을 사랑하고 이 강산을 지키고 우리 아세아의 운명을 위하여 출전해야 하는 것입니다. 이것이 십년간 민족을 위하여 싸워온 나의 민족운동의 결론이올시다. 진정하고 영원한 민족의 장내와 동포의 행복만을 위하여 십년간 싸워온 나의 결론이올시다.[40]

병역을 의무가 아닌 국민된 권리로 찬양하면서, 징병령을 제국의 국민으로 인정받은 감격으로 이해하고 조선민족을 위해서 출전하라는 학병 권유의 논리는 식민지 말기 저명 인사들의 권유문에서 어렵지 않게 발견할 수 있다.[41] 해방 직후 잠시 칩거하던 심재영은 '좌익 세상의 팽창' 속에서 일본의 적산가옥인 절집을 인수하여 동아여자대학교 재단을 설립하고 민족을 위한 교육사업을 통해서 새로운 민족국가 건설에 동참하려 한다. 그러한 사업이 진행되어가는 시기가 미군 상륙 전후라는 것도 주의해서 지켜볼 필요가 있다. 심재영의 이러한 이력과 미군 상륙 이후의 행보는 당대의 '친일파'의 행적을 그대로 투사한 것이다. 이후 심재영이 제기하는 친일 행적에 대한 알리바이와 친일파 단죄론에 대한 다음과 같은 항변은 당대 (친일파)의 논리를 함축하고 있다.

(1) "글세 그러니까 말이요. 세상에서 친일파 친일파 하지만 친일파를 문죄할 사람이 누구란 말이요? 물론 해외에서 독립운동을 하다가 들어온 임정요인들이라든가 그 밖에 손을 꼽을만한 훌륭한 지도자들이 없는 바

---

40) 김동리, 「해방」, 『어문론총』 제37호(2002), 275쪽.
41) 이에 대해서는 정운현 엮음, 『학도여 성전에 나서라』, 없어지지않는이야기, 1997을 참조.

는 아니지만, 국내에 있던 사람치구 직접 간접으로 일제에 협력하지 않은
사람이 누구며, 또 해외에서 돌아온 인사들이라고 해서 다 깨끗한 사람들
이라고는 누가 보장한단 말이요?

(2) 물론 나 같은 사람이야 민족 앞에 죄를 지은 사람이겠지만, 직접 간
접으로 다 같이 일제에 협력을 해 온 사람들이 지금 와서 자기 자신의 죄
악은 돌아보지 않고 남의 죄목만 밝히려 드니 세상 꼴이 무엇이 되겠느냐
말이요? 그것도 정말 깨끗한 몇몇 인사들이 이 문제를 일으킨다면 모르
지만 저나 내나 오십보 백보의 협력자들이 바루 무슨 혁명가 노릇이나 하
던 사람처럼 죽이느니 살리느니 떠들어 대니 누가 거분히 대죄를 할 생각
이 나겠소? 그리고, 만약 처단을 한다면 제일 윗자리는 사형에서 제일 아
랫자리는 다못 육개월 집행유예라도 받아야 될 터이니 그렇게 되면 그 육
개월의 집행유예도 받지 않은 사람들 끼리만 모여서 건국을 해야 될 터이
니, 건국을 그렇게 열 사람이나 스무 사람으로 할 수 있단 말이요?

(3) 나도 물론 어디까지나 친일파를 처단하지 말자든가, 소위 친일파란
사람들이 수에 있어 과다하니 이를 따로 구별지어 논의하지 말자든가 그
런 것은 아니요. 그 내용을 자세히 조사해서 표면적인 이유만 볼 것이 아
니라 그 근본적인 의미를 정확하게 파악해야 된다는 거요. 세상에서는 친
일파란 이름을 듣지 않는 사람가운데서 얼마든지 악질적인 친일파를 찾
아낼수도 있는 것이며, 또 그와 반대로 세상에서는 친일파라고 떠들어대
는 사람 가운데서 얼마든지 양심적인 애국가를 찾아 낼 수도 있다는 거
뿐이요. 비근한 예로 지금 가장 순결무구하다고 스스로 인정하고 있는 우
리 동포들 가운데 과거의 그 잔인무비한 일제 경찰의 고문을 당하고도 끝
까지 그 순결무구를 지켜냈을 사람이 몇 사람이나 되겠소.

(4) 그렇다면 그 결과만 보고 이 사람은 친일파요 저 사람은 애국가요 할 수가 없지 않은가. 얼마든지 민족과 국가를 사랑하는 사람으로서도 그 잔인무도한 고문에 못 백여서 친일파가 된 사람도 있고 또 그와 반대로 얼마든지 친일을 하고 싶어하고 하려고 애를 썼어도 기회를 못 얻어 못했다든가 사실에 있어서는 비상한 친일을 했어도 그 사람이 마침 들어난 사람이 아니어서 일반적으로는 모른다든가 이러한 사실이 한두 사람도 아니요 오늘날 우리 눈 앞에 꽉찬 현실이라면 친일파의 처단 문제를 어떻게 표면적으로 눈에 나타난 몇몇 가지 표준만으로 결정할 수 있단 말이요.…… 그리고 사실에 있어 경찰의 잔인무비한 고문을 당하게 된 사람들이란 거개가 과거의 애국지사요 민족주의자들이라면……그들이 애국지사요 민족주의자들이었기 때문에 그와 같은 잔인무비한 박해와 고문을 당하게 되었다면, 그 고문에 못백여 산송장이 된 사람들만을 가리켜 친일파라고 떠드는 것은 이 문제에 대한 근본을 파악하지 못한 까닭이 아닐까 생각되어요.

(5) 나도 물론 민족을 생각하고 나라를 사랑하는 마음에 있어서는 누구 한테도 뒤떨어지지 않는다고 스스로 믿고 있었소. 국방복을 입고 전투모를 쓰고 손에는 〈일장기〉를 들고 입으로는 '천황폐하'를 부르고 다닐때도 내 맘 속에는 항상 민족을 생각하고 나라를 사랑하는 것이 있었다면 이것은 어떻게 해석해야 된단 말이요. 국방복을 입고 전투모를 쓰고 '천황폐하'를 부르고하는 행동 그 자체가 나는 애국적이요 민족적이라든가, 또는 내가 그렇게 함으로써 우리동포들에게 무슨 이익을 끼쳤다든가 그러는 것은 아니요. 다만 그러한 행동을 하면서도 그 사람의 마음 속에는 역시 민족을 생각하고 나라를 사랑하고 있었다는 것, 이것을 말하려는 것이요. 동포가 한두사람 뿐이라면 그 한두 사람이 해외에 망명하는 것으로 해결

지을수도 있었지만, 삼천만 되는 동포가 국토를 비어주고 다 해외 망명을 할 수는 없지 않았소. <u>우리가 여기 살고 있는 이상은 내가 아닌 누가 하더라도 그 짓은 하고 말았을 것이요. 왜 하필 네가 뽑히었느냐?</u>[42]

(밑줄 – 인용자)

위의 인용은 소설에서 대략 4쪽에 걸쳐서 심재영이 혼자 열변을 토하고 있는 대목으로 필자가 임의로 번호를 부여하며 발췌한 내용이다. (1) 식민지에서 생존했다는 것 자체가 모두 협력이라는 논리 (2) 단죄를 이야기하는 사람도 친일의 혐의가 있다는 오십보 백보론 (3) 고문을 당했으면 변절을 했을지도 모른다는 '시험받지 않은 정조론' (4) 친일도 능력이 있어야 한다는 친일능력론 (5) 그리고 자신이 아니면 누군가 그 오명을 뒤집어 써야 했다는 민족을 위한 친일론에 이르기까지 친일행위에 대한 다양한 항변의 논리가 심재영의 입을 통해서 하나의 논설로 발화되고 있다. 이러한 친일파의 알리바이에 대한 작가의 인식은 주인공인 이장우의 발화를 통해서 미루어 짐작할 수 있다. 주인공격인 이장우는 김동리가 자신의 내면을 투사하여 구성한 인물처럼 보인다. 그는 "희고 높은 이마 아랫 깊숙한 두눈과 둥글고 우뚝한 콧마루 아래 정열이 팽창한 입술——특히 아랫 입술이 그랫다——을 가진 이 당당한 사내"[43]로 동경에서 '재학시절에는 철학을 했는데 국문학과 국사를 맡아서'[44] 가르치고 있는 인물이다. 그는 철학자이면서 국민국가 이

---

42) 김동리, 「해방」, 『어문론총』 제39호(2003), 329~333쪽.
43) 김동리, 「해방」, 『어문론총』 제37호(2002), 292쪽.
44) 김동리, 위의 소설, 위의 책, 289쪽.

데올로기의 핵심적인 지식인 국문학과 국사의 강의를 맡고 있으며 또한 청년들의 신망을 한 몸에 받으며 그들 청년단을 지도하는 정신적인 지도자로 설명된다. 고향을 경상도(상주)로 설정하고, 화암사 등의 사찰에서 독서로 일관하고 수리조합 서기를 하고 있다는 경력 등에서도 김동리가 자신의 소경력을 투사하고 있다고 볼 수 있을 것이다.[45] 이러한 이장우가 심재영의 연설에 대해서 비판하는 대목은 홍미롭다.

> 이장우는 이러한 말을 지금 심재영에게서 처음 듣는 것이 아니다. 소위 친일파 문제가 논의될 때마다 국내에 있던 사람은 죄 다 친일파 아닌 사람이 없다는 등, 세금을 바친 사람은 누구나 다 일제에 협력을 한거나 마찬가지라는 등, 그러므로 정말 친일파를 처단 하려면 조선 사람은 하나도 남지 않을 거라는 등, 해외에서 들어온 지극히 소수의 몇몇 사람밖에는 남을 사람이 없다는 등, 흔히들 하는 말이다. 이런 말을 하는 사람들의 의도는 소위 친일파의 처단이란 것을 부정하는 데 있는 것이다. 그리고 이장우 자신이라고 해도 일부 파괴분자들의 모략적인 선전에 호응하여 전민족의 중추적인 역량을 거세시킴으로써 쉽사리 싸베트주의 혁명을 가능케 하는 그러한 처단 방법을 주장하려는 것은 천만 아니지만 그렇다고 해서 친일파란 것을 따로 논의할 필요가 없다든가 조선 사람 전부가 오십보 백보의 친일파들이니까 처단을 받으려면 조선사람 전부가 함께 처단을 받아야 한다든가 하는 의견을 찬성하고 싶지도 않았다. 조선사람 전부가

---

45) 이장우의 형상에는 김동리 자신 뿐만 아니라 그가 존경했던 장형 범부 김정설의 형상도 감지된다. 비아카데미적인 사상가로 통했던 김범부는 우익적 정치사상의 설파자였으며, 많은 우익 청년들과도 관련을 맺고 있었던 것으로 알려져 있다. 김범부의 사상사적 맥락에 대한 조감과 비판은 김건우, 「토착지성의 해방전후」, 『상허학보』 36, 2012. 10을 참조할 것.

국내의 일제통치하에 있었다는 말과 조선 사람 전부가 자진하여 적극적으로 일제 세력에 아부하고 협력하고 공헌함으로써 일신의 영달을 꾀했다는 말과는 구별되지 않으면 안되리라고 그는 믿고 있었던 것이다. 박해와 공갈에 견디지 못하여 부득이 협력의 시늉을 내어 왔다는 사실과 자신의 지위와 세력을 위하여 자발적으로 아부 협력했다는 것이 당시의 우리의 현실에 있어서 어떻게 같았단 말인가. 그것도 남이 변명을 하고 관대한 해석을 주장한다면 또 모르겟거니와 소위 친일파로 자타가 공인하지 않으면 안될 그들 자신이 오십보와 백보의 차이니, 친일파를 다 처단하고 나면 결국에 참가할 자격을 가진 사람은 열쯤 밖에 되지 않겟다느니 스물쯤 되리라느니 하는 말을 들을 때마다 이장우는 맘속으로 분연히 반감을 깨닫곤 하였던 것이다.[46] (밑줄 – 인용자)

인용한 지문에서는 친일파에 대한 다양한 알리바이에 대해서 반감을 가지고 있는 이장우의 심리가 드러나 있다. 이것은 식민지 말기 이른바 친일적 행위에서 자유로왔던 김동리의 도덕적 우위에서 발화되는 것으로 볼 수 있다. 이러한 이장우의 태도는 당대 친일파들의 항변의 논리에 대한 김동리의 비판적 인식으로 읽는 것이 타당하다. 그렇지만 소설의 전체적인 구조와 서술의 양상을 보면 이 소설에서 친일파에 대한 김동리의 인식이 인용한 지문처럼 단순하지만은 않다는 것을 이해할 수 있다. 자기 집으로 거처를 옮기고 자신을 도와 달라는 심재영에 대해서 당장 거절하지 못하며 이장우는 "과연 친일파란 것이 용서할 수 없는 악당이라면 자기도 사내답게 선명히 그 자리에서 거절을

---

46) 김동리, 「해방」, 『어문론총』 제39호(2003), 330–331쪽.

해야할 것이었다. 애당초 찾아 오지도 말아야 옳을 일"[47]이라고 생각한다. 소설은 심재영이 친일파이지만 조선의 독립을 맞아 잠깐의 두려움은 느꼈을지라도, 독립을 조선인의 한 성원으로 진심으로 기뻐하고 있는 것으로 그린다. 또한 심재영의 전향의 궤적은 잔인한 고문에 의한 어쩔 수 없었던 이해가능한 것으로 맥락화된다. 달리 말하자면 심재영의 훼절은 우리 모두가 그처럼 고문을 받았다면 견뎌냈으리라고 장담하기 어려운 동정의 대상으로 제시된다. 이장우는 "국방복을 입고 전투모를 쓰고 입으로는 '일본천황폐하'의 만세를 부르는 사내가 맘속으로는 잠시도 조선 민족을 잊지 않고 조선 나라를 사랑했다는 사실― 아니, 이러한 인간이 있다면, 그것도 가정이 아니고 현실에 있다면 우리는 이 인간을 어떻게 해석해야 된단 말인가. 벌 주어야 한단 말인가, 위로해야 한단 말인가, 처단해야 한단 말인가, 동정해야 한단 말인가."[48]라고 심재영에 대한 태도를 어떻게 취할 것인가에 대해서 혼란스러워 한다.[49] 무엇보다도 김동리는 이장우의 입을 통해 친일파처단론이 '전민족의 중추적인 역량을 거세시킴으로써' 소비에트 혁명으로 이어질 것을 경계하고 있다.

김동리는 이러한 친일의 알리바이를 이해가능한 연민의 대상으로 맥락화한다. 가령 심재영은 천황의 방송을 듣고 혼란스러워 하다가 딸 양애가 기뻐하며 '아버지에게 제일 먼저 뛰어가고 싶었어요'라고 던진

---

47) 김동리, 「해방」, 『어문론총』 제37호(2002), 297쪽.
48) 김동리, 「해방」, 『어문론총』 제39호(2003), 335쪽.
49) 이러한 심재영의 면모는 이광수가 해방 이후 자신의 친일에 대해서 합리화했던 '민족을 위한 친일'이라는 논리와 채만식이 「민족의 죄인」에서 피력했던 '시험받지 않은 정조론' 등을 떠올리게 한다.

한마디 말을 통해 '해방의 종소리'를 듣고 독립의 기쁨을 만끽한다. 그는 독립이 자신에게 사형을 선고하더라도 기꺼이 죽음에 복종하겠다고 생각한다. 이러한 에피소드에서 인간적이고 자애로운 아버지의 상을 지닌 인물의 입을 통해서, 그리고 사심없는 교육사업을 통해서 건국에 이바지 하려는 반성의 모습을 보이는 인물을 통해서 친일의 알리바이가 반복된다는 것, 그리고 이장우가 그에 대해서 유보적인 태도를 취하고 있다는 점에서 이 소설이 가지고 있는 친일파에 대한 인식은 비판적이라기 보다 동정적이라고 보는 편이 타당하다. 이 소설은 1949년 6월 6일 '반민특위'가 경찰의 공격을 받고 10월에 공식 해체되어 가는 중간에 그 연재가 시작되었다. 이러한 어수선한 분위기에서 친일단죄론에 대해서 자신의 훼절이 식민지에서의 고문과 억압 하에서 이루어졌다는 심재영의 항변이 그에 대한 동정의 서사와 함께 연재 분량의 다수를 차지하고 그 비판은 소략하게 제시하면서 인간적인 연민과 함께 그 죄에 대해 힐문하는 것을 유보하는 서사적 배치로 이루어졌다는 점을 감안하면 이것이 지니는 정치적 의미는 비교적 자명한 편이라고 할 수 있을 것이다. 김동리는 당대 반민특위 사건을 직접적으로 언급하지 않는 해방 직후의 서사시간을 소설화하고 있지만, 그 배경에서는 동시대의 반민특위 활동을 의식하고 있는 셈이다. 김동리는 당대 통치 이데올로그들이 제창했던 이데올로기인 '일민주의'의 이념을 은연중에 소설의 주제로 제시한다. 친일의 죄과는 탕감해주며 민족의 내부로 통합하려 하지만, 공산주의는 민족의 범주 밖으로 타자화하는 것이 그 사례이다.

그렇다면 다음으로 공산주의(사회주의) 계열의 청년들을 타자화하고 윤리적으로 문제있는 집단으로 묘사해 내는 방식을 검토해 보자. 이 소설의 핵심서사는 해방 직후 우익 청년단체인 대한청년회와 그와 적대 관계에 있는 '민청' 계열의 좌익 단체 사이에서 벌어지는 대립과 상호 테러이다.[50] 특히 소설에서 부각되는 것은 좌익 청년들의 문란한 윤리감각이다. 작가는 '해방주보사의 주필 겸 편집국장'이란 명함을 가지고 '모든 회사의 중역과 금융 재계의 유력자와 또는 반민자 모리배들을 방문하고는 반 구걸 반 위협으로 거액에 가까운 돈을 긁어'[51] 모으는 신철수라는 인물을 내세운다. 신철수는 해방 전 만주에서 신문사 기자로 있으면서 군의 촉탁으로 활동한 밀정 혐의가 있는 인물이다. 작가는 이 인물을 '민청' 계열의 청년들, 특히 좌익 여성들의 성적 문란을 극명화하는 매개로 활용하고 있다. 신철수는 중학 시절 하숙집 주인 오금례를 내세워 '해방주보사'를 설립하고 오금례의 딸 정혜를 성적 노리개로 취한다. 신철수는 그 자신이 '민청' 맹원이 되는데, '민청'의 외곽 써클에 참여하고 있었던 정혜의 소개로 민청 계열의 젊은 여성들을 차례로 성적으로 섭렵한다. 이러한 호색한 신철수의 악행과 함께 좌익 청년들의 성적 문란이 함께 전경화한다. 특히 박선주의 묘사는 흥미롭다.

---

50) 이 소설의 중요한 배경은 국군준비대, 민청, 학병동맹, 대한청년회 등 해방기에 범람한 청년회의 활동이다. 해방 직후 재조선 일본군과 경찰을 무장해제하여 치안과 질서유지를 위해 총을 들게 되었으나 국가에 의한 폭력의 독점화 과정에서 다시 그 총을 빼앗겨야 했던 상황과 표상을 읽어내고 있는 이혜령의 「해방(기): 총 든 청년의 나날들」, 『상허학보』 27, 2009. 10은 해방기 좌우익 청년들의 정치적 환상과 좌절에 대한 참조를 제공한다.

51) 김동리, 「해방」, 『어문론총』 제39호(2003), 284-285쪽.

"박선주의 생활철학에 의하면, 인간은 누구나 근로와 쾌락의 두가지 의무와 권리를 가졌다는 것이다. 근로와 활동이 많으면 많을수록 많은 쾌락을 취할수도 있다는 것이다. 그리고 활동 가운데서도 특히 혁명을 위한 정치적 활동은 가장 심신(心身)의 소모를 요하는 강력한 활동이요, 쾌락 가운데서는 남녀 관계의 성적 쾌락이 으뜸이라, 자기들과 같이 인민의 복리를 위하여 혁명 운동에 심신을 바치고 있는 사람들이 성적 쾌락을 취하는 것은 지극히 당연한 노릇이라 박선주는 주장하는 것이다. 여기서 신철수와 같이, 무슨 정조니 도덕이니 하는 묵은 관념에 지배되지 않고 모든 여성에게서 청춘을 즐기려는 솔직한 태도는 용감하고 진보적인 것이라 하였다.[52]

박선주는 이른바 1920년대 성적 방종의 대명사로 유행한 '붉은 연애'의 꼴론타이의 후예이다. 신철수는 박선주의 사상에 물이 들어 "육체적 쾌락을 구가하기에 서슴지 않는 '진보적' 여성들이 일하고 있는 '혁명 운동'에 가담하여 늘 하는 소리를 계급이 어쩌니 인민 어쩌니 하고 지껄이다가 밤이 늦으면 그대로 어느 여성 동지의 처소에서 신세"[53]를 지다가 그녀들과 동침한다. 사회주의 청년들의 성적 방종을 이러한 방식으로 묘사하는 것은 사실 이광수 이래로 이른바 민족주의 문학을 주창하며 사회주의와 적대적인 관계를 형성해 왔던 문학적 계보에서는 그리 새삼스러운 것은 아니다.[54] 해방 직후 좌파의 정치적 주장이

---

52) 김동리, 「해방」, 『어문론총』 제39호(2003), 282쪽.
53) 김동리, 위의 소설, 위의 책, 283쪽.
54) 가령, 이광수가 『혁명가의 안해』에서 혁명가 '공산'의 아내를 통해 구성했던 공산주의 그룹여성의 성적 방종이라든가, 『그 여자의 일생』에서 3·1운동 이후 청년들의 자유연애 풍조를 사회주의 이념과 결부된 성적 방종으로 배치하여 설명하고 있는 것은 그 한 사례일

나 이데올로기에 대해서는 언급하지 않고, 신실한 대한청년단 단장 우정근을 암살하는 테러리스트로 그리고, 이와 더불어 협잡을 일삼는 부정적 인물인 신철호와의 치정으로 사회주의 여성 청년들을 얽어매는 이러한 대중서사는 김동리가 단정수립 이후 해방기를 어떻게 이데올로기적으로 재구조화하면서 정당화하고 있는가를 보여준다. 특히 신철호의 신문사명이 '해방주보사'라는 점은 각별히 눈여겨 볼 필요가 있다. 알다시피, 해방기 조선공산당의 기관지가 바로 '해방일보'이다. 식민지 시기의 대표적인 사회주의자의 하나인 권오직이 사장을 맡아보았던 '해방일보'는 조선공산당이 접수한 소공동 소재의 고노자와인쇄소(近澤印刷所)에서 인쇄되었거니와[55] 이 인쇄소와 빌딩은 이후 '정판사'로 개칭되었다. 알다시피, 위조지폐 사건으로 조선공산당이 불법화되는 바로 그 정판사가 '해방일보'를 찍던 인쇄소였다. 김동리는 '해방주보'라는 신문의 제호를 통해서 '해방일보'를 연상시키고 그 신철수를 다시 좌익 청년들과 연계시키고 있는 셈이다.

이러한 친일파에 대한 인식과 좌익의 타자화를 통해서 김동리의 귀환이 안착하고 있는 곳이 어디인가를 명확하게 보여주는 것이 바로 하윤철과의 대화에 드러나 있다. 우익청년단의 지도자 이장우가 좌파 계열의 정당 인민당에 관계하고 있는 중학동창 하윤철과 나누는 대화는 당시 김동리의 인식을 압축한다.

것이다.

55) 김동리의 「해방」에서 '해방주보사'는 오금례가 해방 이후 취득한 과거 일인의 '가마보꼬'(생선묵)와 '아부라앙에'(油腐) 장사를 하던 가게에 세들어 있다. 이러한 '적산'의 사적 취득은 해방기에 흔한 현상이지만 '해방일보'와 '해방주보'의 명명의 맥락에서 보자면 정판사와 해방일보의 희화화의 버전으로도 이해할 수 있을 듯하다.

「三八선이란 말일세……「두개의 세계」! 자네 이 「두개의 세계」란 무슨 뜻인지 아는가?」

「미국을 대표로 하는 자본주의 세계와 쏘련을 대표로 하는 공산주의 세계란 말인가?」

「그렇게 말 해도 되지. 자네가 말하는 좌익이니 우익이니 하는 것은 결국 이 두개의 세계를 의미하는 것야. 그것이 단순히 우리 민족에 국한된 좌우익이 아니요 三八線만이 아닐세. 이것은 지극히 평범하고 상식적인 말 같지만 동시에 지극히 근본적이요 원측적인 판단이란 것을 알아야 하네. 왜 그러냐 하면 이것이 현실이기 때문이야. 현실은 이와 같이 「두개의 세계」의 싸움이란 것을 알아야 되. 우리가 정치를 한다는 것은 이 「두개의 세계」의 싸움에 뛰어 드는 것뿐이야. 그 어느 「한개의 세계」에 가담하여 다른 「한개의 세계」와 싸우는 것이야.」

「이 「두개의 세계」를 동시에 지양한 「제三세계」의 출현을 상상할 수는 없는가?」

「자네와 같은 이상이나 희망으로는 가능 하겠지. 그러나 가장 현실적이요 구체적인 방법은 그 어느 「한개의 세계」가 다른 「한개의 세계」를 극복하는 길 밖에 없어. 이 「두개의 세계」에 가담하여 싸우고 있는 사람들이야말로 가장 이 「두개의 세계」에 불만과 불평을 가지고 견딜 수없는 사람들일세. 그들의 가슴 속에야 말로 각각 자네와 같은, 아니 자네 이상의 꿈과 희망과 도의를 가지고 있네. 그들은 그것의 실현을 위하여 우선 가능한 그 어느 「한개의 세계」에 가담하여 싸우고 있는 것일세.」[56]

이장우는 세계가 '두 개의 세계'로 이미 나누어진 상황에서 조선

---

56) 김동리, 「해방」, 『어문론총』 제39호(2003), 387쪽.

이 '하나의 세계'를 선택해야 한다고 주장한다. 위의 인용문에서 등장하는 '한 개의 세계'라는 수사는 해방기 최대의 관용어 중 하나인 '하나의 세계'의 변용에 가깝지만 그 내포는 정반대이다. 루스벨트의 특사로 전 세계를 다니기도 했던 윌키(W.L.Willkie)가 1943년 발간한 『One World』[57]는 미국인들의 세계인식에 큰 영향을 끼친 서적 중 하나로 알려져 있다. 이 저서는 소련과의 연대, 공존의 가능성을 중시했던 루스벨트의 정책 노선의 영향을 받아서 국제주의 노선을 설파한다. 『하나의 세계』는 파시즘에 대한 반대뿐만 아니라 제국주의 일반에 대한 반대를 선언했고, '자유롭고 독립적인 나라'를 건설하는 데 아시아, 아프리카의 여러 민족 및 소련과 연합할 수 있다고 믿었다. 이 저서는 『신천지』의 주요 필자의 하나였던 옥명찬에 의해 번역되어[58] 해방기에 관용어로 사용될 정도로 지대한 영향을 끼친다. 그렇지만 '하나의 세계'에 대한 이상은 1948년 트루먼의 대통령 당선과 1949년 중국의 공산화 등의 일련의 과정을 거치며 냉전적 세계가 등장하면서 그 영향력을 상실하게 된다.[59] 그 일련의 과정 중에 남북한의 단정수립이 자리하고 있다. 미 국무부를 중심으로 한 국제주의 노선이 맥아더-하지-이승만으로 이어지는 남한 단독정부 수립을 목표로 했던 정치 블록에 의해 좌절되어 가는 과정은 이 시기에 대한 많은 연구서들이 증언하는

---

57) W.L.Wilkie, *One World*, New York : Simon & Schuster, 1943.

58) W.L.Wilkie, 옥명찬 옮김, 『하나의 세계』, 신천지사, 1947.

59) W.L.Wilkie의 『하나의 세계』의 내용과 해방기 한국 사회에 끼쳤던 영향에 대해서는 권보드래, 「중립의 꿈 1945-1968 : 냉전너머의 아시아, 혹은 최인훈론을 위한 시론」, 『상허학보』 34, 2012. 2, 273-276쪽을 참조할 것.

바이다.[60] 이처럼 '一民'으로 새롭게 태어난 남한 민족의 정체성 경계
가 확고하게 자리잡는 과정은 국제적으로는 루스벨트의 '하나의 세계'
라는 조화로운 국제주의 노선의 지향이 트루먼 독트린에 의해 '두 개
의 세계'의 냉전 진영 간의 대립으로 변화하는 것에 대응한다.

　이어지는 대화에서 이장우는 자신이 자본주의를 선택한 것이 아
니라, 민주주의라는 보편의 가치를 선택한 것이라고 주장하면서, '민
주주의'의 특징을 개성과 인민적 평등이라는 두 가지 관점에서 파악하
고, 개성을 보다 강조하는 것을 미국식 민주주의, 인민적 평등을 더욱
강조하는 것을 소련식 민주주의로 명명하면서 조선이 지향하는 민주
주의라는 이상향에 미국식은 60%, 소련식은 30% 정도의 충족도를 보
인다고 피력하고 있다. 마치 개화기의 『서유견문』에서 유길준이 지선
지미의 개화의 궁극점을 상정한 후, 구미 선진국도 그러한 경지에는
도달하지 못한 것으로 세계의 공간을 시간으로 서열화시켰듯이, 김동
리 역시 당대 조선인의 지향해야 할 가치를 민주주의라는 보편의 가치
로 설정하고 이를 향해가는 두 개의 진영을 설정하고 있다. 특히 이장
우는 소련이 조선과 국경을 맞대고 있고 부동항을 찾아 남하하고 있기
때문에 조선에 대한 영토적 야욕을 가질 수밖에 없으며 이러한 정치
적, 지리적 이유 때문에 소련과의 유대 속에서는 독립국가 건설이 불
가능하다고 주장한다. 반대로 미국은 먼 거리에 있어서 영토적 식민지
화의 야욕이 없다고 주장하고 있는데, 이것은 대한제국기 이래로 조선

---

60) 이에 대해서는 브루스 커밍스, 『한국전쟁의 기원』1, 박자동 옮김, 일월서각, 1986 ; 정병
　　준, 『우남 이승만 연구』, 역사비평사, 2005 등을 참조할 수 있다.

의 식자들에게 내면화된 식민지를 경영하지 않는 미국이라는 표상화
와 관련된 것이다.[61]

독립된 진정한 민족국가를 건설하려면 소련의 지리적 압력과 이
데올로기의 공세에서 벗어나야 하며 그 견제의 정치적 방법은 소련과
의 대척적인 또 '하나의 세계'와 악수하지 않을 수 없다는 이장우의 논
리는 1948년 단정수립 논리의 문학적 버전이라고 할 것이다. 이장우의
논법 속에서 인민당 등 좌우합작을 모색했던 중간파의 논리는 설 자리
를 박탈당한다. 이제부터 김동리와는 달리 '두 개의 세계' 사이에서 제
3의 길을 모색했던 염상섭의 인식을 살펴보자.

---

61) 한국인의 대미인식을 시대별로 정리한 유영익외, 『한국인의 대미인식』(민음사, 1994)에 따
르면, 한국인이 미국이라는 존재를 알게 되는 헌종·철종 때부터 '부강하고 공평한 미국'과
'옛스럽고 괴상한(古怪)한 미국'(49쪽)이라는 상반되는 관점이 존재했다. 이후 져너럴 셔
먼호 사건과 병인양요 등의 쇄국기의 부정적 인식을 거쳐, 개항(1876)으로부터 을사조약
(1905)까지의 개화기의 각종 신문과 문서, 문집을 분석한 결과에 따르면 고종을 비롯한 위
정자 및 개화파 지식인들은 독립과 개화 자강책을 모색하면서 서구열강 중 미국을 선호하
였다. 유교나 동학을 따르는 보수파계열의 인사와 일부 민중이 여전히 전통적인 화이관의
영향하에서 미국에 대한 부정적인 인식을 지니고 있었지만, 당대의 지배층에 속한 위정자
와 개화파계열의 인사들을 중심으로 형성 확산된 대미관이 일반 국민들간의 지배적인 고
정관념으로 정착되었다. 현실에서 만나는 기독교 선교사에 대한 양가적인 감정, 식민지
말기 '미영귀축'의 관제 이데올로기의 표상화에도 불구하고 그 반대편에는 영토에 대한 야
욕이 없는 공평정대한 민주주의 낙토라는 이념형의 미국 표상이 지속되고 있었다.

(3) 38선 위에서의 외줄타기, 혹은 제3의 길 : 염상섭의 경우

염상섭은 해방을 만주에서 맞이하였다. 1930년대 만주로 이주한 염상섭은 「만선일보」에서 신문 발행에만 종사한 것으로 알려져 있다.[62] 해방을 맞이한 후 그는 북한의 신의주에서 체류하다가 38선을 넘어 남하하였다. 해방 이후 쓴 「해방의 아들」, 「엉덩이에 남은 발자국」, 「삼팔선」, 「이합」, 「재회」, 「모략」, 「두파산」, 「양과자갑」 등의 단편과, 장편『효풍』등의 일련의 소설들은 탈식민지 한국사회의 상황과 풍속이 퇴적되어 있을 뿐만 아니라, 한 지식인이 격동의 해방 정국에서 자신의 정치적 국가로 대한민국에 정착하게 되는 과정을 보여주는 기록이기도 하다.

만주로부터 돌아오는 여정을 다루며 귀환의 민족서사를 구축하는 염상섭의 「해방의 아들」, 「삼팔선」 등을 먼저 검토해 보자. 「해방의 아들」[63]은 만주국에서 신의주로 옮겨온 김홍규 일가의 민족으로의 귀환과, 그들의 보살핌으로 일본인 마쓰다에서 조준식이라는 조선인의 이름을 회복하며 민족의 구성원으로 새로운 삶을 시작하는 식민지 혼

---

62) 염상섭의 만주로의 이주는 아마도 그의 형 염창섭의 만주국으로의 이주와도 관련이 있을 것이다. 가령, 염상섭은 『三代』의 趙德基를 京都의 유학생으로 설정했는데 이것은 그의 이력과 가족사와 관련해서도 흥미를 끈다. 염상섭은 京都에서 일본 육군 장교로 있던 伯兄 염창섭에 의해 이끌려 京都府立中學校를 다녔으며, 그 형 廉昌燮도 이후 군대를 제대하고 다시 경도제국대학 경제학과 선과생으로 입학하고 있기 때문이다. 경도제대 수료후 염창섭은 만주국 일본영사관 및 奉天省, 安東省, 東滿總省 등에서 만주국 관리로 생활하거니와 같은 시기에 만주의 『만선일보』에서 일했던 염상섭의 행로는 이러한 형의 행보와도 겹쳐진다.

63) 『신문학』 1946년 11월호에 실린 '해방일주년기념작' 「첫거름」을 개제한 작품이다. 이 글에서는 염상섭 전집 10권에 수록된 「해방의 아들」을 인용한다.

혈아의 정체성 회복을 통해 해방의 의미를 천착하는 작품이다. 해방 직후의 안동과 신의주를 배경으로 하는 이 소설에는 여러 차원의 귀환의 현장이 겹쳐져 있다. 우선 10년 동안 만주에서 회사원으로 있었던 조선인 홍규의 조선으로의 귀환은 자명한 것처럼 보인다. 그렇지만 그 역시 일본 제국의 경계의 확장에 의해 만주를 떠돈 제국의 유민이라는 점에서 그의 귀환은 새롭게 신생하게 될 민족이라는 공동체의 새로운 주체로 거듭나야 하는 제의로서의 귀환이다. 홍규로 표상되는 제국의 후예의 귀환은 수난의 기억과 새로 신생할 민족공동체에 대한 기대로 이어져 있다. 예컨대, 조선인에게 배급될 담배를 빼돌린 일본인 관리들과의 갈등 끝에 그 아내에게 '죽은 뒤에 물려 줄것이라고는 가난과 굴욕과 압박 밖에 없는 신세가 무엇하자고 자식을 바라느냐'[64]며 자식을 낳지 말라는 고통의 식민지 기억을 제시하고, 현재의 귀환의 여정을 거쳐 '태극깃발 아래에서 난 첫아기'[65] '건국'으로 상징되는 미래를 향해가는 작품 내 과거-현재-미래의 구성은 귀환의 민족서사의 전형적인 형식이라 할 수 있을 것이다. 보호소에 집단 수용된 일본인들 역시 38선을 건너 일본이라는 국민국가로 귀환하는 이동의 주체들이다.

그렇지만 이 소설에서 가장 흥미로운 위치와 기능을 하는 것은 '홍규'로 표상되는 조선인 귀환자와 일본인 인양자의 중간 지대에서 혼혈적 정체성을 지닌 조준식(마쓰다)이다. 소설에서 조준식(마쓰다)의 위치는 제국 해체 이후 순혈주의의 민족으로의 귀환과 각각의 국민국가 형

---

64) 염상섭, 「해방의 아들」, 『염상섭 전집10-중기단편 1946-1953』, 민음사, 1987, 21쪽.
65) 염상섭, 위의 소설, 25쪽.

성 과정에서 자신의 아이덴티티를 결정해야 하는 상황을 상징한다.[66]
경상도 동래에서 조선인 아버지와 일본인 어머니 사이에서 태어나 나가사키의 외가에서 외조부에게 입적되어 일본인으로 성장한 조준식은 만주에서 '가봉(加俸)'과 '일계배급(日系配給)'의 이로움 등 때문에 일본인으로 살아온 인물로 설정된다. 명시적으로 명명되지는 않지만, 그의 정체성은 이른바 '반쪽바리'의 경계에 위치해 있다. 홍규가 조준식의 처의 청으로 안동에 있는 그를 찾아갔을 때 아직까지 마쓰다로 있던 그는 미리 준비해 둔 '조준식'이라는 문패와 종이에 그린 태극기를 내보인다. 이 두 가지 상징을 통해 그는 조선인이라는 '부계'를 선택하여 마쓰다에서 조준식으로, 즉 민족으로의 귀환을 허락받게 되는 셈이다. 조준식은 '조가' 성을 되찾으며 '살 희망의 빛'을 회복하게 되는 것으로 그려진다. 그렇지만 그의 민족적 아이덴티티는 반쪽의 피만으로는 불완전한 것이기에 한글과 조선역사책을 빌려가서 학습을 통해서야 온전해질 수 있는 결여의 정체성이기도 하다. 이후 조준식은 세들었던 가옥을 비워주게 되어 일본인 전재민들 사이에 끼게 되고, 그의 어정쩡한 정체성 때문에 일본인 집단에서 괴롭힘을 당한다. 조준식은 그것을 '조선사람에 대한 분푸리를 내게다가 하려드는 것'[67]이라고 이해하고 있다. 어떤 의미에서 조준식은 이후 일본 사회에서 차별받게 되는 재일조선인의 위치를 예감케하는 것이기도 하다. 이처럼, 이 소

---

66) 이런 측면에서 滿鮮의 국경에서의 마쓰다/조준식의 존재론적 위치는 앞서 검토한 안회남의 소설 「섬」의 '대마도'에서 일본인 처자식과 조선 사이에서 고민하는 박서방의 위치와 유사한 것이다.
67) 염상섭, 앞의 소설, 39쪽.

설은 향후 한국, 일본이라는 국민국가로 귀환하는 자들과 그 순혈주의에 기반한 '민족'과 '국민' 이데올로기에 의해 배제될 마이너리티 사회의 형성을 예시(豫示)하고 있다.[68] 소설은 나가사키[69]와 동래 사이에서, 어머니와 아버지 사이에서, 일본인과 조선인이라는 정체성의 경계에서 고민하던 마쓰다가 홍규가 건네주는 태극기의 뜨거운 감격 아래 조선인으로 귀환하는 것으로 막을 내리거니와 그런 의미에서 이 소설의 표제인 '해방의 아들'은 홍규의 아들 '건국'이와 함께, 보다 직접적으로는 이 조준식을 지칭하는 것으로 이해할 만하다.

여기서 한 가지 고민해 볼 것은 너무나 자명해 보였던 홍규의 귀환이다. 마쓰다에게 절박한 선택의 문제였던 사태가 홍규에게도 벌어지게 되리라는 것을 소설은 서사의 차원에서 미리 예비해두고 있다. 이것은 이 소설의 배경에 잠재되어 있는 38선에 의한 분단과 미소 양군의 점령 상태에 대한 홍규의 인식을 통해 확인할 수 있다. 소설에는 해방 직후 만선 국경 지대의 상황이 잘 드러나 있다. 일본인들이 '로스키와 보안대를 보면 쥐구멍을 찾는다'는 것에서 알 수 있듯이, 신의주는 소련군과 인민위원회의 '보안대'에 의해 치안이 유지되고 있다.[70] 신

---

68) 소설에서 조준식의 처삼촌인 일본인 하야시는 '마쓰다/조준식'의 처지를 "조선사람편에서 미워할 것은 물론이요 일본인측에서도 탐탁히 여겨주지 않고 만인(滿人)도 좋아 않고 ……"(18쪽)라고 언급하거니와 이것은 조선인/일본인의 경계에 있는 '마쓰다/조준식'에 쏟아지는 당대의 시선이지만 한편으로는 향후 각각의 국민국가를 형성할 남북한, 중국, 일본에서의 소수자의 위치를 미리 보여주는 것이기도 하다.

69) 피폭 도시 나가사키를 마쓰다의 어머니의 땅으로 설정함으로써, 이 소설에는 당대 동아시아의 격동의 역사들이 병존하게 된다.

70) 조준식(마쓰다)은 일본인들이 '보안대나 로스키-가 얼신만해도 쥐구멍을 찾는 놈들'(38-39쪽)이라고 말하거니와 허준의 「잔등」, 김만선의 「압록강」 등 당대의 여러 소설에서 북한의 치안을 지탱하는 소련군 및 인민위원회 산하의 보안대의 위상과 그들의 일본인에 대

의주 시가의 어느 집들이나 '카렌스키이·도옴(조선인의 집)'이란 표시를
써 붙이고 문설주에는 '후락해진 태극기와 소련의 붉은 기발이 좌우
로 축 느러져 있'다. 이러한 풍경을 소재로 흥규 부처가 나누는 심상한
대화는 염상섭의 당대 인식이 드러나 있다는 점에서 흥미롭다. 흥규
는 "요새 서울서 오는 신문을 보면 야단인가 보드군. 머리를 뿌라운드
로 물들이구 뾰죽 구두에 딴스 홀로 질번질번하구……"[71]라며 풍문으
로 듣는 남한의 상황에 대해서 비판한다. 흥규의 처는 '우리를 해방해
준 감사한 붉은 군대'라고 말하는 여맹위원회에 다니는 안집 주인댁에
게 '카렌스키·도움(조선인의 집)'이 '붉은 군대 만세'라는 환영의 뜻이 아
니라 일본 사람 집을 접수한 '적산'에 조선인이 살고 있으니 들어오지
말라는 표시라고 비아냥대고 있다. 이것은 당대에 소련군이 일본인뿐
만 아니라 조선 여성을 겁간했던 상황을 풍자한다. 염상섭 자신의 이
력과 인식이 투사된 인물들이라고 해도 틀리지 않을 흥규 부처의 이러
한 대화를 통해 38선을 분할 점령한 미소군정과 그 치하의 조선사회에
대한 염상섭의 비판적 시선을 확인할 수 있다. 문제는 이 잠재되어 있
던 분단선이 전면화했을 때 대두하게 된다. 마쓰다에게 그것은 일본인
으로 살 것인가, 조선인으로 살 것인가의 민족적 아이덴티티의 선택이
었다면, 흥규에게는 38 이남을 선택할 것인가, 이북을 선택할 것인가,
혹은 이 둘 모두를 지양하는 제3의 길을 선택할 것인가의 문제로 대두
하게 될 터이다. 우리는 흥규가 걸어간 제2의 귀환의 길을 염상섭의

한 태도를 엿볼 수 있다.
71) 염상섭, 앞의 소설, 15쪽.

소설 「삼팔선」을 통해서 확인할 수 있다.

「삼팔선」은 한 일가가 신의주로부터 사리원, 신막 등을 거쳐 개성으로 넘어오는 이동의 과정을 그리고 있는 작품이다. 이 소설에서는 다양한 방식으로 이동하는 자들이 등장한다. 만주의 길림 등으로부터 남으로 내려가는 전재민, 일본으로 돌아가고자 하는 일인들, 혹은 규슈로 징용을 갔다가 38선을 넘어 북으로 향하는 사람들, 피난민이 아닌 잠상들 등등 이 소설에는 다양한 동기의 이동자들이 등장한다. 이들의 귀환이 그대로 국가로의 귀환 혹은 국민으로의 통합으로 이어지는 것은 아니다. 이종호가 이미 지적하고 있듯이, 염상섭의 해방기 이동의 서사에는 민족적, 국가적 귀환으로 포섭되지 않는 다양한 가능성과 잠재성이 있으며 국민국가의 형성을 비껴가는 잉여의 측면을 지니고 있다. 앞절의 지리적 귀환에서 살펴보았듯이, 형성되는 국가들에서 이들 귀환자들은 골치덩이거나 배제해야하는, 그리고 실제로 배제되기도 한 체제의 위협 요소이기도 했다.[72]

실제로 이 작품의 서술자의 이동은 새로 형성되고 있는 북조선이라는 국가성과의 갈등과 연관되어 있다는 것을 확인할 수 있다. 소설에서는 이것이 명시적으로 직접화되어 드러나 있지 않지만 서술자의 시선에 포착되는 풍경과 군상들을 통해서, 그리고 말하지 못하는 것들

---

72) 이종호, 「해방기 이동의 정치학-염상섭 소설을 중심으로」, 『한국문학연구』36, 2009. 6. 이
   종호는 해방기의 다층적인 인구 이동 현상을 귀환의 문제로 개념화하고, 민족수난사나 민
   족적 과제로 설정하여 신생국가건설과 국민통합의 과정으로 간주하는 시도는 일면적인
   해석이라고 비판했다. 대한민국 국가 설립과 문학의 관계를 주제로 한 본 연구가 국민국
   가로 수렴되지 않는 잉여들, 균열들에 주목하기 보다는 이동의 서사가 결국 국가로 수렴
   된 것으로 인식하는 것처럼 보일지도 모르겠다. 국가라는 결과로 이전의 다층적인 현상을
   재단하려는 의도가 없음을 다시 한 번 밝혀둔다.

에 대한 주저와 머뭇거림 형태의 서술을 통해 전달된다. 달리 말하면, 서술자는 소설 속에 자신이 직접적으로 말하지 못하는 어떤 것들에 대한 자기 검열의 포즈를 그려 넣음으로써 그것을 간접적이고 우회적으로 독자에게 전달하고 있다. 이 소설에서 우회적으로 말해지며 작품의 중요한 주제부를 구성하고 있는 것은 1946년 11월의 신의주 사건이다. 심심파적으로 창밖을 보던 아내에게 무심히 발견되는 '신의주에서 보던' "살인 방화 어쩌고 ○○, ○○○"이라고 창고 담벼락에 커닿게 적힌 포스터는 시사적이다. 38선과 서울이 가까워지면서 그러한 포스터가 드물게 눈에 띤다는 이들 부부의 대화에서 신의주 일대와 북쪽에서 신의주 사건 자체가 북한 국가에 대한 도전과 범죄로 표상되며 크게 논란이 되었던 상황을 확인할 수 있다. 신의주 사건이 이 소설에서 배치되는 방식은 미묘하다.

소위 〈학생사건〉 당일에는 전날밤에 아무까닭없이 붙들려 들어간 청년의 석방교섭을 하려 새로 두시쯤이던가 막 도청문을 바라보고 들어가다가 뒤늦인 학생들이었던지 모자벗은 중학생들이 몰려가고 기마순사가 뛰고 하는 양에 또 무슨일이 나는가? 하며 쫓아가자니, 〈으악〉소리가 나자 탕, 탕소리가 바로 열아문간통 앞에서 났다. 에크머니하고 길가던 사람은 누구나 우중우중 섰다. 총소리는 끊쳤다가 또 으악소리에 뒤달아 났다. 여기서도 유탄(流彈)이 무서워서 뒷길로 새어나왔다. 시립병원앞이다. 벌서 저 위편 골목에서는 넘어진 학생들을 업고 껌언떼가 쏟아져 나왔다.[73]

---

73) 염상섭, 「三八線」, 『염상섭 전집10─중기단편 1946–1953』, 1987, 69쪽.

신의주 사건의 상황을 전달하고 있는 인용문을 통해서 우리는 이동하고 있는 38선 이북의 풍경들을 담담히 전달하고 있는 서술자가 신의주 학생사건의 학생들을 '아무까닭없이 붙들려 들어간 청년'으로 인식하고 있으며, 그의 석방을 위해 교섭해야 하는 위치에 있는 인물임을 알 수 있다. 그러한 학생들에게 가해지는 총소리와 쓰러지는 학생들의 묘사는 그 자체로 이 사건의 진압자에 대한 비판적 견해가 드러난 것이라고 할 수 있을 것이다. 이 소설 안에서는 총소리가 일상적으로 들려오고, 국가의 폭력(공권력)을 독점하고 있는 소련군과 보안대원들이 일상과 풍경 속에서 이동자들의 시선을 통해 무심히 응시된다. 차량을 내어주는 마음좋은 젊은 보안대 서장도 존재하지만 피난민들은 북한 국가를 벗어나는 사람들로 간주되며, 남에서 북으로의 이동자들은 아편가루나 일본돈 등을 가지고 잠상을 하면서 북한의 질서를 교란하는 자들로 취체되기도 한다. 이들 이동자들은 기본적으로 북에 형성되는 국가질서에 위해를 가할 수 있는 존재들로 취급된다. 즉 이들 귀환자(난민)은 북의 국가성을 교란할 수 있는 존재들이기에 그들의 남으로의 이동은 "원칙적으로는 38선을 넘어가라는 것은 아니나, 갈 수 있어서 가는 것은 묵인"[74]되거나 혹은 위협받는다.[75] 서술자인 '나'는 형성기의 북의 국가성 안에 포섭되기 어려운 인물임을 알 수 있다. 가

---

74) 염상섭, 위의 소설, 85쪽.

75) 이 소설에는 친절한 보안서원, 보안서장 등이 등장한다. 그렇지만 그들의 개인적인 차원에서의 친절함과 달리 서술자는 그들에게 '노중에서 잠잣고 걷기도 아니되었기에 치안상태와 민심이 어떤가를 물어보고 싶었으나, 의례 좋게 말할 것이요, 남쪽으로 가는 길에 무슨 자료나 정보를 수집하는 줄로 오해할까보아 조심성스러워 잠잣고 말았다'(79쪽)고 하거니와 이동하는 서술자는 비국민의 경계에 있는 난민인 셈이다.

령 '나'의 38선 이남으로의 이동의 계기는 밝혀져 있지 않지만, 소설 안에서는 '나'가 북의 국가가 요구하는 이데올로기와는 다른 사상적 정체성을 가졌음을 암시한다. 지난 두서너 달을 회상하는 중에 신의주 사건을 언급하면서 "정작 하고 싶은 말은 못하고 마는 경우가 나만이 아니라는 생각을 하야보니 공연히 우울"[76]하다고 토로하고 있는 서술자는 형성되는 북한 국가에 대해서 비판적인 생각을 지니고 있는 인물임을 알 수 있다. 그는 이동 중의 보안대의 조사에 대한 두려움을 피력하거니와 "정식으로 취조를 받는 경우면 사상경향 같은 것으로 걸릴까 싶어 그것이 늘 염려인 것이다. 그러기에 이때것 쓰고싶은 것이 있어도 쓰지를 않고 메모같은 것도 다 찢어 버리고 나선것"[77]이라고 토로한다. 아마도 그가 쓰고 싶은 것은 '자기소개를 이상한 억양이 있는 연설구조로 늘어놓고, 민주주의가 어떠니 건국도상이니 무어니 한바탕 설교가 있은 뒤에'[78] 차표검사를 하며 무료표를 가지고 탔다고 시비하고 병자 청년을 내리라고 강요하는 기차 차장의 에피소드에서 시사받을 수 있을 것이다. 이 차장에 대하여 서술자는 '안방차지를 갖 한 덜된 메누리의 시어미행세'[79]라고 명명하거니와 이러한 진술을 확장하자면 형성기 북한의 인민위원회에 대한 비판으로 들을 수도 있다.[80]

---

76) 염상섭, 위의 소설, 69쪽. 소설에서는 남한에서의 신문들이 일체 금지되고 검열되는 상황을 알 수 있다.

77) 염상섭, 위의 소설, 74쪽.

78) 염상섭, 앞의 소설, 63쪽.

79) 염상섭, 위의 소설, 64쪽.

80) 신계에서 '공출'과 '농민은행'을 법석으로 표현하는 농민과의 대화를 통해서도 북한의 토지개혁 등에 대한 미묘한 관점이 제기되어 있다.

소설에서 묘사되는 소련군의 형상도 흥미롭다. 보안서원들이 해방 군으로서의 소련군에 대해서 겁을 내지 말라고 말할 지라도, 이 소설 에서 소련군은 담총을 하고 '가미소리(면도칼)' 등의 전재민의 물건을 탐하는 존재이거나, 난민들의 안전을 위협하는 존재로 등장한다. 서술 자에게 이 38선 넘기는 '손바닥만한 제땅 속에서 왔다 갔다하는데 이 렇듯 들볶이는 것을 생각하면 절통'한 체험이다. '소련병이 점심을 느 럭느럭 먹느냐, 수까락질을 빨리하느냐에 칠십명의 운명을 맡겨놓은' 이 웃지 못할 상황은 그대로 서술자의 당대 조선민족에 대한 인식이기 도 하다. 이러한 38선을 "다음날에 자식들이 자라서, 소위 38선이라는 역사에서 지울 수 없는 검은줄을 오늘에 이렇게 넘었더니라는 사실을, 기억에서 찾아내고 기록에서 본다면, 어떠한 감개가 있고 저의의 선 대(先代)를 어떻게 생각할고?하는 생각을 하면 분한 것이 지나쳐 어이 없는 웃음이나 커닿게 웃었으면 조금은 시원할 것 같으나, 그런 웃음 조차 나오지를 않는"[81] 상황이다. 서술자 일행이 가진 곤경을 다 겪고 들어선 남한 땅에서 첫 번째로 마주친 것은 미군 병사들이었다. 38선 을 월경한 이 서술자로 대표되는 귀환한 전재민은 그대로 남한 국가의 국민으로 수렴된 것인가? 우리는 이 질문에 대한 답을 염상섭의 장편 『효풍』을 통해서 확인해 볼 수 있을 것이다.

해방기의 사회상을 실감나게 그려낸 염상섭의 장편 『효풍』은 『자 유신문』에 1948년 1월 1일부터 그 해 11월 3일까지 200회로 연재된 해

---

81) 염상섭, 위의 소설, 94쪽.

방기 염상섭의 대표작이다.[82] 이 소설은 국민국가의 심상지리와 관련하여서도 주목할 만한 텍스트이다. 해방기 풍속과 정황에 대한 뛰어난 보고서인 이 소설에 대한 본격적인 연구가 있어야 할 터이지만,[83] 여기서는 해방기 이동하는 주체가 대한민국의 국가 설립과 함께 이 국가에 대한 지지를 유보하면서 어떻게 국가의 내부에 정착하게 되는가를 검토해 보고자 한다. 이 글의 관심인 38선의 문제와 연결지어 생각해 보면, 『효풍』의 사건이 일어나는 배경과 인물들의 동선이 펼쳐지는 지리는 대한민국(Republic of Korea)의 경계에 정확하게 대응된다. 이 소설에서는 38선이 국경으로 자리잡고, 소설을 통해 독자가 떠올릴 수 있는 심상지리의 경계가 남한으로 국한되는 상황, 현재 한국(남한)문학의 심상지리의 경계가 형성되고 고착되는 순간을 포착하고 있다고 할 수 있다.

이 소설을 통해서 드러난 대한민국 건국 직전의 한국 사회는 일종의 신식민지적 상황에 가까운 상태로, 과거 일본 제국의 기억과 새로운 미국 제국의 가치들이 혼재되어 있는 상황이다. 염상섭의 『효풍』에 등장하는 인물들은 일국적/일민족적 제한성 속에 갇혀 있지 않다. 그들은 구제국에서의 이동과 기억, 미군정의 진주 이후의 새로운 세계의

---

82) 이 글에서는 김재용 편집, 염상섭, 『효풍』, 실천문학사, 1998에서 인용함.

83) 이 작품에 대한 연구로는 작품을 발굴 해제한 김재용의 「8·15 이후 염상섭의 활동과 '효풍'의 문학사적 의미」(『한국문학평론』, 1997 여름호) 이래로 후속 연구들이 이어지고 있다. 대표적인 연구로는 김경수, 「혼란된 해방 정국과 정치 의식의 소설화—염상섭의 효풍론」, 『외국문학』53호, 1997년 겨울호;정호웅, 「염상섭의 효풍론—냉소와 풍자」, 『실천문학』52, 1998. 11;김병구, 「염상섭 『효풍』의 탈식민성 연구」, 『비평문학』33, 2009.9 등이 있으며, 테어도르 휴즈가 해방기 남북한 문학으로의 분화를 다루며 이 작품을 언급한 「냉전세계질서 속에서의 '해방공간'—해방 직후의 남·북한문학 연구」, 『한국문학연구』28, 2005. 6 등이 있다.

변화상과 연동되어 있다. 한 마디로 이 소설이 재현해내는 서울의 문화지리는 이동하는 자들의 크레올(잡종)의 문화이다. 식민지 시기 하와이에 거주했던 재미조선인 이진석, 조선을 고향으로 태어나 일본인에서 조선인 남편을 쫓아 조선인으로 변신한 취송정의 마담 가네코,[84] 구한말 운산광산을 경영했던 브라운 1세와 그의 아들로 조선에서 자라 군정청 관계자로 돌아온 브라운 2세, 총영사인 부친을 따라 일본에 삼년, 상해에 이태나 가있었던 미군정 무역사무 관료 베커, 여기에 미국 유학을 한 김관식 등. 그들 사이의 의사소통도 구제국의 일본어, 새로운 제국의 영어, 그리고 조선어 등 각자가 구사할 수 있는 이중언어의 체계 속에서 이루어지고 있다. 일례로 혜란과 일본인인 가네코, 베커의 대화는 해방 이후 아무데서도 들어보지 못하던 일본말로 이루어지는 '희한하게' 여겨지는 소통이다. 염상섭의 당대에 대한 정치적 인식은 언어를 통해서도 그 면모를 살필 수 있다. 소설 속의 해방기 조선 사회는 과거 식민권력의 매커니즘과 크게 다르지 않게 그려진다. 가령, 골동품 브로커로 미군의 안내를 맡고 있는 과거의 영어교사 장만춘은 자신이 여남은 살 때 경기중학교 터에 있었던 한성일어학교를 회상하며 "거기를 나온 사람이 군수 도지사 나중에는 중추원 참의도 얻어하고 한때 세월이 좋았"던 시절을 회고한다. 혜란은 자신의 영어 교사였던 장만춘의 면모가 "전쟁 때 영어선생쯤이야 누가 거들떠 보지도 않았지마는 해방이 되고 미군이 진주한 지도 이태가 되는 오늘날에도

---

84) '가네코'는 통감부 시절 이주한 부모 밑에서 태어나 조선을 고향으로 하여 조선인 유모젖을 먹고 자란 재조일본인 2세로 설명된다.

자기가 배우던 영어선생님이 옛날로 말하면 형사끄나풀이나, 고물상 거간꾼으로 떠돌아다니게 되었으니 딱한 일"85)로 여겨져 민망해 한다. 장만춘의 면모는 미군정이 출범한 지 2년여가 지난 상황에서 단순히 영어 사용자라고 해서 권력과 밀착될 수 있었던 것은 아니라는 점을 알 수 있다.86) 그렇지만 영어를 호구지책으로 삼으며 장만춘이 행하는 넋두리는 해방 이전의 일어의 권력성의 자리를 대체한 영어의 위상을 보여준다. 실제로, 하와이에서 청년 시절을 보내고 경요각이라는 골동 품점을 차려놓고 미군 물자의 불하를 받기 위해 운동하는 해방기의 전형적인 모리배의 형상을 띤 이진석의 정치적 자산은 미국 생활 경험과 영어이며, 소설의 여주인공인 혜란 역시 영문과를 졸업한 영어교사 출신의 영어 구사자로, 마담 가네코에게 혜란의 그러한 언어 능력은 선망의 대상이기도 하다. 경요각 사장 이진석과 혜란, 베커, 브라운의 소통의 언어는 영어이다.

소설에서 묘사하는 탈식민지 한국 사회의 면모는 여주인공 혜란의 면모를 통해서도 확인가능하다. "쪽발이 왜녀가 진솔 버선을 뭉굴려 신"고 '빈틈없는 조선말씨'를 쓰는 '간데없는 조선기생'인 가네코와 여주인공 혜란이 쌍둥이 미녀로 인지될 만큼 닮았다는 설정은 흥미롭다. 실제로 이 둘은 그 외모 뿐만 아니라 그 기능에서도 유사한 역할을 요

---

85) 염상섭, 앞의 소설, 17쪽.

86) 채만식이 「미스터방」 등에서 비판했던 통역정치의 폐해가 가져온 영어사용자의 위세와 장만춘의 처지는 차이가 있다. 염상섭은 「양과자갑」에서 미국의 영향력이 일상에 파급되는 양상을 '영어'를 매개로 하여 그려내는 통찰을 보여준 바 있다. 식민지 시기 염상섭에게 조선어와 일본어의 사회적인 이중언어 상황은 민감한 문학적 소재였고, 해방 이후에는 영어와 한국어의 이중언어 현상에 대해서 민감하게 주목했다.

구받기도 한다. 이 둘은 모두 전시되고 있는 여성들이다. 취송정의 마담으로 뭇 남성들의 시선을 통해서 자신의 기능을 수행하는 가네코와 마찬가지로 '경요각'이라는 골동품상에서 그 자신 골동품으로 전시되어 미군과의 교제의 수단으로 이용되는 혜란은 사실상 같은 역할을 요구받고 있는 셈이다. 달리 말하자면 혜란은 가네코와의 겹침 속에서, 혹은 베커에게는 혜란이 아닌 헬렌으로 인식되면서, 식민지적인 것과 민족적인 것의 묘한 경계 위에 서 있다. 소설은 가네코와 헬렌으로 겹쳐지는 혜란을 통해서 구제국과 신제국 사이의 한국의 형상을 제시하고 있는 셈이다.[87] 결국 이 소설의 서사는 "미국엘 가라면 천당에나 올라가는 듯시피 귀가 번쩍"하는 당대 세태에서 미국으로의 유학의 권유에 대해서 "조선두 원시의 나라가 아니라 원자의 나라가 되거든 구경가죠"[88]라고 답하며 병직과 신생 조선에서의 미래를 선택하는 혜란을 통해서 일본도 소련도 미국도 아닌 주체로서의 '조선'을 구성하면서 끝을 맺는다.

이 소설에 나타나는 염상섭의 정치적인 입장은 무엇인가? 김재용이 해제에서 이미 설명했듯이 해방기의 염상섭은 좌우합작을 지지하는 중도파의 입장을 견지했다. 이와 관련하여 소설에서 흥미로운 인물이 중립파 술장수 '일두양이주의자' 조정원이다. '누님집'이라는 술집을

---

87) 거리에서 빈대떡을 먹는 김관식과 '십여년전에 자력으로 잡지도 경영하고 신진작가로 이름을 날리던' '남원'의 대화는 시사적이다. 미국유학박사 김관식은 해방기의 혼란에 염증을 느끼는 인물이거니와 과거의 문사 남원이 녹두를 갈고 지짐을 부치는 것이 바로 미군정의 현실이다. 김관식은 남원에게 "사시미가 싫듯이 삐푸스틱도 싫어졌고 사구라, 모찌가 싫듯이 초콜릿이 싫어졌구려!"(124쪽)라고 말하거니와 빈대떡/사시미/비푸스틱의 알레고리로 탈식민지 조선 사회가 표현되고 있다.

88) 염상섭, 앞의 소설, 281쪽.

운영하는 조정원은 일본의 여자고등사범 수물리과를 마친 여류과학자다. 조정원은 "여학교 어린애들에게 대수 기하 쯤을 가르치는 것은 늙어가는 자기 아니라도 할 사람이 있으니까 조선독립에 '이바지' 하느라고 좌우정객과 우국지사에게 위안을 주느라고 이런 장사를 시작한 것"[89]이라고 표명한다. 이 집에는 "좌우익 할 것 없이 정계 실업계의 누구라면 겉짐작이라도 할 만한 사람이거나 신문기자축의 출입이 잦게 되어서 개중에는 모리배도 섞였겠지마는 어쨌든 정계의 동향이니 사회의 풍문이니 하는 것이 한때는 이 '누님집'으로 모여드는 듯싶어서 독립추진의 은연한 한 책원지가 된 듯" 성황을 이루고 있는 요리집이다. 그녀의 정치 이념은 "보다시피 귀가 둘이니까 왼편으로두 듣고 오른편으로두 듣지마는 머리야 하나 아닌가베!"라고 피력되거니와, 청년들은 "한 귀에는 모스크바 단파의 리시버를 달고 한편 귀는 워싱턴과 즉결"[90]된다고 농담하고 있다. 작가가 긍정적이고 쾌활하게 그리고 있는 조정원의 주장은 달리 말하자면 냉전 체제가 작동하고 있는 미/소 진영의 세계 심상지리 안에서 좌, 우파의 주장을 듣되 그것을 합리적으로 취할 한 개의 머리, 즉 독립을 위한 주체화의 논리를 피력하고 있다고 할 수 있다.

해방기 염상섭의 정치인식을 드러내는 또 다른 사례로 남성주인공 역할을 하고 있는 병직과 좌파 신문기자 화순, 베커가 댄스홀 '스왈로'에서 벌이는 토론을 보자. 화순은 좌익계 A신문사 기자이고, 병직은

---

89) 염상섭, 위의 소설, 52쪽.
90) 염상섭, 위의 소설, 53쪽.

군정을 지지하는 B신문사 기자로 설정되어 있다. 그렇지만 이들이 미군을 바라보는 관점은 해방자이면서 점령자로서의 양가적인 미국, 그 중에서도 조선의 경제적인 수탈을 자행하는 신식민자로 미국을 파악하는 관점이다. 이것은 좌파인 화순의 관점이지만, 병직도 이러한 인식에 동의한다. 화순은 미군정의 무역관계 업무에 관여하는 베커를 식민주의 대리자로 간주하며 "중석은, 홍삼은 얼마나 실어내 가는지 모르시는 모양이로군? 홍삼은 일제 시대에는 미쓰이에게 내맡겼던 것이죠? 이번에는 어떤 '미국 미쓰이'가 옵니까"[91]라고 몰아 부친다. 이러한 화순의 견해를 일부 극단적인 좌익과 북쪽의 견해라고 이해하는 베커에게 병직은 '미스 최의 말이 실상은 조선사람의 말'이라고 언급하며 좌우의 의견이 일치하는 것이라고 주장하고 있다. 비판적인 여론이 "그 선봉은 대개가 빨갱이"라는 베커의 주장에 대한 병직의 반박은 염상섭의 정치의식이라고 보아도 무방할 듯하다.

"당신같은 분부터 빨갱이와 대다수의 여론의 중류·중추가 무언지를 분간을 못하니까 실패란 말요! 우리는 무산독재도 부인하지마는 민족자본의 기반도 부실한 부르주아 독재나 부르주아의 아류를 긁어모은 일당독재를 거부한다는 것이 본심인데 그게 무에 빨갱이란 말요? 무에 틀리단 말요?[92]

병직의 항변은 해방기 미국과 소련 등을 해방자로 받아들이면서도

---

91) 염상섭, 위의 소설, 112쪽.
92) 염상섭, 위의 소설, 115쪽.

다시 그들이 점령자로서 고착되어 가는 사태를 바라보는 중도적인 지식인들의 의사를 대변하고 있다. 소설에서 병직은 좌파의 의견에 동조하는 것처럼 보이지만 그것은 해방기 정국에서 자신의 아버지인 박종렬 등의 친일의 경력을 지닌 자들과 그들의 조종을 받는 우익 청년단 등의 행태—성냥을 들고 팔면서 돈을 강탈하는 등—에 대한 반감에 가까운 것이기도 하다. 이른바 '스왈로 회담'이 끝나고 조선문제를 연구하는 구락부를 하나 조직하자는 베커의 말을 받아 병직은 "신판 녹기연맹이나 만들까!"라고 자조하고 있다. 알다시피 '녹기연맹'은 재조일본인 집단과 친일지식인들이 만든 단체로 탈식민지 사회에서 '신판 녹기연맹'을 운위하는 것은 해방자로 왔다가 점령자로 주저앉은 미국을 대하는 복잡한 심사가 녹아 있다. 점령자로서의 미군정은 일본과 겹치고 있다. 이러한 맥락에서라면 미군정, GHQ의 관계는 조선총독부, 동경의 관계이며, 이는 하지/맥아더와 조선총독/천황의 관계에 대응하는 것이기도 하다. 화순에게 홍삼을 전매하여 일본으로 독점적으로 출하했던 총독부—미쓰이의 관계는 미군정 – 미국 미쓰이의 관계로 투사되는 셈이며, 이러한 맥락에서 식민지 시기 악명높은 일본정신 현양 단체인 녹기연맹이 호명되고 소환되는 것이다.

화순과 병직의 신랄한 풍자와 조롱 속에서 미군정하의 조선의 세태에 대한 비판 뿐만 아니라 미군정을 신식민지적 상황으로 이해하고 있는 염상섭의 정치적 인식을 파악할 수 있다. 브라운 부자를 바라보는 시선은 그 한 사례이다. 브라운 1세는 '한국시대'(대한제국)에 운산금광을 경영하던 광산가로 총독부에 밀려 미쓰이(三井)에 팔아넘기고 오일컴패니 마저 처리한 뒤에 칠팔년 전에 조선을 떠났다고 설명되어 있다. 운산금광은 구한말 외세에 이권을 팔아넘긴 다양한 사례 중에 대표적인 경우이다. 태평양전쟁의 발발로 미국이 적성국이 되면서 브라운 1세는 떠나갔지만, 식민지 조선인의 입장에서 그는 일본의 광산주와 크게 차이가 없는 왜래 자본가였다고 할 수 있다. 미쓰이에 팔아넘기고 떠났던 브라운이 돌아오고 그 아들이 미군정의 실무자로 돌아오는 사태, 그것이 탈식민지 사회의 현실이기도 했다. 브라운 부자에게서는 비교적 명확한 이러한 점령자로서의 미국의 형상은 베커의 형상에 이르면 좀더 복잡해진다.

베커는 무역, 산업관계의 기관에서 일을 보는 교양있는 미국인 청년 관료로 등장한다. 그는 교양이 있으며 조선의 미를 발견하고, 이해하는가 하면 그 민속을 학구적으로 접근하고자 하는 호의를 가지고 있다. 베커는 "일본의 자연은 역시 사쿠라 피는 봄이라 하면 조선의 자연은 맑게 개인 가을하늘같다 할까? 일본은 원예가의 손을 빌려 꾸민 정원과 같은 나라라면 조선은 먹으로 그린 동양화 같은 나라"이고, 일본여자 옷의 색채가 "너무 현란해서 야비하게 보일 지경이지만 거기에 비하면 당신네 조선여자의 옷은 빛깔이며 그 맵시가 과연 조선의 자연에 어울리게 청초하고 단아하면서도 동양화를 현대화한 느낌"[93]이라고 조선의 미를 발견한다. 이러한 자연미에 대한 인식은 가네코와 혜란이라는 두 종족의 인물을 비교하는 베커의 시선을 통해서 인간으로 투사된다. "힐끗보면 혜란이의 모습 비슷한 데가 좋게도 보이는 것이다. 그러나 마담이 양주병을 화병 삼아서 꽂아놓은 튤립이라면 혜란이

---

93) 염상섭, 앞의 소설, 71쪽

는 아침이슬을 머금은 백합같이 청초하다고 생각하는 것이다. 아무의 더운 손길이 닿지 않은 서슬이 그대로 있는 바위틈의 산백합(山百合). 그것은 동양적 풍취라고도 이해하는 것"[94]이다. 혜란은 "곱게 꾸민 조선여자를 보면 '동양의 선녀'를 생각하면서 몽환적 기분에 잠겨들어 간다는 이 이국의 청년, 조선의 하늘과 자연을 예찬하고 조선은 서서(스위스-필자주)와 같은 평화의 나라가 되어 동서양의 두 문화가 여기에 아담스럽게 결정될 날이 있을 것을 믿는다는 이 청년을 어디까지든지 문화인이요 신사로 믿는"[95]다.

그러나 베커와 혜란과의 관계는 그 둘의 순정한 관계로만 이해될 수 없으며, 그들을 둘러싼 조건에 의해서 그 의미가 끊임없이 미끄러질 수밖에 없다. 가령 이 교양있는 지식인 베커와 함께 있는 혜란은 시중드는 조선여인에게 '카페 계집애나 노는년' 즉, 양공주로 오인된다. 종족을 넘어서는 지식인간의 인간적인 유대라든가 낭만적 연애로 이해되지 않고 양공주로 오인되는 것은 미군정기 이래 미군과 한국 여성의 관계에서는 전형적인 사태이다. 김남천의 「1945년 8·15」에서 미군 파티에 참석하며 지프차를 타고 가는 이경희의 형상은 인상적인 사례이거니와, 한국전쟁 이후 사랑/양공주의 오인 속에서 끝없이 미끄러지다 자살하는 여주인공을 다룬 최정희의 『끝없는 낭만』 등과 같은 사례를 거론할 수 있을 것이다. 베커의 시선은 미적이면서도 오리엔탈리즘적이다. 그는 혜란에게서 '미'를 발견하고 그 미는 그에게 위안을 주는

---

94) 염상섭, 위의 소설, 101쪽.
95) 염상섭, 위의 소설, 272쪽.

'原始의 조선의 자연'[96)과 겹친다.

　베커는 혜란을 '백만원짜리 지참금이 있는 신부'로 만들어 줄 수 있는 위치에 있는 관료로 등장한다. 당연히 그 백만원짜리 지참금은 그의 재화가 아니라 점령에 의해 획득된 자원이다. 달리 말하면 베커는 '교양있는 점령자'이다. 베커의 조선에서의 존재의 양면성이 바로 당대 조선 사회의 지식인들에게 다가온 미국의 양가성이라고 말할 수도 있을 것이다. 혜란은 이 베커에 대한 우정과 신사로서의 신뢰감과 함께 "손님이 밑이 질기니까 푸대접을 받는거죠"[97)라며 미군정을 눈치 없이 남의 집에 주질러 앉은 못마땅한 손님으로 비유하거니와 이러한 관점은 좌익뿐만 아니라 보편적인 교양을 갖춘 지식인들의 일반적인 정서임을 소설은 묘사하고 있다. 왜냐하면 이러한 발언이 영어와 영문학적 교양을 배경으로 하는 혜란을 통해서, 또한 미국 유학을 한 혜란의 부친인 김관식 등을 통해서 발화되고 있기 때문이다. 그렇지만 이 소설에서 미국은 일본과 같은 극악한 제국주의의 형상이 아니라 환대를 받고 들어왔지만 눈치 없이 오래 머물러 푸대접을 받는 '밑질긴 손님'이라는 형상을 부여받는다.

　이 소설의 정치적 스탠스는 비교적 명확해 보인다. 남녀 주인공이라고 할 수 있는 병직과 혜란은 중도적인 감각을 지니고 있는 인물들이다. 병직은 중도파적인 견해를 지니고 있지만, 남한 사회에서 벌어지는 행태에 반발하여 사회주의자들에게 이끌림을 받고 38선 이북으

---

96) 염상섭, 위의 소설, 271쪽.
97) 염상섭, 위의 소설, 170쪽.

로의 월경을 기획하지만 결국 다시 돌아오게 된다. 혜란과 병직은 한
민당 계열의 극우와 공산당 계열의 극좌 사이에 위치해 있는 합리적이
고 정상적인 윤리감각을 가지고 있는 중도파의 입장을 대변한다. 혜란
이 정치 스펙트럼에서 우파적 중도파라면, 병직은 좌파적 계보의 중
도파의 역할을 하고 있다. 이 둘을 사이에 두고 친일파인 박종렬 영감
과 그의 지휘하에 있는 우익 청년단체가 존재하며[98], 화순과 동민 등
의 좌익 계열의 인물들이 편제하고 있다. 이 소설의 정치적 입장은 38
선의 은유를 통해서 정리되고 있다. 이 소설의 주인공 병직과 혜란의
갈등의 두 축은 하나는 '사상'이고 다른 하나는 화순과의 관계이다. 중
도파, 좌우합작파의 정치적 지형이 이 두 가지 관계에 잘 드러나 있다.
병직은 군정청에 우호적인 B신문사에 근무하고 있는 지식 청년으로
식민지 시기 도회의원을 거쳐 이 시기 우익청년단 등을 쥐락펴락하는
친일자산가의 아들이지만, 당대 미군정과 자신의 아버지와 같은 이들
이 득세하는 세태에 대해서 비판적이다. 그리고 그러한 측면에서 좌익
에 동조적이다. 혜란을 사랑하지만, 행동적인 주의자 화순에게 끌리는
것도 사실이다. 그는 화순을 따라 38선을 넘을까를 고민하기도 한다.

---

98) 해방기의 우익청년단은 대한민국 건국에 중요한 역할을 담당하였다. 마크 게인은 『미군
정과 해방기』에서 여러 정치 지도자들과의 만남과 그들의 인상을 남겨 놓았는데, 대표적
인 우익청년단인 '한국민족청년단'과 이범석에 대해 미 장교의 입을 빌어 다음과 같이 논
평하고 있다. "한국민족청년단은 아마도 한국에서 가장 이윤이 많이 나는 기업일 것입니
다. 온갖 기부금들이 답지하고 있어요. 그 대부분은 친일파로 비난받을까 겁나서 돈을 보
내는 사람들이지요. 이범석의 배후에 누가 있는지 아무도 확신하지 못합니다. 아마도 독
자적으로 일을 벌이고 있는 일종의 정치 해적일런지도 모릅니다. 그러나 이승만과 밀접
한 인물이라는 소문도 있습니다."(121쪽) 염상섭이 그리고 있는 청년단들은 이러한 맥락
위에서 우후죽순 생겨난 단체들로 향후 이범석의 '족청', 지청천의 '대한청년단' 등으로 합
쳐질 것이다.

소설에서 병직의 정치적 입장과 여자 문제는 하나의 문제로 결부되어 있는 것이고 혜란은 병직에게 '하나는 사상적으로 또 하나는 화순이와의 관계'에 대한 입장정리를 요구한다. 혜란의 요구에 대한 병직의 답변은 상징적이다. "난 결국 삼팔선 위에 암자나 하나 짓고 거기 우리 둘이 들어가 책이나 보고 있는게 소원"[99]이라고 말하거니와 이것은 실제 염상섭의 정치적인 입장을 절묘하게 표현하는 대목이기도 하다. 혜란은 "당신은 지금 38선에 발을 걸치고 서서 한 발을 내놓을까 한 발을 들여놓을까 하시구 망설이느라고 그러시는 모양이지만……"[100]이라고 박병직의 상황을 정리한다. 38선에 발을 걸치고 서서 한발을 내놓을까 한발을 들여놓을까 망설이는 것은 사실 염상섭의 상태, 중도적이고 합리적인 당대 지식인들의 상태였다고 할 수 있을 것이다. 그것은 말 그대로의 기로이다. 병직과 혜란은 모스크바와 워싱턴으로 표상되는 분할된 냉전 세계의 경계선인 38선 위에서 위태로운 길찾기를 하게 된다. 그렇지만 염상섭에게 그 길은 김동리가 찾은 것처럼 두 개의 세계 중의 하나를 선택해야 하는 길은 아니었다. 염상섭은 38선이라는 양자택일의 기로에서 '제 3의 길'을 모색한다. 소설의 결말부는 이를 잘 보여준다. 토성에서 되잡혀온 병직이 장인될 김관식과 주고받는 일종의 사위 문답은 이를 요약한다.

"자네 모스크바 갔다더니 언제 왔나"
"모스크바까지는 아니고 이북에 가다가 왔습니다."

---

99) 염상섭, 위의 소설, 172쪽.
100) 염상섭, 위의 소설, 176쪽.

"다시 가게! 내딸은 워싱턴으로 보내기로 됐네."

"조선서 할 일두 이루 많은데 그 먼 데까지 가서 무얼 합니까. 공부를 하재두 과학방면은 그렇지 않지마는 저희는 기껏하려면 조선서두 넉넉하죠. 조선학만 가지고도 일생이 모자랄 것 아닙니까"

"자네 언제부터 국수주의자가 되었나?"

"아니올시다. 천만에요! 애국주의자일 따름입니다. 모스크바에도 워싱턴에도 아니 가고 조선에서 살자는 주의입니다"

(중략)

"우선 38선이 어떻게 하면 소리 없이 터질까 그것부터 공부를 해야 하겠습니다" "소리라니? 대포 소리 말인가" 그리고 "그 다음에는 두 세계가 한데 살 방도가 필시 있고야 말 것이니까 그 점을 연구하렵니다."[101]

소설은 결국 병직과 혜란이 '조선' 사회의 미래를 꿈꾸는 것으로 귀결된다. 소설의 서사시간은 군정이 시작된 지 2년 여가 지난 시간으로 설정되어 있기 때문에, 그들이 선택한 '조선'은 '대한민국'이라기 보다는 미/소 냉전의 하나의 블록에 편제되지 않는 통일된 미래 국가를 상상하는 것이다. 소설이 연재된 시점에서 보자면 염상섭은 좌우합작의 이상을 포기하지 않은 채로 현실적으로 설립된 대한민국 내부에 위치해 있었다고 말할 수 있다. 달리 말하면, 이승만 등의 단정파 정치 이데올로기에 비판적이면서도 이미 설립된 국가 내부에서 또 다른 제3의 길을 모색하는 상태를 염상섭의 소설은 보여준다. 염상섭은 이미 두 개의 세계 중 미국 블록에 편제되어 있는 대한민국 내부에서 냉전

---

101) 염상섭, 위의 소설, 335쪽.

의 진영선이 되어버린 38선 위에서 제삼의 길, 즉 두 개의 조선이 아닌 하나의 조선에 대한 염원을 발화하는 셈이다. 그는 대한민국 내부에 있으면서 그러한 단정을 온전하게는 수락하지 않는 정치적인 지향을 염두에 두었다. 그렇지만 그가 재현한 소설의 지리는 대한민국이라는 국가의 심상지리를 더욱 확고하게 만드는 역설을 보여준다. 얼마 후 벌어진 한국 전쟁은 두 개의 세계 중 어느 하나를 택하지 않으면 절멸의 대상이 되는 사태를 초래했다. 전쟁이 대한민국 내부의 공백을 모두 균질화하고 그 내부에 존재하고 있었던 제 3의 가능성을 차단한 뒤에 대한민국을 자신의 국가로 온전하게 수락하게 만드는 강력한 폭력으로 작동했다. 한국전쟁기 정훈장교로 종군한 염상섭이 걸어간 1950년대의 문학과 삶의 길은 차후 다른 지면을 통해서 논해보고자 한다.

제3장

'越境'과 계급적 주체로의 신생—해방 후의 이태준

(1) 해방 후의 이태준과 '연속/비연속'의 작가론

해방 이후 이태준이 걸어간 길은 식민지 시기 이태준의 이력과는 사뭇 다른 의외로운 것이었다. 한국문학사에서 KAPF와 대립되는 '순수문학'과 모더니즘의 상징 '구인회'의 좌장에서 '조선문학가동맹' 부위원장, '민주주의 민족전선(民戰)' 문화부차장으로 전신한 후 월북, 소련행을 감행하는 이태준의 행로는 격동의 해방 직후 문단에서도 단연 이채로운 것이었다. 기존 연구들은 이 의외로움을 설명하면서 그 변화의 단초가 해방 이전부터 예비되어 있었다는 것을 그의 작품을 통해서 증명하고자 했다.[1] 이러한 시도는 연속적인 작가적 자아를 해명하려는

---

1) 해방 이후 이태준의 정치 의식의 변모를 해방 이전의 정치의식의 연속으로 이해하려는 노력들이 있었다. 「사상의 월야」 분석을 중심으로 하여 해방 이전의 이태준 문학에 대한 인식을 반봉건적 민족주의 사상으로 파악하고 이것이 해방 이후로 이어지고 있음을 제시한 류보선의 「역사의 발견과 그 문학사적 의미」, 『한국현대문학연구』, 제1집, 태학사, 1991. 4., 낭만적 동경과 선민의식을 축으로 해방 전후 소설의 연결점을 찾는 강진호, 「이상과 현실

작가론의 당연한 욕망이지만 그러한 연속성에 대한 과도한 강박이 결
과론으로 환원될 위험에 대해서도 경계할 필요가 있다. 이러한 내러
티브 속에서는 이태준이라는 작가적 자아의 정체성이 구성된 식민지-
제국의 혼종적인 상황과 해방 이후 과거와 절연하고 자기를 재구성해
간 단절적 맥락 등은 축소되고 연속성의 감각만이 강조되기 마련이다.
이태준의 해방 이후의 문학과 행보는 이러한 형용모순이 허락된다면,
'비연속적인 연속'이라는 맥락에서 접근할 필요가 있다.[2] 해방 이후의

의 거리:해방기 이태준 소설론」, 『문학과 논리』2, 1992. 이태준의 식민지 시기 신간회에 대
한 언급과 구인회 핵심들의 조선문학가동맹 가입을 문학의 좌우합작으로 인식하며 그 정치
적 지향을 민족주의 좌파로 범주화하며 식민지 시기의 파시즘의 강압 속에서 억눌렸던 정
치적 지향이 해방과 더불어 표출된 것으로 파악하는 최원식(「한국문학의 근대성을 다시 생각
한다」, 『생산적 대화를 위하여』, 창작과비평사, 1997. 33~34쪽) 등의 설명 모델은 그러한 노력들
의 산물일 것이다. 또한, 등단작 「오몽녀」, 「코스모스 이야기」 등 초기 이태준의 낭만주의
적 성향이 1930년대 신변소설, 통속소설을 쓰면서 잠복되어 있다가 해방 이후 초기 등단작
의 낭만성이 부활했으며, 소극적, 도피적 낭만주의 지향의 이태준이 해방의 격동 속에서 부
활한 낭만주의 지향을 감당할 수 없었기에 미군정이라는 현실을 거부하는 좌파적 제도에
의탁했다고 설명하는 강헌국, 「월북의 의미-이태준의 경우」, 『비평문학』18호, 2004. 6. 역
시 일관된 작가론을 구성해야 한다는 강박이 지나친 비약으로 귀결된 연구라고 할 수 있다.
이러한 연속성의 감각은 다시 정치성을 둘러싼 두 가지 극단적인 평가로 나뉘는 듯하다. 가
령 하나의 태도는 해방 후의 이태준의 작품들을 정치성에 압도된 태작으로 파악하면서 식
민지 시기 순수문학의 상징으로서의 이태준의 성과를 구별지어 보존하려는 태도이고 다른
하나는 해방 이후 이태준의 정치적인 도정을 순정한 민족적 지사의 의식으로 파악하고자
하는 태도이다.

2) 이태준의 작가의식을 서사원리와 작가의 문법의 차원에서 구명한 매력적인 논의인 서영채
의 「두 개의 근대성과 처사의식」 (『상허학보』 1집, 1993. 12.)은 많은 시사를 주는 글이다. 현
실에 대해 말하려는 지사의식과 그로부터 거리를 두려는 예술가 의식이 팽팽하게 긴장을
이루고 있는 상태, 이 이중성이 이태준의 문학의식을 규정하는 본질적 요소이고 그것을 이
태준의 서사 구성원리로 독해하고 있는 이 연구는 지사와 예술가의 입장이 공존하지만 서
로를 억제해 통일되지 않은 상태를 '처사의식'으로 명명하고 있는 바 해방 후의 이태준이
이 긴장을 버리고 현실로 나아가며 예술가를 버린 것이라는 설명 모델을 제시하고 있다.
이러한 설명은 일방적인 연속성을 가정하지 않는다는 점에서는 시사적이지만 해방 이후
이태준의 행보에 대한 설명에 있어서는 취약할 수밖에 없다. 여기서 이야기를 하나의 이
데올로기적 문법의 개념으로 사용하면서 해방 이후의 이태준 문학을 설명하고 있는 신형
기, 「해방 이후의 이태준」, 『상허학보』 5집 2000. 1.을 참조할 수 있다. '이야기'를 새로운 문

이태준을 이해하고자 할 때 식민지 시기부터 연속되는 이태준 문학의 특징과 그것과 단절되는 비연속의 새로운 정체성의 내용이 무엇이었나를 겹눈의 독법으로 읽는 것이 중요하다. 겹눈의 독법을 구체화하기 위해서는 먼저 이태준 문학에서 반복되는 서사 모형에 주목할 필요가 있다. 이태준은 식민지 시기 서사모형을 재생하면서 거기에 새로운 주제의식을 결합시키는 방식으로 '해방전후' 자신의 작가적 자아의 연속성을 구축해 나갔기 때문이다.

식민지 시기, 특히 1930년대말 이래 이태준이 구축한 자기 정체성은 단일하고 통일된 것이 아니었다. 이태준이 문학을 통해서 구성한 식민지-제국 하에서의 중층적인 정체성은 신생 민족국가 건설이라는 이데올로기가 압도했던 해방 직후의 상황 속에서 민족적 전통이라는 단일한 정체성으로 조정 변형되었다. 이러한 자기 구성의 작업은 해방 직후부터 이태준에 의해 직접적으로 시도된 것이기도 하다. 「사상의 월야」[3]의 결말부는 이 사정을 압축적으로 보여주는 사례이다. 자전적 서사인 이 소설이 창작된 실제 시간은 신체제가 성립된 1940년이며, 이송빈의 청년기라는 중심적인 서사 시간은 1920년대의 경성과 동경 유학 시절이다. 알다시피 이태준이 유학하고 있었던 1920년대의 동

법 개념으로 제시하는 이 글에서 이태준의 해방 이후의 행적은 '알고보니 생각과는 달랐다' '진실을 좇아야 한다'는 성장의 요구 그리고 '진실의 발견'을 추구하는 세 가지 형식 속에서 설명된다. 이태준의 행보의 추동력은 불확실한 역사에 대한 공포 속에서 찾을 수 있다는 이러한 설명은 경청할만한 견해라고 생각하지만, 본고에서는 이 역사에 대한 공포와 그 공포를 해소할 수 있는 올바른 정치적 선택이 어떠한 지정학적 상상력 속에서 배치되고 해소되고 있는가 그리고 그것이 결국 어떻게 배반되고 있는가를 당대 38선의 표상에 집약된 국민국가 건설과 세계 인식의 변화와 결부지어 검토하고자 한다.

3) 이태준, 「사상의 월야」, 『매일신보』 1941.3.4-1942.7.5.

경에서는 다이쇼 데모크라시의 문화주의, 자유주의, 데카당이 유행하고 있었으며 이때의 경험과 이태준의 정체성은 불가분의 관계를 가지고 있다. 이 소설의 결말부에서 외쳐지는 "과학이다! 현대인의 안심입명할 길은 오직 과학의 길"이라는 '과학주의'에 바쳐진 헌사는 서사 시간인 1920년대 근대주의의 세례를 받은 이송빈의 발화이면서 동시에 실제 창작의 시간인 신체제기의 과학기술에 대한 체제 이데올로기가 겹쳐져 있다.[4] 특히 1940년 『매일신보』 연재 당시의 결말부에 해당하는 '동경의 달밤들'에는 조선에서 시모노세끼(下關)로 이동하면서 나타나는 '흰 옷'에 대한 시선과, 시모노세끼에서 동경으로 이동하는 도중에 '경상도 사투리를 쓰는 노파'에 대한 위생학적 시선을 통해 자기 문화에 대한 연민과 경멸이 착종되고, 나아가 식민지 조선의 기층문화와의 결별을 포함하는 송빈의 '식민지적 무의식'이 드러나 있다. 이후 1946년 11월에 간행된 을유문화사판 결말부는 이전의 '동경의 달밤들'을 완전 삭제하고 현해탄을 건너며 지사이자 민족주의자인 아버지에 대한 열정적인 사모의 감정과, '일본과 투쟁하여 조선을 찾을 그런 준비'로 일본을 향한다는 민족주의적 독백으로 개작되고 있다.[5] 이처럼

---

4) 이에 대해서는 정종현, 「사실, 과학 그리고 문학의 신생」, 『상허학보』23집, 2008, 66-67쪽 참조.

5) 이러한 결말부의 개작은 민족의식을 전면에 내세우려는 것임에 틀림없을 것이다. 여기에 더해서 최근 熊木勉(「李泰俊とベニンホフ」, 2006年度～2008年度科學硏究費補助金基盤硏究B 研究成果報告書 『植民地期朝鮮文學者の日本體驗に關する總合的硏究』, 2009. 5)은 흥미로운 보고를 하고 있다. 구마키 쓰토무는 이태준이 와세다 대학 전문부와 와세다 전문학교에 적을 두었다는 사실을 밝히고, 「사상의 월야」의 '동경의 달밤'에 등장하는 송빈의 행적과 이태준의 실제 상황을 대비하면서 특히 베닝호프와의 관계를 실증하고 있다. 특히 베닝호프의 장남 Harry Merrell Bennighof가 해방 후 미군정청에서 하지 장군의 미국무성 소속 정치고문으로 있었으며, 당시 이태준의 정치적인 입장을 생각하면 '베닝호프씨와의 관계가

1920년대, 1940년대 초반, 해방 이후의 현실과 결부된 복합적인 정체
성이 착종된 「사상의 월야」의 결말부에 대해서 "은폐되고 있었던 것이
노출"되었다거나, 일제의 압력이 사라져 민족주의적 성향을 작품 표면
에 과감하게 드러내고 있다라는 해석을 통해서는, 이태준의 개작이 조
정하고 있는 '송빈'이라는 식민지 지식인의 정체성의 맥락을 포착할 수
없다.

　「사상의 월야」의 개작 문제를 단순히 이태준 개인에 대한 도덕적
인 비판의 차원으로 단선화해서는 안 된다. 해방 후 지식인들은 도래
할 신생 국가의 주체로서 자신을 새롭게 구성하기 위해서 식민지 기억
의 이데올로기적 청산 혹은 조정의 요구에 직면했다. 자신이 가장 익
숙한 서사 모형을 기반으로, 그리고 그 과거의 모형에 약간의 변주를
주어 과거 자신의 정체성이 신생 국가의 새로운 가치와 연결되어 있다
는 도덕적, 정치적 염결성을 확보하는 일련의 글쓰기가 이태준이 해방
이후 수행한 작업의 중요한 한 맥락이다. 이태준이 소련 기행을 위해
월북하기 직전까지 연재하다 미완으로 끝난 해방 후 최초의 장편 「불
사조」[6]는 해방 직후 이태준 소설의 특징을 보여주는 좋은 사례이다.
이 소설은 여주인공 여란이 사생아 '득손'을 낳았으나 다른 집에 입양
시켰다가 유치원 보모가 되어 직접 가르치면서 '조선의 어머니'로 거듭
나 일제의 감시를 피해 을지문덕, 김유신, 이순신 등 민족적 영웅이야
기를 교육시키고자 하는 여성들의 비밀결사에 참가하는 장면에서 미

소설에 반영되는 것을 꺼리는 것이 바람직하다고 스스로 판단한 가능성을 배제할 수 없는
것'(330쪽)이라는 설명이 흥미롭다.

6) 이태준, 「불사조」, 『현대일보』 1946.3.27-7.19.

완으로 중단되고 있다. 이 작품의 기본적인 인물설정과 서사는 식민지 시기의 작품 「성모」의 서사 모형을 변형한 것이며 여기에 해방 이후의 새로운 정치의식을 결합시키고 있다.

그렇다면 '기존의 서사모형＋새로운 정치의식'의 결합을 통해서 구성하고자 한 새로운 정체성은 무엇이었는가? 해방 이후 이태준이 작품 속에서 주조한 자아상은 소극적이나마 민족적 지조를 지켜온 작가로서의 자기상이었으며 그것을 자산으로 민족국가(문학) 건설의 주체로서 자신을 정립하는 것이었다. 여기에서는 이러한 이태준의 자기 구성의 과정이 민족국가 설립, 세계상에 대한 새로운 인식과 맞닿아 있으며 그것이 특히 소설이 재현해내는 장소의 심상지리와 긴밀하게 결부되어 있다는 것에 주목하고자 한다. 이태준의 경우 그 장소성의 핵심에 앞장에서 살펴본 38선이 자리하고 있다. 해방 이후의 그의 소설은 당위로서의 민족국가 수립을 기치로 한 '38선의 모험'(「해방전후」)에서 출발하여 그 기획의 좌절을 상징하는 '38선에서의 죽음'(「먼지」)으로 귀결되었다.

앞서 검토했듯이, 당대 신문과 소설은 38선이라는 우연한 잠정적 군사적 점령의 경계[7]가 점차 국경으로 물질화하며, 대중들의 심상지리로 내면화되고 있는 과정을 보여준다. 해방 이후 미·소군정을 거쳐

---

7) 38선이 단순히 지상군간의 작전분계선인 '지상군의 경계선'으로 구획된 것인지 미소의 정치적 타협에 의한 '점령지역 분할선'인지에 대해서는 오랜 논란이 있다. 이에 대해서는 이완범, 「38선 획정의 진실」, 지식산업사, 2001을 참조할 것. 이완범은 38선이 그어진 초기부터 있었던 군사적 편의설은 사실이 아니며 38선은 단순히 일본의 항복을 접수한다는 군사적 목적에 따라 획정된 것이 아니라, 동북아시아의 가능한 많은 지역에서 소련의 세력권 확장을 제어하려는 정치적 의도 아래 결정된 정치적 분할선이었다고 주장한다.

남북한 단독정부가 수립하기까지의 저널리즘의 기사와 소설은 점차 물질화하는 38선 이남/이북의 분절 과정이 남북한 국가로 분리 고착되는 과정을 보여주는 문화적 형식이다. 해방된 조선은 '38선 이남/이북'이라는 균질화된 장소가 전체로 지각되는 상황으로 변해가고 있었으며 분절된 공동체는 각각 미국과 소련으로 대표되는 세계 체제의 심상지리 안에 편제되어 갔다. 행정적, 정치적, 경제적인 차원에서, 그리고 일상의 차원에서도 이러한 분리와 차단, 고립이 일어났지만, 소설이 구성해낸 심상지리의 차원에서도 이러한 분절된 공간의 자기완결적 구조화의 과정이 진행되었다고 할 수 있다. 특히 이태준의 해방 이후 소설들은 모두 38선을 매개로 한 지정학적 상상력을 기반으로 구성되었다고·말해도 지나치지 않다. 그의 소설은 38선이 남북한의 국경으로 물질화하고, 나아가 냉전의 진영론적 심상지리의 경계선으로 현현하는 과정에 대응하면서 자신의 재구성된 정체성을 공간의 정치학을 통해 보여주고 있다. 이번 장에서는 해방 이후부터 1950년 한국전쟁 발발 직전까지 이태준의 작품에 나타난 세계인식과 정치적 의식의 변화를 각각의 작품에서 표상되는 38선의 의미의 변화, 38선을 경계로 한 남북한의 공간에 대한 서사적 배치의 양상과 결부시켜 분석할 것이다. 대상 텍스트는 이태준의 정치적 행적의 결절점과 38선 표상의 의미있는 변화에 대응하고 있는 「해방전후」[8], 「농토」[9], 「먼지」[10]로 한정하고자 한다.

---

8) 집필 1946. 3. 23/발표 『문학』 1946. 8.
9) 집필 1947. 6/발표 단행본 1948. 8. 10.
10) 발표 『문학예술』 1950. 3.

(2) '대동아'의 변경에서 '세계'의 일국(一國)으로 : 「해방전후」와 시·공간의 재구성

조선문학가동맹의 '해방기념조선문학상' 1회 수상작인 「해방전후」에서 이태준은 1930년대 이래 작가 자신과 참조적 관계를 형성한 '현'을 다시금 내세워 파시즘의 광기를 피해 시국과 거리를 둔 채 지조를 지키고자 고투하는 작가적 자아의 내면을 형상화하고 있다. 그렇지만 「해방전후」의 '현'과 실제 이태준의 행보를 비교해 보면 이 둘은 불일치한다. 이태준은 실제 행보와 다른 서사 시간을 주조하여 현과 자신을 합치시킴으로써 소극적이나마 파시즘에 저항하고자 한 행적을 부각시키고 그 진정성을 강화하는 내러티브 전략을 구사하고 있다.[11] 또한 「해방전후」의 서사와 해방 이후 각종 좌담에서 밝히고 있는 식민지 말기 자신이 지녔던 조선어에 대한 사명감과 민족적 지조에 대한 자임[12]에도 불구하고 그 자신 "구린 일본어를 배설"한 사실이 있다는 것은 이미 잘 알려져 있다.[13] 『문장』의 상고주의, 동양적 처사, 반근대주의

---

11) 이에 대해서는 정종현, 『제국/민족의 경계와 식민지적 주체」, 『상허학보』 13, 2004, 97-101쪽 참조.

12) 이태준이 봉황각 좌담, 아서원 좌담 등에서 유진오, 이무영에 대해 식민지 시기의 행적을 근거로 행하고 있는 비판, 김사량과의 일본어 글쓰기와 관련한 좌담회 중의 논쟁 등은 그 사례이다. 이에 대해서는 김윤식, 『해방공간 한국작가의 민족문학 글쓰기론』, 서울대출판부, 2006.을 참조할 것.

13) 식민지 말기 문인동원의 결과로 창작한 「第一號船舶の揷畵(제일호선의 삽화)」를 제시할 수 있다. 또한 그 자신 낙향의 계기로 제시하는 『大東亞戰記』는 이무영과 함께 쓴 '언문판' 전기인데 신문기사 등을 재료로 서사적으로 구성한 책이다. 그 작업에 대한 혐오감을 피력한 「해방전후」의 진술과는 달리 실제 그 작업을 수행하면서 어쩔 수 없는 소설가의 습벽, 즉 서사를 구성하고 인물을 생동감있게 묘사해야만 안심하는 작가의 습성을 엿볼 수 있다.

등으로 지칭되는 식민지 시기 이태준과 그의 문학이 구성한 '조선'이라는 정체성은 반(反)제국적 저항의 주체성이라기보다는 제국의 담론과 지식 체계를 배경으로 구성된 제국적인 정체성이라고 명명할 성질의 것이었다. 제국의 변경, 지방으로서의 조선과 그 문화를 어떻게 국민국가 일본 안에서 해소하지 않고 정위시킬 수 있을까라는 문제가 식민지 말기 조선 지식인들이 직면한 사태였으며 이러한 사태에 직면한 이태준의 자의식도 분열의 과정을 겪다가 해방을 맞이하게 된다.[14] 이태준은 이러한 자신의 과거를 「해방전후」의 서사 시간을 재구성함으로써 조정하고 있다고 할 수 있다. 주목할 것은 민족적 지사로서의 염결성을 지닌 처사로서의 자기상의 구성은 시간 차원에서 뿐만 아니라 공간에 대한 감각의 재구성을 통해서 동시적으로 수행되었다는 사실이다.

식민지 말기 이태준의 행보와 문학은 일본 제국의 군사적 침략이 확대되면서 담론적으로 구성된 '대동아'라는 지정학적 (심상)공간과 긴밀하게 연관된 것이다. 이 작품은 '적군'이 '중국, 영미, 러시아의 우군' 즉 '연합군'으로 바뀌고 '대동아전쟁'에서 '아시아-태평양전쟁'으로 전쟁의 명칭이 바뀌는, 세계의 심상지리와 국가 간의 관계가 재구성되는 과정과 결부되어 있다.[15] '대동아'라는 담론적 구성물 속에서 상상된

---

14) 정종현, 「식민지 후반기 한국문학에 나타난 동양론 연구」, 동국대박사논문, 2005에서는 특히 「왕자호동」을 통해 이등국민인 조선을 은유하는 서자 호동에 주목하며 이 문제를 검토한 바 있으며, 「한국 근대소설과 평양이라는 로칼리티」, 『사이』, 2008.에서는 「패강랭」, 「석양」 등 조선의 역사적 전통과 기억과 연결된 장소를 통해 구성된 조선의 독자성이 역설적으로 조선을 제국의 호환가능한 로컬로 맥락화하는 사태가 발생했음을 지적한 바 있다.

15) 「해방전후」의 세계 인식에는 근대 이래 한국이 편제되어 있던 '극동', '대동아', '동아시아' 라는 담론적 국제질서의 편린이 모두 깃들어 있다. 김명섭(「동아시아 냉전질서의 탄생」, 『동아시아의 지역질서』, 2005)에 따르면 유럽제국들이 만든 '극동'을 거쳐 서구를 타자로 하여 일본이 구성한 '대동아'라는 개념이 2차대전 이후 소멸되고 해방 이후 이전의 개념들을 탈

제국의 변경 조선으로부터 일본의 패전 이후 새롭게 재구축되는 '세계'와 신생 '국가' 조선을 연계시키는 것이 이 작품이 기반한 지정학적 상상력의 핵심적인 변화이다. 「해방전후」의 모순성과 중요성이 바로 이 지점에 있다. '대동아'라는 일본 제국주의가 구성한 담론적 세계 속에서 살고 있었지만 이미 그 세계의 허위를 인식했고 그 세계 바깥을 상상했었다는 알리바이, 다만 그것을 전면화하지 못했던 것은 파시즘의 폭압 때문이었다는 것이 이 작품의 중요한 메시지이다.

이러한 논리에서라면 해방된 이태준에게 민족국가 건설이라는 새로운 시대의 사명과는 대척점에 있는 퇴영적 동양적 처사로서의 자기상은 제국주의의 억압에 의해 어쩔 수 없었던 소극적 저항의 산물로 청산되어야 할 과거가 된다. 「해방전후」의 김직원은 어떤 측면에서는 이태준이 '해방'이라는 사건을 겪으며 과거 자신의 정체성을 형성했던 중요한 요소, 여전히 애착을 가지고 있지만 새로운 시대에 부응하기 위해서 변경하거나 부정해야 하는 측면을 집적하여 구성해 놓은 인물이라고 할 수 있다. '살고 싶다기보다 살아 견디어 내'야 한다고 제시되었던 식민지 시기에는 그 염결성만으로 긍정적이었던 김직원, 즉 이태준의 과거 정체성을 분유하고 있는 이 인물은 민족의 운명의 담당자로 스스로를 자임하는 '지금-여기'의 이태준에게는 결별해야 할 대상이 되었다.

<hr>

피한 '동아시아'가 구성되어 갔지만 그것은 냉전에 의해 분절된 동아시아였다. 이태준의 「해방전후」와 이후의 소설들은 '대동아'의 개념이 소멸하고 새롭게 동아시아 질서가 성립해가는 과정, 그 과정에서도 소련의 사회주의 노선에 따라 구성된 '북한-중국-소련'으로 블록화된 동아시아와 미국식 자유민주주의와 자본주의를 축으로 구성된 동아시아의 38선을 경계로 한 분절과정과 대응된다고 할 수 있다.

　　김직원 혹은 자신의 과거와 결별하게 한 이태준의 현실인식은 무엇인가. '현'이 김직원을 설득하는 논리를 통해서 이태준이 당위로서의 '민족국가'를 상상했으며 그것이 가능할 것이라는 기대를 확인할 수 있다. 「해방전후」와 직전의 에세이에는 대서양 헌장이 약속한 새로운 세계상, 미소 냉전이 본격화하기 직전의 세계에 대한 인식과 그 안에서의 민족국가 건설에 대한 가능성이 다음과 같이 피력되어 있다.

　　(가) 세계에서 사회주의의 대표국가인 소련은 그 의미에서 가장 실제적인 나라이며 세계에서 자본주의의 대표국가인 미국은 역시 그 의미에서 가장 실제적인 국가이다. 이 실제의 이 주반(珠盤)의 두 군대의 군정 혹은 반군정하에 있는 우리가 비실제적이고 어떻게 될 것인가? 우리는 먼저 모든 환상을, 즉 국내 자체에서부터 인공에고 임정에고, 우익에고 좌익에고 자편도취의 환상, 감상, 이런 것을 깨끗이 청산하고 실제적인 견해와 행동을 하자. 여기에 일치되지 않고는 우리의 독립이란 실제적으로 불가능한 것이다.[16]

　　(나) 삼상회담의 지지는 탁치 자청이나 만족이 아니라 하나는 자본주의 국가요 하나는 사회주의 국가인 미국과 소련이 그 세력의 선봉들을 맞댄 데가 조선이라 국제간에 공개적(公開的)으로 조선의 독립과 중립성이 보장되어야지, 중국은 중국대로 정치 경제 모두가 미약한 조선에 지하 외교를 시작하는 날은, 다시 이조말의 아관파천 식의 골육상쟁과 멸망의 길밖에 없다는 것, 그러니까 모처럼 얻은 자유를 완전 독립에까지의 대한이 독립전쟁을 해서 이긴 것이 아닌 이상, '대한' '대한'하고 전제제국 시대의

---

16) 이태준, 「정열과 지성」, 『민성』, 1946. 5.

회고감으로 민중을 현혹시키는 것은 조선민족을 현실적으로 행복되게 지
도하는 태도가 아니라는 것, 지금 조선을 남북으로 갈라 진주해 있는 미
국과 소련은 무엇으로 보나 세계에서 가장 실제적인 국가들인만치 조선
민족은 비실제적인 환상이나 감상으로가 아니라 가장 과학적이요 세계사
적인 확실한 견해와 준비가 없이는 그들에게 적정한 응수를 할 수 없다는
것, ...[17]

이태준의 작품에 나와 있는 정치의식을 분석하며 남로당의 부르조
아 민주주의 통일전선을 민족대단결론으로 오해했다고 지적하는 논자
들도 있지만, 여하튼 이 시기의 이태준을 추동하는 논리는 독립국가의
수립이고 이를 위한 '가장 과학적이요 세계사적인 확실한 견해와 준비'
였다. 세계는 '실제적'이라 명명되는 미소에 의해 새롭게 재편되고 있
으며 조선은 그 세력들이 맞닿아 있는 공간으로 인식된다. 이태준의
이 시기의 에세이와 작품의 담론에서 미국, 소련은 지고의 선, 혹은 절
대의 악이 아니라 조선에 독립을 가져다 준 외세였으며 그 외세에 대
한 확실한 이해 없이는 독립된 민족국가의 수립이 불가능하다는 당
대적 인식을 공유하고 있었다. 이러한 인식은 남로당의 대 연합국 인
식과 궤를 함께 하는 것이다. 이를테면 브루스 커밍스가 지적하듯이,
1946년의 10월의 이른바 추수봉기 때 면단위까지 진주해 있었던 미국
인들이 폭력의 대상이 된 경우는 없었으며 경찰 등 억압의 하수인들에
게 그 폭력이 집중되었다는 사실은 적어도 해방 직후의 대중들, 혹은
남한의 좌파들에게 미국은 실제적인 외세이면서 여전히 민족국가 수

---

17) 이태준, 「해방전후」, 『이태준문학전집』③, 깊은샘, 1995, 48~49쪽.

립을 위해 제휴가능한 대상으로 인식되었음을 암시한다.[18]

38선은 이러한 실제적인 세력이 맞닿아 있는 경계였다. 그리고 그 38선은 모험을 해야 하는 '역사'의 상징이기도 하다. 「해방전후」의 결말 부분인 '현'과 '김직원'의 고별 장면은 식민지시기의 이태준과 해방 이후의 이태준의 분리를 시사하며 그 둘의 고별이 무엇 때문이었는가를 보여주는 인상적인 삽화다.

일제시대에 그처럼 구박과 멸시를 받으면서도 끝내 부지해온 상투 그대로 '대한'을 찾아 38선을 모험해 한양성에 올라왔다가 오늘, 이 세계사의 대사조 속에 한조각 티끌처럼 아득히 가라앉아가는 김직원의 표표한 뒷모양을 바라볼 때 현은 왕국유의 애틋한 최후를 연상하지 않을 수 없었다.
바람이 아직 차나 어딘지 부드러운 벌써 봄바람이다. 현은 담배를 한 대 피우고 회관으로 내려왔다. 친구들은 '프로예맹'과 합동도 끝나고 이번엔 '전국문학자대회' 준비로 바쁘고들 있었다.[19]

해방 이후의 정치적 격랑 속에서 『문장』의 지우들의 우려에도 불구하고, 좌파 문인조직인 '문건'에 가담하고 당대의 국제적 정세와 외세

---

18) 브루스 커밍스, 김자동 옮김, 『한국전쟁의 기원』, 일월서각, 2008(12쇄), 444~445쪽. 물론 추수봉기 때 미국인에 대한 공격이 없었다는 사실에 대한 여러 차원의 해석이 가능하다. 대중들과 미군의 직접적인 접촉면이 부족하고, 억압과 수탈이 경찰 등 하급관료에 의해 이루어졌다는 점에서 이해할 수도 있다. 또한 남로당 중앙 등에서는 미국을 제국주의로 규정하고 있었을지라도 미군을 공격했을 때의 정치적인 문제 때문에 이를 세심하게 주의 했을 가능성이 있다. 어느 것이라고 하더라도 이 시기까지도 좌파가 미국에 대해 지니고 있던 인식이 본격적인 냉전 시기의 대미관과는 다른 형태의 것이었음을 증거하는 것으로 보인다.

19) 이태준, 「해방전후」, 앞의 책, 50쪽.

에 의해 얻어진 해방의 의미를 포착하여 찬탁의 노선을 취하는가 하면, 이후 조선문학가동맹과 프로예맹의 결합, 전국문학자대회로 이어지는 일련의 과정에서 '현'이 취하는 입장과 행보는 이태준의 실제와 대응한다. 이태준은 이 과정에서 『문장』의 상고주의로 대표되는 자신의 과거를 고결한 처사이지만 새로운 시대 조류를 이해하지 못하는 김직원을 통해서 윤리적이지만 퇴영적인 것으로 암시하며 그 김직원과의 결별을 '애틋하게' 묘사함으로써 자신의 과거와의 분리, 현재의 정치적 행보에 대한 알리바이를 제시하고 있다. 식민지 시기 강한 연대감을 유지할 수 있었던 '김직원'과 '현'을 갈라 놓는 것은 '세계사의 대사조'로 명명되는 '역사'에 대한 감각이다. '두문동'으로라도 들어가야겠다는 김직원은 38선, 혹은 세계사의 대사조로 언표되는 '역사'를 감당할 능력과 인식이 부재하다. 이러한 과거와의 결별 이후에 민족국가 건설을 지향하는 '전국문학자대회'라는 '미래'의 역사와 연결되는 현의 일상을 제시하면서 이 작품은 결말을 맺고 있다.

'삼팔선'을 모험하면서 '대한'과 '한양성'을 찾아 온 복벽주의자 김직원이 '세계사의 대사조' 속에서 한 조각 티끌처럼 아득히 가라앉아가는 모습으로 포착되거니와 기실 당대의 조선인 모두는 바로 이 '삼팔선'으로 상징되는 '세계사의 대사조'에 휩말렸으며 그 속에서 '모험'할 수밖에 없었다. 달리 말하자면 38선의 모험은 김직원의 문제만은 아니었다. 김직원처럼 세계사의 대사조를 감각하지 못하고 휩쓸려 '한 조각 티끌(먼지)'처럼 사라질지 모른다는 공포감, 기실 이러한 역사에 대한 공포감과 그에 상응하는 적극적인 대응이 해방 후의 이태준의 행보를 설명하는 중요한 단서라고 할 수 있을 것이다. 그렇지만 「해방전

후」에서 이 세계사적 대사조가 집적된 '삼팔선의 모험'은 아직은 예감
될 뿐 그 공포의 실체를 드러내지 않았다.

(3) 영토적 분절과 자기완결적 공간의 형성 ―「농토」의 공간
정치학

「불사조」 연재가 중단되는 1946년 7월 경으로 추정되는 이태준의
'월북'은 '북한-소련'으로 연결되는 지정학적이며 가치론적 세계로의
투신이었다. 이것을 텍스트 차원에서 증거하는 첫 번째 작품으로 「호
랑이 할머니」[20]에 주목할 필요가 있다. 이 작품의 집필시기는 월북 직
후이자 소련기행 중인 '1946. 8. 14'로 명기되어 있다. 이 소설은 '무꾸
리' 등의 민속적 주술을 수행하는 마을 공동체의 정신적인 지주격인
영돌의 조모 '호랑이 할머니'가 북조선의 민주개혁에 힘입어 문맹에서
벗어나 인민군대에 나가 있는 맏손주에게 직접 편지를 쓰는 것으로 결
말을 맺고 있다. 전통적인 공동체의 주도인물인 호랑이 할머니를 사회
주의적 긍정형 인물로 변화시켜가는 과정을 통해 북조선의 민주개혁
을 예찬하고 있는 이 소설에서부터 38선 이북의 북조선은 독자적이고
완결된 심상공간으로 제시된다.[21] 38선을 잠재적 경계로 하여 민주개

---

20) 발표지 미상, 「호랑이 할머니」, 『첫전투』, 1949. 11.(여기서는 깊은샘판, 『이태준문학전집』3
  권) 이태준은 이 시기에 소련기행 중이었는데 「소련기행」 안에서는 이 소설 집필에 대한
  언급이 없다.
21) 『첫전투』에 게재된 「아버지의 모시옷」 역시 1946년 8월 14일이라고 동일한 날짜가 집필일
  로 명기되어 있다. 이 소설에서 '찬옥'의 아버지는 '불령선인'이라는 이름으로 신문지상에
  오르내리던 망명객이었는데 해방 이후 이승만과 김구 계열의 독립운동가들이 들어왔지만
  그의 아버지는 돌아오지 않는다. 먼저 들어온 양반들은 "서울서 개인저택으로 백중을 다

혁과 계몽이 이루어지고 있는 북한의 현실을 긍정하고, 전적으로 수락하는 인식이 엿보이며 그것은 곧바로 『소련기행』의 세계인식과 연동된 것이기도 하다.

이러한 인식이 전면화되는 것은 소련행 이후에 쓰여진 「농토」에서이다. 윤판서댁이라는 택호를 사용하는 지주집의 노비인 천돌이-팔월이 부부의 자식 억쇠가 흙과 노동에 대한 자각을 거쳐 '북조선'의 당당한 주체로 성장하는 과정을 황해도의 가재울을 배경으로 식민지 시기부터 '토지개혁'이 수행되는 1946년의 봄까지를 서사적 시간으로 하여 구성한 「농토」[22]는 「해방전후」와 「먼지」 사이에서 해방 이후 이태준의 정치의식의 변화과정을 보여주는 대표적인 작품이다. 소설은 북한의 '삼칠제'와 이어지는 '토지개혁'이라는 미증유의 혁명적 '민주개혁'을 긍정하는 정치적 입장을 내러티브화한다. 이 서사에서 눈여겨 볼것은 「농토」의 서사 전개의 변화가 공간적으로는 '서울-개성-가재울'

투는 돈암정이니 죽첨정이니를 노나 차지하였다. 문마다 파수병을 세우고 신문마다 사진과 담화를 내고 서슬이 푸르"르고 찬옥의 아버지는 서울이 아닌 "평양"으로 들어온다. "38선은 자꾸 굳어 간다는데 아버지는 아무리 기다려도 서울에 오시지 않고" 인편에 보내온 편지에 "우리나라가 옳고 완전하게 독립하기 위하여서는 아직 우리는 여기서 할 일이 있다."라며 딸에게 올바른 정치 노선을 권한다. 독립운동가를 맞이할 모시옷을 식량과 바꾸어야 하는 남한의 비참상과 원경으로 처리된 '옳고 완전하게 독립하기 위해' 일이 진행되는 38선 너머의 '북한'이라는 대립되는 공간이 제시된다. 38선을 경계로 한 남북한의 분리 위에서 가치론적인 지정학적 상상력이 작동하고 있다. 월북 이후의 이러한 소설의 존재는 이태준의 월북이 지니는 가치론적 투신을 증거한다고 할 수 있겠다.

22) 이 작품은 1947년 6월 20일부터 동년 8월 29일까지 『조선신문』에 연재되었다. 『조선신문』은 평양에 진주한 소련군사령부 민사처가 조선주민들을 위해 발간한 타블로이드판 신문이다. 이 신문 연재의 마지막에 "1947년 6월 2일 평양에서"라고 부기되어 있다. 『조선신문』 판본은 연재본만을 발췌하여 간직하고 있었던 고성만씨(1924년 함북 길주생, 러시아 국영방송 〈러시아의 소리〉 근무, 2004년 작고) 보관 자료로 남아 있는 것을 확인했다. 1948년 8월 삼성문화사본과 내용의 차이는 없다.

의 순서에 따라 내러티브화되고, 그 서술 분량도 이 순서대로 할당되고 있다는 사실이다.

이태준은 이 소설의 장소로 서울과 황해도 가재울이라는 두 중심축과 그 사이 중간에 개성을 설정한다. 개성에서의 팔월이의 죽음과 그 죽음과 관련된 노마님의 처분을 통해 계급적 반목과 갈등이 정서적으로 제시된 이후 서사의 본격적인 전개가 가재울에서 시작된다. 이러한 배치를 통해서 서울은 서사의 중심에서 점차 원경화된다. 식민지적 잔재와 결부되어 있는 서울, 개성(삼팔 이남)의 공간을 차츰 소거시키며 '토지개혁'이라는 한국사 초유의 사태가 일어난 '가재울'을 현재화 시키며 극대화하는 것, 이것이 이태준이 자신의 정치의식을 발화하기 위해서 설정한 공간 선택의 정치학이라고 할 수 있을 것이다. 여기서 가재울은 북조선의 상징이다.

이태준은 이미 식민지 시기부터 자신의 정치적 입장을 다층적인 차원에서 해석되도록 하는 장치의 하나로 장소 선택에 세심한 주의를 기울여온 작가이다. 「패강랭」, 「왕자 호동」의 평양, 「석양」의 경주 등은 단순한 공간적 배경만이 아니라 그 공간들 자체가 작품의 중층적인 의미와 작가의 정치적인 입장의 모호성과 중의성을 증폭시키는 요소로 작동하고 있다. 민족주의적 저항과 애수의 맥락을 주조해내는 「패강랭」, 혹은 조선의 이등국민을 서자 호동을 통해 은유하는 「왕자 호동」에서 고도 평양이라는 장소는 고대사와 연동하며 복잡한 해석의 컨텍스트를 제공한다. 또한 「석양」에서는 경주를 '상상의 동양 속의 한 공간으로 정치(定置)'하면서 제국주의의 헤게모니를 갱신하는 데 활용된 아시아의 이념과 「석양」의 주제의식이 중층적으로 연결될 수 있도록 서사화하고 있다.[23] 이처럼 이태준 소설에서 장소는 단순한 소설적 배경 이상의 상징성을 지닌다. 그 장소들은 한민족의 역사적 기억과 결부되어 있으며, 동시에 현실의 변화에 대한 알레고리로 기능한다. 기억과 현실이 교차하는 공간 설정을 통해서 이태준은 자신의 정치적인 입장을 중층적으로 해석 가능하도록 포석하였으며 그러한 의미에서 영민한 정치적 감각을 소유하고 있었던 작가였다고 할 수 있다. 이태준이 배치한 '서울-개성-가재울'로의 서사 공간의 이동과 가재울의 전면화는 분절적 균질공간으로 전체화되기 시작한, 38선의 북쪽이 아닌 전체로서의 '북조선'에 대한 장소적 감각에 기반하는 것이라고 해석할 수 있을 것이다.

새로운 정치공동체의 주체 '억쇠'의 탄생 과정은 그대로 탈식민지 시기 조선에서 이태준이 수행한 자신의 과거의 정체성에 대한 이데올로기적 청산의 내용이 무엇이었나를 보여주는 사례이다. 물론 그 과정에서도 자신의 과거의 정체성 중에서 새로운 국가에 부합한다고 여겨지는 핵심적인 모형 혹은 가치는 온존시키고 있었다. 억쇠를 매개로 한 식민지적 유산의 이데올로기적 청산은 과거를 지배/피지배의 계급적 선/악의 드라마로 재구성하는 방식으로 수행되었다. 가재울의 나릿님/아씨와 억쇠의 관계는 '식민자/협력자(모방자)'의 관계를 재연한다.

---

23) 경주를 상상된 동양의 장소성과 결부시켜 해석하면서 「석양」에서의 '동경에서 온 그이'와 '타옥'의 결합의 서사를 '내선일체'의 실현을 암시하는 작품으로 읽는 황종연(「아이덴티티의 장소로서의 경주」, 『한국문학연구』39, 2010)의 논의는 식민지 시기 이태준 소설의 장소의 정치학에 대한 유용한 참조를 제공한다. 또한, 나는 『동양론과 식민지 조선문학』(창비, 2011)에서 제국의 동등한 국민적 자격을 주장하는 정치적 요구가 조선을 제국의 1/n의 지방으로 맥락화하고 평양, 경주 등의 조선적 공간이 제국의 호환가능한 로컬리티로 재맥락화되는 곤혹스러운 사태에 대해서 지적한 바 있다.

주인집-억쇠 부자-가재울 농민은 식민지 상황에서의 식민자-협력자-피식민자의 관계와 닮아 있다. 윤판서댁의 몰락으로 인해 억쇠부자는 노비로서의 주종관계에서 땅을 매개로 한 계급적 관계 속에 편입된다. 땅(농토)은 억쇠를 변신시키는 핵심적인 매개물이다. 땅은 단순히 환금 가능한 경제적 물화로서 묘사되지 않는다. 하루갈이 용길이네 땅에 대한 묘사에서 농토가 약속하는 미래는 재화로써의 가치 이상의 것이다. 「농토」에서 확인되는 땅에 대한 이러한 태도는 「돌다리」의 아버지의 반근대적 정신주의를 연상시킨다.[24] 식민지 시기 이태준 문학은 서구 문명(자본주의)의 타락과 속악화를 타자로 하여 그 대척점에 반근대의 정신을 제시하는 작업을 수행하였다. 이 반근대의 정신을 상징하는 것이 '골동'과 '농토'이다. 「돌다리」에서 땅은 환금 가능한 '필지'에서 시적, 종교적, 정신적 영역으로 격상된다. 「돌다리」는 농토를 민족(동양)의 원형적 가치의 집적으로 사유하는 반근대적인 농촌공동체에 대한 지향을 담고 있는 소설이라 할 수 있다. 「농토」는 바로 이 「돌다리」의 세계 인식의 정신적 가치로서의 '농토'와 농촌공동체에 대한 사유를 계승한다. 가재울은 물신적 가치와는 다른 정신주의의 대상이며 그 공동체는 전원시적 유토피아의 형상을 지닌다. 「돌다리」에서의 반근대적 지향은, 곧 반자본주의적 태도로 치환되고 그것은 해방 이후 38 이북

---

24) 소설의 다음 대목은 그 전형적인 예이다. "산 밑으로 높은 데는 자갈이 더러 밟히기는 하나 이 밭이 제 손으로 들어만 오는 날은 돌이라고는 콩쪽만한 것 하나 그냥 두지 않으리라 그것부터 벨렸다. 신바닥에 흙 닿는 맛이 시루떡 같은 것도 처음 느껴보는 땅에의 애정이다. 억쇠는 흙을 한 줌 집어 부실러보고 입에 갖다대어도 보았다."(이태준, 「농토」, 223쪽) 해방 직후를 서사적 시간으로 하는 김달수의 『태백산맥』에서도 토지개혁 이후 자신의 땅에 입을 맞추는 노인에 대한 인상적인 묘사가 등장하는 데 이러한 장면은 북조선의 '토지개혁'이 한국현대사에서 지닌 의미를 가늠케 한다.

을 동일자로 하는 정치적 상상력 속에서 반자본주의적 사회주의, 혹은 '진보적 민주주의'라는 정체적 테제와 접속될 수 있었다. 즉 그는 반근대라는 맥락 속에서 식민지 시기 자신의 문학적 비전을 계승하며 현실 정치의식으로 이러한 정신주의를 맥락화한다. 부드러운 땅을 분이의 살결과 겹치게 하는 원시적 생명력과 에로티시즘의 결합, 흙을 맨발로 밟고 이루어지는 결혼식 장면 등은 시사적이다. 이태준은 이를 통해 조선의 농촌을 미적으로 재구성하고자 한다. 이러한 농촌 및 농토(땅)에 대한 태도는 해방 직후 이태준이 지녔던 진보적 정치사상의 구성 과정에 대한 이해를 돕는다. 그는 사회주의라는 정치적 테제를 낭만적 공동체주의 및 미적 비전과 결합시키고자 하였다. 그러한 정치의식은 식민지 시기 그가 가지고 있던 반자본주의, 심미적 현실인식을 중요한 재료로 하는 것이다.[25] 낭만주의적 혹은 미적 사회주의라는 정치의식이 이태준이 해방 이후 식민지 시기의 자신의 문학적 이상을 포기하지 않고 현실의 사회주의와 접속할 수 있었던 알리바이였으며, 동시에 그러한 심미적 인식이 이태준의 불행을 예비했다고도 볼 수 있을 것이다.[26]

---

[25] 테어도르 휴즈는 「냉전세계질서 속에서의 '해방공간'-해방 직후의 남·북한문학」(『한국문학연구』28, 2005. 6.)에서 「소련기행」 등을 분석하면서 이태준의 예술적 취향과 결합된 정치의식을 '심미적 사회주의'라고 명명한 바 있는 데, 이는 해방 이후의 이태준을 분석할 때 중요하게 언급되어야 할 통찰을 담고 있는 지적이라고 생각한다.

[26] 비교적 이른 시기에 「농토」의 자세히 읽기를 수행한 김재영(「'농토'연구」, 『상허학보』1집, 1993. 12)은 억쇠의 토지개혁에 대한 결론이 "단지 원칙과 법령에 따르는 것이 옳다는 비주체적인 과정을 통해서 이루어진다는 점"에서 삶을 비주체화하는 과정이었음을 지적하며, 억쇠의 사회주의에 대한 태도가 그러하듯 이태준도 "사회주의자로 변모하는 것이었다기보다는 자신의 세계관 속에서 사회주의를 인정하고 받아들이는 차원"이었다고 지적하고 있다. 나아가 땅에 대한 농민의 믿음과 애착이 현실의 어려움과 맞서 나가는 힘이 될

다시 38선의 문제로 돌아가 보자. 식민지의 기억은 일본 제국주의를 배경으로 한 동양척식주식회사, 지주 대 소작인이라는 피지배자로 이분화되어 제시된다. 소설에서 이태준은 해방 이전의 한국사를 재구조화한다. 윤판서-권생원-도조면장은 모두 지주로, 왕조의 판서, 식민권력에 기생한 매판자본 혹은 부역자라는 측면을 지니고 있지만 그들이 왕조 조선의 낡은 지배계급, 자본주의적 수전노, 친일부역의 유력자라는 점에서 약간의 차이를 보이며 지주로서의 존재 방식도 다르게 제시된다. 이들은 일본제국주의, 동척이라는 지주 등과 같은 계열을 이루고 그 대척점에 피지배자인 수탈받는 농민이라는 동일자가 구성된다. 식민지 시기의 기억으로 구성된 이러한 지배-피지배의 관계는 해방 이후 새로운 국면에 접어든다. 해방 이후 38선이 벌촌, 즉 이 소설의 배경인 가재울 바로 앞쪽에 그어진다. 소설은 38선을 경계로 이행되는 정치, 경제적인 변화를 제시하여 38 이북을 가치론적으로 구분하는 지정학적 상상력을 작동시키는 데 지배/피지배의 식민지의 기억을 활용한다.

"가재울서는 십리만 나가면 벌촌 앞뜰이 바로 38선 경계다. 도꾸지의 아범 황가 녀석이 인전 서울서 쥐구멍에서 나와가지고 「팔일오」 전에 황해도 일본말 신문에다 「동조」라는 이름으로 공출에 충실해라 학병에 솔선해라 일본이 이겨야만 조선민족도 산다 떠들어대던 본으로 해방 이후 오늘에도 지주들과 재산가들만 모인 정당에 한몫 끼어서 토지정책은 어떡해야 하느니 공산당은 매국노들이니 하는 따위 뻔뻔스럽게 정견발표를 한다는 것이다. '도루 그자들 세상이 되구 마는 건가? 그럴 수도 있는 건가?' 더구나 삼팔 이남인 개성이 가깝고 그곳다 한 끝을 둔 권생원은 번쩍하면 개성과 서울을 다녀와서 남조선은 살기 좋드라 했다. 그러면 남조선으로 갈 것이지 웨 여기 있느냐 물으면 여기도 며칠 안 있어 남조선처럼 되고 말 거라 했다. 조선의 수도(首都)는 서울이다. 조선의 유명한 정치가들은 서울에 모였다. 암만 여기서 북조선대로 이러쿵 저러쿵 해야 나중엔 개 지붕 쳐다보기일 테니 두고보아라 했다."[27]

가재울은 도조 면장 등의 친일부역자들이 더 이상 설치지 못하는 공간으로 시각화되었다. 친일부역자 도조 면장이 여전히 행세하는 곳, 38 이남의 개성과 '조선의 수도' 서울은 식민지의 부정적인 유산의 집결처로 공간화되어 원경화되고 가재울은 38 이남과 극명하게 대별되는 가치론적 공간으로 시각화된다. 가재울의 연장인 북조선은 이제 38 이남과 변별되는 탈식민의 가치론적 공간으로 지도화(Mapping)된다. 가치론적 공간으로서의 북조선은 38의 이북이 아니라 완결된 전체의 심상지리로 대두한다. 억쇠의 사유를 통해 위원장인 김일성과 식민지 시기 이래 계급투쟁에 나섰던 조선 내의 주의자 성필 및 각성한 농민들이 연결되며, '북조선인민위원회'와 김일성은 국가를 상징하는 기표로 현현한다. 이 과정에서 북조선에 헤게모니를 부여하는 핵심적인 사건이 1946년 3월 14일 발포된 '토지개혁법령'이다.

---

27) 이태준, 「농토」, 『이태준문학전집』4, 깊은샘, 2001, 299쪽.

이 소설의 마지막 결말은 북조선이 편제되는 세계의 심상지리를 보여준다. 억쇠는 아내 분이에게 "전 세계에서 농군들이 문명이 되지 않군 문명세계란 허튼 소릴 거요! 조선서두 이 가재울과 서울이 문명에 들어 똑같이 차별이 없두룩 돼야 그게 진짜 문명국일 거요! 그러니까 어디서나 제일 뒤떨어진 우리 농민들이 어서 깨닫구 어서 배우구 잘 싸우구 잘 건설하지 않으면 안 되는 거요!"[28]라고 말하거니와 농민의 문명화는 이 소설 안에서는 적어도 소련을 배경으로 발화되는 것이다. 현실에서 출현하는 소련군과 그들과의 접촉은 서사에서도 재현되거니와 이를 통해 소련을 축으로 하는 세계의 심상지리가 구성된다. 서사에서는 소련군 병사들이 가재울에 와서 반자본주의적 세계가 열릴 것이라고 직접 설명하는 장면을 제시하거니와, 가재울이 반자본주의적 블록, 즉 농민의 문명에 편제되어 있음을 강조하는 것이기도 하다. 이러한 '가재울-평양-소련'의 연계는 식민지 시기 '성필-농민모를 쓴 사회주의자-소련'의 연계를 통해 미리부터 준비되어 있었던 것으로 암시되며, 해방 이후 현재의 시기에는 평양에 가 있는 성필-김일성-소련의 연계를 통해 직접적으로 제시된다. 가재울의 지도자 성필의 연설은 토지개혁을 기점으로 작동하기 시작한 38선의 영토 분절과 세계 심상지리의 재편을 압축한다.

　그전에도 세계전쟁이 있었지만 그때는 이긴 나라들두 죄다 남의 나랄 먹길 위주로 허는 나라들뿐이였거던. 그래 진 나라가 먹구있던 약소민족

---

28) 이태준, 「농토」, 332쪽.

이나 나라들을 이긴 놈들이 도루 노나먹구 말었지만, 그때두 말루는 미국의 윌슨대통령이 민족자결이라구 떠들어 그 바람에 조선에두 독립운동이 일어나구 독립운동자들이 파리강화회의에 조선독립을 시켜달라구 대표가 가서 진정두 했지만 그때 어디 조선이 독립이 됐오? 그랬지만 이번엔 약한 인종이나 약한 민족이나 약한 나라를 먹기 위주가 아니라 해방시키구 도와주는 게 위주인 사회주의국가가 이긴 나라 중에 하나란 말이오. 그 나라가 끼기 때문에 이번엔 진 놈이 먹구 있던 걸 이겼다구 저희가 다시 노나먹는 게 아니라, 이번엔 우리 조선처럼 모두 해방을 시켜주는 거란 말이오. 그런 약소민족을 위해, 다시는 종 노릇을 안허두록 뒷수습을 해, 다시 말험 사회주의 국가가, 세계에 다시는 먹는 나라와 먹히는 나라가 없이, 서로 평등허게 발전하면서 살두룩 주장하니까, 이 앞으로 조선독립두 그냥 내버려둘 게 아니라 세계에 먹구 먹히는 나라가 없어지듯이, 한 나라 속에서도 먹고 먹히는 백성이 없두룩 그런 평화스런 나라가 되도록 보살펴줄 거구 또 기왕부터 그런 조선이 되게 허량으로 우리 조선사람 중에서도 목숨 내걸구 싸워온 사람이 얼마든지 있었단 말이오. …"[29]

성필의 연설을 통해 알 수 있는 것은 「해방전후」에서 현이 김직원을 설득하면서 '실제적인' 외세인 미국과 소련에 대해 조선민족이 '비실제적인 환상이나 감상으로가 아니라 가장 과학적이요 세계사적인 확실한 견해와 준비' 속에서 응수해야 한다는 정치적 태도로부터 소련이라는 중심을 무비판적으로 수락하는 정치의식으로의 변화이다. 해방 이후 초창기에 보여주었던 이태준의 미국/소련 인식과는 사뭇 다른 자본주의 국가/사회주의 국가의 진영론적 냉전적 세계 질서가 소설의

---

29) 이태준, 「농토」, 288쪽.

심상지리로 구성되고 있음을 알 수 있다. 요컨대 이 소설은 1946년 7월의 월북과 '소련기행'이 이태준의 38 이북의 지정학적 세계로의 투신이었음을 텍스트의 장소의 정치학을 통해서 보여주고 있다.

(4)「먼지」혹은 좌절된 민족국가 기획의 은유

「해방전후」의 '38선의 모험'을 거쳐 「농토」와 「소련기행」의 확신에 찬 선택을 지나서 우리는 38선에서 죽어 '역사의 먼지'가 되는 한뫼 선생을 만나게 된다. 한조각 티끌처럼 아득히 가라앉아가는 김직원의 실루엣은 「먼지」[30]의 한뫼노인을 통해서 다시 재생된다. 해방 전의 이태준, 그리고 1946년 7월 이후 북한에 체류했던 이태준의 이력을 연상시키는 고완 취미의 '한뫼선생'을 내세워 남북한의 현실을 비교하고 있는 「먼지」는 38선을 경계로 민주적 개혁이 이루어지고 있는 북한과 신식민지 상황에 놓여 있는 남한이 대비되고 있는 소설이다. 이 소설에서는 당대 남북한의 실상이 모두 한뫼의 개인적인 체험을 통해 제시되고 있다. 가령 한뫼 집에 세들어 사는 산업국 국장인 아버지와 김일성대학에 다니는 아들 부자를 통해 확인되는 헌신적인 간부와 새로운 학생세대, 식모의 아들 소년 대성 등의 학습회, 나날이 변해가는 평양 시가와 사람들의 활기를 통해 "1. 공사 분명하며 실천력이 굳센 정치, 2. 애국적이요 헌신적인 간부들이 하는 정치, 3. 노동자 농민들이

---

30) 이 소설은 김재용에 의해 발굴되어 그 전문과 해제가 게재되었다.(김재용, 「월북 이후 이태준의 문학활동과 '먼지'의 문제성」, 『민족문학사연구』10호, 1997) 이 글에서는 이 발굴본에 근거한 깊은샘판, 『소련기행·농토·먼지—이태준전집4』, 2001을 인용함.

사람 대접을 받고 살 수 있는 정치 4. 누구의 자손이나 똑같이 교육받을 수 있는 정치”로 요약될만한 북조선의 실상이 제시된다. 이에 대비되는 남한의 정치상은 역시 한뫼의 체험을 통해, 정당한 정치적 요구를 폭력으로 억누르는 경찰국가의 상황이자, “대한시절의 한양성을 방불케 하는 서울”의 심기호 저택에서 확인하는 미국 군정관리와 결탁한 관료, 모리배, 매판자본가들이 날뛰는 혼란상이다. 다른 무엇보다 남한은 “달러라는 괴물”에 의한 제왕없는 제국주의 미국의 헤게모니에 의해 “합병없이 원조”로 지배되는 신식민지라는 인식이 강조되고 있다. 의무교육을 받는 북조선의 어린 학생과 양담배, 껌, 화장품 따위의 판매에 나서는 서울 거리의 아이들, 새로운 지식 학습에 의욕적인 김일성 대학 학생과 각종 스트라이크에 유치장을 전전하는 남한의 중고등 학생, ‘대두 한말에 520원 대 3천 2백원, 개똥참외 하나에 3, 4원 대 40여원’의 평양/서울의 물가의 차이[31] 등 작품에서의 대비의 차원에만 주목하면 ‘토지개혁법령’을 통해 38 이북을 남한과 변별하면서 북조선을 ‘선(善)’의 세계로 수락했던 「농토」의 인식과 별 차이가 없는 것처럼 보인다. 그렇지만 「농토」와 「먼지」가 상상하고 수락하는 조선이라는 심상지리에는 차이가 있다. 그 차이의 핵심에 한뫼선생이라는 인물이 있다.

　‘한뫼선생’이라는 인물은 「해방전후」에서 구축해 놓은 ‘현’처럼 작가적 자아를 분유하고 있다. 일본인들이 조선 전적에 손을 대기 전에

---

31) 「먼지」에서 평양과 서울의 물가를 자연스러운 1대 1의 비율로 환산할 수 있는 근거는 무엇이었을까? 우선은 이 시기까지 북한의 화폐개혁에도 불구하고 조선은행권의 감각이 여전히 통용되었다고 짐작할 수 있을 것이다.

장서를 수집하였고, 조선총독부도서관, 경성제대 동경제대도서관들로부터 할애교섭이 들어와도 "내 장서가 오늘 일본제국이 조선 문화나 역사를 왜곡, 날조하는 데 이바지할 바엔 차라리 불을 질러 없애고 말겠다! 그래도 뒷날 우리 민족이 다시 우리말과 글을 찾아, 우리 문화와 역사를 자유스럽게 연구, 섭취할 날이 오고야 말 것이다!"[32]라는 염원으로 거절하였던 한뫼는 해방 이후 '김일성대학'에서 그의 이러한 신조에 대한 경의 속에서 공개 요청이 왔을 때에도 이를 거절한다. 이 거절의 논리와 한뫼의 심경에 「먼지」의 독특성이 드러나 있다. "자기 장서 계통 특색을 알며 그전부터 부러워하던 동호인들이 서울에 더 많았다. 어서 통일이 되어 나라도 안정되고 문화에 대한 관심과 열의가 전국적으로 고조될 때 자기의 비장(秘藏) 진본(珍本)들을 비로소 세상에 피로(披露)하는 전람회를 열어 학계에 큰 충동을 주며 여러 친구들과 학자들의 흠망과 치하 속에서 나라에면 나라에 대학에면 대학에 번치나게 헌정하고 싶은 욕망"[33]을 가지고 있다. 이러한 한뫼의 욕망에는 서울을 중심으로 하는 '전국성'과 오랜 세월을 보내고 자신을 알아주는 지인들(동호인)이 있는 서울을 고향으로 간주하는 잠재된 무의식이 작동하고 있다. '전국성'과 자신의 근거로서의 서울에 대한 감각은 「먼지」를 이해하는 핵심이다. 한뫼가 38선을 넘어서 남한행을 결행하는 것도 자신의 눈으로 남한의 실상을 확인하고, "북조선에서는 두 번씩 맞아보았으니 남조선에서도 한번 맞아보아야 해방의 감격을 전국적인 것

---

32) 이태준, 「먼지」, 339쪽.
33) 이태준, 「먼지」, 340쪽.

으로 체험"[34]하고자 하기 때문이다. 소설의 서사 시간인 남한 단정 수립 직전의 시기는 이미 이 '전국성'에 기반한 국가 수립이 불가능한 단계였으며, 38선을 경계로 한 균질화된 두 개의 정치체가 현실로 대두한 시기였다. 이러한 시기에 전국성을 이야기한다는 것, 나아가 그것이 한뫼의 죽음으로 좌절된다는 것은 의미심장하다. 한뫼를 매개로 한 남북한에 대한 비판적 현실 인식 자체도 생생하고 신랄하며 의미있는 것이지만, 이 소설의 중요성은 38선을 경계로 한 남북한의 비교에 있지는 않다. 오히려 이 소설의 진정한 의미는 한반도 전체를 아우르는 민족국가 수립의 불가능성이 확연해진 시기에 그것을 염원하고 결국 38선에서 죽어가는 한뫼를 통해서 민족국가 기획의 좌절에 대한 은유를 제시하는 데 있다. 이러한 좌절의 감각은 '가재울-평양-모스크바'를 연계시켜 선(善)의 블록에 편제된 북조선을 시각화했던 「농토」의 정치적 상상력과는 다른 것이다. 「농토」의 세계관에서라면 민주기지로 완성된 북조선의 발전을 통해 남한을 구원하는 서사로 이어져야 할 터이지만 「먼지」의 북조선-남조선의 관계는 그렇지 않다.

"그러나……그러나……한편이 혼자만 지나쳐 나가는 거다. 통일되도록, 남북이 화해되도록 그런 정세를 조장시키구 성숙시키는 게 아니라 한쪽을 무시허구 저만 나가는 거다. 아무리 좋은 정책이라도 먼저 통일 시키구 합의껏 전국적으로 실시험 좀 좋으냐 말이다. 남의 발등을 밟고 먼저 자꾸 나가면 누군 남의 뒤나 따라가길 좋다나? 그러니까 자꾸 엇나갈밖

---

34) 이태준, 「먼지」, 345쪽.

에……[35]

"그런데 선거 때 선거 않구 오시면 의심사지 않으시나요?"

"의심할 테면 하라지…… 아무리 잘하는 정치라두 통일과 멀어가는 정치 뭘 하는 거냐?

"북조선 정치가 왜 통일허구 멀어가긴요?"

"글쎄 남조선 이런 꼴 내버려두구 저만 무슨 개혁이다 무슨 국유화다 허구 자꾸 앞질러 나가면 낭중에 어떻게 되느냐 말이다. 점점 앞서나가니 마주잡어야 할 손목은 넨-장 점점 천만리로 달어나는 것 아닌가베!"

"원 아버지두! 그새 정세가 얼마나 발전했는데 해방 직후 좌우합작을 떠들던 중간과 같은 꿈을 여태 꾸구 계시네!"

"꿈? 흥……"[36]

이태준이라는 작가적 자아를 연상시키는 한뫼의 관점에서는 적어도 이전의 「농토」의 억쇠, 「소련기행」의 여행 주체가 보여주었던 '옹호될 수 없는 것을 옹호'[37]하려는 정신과는 다른 인식이 엿보인다. '그러나'를 통해서 현재를 회의하고 성찰하고자 하는 인식은 「먼지」 이전의 '역사'와 자신의 지정학적 선택에 대한 확신과는 다른 것이다. 남한의 실상을 직접 겪고 자신의 회의가 '보수적'인 입장이었음을 자각

---

35) 이태준, 「먼지」, 356쪽.

36) 이태준, 「먼지」, 366쪽

37) 사에구사 도시카스, 심원섭 옮김, 『사에구사교수의 한국문학연구』, 베틀북, 2000, 442, 447쪽. 사에구사는 해방 후의 이태준 문학에서 「해방전후」-「소련기행」-「농토」가 한 줄기로 이어져 있으며 이 과정에서 '옹호될 수 없는 것을 옹호'하거나 혹은 '불합리하다고 생각되는 점에 대한 의문을 따지지 않고, 그 불합리함이 합리화되는 이유를 발견'해내는 정치의 문장으로 일관하고 있다고 지적하고 있다.

한 후 재차 월북하는 과정에서 그는 카빈 총에 맞고 죽게 된다. 이러한 「먼지」의 서사와 그 결말은 문제적이거니와 실제 연구자들에게 여러 차원의 해석을 가능케 하였다. 여러 해석 중 극단적인 차이를 지니는 두 가지의 해석을 검토해 보자면 먼저 "민족상생의 비극적 결말만 초래할 수 있다는 불행한 사태를 예감하면서 이를 막아보려고 하는 작가의 강한 의식"[38]을 읽어내거나 이 작품이 38선을 경계로 북한을 절대적인 선으로 상정하고 남한을 그 극단에 배치하는 이항대립의 맥락에서 벗어나 있다[39]는 점을 지적하는 논의들이 있다. 이러한 지적은 모두 한뫼의 죽음의 결말구조가 '국토완정론'의 맥락과는 다른 차원에 있다는 의식을 전제하고 있다. 이에 반해 이 소설의 결말 구조를 "북한에 대해 회의적인 생각을 갖고 있었던 이태준이 그런 과거와 완전히 결별하고자 하는 단호한 의지를 표명한 것으로 이해"하며 이 작품이 남한을 합작의 대상이 아니라 완정의 대상으로 삼는 알리바이를 제공한 작품으로, 즉 "북한 일방의 개혁정책이 남과 북의 격차를 심화시켜 종국에는 냉전적 분단체제를 고착화시키는 게 아닌가 하는 한뫼 선생과 같은 회의주의를 단호하게 부정하고, 국토완정론을 적극적으로 실천해야 한다는 의지를 표명한 것"[40]으로 해석하는 정반대의 관점이 존재한다. 이 논점의 근거가 되는 것이 38선 경계의 강가에서의 한뫼의 죽음이 카빈 총에 의한 것이며 이태준이 남한을 체험하고 북한 체제의 우

---

38) 김재용, 앞의 글, 343쪽.
39) 이재봉, 「월북 후 이태준 소설과 정치적 숨바꼭질-『첫전투』 및 『고향길』을 중심으로」, 『한국민족문화』25, 2005.
40) 강진호, 「한 근대주의자의 신념과 좌절-해방 후 이태준 소설의 변모 양상」, 『돈암어문학』 17집, 2004. 12.

월성을 확신하고 돌아가는 길에서 남한 측의 총에 죽게 되는 것을 이러한 회의와의 결별의 근거로 제시하고 있다. 두 해석 모두가 나름의 논리를 가지고 있다.

그렇지만 이 두 해석은 모두 '한뫼선생'을 죽인 '카빈총'에만 주목하고 있다는 공통점을 가지고 있는데 이태준이 식민지 시기 이래 자신의 정치적 입장을 텍스트에 중층적으로 맥락화시킬 줄 아는 정치적으로 영민한 작가라는 점을 감안하고 본다면 그것은 이태준의 의도의 한 측면만을 확대하여 강조하는 결과가 된다. 이 소설의 정치적 해석을 위해서는 오히려 "그러나 사위는 다시 괴괴할 뿐, 그만 북쪽 강기슭에도 남쪽 강기슭에도 사람이 나오는 그림자나 물소리는 나지 않고 말았다"[41]는 마지막 구절에 주목할 필요가 있다. '카빈총'(남한)에 의한 죽음도 문제적인 것이지만 보다 중요한 것은 두 개의 고립된 국가로 정립된 남북한의 경계 사이에서의 '죽음'이며 그 주검이 38선 이쪽과 저쪽 어느 곳으로도 회수되지 않는다는 점이다. 김재용이 소개하였고, 강진호도 자신의 논거의 하나로 제시하는 장형준의 이태준 비판 중에서 "시체가 남쪽 기슭에 붙었는지 북쪽 기슭에 붙었는지 모르겠다고 애매몽롱하게 묘사한 데서 드러나고 있다"[42]는 진술은 이러한 정치적 감각을 드러내고 있는 것이다. 이처럼 죽음에 대한 태도, 혹은 죽음이 회수되는 경계의 선택의 문제가 이태준 숙청의 중요한 한 빌미였던 듯하다. 숙청 이후의 이태준과 그 아들 이유백과의 상면 장면을 소설처럼

---

41) 이태준, 「먼지」, 389쪽.
42) 장형준, 『위대한 수령 김일성 동지 문학령도사』2, 문학예술종합출판사 1999.

기록하고 있는 강예묵의 「북으로 간 이태준의 그후」에서는 이태준의 숙청 이유가 된 작품 「두 죽음」을 언급하고 있다. "이태준은 이 소설에서 휴전선 위에 쓰러져 있는 두 병사의 시체(하나는 국군시체고 하나는 괴뢰군시체)를 두고 동족상잔의 전쟁이 빚어낸 희생으로 묘사하고 민족의 비운을 탄하였다. 이것이 잘못이라는 것이다. 괴뢰군 병사의 시체는 영웅적이고 아름다운 것으로 보아야하고 국군병사의 시체는 더럽고 추잡한 것으로 봐야한다는 것"[43]이다. 38선 경계의 이남과 이북, 양쪽 어느 한쪽을 선택하지 않은 것이 이태준의 숙청 이유라는 점을 암시한다. 한뫼의 죽음은 하나의 통일된 민족국가 기획의 좌절의 은유이며, 어느 곳으로도 회수되지 않는 그의 주검은 38선을 경계로 지정학적으로 구성된 분절적 국민국가에 포획되지 않는 잉여의 상징이다. 한뫼는 이태준이 「농토」와 「소련기행」에서 보여주었던 확신에 찬 지정학적 상상력과는 다른 국가를 상상하고 있으며, 분절된 전체로서의 북한이라는 국민국가에 반대한다. 이러한 정치적 상상력은 오히려 「해방전후」의 시기에 추상적으로 염원했던 미완의 국민국가에 대한 상상과 닮아 있는 것이다. 「먼지」의 한뫼선생의 위치는 북조선을 민주개혁의 기지로 사유하더라도 그것이 남한과의 연계성을 잃어버리는 것을 경계할 수밖에 없었던 정치적 입장, 즉 자신의 집을 잠시 비워두고 유복한 사촌집에서 자기집을 회복하려는 정치적 상황을 연상시킨다. 그것은 서울을 근거로 사유하는 남로당의 무의식이기도 하다. 과감하게 말하자면 자신의 정치적 근거가 평양이 아니라 서울일 수밖에 없었으며,

---

43) 강예묵, 「북으로 간 이태준의 그후」, 『북한』 1972. 5, 102쪽.

'전국성'의 감각을 상실할 때 자신의 존재가 무화되는 남로당의 존재와 정치적인 입장을 이태준은 한뫼의 인식, 행보와 죽음을 통해서 제기하고 있다고 해석해 볼 수 있을 것이다.[44]

이상으로 해방 이후부터 한국전쟁기까지 38선이 남북한 국가의 심상지리의 경계로 자리잡아 가는 과정을 해방 후 이태준의 대표작을 중심으로 분석해 보았다. 해방 이후의 이태준 문학은 식민지 시기 서사의 모형과 주제의식을 변주하면서, 그리고 새로운 시대의 정체성에 맞게 조정하면서 과거의 제국적 정체성을 민족적 정체성으로 변형시켰다. 「사상의 월야」의 개작, 「성모」 모형을 변주하여 민족주의적 서사를 주조한 「불사조」 등은 그가 해방 전의 서사모형을 재구하여 해방 이후의 정치의식과 결합시키는 양식을 잘 보여주거니와, 「농토」에서 '농토'에 대한 반근대적, 정신주의적 태도가 「돌다리」와 맺는 관계 등은 식민지 시기와 해방 이후의 이태준 문학을 '연속-비연속'의 관점에서 접근해야 하는 이유를 보여주는 사례들이다.

이 글이 보다 주목한 점은 해방 이후 이태준이 식민지의 기억을 청산하고 새로운 정체성을 구성하면서 보였던 행보가 미소의 분할 점령의 편의선으로 그어진 38선을 경계로 남북한 국가가 분절적으로 수립되어 간 과정에 대응하며 이것이 다시 소설의 심상지리 차원에서 구현되고 있다는 사실이다. 식민지의 경험이라는 공통 기억의 지반 위

---

44) 이경훈은 『어떤 백년 즐거운 신생』(하늘연못, 1999)에서 임화가 서울로의 회귀를 귀향으로 감각하고 있다고 지적한 바 있는데 이는 남로당과 그와 연계된 문인들의 의식구조를 이해하는 데 중요한 시사를 주는 논의라고 할 수 있다. 「먼지」에 나타나는 서울에 대한 감각과 전국성에 대한 의식은 임화시의 서울에 대한 감각과 공통된 지반을 가진 것으로 이해할 수 있을 것이다.

에서 38선을 매개로 한 두 개의 분절적인 자기완결적 공동체로 분리되는 과정을 보여주는 것이 이태준의 해방 직후의 문학적 행보였다고 할 수 있다. 해방 직후 쓰여진 「해방전후」에서는 '대동아'로부터 연합국의 '세계'로 지정학적 상상력이 이동하면서 미국/소련을 실제적인 사고에 익숙한 외세로 파악하고 다원적인 세계상 속에서 민족국가를 기획하고자 하는 당위로서의 국가 기획에 대한 열망을 피력하고 있다. 여기서 '38선'은 '역사'의 표상이며 그 역사에 대한 모험과 능동적인 대응의 의지가 드러나 있었다고 할 수 있다. 월북 이후의 대표작 「농토」에서는 냉전적 블록에 편제된 38선 이북으로의 투신이 이루어지고 있다. 남북한의 분단이 확정된 시기를 서사적 시간으로 하는 「먼지」에서는 남북한 분단국가의 성립을 우려하고 민주개혁의 기지로서 북한의 독주에 대해 회의함으로써 「농토」에서 보여주었던 지정학적 투신에 균열을 일으키고 있다. 「먼지」에서 보여주었던 통일된 민족국가의 불가능성에 대한 안타까움에도 불구하고 단정 수립 이후, 특히 한국전쟁 시기의 소설에서는 '미국-일본-남한', '소련-중공-북한'의 블록적 인식이 강고하게 자리하며 '미군'을 악의 표상으로 제시하는 증오의 정치학을 배경으로 하는 소품들이 창작된다. 38선은 남북한의 국경이자 냉전의 진영선으로 확고하게 물질화된 것이다.

1940년대 대중문학의 해방전후

제1장

제국적 주체에서 민족적 주체로 : 김내성

(1) 잊혀진 연대의 대중서사 : 1940년대의 김내성 소설

최근 순수문학/대중문학의 위계화에 의해 본격적인 문학 연구에서 배제되어 왔던 작가 김내성의 문학 세계를 종합적으로 고찰하려는 시도가 있었다.[1] 김내성에 대한 재인식은 한국문학 연구의 심화를 위해서 바람직한 것임에 틀림없지만, 최근의 성과를 포함한 김내성 연구사를 일별하면 여전한 공백을 발견하게 된다. 1940년대에 김내성은 당대 최고의 베스트셀러인 「태풍」과 『청춘극장』을 발표하였다. 「태풍」은

---

1) 대표적인 작업으로 대중서사학회에서 김내성 탄생 100주년을 기념한 학술회의 후 마련한 특집이 있었다. 이영미 「추리와 연애, 과학과 윤리-장편소설로 본 김내성의 작품세계」, 최애순 「이론과 창작의 조응, 탐정소설가 김내성의 갈등」, 최승연 「'근대적 지식인 되기'를 향한 욕망의 서사」, 김종수 「김내성 소년탐정소설의 '바다' 표상」, 이호걸 「김내성의 '청춘극장'과 한국액션영화」, 김현주 「김내성 후기소설 '애인'에 나타난 욕망과 윤리」(이상은 『대중서사연구』21, 2009. 6) 이외에도 이선미, 「연애소설과 젠더질서 재구축의 논리-김내성의 '실낙원의 별'을 중심으로」, 『대중서사연구』22, 2009. 12 등이 김내성에 대한 최근의 주목할만한 연구들이다.

1942년 11월 21일부터 1943년 5월 2일까지 총 160회 동안 『매일신보』에 연재된 소설이다. 연재 후 1944년 매일신보사에서 단행본으로 간행되었고 발매 1개월만에 초판 8천 부가 매진되어 그 인세로 김내성이 성북동에 집을 샀을 정도로 인기가 있었다고 알려져 있다.[2] 『청춘극장』[3]은 해방 이후의 대표적인 베스트셀러의 하나로 총 15만질이 팔린 것으로 알려졌다.[4] 물론 많은 판매부수가 곧 텍스트의 작품성을 반영하는 것은 아니지만, 이 두 작품에 대한 한국문학 연구의 무관심은 의외이다. 아마도 「태풍」은 작품이 지니고 있는 '친일성'과 더불어 단행본 텍스트를 구하기 어려운 사정 때문에, 『청춘극장』은 그 대중적 파급력에도 불구하고 통속소설이라는 통념이 연구를 가로막은 요인이 되

---

2) 이에 대해서는 조영암의 『한국대표작가전』(수문관, 1953) 참조. 그렇지만 정작 이 작품에 대해서는 그 인기에 대한 언급 이외에는 본격적인 연구를 찾기 어려웠다. 가령, 정혜영은 「김내성과 탐정문학」(『한국근대문학연구』20, 2006. 12), 「방첩소설 '매국노'와 식민지 탐정문학의 운명」(『한국현대문학연구』 24, 2008. 4) 등에서 이 작품의 존재를 언급했지만 실제 내용을 분석하지 않아 아쉬움이 남았는데, 최근 「제국과 식민지, 그리고 탐정문학-김내성의 '태풍'을 중심으로」(『한국현대문학연구』30, 2010.)를 통해 전근대적 식민지 조선에서의 탐정소설 창작이 직면한 딜레마, 즉 탐정이 현실 세계에 등장하는 순간 밀정(스파이)으로 화하여 방첩소설이 되는 문제를 「태풍」을 통해 해명하며 김내성의 제국주의적으로 도착된 시선을 분석하고 있다.

3) 박진영, 〈연보 및 작품목록〉, 『판타스틱』 20, 2009년 봄, 171-175쪽과 청운사판 초판발행의 독후감들을 참조하여 정리해 보자면, 『청춘극장』은 주요한의 권유로 1949년부터 『태양신문』(『한국일보』의 전신)에 연재되기 시작했다. 같은 해 말부터 단행본으로 간행되기 시작했고, 1952년에 이르러 총 5권이 완간되었다. 이 소설은 1939년 2월부터 1945년 8월까지를 서사의 시간적 배경으로 한다. 그리고 해방 전부터 구상되었고, 해방과 정부수립을 거친 뒤 집필되기 시작했으며, 한국전쟁 중에 완성되었다. 본 논의를 구성하면서 총 5권 중 2, 3, 4권의 초판본을 찾았지만, 1, 5권을 구하지 못했다. 이 글에서는 『한국장편문학대계 17-19 : 청춘극장-上,中,下』, 성음사, 1970을 인용하였다.(이하 『청춘극장』 上, 中, 下로 표기한다) 첫 간행된 2, 3, 4권과 1970년 성음사판을 대조해 본 결과 차이가 없지만, 원래의 초판본들에는 말미에 당대의 문필가(구체적으로 2부 곽종원, 노천명, 3부 조연현, 4부 주요한)들의 소설 독후감과 추천사가 덧붙여져 있다.

4) 양평, 『베스트셀러 이야기』, 우석, 1985, 51쪽.

었으리라 판단된다.[5] 그렇지만 이들 작품은 '추리에서 연애로' 이행하는 김내성 작품 세계의 변화의 단층을 보여준다는 점에서도 중요하지만, 더 나아가 식민/탈식민이 겹쳐지는 1940년대 한국문학의 연속과 비연속의 양상을 대중서사의 차원에서 보여준다는 점에서 더더욱 주목해야할 텍스트들이다. 이 절에서는 「태풍」, 『청춘극장』의 비교를 중심으로 식민지-탈식민지 시기가 이어져 있는 1940년대 김내성 작품세계의 연속과 비연속의 맥락을 구명하는 데 집중하고자 한다.

그동안 식민지 시기의 김내성 작품에 대한 연구는 주로 1939년에 발표된 『마인』에만 집중되었다.[6] 그렇지만 식민지 시기의 김내성 작품을 일독해 보면 돌출한 『마인』에 대한 연구만으로는 설명하기 어려운 측면이 대두한다. 김내성이 한국어로 창작한 최초의 장편인 『백가면』(1937)을 시작으로 『마인』(1939), 「태풍」(1942), 「매국노」(1943-44)는 반복되는 등장인물들과 서사모형을 통해 자기 참조적인 맥락을 형성하며 하나의 계열체를 이룬다. 특히 중요 인물인 '유불란'이 이전 작품의 서사와 연결되면서 반복 등장함으로써 이러한 자기참조적 맥락을 강

---

5) 가령, '침식을 잊게 하는' 이 작품의 재미를 언급하며 이 재미에 덧붙여서 얼마만한 지속성과 보편성을 갖는가, 즉 작품성이 갖추어져야만 문학이 된다는 초판 3부 말미의 서평 「소설의 예술성과 대중성」에서 조연현이 내리는 평가는 해방 이후 김내성 소설에 가해지는 본격문학적 잣대의 기원이라고 할 터이다. 김내성 대중소설의 '대중성'을 나름대로 평가하면서도 여전히 리얼리티와 결별된 이상주의, 진부한 윤리관, 극성으로 충만되어 있는 사건의 구성 등의 이유로 본격문학에 미치지 못한 작품임을 암시하고 있는 홍기삼의 해제에서의 평가도 이 작품이 그 동안의 한국문학사에서 배제된 이유를 설명한다.(홍기삼, 「김래성과 '청춘극장'」, 『청춘극장(下)-한국장편문학대계 18』, 성음사, 1970, 387쪽)

6) 최근 이러한 문제의식 아래에서 김내성의 문학세계 전체를 조망하는 종합적인 연구 결과가 이영미 외, 『김내성 연구』(소명출판, 2011)로 출간되었다. 필자도 이 공동저서에 참여했다. 이 글은 『김내성연구』에 게재되었던 원고를 동료들의 양해 아래 개인 단행본의 취지에 맞게 수정보완한 것임을 밝혀둔다.

화하는 역할을 하고 있다.[7] 필자는 『마인』에만 집중되었던 식민지 시기 김내성 소설에 대한 연구 관행을 반성하고, 중일전쟁 이후의 탐정소설인 『백가면』(1937), 『마인』(1939), 「태풍」(1942 -43), 「매국노」(1943-44)의 일련의 대중소설을 하나의 계열체로 파악하여 검토한 결과를 발표한 바 있다.[8] 식민지 후반기에 유행하였던 스파이 담론과 일본 제국의 이데올로기였던 대동아공영권론에 부응하는 김내성의 스파이-탐정소설은 식민자에 대한 모방과 새로운 주체 형성의 욕망이 투영된 대중서사이다. 특히 기존 논문에서 중점적으로 분석한 「태풍」은 식민지 조선만이 아니라 영국, 프랑스, 인도, 중국 상해 등의 세계 도처를 배경으로 조선인(일본인), 중국인, 서구인 등의 다채로운 인물이 등장하여 신무기를 둘러싼 첩보전을 벌이는 이야기이다. 이 소설을 통해서 전쟁이 확대시킨 지정학적 상상력과 대동아 전쟁의 이념이 탐정(스파이)과 추리라는 대중서사 코드를 통해서 어떻게 대중과 접속하게 되는가를 확인할 수 있었다. 진주만 공습, 싱가폴 함락 등으로 이어지는 이른바 '緖戰의 승리'의 열기 속에서 창작된 「태풍」은 '대동아'의 이념을 그대로 재현한다는 점에서 '친일적'이라고 비판받아야 마땅하지만, 동시에 '대동아'의 중심, 세계 재편의 물리력의 핵심에 조선과 조선인 과학자

---

7) 『백가면』에서부터 등장하는 유불란은 『마인』에서 주은몽과 연인 관계로 설정되며 냉철한 탐정으로서의 소질 부족을 탄식한 후 '탐정폐업'을 선언한 후 대미를 장식하는데 「태풍」에서는 『마인』에서의 상심을 직접 거론하며 유불란이 마음을 달래려 구주를 여행하는 것으로 언급된다. 또한 「매국노」에서는 '인도문화협회'를 거점으로 하는 국제스파이단을 일망타진한 「태풍」의 사건을 언급하며 새롭게 등장한 국제 스파이단을 유불란 등이 검거해 가는 서사로 구성되어 있다. 강영제 박사도 『백가면』, 「태풍」, 「매국노」 등 세 작품에서 각각 고성능 폭탄, 파괴광선, 살인균 발명자로 반복하여 등장하고 있다.

8) 정종현, 「大東亞'와 스파이—김내성 장편소설 '태풍'을 통해 본 '대동아'의 심상지리와 '조선'」, 『대중서사연구』 22, 2009. 12.

를 배치함으로써 조선을 새로운 세계의 주체로 기입하고자 하는 식민지인의 제국적 주체로의 신생의 욕망을 읽을 수 있다는 점에서 식민지 말기 한국문학의 제국적 주체 형성의 문법을 공유하고 있는 소설이다.

이 글의 문제의식은 김내성 문학이 구성했던 제국적 주체가 해방 이후 민족적 주체로 변형, 재구되어 가는 과정과 방식을 밝히는 데 있다. 잘 알려져 있듯이, 해방 이후 김내성은 연애소설의 대가로 새로운 명성을 획득했는데, 그 첫 번째 작품이 『청춘극장』이다.[9] 이영미는 김내성의 전체 장편소설을 중심으로 작가론을 시험하면서 식민지 시기의 추리물에서 해방 이후 연애의 서사로 변화되어가는 김내성 소설의 특징을 포착하여 이 두 계열을 구분한 바 있다.[10] 김내성 작품 세계의 전체적인 변화 양상에 대한 경청할만한 지적에도 불구하고, 이영미의 지적은 수정되거나 보충될 필요가 있다. 우선, 1950년대 이후 김내성 소설에서 추리물이 사라졌다는 진술은 수정되어야 한다. 김내성의 작품세계를 제1기 추리와 첩보, 제2기 추리서사와 애정서사의 결합, 제3기 윤리와 애욕의 연애물로 구분하면서 이행기인 제2기 이후인 1950년대의 제3기에 이르러서는 추리의 세계와 결별한 것처럼 암시되어

---

9) 『청춘극장』을 단일 주제로 삼은 학술적 논의는 거의 없다. 다만, 김내성 작품 전반에 대한 연구나, 해방 후 대중소설에 대해 논의하는 중에 부분적으로 『청춘극장』이 다루어진 사례들이 있다. 『청춘극장』에 대한 최초의 본격적인 논의로는 3권으로 간행된 성음사판 『청춘극장』 하권에 실린 홍기삼의 위의 글을 언급해야만 한다. 이외에 정세영, 「김내성 소설론」, 동국대 석사논문, 1991; 김복순, 「해방 후 대중소설의 서사방식(상)」, 『인문과학 연구논총』 19, 1999. 등의 연구가 있다. 김내성 장편소설 전체를 도해하며 『청춘극장』의 위치를 명료하게 맥락화한 이영미의 논의와 『청춘극장』에 대한 최초의 본격적인 작품론을 실험하며 한국의 6,70년대 액션영화와의 유비관계에 대한 논의를 진행한 이호걸의 논의는 강조해야만 하는 연구들로, 이 글을 쓰는 데 중요한 참조가 되었음을 밝혀둔다.

10) 이영미, 앞의 논문, 24-28쪽 참조.

있다. 그렇지만, 1955년 3월부터 동년 9월까지 『아리랑』에 연재되는 「붉은 나비」의 존재는 이러한 계보화의 수정을 요구한다. 이 작품은 김내성 최초의 한국어 소설 『백가면』에서 그 모형이 마련되고 「태풍」, 「매국노」로 이어지는 김내성 스파이-대중소설이 해방 이후 『청춘극장』의 독립운동과 관련된 스파이전의 서사를 거쳐 1950년대까지 지속되고 있다는 사실을 보여주는 증거이다. 김내성은 연애소설을 통해 대중작가로서 부동의 입지를 구축한 1950년대 중반의 죽음 직전까지도 식민지 시기의 스파이-탐정서사를 변형한 작품을 창작하고 있었다. 『청춘극장』의 핵심은 연애서사에 있다는 점은 부정할 수 없지만, 여전히 지속되는 스파이-탐정소설적 특성에 대해서도 주의를 기울일 필요가 있다.[11]

또 하나 지적할 것은 이영미의 논의에서는 『청춘극장』, 『쌍무지개 뜨는 언덕』, 『인생화보』 등에서 식민지 시기 제1기의 추리와 첩보의 서사가 여전히 활용된다는 측면을 적절하게 지적했음에도 불구하고, 이러한 식민지와 이행기의 김내성 작품에 나타난 지속과 변형, 그리고 과거와의 단절을 전제로 한 새로움이 무엇인가에 대한 입체적인 조망이 부족하다는 점이다. 『청춘극장』에 대한 이호걸의 흥미로운 논문에서도 이 작품의 여러 특질이 잘 드러나 있지만, 그것이 이후 한국의 액션영화와 맺고 있는 관계, 즉 기원으로서의 『청춘극장』의 면모에 특히 중점이 두어져 있어 식민지-탈식민지의 연속과 변형의 문제는 간과

---

11) 이영미는 「붉은 나비」의 존재를 확인하고 앞의 저서인 『김내성 연구』를 통해서 50년대에도 번안의 형태로 여전히 추리적 요소가 남아 있다는 점을 보완하였다.

된 측면이 있다. 대략 6년여의 시간차를 두고 집필된 이 두 소설은 거의 동일한 시간대를 서사시간으로 하여 제국하의 식민지 조선과 대한민국이라는 '해방전후'의 한국 사회를 기반으로 한 세계인식을 투사하고 있다는 점에서 흥미로운 비교의 대상이 된다. 『청춘극장』의 중심서사 중 하나가 북경의 조무장 '용궁'을 배경으로 하는 스파이-탐정의 서사로 구성되어 있으며, 그것이 식민지 시기 스파이 탐정소설의 전도를 통해 구성되어 있다는 점은 쉽게 포착할 수 있는 대목이다. 이후 북경에서의 스파이전은 「붉은 나비」에서도 중심 서사로 재생된다.

　『백가면』-「태풍」-「매국노」-『청춘극장』-「붉은 나비」로 이어지는 스파이-탐정서사적 특성의 연속은 식민지 말기 김내성 소설의 중심적 경향이었던 파시즘 이데올로기에 기반한 스파이물의 구조와 장치가 해방 이후 자신의 제국적 정체성을 조정하여 민족적 정체성을 재구성할 때에도 여전히 유용하게 활용되었고, 1950년대 중반까지도 영향을 미치고 있다는 사실을 일러준다. 이 글에서는 『백가면』-「태풍」-「매국노」-『청춘극장』-「붉은 나비」로 이어지는 해방전후 소설에서 반복/변형되는 특징을 특히 「태풍」-『청춘극장』사이의 연속/비연속의 양상에 중점을 두어 고찰하고자 한다. 이 두 소설을 중심적으로 다루는 이유는 이것이 식민지 말기와 해방 이후라는 각각의 분절된 시대를 대표하는 작품으로, 완결된 장편이고 서로 직접적으로 연접되어 있어 연속/비연속의 양상을 가장 풍부하게 담고 있기 때문이다. 한 가지 강조해두어야 하는 것은 이 글이 식민지시기의 소설-『청춘극장』-「붉은 나비」라는 스파이-탐정소설의 계보를 구성하여 『청춘극장』을 이 계열의 소설로 규정하려는 작업은 아니라는 사실이다. 『청춘극장』의 조무장 용

궁의 스파이전을 매개로 한 스파이-탐정소설적 특성이 연속되는 측면
에 주목하면서도 스파이-탐정서사를 넘어서 『청춘극장』이 식민지 시
기의 인물설정, 작품 구조를 어떻게 변주하는가, 동시에 이를 통해 어
떻게 과거와 단절하며 새로움의 기원을 구성하는가의 문제에 더욱 주
목하고자 한다. 이러한 논의를 통해 김내성 문학 연구의 공백지대라고
할 수 있는 1940년대 전반기와 후반기를 연속/비연속의 '겹눈'의 관점
으로 파악할 수 있을 것으로 기대한다.

(2) 제국/민족의 변검술(變瞼術) : 반복되는 모형, 달라지는 이데 올로기

「태풍」에 대해서는 기존 논문에서 상세히 분석하였기에 여기에서
는 『청춘극장』을 중심으로 논의를 진행하면서 「태풍」과 비교의 관점
을 취하고자 한다. 홍기삼에 따르면, 김내성은 1944년 심장병으로 함
남 석왕사 부근에서 정양을 하던 중 『청춘극장』의 집필에 착수하였다
고 한다.[12] 이 시기는 대략 김내성이 『신시대』에 방첩소설 「매국노」
를 연재하다가 중단한 때와 겹친다. 기록들이 전하는 『청춘극장』 집필
시기에 대한 술회가 김내성의 것이라면 그는 이 작품의 구상과 집필
을 1944년 어간으로 제시함으로써 식민지 시기 자신의 행적에 대한 알
리바이를 마련하고 있는 셈이다. 『청춘극장』에서는 소설가 신성호(콘

---

12) 홍기삼, 앞의 글, 386쪽. 조영암의 앞의 책 중의 「김내성」에서는 석왕사면 학익리에서 이
    작품이 구상되었고, 300매의 집필 이후 해방을 맞아 서울로 돌아왔다고 밝히고 있다.

사이스)가 식민지 말기에 구상하여 집필하고 있는 '흘러가는 청춘'이라는 작품이 언급되거니와, 이 작품은 일본이 망해야만 발표할 수 있는 대작이라고 제시된다.[13] 해방 이후 출간된 윤동주의 유고시집이나 청록파의 「청록집」 등은 조선어 사용이 금지된 이른바 '암흑기'에 쓰여졌기에 그 도덕적, 정치적 가치가 배가되는 측면이 있다. 동일한 시기에 한글로 「태풍」, 「매국노」 등의 친일의 대중서사를 구성해 냈던 김내성에게 이 시기 자신의 행적은 삭제하거나 혹은 변경하고 싶은 기억이었을 것이다. 이런 점에서 김내성은 「매국노」의 중단 시점[14]과 『청춘극장』의 구상 및 실제 집필 시기를 겹쳐지게 술회함으로써 친일소설 창작의 부채의식을 탕감하고 자신의 민족적 아이덴티티가 식민지 시기부터 지속되고 있는 것이라는 알리바이를 구성하고 있다.[15] 이러한 언술을 통해서 김내성이라는 작가적 자아의 민족적 정체성은 식민지 시기부터 해방 이후의 대한민국까지 일관된 것이라는 연속성의 감각이 마련된다. 그렇다면, 이제부터 이러한 작가적 자아에 부합하는 민족적 정체성을 식민지 시기의 제국적 정체성을 어떻게 변형시키며 구성해갔는가를 검토해 보자.

---

13) 『청춘극장』 下, 353쪽.

14) 「매국노」는 1943년 7월에 연재가 시작되어 1944년 4월호를 끝으로 중단된다.

15) 김내성은 『백민』 1947년 5월호에 「여인애사」라는 작품을 발표한다. 이 단편은 이후 『청춘극장』에서 도입부 〈희망의 대해〉로 표제를 바꾸어 사용된다. 1947년 5월호에 그 도입부를 발표한 후 1949년에 신문연재를 시작하는 셈이다. 이 작품이 해방 이전에 쓰여졌는지는 확증할 수 없지만 그 게재의 시작은 1947년부터라고 추정할 수 있겠다. 또한 그 내용이 '삼총사'의 중학졸업식의 장면임에도 불구하고 '여인애사'라 표제한 데에서 이 작품의 초기 구상이 허운옥을 중심으로 하는 여성수난사와 그 극복에 있었음을 짐작할 수 있다.

1) 서구문학의 지속적인 영향과 '해방 전후' 김내성 작품의 구조

김내성 소설에서는 서구 대중서사의 영향을 어렵지 않게 확인할 수 있다. 김내성 탐정소설의 트레이드 마크가 되는 유불란이 「괴도 루팡」으로 유명한 모리스 르블랑의 음차에서 비롯되었다는 것은 잘 알려진 이야기이다.[16] 주목할 것은 김내성이 르블랑의 음차만이 아니라 「괴도 루팡」의 설정을 번역하여 자기 소설의 기본 구도로 차용하고 있다는 점이다. 모리스의 소설은 뒤를 쫓는 탐정 보다는 쫓기는 괴도 루팡에게 호의적이거니와 김내성은 이 '괴도' 루팡의 이미지를 연상시키는 가면의 괴인물과 탐정 유불란을 동시에 등장시켜 정의의 편에 서게 하고 그 대척점에 '스파이'단을 배치하여 현실을 선/악의 멜로드라마로 재구축한다. 식민지 시기에 국한해서 보자면 『백가면』의 '백가면', 「태풍」의 '백상도(대동아주의자)', 「매국노」의 '화이트 이글'은 모두 이 괴도 루팡의 이미지가 투사된 신비한 민간 영웅이다. 이들은 법률을 기준으로 보면 탈법자들이지만, 도덕적으로는 의인들이다. 식민지 시기 김내성의 스파이 탐정 소설에서 이들은 공권력 밖의 인물이지만 결과적으로는 체제의 이데올로기를 체현한 제도 내의 영웅으로 수렴된다.

『청춘극장』은 주인공의 성격 부여에서 이러한 식민지 시기의 루팡

---

16) 김내성은 일본 체재시 활발한 창작활동을 하였고 이것을 계기로 일본의 대표적인 탐정소설가인 에도가와 란포(江戶川亂步)의 관심을 끌어 그에게서 사사했다. 에도가와 란포는 추리소설의 비조인 애드가 앨런 포우를 음차한 이름이다. 김내성도 모리스 르블랑을 너무나 좋아하여 그의 이름을 음차한 '유불란'이라는 이름을 자신의 필명 혹은 주인공 탐정의 이름으로 사용하였다.

적 구조를 지닌 스파이-탐정 소설과 공통 모형을 공유하면서도 동시에 다른 양상을 보인다. 『청춘극장』의 루팡적 인물은 바로 '밤의 대통령' 장일수이다. 식민지 시기 스파이 탐정 소설에서 민간 영웅들은 대동아를 위협하는 서구의 국제스파이단과 대립하며 공권력을 도와 그들을 분쇄하는 역할을 하였거니와, 『청춘극장』은 스파이단과 민간 영웅의 대립이라는 모형은 그대로 유지하면서 그 내용을 전도시킨다. 일본 스파이단의 수령 '상하이 도라'를 식민지 시기 악의 역할을 수행했던 영미 스파이단의 위치에 두고, 과거 식민지 시기 '대동아'라는 선의 위치에 조선인 독립운동 조직과 수령인 '밤의 대통령(Dark President)'을 배치한다. '밤의 대통령'은 그 정체가 알려지지 않았다는 점에서 식민지의 민간 영웅들을 계승하고 있다. 특히 『백가면』에서 '백가면'이 세계 유수의 대도시에서 보물들을 감쪽같이 훔쳐간다는 설정이 『청춘극장』에서는 경성의 삼엄한 경비를 뚫고 전쟁 동원을 독려하는 친일파를 방문하여 조선 민중을 전쟁으로 몰아넣는 언행을 중지하라는 경고를 남기고 감쪽같이 사라지는 설정으로 변주된다.[17]

식민지 시기의 루팡적 인물들은 그 정체가 밝혀지기 전까지는 법과 질서를 교란하는 선/악의 경계에 있지만 서사의 종국에서 제국의 법질서 및 공권력과 모순없이 화해하고 협력하는 것을 중요한 특징으로 한다. 식민지의 법질서와의 미묘한 불화와 화해는 『백가면』에서 그

---

17) 오창윤의 집에서 장일수가 최달근의 권총을 맞은 후 택시를 잡아 타고 경성 시내로 도주하다가 운전기사에게 돈을 주어 자신의 옷을 입혀 가게로 들어가게 하여 최달근과 경찰들을 따돌린 후 택시를 타고 유유히 사라지는 장면은 「태풍」에서 앵글로 색슨계의 스파이들이 택시를 이용하여 접선하거나 백상도, 유불란, 아키야마 등과 벌이는 택시 추격전을 변형한 것이다.

기원을 엿볼 수 있다. 이 작품에서 국가의 공권력을 상징하는 경찰들은 무질서를 바로잡지 못하는 무능력한 집단으로 표상된다. 임경부의 무능과 판단착오 때문에 그 부하인 김순사부장이 죽거니와 이후 『마인』에서도 『백가면』에서의 임경부의 실수가 재론되면서 공권력에 대한 불신이 지속된다. 그렇지만 서사의 종국에서는 가면 너머 영웅들의 정체가 밝혀지고 체제내로 수렴된다. 이후 「태풍」에서는 경찰력 대신 헌병대가 등장하고 아예 처음부터 공권력에 대한 불신은 사라진다.[18] 이에 비해 『청춘극장』에서는 식민지의 법 자체가 부정된다. '밤의 대통령' 장일수는 독립운동 단체의 수장으로 일본 제국주의의 법질서 자체를 전적으로 부정하는 위치에 있다. 장일수는 단순히 일본의 법질서를 거부하는 인물일 뿐만 아니라 향후 새롭게 건설될 신생 국가의 법을 창출해 내는 기원적 장소와 관련된 인물이기도 하다. 이에 비해 주인공인 백영민이 제국의 법을 공부한 후 제국 체제 내의 변호사로서 시민적 가치를 지향하는 인물로 설정된다는 점은 의미심장하다. 이러한 법의 문제와 두 인물형의 차이는 이 작품의 정치적 의미를 결정하는 것이거니와 이는 뒤에서 상술하도록 하겠다.

　김내성의 작품에서는 모리스 르블랑의 영향 외에도 다른 서구 작

---

18)　일본의 추리소설에 대한 이건지의 연구(「일본의 추리소설-反문학적 형식」, 『추리소설이란 무엇인가?』, 국학자료원, 1997)에 따르면 김내성이 사숙한 에도가와 란포의 많은 작품이 "시국에 맞지 않았기 때문에" 삭제되었고, 1942년경에는 전작품이 발행되지 못했다고 한다. 국민끼리의 살상사건을 그리는 것이 국내불안을 조성하기 때문에 정보국에 의해 추리소설이 검열되거나 압력을 받았다는 지적(126쪽)은 김내성이 국내인끼리의 치정복수극인 비시국적 작품 『마인』으로부터 외국인 스파이탐정물로 소재를 바꾸어간 외적인 맥락을 이해하는 데에도 참조점을 제공한다. 『마인』까지 보였던 공권력에 대한 불신을 대신하여 헌병이 직접 등장하는 이후의 변화도 이에 상응한다 할 것이다.

가와 작품들의 영향이 확인된다. 식민지 시기 스파이-탐정소설에서는 모두 주변의 음모나 불가항력에 의해 해적에게 납치되거나 절해고도에 갇혀서 오랜 세월을 보내다가 다시 조선으로 돌아와 자신에게 위해를 가한 자들에게 복수하거나 정의를 위해서 힘쓰는 인물들이 등장한다. 『백가면』의 박지룡, 『마인』의 쌍둥이 자매의 아버지 백문호, 「태풍」의 백상도, 이들은 모두 「암굴왕」의 '몽테크리스토 백작'을 차용한 인물들이기도 하다. 「태풍」은 작품의 구조적인 차원 자체가 '암굴왕'적인 설정 위에 다시 알렉산드르 뒤마의 『철가면』의 루이14세 쌍둥이 형제이야기의 설정을 결합시킨 서사구조에 기반하고 있다. '달안섬(月內島)' 지주의 적장자인 백상도는 쌍둥이 동생 백문도와 동향 소작인의 아들 홍만호 및 마약 밀수에 관여하는 스파이 선교사 브라운 부자에 의해 마약밀수선 허드슨호에 팔려가 노역하다가 인도양 상의 백골도에 감금되어 청춘을 흘려보낸다. 그의 재산은 동생인 백남도가 차지하고 그의 정인 신음전은 홍만호와 결혼한다. 백골도를 탈출한 백상도의 사적 복수와 국제 스파이단의 격멸이라는 공적 영역의 서사가 결합된 것이 이 소설의 기본 구성이다.[19]

식민지 시기의 스파이-탐정 소설에서 발견되는 뒤마의 영향은 『청춘극장』을 통해서도 확인된다. 『청춘극장』의 서두는 군국주의적 일본인 교사 야마모도, 그의 주구 '땅개' 최달근과 백영민(꼬마), 신성호(콘

---

19) '암굴왕'과 '철가면'적 이야기 요소가 종합된 이러한 설정의 기본적인 얼개는 이미 『마인』에서 등장한 바 있다. 「태풍」의 백상도, 백남도 쌍둥이 형제의 이야기는 『마인』에서 재산과 형의 정인을 탐낸 사촌동생 백영호에 의해 낭떠러지에서 떠밀려 바다로 흘러가 해적 생활을 하다가 조선으로 돌아와 전문학교를 경영하는 백문호의 서사와 백문호의 딸들인 공작부인 주은몽과 소경 여동생의 쌍둥이 자매 이야기가 종합된 것이다.

사이스), 장일수(대통령)가 중학 졸업식에서 벌이는 대립 장면으로부터 시작하거니와 이들 세 남성 주인공은 '삼총사'로 명명된다. 이들 삼총사가 각각 성장하면서 '민족', '인류', '사랑'이라는 이상의 쟁취를 위해 벌이는 모험과 활극, 애정의 서사로 구성한 것 자체가 뒤마의 『삼총사』의 영향을 연상시킨다. 뒤마적인 대중서사를 김내성이 탐독했으며 그 서사적 구조와 특징을 『마인』, 「태풍」, 『청춘극장』 등에서 한국 대중독자들의 정서에 맞게 적절하게 변용하여 구사하고 있다고 정리할 수 있을 것이다. 김내성은 1955년부터 죽을 때까지 대중잡지 『아리랑』에 「삼총사」를 번역하여 연재하고 있다.[20] 이처럼 뒤마는 식민지 시기부터 죽기 직전까지 김내성 일생 전체에 걸쳐서 영향을 끼친 작가였다. 이외에도 그는 에드가 앨런 포우의 작품도 탐독하고 그것을 작품에서 활용하고 있다. 『청춘극장』 중에는 백영민이 소학교 학생의 가감승제 및 분수식을 가지고 한글의 자모를 만들어서 암호문을 만들어내는 장면이 등장한다. 이러한 암호문의 창조의 계기가 포우의 「황금충」을 소개한 영어교사의 이야기에서 자극받은 것으로 묘사되거니와, 이러한 장면은 서구문학의 영향이라는 차원에서도 중요하지만 이 시기 김내성에게 세계 심상지리에 대한 재편이 어떻게 이루어졌는지를 보여준다는 점에서 상술할 필요가 있다.[21]

---

20) 김내성은 『아리랑』 1955년 11월호부터 삼총사의 연재를 시작하여 1956년 11월까지 1부를 연재한다. 삼총사 이야기는 1부에서 끝나고 달따냥을 포함한 사총사의 이야기가 이어질 것이라는 연재 예고 이후 1956년 12월호부터 「무적 달따냥」이라는 이름으로 "제 2부 이십년후"라는 부제를 달고 연재된다. 이후 1957년 4월까지 연재되다가 김내성의 갑작스런 죽음으로 중단된다. 김내성은 『실락원의 별』을 연재하던 1956년 2월 19일에 사망하거니와 그의 사후인 4월호까지 실린 것은 김내성이 죽기전에 번역해 놓은 원고가 게재된 것이다.
21) 이외에도 『청춘극장』의 요소요소에는 서구 혹은 일본 문학의 잔영이 짙게 남아 있다. 가

2) '대동아'의 중심 '조선'에서 미국 헤게모니하 신생 '대한민국'으로

"영민이가 중학 三학년 때였다. 그즈음 대판 외국어학교를 갓 나온 다츠노구찌라는 스마트한 영어교사가 있었다. <u>어딘가 아메리카 풍이 풍긴 그의 스마트한 자태며 영어의 발음도 일인들의 그 곧은 혀로 하는 「잇또」「잣또」식이 아니고 중학생들의 귀에는 아주 양행이나 하고 온 것같은 유창한 발음이기 때문에 학생 간에는 인기가 있었다.</u> 그 다츠노구찌 선생이 수업시간을 절반쯤 잘라먹고는 곧잘 이야기를 하여 주곤 한 것이 더 한층 인기였다. 그리고 그 이야기란 대개가 태서 명작에 대한 내용 소개였고 그 중에서도 즐겨 이야기해 준 것은 탐정소설이었다. 그 중에는 「하무렡」이나 「레·미제라불」 같은 이야기도 끼어 있었으나 그 태반은 「코난·도일」을 위시하여 「알란·포오」의 탐정소설이었다. 일본의 「에도가와·람보오」라는 탐정소설의 이름이 「에드가·알란·포오」에서 땄다는 이야기를 하여 준 것도 그 선생이었다. 그런데 그 다츠노구찌 선생이 「포오」의 「골드 벅」(黃金蟲)이라는, 암호를 테마로 한 소설을 이야기하여 준적이 있었다."[22] (밑줄 – 인용자)

백영민이 암호문을 개발하게 된 동기를 설명하는 인용은 해방 이후 세계 심상지리의 재편과 선/악의 드라마가 어떻게 전도되었는가를 보여주는 인상깊은 장면이다. 「태풍」에서는 앵글로 색슨을 세계악의 표상으로 주조하는 과정에서 그 문화의 중요한 핵심인 기독교와 영

령 나미에가 장일수와 조국 사이에서 갈등하며 읊고 있는 뒤마의 또 다른 작품 「춘희」, 최달근에게 버림받은 숙회가 폐병에 걸려 죽어가며 창가에 비치는 잎새가 떨어지는 것을 자신의 죽음과 연결시키는 장면에서 활용되는 오 헨리의 「마지막 잎새」, 백영민과 오유경이 일본 아타미 온천장에서 언급하는 『금색야차』 등은 그 사례들이다.

22) 『청춘극장』 中, 289쪽.

어 등에 대한 관점도 부정적으로 속류화되어 제시된다. 선교사에게 마약 밀수와 스파이의 이미지를 결부시킨다든가,[23] 광산왕 오창세를 죽음으로 몰고간 폭파사건 현장에 있는 암호문이 '가감승제'를 통해 성경의 글자를 조합한 지령문이라든가, 로버트 브라운이 상해로 발송한 성경 등이 비밀 통지문이라는 설정 등등은 모두 반앵글로색슨=반기독교로 치환시키고 있는 삽화들이다. 또한 인도문화협회의 스파이 회합에서 왕룽 등 동양인들까지 영어를 사용함으로써 영어는 스파이의 언어로 이미지화된다.[24] 「태풍」이 구성한 세계 심상지리는 앵글로색슨적인 악의 세계와 이에 대적하는 '대동아'라는 선의 세계 사이의 인종적 대립이다. 동양 내부의 각각의 민족들도 앵글로 색슨적인 것과 연결된 장개석과 국민당 정부의 '항일지나'와 대동아의 이상을 공명하는 왕조명의 '친일지나'로, 혹은 영인정청(英印政廳) 관리인 아버지의 '친영인도'와 그에 반대하는 존 마하모의 '반영인도'로 양분된다. '앵글로색슨/대동아'의 어느 편에 서는가에 따라 세계와 동양, 동양 내부의 각각의 민족의 성원들이 구분된다.

그에 반해 위의 인용에서는 '어딘가 아메리카풍이 풍긴 그의 스마

---

23) 「태풍」에서 확인되는 김내성의 반기독교적 태도는 1950년대 중반까지도 지속된다. 「붉은 나비」(5회, 『아리랑』 1955. 7, 67쪽)에서는 중국 쪽에서 배를 타고 신의주로 잠입해 들어가는 밀정 노무라가 천주교 신부 복장으로 변장을 하는데 사소해 보이지만 악한과 기독교를 결합시키는 이러한 무의식적 설정은 김내성에게 특유한 식민지 시기부터의 반기독교적 인식이 드러난 것으로 볼 수 있을 것이다.

24) 이외에도 광산폭발 사건 때 폭발로 망가진 얼굴을 이용해 이미 죽은 '파괴광선' 개발의 후원자인 광산왕 오창세와 옷을 바꾸어 입고 오창세 행세를 하다 체포되는 스파이 고준모는 미국 유학 후 보성전문 경제학 교수를 거쳐 동양무역 지배인을 하고 있는 인물로 미국적(앵글로 색슨적) 지식과 연계됨으로써 적국에 회유되기 쉬웠다고 암시되기도 한다. 앵글로 색슨적인 문화, 언어, 지식은 모두 악의 표상으로 제시되었다.

트한 자태와 영어의 발음'이라는 참신함과 산뜻한 감각과 함께 미국 문화가 배치되고 있다. 이러한 미국 표상은 「태풍」의 앵글로색슨에 대한 부정적인 표상과 대척적이다. 이 짧은 구절은 변화한 세계의 심상 지리를 전제로 발화된 것이다. 세계가 냉전체제로 접어드는 1947년의 트루먼 독트린을 거쳐 남한 단정이 수립된 1년 후인 1949년의 남한 사회에서 발화되고 있는 이러한 서술에는 이른바 미국 헤게모니하 '자유진영'에 편제된 대한민국 사회의 미국 표상이 드러나 있다. 여기서 백영민이 자신의 암호문을 만들게 된 동기와 그 의미에 대한 강조는 눈여겨 볼 필요가 있는 대목이다. 백영민은 세계적 명작이라는 「황금충」의 암호문이 암호가 아니라 일종의 약속이라고 비판하며 체계와 질서, 과학적 원리가 있어 명민한 두뇌를 가진 이성적 인간이 그 원리를 발견하면 해독할 수 있는 암호문이 진정한 암호라고 주장한다. 이러한 그의 말을 회의하는 친구 장일수와 신성호에게 훈민정음의 자음과 모음을 분자와 분모로 만들어 사용하는 암호문을 발명하여 보여주며 그들에게 내재해 있는 사대사상에 대하여 "큰 것만이 위대하고 작은 것은 아무 가치도 없고, 먼 것만을 존경하고 가까운 것은 경멸"하며 "보이지 않는 것은 그 어떤 신비감으로서 숭배를 하고 눈 앞에 보이는 것은 천박한 인식을 가지고 얕잡아"[25]보는 사대주의적 인식을 비판한다. 암호문을 통해 만든 첫 번째 문장은 "(1) 사대주의를 청산하고 마음을 맑게 가져라. (2) 맑은 심경에 진리는 비친다"이다. 이 암호문 발명의 장면에는 '대동아'에서 '태평양'으로 새롭게 재편된 세계 지리 속에서

---

25) 『청춘극장』 中, 294쪽.

'대한민국'이라는 주체성을 구성하려는 소설 창작 당대의 열망이 투사되어 있다.

「태풍」에서 주조한 '대동아' 심상 지리를 새로운 세계 지리로 재편하고, 그 안에서 '대한민국'이라는 주체의 신생을 모색하는 이 소설의 공간의 문화정치학은 한반도 내의 공간 재현에도 드러나 있다. 식민지 시기의 장편인 『마인』이나 「태풍」 등의 소설에서는 'X촌'이나 '달안섬(月內島)'과 같은 시골 마을이 등장하거니와 이곳에서 전체 서사를 추동하는 원한과 갈등의 기원적인 사건이 발생한다. 『청춘극장』에서도 이러한 근원적 공간이 등장한다. 소설의 주인공 백영민과 허운옥의 서사가 시작되는 공간이 바로 탑골동이다. 탑골동이 전체 서사를 추동하는 기원적 공간이라는 점에서는 『마인』이나 「태풍」과 동일하지만, 그 공간을 민족적 표지와 관련된 공간으로 구성한다는 점에서는 식민지 시기의 작품들과 변별된다. 특히 수난의 여인 허운옥의 서사와 겹쳐지며 탑골동의 민족적 표지는 강화된다. 탑골동은 '조선적인 것'들의 집합처이다. 탑골동의 지명들은 '대한민국'과 연결되는 태극령, 태극사로 제시된다. 허운옥이 소년 백영민에게 사랑이라는 관념을 알려준 애절한 전설은 소녀 '도라지'의 사랑 이야기이며 이러한 전설의 증거가 '도라지탑'이다. 그 도라지탑 앞에서 민족지사의 딸 허운옥이 헌병보조원 박대길의 위해를 물리치는 것도 흥미롭다. 태극과 도라지로 상징되는 탑골동이라는 공간은 과거 『마인』과 「태풍」에서 서사의 발단이 되는 근원적 실마리가 간직되어 있는 공간과 유사하면서도 그 민족적 성격의 강조라는 점에서 새로운 공간으로 탈바꿈된 것이다. 이호걸이 적절히 지적했듯이[26], 그렇다고 『청춘극장』의 공간 구성이 완전하게 제국의 지리에서 벗어난 민족적 공간으로 재구성된 것만은 아니다. 탑골동과 평양과 경성, 동경, 북경이라는 제국의 지리들이 병존하고 있는 이 소설의 공간 감각에서 놀라운 점은 와세다 학원이 있는 동경과, 아타미 해안 등 일본 '내지'가 백영민, 오유경 등의 청춘의 찬란함이 꽃피는 그리움과 동경의 공간으로 재현되고 있다는 것이다.[27] 지울 수 없는 제국의 기억은 공간에도 각인되어 있다.

3) 인물 설정의 유사성과 악인의 입체화

「태풍」과 『청춘극장』은 그 인물형의 설정에서도 비교가능하다. 「태풍」에서 지주의 아들이자 선량한 인물인 백상도는 『청춘극장』에서는 탑골동 소지주의 아들 백영민으로 변화한다. 『청춘극장』에서 백상도와 대척점에 있는 악의 표상인 소작인의 아들 홍만호에 대응하는 인물형은 탑골동 소작인의 아들이었다가 헌병보조원이 되는 박대길과,

---

26) 이호걸, 앞의 논문, 186-191쪽.

27) 『청춘극장』에서 백영민은 일본 와세다 대학의 법학과를 다니고 졸업하여 변호사가 된다. 백영민의 일본에서의 유학생활은 김내성 자신의 와세다 유학 시절의 경험이 반영되어 있다고 할 수 있다. 홍기삼이 해설에서 지적하였듯이, 『청춘극장』의 백영민의 이력은 김내성의 그것과 방불한 대목이 있다. "김내성과 백영민의 일치점은, 첫째 두 경우가 모두 조혼이었다는 점, 둘째 그들의 고향이 모두 같고 학교를 다닌 과정이나 지리적 환경이 같다는 점, 셋째 조혼이면서 아내의 나이가 모두 연상이라는 점, 넷째 그들은 결국 본처와 헤어지고 재혼을 하였다는 점, 다섯째 그들이 모두 와세다대학을 다녔다는 점 등"(『청춘극장』下 384쪽)에서 그 이력의 방불함을 찾고 있거니와 허운옥과 백영민의 관계가 일종의 조혼과 이혼의 변형된 양상으로도 볼 수 있다는 점에서 흥미로운 지적이다. 백영민을 그대로 김내성으로 병치시키는 것은 물론 안되겠지만 와세다 대학과 하숙 생활 및 일본에 대한 감각은 김내성의 감각이라고 해도 비약은 아닐 것이다.

백영민의 중학동창으로 헌병군조가 된 최달근 등 두 인물로 분리되어 구성된다. X촌에서의 '백상도-신음전-홍만호' 간에 펼쳐지는 사랑의 삼각형의 갈등에서 신음전의 역할을 『청춘극장』에서는 '백영민-허운옥-박대길'의 구도 속에서 허운옥이 맡고 있는 셈이다.

이처럼 유사한 인물구도에도 불구하고 『청춘극장』의 인물설정은 「태풍」의 선/악의 선명한 이항대립 구도보다는 더욱 입체적인 양상을 보인다. 그 구체적인 사례는 최달근을 통해서 확인할 수 있다. '달안섬' 소작인의 아들로 평양의학강습소를 다니며 고학으로 의사가 되는 「태풍」의 홍만호는 식민지 근대를 헤쳐온 입지전적인 인물로 달안섬의 주민들에게도 영웅시되고 있다. 홍만호는 김내성 직전세대인 카프 문학의 맥락에서 보면 계급소설의 영웅일 수 있다. 이러한 홍만호는 브라운 선교사와 마약밀매로 연결되고, 기생첩과 미두를 통해서 빚을 떠안고 있으며 개인의 안위와 권력을 위해서는 어떤 부도덕한 짓도 서슴지 않는 인물로 제시된다.[28] 『청춘극장』에서는 백상도-홍만호-신음전이라는 사랑과 애욕의 삼각구도라든가 지주-소작인 관계에 기반한 성장배경에서의 대립구도와 이후 대동아-앵글로색슨/민족-제국이라는 대립구도 등의 측면은 백영민-박대길-허운옥의 구도로 재생하고, 홍만호의 계급적 출신에 근거한 힘에 대한 열망은 최달근이라는 문제적 인물을 통해 재현하고 있다.

---

28) 이런 점에서 그러한 홍만호의 이력의 가치를 부정하는 것은 그 자신 소지주의 아들인 김내성의 반계급적 성격에서 기인하는 듯하다. 지주의 아들이자 와세다 출신의 지식인 엘리트인 김내성에게는 교양주의와 결합된 미묘한 귀족주의적 취향이 엿보인다. 백영민은 이러한 측면에서 김내성의 이력에 기반한 인물이라고 하겠다.

　『청춘극장』에서 '땅개' 최달근은 친일파이지만 겉과 속이 다른 인간으로 그려지고, 그렇게 될 수밖에 없었던 근거있는 이유가 제시된다.[29] 최달근이 헌병군조가 되고 악한 행동을 하는 이유는 백정의 자식이기 때문에 입은 상처와 신분의 한계를 극복하기 위해서이다. 사람들에게 천시받는 직업을 가졌던 백정 아버지와 세도가 김참봉의 아들에게 능욕당하고 자살한 어머니를 지닌 소년 최달근은 자신의 설움을 극복하기 위해 '힘'을 욕망한다. 그는 자신을 짓밟은 조선사회에 대해 "뭇사람의 머리를 진흙 발로 짓밟고 올라서야만 합니다! 그것이 내 인생의 최대의 욕망인 동시에 유일한 기원"[30]이라고 말하고 있다. 학병 징집을 도피해 국외로 탈출하려는 동창 백영민을 체포하여 학병으로 내보낸 최달근이 부상을 입고 돌아온 백영민을 찾아가서 나누는 아래의 대화는 작가가 최달근을 통해서 구성하려는 바가 무엇인가를 보여준다.

　"소대가리를 까고 돼지 멱을 따는 백정의 아들로 태어났어도 백영민이가 그처럼 세상에 대해서 관대했을까? 이유 모를 냉대와 흰 눈동자의 멸시 가운데서 자라난 소년 최달근의 유일한 기원은 권력의 소유였다. 사람 위에 올라 서자! 모든 것을 출세의 사다리로 생각하자! 이리하여 나는 양

---

29) 해방 이후 3·1운동을 형상화한 영화와 소설에서 조선인 헌병보조원 등을 형상화하면서 생계 때문에 민족을 배반하지만 개심하여 만세를 부른 후 민족이라는 동일자로 죽어가는 서사가 자리를 잡는다. 이에 대해서는 이순진, 「식민지 경험과 해방직후의 영화만들기-최인규와 윤봉춘의 경우를 중심으로」, 『대중서사연구』14호, 2005. 12.를 참조할 것. 어쩔 수 없이 식민지 체제에 협력하지만 내면에는 민족적 의식을 지니고 있다는 이러한 형상화의 아키타입은 해방 직후에 마련된 것으로 보인다.
30) 『청춘극장』 中, 130쪽.

심을 비웃고 정(情)의 발로(發露)를 억제하였다. (…중략…)자아, 꼬마! 분명히 내 앞에서 대답을 하라! 군의 그 눈초리는 항상 나의 인격을 무시해 왔고 나의 인생관을 비웃어 왔다! 나는 군처럼 많이 배운 훌륭한 사람은 못된다. 그러나 이때까지 나는 군에게 대한 인생의 부채(負債)는 없다. 대답을 하라! 군의 그 비웃는 듯한 눈초리는 대체 나에게서 무엇을 요구하는가? 그 눈초리가 나에게 항의하는 바를 솔직히 말해 주게! 군이 동경 유학을 하여 거침없이 대학을 나오는 동안에 나는 만주벌판에서 관동군의 한낱 끄나풀이 되어 밥을 찾아 헤매이었다. 출세의 사다리를 찾아 헤매이었다. 군이 부유한 집 무남독녀와 연애삼매에 빠져 있을 때, 나는 만주 벌판에 흩어져 있는 매춘부들을 주워 먹었다. 대답을 하라! 그래 그것이 과연 군이 나의 인생을 얕잡아 보는 유일한 이유인가?"[31]

김내성은 이상과 윤리만으로 설명할 수 없는 인생의 풍파라는 현실을 거친 밥으로 표상되는 최달근의 삶을 메타포로 활용하여 제시하고 있다. 이 장면에 이어지는 '영민이가 한낱 애정의 세계 속에서 고민하고 헤매고 있을 무렵에 최달근은 벌써 이 거치러운 세상을 상대로 싸우고 있었던 것이다'라는 진술은 백영민의 생각이면서 동시에 내포작가의 서술이기도 하다. "너그러운 마음으로 용서를 하게! 군이 걷는 길이 결코 안이(安易)한 그것이 아니었다는 사실을 나는 분명히 깨달았네!"라는 백영민의 사과에 최달근은 "그렇지 가장 험준한 길–자칫하면 가장 추악한 구렁지 속으로 굴러 떨어질지도 모르는 인생의 곡예사"라고 답하며 다음과 같이 결론을 짓는다. "그러나 백군, 땅개 최달

---

31) 『청춘극장』 下, 210–211쪽.

근의 완전한 탈피는 아직도 먼 장래의 일이야! 이 술 좌석 밖에는 나는 다시금 땅개의 껍질을 뒤집어 쓸 수 밖에 없는 거야!" 최달근에 의해 학병으로 끌려갔던 백영민이 부상을 입고 돌아와서 자신을 전장으로 몰아넣은 최달근의 거친 삶의 이야기를 듣고 오히려 자신의 이상주의적 삶의 태도에 대해서 용서를 구하는 이러한 모순된 장면은 무엇을 의미할까. 설움에서 출발하여 생존을 위해 달려온 삶이라는 알리바이를 통해 만주벌판에서 5년을 관동군의 밀정으로 활약하고, 헌병군조로서 살고 있는 최달근의 삶은 복잡한 인생의 부면으로 이해되고 있는 것이다. 백정의 아들로 설움많은 '인간' 최달근과 '땅개의 껍질'을 뒤집어 쓴 친일파 최달근, 내면의 진실과 '땅개'라는 외면을 대립시킴으로써 작가는 '친일' 혹은 체제에의 협력을 식민지 현실에서의 생존과 연결시킨다.

땅개 최달근을 통해 제시되는 내면과 외면이 다른 인간형의 제시와 그를 통한 친일에 대한 윤리적 탕감의 맥락은 백영민의 장인이자 실업가인 오창윤을 통해서도 반복적으로 확인된다. 오창윤은 광산으로 치부하는 자산가로 사회적 명사 반열에 들어서 친일을 하고 학병 권유를 하지만 실제적인 현실인식을 가지고 있으며, 독립투사 장일수의 방문을 받은 이후 자신의 삶에 대해서 반성한 인물로 그려진다. 이러한 인식의 변화에 의해 딸의 연인 백영민을 만주로 도피시키는 등 외면적인 친일 행보에도 불구하고 나름의 민족적 양심을 간직한 인물로 그려지고 있다. 대구역에서 백영민과 담화하던 학병으로 징집된 학생들이 탈출을 결심하고 백영민에게 알리는 것을 옆에서 지켜보며, "자네 내가 우수한 친일판 줄은 알지? ―그래 그러한 우등생 친일파

앞에서 그게 무슨 짓이야? 오소레·오오꾸모·오오기미노·세끼시쟈테!(황송하게도 대군의 적자야!)…… 허, 허, 허…"[32]라며 웃어넘기는 오창윤은 "겉 친일파 속 민족주의자"라는 형상을 획득한다. 이른바 '친일파'를 인정있는 인간, 입체적인 인간으로 재현하면서 친일의 죄를 탕감하는 구도는 『청춘극장』이 구사하고 있는 중요한 서사의 정치학이다. 백영민의 탈출을 돕는 오창윤의 면모는 소설에서 전통세대의 윤리의식을 대표하는 완고노인 백초시의 입을 빌려서 "음, 걸출은 걸출이야! 삼국지만 읽어 보더라도 영웅호걸은 대개가 다 그런 위인이었어. 우리처럼 수신제가(修身齊家) 만을 일삼는 작은 인물이 아니고 그이야말로 치국 평천하(治國平天下)할 인물인걸!"[33]이라며 동양적 윤리의 차원에서도 긍정되고 있다.

4) 제국/민족의 젠더정치학

『청춘극장』의 여성인물들인 오유경, 허운옥, 나미에(방월령) 등은 「태풍」의 여성 인물들의 성격 및 배치와 비교가능한 측면을 지니고 있다. 「태풍」에 등장하는 혼혈아 스파이 이본느, 강영제 박사의 딸로 백상도와 결연되는 소화여전 교사 강성혜, 젊은 의사 홍일표를 사모하는 간호부 김추련 등은 스파이 담론과 관련된 젠더정치학을 보여주는 흥미로운 사례이다. 이본느는 영국계 밀수입선 허드슨호의 화부인 백상도(로이드 화이트)와 몽테크리스토 클럽의 줄리아 사이에서 태어난 '아

---

32) 『청춘극장』 中, 206쪽.
33) 『청춘극장』 中, 246쪽.

이노코'(혼혈)로 미술에 조예가 깊고 외국어를 구사하는 유능한 여성으로 제시된다. 흔히 여자 스파이는 팜므 파탈적 성격과 성적 개방성을 통해 사회체에 '아비 없는 의붓자식'의 재생산을 초래할지도 모른다는 공포를 불러일으키는 존재로 각인된다. 이본느의 경우는 이러한 팜므 파탈적 성격에 완전히 부합하는 인물은 아니지만 그의 혼혈성이 천황의 '적자'가 아닌 기원을 알 수 없는 정체불명의 집단의 표지로 작동하는 측면이 있다.[34] 머릿결과 눈동자는 흑색으로 동양적이고 코와 살결은 서양인인 혼혈의 외모는 그대로 정체가 모호한 스파이의 특성과 유비관계를 형성한다. 고아인 이본느는 브라운 선교사에게 포섭, 스파이가 되어 활동한다. 이후 그녀는 스파이임이 밝혀져 투옥되지만 백상도의 자식이라는 것이 밝혀지며 아버지의 피의 세계에 편입됨으로써 적성국의 스파이로부터 천황의 적자로 갱생한다. 『청춘극장』의 나미에(방월령)는 이본느와 같은 혼혈은 아니지만, 「태풍」에서 이본느가 수행하는 역할을 담당하고 있는 인물이다. 관능적인 여성 스파이인 나미에는 남편 야마모토, 상하이 도라(문정우) 등의 일본인과 장욱(장일수), 백영민 등의 사이에서 사랑과 애욕으로 고민하고 정체성의 혼란을 겪다가 장일수와의 대화를 통해 일본이라는 조국을 매개로 자신의 정체성

---

34) "여자스파이란 여러 국가를 돌아다니고inter-national, 외국어에 능하고, 외국인과 친숙하게 지내며, 외국의 지식을 습득한 여성들이다. 또 그녀들은 미인이어서 세인의 주목을 받으며, 사교적이고, 성적 능력을 비롯한 다양한 능력을 갖고 있다. 이것은 여자 스파이에 대한 담론이 근본적으로 국경을 넘어 이동하는 국제적이거나 초국가적인 집단으로서의 여성에 대한 공포, 근대적 지식과 권력을 지닌 여성에 대한 공포를 동반한다는 것을 보여준다."(권명아, 『역사적 파시즘-제국의 판타지와 젠더 정치』, 책세상, 2005, 214쪽)는 지적은 이본느라는 인물의 이력과 더불어 나미에(방월령)와 관련해서도 참조할 만한 관찰이라 할 것이다.

을 정리하는 인물로 제시된다.

「태풍」의 긍정형 여성인물인 소화여전 교사 강성혜는 감정적이기보다는 이지적이며 '대동아주의자' 백상도와 결연됨으로써 제국이 요구하는 긍정형 여성 인물로 자리잡는다. "'그리샤'의 조각처럼 단려하고 차거워 보이는" 강성혜의 성격은 특히 브라운 선교사와의 채플 논쟁에서 두드러진다. 채플 시간에 참석하지 않은 것에 대해 '주께 사죄하라'는 브라운에게 강성혜는 "채플 시간을 보이콧한 것은 주께 죄를 지은 것이 아니고 다만 학교의 규율을 깨트린데 지나지 못하다"고 항변한다. 브라운은 이러한 강성혜를 "영원히 구원받지 못할 래셔널리스트"[35]라고 명명하거니와 이러한 합리성과 이성이 강성혜 성격의 한 축을 형성한다. 강성혜의 이지적이고 능동적인 합리적 주체의 면모는 『청춘극장』의 오유경의 성격과 연결된다. 오유경은 메지로 역전 산부인과의 의사에 의해서 "메지로 여자 대학생 가운데서 가장 현대적인 감정을 가진 총명하고도 어여쁜 학생"[36]으로 명명되거니와, 행복의 그림자를 잡기 위해서 적극적으로 행동하는 능동적인 주체이기도 하다. 또한 "전부냐 무냐"라는 양자택일적인 질문을 던질만큼 사랑에 대한 극단적이고 낭만화된 윤리의식을 가지고 있는 인물로, 백영민에 대한 오해 때문에 혼자서 아이를 낳고 숨어서 기를만큼 결곡한 성격이기도 하다. 백영민을 오해한 후 "불신(不信)한 사나이의 피를 받은 태아가 역시 불신한 인간으로서 세상에 나온다면 그것은 사회정책적으로

---

35) 「태풍」(49회), 『매일신보』 1943.1.7.
36) 『청춘극장』 上, 307쪽.

나 또는 우생학적(優生學的)으로 보아서 그대로 내버려 두어서는 아니 될 중대문제가 아니예요?"라며 "한 개의 사회악(社會惡)을 없애기 위해서는 불신한 피를 제거해야만 될 것"[37]이라며 산부인과 의사와 논쟁하고 있는 오유경에게서는 파시즘적 우생학의 흔적조차 엿볼 수 있다.

「태풍」의 김추련은 적국 스파이와 연계된 홍만호가 운영하는 병원의 간호부로 홍만호의 아들인 홍일표를 사모하는 동양적인 외모와 품성을 지닌 여인으로 제시된다. 그녀의 아름다움은 서양의 노출된 감정세계에서 살다 돌아온 광산왕 오창세의 아들인 프랑스 미술 유학생 오영훈에 의해 "고즈넉한 아름다운 동양적 미"[38]로 발견된다. 사랑하는 홍일표가 강성혜를 사모하는 것을 지켜보면서 그 옆을 지키며 동양적인 인종(忍從)이라는 부덕을 보여주는 김추련은 "남방진출의 커다란 야망을 한아름 품고 이윽코 대동아의 일익을 형성할 남쪽나라에서 자기의 인술에 일생을 바치고저"[39] 떠나는 홍일표와 함께 남양(베트남)으로 진출하는 사랑의 서사를 통해서 이상적인 여성성의 한 축을 형성하게 된다. 이러한 김추련의 인물 설정은 오유경을 사랑하는 백영민을 지켜보며 가슴앓이 하면서도 인종하고 종국에는 개인적인 애정을 뛰어 넘어 민족이라는 대의에 투신하는 허운옥의 면모로 재생된다.

「태풍」에서 강성혜, 김추련은 파시즘이 요구하는 여성 젠더 상의 두 가지 축, 인종(忍從) 등의 '동양적인' 부덕과 관련된 가정 내부에서의 수동적인 여성상과 함께 제국의 국책에 적극적으로 부응하는 현대

---

37) 『청춘극장』 中, 53~54쪽.
38) 「태풍」(54회), 『매일신보』 1943.1.15.
39) 「태풍」(156회), 『매일신보』 1943.4.28.

적이고 능동적인 여성상이라는 일견 모순되어 보이는 두 가지 차원을 분유하고 있다. 이는 전통적인 부덕을 파시즘의 여성윤리로 소환하면서도 동시에 전시체제에 적극적으로 협력하는 능동성을 결합시켜야만 하는 데에서 기인한 것으로 식민지 말기 또 다른 대중서사에서도 발견되는 특징이기도 하다.[40] 이러한 「태풍」의 여성 젠더상을 기반으로 『청춘극장』에서는 동양적이고 인종적인 여성상을 민족적인 여인상으로 변형시킴으로써 민족국가에 부합하는 새로운 젠더상을 구성하고 있다. 『청춘극장』의 영민은 "자기 어머니나 또는 운옥에게서 발견하지 못하던 가장 중요한 것을 유경이에게서 발견하였다. 그것은 감정의 자연스러운 노출이며 정확한 표현이었다. 어머니와 운옥에게는 자기의 감정을 억제하는 데 아름다움이 있었건만 영민은 그것을 발견하지 못한 채 그 세계에서 뛰쳐나왔다"[41]라고 술회하거니와, 백영민에게 오유경은 허운옥이 갖지 못한 현대적인 여성의 감정과 감각을 갖춘 대상이었다. 1944년을 전후한 시대상 속에서 허운옥과 오유경이라는 인물의 대비는 흥미로운 측면이 있다. 수난이 연속되면서 허운옥이 보여주는 면모는 백영민에 대한, 혹은 주변 사람에 대한 끝없는 헌신이자 인종이다. 허운옥은 전통적인 부덕과 연결된 품성을 지닌 인물로 형상화되며 그러한 그녀의 면모는 간호부와 고아원의 보모라는 역할을 통해

---

40) 「태풍」의 여성 인물들에서 발견되는 이러한 특성은 김내성과 동세대 작가인 정비석의 식민지 말기 대중소설 『청춘의 윤리』의 여성상과 유사한 것이다. 공적 대의를 위해 개인의 행복을 희생하는 전통적인 여성상인 현주와 사랑의 쟁취를 위해 모든 것을 무릅쓰는 능동적이고 현대적인 정열을 지닌 영옥을 두 차원의 젠더상으로 제시한 후 이 둘 모두가 시대적 대의를 위해서 나아가는 것으로 결말이 맺어지고 있다. 이에 대해서는 다음 절의 정비석에 관한 논의를 참조할 것.

41) 『청춘극장』 上, 260쪽.

여실히 드러나고 있다. 이에 비해서 오유경은 능동적이고 현대적이며 사랑과 개인의 행복에 삶의 가치를 두고 있는 여성으로 사회적인 관심은 부재한 인물이다.[42] 『청춘극장』에서 오유경은 가장 생생하고 매력적인 캐릭터임에 틀림없지만, 이 소설의 공적 이데올로기에서 중심인물은 허운옥일 수밖에 없다. 허운옥은 민족지사 허상진의 딸이자 야학에서 애국가를 부르고, 겁탈하려는 헌병보조원 박준길의 눈을 찌른 후 도망하여, 북경의 용궁에서 일본의 스파이단 두목 '상하이 도라'를 죽이는 데 일조하는가 하면, 다시 경찰이 된 박대길을 죽여서 식민지 법정에서 사형을 언도받고 해방을 맞는, 그녀의 이야기 자체가 민족의 수난과 저항, 극복을 상징하는 메타포적 인물이다. 개인의 차원에서는 부모가 정한 아내인 자신을 받아들이지 않는 백영민을 위해 생을 살아가는 烈의 여인이며, 이러한 개인의 차원을 넘어서 민족이라는 대의에 투신하고자 자신의 마음의 고향이자 독립운동 단체가 있는 '중국 대륙'으로 가고자 한다는 점에서 「태풍」의 공적 대의에 투신하는 강성혜, 김추련의 종합판 같은 인물이다. "유경씨를 잃어 버리고 절망 속에서 헤매던 나는 참다운 아름다움과 거룩한 사랑의 길을 운옥씨에게서 발견하고 광명을 찾아 나왔읍니다. 소생하였읍니다! 오유경을 잃어 버림으로써 나는 한 사람의 거룩한 여인, 우리 조선 3천만 민족이 다같이 우러러 볼 수 있는 위대한 여인 허운옥을 발견하였읍니다."[43]라는 의

---

42) 흥미롭게도 허운옥은 정비석 소설 『청춘의 윤리』에서 여성젠더들의 공적 대의에 대한 헌신을 강조하는 두 차원의 직업, 즉 간호부와 고아원 보모라는 직업을 한 몸에 구현하고 있다.

43) 『청춘극장』 中. 93쪽.

사 김준혁의 발언은 의미심장하다. 『청춘극장』의 서사는 결국 친일파
의 딸이자, 메지로 대학에서 가장 총명하다는 격찬을 받는 제국의 근
대성과 연결되어 있는 오유경의 죽음을 통해, 허운옥이라는 민족적 윤
리와 성격을 지닌 젠더상을 대립적으로 강화할 수 있었다. 오유경의
죽음은 이러한 측면에서 이 소설 안에서는 서사적인 필연성을 지니고
있는 셈이다.

(3) 제국/식민지의 기억과 민족이야기로서의 학병 서사

김내성의 『청춘극장』은 '학병'을 본격적으로 재현한 거의 최초의 장
편소설로도 기억되어야 할 것이다. 식민지 시기 학병은 기본적으로는
강제동원의 차원에서 이해되어야 할 사건이지만, 그 심층에는 동원과
피해의 형상만으로 단선화할 수 없는 여러 차원의 문제가 중첩되어 있
다.[44] 가령, 일반지원병과 학병은 식민 지배에서의 계급적 분절과 관
련되어 있다.[45] 해방 이후의 기억에서는 이것이 모두 민족적 수난의

---

44) 최근 한국문학 연구에서 민족/제국을 가로지르는 학병 아이덴티티의 문제에 대한 논의가
   있었다. 이에 대해서는 최지현, 「학병의 기억과 국가」, 『한국문학연구』32, 2007;황종연, 「
   조선 청년 엘리트의 황국신민 아이덴티티 수행」, '한일, 연대21' 엮음, 『한일 역사인식 논
   쟁의 메타히스토리』, 뿌리와이파리, 2008;최영욱, 「해방 이후 학병 서사 연구-학병의 '기
   억'과 '정체성'을 중심으로」, 연세대 석사논문, 2009; 김예림, 「치안, 범법, 탈주 그리고 이
   모든 사태의 전후(前後)- 학병로망으로서의 『청춘극장』과 『아로운』, 『대중문화연구』24,
   2010. 12를 참조할 것.
45) 학병거부 후 도피생활의 수기를 적은 하준수(「新版林巨正-학병거부자의 수기」, 『신천지』
   1946. 4, 97쪽)는 고이소(小磯) 총독이 고시문을 통해 학병지원을 거부하면 '징용으로 보내
   어 노역에 종사시키겠다'는 고시를 포고했으며, '같은 교실에서 공부를 하는 동류는 빛나
   는 사관후보생으로 전지에서 공을 세울 때 너희들은 하잘것없는 노역부로서 그들에게 호
   령받고 멸시당할 수치를 생각하라'는 협박을 했다고 증언하고 있다.

기억으로 균질화되지만, 학병은 전문학부 이상의 엘리트들로서 자신들을 일반 지원병과 변별하는 의식을 지니고 있었다. '대동아전쟁'의 참여와 수행은 조선인 학병에게 향후 황국의 남성 엘리트들 간의 남성적 연대의 감각을 구성하는 체험이기도 했다. 그렇지만 해방 이후 학병의 서사는 민족의 서사로 탈바꿈된다. 식민지 시기 학병으로 일본 제국의 '대동아전쟁'에 동원되었던 조선인 청년 학생들은 자신들의 학병 출정을 향후 독립되었을 때의 군사적 준비를 위한 참전이었다는 알리바이를 만드는가 하면, 조선인의 우수성을 증명하기 위해 열심히 군사훈련을 받았다는 등의 일련의 학병 서사를 만들고 있다.[46] 해방 직후의 학병들은 자신들을 '문'과 '무'를 겸전한 청년 엘리트로 구성하면서 해방된 '신조선'의 주체라는 아이덴티티를 구성했다. 특히 해방기의 '학병 동맹' 사건을 통해 알 수 있듯이, 이 시기의 학병 아이덴티티는 좌파적 맥락도 지니고 있었다. 김내성의 『청춘극장』은 이러한 해방기의 복잡한 '학병' 아이덴티티를 민족의 이야기로 구성하고자 시도한 소설이다.[47]

『청춘극장』의 학병 서사에서 두드러지는 특징은 그것이 식민지 시기 체제 협력에 대한 알리바이와 관련된다는 점이다. 이와 관련하여

---

[46] 「귀환학병진상보고좌담회」(『신천지』, 창간호, 1946. 2.)에는 '학병동맹'원 20여명의 학병체험과 학병을 거부하고 도피했던 체험 등이 나와 있다.

[47] 김내성의 『청춘극장』의 학병서사는 이후 학병 체험자들의 수기 및 소설 등과의 비교를 통해서 그 시대적 맥락과 정치적 문면이 드러나리라 판단된다. 그 자신 학병 출신인 한운사의 『현해탄은 알고 있다』, 이병주의 『관부연락선』 및 장준하의 수기 『돌베개』, 김준엽의 『장정』 등이 각각의 특정한 시대에 과거 학병의 기억을 어떠한 가치로 소환하여 서사화하고 있는가에 대한 면밀한 비교가 필요하다. 단일하지 않은 학병서사의 계보학을 세밀하게 재구하는 것은 추후의 과제로 미룬다.

과거 저명한 민족주의자였던 교육자 M과 백영민의 장인인 사업가 오
창윤이 도쿄에서 행한 학병독려연설회와 그 이후 숙소에서 이루어지
는 대화는 시사적이다. 1943년 12월부터 조선총독부는 사회명사와 학
교선배들을 학도병 권유차로 일본 각지로 파견하였다. 소설에서는 학
도들이 그 강연회를 들은 이유를 "그들도 젊은 몸이다. 아무리 오랫동
안 전쟁이라는 것을 모르고 안일하게 자란 그들의 혈관에도 죽엄의 참
된 의의만 발견한다면—오로지 그것만 발견한다면 한낱 우모(羽毛)처
럼 목숨을 가볍게 바쳐버릴 용솟음치는 청춘의 피는 돌고 있었다"[48]라
며 전쟁을 낭만화한다. 또한, 소설에서는 "그러나 그들은 보통 지원병
들과는 달랐다. (……) 적어도 그들은 개론(槪論)만이라도 철학(哲學)의
세계 속에서 호흡을 한 인간들이다. 삶의 가치, 죽엄의 가치를 규정해
놓지 않고는 그처럼 홀홀히 목숨을 바칠수는 없는 일이 아닌가"[49]라며
무의식적으로 제국 안에서 학병이 위치하는 계급적 맥락을 드러내고
있다. 이들이 받아들일 수 있었던 그나마 죽음의 가치를 의미화할 수
있었던 논리란 무엇인가?

　　"어떻거면 나에게 이익이되고 어떻거면 나에게 손해가 오는지, 그저 그
　　런 정도 밖에 모르는 하나의 현실주의자입니다. 어떻거면 우리 민족이 이
　　롭고 어떻거면 우리 민족이 해로우냐?—원래 장사라는 것은 주고 받는
　　것입니다. 상품을 주고 대금을 받는 것입니다. 여러분이 오늘 날 피를 흘
　　려 주면 그 피의 대가를 우리의 후손이 받을 것입니다. 우리가 먼저 주기

---

48) 『청춘극장』 中, 175쪽.
49) 『청춘극장』 中, 175쪽.

전에는 받지를 못한다는 이 지극히 속된 한 마디를 여러분이 잘씹어 생각
하여 몸을 그르치지 않도록 선처해 주기를 바랍니다."[50]

실업가인 오창윤은 제국/식민지의 관계 위에서 학병 출진의 문제
를 장사의 논리를 통해 설파하고 있다. 이 시기 학병 권유의 친일문장
을 모아 엮은 정운현의 『학도여 성전에 나서라』[51]를 검토해 보면, 일련
의 징병제와 관련한 조선인들의 당대적 사고의 맥락이 생생이 드러나
있다. 실제로 이 시기의 학병 권유문들은 징병제로 인해 피식민자에게
무기를 주는 상황을 이전까지의 차별을 폐지하겠다는 메시지로 받아
들이면서, 완전한 국민적 평등이라는 댓가를 위해서 고귀한 희생(피)
이 필요하다는 주체화의 논리를 제시한다. 상기한 인용의 오창윤의 논
법은 그대로 김성수의 논법과 겹친다.[52] 김성수(혹은 김병규)는 현재 벌
어지는 '대동아 전쟁'에 참여하지 못하면 "대동아의 일분자는 그만두
고 황민으로서 훌륭히 제국의 1분자가 될 수도 없다"고 언급하면서 "이
반도를 위하여 희생됨으로써 이 반도는 황국으로서의 자격을 완수"하
게 된다고 서술한다. 학생들에게 너희가 나가 죽음으로써 그 피값으로

---

50) 『청춘극장』 中, 179쪽.

51) 정운현 엮음, 『학도여 성전에 나서라』, 없어지지않는이야기, 1997.

52) 『매일신보』 상의 학병 기고문이 모두 명기된 명사들이 직접 쓴 것인가는 물론 섬세하게
따져야 할 문제이다. 유진오는 회고록 『養虎記』(고려대출판부, 1977, 116쪽)를 통해 경무국
에서 김성수, 송진우, 여운형, 안재홍, 이광수, 장덕수, 유진오 등을 구체적으로 거론하며
신문에 '학병지원 독려문' 작성을 지시했으며 이들 중 일부는 이를 거부했고, 김성수도 쓰
지 않았기 때문에 『매일신보』 기자 김병규가 마음대로 썼다고 회고하고 있다. 장신은 이
러한 '조작설'이 조작되는 과정을 실증적인 자료를 통해서 재구성하면서 비판한 바 있다.(
장신, 「일제 말기 김성수의 친일행적과 변호론 비판」, 『한국독립운동사연구』32, 2009) 이러한 진
술의 진위 여부도 따져야 하겠지만, 이 글에서는 오창윤의 논법이 당대의 스테레오 타입
이라는 사실에 주목하였다.

'동생과 누이'들이 제국의 국민으로 살아가게 될 것이라고 설득하고 있다.[53] 어차피 제국 안에서 살아가야 한다면, 제국에 적극적으로 부응함으로써 제국의 중심으로 신생할 수 있다는 일종의 주체화의 논리가 이러한 논법 안에는 개재해 있다. 이것은 김내성이 「태풍」에서 유불란, 백상도 등 제국의 청년들을 모두 '일본인'이라 명명하고 그들이 세계의 중심에 서는 대중서사를 구성했던 욕망과도 직접적으로 연관된다. 김내성은 오창윤의 논리를 통해, 자신이 식민지 말기에 구성했던 주체화의 욕망과 관련된 '친일'의 불가피성을 환기시키고 있는 셈이다.

피해와 수난의 상징으로서의 학병 서사는 연설회가 끝난 뒤의 풍경을 통해 극대화된다. 학병 권유연설이 끝난 후 숙소로 찾아온 학생들과 담화하던 중에 교육가 M은 무릎을 꿇고 "벙어리가 되어 버린 약삭빠른 이 가짜 애국자의 입이 열리도록 호되게 한번 갈겨 주시요!"라고 절규하고, 백영민은 M의 손을 맞잡고 통곡하는 장면을 배치한 후 "절절한 민족의 오열(嗚咽)이여, 민족의 고달픔이여!"[54]라고 묘사함으로써 학병의 권유자와 그 대상자 모두가 일본 제국주의의 폭압 밑에 놓여있던 어쩔 수 없는 피해자라는 서사가 구성된다. 연설회 이후 백영민은 학병을 거부하고 도주하기로 결심하고 장인인 오창윤의 비서로 가장하여 현해탄을 건넌다. 백영민은 서울로 향하는 기차 안에서 학병 통지를 받고 부모를 위한 효성 때문에 징집에 응하려 하는 두 명

---

53) 김성수(혹은 김병규), 「대의에 죽을 때-황민됨의 책무 크다」(『매일신보』, 1943. 11. 6) 당대에는 징병제를 병역의 의무가 아닌 '권리'로 선전했다. 많은 조선인 명사들이 믿었을 피값에 대한 보상, 즉 의무를 수행한 이후의 헌법적 권리의 확보(구체적으로는 참정권)는 이루어지지 않았다.

54) 『청춘극장』 中, 186쪽.

의 청년과 이야기를 나누면서 그들의 잘못된 윤리의식을 깨우쳐 준다. 학병 징집에 대한 민족적 울분을 토하고 논란하여도 아무도 공분하지 않는 기차안의 조선인들을 보며 청년들은 "우리들에게는 개인이 있을 뿐 민족은 없습니다! 아니, 민족은커녕 린인(隣人)도 없읍니다!"라고 비판한다. 이를 이어서 백영민이 설파하는 고슴도치론은 의미심장하다. "그렇습니다! 있는 것은 다만 몸에 바늘을 심어 놓은 고슴도치 뿐입니다. 고슴도치는 그 바늘로 자기 일신을 보호도 하거니와 린인(隣人)을 찌를 줄도 압니다. 그 바늘이 없어질 때 우리는 비로소 린인을 가질 수 있고 민족을 가질 수 있을 것입니다. 하나의 민족을 가질 줄 아는 민족은 만방인(萬邦人)을 또한 가질 수 있습니다. 오늘날 이와 같은 민족의 비극은 어디서 왔습니까? 한 사람의 린인을 갖지 못한데서 온 것입니다. 모두가 다 고슴도치였기 때문에 생긴 비극입니다!"[55] 일견 개인-민족-세계로 확장되어 가는 일종의 사해동포주의적인 언술처럼 들리는 백영민의 발화는 자신의 이해에만 몰두하는 '이기주의'를 '고슴도치'로 비유하며 집단의 운명을 이야기한다는 점에서 아주 낯익은 담론체계를 연상시킨다. 서구적 '개인'에 대한 강조를 '이기주의'로 비판하며 개인과 전체의 운명을 합치시키고 공익을 내세우는 논법은 이 시기 제국 일본의 다양한 근대비판론, 동양론의 스테레오 타입이거니와 백영민이 발화하는 '고슴도치'론은 이러한 식민지 말기의 담론을 해방 이후의 사회적 맥락에서 민족의 담론으로 변형시키는 발화라

---

55) 『청춘극장』 中, 205쪽.

고 할 수 있다.[56] 전체와 집단의 윤리에 대한 강조는 식민지 시기 동안 『백가면』-「태풍」 등의 소설을 통해서 지속되었다. 이러한 제국 시대의 개인과 전체가 맺고 있는 윤리 감각이 새로운 민족국가의 수립이라는 대의와 함께 『청춘극장』의 학병 서사에서 재현되고 있다고 하겠다.

이후 백영민은 최달근과 박대길에 의해 기차에서 발각되어 중국 회양 전장으로 끌려간다. 소설에서는 전장에서의 조선인 학병들을 크게 세 부류로 나누어서 묘사하고 있다. 황칠성, 백영민과 같은 민족주의적 사고를 지닌 학병 그룹, 가나즈와 같이 자유주의적인 개인주의의 사고를 지닌 인물, 그리고 마지막으로 경성제대 출신 학병 야스다와 같은 이른바 일종의 친일파적 사고를 지닌 학병이 그것이다. 그 중에서도 경성제국대학 출신의 조선인 학병인 야스다(창씨개명)의 형상화에 주목할 필요가 있다.

"내가 어머니 배에서 사파에 떨어져 나왔을 때 나에게는 하나의 어휘상(語彙上)의 조국은 있었으나 나를 인도하고 나에게 정신적인 양식을 준 정치적인 조국은 없었소. 二十六년 동안 나에게 조국의 역사를 살틀히 가르쳐준 교사라고는 단 한명도 없었소. 내가 조국에 관한 약간한 역사적 지식이 있다면 그것은 모다 구비(口碑)나 전설에서 배운 단편적인 것 밖

---

56) 이호걸은 김내성이 추리와 연애를 통해 근대적 이성과 윤리를 통속화했다는 점에서 그를 개인주의적 성향의 작가로 간주하고 『청춘극장』에서 강조하는 전체와 집단에 대한 감각과 윤리를 예외적인 것, 해방기의 격동 속에서 발출한 괴물과 같은 텍스트라고 암시한 바 있다.(이호걸, 앞의 논문, 198-199쪽) 이 텍스트가 지니고 있는 다성성의 측면과 다채로운 균열의 지점을 읽어내는 그의 독법에 동의하지만, 김내성에게 개인과 사회, 개인과 전체의 윤리라는 것이 명료하게 대립적이었는가에 대해서는 여전히 논의의 여지가 있다고 생각한다.

에는 없었소. 나는 조국의 역사 보다도 일본의 역사를 더 많이 알고 더 잘 아오. 철이 들어 十여 세를 넘었을 무렵까지 나는 나의 조국이 일본인 줄만 알고 있었소. 그것을 나의 부모도 별로 탓하지를 않았고, 나를 둘러싸고 있는 이 사회도 그것을 막아 주지를 않았소. 총독부의 하급관리었던 나의 아버지는 집으로 돌아오기가 바쁘게 한 벌 밖에 없는 출근 양복을 벗어 놓고 유카다를 입고 게다를 신었소. 우리집에는 돈이 드는 한복을 작만할 여유가 없는 탓도 있었겠지요. 당신네들은 조선말을 국어라 부르겠지만 나에게는 국어라면 곧 일어를 의미했소. 일어를 국어라고 부르는데 있어서 나의 감정은 조그만 항의도 없었고. 나의 부모는 가정에서도 일어를 사용했고 앉을 때도 까치다리를 하는 것 보다는 꿇어 앉는 것이 단정하다 하여 모다 꿇어 앉았소. 하여간 나는 아니 우리 부모들까지도 모다 하루 바삐 충실한 일본인이 되기를 꺼린다기 보다도 도리어 원했었소. 그것이 우리의 생활면에 있어서 항상 우리에게 이익을 가져 왔기 때문이오. 나는 이 자리에서 솔직히 묻겠소. <u>우리 삼천만 가운데서 당신네들처럼 완고한 민족적 감정을 가지고 그날 그날을 민족의 이익과 번영을 위하여 살아 온 사람이 과연 몇 퍼센트나 되는지 그것을 묻고싶소"</u>[57]

 (밑줄 – 인용자)

 자신을 스스럼없이 친일파라고 규정하는 야스다의 입으로 설명되는 그의 가족의 현실이 당대 대다수의 조선인의 현실이었다는 인식이 이 소설에는 깔려 있다. 태어날 때부터 이미 나라가 없었고, 국어가 일어였던 상황 등 야스다가 언급하고 있는 현실은 바로 대한제국이 사라진 1910년대에 태어난 김내성 자신의 세대 이야기이기도 하다. 야스다

---

57) 『청춘극장』 下, 31–32쪽.

를 확고한 인생관과 세계관에 기반한 의식적인 친일분자라고 비판하
는 듯하면서도, "아니꼬운 친일파이긴 하였으나 그 공리적인 체념(諦
念) 가운데는 백영민과 황칠성의 이상주의적 민족주의나 가나즈의 개
인주의적 자유주의로서는 그리 쉽사리 산출해 낼 수 없는 하나의 냉혹
한 현실이 포함되어 있는 것 같았다."[58]고 말하고 있는 서술자의 논평
은 김내성이 식민지 시기를 바라보는 관점을 드러낸다. "죽음의 가치
를 억지로라도 발견해 보려면 훌륭한 내 선배들이 권하는 바와 같이
나의 부모형제로 하여금 내가 흘린 피의 댓가라도 청구해 보라는 것
뿐이요"[59]라는 야스다의 진술은 그대로 당대 학병 출진을 독려한 명사
들의 프로파간다에 대한 화답이기도 하다. 이들 각자가 부대에 배치
된 이후 황칠성과 백영민은 실제 탈출을 감행하거니와, 초병에게 발각
되어 황칠성 등의 탈출을 먼 발치로 바라보며 백영민은 막사로 되돌아
온다. 소설에서 더 이상 그려지지 않는 황칠성 등의 탈출 학병들의 이
야기는 향후 장준하의 『돌베개』, 김준엽의 『장정』 등과 같은 학병 체험
의 수기로 이어질 터이거니와, 탈출에 실패한 백영민을 둘러싼 학병
서사의 끝에서 우리는 야마모도라는 인상적인 인물을 만나게 된다.

　민족의 서사를 구성하는 『청춘극장』의 학병서사에는 그러나 감출
수 없는 제국의 경험과 기억이 남아 있다. 그 편린은 백영민의 스승이
자 동시에 전선에서의 동료였던 야마모도를 통해 발견할 수 있다. 평
양의 졸업식으로부터 시작하는 이 소설에서 야마모도는 대통령 등의

---

58) 『청춘극장』 下, 33쪽.
59) 『청춘극장』 下, 35쪽.

조선인 학생에게 조선인에 대한 차별의식을 드러낸 교사로 야유를 받은 것에 충격을 받고 교사를 그만두고 귀향하던 중 관부연락선에서 '특고'에게 대항하다 봉변을 당하는 백영민을 구해준다. 원래 자유주의적인 문학도이기도 했던 야마모도는 관부연락선에서의 사건을 통해 백영민과 친해진다. 동경에서의 야마모도의 형상은 문제적이다. 가령 백영민과 함께 일본 동경에서 택시를 타고 가다 '황거(皇居)'를 보고 남기는 다음의 장면을 보자.

"「저기 보이는 저 다리 말이야.」「아, 저건…저건 이중교(二重橋)가 아냐요?」 국정교과서나 혹은 잡지 비화(扉畵)에서 너무나 흔히 보아 온 이중교였다. 「그렇다. 저 안엔 이끼따 가미사마(산 귀신)가 있다. 자네, 귀신이 밥먹구 애 낳구 하는 걸 본 적이 있나?」「에엣?…」하고, 영민은 무척 놀라면서 선생의 옆 얼굴을 쳐다보지 않았던가.

아무리 인생관의 변모(變貌)를 일으키었다 하여도 선생의 입으로서 이러한 대담한 한 마디가 튀어 나올 줄은 정말 뜻밖이었다.

「동화(童話)다! 二十세기의 극채색(極彩色)을 베풀은 한 토막의 어여쁜 동화다. 그 산 귀신이 언제 어느때 나한테 초대장을 보낼지, 생각만 해도 무시무시 하이!」

하던 야마모도 선생의 호탕한 모습이 지금도 눈 앞에 알알하다."[60]

야마모도는 천황을 산귀신으로 표현한다. 그는 귀신으로부터 오는 초대장(징집영장)에 대한 두려움을 드러내고, 더 나아가 전쟁 자체를 회

의하는 비판적인 일본인의 초상이다. 이처럼 전시체제의 중심인 이중교 너머 황거에 거주하는 천황을 비판하던 야마모도는 중국 중부의 회양 전선의 일선 부대장으로 부임하여 다시 학도병 백영민과 조우한다. 그렇지만 이곳에서 만난 야마모도는 탈출을 모색한 백영민을 징치하지 않고 눈감아 주긴 하지만 일본에 충심을 다하는 황군으로 그려지고 있다. 중국군을 맞아 싸우다가 폭탄이 터지고 그로 인해 백영민은 시력을 잃는 부상을 당하고 야마모도는 혼절했다가 깨어나서 '어머니'를 찾은 후 "헤이까 유루시데 유루시데 이다다끼마쓰 아다구시와 (폐하! 용서하여 용서하여 주십시요! 저 저는....) 헤이까 반자이!(폐하 만 만세)"[61]를 유언으로 남기고 죽는다. 천황을 귀신이자 20세기의 동화라고 비판하던 리버럴리스트 야마모도가 결국 '헤이까 반자이'를 외치며 국가주의자로 죽어가야만 한 사정은 무엇일까? 야마모도와 백영민은 죽음을 맞아서(혹은 직면하여) 각자의 종족으로 회수된다. 그것은 이 소설이 해방 이후의 민족으로의 귀환이라는 맥락 위에 있는 대중서사라는 점을 다시 상기시킨다. 백영민과 야마모도는 중학의 사제지간이며, 과감하게 해석하자면 이는 제국/식민지의 메타포처럼 보이기도 한다. 사제관계를 넘어서 이제 그들은 목숨을 함께 하는 전우이기도 하다. 굳이 푸코를 언급하지 않더라도 군대라는 장치는 그 소속원들을 계급과 지역을 넘어서는 국민국가의 구성원으로 균질화하는 용광로와 같은 것이거니와, 그 안에서의 불합리성에도 불구하고 강한 연대의식을 만들어내는 공간이기도 하다. '대동아'를 위한 성전에 함께 참여하는, 더구나

---

61) 『청춘극장』 下, 74쪽.

엘리트 출신이라는 자부심이 학병 아이덴티티의 한 축으로 작용했음을 살펴보았거니와 이 소설의 전체에서 지속되는 야마모도와 백영민의 묘한 공감과 연대감이 지니는 서사적 의미를 이해하기 위해서 「태풍」의 설정을 잠시 떠올려 보자. 「태풍」에서 유불란과 일본 헌병 대위 아키야마는 중학 이래의 동창으로 설정되거니와 유불란의 구라파 여행도 아키야마의 모종의 미션에 의한 것으로 묘사된다. 「태풍」의 이러한 설정은 내선일체 이데올로기를 발화하는 것인데, 『청춘극장』에서는 이러한 일본인/조선인의 관계에 대한 기억이 변형된 형태로 제시되고 있다고 말할 수 있을 것이다. 회양의 전장에서 백영민도 죽었다면, 야마모도와 백영민은 함께 야스쿠니에 합사되었을 것이다. 해방 이후, 일본 제국의 붕괴와 함께 일본 열도만의 일본 국가와 대한민국이라는 새로운 민족국가를 구성하면서 야마모도와 백영민의 제국/식민지의 관계들, 즉 사제관계와 전우관계의 기억이 소거되고 각각의 민족으로 수렴되는 순간을 『청춘극장』의 학병 서사는 보여주고 있다.

(4) 개인(사랑)의 패배와 (민족)국가의 승리

반복되는 감이 있지만, 『청춘극장』은 허운옥이라는 민족적 메타포의 수난에서 시작하여 그 극복에 의해 마무리되는 소설이다.

"종로 三가 네거리까지 왔을 때, 영민은 돈화문 쪽으로부터 긴 행렬이 지나가는 것을 보았다. 영민은 걸음을 멈추고 행렬이 끝나기를 기다렸다. 그러는데 서대문 쪽에서 트럭 한 대가 달려오다가 행렬이 끝나자 네거리를 건너 영민이가 끼여 섰는 군중 앞으로 스름스름 움직여 왔다.

〔만세!〕

추럭 위에서 먼저 손을 번쩍 들었다.

〔만세!〕

군중도 호응하여 손과 기를 들었다.

영민은 그때 트럭 위에서 낯익은 얼굴 네 개를 보았다. 춘심이와 신성
호, 그리고 장일수와 어깨동무를 하고 두 손을 번쩍 하늘 높이 쳐든 것은
운옥이었다.

〔자유 조국 독립 만세!〕

장 일수의 폭 넓은 목소리가 창공을 뒤흔들었다. 운옥은 군중을 향하여
〔동해물과 백두산〕을 소리 높여 부르고 있었다.

뛰어가면 올라 탈 수 있고 부르면 대답할 수 있는, 그러한 간격을 가지
고 트럭은 지나가건만 영민은 부르지도 않고 뛰어 오르지도 않은 채 꿈결
처럼 멍하니 트럭의 뒷모양을 바라보면서 중얼거렸다. ……(중략)

무서운 고독과 허탈의 세계가 영민을 완전히 지배하였다. 파동치는 군
중속에서 영민은 사막(沙漠)을 갔고 울부짖는 함성 속에서 영민은 유곡
(幽谷)을 걸었다. 영민은 지금 완전히 한 사람 군중 속의 〔로빈손 쿠루소〕
가 되어 죽음의 오솔길을 터벅터벅 걸어 갔다.[62]

비극의 출발과 영광의 정점에 애국가가 있다는 점도 흥미롭지만,
보다 주목할 것은 '뛰어가면 올라 탈 수 있고 부르면 대답할 수 있는,
그러한 간격'이다. 이 소설에서 이 간격은 절대의 거리이다. 그것은 제
국과 민족이 양립할 수 없는 시대로 접어들었음을 단적으로 보여주는

---

62) 『청춘극장』 下, 379~380쪽.

장면이기도 하다. 「태풍」에서 앵글로색슨에 의해 감금된 왕유호 박사를 구하기 위해 출범하는 '태양환' 위에서 민족을 초월한 대동아 청년들이 맛보는 감격과 함께 막을 내리는 장대한 클라이맥스와 비교해 보면, 이 소설의 마지막은 유사하게 해방의 감격으로 끝나는 것 같으면서 동시에 사막과 같은 백영민의 절대적인 고독이 대비된다는 점에서 인상적이다. 민족 수난의 은유인 허운옥이 백영민과의 애정의 세계에서 벗어나 장일수로 대표되는 민족과 혁명의 세계로 진입하며, 박춘심과 신성호와 같이 퇴폐와 무위한 삶을 산 사람들도 신생하고 있는 해방의 감격 속에서 오로지 백영민과 오유경만이 죽는다. 그들이 죽을 수 밖에 없는 이유는 오유경이 단지 친일파의 딸이었기 때문만이 아니라, 그들이 제국의 질서 속에서 구축한 교양 및 이성과 관련되는 일종의 식민지적인 근대성을 상징하기 때문이다. 해방의 공간에서는 땅개 최달근, 친일파 오창윤이라는 현실주의적 인물들은 오히려 생존할 수 있을지언정, '무 아니면 전부'라는 결곡한 연애의 윤리를 지닌 이상주의자 오유경이나 제국 질서 내에서 인격주의와 교양주의를 이상으로 지향하는 백영민의 가치는 살아남기 어려운 것이었다. 식민지에서 형성한 제도와 가치가 변형되어 지속된 것이 역사적 사실이지만, 탈식민이 시대의 의제였던 해방 직후의 서사에서는 식민지적인 것과의 결별이 선언되어야만 했다. 백영민과 오유경의 죽음은 이러한 결별의 선언과 같은 것이다.

백영민은 이상주의에 경도되어 있는 인물로 그의 생의 목표는 인격의 완성에 있다. "보라! 폭풍우가 쏟아져 내리는 황야에 홀연(忽然)히 서 있는 한 그루의 구부러진 노송(老松)을 보라. 참 되고 굳세인 인간의 자태가 바루 거기 있어야 할 것이며 거기서 비로소 인격은 완성 되는 것이다!"[63]라며 인격의 완성을 인생관으로 제시하고 있거니와, 중학시절 유도를 배운 동기도 "정의가 정의로서의 가치를 발휘할려면 단지 관념의 외침만 가지고는 아니된다. 그 관념의 외침을 보장하는 체력이 있어야 한다. 무력이 있어야 한다. 그렇지를 못한다면 정의는 단지 하나의 관념상의 어휘(語彙)일 따름이요, 구체적으로 실천될 기회는 영영 없을 것"이라고 언급된다. 백영민의 인생관이 식민지의 맥락에서 의미하는 것은 무엇일까. 인격의 완성을 목표로 삼고 정의를 실현하기 위해서 '힘'을 욕망하며 식민지에서 제국의 법에 근거한 법률가의 길을 지향하는 백영민이라는 이상주의자가 의미하는 것은 무엇인가? 백영민의 사유에서는 다이쇼, 쇼와 연간의 인격주의와 교양주의의 흔적이 느껴지거니와 더불어 정의를 구현해내기 위해서 힘을 길러야 한다는 일종의 준비론적 사상의 편린도 감지된다. 인격의 도야와 수양을 내걸었던 이광수를 비롯한 많은 민족주의자들이 걸어간 이 길의 끝을 우리는 잘 알고 있다. 그 자신 와세다 독법과 출신인 김내성이 이 소설에서 묘사하고 있는 "법률적 양심"이라는 어휘는 이와 관련하여 시사적이다. 백영민의 법률적 양심이라는 것은 "건전한 한 사람의 시민으로서의 의무를 다한 후에 권리를 주장하는 데 있"는 것으로 제시된다. 이러한 백영민의 "법률적 양심"은 최달근의 그것과 비교하여 이상적인 양심으로 고평된다. 즉, 최달근에게 "법률적 양심"이란 현존하는 법망(法網)에만 걸리지 않으면 모든 것이 양심적이라는 뜻으로

---

63) 『청춘극장』 中, 26쪽.

백영민과 구분되는 결정적인 자질의 한 근거로 제시된다. 백영민은 시민이라는 인류의 보편적 교양을 기반으로 한 법률적 양심을 체현한 인물로 제시되는데, 그렇지만 식민지 체제에서 이러한 법률적 양심이라는 것이 역사적 맥락을 제거하고 보편적으로 정립가능한 것인가에 대한 질문은 빠져 있다.[64] 이 소설에서 백영민은 부모가 정해주는 배우자와 결혼해야 한다는 전근대적인 인습에 항거하고 개성의 가치를 구현하는 "현대적인 모랄"과 "개성에의 인식"을 지닌 근대주의자의 면모를 지니고 있지만, 제국의 현실(질서)를 그러한 근대성으로 수락하고 지향함으로써 민족을 배신하는 결과에 다다르게 된다는 점에서 식민지 시기의 부르조아 민족주의 운동의 정신구조와 친연성을 지니고 있다. 그것은 오유경의 경우 역시도 마찬가지이다. 민족과 조국의 현실과 무관한 개인의 삶을 산 근대적인 개인으로써의 친일파의 딸 오유경의 세계 역시 해방 직후 대중의 정서에서는 받아들일 수 없는 것이었다.

이러한 백영민/오유경의 세계와 대비하여 살아남은 가치로 구성된 것은 무엇인가? 그것은 장일수와 허운옥이 대표하는 세계이다. 그러한 가치는 제국의 법역(法域) 밖에 존재해야 하며 식민지적인 불결함에 오염되지 않은 것이어야 했다. 대한제국의 멸망과 함께 만주에서의 독립운동을 수행한 허상진이라는 기원을 지닌 허운옥과 북경과 서울

---

64) 이것은 이광수가 「무명」에서 보인 자가당착, 즉 식민지 법 체제에 대한 부정과 식민지 법에 근거한 감옥 안에서의 질서의 위반자에 대한 경멸의 시선의 모순과 유사하다. 나는 최근에 한국 근대문학에서, 특히 식민지 시기의 소설에 나타나는 법과 질서에 대한 감각에 주목할 필요가 있다는 생각을 하고 있다. 이에 대해서는 다른 기회에 작업의 결과를 발표하도록 하겠다.

을 배경으로 레지스탕스적인 낭만적 정열을 불태우는 장일수는 바로 식민지적 근대성과 무연한 그 이전의 순정한 것과 연결되어 있는 가치의 표상들이다. 소설에서 소환되는 만주 혹은 중국이라는 공간도 바로 그러한 식민지적 가치로부터 자유로운 장소이다. 중국은 "운옥에게 있어서는 마음의 고향"으로 표상되거니와 어머니와 동생의 유골이 묻혀 있으며 동시에 "조국의 한 개 조그만 주춧돌이 되어 그 거룩한 운명 속에 이 한 몸을 바치자!…아, 아 아버지!"[65]라고 호명되는 조국과 아버지의 땅이다. 애국가를 부른 사상범으로서 그리고 현직 경찰관을 살해한 살인범으로서 운옥을 받아줄 수 있는 식민지의 법 너머의 세계가 바로 만주이자 중국이다.[66] 김내성 자신이 식민지적 근대에 대해서 여전히 미련을 갖고 있더라도, 이 소설이 쓰여지는 대한민국 단정 수립의 전후에 백영민/오유경의 세계는 장일수/허운옥의 세계와는 양립하기 어려운 것이었다. "거대한 한 민족이 존망(存亡)의 위기에 처해 있는 이 엄숙한 마당에서 개체(個體)의 주장과 의욕이 그대로 허용될 수는 없는 일이요. 민족의 생리와 개인의 생리, 민족의 운명과 개인의 운명이 결코 별개의 것이 아니요."[67]라고 장일수가 나미에(방월령)에게 하는 설교는 그대로 백영민/오유경의 세계와의 결별을 의미하는 것이기도 하다. 이제 새로운 민족의 법이 만들어져야 했으며, 새로운 입법

---

65) 『청춘극장』 下, 270–271쪽.
66) 이호걸은 이러한 측면에서 중국과 만주라는 독립운동의 시공간을 '창세기'의 시공간으로 명명한 바 있다. 중요한 지적이다. 이 글에서는 여기에 더해서 백영민이 상징하는 것이 무엇일까라는 차원에서 그가 지닌 민족주의 부르조아 정치사상의 구조와의 친연성에 대해서 논의를 보강해 보았다.
67) 『청춘극장』 中, 370쪽.

자들로 제국의 외부에 위치했던 주체들이 소환되어야 했다.

　"이 사람아, 조선이 뭐냐? 조국의 국호도 몰라 본다는 말인가? 대한민
국 임시정부가 지금 중경에서 김구 선생을 주석으로 하고 귀국의 날을 기
다리고 있는 거야." "오오 대한민국!" 한줄기 전율이 신성호의 육체 속을
흘러갔다. 三六년 동안 공공연하게는 한 번도 들어 보지 못하던 이 국호,
온갖 서적으로부터 자취를 감추어 버렸던 이 국호, 오직 뜻있는 늙은이들
의 한낱 구비(口牌)로서 밖에는 더 들어 보지 못하던 이 국호가 다시금 청
천백일하에 살아나는 것이다.[68]

　이 장면이 연재 당시 제5부에 포함되어 있다는 사실을 감안하면,
적어도 이러한 발화는 1951년이라는 상황 속에서 이해해야 한다. 김구
도 이미 암살되었거니와 이승만을 대통령으로 하는 남한 단정의 수립
이후, 김내성이 대한민국이라는 국호와 김구 중심의 임시정부를 연속
시키면서 구성하고자 한 것은 민족적 정통성을 식민지 법역 밖에서 우
파적 정통성을 견지하고 있는 김구의 상해 임시정부로 소급시키는 것
이었다. 이런 의미에서 대한민국은 새로 만들어진 것이 아니라 과거부
터 지속되었던 것이다.

---

68) 『청춘극장』 下, 354쪽.

(5) 김내성의 마지막 스파이-탐정소설「붉은 나비」

지금까지「태풍」으로부터『청춘극장』으로의 연속/비연속의 여러 층위에 대해서 검토해 보았다. 마지막으로 이 두 소설 만큼 장대하고 웅장한 규모의 서사는 아니지만, 김내성이 1955년에『아리랑』에 연재한「붉은 나비」[69]를 통해 식민지 시기의 장치가 어떻게 지속되고 더불어 식민지에 대한 기억이 어떤 방식으로 새롭게 재현되는가를 살펴보자.[70] 이 소설은『청춘극장』에서 중국 북경을 배경으로 한 일본 스파이단과 조선인 독립운동 단체의 대립 구도를 재연한다. 이 소설에 대한 기존 연구가 전무한 형편이므로 소설에 대한 소개를 겸하여 분석을 진행하겠다. 우선 작가 자신이 연재 중간까지 정리해 놓은 줄거리를 읽어 보자.

"우리 민족의 박해가 극심했던 삼일운동 직후의 이야기다. 일제의 총검을 피하여 애국자들이 해외로 몰래들 빠져 나갔다. 그 태반은 중국으

---

69) 1955년 3월『아리랑』창간호부터 9월호까지 연재된 '연재탐정소설'이다. 작가의 설명에 따르면, 이 작품은 "바르네스 올츠이의 '스칼렛 핌퍼넬' 총서 중에서 가장 재미있는 것을 골라 따분하고 지루한 것을 적당히 으레 인지하여 우리나라의 사정에 맞도록 옮겨 쓴 것"(「붉은 나비」(1회),『아리랑』1호, 삼중당, 1955.3, 58쪽)이다. 즉 이 작품은 영국작가 바르네스 엠마 올츠이(Baroness Emmuska Orszy)의『붉은 별꽃(Scarlet Pimpernel)』(1905)의 틀에 한국독립운동의 서사를 덧입힌 번안소설이다. 원작에 대한 정보와「붉은 나비」1회의 내용은 박진영 선생님의 도움으로 확인할 수 있었다. 후의에 감사드린다.

70) 최종회에 "「붉은 나비」는 독자제현의 절대적인 성원과 요망에 의하여 머지않아 단행본으로 간행됩니다.(편집부 근고)"라는 편집부의 안내가 있었지만, 이후 이 작품이 연재된『아리랑』에서조차 단행본 광고를 확인할 수 없었다. 같은 시기 김내성의『애인』단행본 광고가 실리고 있는 점을 감안한다면 이 작품의 단행본은 실제로는 간행되지 않았을 가능성이 크다고 할 수 있다.

로 망명하였다. 여기에 '붉은 나비'라고 불리우는 중국인의 한 비밀의 단체가 있었다. 붉은 나비의 단체는 한국의 애국자들을 실로 교묘한 수단과 방법으로 일본 관헌을 비웃으면서 중국땅으로 자꾸만 탈출시켰다. 일본의 우수한 밀정 '노무라'는 '붉은 나비'의 수령을 체포하고자 북경으로 가서 갖인 노력을 다한다. 중국 사교계의 명성인 백운아(白雲兒)와 주목란(朱木蘭)의 부부가 있었다. 목란은 한국인으로서 백운아와 연애 결혼을 하였으나 서로 사랑하고 있으면서도 **목란의 과거에 조그만 실책**으로 남편의 애정을 잃고 있었다. '노무라'는 목란의 오빠 주춘석을 구해 준다는 댓가로서 목란을 매수하여 '붉은 나비'의 정체를 붙잡았다. 목란 자신도 '붉은 나비'의 수령이 바로 자기 남편인 백운아인 줄은 꿈에도 모르고 있었던 것이다. 남편이 한국의 애국자 이수영 선생을 탈출시키고자 다시금 천진에서 배를 타고 신의주로 향하여 출발한 그 뒤를 따라 '노무라'도 출발하였다. 목란은 사실을 알고 깜짝 놀라서 '붉은 나비'의 단원인 장진호와 함께 남편의 위험한 운명을 구제하고자 '노무라'의 뒤를 또 따라서 천진으로 자동차를 무섭게 몰았다"[71]

주목란은 삼일운동 한 해 전 총독부 하급관리인 오빠 주춘석이 애국자 최일만의 딸을 좋아하여 결혼하고자 했으나 최씨로부터 매국노라고 욕을 듣고 거절당한 것을 분하게 생각하고 있었다. 그러한 이유로 최일만의 이야기를 여러 친구에게 했는데 그 친구 중 하나가 당국에 고발하여 본의 아니게 최일만이 옥고를 치르게 하였다. 서술자는 이에 대하여 "한일합방 십년 후의 일이었다. 이미 세상은 일제에 협력하지 않고는 살 수 없던 시절인 만큼 목란의 분노도 무리는 아니었

---

[71] 김내성, 「붉은 나비」(5회), 『아리랑』, 1955. 7, 188–189쪽.

다.”[72]고 동조의 시선을 보이는데, 이러한 인식은 앞서 살펴본 『청춘극장』의 학병 야스다의 견해를 잇고 있는 것이다. 여하튼 이러한 자신의 과거 실수에 대해서 결혼 초기 남편에게 이야기하게 되고 그로 인해 남편 백운아의 애정이 식어 주목란은 고심한다. 오빠 주춘석의 안위를 인질로 삼은 노무라의 협박에 못이겨 붉은 나비의 정체를 밝히는 데 조력한 주목란은 남편 백운아가 붉은 나비단의 수장이었음을 깨닫고 남편의 부하인 조선인 청년단원과 함께 남편을 구하기 위해 신의주로 쫓아간다. 이후 백운아의 기지로 밀정 노무라와 일본 헌병대를 따돌리고 애국자 이수영과 오빠 주춘석 모두가 무사히 탈출하게 되며 백운아와 주목란의 오해도 풀려 사랑이 굳건해지면서 소설은 결말을 맺는다.

이 소설의 인물 설정도 식민지 시기 김내성 소설의 연장 속에서 이해할 수 있다. 우선 여주인공 주목란은 『마인』의 주은몽과 「태풍」의 이본느의 설정이 종합되어 있는 인물이라고 할 수 있다. “세계적인 미인이요, 세계적인 재원이라고 찬사를 아끼지 않는 한국 여성 주목란”은 “미모와 그의 음악적 재능은 벌써 열 여덟 살의 목란을 세계적 존재로 만들고 있었다”[73]고 설명되거니와 이러한 설정은 『마인』의 공작부인 주은몽의 인물 설명을 연상시킨다. 여기에 더해서 오빠와 남편, 친일과 항일, 애국과 매국 사이의 경계에 위치하게 되었다는 점에서 「태풍」에서 백상도의 딸이자 앵글로 색슨의 스파이인 이본느의 측면이 덧붙여지고 있다. 「붉은 나비」의 수장인 중국인 백운아도 흥미로운 인

---

72) 김내성, 「붉은 나비」(2회), 『아리랑』, 1955. 4, 16쪽.
73) 김내성, 위의 소설, 같은 쪽.

물 설정이다. "중국 사교계의 대표적 신사인 백운아, 중국의 제1류급의 금만가요 고관 대작들도 선망의 넘을 가지고 우러러 보는 점잖은 신사 백운아는 삼십의 고개를 두 서넛 넘어 선 연배로서 그의 장대한 체구와 남자로서는 다소 지나친 미모의 소유자였다. 그러나 봄 바다처럼 해탕한 눈동자는 언제나 졸고 있는 것 같았고 입술에는 항시 바보 같은 웃음을 띠고 있기 때문에 어딘가 머리의 나삿 못이 하나 빠져 나간 것 같은 인상을 사람들에게 주었다"[74]고 묘사되고 있거니와 이러한 인물 설정은 아주 익숙한 대중서사의 인물 '쾌걸 조로'를 연상시킨다. 캘리포니아를 배경으로 지배자들에 맞서 아메리카의 피식민자들의 편에서 싸우는 귀족 조로처럼, 백운아는 "시간과 재산이 남아 돌아 가는 것을 이용하여 한국의 불행한 사람들을 위하여"[75] 활동하는 영웅이다.[76] 특히 '붉은 나비'는 "복면의 영웅"[77]으로 제시되어 그 정체가 밝혀지지 않다가 서사의 중반에서야 그 가면 너머의 정체가 밝혀진다는 점에서 '백가면'-'백상도'-'화이트 이글'-'밤의 대통령'의 계보를 충실하게 잇고 있다고 할 수 있다.[78]

---

74) 김내성, 위의 소설, 같은 쪽.

75) 김내성, 「붉은 나비」(4회), 『아리랑』, 1955. 6, 45쪽.

76) 존스턴 매컬리의 「카피스트라노의 재앙The Curse of Capistrano」라는 제목으로 1919년에 처음 발표된 조로 이야기는 한국에도 소개되었으리라 추정할 수 있다. 김내성은 서구의 추리물 혹은 대중서사물에 지속적인 관심을 가지고 있었고 그것을 자신의 작품에 적절하게 활용했다는 점을 지적했거니와, 「붉은 나비」에 보이는 조로적 구성도 원작과의 연관성을 추론해 볼 수 있겠다.

77) 김내성, 「붉은 나비」(2회), 『아리랑』, 1955. 4, 21쪽.

78) 이외에도 이 작품의 식민지시기와의 연속성을 보여주는 사례로 신의주에서 애국자 이수영을 구출해오는 등 '붉은 나비' 단의 활동선으로 활약하는 백운아의 배가 '백조호'로 명명되는 것이다. 「태풍」에서 백상도가 끌려가 노역한 앵글로 색슨의 스파이 활동과 마약밀매에 활용된 '스완호'가 백조호로 신생한 것이다.

「붉은 나비」에서는 북경 사교계를 배경으로 한 조선총독의 특명전권인 밀정 노무라로 대표되는 일본 공권력과 조선인 독립운동가를 중국으로 망명시키는 중국 사교계의 명망가 백운아를 두령으로 하는 '붉은 나비'단의 대결이 서사의 중심 구조를 이룬다. 『청춘극장』의 장일수(장욱)-상하이 도라의 대결구도가 백운아-노무라의 대결구도로 변형된 것이다. 『청춘극장』의 장일수도 중국인 '장욱'으로 변성명하거니와 김내성의 해방 이후 소설에서 조선인 독립운동가와 중국인의 경계는 미묘하게 겹쳐진다. 「붉은 나비」에서는 아예 중국인 '백운아'를 수령으로 내세우고 있다. 중국인 수령에 조선인 단원으로 구성된 이러한 '붉은 나비'단은 독립운동사에서의 조선의 상해 임시정부와 국민당과의 관계라는 정치적인 맥락과도 유비관계를 형성하는 듯하다. 이와 관련하여 이 소설의 배경이 1919년의 3·1운동을 전후한 시기의 중국 북경이라는 점도 시사적이다. 잘 알려져 있듯이 1930년대 일본의 중국 침공 이후 만주와 중국의 전선에서 조선인의 항일투쟁을 지원한 것은 국민당이라기 보다는 중국공산당이었다. 이러한 당대 대중들에게 남아 있을 복잡한 기억들을 소거하고 그것을 3·1운동이라는 당대 한국 사회에서 우파적 기억으로 단일화된 기원적 사건을 배경으로 하여 탈이념적인 조선인(중국인)의 민족주의적 레지스탕스 활동으로 구성하고 있는 셈이다.[79]

---

79) 여기에 이 소설이 한국전쟁 직후의 반공 냉전 체제 하에서 쓰여진 소설이라는 점도 고려해야 할 것이다. "부인 간첩이라고…. 그런 몰상식한 말은 그만 두시오. 붉은 나비는 일본의 적이 아닙니까? 나는 부인에게 간첩이 되기를 원하지 않으오. 애국자가 되기를 원하지요."라고 말하는 노무라에게 "그렇지만 이 나라에서는 당신과 같은 일을 하고 있는 사람을 가리켜 간첩이라고 부른답니다"(2회 26쪽)의 발화는 흥미롭다. 김내성은 「태풍」 등의 식

'총독부의 말단 관리'로 민족지사의 딸을 사랑했지만 총독부의 주구라는 이유로 혼인을 거절당하는 주춘석이 사실은 독립운동 단체 '붉은 나비'단의 조직원이라는 설정도 흥미롭다. 이것은 『청춘극장』에서 친일파 명망가 오창윤이 학병 징집의 위기에 처한 백영민을 구한다는 서사가 보다 극대화된 것이다. 『청춘극장』에서 친일을 했지만 속에는 인간적인 진실을 가지고 있는 것으로 묘사되는 오창윤의 서사는 이제 위장된 친일 이면에서 독립운동을 했다는 적극적 서사로 변형된다. 과문한 탓에 총독부 관료가 독립운동으로 나아간 사례가 실제 식민지의 역사 중에 있다는 말은 들어본 적이 없다. 역사적 사실의 유무와 무관하게 「붉은 나비」에서 총독부 관료를 내면은 독립투사, 외면은 친일파로 묘사하는 것은 해방 직후 식민지 시기에 자신의 행위에 대한 윤리적 부채의식을 탕감할 수 있는 상상력이면서 동시에 보다 스릴있는 스파이물로 대중의 기호에도 부합하는 것이었다. 1990년대 이후 붐을 이루는 〈모던보이〉, 〈경성 스캔들〉 등의 이른바 '경성물'들에서 내면과 외면이 다른 식민지 인간의 진실이라는 상상력의 변주를 보게 된다. 이런 점에서 김내성의 소설들은 6-70년대의 액션 영화 뿐만 아니라 현재의 독자와 관객들이 소비하는 식민지 기억을 재현하는 대중서사의 상상력의 기원으로도 재조명될 필요가 있을 것이다.

민지 시기의 방첩소설에서 '스파이'라는 용어는 사용했어도 '간첩'이라는 용어는 사용하지 않았다. 3·1운동 이전의 식민지 민족운동이 사회주의를 포함한 여러 계열로 분화하기 이전의 시대를 시대적 배경으로 한다든지, '간첩'이라는 당대적 용어를 통해 일본군 밀정을 표상한다든지 등은 이 소설이 쓰여지고 있는 지금-여기의 상황을 투사하고 있는 것이다.

제2장

미국 헤게모니하 한국문화 재편의 젠더 정치학 : 정비석

(1) '米國'에서 '美國'으로

쇼와 10년에 있었던 일이다. 살아있는 하나님이라고 신도들이 떠받들고 있는 미국인 선교사 뻬찌부렌은 안식년을 이용해서 고국으로 돌아가게 되었다. 평소 그의 둘도 없는 친우요, 또 가장 충실한 그의 정신적 종인 목사 최성준은 하나님의 나라 아메리카를 구경하고 싶은 나머지 그를 따라가고 싶다고 간청했다.

"아, 좋구 말구. 내 믿고 사랑하는 형제여!"

뻬찌부렌은 쾌히 승낙하고 최목사와 함께 샌프란시스코행 배에 올라탔다. 배 안에서 그는 여전히 하나님과 같이 친절했다.

그러나 배가 하와이 호놀룰루에 기항하자 그는 최목사에게 짐을 지키게 한 채 자기만 상륙했다. 최목사는 불쾌했지만, 평소 그를 믿고 있었기 때문에 꾹 참고 있었다.

다시 며칠 후 배가 드디어 샌프란시스코에 입항했다. 그러자 그는 무거운 트렁크를 최목사에게 맡기고 자기는 훌훌 빈 손을 흔들며 상륙했다. 그리고 마중 나온 친구들을 만나면 그는 곧 최목사를 그들에게 다음과 같이 소개했다.

"이것은 조선의 토인(土人)으로 내가 저쪽에서 귀여워 해준 충실한 노예요. 부디 여러분도 잘 부탁해요."[1]

포토맥 강은 서울로 치면 워싱턴의 한강이다. 그러나 포토맥 강의 강변에는 통행인은 한 사람도 없었고, 가로수가 무성한 강변도로에는 움직일 줄 모르는 자동차만이 수백 대나 행렬을 짓고 정지해 있었다. 어느 차를 막론하고 실내 등이 모두 꺼져 있었으나, 어두컴컴한 그 차 안에서는 청춘남녀가 서로 부둥켜 안고 사랑의 불꽃을 한없이 튀기고 있었다.

나는 그 놀라운 광경을 보고 "미국이야말로 자유의 천국이요, 청춘의 낙원이로구나!"하는 느낌을 절실하게 느꼈다. 오후 7시가 지나면 그곳은 취체 금지구역이 되어 버릴 뿐만 아니라, 일반 사람들도 일체 접근을 안 한다고 하니, 그 아름다운 사회적인 조화에 나는 부러움을 금할 길이 없었다. 연령의 차를 초월하여 젊은 세대와 기성 세대가 피차간의 사생활을 존중히 여겨야만 평화로운 사회가 구현될 수 있을 것이 아니겠는가. 피차간에 질서를 지켜오면서 제각기의 사생활을 지극히 존중해 주는 미국(美國)식 민주주의야말로 우리들 모두가 바라는 이상인 것이다.[2]

인용한 정비석의 두 편의 글에는 식민지 말기와 해방 이후 한국이라는 다른 상황에서 발화된 양극단의 미국 표상이 드러나 있다. 이른

---

1) 정비석, 「化の皮(辻小說)」, 『國民文學』 1943. 7.(원문은 일문, 필자 번역)
2) 정비석, 『나비야 청산가자』, 신원문화사, 1988, 110쪽.

바 '대동아전쟁'이 한창이던 1943년의 소품에서 정비석은 한 기독교 선교사의 표변을 통해 미국(서구)의 위선과 비도덕성을 부각시키며 반미(서구) 이데올로기를 발화한다. 이 장편(掌篇)을 쓴 지 십 수년 후인 1960년에 백철과 함께 브라질 펜대회에 참석하고 돌아오는 중에 미국에 들러서, 과거 증오의 대상이었던 '미국(米國)'을 '자유의 천국, 청춘의 낙원'으로 표상하면서 '미국(美國)식 민주주의'를 '우리 모두가 바라는 이상'이라 선언하고 있다. '자유'를 소여된 것이자 성적인 것으로 인식하고, '민주주의'를 사생활 존중으로 파악하는 저급한 이해 수준을 비판할 수 있겠지만, 여하튼 정비석이 '미국'을 이상적인 가치의 기표로 수락하고 있다는 점만은 분명해 보인다.

"일본제국에서 미국제국으로"라고 요약할 수 있는 '전후' 동아시아 질서 재편과 연결된 한국사회의 문화 변동을 보여주는 정비석의 이러한 인식의 급격한 변화는 그의 작품에도 고스란히 투영되어 있다. 정비석은 일본제국의 문화적 헤게모니 아래에서 제국적 정체성을 형성하며 작가적 이력을 시작하였다. 해방 이후에는 식민지 경험을 수난사로 단선화하는 소설들을 통해서 식민지 말기 자신의 체제 협력에 대한 알리바이를 구성하는 기억의 정치학이라 명명할만한 면모를 보여주었으며, 1950년대에는 신문 및 잡지에 연재된 대중소설을 통해 미국 헤게모니하 한국 사회의 문화적 정체성의 재편과 그에 대한 대응을 보여준 문제적인 작가이다. 작품 성과에 대한 평가를 떠나서 그는 자기 시대의 사회적 의제에 민감하게 반응한 작가이다. 그러나 정작 한국문학사에서 정비석은 1930년대 후반에 등장한 토속적인 세계를 그린 「성황당」을 대표작으로 하는 신세대 작가로만 기억되거나, 「자유부인」

등의 작품을 통해 가정주부의 성적 탈선을 다룬 통속작가로 주목되는 등 일면적이고 파편적으로 취급되어 왔다.[3] 그나마 1960년대 이후에는 1950년대까지 유지했던 당대적 풍속을 재현하는 대중소설 창작도 그만두고, 「명기열전」, 『퇴계소전』, 『김삿갓』, 『손자병법』, 『초한지』, 『삼국지』 등 대중역사물을 양산함으로써 한국 근대문학 연구의 관심

---

3) 정비석에 대한 기존 연구의 분포도 정비석에 대한 관심이 일면적임을 증거한다. 정비석 작가론을 정리한 박사학위논문은 아직 없으며, 7편의 석사논문이 제출되었다. 그 중 5편이 「성황당」과 초기 소설에 집중되어 있고 2편의 논문이 「성황당」과 「자유부인」의 에로티시즘과 인물연구 등을 다루고 있다. 학위논문 외에 중요한 연구논문들을 검토해 보면, 식민지 시기 정비석에 대한 연구는 초기 단편 그 중에서도 「졸곡제」와 「성황당」에 집중되었다. 초기 연구로는 김병욱, 「정비석의 문학:'성황당'을 중심으로」, 『월간문학』 1971; 백철, 『국문학전사』, 신구출판사, 1973;이어령, 「성황당考」, 『한국단편문학 100선』, 경미출판사, 1984; 김재남, 「성황당에 나타난 작가의식」, 『세종어문연구』, 세종어문학회, 1987 등이 있으며, 최근에는 이 두 작품을 일본 통치하 식민지적 근대에 대한 대항적 세계로 파악하고 있는 박상준의 「바라보기 혹은 보여주기의 성패」, 『한국소설문학대계』 23, 동아출판사, 1995, 노상래의 「정비석 소설연구-「성황당」의 욕망구조를 중심으로」, 『현대문학연구』 8, 1998 등이 있다. 그 외에 정비석의 '친일문학'에 대해 정리한 임종국의 「정비석론」, 『친일문학론』(평화출판사, 1966), 「금단의 영역」, 「삼대」, 『청춘의 윤리』의 식민지 말기 작품을 파시즘 미학과 윤리의 맥락에서 검토하는 한민주, 『낭만의 테러 파시스트 문학과 유토피아적 충동』(푸른사상, 2008), 「삼대」를 통해 파시즘의 전쟁의 심미화 양상을 구명한 이혜령(『한국소설과 골상학적 타자들』, 소명출판, 2007) 등을 특기할만한데, 식민지 말기의 정비석 문학에 국한되어 있다는 아쉬움이 남는다. 해방기 정비석 소설에 대한 단일 연구는 없으며, 다만 이혜령이 「'해방기' 식민기억의 한 양상과 젠더」, 『여성문학연구』 19, 한국여성문학회, 2008. 6에서 정비석의 장편 『고원』을 식민지 기억과 젠더의 결합양상의 한 사례로 언급한 바 있다. 한국전쟁기의 정비석 문학에 대한 연구로는 최미진의 「한국전쟁기 정비석의 『여성전선』 연구」(『현대문학이론연구』 32집, 2007.12)가 있다. 「성황당」과 함께 정비석 연구의 대다수를 차지하는 것은 『자유부인』 연구이다. 문학분야에서는 1950년대 신문연재소설의 특징을 검토하며 정비석 소설을 검토한 김동윤, 『신문소설의 재조명』(예림기획, 2001)의 연구를 특기할만하다. 이 연구의 아쉬움에 대해서는 본론을 진행하며 지적하도록 하겠다. 최근에 대중서사에 대한 관심고조와 함께 정비석 대중문학에 관한 특집이 있었다. 『대중서사연구』 26집, 2011. 12에 수록된 정비석 특집 논문을 부기해둔다. 이영미, 「정비석 장편연애·세태소설의 세계인식과 그 시대적 의미」 : 이선미, 「공론장과 '마이너리티 리포트'」 : 최애순, 「정비석과 전집의 정전화 논리」 : 이길성, 「정비석 소설의 영화화와 그 시대성」 : 김현주, 「정비석 단편소설에 나타난 애정의 윤리와 주체의 문제」 : 이상화, 「전쟁기의 여성 젠더 의식」 : 김병길, 「정비석 대중문학의 또 다른 지평으로서 역사문학」

에서 아예 배제되어 버렸다.

　에로티시즘에 능한 대중통속작가라는 레테르는 정비석을 평생 따라다닌 족쇄지만, 역설적으로 그러한 동시대적인 (성)풍속을 다루는 통속성 때문에 그의 작품은 더욱 연구될 필요가 있다. 대중소설은 당대적 풍속 위에서 존재하는 장르이기 때문에 당대 사회의 문제적인 의제들이 포함될 가능성이 크다. 이런 까닭에 대중소설은 생활세계에 내면화된 당대의 이데올로기와 윤리 감각을 파악할 수 있게 해주는 중요한 자료로 재인식되어야 할 필요가 있다. 1940~50년대에 걸쳐 있는 정비석의 대중문학은 식민지 말기 대중들이 가지고 있던 '충(忠)', '직분(職分)', '인종(忍從)', '부덕(婦德)' 등 한국사회의 전통 윤리로 간주되는 세목들이 파시즘 시대의 동원의 윤리로 재구성되는 양상을 보여주고, 이후 '해방기'를 거쳐 1950년대 미국 헤게모니하 문화재편 과정에서 부박한 '근대화'에 중심을 부여하는 '전통적' 윤리로 재구조화되는 맥락을 보여주는 흥미로운 사례이다. 정비석의 대중문학을 검토하는 것은 따라서 한 개별작가의 작가론을 시험하는 차원을 넘어서 1940년대부터 1950년대에 걸쳐서 한국 사회에서 일어난 문화적 패러다임의 변동을 생활세계에서의 풍속과 윤리를 통해 천착해가는 과정이기도 하다. 논의를 입체적으로 진행시키기 위해서 우선 1950년대 정비석 대중소설이 제기하고 있는 문제성에서부터 분석을 시작해보자.

(2) '자유'와 '민주'의 문화정치학-『자유부인』과 『민주어족』과 지식인 담론의 관계

'미국식 민주주의'를 '우리 모두가 바라는 이상'이라고 표명하고 있는 4·19 직후의 정비석의 발언은 한국전쟁 이후 정비석 대중소설이 다루었던 주제의식의 연장선상에 있는 것이다. 정비석은 1950년대에만 총 15편의 신문연재소설을 남겼다.[4] 그 외에도 신문·잡지의 연재소설, 식민지시기 및 해방 직후에 썼던 소설들을 재간행한 경우와 전작 단행본으로 출판한 것을 포함하여 수십 편이 넘는 장편소설을 단행본으로 간행하고 있다.[5] 그 대부분이 독자 대중의 통속적 취미에 영합

---

4) 한원영, 『한국현대신문연재소설연구』하(국학자료원, 1999,)에 의하면 정비석의 1950년대 신문연재 소설은 다음과 같다. 「靑春山脈」(경향신문, 1950. 1.1~7.9), 「人生畵帖」(국제신보, 1951. 10. 1~17), 「女性戰線」(영남일보, 1952. 1.1~7.9), 「好色家의 告白」(『연합신문』, 1952. 5), 「世紀의 鐘」(영남일보, 1953. 1.1~7.22), 「深海漁」(영남일보, 1954. 1.1~5), 「自由夫人」(서울신문, 1954. 1.7~8.6), 「民主魚族」(한국일보, 1954.12.10~1955.8.8), 「나비야 靑山가자」(국제신보, 1955.9.1~1956. 3.5), 「浪漫列車」(한국일보, 1956.4.25~11.24), 「슬픈 牧歌」(동아일보, 1957.3.10~12.1), 「誘惑의 江」(서울신문, 1958.2.1~10.29), 「非情의 曲」(경향신문, 1958.12.15~1959.4.30), 「花魂」(국제신보, 1959.1.1~7.16), 「戀歌」(서울신문, 1959. 8.1~1960.4.20)

5) 1950년대 출간된 정비석의 단행본은 다음과 같다. 『청춘산맥』상,하(문성당, 1952), 『여성전선』(한국출판사, 1952), 『세기의 종』(세문사, 1954), 『민주어족』(정음사, 1955), 「나비야 청산가자」를 개제한 『여성의 적』(정음사, 1956), 『슬픈 목가』(춘조사, 1957), 『낭만열차』(동진문화사, 1958), 『유혹의 강』상,하(신흥출판사, 1958), 『화혼』(삼중당, 1959) 등 신문연재소설을 단행본으로 간행한 경우가 있다. 이외에도 식민지 시기 작품을 재간행한 『청춘의 윤리』(평범사, 1958), 해방기 소설 『고원』을 재간행한 『고향의 봄』(계몽사, 1951), 『고원-일명 고향의 봄』(정양사, 1953) 등이 있다. 그 외에도 『도회의 정열』(평범사, 1952), 『색지풍경』(한국출판사, 1952), 『애정무한』(삼성사, 1953), 『서북풍』(보문출판사, 1953), 『애련기』(보문출판사, 1954), 『홍길동전』 상, 하(대양출판사, 1954), 『장미의 계절』(대조사, 1954), 『번지없는 주막』(향문사, 1954), 『월야의 창』(정음사, 1955), 『산유화』(여원사, 1956), 『연산군』(정음사, 1956), 『야래향』(문성당, 1957), 『사랑하는 사람들』(여원사, 1957), 『모색』(범조사, 1957), 『사랑의 십자가』(삼중당, 1959), 『인생 제일과』(춘조사, 1959), 『사랑의 미소』(광문사, 1959) 등이 있다.

하는 서사이고, 남작(濫作)이라는 점에서 심미적 자질을 전제한 본격
문학 연구에서는 배제되어 왔지만, 이 소설들에는 1950년대 한국문화
변동의 다양한 측면이 퇴적되어 있다. 그 중에서도 특히 『자유부인』과
『민주어족』은 한국전쟁 이후 미국 헤게모니 하에 이루어진 급격한 근
대화(서구화)의 과정에서 지식인 그룹이 제출한 올바른 근대화에 관한
담론을 배경으로 구성된 작품이다. 이 소설에는 지배계급과 남성 지식
인 엘리트 그룹의 공모와 분열이 그려져 있으며, 동시에 전통적인 윤
리의식을 통해 여성의 근대화 지향을 통제하는 양상을 보여준다는 점
에서 주목할 필요가 있다.

알다시피 기존 한국문학사에서 1950년대 문학은 전쟁의 참상과 관
련된 실존주의 문학과 단편 중심의 '전후문학'이라는, 이른바 '본격문
학'의 범주 속에서 고찰되었다. 본격문학과 대중문학이라는 문학장의
구별짓기에 기반한 이러한 독법에서 정비석 대중문학은 당대 여성들
의 성적 일탈이라는 풍속을 다룬 통속문학의 차원에서 언급될 수밖에
없었다. 또한 기존 문학사에서는 1950년대 자체가 '자유'와 '민주'를 언
급할 수 없는 시민사회 이전의 세계라는 인식, 한국사회에서 본격적인
민주주의에 대한 논의는 1960년대 이후에야 가능하다는 인식이 통념
으로 자리하고 있었다.[6] 이러한 문학사의 인식 속에서 1950년대의 대
중소설들이 간직한 당대적 의제는 성적 일탈의 통속성에 묻혀 포착되
지 않았다.

---

6) 1950년대 문학이 1960년대 문학의 '전사(前史)' 혹은 '미달태'라는 암묵적인 전제의 배경에
   는 식민지적 유산으로부터 자유로운 '한글세대', 1950년대의 독재를 무너뜨린 학생혁명의
   주역이라는 '4.19세대' 등으로 명명되는 세대론적 구별짓기가 자리한다고 할 수 있다.

『자유부인』[7]은 1950년대 급격한 미국화(근대화)가 초래한 사회적인 문제들을 대학교수의 부인 오선영이 '댄스'와 '양품(洋品)'으로 표상되는 미국적 소비문화에 매혹되면서 불륜에 빠지는 과정을 중첩시켜 비판적으로 제시함으로써, 그릇된 근대 추수의 비극적 결말을 경고하고 있는 소설이다. 민주주의의 핵심 개념이라할 '자유'와 '민주'를 각각 댄스와 양품에 매혹된 가정부인의 탈선과 결부시킨 '자유부인'이라는 조어를 통해 성적인 일탈로 속류화하고, "땐스야말로 민주혁명의 제일보"[8]라며 댄스열풍을 "민주혁명의 시대풍"[9]이라고 조롱하고 있는 데에서도 알 수 있듯이, 정비석은 이 소설을 통해서 당대 한국문화의 서구화와 미국화에 대한 불편한 심경을 숨기지 않고 있다. 그렇지만, 이 작품이 근대화의 지향과 가치를 전적으로 부정한 것은 아니라는 사실을 각별히 강조할 필요가 있다. 이 소설은 올바른 근대화의 지향이라는 정치적 발화를 전제하고 있으며 그것을 구현할 주체를 교양과 건강한 윤리의식을 지닌 '정상적'인 남성으로 제시한다. 기존 연구는 『자유부인』의 주제의식이 이들 올바른 근대화의 체현자들인 남성 지식인 정치 공동체와 지배계급(국가권력)의 대립이라는 정치적 관점을 내포하고 있다는 사실을 간과하고 있다. 이와 관련하여 『자유부인』의 연재 중에 대학교수 황산덕과 정비석 사이에서 벌어진 논쟁은 시사적이다. 그들 논쟁의 핵심은 『자유부인』이 대학교수를 깎아내렸다는 데 있었던 것이 아니라, 남한 국가권력과 사회의 지배층들인 국회의원, 장관, 고위

---

7) 정비석, 『자유부인』, 정음사, 1954.

8) 정비석, 위의 소설, 91쪽.

9) 정비석, 위의 소설, 같은쪽.

공무원 그리고 교수 등에 대해 부정적으로 묘사하고 있다는 데에 있었다.[10] 『자유부인』에서 이들 국가의 지배계급과 사회지도층 남편들을 배경에 둔 '화교회(花交會)'와 정치 브로커에 가까운 국회의원 오병헌에 대한 부정적 묘사 등에서 이러한 측면은 반복적으로 확인된다. 연재 30년 뒤에 정비석은 "「自由夫人」을 쓰면서 치안국·서울시경·특무대 등 안 불려 간 곳이 없었어요. 일부 독자들은 '이적행위다'라고 몰아붙였고 여성단체들은 '여성모독이다'라고 고발했고 그런가 하면 이북에서는 또 「자유부인」을 남조선의 부패상을 그린 교양자료로 사용했다나"[11]라는 술회는 이 소설이 당대에 어떠한 정치적인 맥락에서 수용되었는가를 증거하는 것이다.

이 작품에서 근대화(미국화)를 추구할 수 있는 올바른 주체의 지위는 장태연에게만 부여되며, 서술자와 근대화의 의미를 가장 바르게 체득하고 있다고 가정되는 장태연만이 '자유'와 '민주주의'에 대한 올바른 해석적·논평적 권위를 독점하고 있다. 장태연의 대척점에는 부패한 국가권력, 오선영으로 대표되는 근대화를 오해한 여성들-최윤주, 화교회의 멤버들-이 존재하며 또 다른 부정적인 남성 타자로 정치권력에 대한 불법 정치헌금으로 사업을 확장하는 '비민주적인' 기업가 한태석, '사바사바'의 사회 풍조를 증거하는 대학생 원효삼, 사기브로커 백광진, 경박한 미국화를 대표하는 '신춘호' 등이 위치해 있다. 소설은 장

---

10) 황산덕은 『자유부인』을 "중공군 50만 명에 해당되는 적이 아닐 수 없다"(「다시 '자유부인'의 작가에게」, 『서울신문』, 1954. 8. 14)라고 비판하는데, 논쟁의 맥락이 대학교수 가정에 대한 묘사 문제에서 남한 사회의 부패상에 관한 정치적인 문제로 전이되고 있음을 알 수 있다.
11) 정비석, 「그때와 오늘-세태30년을 말한다」, 『서울신문』, 1984. 11. 22.

태연 교수의 가정을 중심으로 이러한 인물들이 엮어내는 서사를 통해 1950년대 한국사회의 딜레마인 전통적인 가치와 미국적인 가치를 어떻게 결합, 조화시킬 것인가라는 문제에 대한 해답을 제시하고 있다. 장태연이라는 전통에 기반한 민주적인 교양을 갖춘 지식인을 중심으로 비민주적인 국가권력, 자유와 민주주의를 오해하고 있는 동시대의 남녀들을 배치하면서 이 소설이 취하고 있는 문화정치적 전략은 전통에 기반한 올바른 근대화라는 명제를 그 해답으로 대중에게 설득하는 것이다. 올바른 근대화는 민족(전통적 가치)과 민주주의(미국적 가치)의 조화로운 결합 속에서 가능한 것으로 제시된다.[12] 근대화를 둘러싼 갈등은 남성젠더의 맥락에서는 장태연 교수와 향후의 미국유학생 신춘호로 분열상이 표상되었다가 봉합되고 있으며, 윤리적 차원에서는 전통적인 '부덕'을 강조하며 민주적인 교양에 기반한 남성가부장의 법이 규제하는 가정으로 '자유부인' 오선영이 회개하고 돌아오게 함으로써 해소하고 있다.

여기서 장태연이 대학의 '국어학' 교수라는 설정은 각별히 강조할

---

12) 김건우는 『『사상계』와 1950년대 문학』(소명출판, 2003)에서 1950년대 『사상계』 지식인을 한국 근대 이래의 문화적 민족주의 계보의 맥락 위에 위치지으며, 1950년대 지식인 담론의 특성을 민족주의와 서구 민주주의 이데올로기의 결합으로 파악하고 있다. "1950년대 지식인 담론에 있어서 표면적으로 미국식, 서구식 사상과 문화에 대한 강렬한 열망이 표명되는 이면에는 문화적 민족주의가 존재했던 것이며, 이런 민족주의는 서구사상과 문화를 따르고자 했던 경향과 하등의 모순도 없었다."(68쪽)고 정리하고 있다. 정비석의 『자유부인』이 '자유'를 방종으로 해석하며 미국식 자유주의에 대한 왜곡된 조롱과 경멸의 태도를 취하고 있는 측면이 있지만, 신춘호라는 미국 유학 준비생의 갑작스러운 개심을 통해서 서구(미국) 문화에 대한 숨김없는 열망을 표현하고 있다는 점에서 김건우가 제시한 1950년대의 지식인 담론의 양상과 크게 다르지 않다는 점을 알 수 있다. 특히 민족주의와 서구 이데올로기와의 동거라는 양상은 『민주어족』에서 그대로 재현되고 있다.

대목이다. 소설의 의미화 구조에서 한글 간소화 파동이라는 당대적 사건은 핵심적인 코드로 작동한다. 이 소설의 서사는 장태연이 신문에 발표된 '철자법 간소화' 문제에 대한 문교당국의 담화'를 읽는 일요일 아침에 시작하여 국회의 무소속동지회가 개최한 한글간소화문제 공청회에서 장태연이 사자후를 토하는 그 이듬해의 여름 일요일에 종결되고 있다. 민족문화와 전통을 표상하는 대학의 '국어학' 교수인 장태연은 이 소설에서 전통과 결합된 근대를 체현하는 '정상성'의 기준을 갖춘 도덕적 주체로 전환된다. 미군부대 타이피스트 '박은미'와의 멜로적 감정선이 섞여 있긴 하지만, 그것은 독자의 흥미를 끄는 통속의 코드일뿐 소설 전편에서 행사되는 장태연의 도덕적 권위를 위협하지는 않는다. 장태연은 '자유' '민주' '해방'에 대한 여성들과 대중들의 오해에 대해서 그리고 박래품으로서의 민주주의에 대해서 정당한 비판을 가하는 유일한 권위이며, 그러한 권위의 원천은 '국어학'이라는 장태연의 '민족적' 지식과 직접적으로 결부되어 있다. 한글 간소화 파동은 구한말까지 거슬러 올라가는 한글 철자법에 대한 논란과 식민지 시기 조선어학회의 언어 내셔널리즘, 미군정기의 한글 정책 등과 관련된 복잡한 양상이 개재된 측면이 있어서 별도의 검토가 필요하지만[13], 『자유부인』의 해석과 관련해서만 주목해 보자면 정치적 헤게모니 경합과정의 한 반영으로 파악할 수 있다. 한글 간소화 파동은 이승만으로 대표

---

13) 언어 내셔널리즘과 관련한 한글 운동의 의미는 철자법 및 문법의 확립 등 전문적이고 학술적인 측면뿐만이 아니라 '민족'과 관련한 복잡한 정치적 맥락을 지니는 것이다. 그 자세한 사정은 이혜령, 「언어 법제화의 내셔널리즘–1950년대 한글간소화파동 일고」, 『흔들리는 언어들』, 성균관대학교대동문화연구원, 2008을 참조할 것.

되는 국가권력의 직접적인 명령에 의해 '비민주적인' 절차를 거쳐 진행되었던 사건으로 정부와 갈등하고 있던 야당 및 지식인 사회에서 이 정책 수행의 비전문성, 비민주성을 비판하는 논의들이 분출하였다. 민족적 전통과 보편적인 민주주의 가치를 공유하고 있는 것으로 표상되는 남성 주체가 이승만이라는 독재자가 권력에 의지하여 자율적이며 민족적인 전통 문화를 폭력적으로 재편하려는 시도를 반박한다는 설정은 의미심장하다. 장태연은 통치계급과는 분화된 지식인 엘리트이며 지배 계급에 대해 비판적이다. '민족＋민주주의'의 가치를 결합시킨 근대화의 주체 장태연은 천민자본가와 뿌리없는 미국 추수자와도 변별되고, 미국화라는 화려한 소비문화의 허영에 취해 있는 여성들과도 대립된다. 오선영은 가정이라는 일상에서는 발견할 수 없었지만, 공적 영역에서 숭고한 근대화의 표상으로 등장한 남편의 이러한 면모에 접하면서 회개와 개심을 이루고 있다.

『자유부인』의 장태연을 통해 제시되는 전통과 결합된 민주주의라는 이상은 '자율적인 민족국가 수립'과 '올바른 근대화의 추구'라는 명제를 내세운 당대 지식인 사회의 담론 및 정치의식과 상동관계를 이루는 것이다. 주지하다시피 1950년대의 중반을 전후하여 1960년대까지 이어지는 『사상계』를 중심으로 한 지식인 담론은 이후 한국사회의 정치적인 변화에 중요한 영향을 미쳤다. 김상태[14]와 김건우[15]의 연구가 지적하듯이 『사상계』 지식인 집단은 근대 이후의 평안도 기독교 엘리

---

14) 김상태, 「평안도 기독교 세력과 친미엘리트의 형성」, 『역사비평』, 1998 겨울. ; 「지역·연구·정실주의」, 『역사비평』, 1999 여름.
15) 김건우, 「『사상계』 지식인의 서북 지역과의 연고」, 앞의 책, 78~88쪽.

트 집단의 계보와 관련된다. 김건우는 1920년대 이래의 문화적 민족주의의 이념이 1950년대 교육된 구체적인 대중을 만나 발화된 것으로 파악하면서 『사상계』와 1950년대 문학의 관련을 해명하는 작업을 수행한 바 있다. 그의 작업 중 이 글의 관심과 관련하여 주목할 대목은 우선 『사상계』 지식인 집단이 '서북'이라는 지방을 공통의 기반으로 한 학맥과 인맥으로 엮여 있으며, 또한 이들이 월남 지식인이라는 공통점을 가지고 있다는 사실이다.[16] 『사상계』의 담론은 '민족의 근대화'를 내세우고 근대화의 핵심적 가치로 '민주주의'를 채택하여, '자유, 평등, 평화, 번영의 민주사회 건설'을 궁극의 목표로 하고 있으며, 이를 위해 우선 '경제적 근대화'를 중요한 목표로 설정한다. 특히 월남민이라는 공동의 정체성에 기반한 이들 '서북' 출신 지식인 집단이 가지고 있는 공산주의에 대한 감각과 반공의 논리에 대한 기존의 통념도 재고해야 한다. 냉전체제 위에 성립된 1950년대 한국문학을 논의할 때 반공주의는 하나의 상수이지만, 그러한 특성만을 강조한다면 그 안의 다양한 층위를 파악할 수 없다.[17] 반공담론은 지배 권력에 의해 민주화 요구에

---

16) 정비석은 1911년 평안북도 의주에서 태어나서 용천에서 자랐으며, 일본인학교인 신의주 중학교에 다니다가 17살이던 중학 4학년 때 독서회 사건으로 1년 동안 투옥된 경험을 가지고 있다. 이후 밀항하여 니혼(日本)대학 문과수학 중에 중퇴하고 귀국한다. 『나비야 청산가자』 등의 기록을 보면 평안도 지주의 아들로 분재받은 재산만으로 어려움없이 생활하다가 해방 이후의 토지개혁으로 그 경제적 기반을 상실한 것으로 보인다. 『자유부인』 등에서 사회적 세태를 공산주의 만큼 혹은 그보다 더 나쁜 현상이라고 반복적으로 최악의 정치사상으로 공산주의를 비판하는 반공 이데올로기를 펼치고 있는 배경에는 북한의 토지개혁으로 그 경제적 기반을 상실한 정비석 특유의 체험이 자리하고 있다고 볼 수 있다. 정비석은 친미, 기독교 계열의 정통 서북인맥은 아니었지만, 이후 월남민이라는 정체성을 형성하면서 지역적 기반을 공유하는 『사상계』 지식인과의 동질감을 획득하게 된 것이라 추론할 수 있다.

17) 1950년대 신문연재소설 대부분을 대상으로 분석한 김동윤의 『신문소설의 재조명』에서

대한 탄압의 도구로 사용되기도 했지만, 경우에 따라서는 반독재의 논리로도 활용되었다. 공산주의의 침투를 막기 위해서는 사회를 민주화해야 한다는 논의는 이승만 정권 중기에 등장하여 말기에 집중적으로 분출된 지식인 집단의 담론으로 『사상계』의 관점이기도 했다.[18] 『사상계』지를 중심으로 한 이러한 담론적 특징이 본 논의와 관련해서 주목되어야 하는 이유는 동일한 지역적 기반과 월남민이라는 아이덴티티를 공유하는 정비석이 이러한 『사상계』 지식인 집단의 이념을 『자유부인』에 이어지는 『민주어족』을 통해 대중화하고 있기 때문이다.

「민주어족」[19]은 『사상계』 담론을 기반으로 1950년대 한국사회가 추

도 정비석의 『자유부인』에서는 지배이데올로기에 대한 순응을 『민주어족』에서는 반공이데올로기적 특성을 읽어내고 있다. 이러한 평가는 텍스트가 맺고 있는 당대의 지식인 담론의 세부적인 층위와 결부시켜 읽지 못한 데에서 발생하는 표면적 관찰의 결과로 보인다. 앞서 지적했듯이 『자유부인』의 장태연은 통치계급과 분화된 지식인 그룹의 정치의식을 대표하며 지배 이데올로기 및 통치계급의 반공이데올로기에 균열을 가하고 있다. 또한 『민주어족』의 반공 이데올로기는 지배계급에 대한 순응의 담론이 아니라 비합리적인 통치가 공산화를 초래할 수 있다는 저항의 논리로 활용되고 있다.

18) 정비석 「민주어족」 보다 약간 뒤이긴 하지만, 조기준, 「아시아적 침체성의 제문제」(『사상계』, 1957. 8), 이동욱, 「후진국에 있어서 관료부패의 원인」(『사상계』, 1959. 11.) 등에서 2차 대전 이후 신생국의 경우 독재라는 반민주적 요소가 공산주의의 침투를 쉽게 용인하는 것으로 파악하는 관점을 확인할 수 있다. 이러한 인식은 당대 지식인 담론에서 광범위하게 퍼져있었던 것으로 추론되는데, 공제욱의 「1950년대 한국사회의 계급구성」(『1950년대 한국사회와 4·19혁명』(이종오외), 태암, 1991, 144~155쪽)의 『사상계』 지식인의 공산주의 인식 분석에 기대어보자면, 자유민주주의라는 보편적 가치의 개화만이 신생국의 자립과 자유를 확보해 줄 것이라는 시각이 이승만 정권 중반기 이래에 존재하고 있었다고 볼 수 있다. 이러한 관점은 또한 1950년대 후반의 미국의 대 남한 정책의 기본 관점이기도 했다. 북한으로부터의 외부적 위협보다 민주주의에 대한 기대에 부응하지 못한 이승만 정권의 독재와 무능이 '공산화' 보다 더 큰 위협이라는 현실 인식이 4.19 혁명 당시 미국이 취한 태도를 설명해 준다고 할 수 있다. 이에 대해서는 이철순, 「1950년대 후반 미국의 대한 정책」, 『해방전후사의 재인식』2, 책세상, 2006.을 참조할 것.

19) 정비석, 「민주어족」, 『한국일보』 1954.12.10~1955.8.8(총228회) ; 정비석, 『민주어족』, 정음사, 1955. 이 두 판본을 모두 검토했지만 차이는 서두의 '題辭' 유무밖에는 없었다. 단행본에 첨가된 부분을 소개하면 다음과 같다. "우리네처럼 남의 말 하기 좋아하는 種屬은 없

구할 경제적, 정치적 근대화에 대한 비전을 형상화하며 이상적인 남성/여성의 근대적 주체상(像)을 제시하고 있는 소설이다. 이 소설은 '민생' 알루미늄 공장을 중심 배경으로 하여 민주주의적 공장운영과 공장과 관련된 민주적 주체인 지식인 집단을 제시하면서, 이 반대편에 부정적인 타자인 '자유부인', '귀족취미의 은행가 2세', 부패한 관료와 정치인 등을 배치하고 있다. 이상적인 남성 근대화 주체로 제시되는 것은 사장 박재하와 연구원인 홍병선, 변호사 오창준 등이다. 그들 중 박재하와 홍병선은 모두 대학을 졸업한 교양과 전문기술을 아울러 갖춘 기술자(엔지니어)이다. '민생' 알루미늄 공장을 소설의 중심 배경으로 설정한 자체가 경제적 근대화론에 소설적 육체를 부여하기 위한 포석이라고 할 수 있다. 공장은 '민주적'으로 운영되고 있으며 작업장은 능률을 목표로 한 "과학적 배치"가 이루어진 곳으로 제시된다. 박재하 사장은 취직하러 온 여주인공 강영란에게 분업화된 공장의 조직원리를 민주주의 사회의 원리로 설명하며 "근무시간 중에 자신의 임무를 다하는 정신", 즉 직분의 정신을 민주정신으로 규정하는 산업자본가이다. 이상적인 근대적 남성주체를 표상하는 기술엘리트 청년 홍병선은 현재 한국사회에 필요한 것을 "첫째도 생산 둘째도 생산"이라고 주장하고 있다. 소설 속에서 박재하와 홍병선을 통해 제시되는 '경제적 독립'에 대한 강조는 앞서 살펴본 『사상계』의 '민족의 근대화'와 그를 위

을상 싶다. 自己 하나 살아가기에도 바쁜 世上에서 남의 이야기에만 熱中할수 있다는 것은 結局 自己生活을 못가졌기 때문이리라. 自己生活을 못가진 사람처럼 不幸한 人間이 어디 있겠는가. 信念을 가지고 自己自身을 忠實하게 살아가려는 사람들 나는 그런 사람들을 民主魚族이라는 이름으로 불러 보았다." 이 글의 서지사항은 발표원문인 신문본을 인용하였다.

한 구체적인 기반으로서 경제적 근대화를 추구해야 한다는 담론을 재현한다. "경제적으로 독립할 수 없는 국가를 동맥경화증"[20]에 비유하며 국가가 경제적 독립을 위한 노력을 게을리한다는 박재하의 비판과 '감투 쓴 양반들이 돈 벌기에 바빠서' 기초적인 설비와 실험에 투자하지 않는다는 홍병선의 비판 등은 지식인 집단이 "민족의 근대화" 담론에 기초하여 수행한 정부 비판과 동일한 맥락을 지닌다. 박재하에 의해 운영되는 '민생' 알미늄 회사는 시간 규율이 엄격하고 민주적인 조직원리에 의해 능률성이 제고되며 종업원들의 복지와 후생이 이루어지는 이상적인 조직체로 묘사되고 있거니와[21], 그것은 또한 한국사회가 지향해야 되는 모델로 설정된다.

소설에 나타난 공산주의에 대한 관점 역시 주목할 대목이다. 박재하는 중앙당 정치위원인 정계요인이 '민생 알루미늄 회사'의 대구 대리점을 자신이 아는 사람에게 불하하라는 요구를 기업가적인 합리성에 근거하여 거절한다. 중앙위원은 "공산주의자 외에는 내 말이 틀렸다고 말할 사람이 없을 터"[22]라며 박재하를 공산주의자라고 공격한다. 거절에 대한 보복을 우려하는 강영란에게 박재하는 오히려 민주주의 원칙을 무시하고 무리한 요구를 하는 중앙정계의 정치거물을 "공산당보다 더 위험한 사람"[23]이라고 비판하고, 더 나아가서는 '사사오입'의 국회,

---

20) 정비석, 「민주어족」, 33회.

21) 정비석, 「민주어족」, 35회. 소설에서는 박재하 사장의 민생 알미늄 회사의 운영 원칙, 즉 시간 규율의 엄수, 능률성의 제고, 라디오 체조를 통한 체력 증진, 1주 1회의 돼지고기 식사, 벤또 지참과 사바사바의 근절 등을 '민주주의'의 세목으로 제시하고 있다.

22) 정비석, 「민주어족」, 37회.

23) 정비석, 「민주어족」, 37회.

공공요금을 올리고 있는 정부 등 당대 국가 기구의 독재성과 비능률성을 비판하고 있다. 이러한 논리는 박재하의 친구이자 동지관계에 있는 오창준 변호사의 직업관에도 반복적으로 드러난다. 영아살해와 강도사건에 대한 변론을 맡은 오창준은 그들을 범죄로 몰아간 사회적 궁핍과 모순을 개선하는 계기가 될 수 있도록 변론하는 것이 자신의 임무라고 생각하며, 이러한 지론 때문에 "빨갱이"라고 비방받지만 "공산주의를 근본적으로 방지하려면, 공산 사상의 온상이 되어 있는 사회의 결함을 시급히 시정해야 한다"[24]고 강조한다. 홍병선도 국산품 애용을 구호처럼 떠들면서도 마카오 양복을 입고 고급차를 타고 다니는 장관을 비난하는가 하면 '대미원조'를 동냥으로 표현하며 자주적 대미외교를 주장하고, 미국의 원조가 한국을 위한다기보다 그들 자신을 위한다는 정치적인 견해를 피력하고 있다.[25] 이들 산업부르조아(박재하), 변호사(오창준), 엔지니어(홍병선) 등 당대 시민사회를 대표하는 엘리트들이 '백암' 선생이라는 리더를 중심으로 매달 회합을 열어 한국사회의 정치, 사회, 경제, 문화 등 제분야에 대해서 토론하고 대안을 제시하는 모임은 흥미롭다.

　"제군의 진지한 토론을 듣고 나도 많은 지식을 얻었소. 제군이 갈망하여 마지 않는 바와 같이, 우리민족도 남부럽지 않게 잘 살 수 있다는 것은, 결코 허황한 꿈이 아니라고 나도 생각하오. 北歐에 있는 군소국가들

---

24) 정비석, 「민주어족」, 37회.
25) 이러한 파격적인 진술과 정치관이 대중소설에서 공공연히 피력되었다는 사실을 통해 1950년대 국가의 통제 및 반공규율이 박정희 시대 보다 아직 견고하지 않았으며 사회 전반을 속속들이 장악하지 못했다는 추론을 해볼 수 있을 것이다.

은 조건이 우리네보다 불리한 데도 불구하고, 그들은 사실상 지상천국을
이루고 있으니, 그것만 보더라도 우리에게는 지상천국을 이룰만한 천혜
의 조건이 구비되어 있다는 것을 나는 확신하오. 그럼에도 불구하고 남보
다 못하는 것은 오로지 정치의 빈곤 때문일 것이요. 정치의 빈곤은 국민
생활에 불안과 빈곤을 초래하였고, 국민생활의 불안과 빈곤은 공산사상
의 온상이 되어 있는 것이오."[26]

백암선생 집 모임의 면면은 시민사회의 남성엘리트들을 대표한다.
그들은 남한 사회의 정치 문제를 비판적으로 접근하면서 "국가보안
법에 걸릴 정도의 발언"을 하며 대안적인 정책을 토론한다. 백암선생
의 발언은 반공주의를 저변에 깔고 독재와 비민주가 공산주의의 온상
을 제공한다는 『사상계』 지식인들의 담론과 정확히 겹친다. 과감하게
말하자면, 이 모임은 수권 세력으로 기능할 수 있는 지배계급의 분파
에 해당하는 집단이며, 1950년대적 상황 속에서 보자면 민주당(신파)과
『사상계』 지식인들을 아우르는 지식인 엘리트 집단의 시민사회를 상
징한다고 할 수 있다.

---

26) 정비석, 「민주어족」, 131회.

(3) 젠더화된 근대성 - '자유부인'과 '민주여성'의 경계

지금까지 이상적인 남성 주체를 중심으로 구조화된 정비석 대중소설의 정치학을 검토해 보았다. 이러한 독법 속에서 1950년대 컨텍스트 속에서 이 소설들이 제시하고 있는 정치적 의제들이 새롭게 조명될 수 있는 측면이 있는 것이 사실이지만, 또한 '세대'와 '젠더'적 관점에서 접근해보면 두 작품이 지니는 문제점 또한 선명해진다. 『자유부인』에서는 대학생 집단을 대표하는 신춘호, 오명옥, 원효삼 등이 학과 공부는 전폐하고 서구적 유흥에 탐닉하거나 사회적 부패를 재현하는 부정적인 인물들로 제시되고 있다. 이러한 세대적인 불신 보다 더욱 주목할 것은 영화 〈자유부인〉 연구에서 주로 지적되었듯이, 근대화에 대해 남녀 젠더에게 요구되는 차원이 다르다는 사실이다. 소설과 영화를 막론하고 『자유부인』 텍스트에서는 남성 젠더 중심의 근대화에 대한 지향을 긍정하는 반면에 여성의 근대화에 대한 지향은 미국의 소비문화에 대한 매혹 혹은 가정부인의 성적 일탈과 결부시켜 부정적으로 묘사하고 있다. 이러한 가부장적 지배이데올로기와 결합된 텍스트의 맥락에 대해서는 이미 많은 연구들의 비판이 있었다.[27] 그러나 『자유부인』

---

27) 1950년대 대중소설에서의 '여성(적인 것)'과 근대성의 문제에 대해서는 장세진, 「상상된 아메리카와 1950년대 한국 문학의 자기 표상」, 2007을 참조할 것. 특히 영화에서 표상되는 여성젠더의 문제에 대해서는 주유신, 「〈자유부인〉과 〈지옥화〉:1950년대 근대성과 매혹의 기표로서의 여성 섹슈얼리티」, 『한국영화와 근대성』, 소도, 2005; 최성희, 「미국 연극의 수용과 전후 한국 여성의 정체성」, 김덕호·원용진, 『아메리카나이제이션』, 푸른역사, 2008 등을 참조할 것. 영화 〈자유부인〉은 소설텍스트보다 가족 이데올로기와 여성 젠더에 대한 억압적 서사가 강화되어 있다. 소설보다 강조된 장태연과 타이피스트 박은미의 애정선은 한글 교습을 매개로 한 건전하고(플라토닉) 아름다운 정신적 교류로 멜로화하며 오선영의 성적 일탈과 대비되고, 최윤주의 죽음이라는 '자유부인'의 비참한 말로를 통해

의 근대화에 대한 젠더적 위계화의 무의식의 차원에 한국 남성들의 식민지적 콤플렉스가 작동하고 있다는 사실에 대한 지적은 기존 연구에서는 볼 수 없었다. 양품, 댄스, 넘쳐나는 소비물자의 배경에는 선망과 미움의 양가적 감정의 대상인 '미국'이라는 기표가 숨어 있다. 여성의 탈선적 소비생활을 가능하게 하는 것은 미국의 물자이며, 부족한 전력 때문에 대학교수의 서재의 등불은 깜빡거림에도 불구하고 댄스홀은 미군부대의 전력으로 불야성을 이루고 있다. 양품, 댄스로 표상되는 '미국'이라는 숨은 기표와의 숨겨진 연관을 감안하면, 댄스홀의 오선영에게는 '양공주'의 편린이 투사되어 있다고 할 수 있다. 그 대척점에 위치한 장태연이 미군부대에 근무하는 여성들, 더욱 정확하게는 영어에는 익숙하지만 한글 문법에는 엉망인 여성들에게 한글강습을 한다는 설정은 의미심장하다. 1950년대의 맥락에서는 미군부대와 직업여성이라는 설정은 민족성의 불순화가 암시되어 있다.[28] 이러한 의미에서 박은미 등의 미군부대 여성 타이피스트들에게 민족성의 정수인 한글을

서 여성이 추구하는 근대성의 모험이 맞이할 파국을 경고하고 있다. 특히 영화는 아들을 매개로 오선영이 가정의 경계 안으로 돌아오는 가부장적 가족이데올로기로 귀결된다. 변재란의 「한국 영화사에서 여성 관객의 영화 관람 경험 연구:1950년대 중반에서 1960년대 초반을 중심으로」(중앙대학교 박사논문, 2003의 각 인터뷰를 참조할 것)라는 의미있는 연구에 따르면, 『자유부인』이라는 소설 혹은 영화 텍스트 안에서는 '여성의 재식민화 전략'이 수행되었지만, 당대 여성 관객들은 텍스트의 행간과 틈새에 자신들의 욕망과 상상력을 채워 넣으면서 그것을 새로운 텍스트로 구성했다.

28) 황산덕이 서울대학교 대학신문 1954년 3월 1일자에서 한 『자유부인』에 대한 첫 비판에서 대학교수와 미군부대의 직업여성과의 연애를 문제 삼았는데, 그 문맥에는 박은미를 양공주로 인식한 측면이 있었다. 정비석은 이를 근거로 황산덕이 『자유부인』을 읽어보지도 않고 스토리로만 알고 비판한다고 반박했다. 황산덕은 미군부대의 직업여성을 자연스럽게 '양공주'로 상상하고 있는 셈인데 이는 당대 대중의 미군부대 직업여성에 대한 시선을 일반화한 것이라고 볼 수 있을 것이다.

가르친다는 설정은 한국전쟁 이후 남성지식인 엘리트들이 미군 및 그와 관련된 한국여성과 문화에 대해서 가졌던 양가적인 콤플렉스와 비난의 한 양상이 무의식의 차원에 놓여 있음을 짐작케 한다.[29]

남성 근대화 주체의 미달태인 '자유부인'들만이 제시되었던 『자유부인』과 비교하여 『민주어족』에서는 강영란이라는 이상적인 여성 주체를 제시하고 있다는 점을 주목할 필요가 있다. 강영란은 『자유부인』의 오선영에 비해서 윤리적 탈선이 극대화된 부정적 여성인 김은애를 대척점에 두고 있으며, 다른 한편으로는 소극적인 생활감각과 전근대적인 도덕에 갇혀 있는 미망인인 강영희, 은행장의 아들인 배영환과의 결혼을 통해 화려한 미래를 꿈꾸는 고순례 등과 대비해서도 현대적인 의식구조를 가진 능동적인 여성주체로 제시된다. 강영란은 직장을 다니면서 근로의 참뜻을 깨달았으며, 남성에 대한 애정으로만 묶여있지 않은 자율적인 여성으로 그려지면서 '민주여성'이라는 긍정적인 주체상을 획득한다. '강영란'과 '김은애'라는 극단의 여성 표상을 주조하는 방식은 문화를 선/악으로 구성하는 텍스트 외부의 정치적인 맥락이 개입되어 있다. 가령 '댄스'에 대한 묘사는 그 단적인 사례일 것이다. 동일한 '댄스'라는 현상도 그 주체에 의해서 '선/악'의 표상으로 대별된다. '벤또'를 근로대중의 생활과 결부시키고 주중의 노동과 그에 대한 스트레스를 '댄스'라는 건전한 스포츠로 발산한다는 영란의 발화에 의

---

29) 댄서, 양공주, 양갈보, UN마담, 국제외교직업부 등의 용어가 위안부, 댄서, 미군(UN군) 동거여성등을 총칭하여 일반 사회에서 사용하는 용어였다(이임하, 「한국전쟁과 여성성의 동원」, 『역사학보』14, 2004. 12, 133~134)는 점을 감안한다면, 『자유부인』의 댄스가 암시하는 당대적 맥락을 연상할 수 있을 것이다.

해서, '댄스'는 '민주적' 생활의 건강한 표상으로 재맥락화된다.[30] 그 반대편에는 자신의 직분에 충실하지 않은 배영환과 김은애의 불륜과 결부되어 있는 '악'한 댄스가 자리하고 있다. 강영란의 '댄스'는 국가의 공적 대의에 복무하는 직분윤리와 결합하여 민주 시민의 교양을 표상하고, 김은애의 '댄스'는 소비적이고 퇴폐적이며 병리적인 서구화를 표상하는 것으로 제시된다. '댄스'를 매개로 구성되는 노동, 생산, 직분, 공적대의 대(對) 유희, 소비, 퇴폐, 사적 욕망(방종) 등을 대립시키는 이러한 이항대립은 1950년대의 독자들에게는 무척이나 익숙한 수년 전의 윤리 감각에 기반한 것이다.

실제 이 작품에서 제시되는 '민주적인' 근대 주체로 제시되는 남녀 젠더의 세목을 따져보면 그것은 보편적인 맥락에서 '민주적'이라고 간주되는 속성들과는 무관하다는 사실을 깨닫게 된다. '민주여성'으로 표상되는 강영란이 박재하 사장이나 홍병선에 대해서 취하는 태도는 그 단적인 사례이다. 강영란의 민주여성으로서의 면모는 남성 젠더들과의 관계 속에서 부여되는 것이다.[31] 그녀가 찬탄하고 매혹되는 박재하 사장의 면모는 자기 직분에 충실한 소명의식, 과감하고 심지어 야성적이기까지 한 '정열'적인 행동이다. "사나이란 저래야 하지 않을까"라는 지배되고 싶은 심리를 배경에 둔 강영란의 무심결의 독백은 능동적인 '민주 여성'이라는 작가의 직접적인 명명과는 무관한 인물이라는 사실을 일러준다. 박재하에 대한 매혹에서 홍병선으로 애정이 변화해가는

---

30) 「민주어족」, 52~53회.
31) 「민주어족」에서 '민주여성'으로 표상되는 강영란의 실질적인 기능은 그녀의 눈을 통해 남성 시민 주체의 형상을 부각시키는 일종의 필터 역할을 하는 것이다.

이유도 박재하가 구류되어 있는 동안 공장을 운영하며 보여주는 홍병선의 행동력과 영웅성에 대한 매혹에서 비롯된 것으로 제시된다. 심지어 이 소설은 홍병선의 횡포한 발언으로부터 남성적인 매력을 느끼는 강영란이 홍병선과 결연될 것을 암시하며 마무리되고 있다.

이 소설의 '민주적인' 남성주체들은 민주주의라는 가치를 지향하는 자본가, 기술자, 변호사 등의 엘리트 지식인들로 제시되지만 실제로는 서구적인 가치와는 거리가 먼 윤리의식의 소유자들이다. "大我를 위해 小我를 희생해야 한다"는 박재하 사장, "여자라는 동물은 믿을 수 없지만 영란씨만은 예외"[32]라는 홍병선 등의 윤리의식은 '개인'을 사회의 핵심으로 전제하는 민주주의적 사유의 소산이라기 보다는 당대 한국인들에게 보다 익숙한 10여년 전의 윤리 감각을 환기시킨다. 여기서 특히 오창준 변호사를 주목할 필요가 있다. 1950년대적 완벽한 남성주체의 형상을 투영하고 있는 오창준은 가정적으로 불행한 인물로 설정된다. 그 아내 김은애는 도덕적으로 문제가 있는 '자유부인'이며 가정을 등한시하는 것을 여성의 자유와 평등을 구가하는 민주주의적 방식이라 오해하는 인물이다. 김은애는 왜곡된 민주주의, 물신주의와 소비주의 등 부정적 근대를 표상하는 기호이다. 이런 김은애의 도덕적 결함에 의거함으로써 아내만은 "봉건적인 부덕"을 갖춘 여인이 좋다는 오창준의 발언은 정당성을 획득할 수 있게 된다. 오창준과 미망인이 된 그의 첫 사랑 강영희의 수동적, 전통적인 여인상에 바탕한 점잖은 애정을 그려내면서, 소설은 이들이 함께 꾸려가는 미망인 모자를 위한

---

32) 정비석, 「민주어족」, 159회.

'모자아파트' 사업을 통해 강영희의 '婦德'을 공적영역의 가치로 소환하고 있다.

민주적인 시민으로 표상되는 이들 남녀 주인공들의 세계인식과 윤리감각은 1950년대의 의제인 민주주의적 세목으로 제시되었지만, 그것들은 당대 한국인에게 보다 더 익숙한 윤리들을 재맥락화한 것이다. '직분'에 충실하고, 전체(사회, 민족, 국가)를 위한 공적 대의에 사적 이익을 희생시키고, 이러한 목표를 실현하기 위해서 남성 주체에게는 행동력과 정열을 요구하며, 여성에게는 '부덕'에 기반해 국가를 위한 '현모양처'가 되기를 독려하는 이러한 특징들은 식민지 말기의 제국의 전시동원체제의 담론과 문학에서 쉽게 발견할 수 있는 스테레오 타입이다. 『자유부인』과 『민주어족』을 1950년대의 미국 헤게모니하의 근대화에 대한 문화정치적 맥락에서 파악하는 관점과 함께 그 서사모형과 젠더적 위계화, 윤리감각을 식민지 시기와의 관련 속에서 파악해야 하는 이유가 여기에 있다. 앞질러 말하자면, 이 소설은 정비석이 식민지 말기에 쓴 전작 대중소설인 『청춘의 윤리』의 기본적인 모형 위에서 국가를 위해 사적감정과 욕망을 희생한다는 공적담론을 매개로 한 젠더적 위계화를 1950년대 한국사회를 배경으로 재배치한 작품이다. 이제 정비석 대중소설이 1950년대 민주시민의 윤리로 재맥락화하고 있는 덕목들이 구성된 기원으로 거슬러 올라가 보자.

(4) 식민지말기 정비석 소설과 파시즘의 윤리 감각

정비석은 1936년과 1937년에 「卒哭祭」와 「성황당」이 각각 『동아일보』, 『조선일보』 신춘문예에 연속 당선되면서 문인으로서의 지위를 확고히 했다. 그러나 이미 대학재학 시절에 좌익계열이 운영하던 「문학신문」의 신인현상 단편소설 모집에서 조선 소년이 일본 소년에게 민족적 학대를 호소하는 편지 형식을 취하고 있는 「朝鮮の子供から日本の子供たちに(조선 어린이로부터 일본의 어린이들에게)」라는 작품으로 당선된 경험이 있었다.[33] 좌익 계열의 일본 문예잡지의 현상공모수상작은 그가 1930년대 초중반까지 유지되었던 카프의 영향력 아래에서 문학적 이력을 시작했음을 알려주거니와, 초기 작품에서 하층민의 비참상에 대해 문학적 관심을 기울였던 사실은 그것을 방증하고 있다. 공식적인 등단작인 「졸곡제」(1936)에서 죽은 아내의 제삿날 추위와 기아에 떠는 자식들을 죽이고 자살하는 것이 오히려 편안한 길이 아닐까 생각하는 주인공 언삼이의 비참상은 어쩔 수 없는 가난에 발버둥치는 당대 하층민의 참상을 요약적으로 보여준다. 그렇지만 이들 소설에서는 이 비참상의 원인이 사회적인 컨텍스트와는 무관한 천재지변에 의해 발생한 것으로 제시된다는 점에서 기존의 이념적 소설들과는 차이가 난다.

---

33) 정비석, 『나비야 청산가자』(신원, 1988, 55쪽)에서는 신문사 공모였다고 언급하고 있지만 정비석 창작집 『성황당』(金龍圖書株式會社, 1947)의 발문에서는 '나프'에 일문으로 된 소설을 발표한 바 있다고 술회하고 있다. 아마도 '나프' 계열 문학지의 현상공모에서 당선된 것이라 짐작된다.

저자 자신도 출세작이라고 밝히고 있는 「성황당」은 1937년의 『조선일보』 신춘문예 당선작으로서 금세 영화화될 정도로 센세이션을 일으킨 작품이다. 이 작품은 천마령 깊은 산속에서 숯을 구워 살아가는 현보와 그의 아내 순이라는, 근대의 제도적 공간을 벗어난 자연적, 토속적 세계에서 살아가고 있는 인물들이 강렬한 인상을 남기고 있다. 이 소설은 성황신이 주재하는 문명 이전의 자연의 세계와 (산림)법, 경찰, 도회, 들판으로 상징되는 근대 세계와의 대립 위에서 서사가 진행된다. 현보와 순이가 사는 공간은 성황신이 모든 것을 주재하는 근대적 규율과 제도 너머의 세계이다. 순이도 "자연의 한 부분에 지나지 않았다"[34]는 표현에서 알 수 있듯이 이 세계에서는 인간과 자연은 대립되지 않는다. 천마재에서의 현보와 순이의 정사, 숯을 굽다가 개울에서 멱을 감는 순이의 관능적인 묘사에서 인상깊게 그려지는 에로티시즘도 도회적 퇴폐가 아니라 자연적, 신화적 세계의 원초적 야성과 관련되어 있다. 이러한 세계에 근대적인 규율과 가치를 상징하는 인물 산림간수 김주사와 광산노동자 칠성이가 등장하고 순이에 대한 이들의 성적 욕망에 의해 서사가 추동되고 있다. 순이를 차지하려는 산림간수의 농간으로 산림법이라는 현실의 논리에 의해 현보가 영창으로 끌려간 후, 순이는 '분홍 항라적삼'과 '수박색 목메린스 치마'라는 근대의 기표에 이끌려 칠성과 야반도주하지만 '들'로 표상되는 문명에 대해 공포를 느껴 산과 성황으로 표상되는 근대 이전(혹은 너머)의 세계로 되돌아오는 것으로 결말을 맺고 있다. 산림간수 김주사와 칠성이라는 인

---

34) 정비석, 「성황당」, 앞의 책, 19쪽.

물 상징에 주목하여 이 소설을 일본 통치하의 식민지적 근대에 대한 비판과 그 대척점에 있는 토속적, 민족적 세계의 이항대립으로 읽어내는 독법들[35]은 이 소설의 반근대주의적 성격에 주목한다는 점에서는 근거가 있지만, 그러한 반근대주의를 곧바로 반(反)제국적 정체성으로 수렴한다는 점에서 일면적이다. 「성황당」의 주제의식은 당대 반근대, 반서구 정신과 관련한 광의의 제국적 컨텍스트 속에서 검토되어야 한다. 설화적 공간과 시간에 대한 감각, 모더니티의 부정적 속성을 비합리적 힘과 종교적 신비주의 또는 야성적 본능에 기대면서 치유하고 있는 이 작품의 맥락은 식민지 말기를 풍미한 근대초극의 사상과 깊은 연관을 지니고 있는 것이다.[36] 특히 야생의 에로티시즘이라고도 명명할 수 있을 '순이'는 능동적이며, 근대적 규율에서 벗어나 있는 듯하면서도 윤리적인 인물이다. 이러한 '순이'의 형상은 이후 정비석의 식민지 말기 소설에서 상호보완적인 두 여성 인물로 반복적으로 재현된다.

근대 너머의 자연 속의 '순이'를 식민지 근대 도회에서 재현하고 있

---

35) 각주3)의 노상래, 박상준의 앞의 논문 참조.

36) 대학시절의 현상문예 당선작 및 「졸곡제」 등의 경향성 있는 작품으로부터 「성황당」으로의 이러한 초창기 정비석 문학의 전환이 정비석이 '평생의 심우'라고 친교를 강조하고 있는 평안도의 동향 선배 백철 문학세계의 변천과 흡사한 경로를 거치고 있다는 점은 흥미롭다. 동경고사 시절의 '나프'와 귀국 후의 카프 활동, 투옥 및 전향의 과정을 거치면서 백철이 일본 '내지' 문단 저널리즘의 풍향에 촉각을 세우며 '휴머니즘론', '풍류론', '사실수리론' 등을 통해 제국의 동양론(근대초극론)에 부응하며 체제협력의 길을 걸어갔듯이, 등단 이후 정비석의 변천도 이러한 코스에 대응하고 있다. 백철의 '사실수리론'과 그 소설적 육체인 「전망」 창작과 대응하여 정비석 역시 「현실앞에 엄숙하자」(『인문평론』, 1940. 3)를 통해 현실을 사실로 수리하고, 「삼대」(『인문평론』, 1940. 2)를 통해 새로운 시대의 윤리를 실험하고 있다. 이러한 관계는 1950년대에도 이어져서 정비석의 『자유부인』, 『민주어족』 등의 미국 헤게모니하의 문학적 대응은 '신비평'의 수입을 통해 미국 이론을 통해 아카데미즘과 평단 헤게모니를 모색했던 백철의 행보와 견주어 볼 수 있을 것이다.

는 소설이 「금단의 유역」[37]이다. 이 소설은 미모의 독실한 카톨릭 교도인 김순경을 모델로 하여 칠십객인 추강 화백과 그의 아끼는 제자 최승조가 '금단'과 '동경'이라는 표제를 걸고 함께 그림을 창작하는 과정을 골간으로 예술에 대한 열망과 애욕 사이의 갈등을 그리고 있는 작품이다. 추강 노화백은 순경의 시선에서 "초인간적인 인종(忍從)"[38]을 발견하고, "고락과 핍박에 시달니면서도 죽엄으로써 절개를 지키는 과거의 수많은 순교자"를 연상한다. 이러한 聖의 표상인 그 눈의 이미지는 "현대적인 아름다움이 아니라, 고전적인 아름다움", "서양적인 아름다움이 아니라 동양적인 그것"으로 표상된다.[39] 순경을 '고전적이고, 동양적인' 성스러운 순교자의 이미지로 묘사하며, 소설은 '忍從'을 여성미와 윤리의 최고 덕목으로 제시하고 있다.

'忍從'을 여성미와 윤리의 핵심으로 제시하고 있는 또 다른 작품이

---

37) 정비석, 「금단의 유역」, 『조광』, 1939. 7.~12.

38) 정비석, 「禁斷의 流域」(제1회), 『조광』, 1939. 7, 158쪽.

39) 다음 구절은 당대의 동양/서양, 자연/인공(문명)의 이항대립의 틀을 공유하고 있는 묘사이다. "첫 인상부터가 코스모스처럼 청초한 순경, 비오는날의 성당 종소리에 감격되여 카토릭 교도가 된후로는 오직 수녀나 진배없는 생활을 하고 있다는 순경, 그리고 모델대우에 기리샤 조각처럼 한구석도 뷘틈없이 째인 육체를 가루 눕히고 있든 순경-노리에 아로 삭인듯이 신선하고 청아한 순경의 인상이었다. 순경에 버기면 영옥의 인상은 너무나 모호하다. 시크라멘같이 갸륵한 영옥의 아름다움을 무턱대고 부인하려는 것은 아니지만 그러나 그 아름다움은 인공으로 만든 조화(造花)처럼 힘의 표현이 연약한것이 맛갑지 않었다. 순경을 한떨기 들국화에 비긴다면 영옥은 온실에서 피운 한송이 시크라멘에 해당한다고나 할까. 어쨌든 하나는 수난을 겪고난후의 굳센 이지의 아름다움이요 다른 하나는 폭풍을 모르고 자란 내약한 감정의 아름다움이라 하였다."(「금단의 유역」3회, 『조광』 1939. 9, 164쪽) 이러한 비유는 유진오의 『화상보』(1940), 이기영의 『처녀지』(1944) 등 동시대 장편의 여성묘사에서 공통적으로 확인되는 스테레오 타입의 이항대립이다. 심지어는 해방 이후 염상섭의 『효풍』에서 혜란과 마담 가네코를 비교하는 베커의 입을 빌려 재연되기도 한다.

「제신제」[40]이다. 이 소설은 신학교 출신의 주인공 희순이 약혼녀 애라의 죽음에 대한 인간적인 슬픔을 온전히 표현하기 위해 제사를 지냄으로써 배교하는 과정을 그린다. 그 배교의 과정에서 주인공은 '순실'이라는 산장지기 처의 신실함 속에서 성스러움과 관능을 새롭게 발견하고 인간적인 애욕을 숙명으로 받아들인다. 주인공 희순과 죽은 약혼녀 애라가 '마돈나'라고 부르는 산장지기의 아내인 순실은 이지적이고 영리한 인물로 희순과의 사이를 남편에게 오해 받아 신체적, 정신적인 핍박을 받고 있음에도 불구하고 '인종'하는 여성이다.[41] 정비석은 이들 여성인물들의 관능성을 묘사하면서도 육체를 넘어서는 '인종'과 '순종', '극기'라는 정신성을 부여하고 있다. 그 정신성은 「성황당」에서는 신비주의적 무속과 관련되고, 「금단의 유역」과 「제신제」에서는 기독교의 계율과 윤리와 관련되는 것으로, 작품에 따라 달라지다가 시국에 적극적으로 부응하는 작품들을 쓰면서 동양적인 전통윤리의 덕목

---

40) 정비석, 「제신제」, 『문장』, 1940. 10.

41) 이 작품은 이후 『신시대』(43. 4~5)에 「山の憩ひ」로 개제되어 발표된다. 새로 발표되면서 내용이 변개되는데 애라의 여동생으로 등장했던 애경을 대신하여 친구 옥채가 등장한다. 이전 작품에서 언니 애라의 죽음에 대해서 슬퍼하지도 않고 주인공 희순에 대한 애욕을 감추지도 않는 부정적 인물로 그려졌던 애경에 비해 옥채는 '살로메 같은 요염한 자태'를 가지고 있으면서도 신학교를 그만두겠다는 나의 결심에 대해 칭찬하면서 신체제에 공명하며 기독교를 비판하는 긍정적인 인물로 제시된다. 이 소설에서는 「제신제」의 순실과 애경의 대립하는 가치가 조정되어서 '생을 깊이 파내려가려는' 순수하고 토속적인 아름다움을 간직한 여성형 순실과 '생을 강하게 확대해 가려는' 현대적인 여성 옥채라는 보완적인 인물형으로 재조정된다. 「금단의 영역」의 순경과 영옥, 「제신제」의 순실과 애경 등은 이항 대립적 가치를 표상하다가 이 「山の憩ひ」의 개작을 통해 전통과 현대, 서양과 동양의 긍정적인 가치를 분유하고 있는 상호보완적인 인물형의 형태를 띠는 것으로 변화한다. 전통과 현대성의 조화라고 표현할 수 있는 이러한 변화는 『청춘의 윤리』에서 현주와 영옥이라는 인물형을 통해 재현되며, 1950년대의 『민주어족』에서도 이러한 여성 역할의 분화가 이어지고 있다. 다만, 식민지 시기에는 '전통'과 '婦德'의 맥락에 강세가 두어졌다면, 1950년대에는 현대여성미 쪽에 강세를 두면서 전통을 보완적으로 제시하고 있다는 차이가 있다.

인 '婦德'이라는 형태로 귀결된다.

인종, 순종의 윤리와 반문명, 반근대의 지향을 시대 정신으로 소환하고 있는 작품들이 1940년대의 일련의 시국 단편들이다. 이러한 동양적 가치들은 「고고」에서의 고향, 「한월」에서의 농촌 등 도회와 서구적 모더니티의 부정적 속성에 대비되는 동양적인 가치를 강조하는 1940년대의 시국에 부응하는 일련의 소설들에서 다양한 형태로 변주, 반복된다. 『국민문학』에 게재된 「한월」[42]은 딸(옥혜)을 데리고 고향 안성으로 설을 쇠러 가는 지식인 서술자가 버스 고장으로 정차된 곳에서 순박한 농민 강춘보와 주민들, 불행한 이력을 가지고 있는 예쁜이 어멈, 도회적 이해에 찌든 '수달피'(이홍섭) 등을 만나 섣달 그믐을 보내는 내용이다. 남편으로부터의 소박, 어린 딸의 죽음 등 인생의 신고를 겪은 예쁜이 어멈은 그 남편을 원망하지 않고 폐병으로 죽어가는 남편의 임종을 위해 안성으로 향하는 아픈 사연을 지니고 있는 인물이다. "냉랭한 달빛을 받으며 고요히 서 있는 여인은 투철한 미술품같이 숭고하게 느껴졌다"고 표현하는 데서 알 수 있듯이, 이 여인은 「금단의 유역」의 모델 김순경, 「제신제」의 산장지기처 순실과 동궤의 인물이다. 서술자는 이 여인의 인고의 정신을 시대에 필요한 어떤 정신으로 환원시킨다. 이 여인과 동일한 가치를 발산하는 인물이 버스가 고장났을 때 짚을 가져와 화톳불을 놓고, 캄캄한 주막방에 아버지 대상(大喪)에 쓸

---

42) 정비석, 「寒月」, 『國民文學』, 1942. 2. 이 작품은 『國民文學』 최초의 '언문' 창작란에 실린 것이다. 최재서는 편집후기에서 이 작품을 "한 시골에서의 버스사고를 에피소드로 이 세기말적 怒濤를 극복해야 할 협동의 논리를 심심히 수긍토록 그리고 있다. 그 안에는 지식인에 대한 예리한 비판이 한월과 같이 빛나고 있다. 대단히 혁신적이다"(필자 번역)라고 평하고 있다.

초를 꺼내 불을 밝히는 순박한 농부 강춘보이다. 예쁜이 어멈과 강춘보의 대척점에는 자신의 이해타산만 계산하는 양복쟁이 도회인 수달피씨가 자리하고 있다. 서술자는 "그 정신에 있어서 수달피 씨와 예쁜이 어멈과는 아주 딴 세계의 사람"이며 예쁜이 어멈과 강춘보의 "이해를 초월한 희생과 인종의 숭고한 정신이야말로 지금 시대가 요구하는 그것"이라고 정리하고 있다.[43]

1944년에 매일신보사에서 출판된 전작 장편 『청춘의 윤리』는 지금까지 살펴보았던 정비석 문학의 윤리감각의 결정판을 보여주는 대중 연애소설이다. 이 소설의 서사는 공적대의와 희생 윤리의 화신인 장현주와 그를 둘러싼 의사 주성보, 성애원의 소유자인 출판사 사장 최영득의 삼각관계, 다시 주성보를 둘러싼 장현주와 최영득의 동생 최영옥의 삼각관계, 최영득을 둘러싼 장현주와 박성실의 삼각관계가 겹쳐지는 통속적 연애의 구도로 짜여져 있다. 주인공 장현주는 미국선교사가 운영하다 '대동아전쟁'이 발발하자 폐쇄될 처지에 놓였던 산원과 탁아소가 함께 있는 성애원(聖愛園)의 총무이다. 장현주에게 성애원의 총무 일은 "정신적으로는 서양 사람의 노예로서의 생활을 청산하고, 육체적으로는 열병을 무사히 치르고 나서, 인제 정말 문자 그대로 인생을 재출발하는"[44] 정신적/육체적 갱생의 사업이다.[45]

---

43) 『半島作家短篇集』(朝鮮圖書出版株式會社, 1944)에 수록된 정비석의 단편 「幸福」도 지원병 훈련소에 간 남편 대신에 임신한 몸으로 할당된 가마니짜기를 모두 끝마치는 '서분녀'의 출산과 보리 풍년을 기대케하는 瑞雪 등을 통해 포근한 시골 마을에서의 행복감이라는 보편적인 정서와 시대성을 결합시키고 있다.

44) 정비석, 『청춘의 윤리』, 매일신보사, 1944, 18쪽.

45) 시대의 스테레오 타입이라고 할 반서구적 태도는 각 인물들의 발화와 서술자의 직접적인 개입을 통해 반복된다. 성애원 총무일을 강권하며 "서양놈의 종사리 그만치 해줬음 인제

장현주가 '성애원' 사업을 통해 실현하는 소명은 모성을 관리하고, 유아들을 '소국민'으로 키우는 것이다. 성애원에서 갓 태어난 사내아이들은 '병정'으로 호명된다. 성애원 총무로 취임한 이후 병으로 죽은 어린 아이 '강권식'의 무덤은 현주가 자신을 희생하고 국가를 위한 '병정'을 길러내는 공적대의에 생애를 바칠 것을 다짐하는 일종의 기도처이다. 육아를 통해 국가에 이바지한다는 소명의식 속에서 장현주는 내과 의사 주성호에 대한 사적감정을 이기적인 욕망으로 간주하며 억누른다. 행동성, 야성성에서 주성호와는 다른 차원의 남성으로 제시되고 있는 최영득과의 결혼은 사적감정이 아닌 공적대의와의 결합으로 묘사하고 있다. 공익사업이라는 허영을 충족시켜 줄 수 있는 성애원의 소유자인 출판 부르조아 최영득을 배우자로 선택한 것을 시대적 대의라는 알리바이를 제시하며 합리화하고 있다.[46]

"국가의 흥망이 오직 이 한 싸홈에 걸린 절대절명의 운명을 걸머지고 용감무쌍하게 싸호는 제일선의 용사들은 거이 전부가 이십대요, 삼십대"[47]라며 청춘의 동원을 독려하고 있는 이 소설에서 주목할 대목은 이 대의명분을 수행하는 남녀에게 부여되는 윤리적 자질이 다르게

제 나라를 위해서 일을 좀 해야"(정비석, 위의 책, 6쪽)한다는 최영옥의 발화나 "세상밖으로 나온후 스물세해동안 성심전력으로 미국사람의 종사리를 한 것을 생각하면 새삼스러히 이가 갈리면서 이제부터나마 나라를 위해서 몸을 바쳐야겠다"(108쪽)는 현주의 결심, "이 피아노두 갱생을 헌 셈이로군요. 언제는 양국놈들의 춤 추는데 장단을 맞추다가 요새와선 어린애기들 노래허는데 헌신허게 되었으니, 피아노 자신두 감개무량 허겠는데요."(242쪽)라는 최영득의 발언 등 작품 도처에서 반서구적 발언을 확인할 수 있다.

46) 이러한 조합은 이태준의 『청춘무성』이나 여타 동시대 많은 장편소설에서 확인할 수 있는 바 자선사업에 전념하는 순결한 정신의 여주인공과 결연되는 것은 늘 민족 부르조아라는 사실을 유념할 필요가 있다.

47) 정비석, 위의 책, 96쪽.

부과되며 또한 위계적으로 배치된다는 점이다. 이 소설에서 파시즘의 남성성을 구현하고 있는 인물인 최영득은 자신이 결심한 일에 대해서 '정열'을 가지고 밀어붙이는 청춘의 표상으로 제시되거니와, "황소같이 씩씩거리며 목표를 향하여 휩쓸며 나가는 영득의 남성미"에서 장현주는 "황홀케 하는 매력"[48]을 느낀다. 정복/피정복의 젠더적 위계를 환기시키는 이러한 남성성과 여성성의 배치 위에 최영득과 장현주는 파시즘 윤리를 젠더적으로 분유하고 있다. 전체(국가, 민족, 공동체)라는 대의를 위해 개인을 희생하는 것을 최고의 윤리적 행위로 제시하는 것이 『청춘의 윤리』가 발화하고 있는 핵심적인 메시지이다. 그리고 이러한 윤리감각은 특히 여성에게 전통적인 '부덕'이라는 동양적인 가치로 구체화하여 제시되고 있다. 다음의 인용에서 행동하는 파시즘적 남성성의 상징 최영득이 발화하는 윤리감각을 확인해 보자.

> "네가 또 화를 낼 얘기다만 여자란 남자의 조종술에 따라 아모렇게라두 헐수 있는 동물이야. 그야 서로 직성이 맞지않아서 무조건허구 싫은 사람두있지만 그렇지 않은바에는 아모와 결혼하드라두 남자의 태도에 따라 여자는 아모렇게라두변해진단 말야.(…) 옛글에두 여필종부(女必從夫)라구, 안해가 지아비를 쫓는것이 어째서 모욕이란 말이냐? 너두 그, 되지못헌 미영사상을 청산해버리구 할머니 어머니 시대의 부덕(婦德)을 좀 배워라!(…) 한 가정을 위해서 제 한 몸을 희생하는 것이 어째서 멍텅구리냐"[49]

---

48) 정비석, 위의 책, 322쪽.
49) 정비석, 위의 책, 178쪽.

정비석은 식민지 말기에 '婦德', '職分'을 미·영사상의 대척점에 있는 동양적인 윤리의식으로 본질화하며 파시즘의 윤리로 구성해내고 있다. 앞장에서 살펴본 것처럼, 이렇게 구성된 파시즘의 윤리감각은 1950년대에 서구적인 것, 민주주의적인 것이라는 이상적인 가치를 잘못 이해한 방종한 여인들을 비판하는 전통적인 윤리로 재소환된다. 최영득이 발화하는 가정(국가)이라는 전체를 위해 자신을 희생할 줄 아는 동양적 '부덕'을 갖춘 여성[50]이 바로 장현주이다. 개인의 감정을 희생하는 장현주는 파시즘이 여성에게 요구하는 이념을 구현하는 인물인 셈이다.

희생과 인종의 윤리는 여성에게만 강조된 것은 아니다. 현주와의 관계 때문에 고민하던 의사 주성호도 지원병훈련소를 마치고 중국전선으로 출정한 동생을 통해 대의를 자각하고 군진의학에 투신하거니와 "군대에는 희생정신이 철저해서 「나」라는 것을 전혀 넘두에두 두지않는데, 우리 머리에는 「나」만이 꽉차 있지 않습니까. 그러니까 우리 머리에서 「나」라는 관념을 쫓어내기전에는 우리는 시대의 락오자가 되구 말것"[51]이라고 '희생'의 가치를 피력하고 있다. 전통적인 '부덕'

---

50) 최영득의 다음 발화는 『청춘의 윤리』가 발화하는 파시즘 윤리의 정점이라 할만하다. "여자로서 혼인하는 것이 어째 잘못이겠소. 혼인은 개인의 일이라는 그릇된 관념은 버려야 하죠. 여자는 혼인해서 가정을 통하여 국가를 돕는 것이 오히려 여자로서의 참된 길일것이오. 개인 개인으로 국가를 돕는 것도 물론 필요 허겠지만 그런 분산적인 노력보다 가정을 통해서 협력 허는 것이 더욱 줄기찰 것이 아니오? 여자가 혼인해서 애기를 낳는 것이 어째 개인만을 위하는 것이겠소. 대동아전쟁이후 가장 절실히 느끼는 것은 생산확충이지만 인구증식은 보다 더 근본문젤겁니다"(『청춘의 윤리』, 376쪽) 생산확충과 인구증식을 동궤에서 보는 국가주의의 논리와 한국사회의 가부장이데올로기의 결합이 이곳에 드러나 있다.

51) 정비석, 위의 책, 299~289쪽.

과, 인종, "참는자에게 복이 있느니라"[52]라는 기독교적 견인(堅忍) 윤리 등을 모두 동원하여 이 소설은 희생과 인종을 시대의 윤리로 제시한다.[53]

국가를 위한 청년들의 희생과 인종을 독려하는 『청춘의 윤리』의 서사에서 흥미로운 것은 남녀 젠더의 위계적인 배치 뿐만이 아니라 남성, 여성 젠더 사이의 상호보완적인 관계이다. 과단성있는 행동으로 파시즘의 남성성을 대변하는 최영득이 산업부르주아로 안정적인 주체의 형상을 가지고 있다면 주변적 위치에 있지만 결국 공적대의를 깨닫는 주성호는 의학이라는 전문성을 갖춘 기술엘리트를 대변한다. 이러한 남성젠더의 배치는 『민주어족』에서 박재하 사장과 기술자 홍병선의 구도로 재연되며, 그에 앞선 『자유부인』의 장교수와 미국유학생 춘호의 형상에도 그 편린이 이어진다고 하겠다. 그러나 보다 흥미로운 것은 여성 젠더의 배치이다. 1920년대의 신여성으로부터 이후 한국 사회의 여성들에게는 근대적 사유 및 행동과 전근대적인 도덕이 함께 요구되었다고 할 수 있는데, 이 작품에도 그러한 딜레마가 드러나 있다. 전쟁을 수행하기 위해서 가정 밖의 영역으로 여성을 동원하면서 적극적인 행동성을 요구하는 한편, 동시에 가정 밖으로 나온 여성들을 전

---

52) 정비석, 위의 책, 298쪽.
53) "예수는 뭇사람을 위하야 십자가에서 못을 백히지 않았드냐!" "이번 일은 하늘이 나를 시련한 것이다. 나는 이 시련을 이겨내야 한다."(432~433쪽) 등 자신의 사적 희생을 기독교 교리를 통해서 설득하는 논리들이 작품 곳곳에서 보인다. 서구의 사상을 부정하는 언사들 사이에서 기독교의 윤리를 중요한 판단의 근거로 제시한다는 점에서 모순적이다. 기독교적 윤리의식은 「금단의 유역」 등에도 나타나 있으며, 「제신제」는 아예 기독교에 대한 배교라는 테마 위에서 서사가 진행되고 있다. 정비석이 기독교세가 강했던 평안도 출신이라는 점을 감안하여, 그가 유년기에 기독교의 세례를 받았던 것이 아닌가 추론해 볼 수 있지만 그의 진술을 통해서 확인할 수는 없었다.

근대적인 윤리의식을 통해 제어하고 관리해야하는 모순적인 상황이 대두하였다. 『청춘의 윤리』는 장현주라는 파시즘 윤리를 표상하는 비현실적인 이념형 인간을 통해 동양적 부덕과 인종의 가치를 제시하면서 근대적인 여성의 행동성이라는 측면을 최영옥을 통해 보완하고 있다. 『민주어족』에서는 '민주여성' 강영란을 통해서 현대여성의 행동성을, 모자아파트 사업을 수행하는 미망인 강영희를 통해서 그러한 행동성에 중심을 부여하는 '부덕'의 윤리를 제시함으로써 긍정적 여성 윤리를 상호 보완시키고 있다. 이러한 구도 속에서 식민지 말기 정비석이 주조했던 '부덕'과 '인종'의 윤리는 '전통'과 '민족'의 이름으로 올바른 근대화를 지탱하는 윤리적 거점으로 재맥락화될 수 있었다. 「청춘의 윤리」에서 부재하는 것이 서양풍에 물든 퇴폐적, 비도덕적 여성 형상이라고 할 수 있다. 1950년대 소설에서는 이러한 타락한 여성상을 타자로 두고 새롭게 제기된 근대 민주주의의 가치에 부합되는 현대여성의 사유와 행동을 언급하면서 동시에 전근대적인 도덕도 여전히 유효한 것으로 배치했다고 정리할 수 있을 것이다.[54]

---

54) 정비석은 연재한 작품, 혹은 과거에 간행된 작품을 대부분 수정없이 재간행했다. 『청춘의 윤리』 역시 식민지 시기 발행된 판본과 동일한 내용이 재간행되었는데 식민지 말기 일본 국가에 헌신하자는 서사가 해방 이후에 출판되었다는 사실이 뜻하는 바가 무엇인가를 고민할 필요가 있다. 즉, 이러한 행위는 『청춘의 윤리』에서 발화되고 있는 윤리의식들, 즉 부덕, 희생정신, 인종, 행동력에 대한 찬탄 등이 해방된 조선에서도 통용되는 보편의 윤리로 간주됐다는 전제 위에서만 이해 가능한 것이다.

(5) '귀환'의 민족서사와 기억의 정치학

「산정무한」으로 잘 알려진 에세이스트이기도 한 정비석은 1943
년 「國境」[55]이라는 수필에서 '越境'의 경험을 통해 자신의 문화적 아
이덴티티를 帝國 내셔널리티로 새롭게 구성하는 과정을 솜씨있게 묘
사한 적이 있다.[56] 1942년 12월부터 1943년 1월까지 채만식, 牧洋(이석
훈), 이무영, 정인택 등과 간도지방 및 소만 국경 지역을 시찰하고 돌
아와 작성한 이 에세이에서 그는 '대국가간(對國家間) 이해관계의 조화
는 물론이요 국가 기구의 조화도 결국은 국경이라는 것에 의해서 유지
될 수 있다'고 전제하면서 국경선을 '하나의 大調和의 極限界'라고 정
의한다. 월경이라는 지리이동을 통해서 '자신을 최대한으로 보호해 주
는 모국의 은혜'를 느끼는 정비석은 급기야 국경선을 넘음으로써 발생
한 '쓸쓸한 심리가 조국 일본을 향한 사랑으로 이어졌다고 느껴지자,
국경은 국가와 국가와의 조화의 극한계인 동시에 향수의 극한계'로 다
가왔다고 고백하고 있다. 이국땅에서 펄럭이는 일본 국기를 만났을 때
솟구쳐 오르는 애국심에 대한 묘사는 현재를 사는 한국인들이 이국 땅
에서 태극기를 보았을 때의 감흥과 동일한 맥락에서 일본 국가를 자신
의 고국이자 고향으로 향수하는 심정을 나타낸 것이다. 정비석이 이러
한 애국심을 표출하게 된 계기는 무엇일까. '대동아전쟁의 혁혁한 전

---

55) 정비석, 「국경」, 『국민문학』 1943. 4.
56) 당대 신문은 "85만의 간도성민중 약 8할을 차지하는 한국동포들의 만주국민으로서, 또 소
    위 황국신민으로서의 생활실태 등을 시찰, 소개하도록 간도성 초청을 받고"(『매일신보』,
    1942. 12. 27) 이들이 간도를 시찰했다고 보도하고 있다.

과에 따라 우리들의 행동범위는 무한히 확대되어 간다. 만일 거꾸로 패배한다면 어찌 될지, 이것을 상상하는 것만으로도 몸서리가 쳐진다. 우리를 최후까지 지켜주는 건 자기 나라 말고는 있을 리가 없다'는 정비석의 진술에서 그 해답을 찾을 수 있다. 정치공동체로서의 국가와 개인을 운명공동체로 사유하는 이러한 국가주의에 대한 맹종은 정비석만이 아니라 일본 파시즘에 협력한 당대 지식인들의 사유에서 공통적으로 발견되는 논리이기도 하다. 유심히 세계지도를 들여다보던 서술자는 '지도에 칠해진 붉은 색이 무한한 친밀감으로써 내 전신으로 번져왔다'는 한 구절로 글을 끝맺고 있거니와, 지도상의 채색으로 구분되는 이 '일본'이라는 국가를 현실로 수락하고 있는 것이 정비석 에세이의 핵심이라고 할 것이다. '붉은 색'으로 채색되어 도상적으로 이미지화되고 균질화된 일본 국가 속에서 개인으로서, 에스닉으로서의 위치는 사상되고, 개인과 국가는 운명적으로 일체화된다. 일본 국가와 명운을 함께 할 수밖에 없다는 감각이 일반화되는 계기는 대륙으로의 지리이동이 가져다 준 왜소한 식민지적 자아의 해방감이었다. 그러나 조선인 에스닉의 입장에서는 정당해 보이는 이러한 해방감이 대륙침략에의 동참을 통해 확보된 의사-제국주의의 또 다른 표현이었다는 사실을 유념할 필요가 있다. 중일전쟁 이후 조선인의 주체화의 논리의 배경에는 이처럼 탈식민의 해방과 식민주의라는 야누스의 두 얼굴이 병존하고 있었다. 그리고 8·15 이후 이 야누스의 얼굴에서 침략자 혹은 침략에 동조한 의사-식민주의자의 얼굴을 지우고 피해자의 상으로 식민지의 기억을 새로 조정할 필요가 대두했다. 이 과정에서 충성의 대상이었던 운명공동체로서의 '다민족대국가'에 대한 협력의 기억은 '단일민족국가'의 수립이라는 미래의 비전으로 대체되어야 했다.

「귀향」[57]은 식민지 말기 정비석이 자신의 문학을 통해 구성했던 제국적 정체성으로부터 8·15라는 미증유의 사건을 계기로 민족적 정체성으로 전환되는 과정이 드러나 있는 작품이다. 만주로부터 조선으로 돌아온 '귀환전재민'의 지리이동과 그를 통한 정체성의 회복을 그리는 이 소설은 해방기 소설의 귀환의 민족서사를 공유하고 있다.[58] 주인공 최현수 노인은 식민지적 질곡에 의한 가난 때문에 만주로 이주해간 빈농이다. 해방 이후 만주로부터의 귀환 중에 최현수가 묘사하는 고향 오리마을은 "금계포란 형국이라구 해서 더할 나위 없이 살기 좋은 마을"로 회고되며, 그러한 마을을 떠날 수 밖에 없었던 이유는 강제로 토지를 빼앗은 "모두가 그 왜놈들 때문"이라고 설명된다. 낙토로서의 원향의 이미지와 그것을 파괴한 일본이라는 피해/가해의 민족 서사를 마련한 이후 "그렇지만 이제 해방은 되었겠다, 어떤 놈이 뭐라겠느냐. 과거에 학대받던 생각을 해서라도 서로서로 힘 도와 잘 살아야지."[59]라며 민족 집단 전체를 수난자로 일체화한다.

이 소설에서 조선에서 태어났지만 이른 시기에 이주하여 만주의 풍경이 더 편안한 아들, 만주에서 나고 자라 단풍을 꽃으로 알고 있는 며느리 등은 모두 만주를 새로운 고향으로 자신의 정체성을 구성한 세대이며 그들에게 귀환은 아버지의 고향, 즉 민족으로 돌아와 그 구성

---

57) 정비석, 「귀향」, 『경향신문』, 1946. 10. ; 여기서는 『한국소설문학대계』 23, 동아출판사, 1995를 참조.
58) 이에 대해서는 이 책의 2부 1장 '해방기 소설에 나타난 지리적 귀환의 서사'를 참조할 것.
59) 정비석, 「귀향」, 앞의 책, 573쪽.

원으로 신생하는 제의라고 할 수 있다. 지리적 귀환이 곧 민족공동체의 성원으로 신생하는 제의이긴 최현수 역시 마찬가지이다. 산봉우리에서 고향마을을 쳐다보는 장면은 시사적이다. 최노인에게 마을은 만나는 청년들이 낯선 만큼이나 생소하다. 자신의 젊은 시절의 연정이 깃든 물방앗간을 유심히 생각한 후에야 지각할 수 있을 만큼 최현수역시 만주라는 공간에 익숙해져 있는 인물이다. 만주와 고향 마을의거리 만큼의 기시감은 그러나 옛 친구들을 만나고 고향 마을의 모습에 익숙해지면서 곧 해소된다. 특히 이 소설에서 주목할 것은 최현수의또 다른 아들, 즉 자신이 만주에 가 있는 동안에 정인이었던 탄실이 복중에 잉태하고 권첨지 집의 첩실로 들어가 낳은 아들인 권동성의 존재이다. 그는 해방된 조선에서 보안대를 조직하여 대장으로 있으면서 마을의 치안과 배급 및 안정을 이끈 인물로 제시된다. 권동성은 최현수가 조국을 떠나 있을 때에도 여전히 지속되었던 민족적 혈연을 암시한다. 탄실에게서 권동성이 자신의 핏줄이라는 사실을 알게 된 최현수가묘자리를 보러 간 산에서 하는 상념은 이 소설의 의미를 잘 보여준다.

이날 최노인은 저물녘까지 산속을 헤매며 몇 날 남지 아니한 탄실이를 위하여 산소 자리를 골랐다. 자기 자신도 머지 않아 이 산속에 한 개의 무덤이 되고 말 운명임을 깨달은 그는 만주 땅에 내버려둔 아내의 유골도 속히 옮겨 와야겠다 생각하였다.

그렇게 해서 이 오리나무 마을 사람들은 연년세세로 바뀌어 가겠지만, 그러나 그들이 그들이라 이 마을은 언제나 이 마을 사람들로 해서 유지되어 갈 것을 굳게 믿었다.

설령 권세를 다투는 무리들이 제아무리 날치더라도 이 마을의 주인은 역시 이 마을 사람들뿐이라, 형이요 아우요 하는 그들이 일치단결하여 마을을 굳게 지켜 가면 조금도 두려울 것이 없어 보였다. 그렇게 생각하자 마음에 느긋한 행복감이 느껴져서, 최노인은 하루바삐 우리나라의 정부가 서기를 고대하며 저물어 가는 마을을 언제까지고 그윽한 시선으로 정답게 굽어보고 있었던 것이다.[60]

이 오리마을이야 말로 새롭게 구성된 민족공동체의 은유이며, 이 마을의 주인으로 명명된 영속하는 마을사람들은 민족구성원의 다른 이름이다. 이처럼 '귀향'이라는 귀환의 제의를 통해서 정비석은 일본 제국기에 형성되었던 정체성에서 벗어나 새로운 민족적 정체성을 구성하여 갔다. 이를 위해 그는 '과거에 학대받던 생각'이라는 공통의 피해의 서사를 마련해야 했고, 그러한 서사는 일본의 압박에 의한 만주로의 이동이라는 서사를 통해서 가능했다.[61] 또한 그것은 가부장-남성을 동반한 귀환으로 표현되어야 했으며, 남아 있는 여성들은 척박한 현실을 '인종'하며 영속하는 민족의 후손들을 낳아 기르는 역할로 제시되어야 했다. 식민지적 기억을 모두 수난받은 동포의 삶으로 치환하는 글쓰기의 기억 정치학을 통해서 과거를 모두 무화시킨 후에 작가의 시

---

60) 정비석, 「귀향」, 앞의 책, 585~586쪽.
61) 「귀향」에서 시도되었던 만주를 매개로 한 기억의 정치학은 장편 『故苑』(백민문화사, 1946)에서 보다 정교해진다. 3·1운동 이후 만주로 망명한 현오권이라는 인물의 수기를 내부 이야기로 하는 이 소설은 조선 안/밖의 경계를 구분짓고 작중인물의 입을 통해 '만주에서 조선을 생각하는 것'은 공상이라고 주장하며 식민지 조선의 영토 안에서 일상을 살았던 조선인 모두를 구제하는 논법을 통해 식민지 시기의 작가 자신의 체제협력에 대한 알리바이를 구성하고 있다. 정비석은 조선 안/밖의 논리를 다시 정신의 애인 '영주'와 육체의 아내 '채옥'이라는 정신/육체의 이분법으로 전이시키고 있다.

선이 미래의 새로운 정체성과 주체의 구성으로 향한 것은 당연한 수순일 것이다.

이러한 맥락에서 식민지 기억으로부터 상대적으로 자유로운 신세대들을 새로운 민족적 주체로 제시하고 있는 소설 「동녀기」[62]를 주목할 필요가 있다. 서술자 '나'는 17세 때 독서회 사건으로 투옥된 경험이 있는 문인으로 정비석이라는 작가적 자아를 연상시키는 인물이다. '나'는 '바다를 건너온 나비'의 출판기념회에 참석한 후 영도사 밤길을 걸어 집으로 돌아오다가 애국가를 반복해서 부르며 앞서 걸어가고 있는 버스 차장, 양말공장 노동자 등의 어린 소녀 셋의 뒤를 따라가며 감회에 젖고 있다. 애국가를 사랑하는 이 '童女'들은 일본 제국기에 신체에 각인된 '사요나라'라는 헤어지는 인사말을 '의식적'으로 청산하고 애국가를 가장 좋아하며 노동을 통해 조선에 기여하고 있는 새로운 주체로 제시된다. 수줍은 '童女'라는 순결한 여성이미지를 활용해 해방기 주체성의 문제를 다루는 이 단편은 에로티시즘과 섹슈얼리티를 강조하는 정비석의 이전 소설못지 않게 젠더정치학에 입각해 있다. 정비석에게 신생 조선 그것은 '사요나라'를 '안녕히 주무세요'로 바꾸는 정체성의 변화를 통해서 과거의 기억을 떨어내고 '동녀'의 순결한 육체와 정신처럼 변화시킬 수 있는 가능성의 세계였다.

이 가능성의 세계에서 당당한 구성원이 되기 위해서는 '민족'이라는 대의에 대한 헌신의 열도를 증명해야 했다. 부자이지만 방탕한 남편과 재취 결혼한 지 3년이 된 한정옥이라는 여성이 남편과의 이혼을

---

62) 정비석, 「동녀기」, 『백민』 1946.10.

결심하고 집을 나가기로 한 마지막 밤까지 외박하며 돌아오지 않은 남편에게 자신의 결혼생활을 반추하며 보내는 서신문 형식을 취하고 있는 「아내의 항의문」[63]은 정비석이 보이는 민족됨의 열도를 가늠케 하는 소설이다. 결혼 첫날부터 외박을 하여, 친구들과 민망한 첫날밤을 보낸 '나'는 둘째 날 겁탈에 가까운 초야를 치룬 후 왕성한 남편의 정력의 배설구로 취급되는 "집에서 길러지는 매음녀"라는 자괴 속에서 살아간다. 헤어져야 한다는 생각을 계속하지만, 어느덧 '나'는 남편의 육체에 길들여져 쾌락을 느끼게 되고, 남편이 외박하는 밤에는 그 육체적 쾌락을 기다리며 괴로워하기도 한다. 그러던 '나'가 이혼을 결심하게 된 결정적인 동기에 주목할 필요가 있다. 가정사로 일관했던 한정옥의 고민은 해방 이후의 남편의 처세를 매개로 민족적 자각으로 확산된다. 8·15 이후 남편은 열흘 가량 돌아오지 않았고, '나'는 남편의 방탕이 민족에 대한 애착에서 비롯된 자기 파괴적인 방탕이 아니었을까라는 일말의 기대를 갖지만, 동창생을 통해 알게 된 해방기 남편의 행적은 정치적 공백의 혼란을 틈타 일본의 적산가옥을 거래하는 모리를 통해 100만원의 이득을 올리고 있다는 사실이다. '민족반역자인 모리배의 아내'라는 오명을 쓰게 된 내가 남편과 이혼을 결심하면서 소설은 끝을 맺고 있다. 독립한 개인으로서의 여성성의 자각, 성역할에 대한 통념을 비판하고 자신의 삶의 주인이 되고자 하는 여성 젠더의 면모가 부분적으로 드러나 있음에도 그러한 결정적인 자각을 다시 국가, 민족이라는 대의를 매개로 수렴시키는 이러한 서사 속에서 정비석 문

---

63) 정비석, 「아내의 항의문」, 『신천지』 1948. 6.

학의 젠더 정치학의 면모가 다시 한 번 확인된다고 하겠다.[64]

　이상의 개략적인 해방기 소설들을 통해서 알 수 있는 것처럼 정비석은 제국적 정체성과 전체주의의 윤리 의식을 가능하면 기억의 저편으로 묻어버리거나, 아니면 아예 그러한 기억을 재조정하고자 했다. 그러나 자신의 행적을 부정해야 하는 이러한 의도적인 노력을 할 필요가 없는 상황이 곧 발생했다. 한국전쟁은 과거 자신의 문학적 윤리를 구성했던 그 가치들이 국가와 민족을 위해서 소환되고 재생될 가치로 인식될 수 있는 결정적인 사건이었다. 한국전쟁기에 식민지 말기 정비석 소설의 세계인식과 윤리의식이 재생되는 양상에 대해서는 「戰線文學』에 수록된 「간호장교」와 「남아출생」을 통해서 검토가 가능하다.

　「간호장교」[65]는 한국전쟁을 배경으로 한 소품이다. 국민학교 교원 이건호는 간호부 김선주와 애인 사이로 한국전쟁이 발발하자 민족과 국가를 위해 자원입대하면서 여자의 행복을 위해 절연을 선언한다. 김선주도 애인을 따라 군대에 지원 간호장교가 되어 백마고지 전투의 부

---

64) 이외에도 단정이 수립된 이후 쓰여진 「사향가」(『백민』, 1950년 2월)의 경우도 정비석이 제국적 정체성에서 민족적 정체성으로 귀환하는 제의적 글쓰기의 한 양상을 보여주는 사례이다. 이 소설은 1944년 4월 20일경의 이국을 배경으로 한 일본제국하 조선인 '학병'을 소재로 하고 있다. 용산역에서 강제로 끌려온 이들 학병은 "무지한 상등병들의 인종차별에서 오는 가혹한 채죽 밑에서 날마다 원한의 눈물을 삼키며 인종에 인종을 거듭하며 살아온 쓰라린 석달"을 보낸 것으로 묘사된다. 훈련을 마친 저녁에 부대장의 명령에 의해 철야행군에 나선 조선인 학병 훈련병들이 들판에서 휴식시간에 노래를 부르는 상황을 중요한 서사로 하는 이 소설에서, 연희전문의 한 학생이 부르는 '아리랑'과 그에 대한 학병들의 감회를 수기의 형식으로 제시하면서, '삼천만 우리 동포의 혈관에 한결같이 흐르고 있는 민족정신'을 환기시키고 있다. 1950년의 상황에서 학병 서사와 '아리랑'을 통한 혈관을 흐르는 조선정조를 강조하는 정비석의 의도는 식민지 기억을 조정하고 새롭게 구성된 대한민국의 국가정체성에 부합하는 민족이야기를 주조하고자 했던 것이라 볼 수 있다.

65) 정비석, 「간호장교」, 『전선문학』, 1952. 12.

상병들을 치료한다. 중상을 입고 김선주가 근무하는 야전병원에 입원한 이선호는 장기간의 수술과 김선주의 헌신적인 간호로 목숨을 건지고 서로의 사랑을 확인한다는 이야기이다. 여인의 행복을 위해서이기도 하지만, '조국'과 '민족'을 위해 나의 사적 감정을 절연한다는 이러한 논리는 '대동아전쟁'을 배경으로 '성애원'의 사업에 헌신한 현주가 주성보에 대한 애정을 희생하면서 내세운 명분이었다. '대동아전쟁/한국전쟁', '일본국가/대한민국(조국)'으로 전쟁의 상황과 그 대상 국가는 다르지만, 이선호와 김선주의 멸사봉공의 윤리 감각은 조국과 민족의 이름으로 재생된 제국의 윤리라고 할 것이다.

「남아출생」 역시 한국전쟁을 배경으로 한 단편이다. 이미 세 자녀를 두고 있는 가난한 소설가는 아내가 또 다시 임신을 하자 생활고를 고민하며 유산시키려 고심한다. 이때 소설가에게 한국전쟁의 전선에 소위로 임관한 조카로부터 편지가 당도한다.

"현대전에 있어서는 기계가 승패를 좌우한다는 것이 하나의 상식이기는 하지만, 기계도 역시 사람의 손으로 만들어지고 또 사람의 손으로 움직여지는 것인 만큼, 인적재원이 풍부 하다는 것은 적으로서는 유리한 조건이 아닐 수 없읍니다. 최후의 승리는 확신하는 바입니다마는, 앞으로 특별한 조치가 있기 전에는, 이 싸움이 십년이고 이십년이고, 한없이 계속 될는지도 모르니까, 후방국민들도 그런 각오로 생활대책을 세워야 하리라고 믿습니다.[66]

---

66) 정비석, 「남아출생」, 『전선문학』, 1953. 4, 76쪽.

‘나’는 조카의 편지에서 장기전으로 지속될지도 모른다는 내용에만 주목하면서 이러한 상황에 대처하기 위해서는 식구가 적어야 하겠다는 생각에 유산시킬 결심을 더욱 굳히고 돈을 마련하려 하지만 결국 구하지 못해 아내는 남아를 출산한다. 남자아이를 출산하는 날 조카의 전사 소식이 날아들고 ‘나’는 앞선 조카의 편지에서 인적재원의 부족이라는 표현을 연상하면서 조카의 죽음을 ‘국가로서의 손실’이라 슬퍼한다. 조카의 전사소식을 들은 순간 아들이 태어난 것을 "소모된 국가와 국력을 그만치 보충한 것"이라 기뻐하는 주인공의 면모는 『청춘의 윤리』에서 여성의 출산에 대해 생산확충의 맥락에서 국가를 위한 ‘인구증식’이라 설파하던 최영득의 사유를 떠올리게 한다. 이처럼 한국전쟁은 정비석이 해방기 소설 속에서 지워가고 있었던 제국의 윤리를 민족과 조국을 위한 보편적이고 전통적인 가치로 부활시킬 수 있었던 한 계기로 작용했다.

(6) 두 개의 ‘戰後’를 읽는 ‘연속/비연속’의 겹눈의 독법

한국문학사에서 1950년대를 읽는 관점에는 정형화된 인식틀이 존재한다. 1950년대를 이전과 이후의 시대와 단절된 역사적 시공간으로 간주한 결과, 그 고립된 시대의 정체성(停滯性) 해명에 치중하는 연구 관행이 발생하였다. 주목할 것은 그 인식틀이 사관의 문제와 불가분의 관계를 지니고 있다는 점이다. 『해방전후사의 인식』으로 대표되는 민족주의 사관과 『해방전후사의 재인식』으로 대표되는 탈민족주의 사관은 서로를 좌우편향으로 구별 짓지만, 1950년대에 대한 위상 설정에서는 크게 다르지 않은 측면을 보이고 있다. 전자가 '외세에 좌우된 어둡고 정체된 시기'로 후자가 '나름의 진보를 보여준 창조적 변혁의 전환기'로 해석의 분명한 차이를 보여주고 있음에도 불구하고, 1950년대를 전후(前後) 시기의 종속변수로 취급하는 태도만큼은 동일해 보인다.

이번 장에서는 해방기와 이어져 있고, 또한 1960년대와도 겹쳐져 있는 1950년대를 '전근대/근대' 및 '민족주의/탈민족주의'의 이분법적 틀 속에서 조명하는 접근법과 이에 따른 극단화된 평가, 즉 '停滯/변혁', '불임/회임'의 편향된 해석을 비판적으로 성찰함으로써 해방기의 연속성의 문제를 숙고해 보고자 했다. 특히 4·19혁명 이후에 한국의 근대가 본격적으로 전개되었다고 보고 1950년대를 부정적인 전사(前史)로 폄하하는 시각과 거꾸로 1950년대의 근대 경험을 긍정 일색으로 평가하면서 그것을 진보성으로 일방화하거나 이후 시기와의 연속성만을 강조하는 시각의 편향성을 극복했을 때 비로소 해방 이후의 한국문학/문화에 대한 객관적인 조명이 가능하다고 판단하고 있다. 이에 이번 장에서는 1950년대 정비석의 대중문학을 검토하면서 그것이 전(식민지와 해방기)·후(1960년대) 시기와 맺고 있는 관계를 검토함으로써 1940년대 후반의 탈식민지 시기 및 1950년대의 문화사를 '연속/비연속', '지속/기원'이 겹쳐져 있는 '겹눈'의 관점으로 보아야 할 필요를 제시하고자 했다. 특히 이 글에서는 이후 시기와의 문제를 본격적으로 점검하기에 앞서 일본 제국의 경험과 가치가 1950년대의 문학적 의제 속에서 어떻게 변형되어 재구조화하고 있는가라는 앞선 시대와의 관계의 문제를 우선 해명해 보는데 주력하였다.

1950년대 정비석 대중문학은 근대화의 추구라는 절실한 명제와,

서구화가 초래한 부정적 폐해라는 1950년대 한국사회가 직면한 모순적인 상황을 젠더적 분절과 위계화를 통해 해결하고 있다. 지금까지의 연구에서는 간과된 사실이지만 1950년대라는 공시적 맥락에서 살펴보자면, 그것은 올바른 근대화를 둘러싼 국가권력과 남성 지식인(시민) 그룹과의 대결을 중심으로 그려진 '민주주의'의 대중서사이다. 1950년대 정비석 대중문학을 그의 작가적 이력과 결부시켜 이전 시기와의 통시적 맥락에서 접근하면 이 작품들에서 아주 낯익은 서사모형과 윤리적 감각을 발견하게 된다. 공적 대의와 국가에 대한 개인의 복속, 전통적인 동양윤리라는 본질주의적 가치로 구성되는 '婦德', '忍從', '職分'의 윤리 등이 그것이다. 『자유부인』의 '자유'와 『민주어족』의 '민주'를 구성하는 윤리의 덕목들은 정비석이 중일전쟁 이후의 소설에서, 특히 1944년의 대중소설 『청춘의 윤리』를 통해서 총동원체제의 지배이데올로기를 내면화하며 구성하였던 윤리적 세목을 1950년대 상황에서 재구조화한 측면이 존재한다. '자유'와 '민주'는 인류 보편의 가치로 언급되지만, 또한 그것은 각각의 특수한 역사적 경험, 문화적 관습과 결부하여 그 내포가 변형되거나 왜곡될 수 있는 가변적인 개념이기도 하다. 정비석의 대중문학은 식민지 시절 파시즘의 동원체제에서 구성되었던 윤리들이 미국식 민주주의의 의장(意匠) 속에서 재생되는 한 맥락과 함께, 동시대의 컨텍스트에서 민주주의와 자유 등으로 표상되는 서구화에 대한 당대적 욕망과 지향을 동시에 보여주는 텍스트로 재평가될 필요가 있다.

제4부

학살의 기억과 민족적 공공기억의 구성

정체성은 기억과 긴밀하게 연결되어 있다. 해방 직후 한국인들의 정체성 형성에 가장 큰 역할을 한 것은 수난의 공공기억이다. 이미 앞에서 다룬 많은 문학 작품들에서 친일에 대한 알리바이로 식민지 시기 모두를 수난받은 자로 구성해내는 기억의 정치학에 대해서 살펴보았다. 식민지를 수난의 기억으로 재구하는 작업은 식민지의 협력자와 저항자, 좌파와 우파를 망라한 해방기 기억의 정치학의 핵심적인 동력이었다. 가령, 사회주의자 형 오기만을 비롯한 일가족의 항일투쟁사의 내러티브로 구성된 동전 오기영의 『사슬이 풀린 뒤』[1]의 서사는 해방기 기억서사의 하나의 전형적인 양상을 보여준다고 할 것이다. 해방기 한국 사회에서는 식민지 시기의 수난사를 재구성하고 그것을 공공기억화함으로써 탈식민지 민족국가의 새로운 정체성의 기반으로 설정하고자 했다. 따라서 식민지의 수난의 기억에 대한 전유와 공공기억화를 살펴보는 것은 탈식민지 사회의 진로를 이해하는 데 중요한 참조점이라고 할 수 있다. 그러한 공공기억의 가장 중요한 사례로는 3·1[2]에 대한 개인과 정치세력의 전유에 대한 논의에서부터 시작해야 할 것이다.

---

1) 오기영, 『사슬이 풀린 뒤』, 성균관대 출판부, 2002. 기억 서사와 관련하여 오기영의 글쓰기를 논의하고 있는 연구로는 한기형, 「해방 직후 수기문학의 한 양상-오기영 『사슬이 풀린 뒤』의 경우」, 『상허학보』, 2002. 9. 박용재, 「해방기 자기서사와 주체성 복원의 기획」, 동국대학교석사논문, 2009 참조.

2) '3·1운동', '3·1절', '기미년독립운동' 등의 다양한 호명이 특정한 표상 전략에 의거한다는 사실을 지적하며 임종명은 "한국인의 1919년 3월 민족운동"을 3·1로 명명하고 있다.(임종명, 「탈식민 남한, 3·1의 표상과 경쟁, 그리고 설립 초기 대한민국」, 『1919년 3월 1일에 묻다』, 2009, 642쪽) 나는 이러한 임종명의 지적을 받아들여 같은 이유에서 이하에서 3·1운동이라는 낯익은 명명 대신에 3·1로 표기하고자 한다.

제1장

경합하는 기원의 시공간 ─3·1 표상의 문화정치학

(1) 민족으로의 귀환과 3·1 표상의 관계

…내 입장을 분명히 밝히기 위해 최근에 조선청년들에게 말해왔던 것을 거듭 말했다. (1) 조선의 독립 문제는 파리 강화회의에 상정될 기회가 없을 것이다. (2) 유럽의 열강이나 미국이 조선독립을 지지해 일본의 심기를 건드릴 만큼 그렇게 어리석지는 않다. (3) 설령 독립이 주어진다 하더라도, 우리는 독립에 의해서 이득을 볼 준비를 갖추지 못했다. 1894년에 일본이 우리에게 독립을 주었다. 우린 그 기회를 어떻게 활용했나? (4) 약소민족이 강성한 민족과 함께 살아야 한다면, 자기 보호를 위해 그들의 호감을 사야 한다. (5) 학생들의 이 어리석은 소요는 무단통치를 연장시킬 뿐이다. 만약에 거리를 누비며 만세를 외쳐서 독립을 얻을 수 있다면, 이 세상에 남에게 종속된 국가나 민족은 하나도 없을 것이다. (6) 천도교 인사들 같은 음모꾼들에게 속아서는 안된다. (1919년 3월 2일자

윤치호의 일기)[3]

> 삼월 하늘 가만히 우러러 보며/유관순 누나를 생각 합니다/옥 속에 갇혀서도 만세 부르다/푸른 하늘 그리며 숨이 졌대요(강소천 작사 〈유관순 누나〉 1절)

위의 첫 번째 인용은 윤치호의 1919년 3월 2일 일기의 일절이다. 민족적 저항운동인 3·1은 윤치호의 인식 속에서 '음모가(천도교)'들에 의해 야기된 '어리석은 학생들의 소요'일 뿐이다. 세계 정세에 대한 냉정한 판단에도 불구하고 힘의 논리에 부응하는 순응주의적 관점으로 일관하는 이러한 윤치호의 인식에 문제가 있다는 것은 자명하다. 그럼에도 불구하고, 윤치호의 일기를 통해서 알 수 있는 중요한 사실 하나는, 지금 현재 우리가 가지고 있는 3·1에 대한 표상과 당대인들이 3·1을 실제로 경험하며 의미화하고 있는 방식이 다르다는 점이다. 대표적인 기독교 지도자인 그에게 3·1은 천도교 등의 타 종교에 의해 충동된 혈기방장한 학생들이 일으킨 미숙한 소요였다.[4] 다음에 인용한 동요는 대다수 한국의 여성들이 어린 시절 고무줄 놀이를 하며 한번쯤은 불렀을 강소천 작사 〈유관순 누나〉의 1절이다. 해방 이후 한국에서 태

---

3) 김상태 편역, 『윤치호 일기』, 역사비평사, 2001, 79쪽.
4) 물론 식민지 시기에 3·1운동에 대한 인식과 그 의미화의 양상이 윤치호의 경우만 있는 것은 아니다. 그 대립적인 위치에 다음과 같은 안창호의 인식을 거론할 수 있다. "과거 1년간 일인은 이날을 무효화하려 하였고, 우리는 이날을 유효하게 하려 싸웠소. 일인의 최대 문제는 이날을 무효로 돌리는 것이고, 우리의 최대 의무는 이날을 영원히 유효하게 함이외다."(「독립신문」, 1920. 3. 2) 상해에서 1920년에 열린 제1회 3·1운동 기념식에서 행한 안창호의 이 발언은 3·1운동이 한국의 독립운동사에서 갖는 의미를 함축하는 것이다.

어나 성장한 세대에게는 성별과 무관하게 유관순은 '누나'였고, 민족적 저항의 상징으로 자리잡았다.

그렇다면 3·1은 언제부터 현재와 같은 의미를 부여받았을까? 유관순은 언제, 어떠한 계기로 3·1의 대표적인 표상으로 등장했을까? 유관순이 3·1을 대표하게 된 이유는 무엇일까? 이러한 일련의 질문들은 혹시 3·1에 대해 현재 우리가 가지고 있는 통념이 어느 특정한 시기에 만들어진 것은 아닐까라는 의문으로 이어졌고, 그 기원을 탐색해 보면 국민국가로서의 한국의 성립 과정과의 관련을 문화정치적 맥락 속에서 해명할 수 있으리라는 가설로 발전하였다. 여기서는 이러한 의문으로부터 시작하여 식민지 시기 최대의 독립운동이었던 3·1에 대한 표상이 언제 어떻게 만들어졌으며 그 내용은 무엇인지, 그 내용이 담고 있는 문화정치적 측면은 무엇인지를 구명해보고자 한다.

이효덕의 연구를 빌어 설명하자면, 재현 혹은 "표상이란 심적 현상을 가리킴과 동시에 구체적인 형상을 의미하기도 하는 개념"[5]이다. 다시 말해 표상이란 어떤 실재를 심적으로든, 물리적으로든, '재현한 것(representation)'을 의미한다. 재현한 것으로서의 "표상은 그것이 받아들여지는 시대와 사회, 그리고 문화에 따라 그 표상 작용을 달리"[6]하며, '표상'에 역사적인 변화가 일어났다는 것은 표상을 표상이게끔 만들어주는 사회문화적 표현코드에 변동이 발생했다는 뜻이다. 표상 시스템의 변동에 주목하지 않을 때 하나의 표상공간은 늘 통일체로서 자

---

5) 이효덕, 『표상공간의 근대』, 박성관 옮김, 소명출판, 2002, 19쪽.
6) 이효덕, 위의 책, 같은 쪽.

명한 것, 실체적인 것으로 이해된다. 표상 시스템이 하나의 체계로 구성되고 유지되는 과정으로서의 사회문화적 코드의 작용은 종종 잊혀지고 그 대상은 너무나 자명한 존재로 여겨진다. 이를테면, 이 글에서 문제삼는 3·1에 대한 우리 사회의 통념이 그러하다. 검정 치마와 흰 저고리를 입고 손에 태극기를 든 유관순 '누나', 고문과 수난의 상징으로서의 서대문 형무소, 독립선언서를 낭독하고 일경에게 끌려가는 민족대표 33인 등등. 21세기를 살고 있는 오늘의 한국인들에게도 여전히 상술한 3·1 표상은 너무나 자명한 것이어서 그것의 역사적 기원은 의심할 필요조차 없는 것처럼 느껴진다.

그러나 이 3·1의 표상이 아무리 자명한 것으로 보인다 해도 그것이 특정한 표상으로 경계지어지는 것은 결코 선험적인 것이 아니다. 식민지 시기 최대의 저항운동이었던 3·1의 역사적 실체는 의심할 수 없는 것이지만[7], 그 역사적 실체로서의 3·1에 대한 표상은 선험적인 것이 아니라 그것을 표상하는 주체와 표상이 이루어지는 사회공간의 차이에 따라 유동하는 것이다. 심지어는 그 실체 역시 기억과 표상의 정치학에 따라 사후적으로 재구성되기도 한다.

식민지 시기 동안 3·1은 검열에 의해 '기미년 사건' 등의 금지의 기호로 표상되었다.[8] 3·1에 대한 기억이 검열을 의식하지 않고 발화된

---

7) 본 연구의 관심은 3·1 표상이 해방 이후 국민국가 건설과 사회통합, 냉전 이후의 이데올로기 대립 속에서 각각의 정치적인 지형과 기반에 따라 변화하는 양상을 구명하고, 그 구체적인 표상화에 작용한 문화정치적 동력에 대해서 분석하는데 있다. 따라서 3·1 자체의 성격과 그 역사적 평가 등의 논의는 생략한다.

8) 식민지 시기에 식민통치에 대한 최대의 저항운동이었던 3·1에 대해 직접적으로 언급하기는 어려웠다. 식민당국의 검열 아래 3·1은 '기미년 사건'(염상섭, 『삼대』) 혹은 '기미년 소요(폭동)사건' 등으로 명명되었다. 김사량의 「낙조」와 같은 작품에서는 3·1을 '폭풍우, 뇌성벽

해방기에 3·1은 본격적으로 표상화되기 시작한다. 해방기의 3·1 표상은 그것이 만들어진 시기답게 다양한 양상을 보였다. 3·1은 우파에게 대표적인 민족주의 운동으로 표상되며, 일부에서는 이승만에 의해 조직된 전국적인 동시 시위로 묘사되었고, 좌파에게는 운동의 계급성이 강조되며 민족대표 33인은 태화관에서 요리상을 차려놓고 앉아 있다 잡혀간 무책임한 형상으로 제시된다.[9] 이처럼 좌우파가 3·1을 다르게 표상화한 이유는 새로운 민족국가의 주체가 누가 되어야 하는가라는 국가건설의 문제와 관련되었기 때문이다.

이후 1948년 대한민국이 건국되고 한국전쟁과 냉전체제의 정착으로 좌파가 절멸되어 가는 과정과 함께 해방기 우파, 그중에서도 단독정부 수립파가 만들었던 3·1 표상이 확대 재생산되면서 통일적인 표상체계를 갖추어 나가게 된다. 제헌헌법의 전문에서 3·1정신은 계급과 성별을 떠난 민족 전체의 총의를 모았던 탈이념적 민족공동체의 정신으로 소환된다. 또한, 이전의 이데올로기적 균열을 봉합하는 기호로서 '유관순'이라는 '聖'처녀가 이 표상체계의 중심으로 대두한다. 요컨대, 3·1 표상이 구축되기 시작한 해방기에 좌우파가 발명한 각각의 3·1 표상과 내러티브는 서로 다른 '우리(민족국가)'를 구성하기 위한 기원으로서 경합했다. 이처럼 3·1 표상은 해방기와 이후 남북한의 전개를 배경으로 각각의 사회를 구성해간 맥락을 분석할 수 있는 핵심적인

력' 등의 자연적인 현상으로 우회적으로 표상하기도 한다.

9) 3·1에 대한 부르조아 민족주의 지도자들의 리더십을 부정하고자 했던 해방기 좌파들의 이러한 민족 대표 33인에 대한 형상화는 이후 우파들에게도 일정하게 수용된 측면이 있다. 가령 대표적인 보수 문인인 이문열이 가상역사로 쓴 『우리가 행복해지기까지』에서 민족대표 33인에 대해서 비판하는 장면은 해방기 좌파의 비판을 방불케 한다.

코드의 하나인 셈이다.

(2) 해방기 3·1 표상체계의 구성

해방기(1945. 8. 15~1948. 8. 15)에 3·1은 이념과 정파에 따라 각각 다르게 표상되었다. 해방직후 주체적 해방투쟁의 역사를 찾아야 했던 상황에서 식민지 시기 최대의 민족운동이었던 3·1은 특권적인 의미를 갖게 되었고, 좌우 계열은 서로 다른 방식으로 3·1운동을 기념·기억함으로써 그 역사적 의미를 전유하고자 했다. 해방기는 새로운 민족국가 수립을 둘러싸고 좌·우파의 다양한 정파들이 대립 갈등했던 정치의 시대였다. 새롭게 수립될 국가의 성격을 달리 설정한 좌·우파는 과거 식민지 시기의 3·1도 각기 다르게 표상했다.[10] 국가기념일 성립에 관한 연구의 일부로 해방기 국가 수립의 주도권을 위한 헤게모니 투쟁과 3·1의 관계를 검토한 김민환[11]에 따르면, 3·1은 '한국민족을 한국민족으로 각성'시킨 '신성한 무엇'이었으며, 해방기의 각 정파는 3·1의 정신을 자신의 정당성을 입증하는 근거로 활용하였다. 해방기 3년 동안의 3·1 기념식과 기념식을 둘러싼 담론을 분석한 결과를 요약하면 "46년은 좌파주도권, 47년은 힘에 의한 극한대립, 48년은 우파, 특히

---

10) 1946년 3·1 운동 기념식을 우파는 서울운동장, 좌파는 남산공원에서 각각 따로 개최하였는데, 이는 3·1 표상이 정치적인 맥락에 따라 달리 구성된 사정을 상징적으로 보여주는 사건이라 할 수 있다.

11) 김민환, 「한국의 국가기념일 성립에 관한 연구」, 서울대 사회학과 석사학위논문, 2000, 27~35쪽.

단정 세력의 주도권을 각각 특징으로 한다"[12]고 할 수 있다. 본 장에서는 이러한 좌우파의 기념일을 둘러싼 쟁투를 배경으로 3·1을 중심으로 민족을 상상하는 두 가지 대립적인 방식이 길항하다가 어떻게 하나의 표상체계로 정리되었는가를 검토할 것이다.

1) 선험적 '민족'으로의 귀환과 민족주의 우파의 3·1 표상

해방 이후부터 민족주의 문학을 표방했던 박종화는 『민족』, 『청춘승리』 등과 같은 일련의 역사장편의 창작을 통해 '민족'이라는 동일자를 주조하고 단절되지 않는 도도한 흐름으로서 '민족사'의 전개를 서사화했다. 이 장편들은 사실상 식민지 말기 학병지원 독려의 수필 등을 썼던 자신에 대한 도덕적 반성이자 새롭게 생성되는 민족국가의 성원으로 참여하기 위한 일종의 제의적인 글쓰기에 해당하는 것이라고 할 수 있다.[13] 박종화는 해방 직후 「민족문학의 원리」를 통해 민족은 신화들, 언어 그리고 글쓰는 체계를 포함하는 공유된 전통에 기반한다고 주장하며 한국 작가들이 식민주의에 대항하여 한국어를 지키기 위해 노력한 사실을 강조했다. 이 글에서 박종화는 "삼일 민족운동은 조

---

12) 김민환, 위의 논문, 34~35쪽.

13) 박종화는 「입영의 아침」, 「동양은 동양 사람의 것」 두 편의 수필과 한편의 담화를 남기고 있다. 박종화의 '친일문장'을 소개한 김병걸·김규동편, 『친일문학작품집』2(실천문학사, 1986, 421쪽)의 편집자들은 해설을 통해 "당시 그의 비중으로 볼 때 그 정도밖에 쓰지 않고 견디는 것이 극난했던 일"이라고 평하고 있다. 흥미로운 것은 학병 출진을 격려하는 「입영의 아침」에서 학병 출진을 "천년 만에 당하는 홍분"이라고 평하며 김유신과 화랑, 을지문덕, 양만춘, 남이장군 등 외세를 물리친 무장들의 사적을 열거하며 학병출진을 독려하고 있다는 것이다. 제국의 징병에 활용되었던 역사적 사적이 해방 이후 글쓰기를 통한 자기정화의 작업에서 민족사의 내러티브로 재조정되었다고 할 수 있다.

선민족이 죽었느냐 살았느냐 하는 판단의 분수령이요, 이 정치적 또는
민족적 현실을 전후로 하여 일어난 우리 신문예 운동은 민족문학 수립
의 근간이 됐던 것”[14]이라고 하면서 3·1을 ‘민족됨’의 근거이자 민족문
학의 근간으로 제시하고 있다. 박종화에게 3·1은 자신에게 각인된 제
국적 정체성을 정화하고 민족적인 주체로서 새롭게 태어날 수 있게 하
는 기호이며 3·1을 중심축으로 근대민족사의 전개를 다룬 『민족』, 『청
춘승리』의 장편들을 창작함으로써 ‘민족’으로 귀환하고 있다고 말할 수
있을 것이다.

　1945년 11월부터 『중앙신문』에 연재되다 1949년에 출판된 『민족』[15]
은 대원군의 집정부터 최익현의 상소와 ‘민비’의 등장 그리고 임오군란
과 동학을 거쳐 청일전쟁과 을미사변에 이르는 개화기의 근대 정치사
를 궁정을 중심으로 그린 작품이다. 박종화가 정의하는 민족은 조상을
같이 하며 “맥박에 뛰노는 핏줄이 본능으로 엉키니 하나요, 둘이 될 수
없다. 말이 같고 풍속이 같으니 하나요, 둘이 될 수 없다”[16]고 요약할
수 있다. 이러한 전제 위에서 ‘민족’의 투쟁과 항전을 통해 민족사의 내
러티브를 주조하는 박종화는 한무제에 의해 한사군이 설치된 영역이
“평안도와 황해도, 강원도와 함경도 지방”으로 “요사이 소위 해방되었
다는 조선에 남북을 금그어 갈라놓은 북위 삼십 팔도 문제”와 견주어
서 설명하며 한무제의 한사군을 소련 치하의 북한으로 은유한다. 이어

---

14) 박종화, 「민족문학의 원리」, 『경향신문』 1946. 12. 5.
15) 박종화, 『민족』, 예문각, 1949 ; 여기서는 『월탄박종화대표작전집』 6권, 삼경출판사, 1976
　　참조.
16) 박종화, 위의 소설, 「序說」, 15쪽. (序說에는 “해방후 서기 1945년 10월 31일 約水樓에서 월탄
　　誌”라고 명기되어 있다)

서 "본토의 민족들은 힘을 다하여 한 뭉치가 되어 한민족을 몰아냈나니, 이것은 다만 너와 내가 따로 없다는 다 같은 깃발 아래 대동단결"[17] 한 민족의 항전이었다고 묘사된다. 이러한 진술은 이승만의 '대동단결론'을 연상시킬 뿐만 아니라 계급에 우선하는 민족이라는 당시 우파의 사유방식을 대변하는 것이기도 하다. 박종화는 나치스가 모스크바에 임박했을 때 스탈린이 "동포와 조국"을 위해 전쟁에 나서라고 독려했다는 사적을 제시하며 민족의 중요성을 강조한다. 이러한 맥락에서 박종화가 제시하는 민족사는 이순신의 항전, 삼학사의 사적, 민영환의 자살, 최익현의 대마도에서의 분사, 안중근의 의거, 그리고 3·1과 광주학생운동이라는 흐름으로 제시된다.

『민족』에서 제시하는 민족의 저항사에 대한 묘사는 왕조적인 '충'의 개념과 이후의 우파 민족주의적 내용이 결합되어 있는 것이다. 이 소설에서 특히 흥미로운 대목은 계급타파와 봉건제도의 혁신을 주창한 동학의 혁명을 다루고 있는 부분인데, 해방기의 공간에서 박종화 역시 계급의 담론에서 자유롭지 못했던 반증일 것이다.[18] 그러나 이러한 반봉건적 계급담론에 대한 부분적인 묘사에도 불구하고 '민족' 지상이라

---

17) 박종화, 위의 소설, 「序說」, 17쪽.

18) 해방기의 한국문단이 처음부터 확고부동한 좌우 진영으로 나뉘어 있었다고 생각하는 것은 사후적인 통념이다. 남한 단정이 건국된 후 해방기 3년의 문단을 회고하는 대담과 특집, 소사(小史) 들을 통해 해방기 혼돈의 담론은 좌우의 진영으로 재배치되고, 우파의 논리도 조직적이고 체계적인 전개를 갖는 것으로 주조된다. 이것은 기억의 정치학에 의해 해방기의 상황이 재구되고 있는 것이라 할 수 있다. 그러나 해방기의 실상은 자신은 순수문학을 지향한다고 하면서도 정치체제는 사회주의였으면 좋겠다든가, 순수문학을 제기하며 프롤레타리아 문학을 함께 말한다든가(조연현) 현재의 관점에서 보면 모순되는 것들이 혼재되어 있었다. 박종화 역시 『민족』 속에서 좌파적 '계급'의 개념을 구사하고 있는 대목이 보이는데 이는 해방 직후의 담론 상황을 그대로 보여주는 것이다.

는 작가의식은 동학의 전주 해산 장면에서 전봉준과 손천민의 입을 통해 민족이라는 동일자를 다음과 같이 주조해 낸다.

대중이 다 합한 것이 곧 민족이요. 삼천리 강산 이땅을 오천 년 동안 뿌리깊게 살아온 이천만 동포, 커다란 가족이 곧 우리 민족이요. 우리 조선 민족은 조상을 같이했소. 조상이 같으니 말이 같으오. 예절이 똑같고 풍속이 일치하오. 삼한시대, 삼국시대는 아득하고 먼일이매 고만두고라도 이조에 들어와서 임진왜란을 돌아보고 병자호란을 생각해 보시오. 한번 왜적이 들어오매 우리 민족의 운명이 어떠했던가를 추억해 보시오. 너요 나요 할 것 없이 다 같은 민족인지라 다 함께 적병의 발굽 아래 짓밟혔소. 슬픔도 같고 억울함도 같았소. 구박도 함께 받았소. 이것은 나의 모체가 곧 민족이고, 민족이 흥하니 내집 살림살이가 풍성풍성하고, 민족이 망하니 내 집이 또한 영락하고 결딴나는 것이요. 이것은 진리속의 진리요.[19]

혹은 이 앞날 오십년 뒤나 백년 뒤에 우리가 지금 실천하고 있는 우리의 사상! 봉건타파와 계급투쟁을 더욱 발전시키고 앙양시키기 위해서 민족과 민족이라는 존재를 말살시켜버리고, 세계 만국 무산자와 농민과 노동자는 단결하라는 구호를 높이 부를 사람이 있을는지도 모를 일이요. 그러나 이것은 한낱 꿈이고 한낱 이상에 지나지 않을 것이요.(……)물부어 샐틈없는 〈겨레〉가 될 수 없는 것이요. 이 확호불변하는 진리는 만 대를 가도 변치 않고, 억겁을 가도 달라지지 않을 것이요. 대장 말씀과 같이 우리는 우리 민족의 행복을 위하여 반상계급의 타파를 실천해 왔소. 또한 하기 위하여 같은 민족이면서도 동포끼리 서로 피를 흘렸소. 지금 또한

---

19) 박종화, 앞의 소설, 204~205쪽.

관군과 대치하여 현실로 피를 흘리고 있소. 그러나 지금 다른 민족이 우리 민족을 한 아가리에 삼켜버리고 우리의 조국을 짓밟으려는 이 위급한 때에 소승적인 계급투쟁만을 고집해서 밖에서 쳐들어 오는 도둑을 내버려두고 동포끼리만 피를 흘린다면 이것은 우리가 민족을 구하기 위하여 보국안민의 정의의 깃발을 들고 일어난 본의가 아니라 생각하오.[20]

위의 인용을 통해 박종화가 궁중정치사의 맥락에서 벗어나 동학과 민중이라는 주체에 대해 주목한 이유가 '민족'이라는 제1의적인 가치를 강조하려는 목적 때문이었음을 알 수 있다. 전봉준은 전주감영에서 철군을 결심하고 수하들에게 외국의 식민통치 아래에서는 반상의 구분없이 똑같이 핍박받는다는 논리를 설파하며, 손천민은 수십년 뒤에야 조선 사회에 소개될 마르크스의 "만국의 노동자여 단결하라"는 슬로건이 한낱 이상에 불과하다고 웅변하고 있다. 식민지 지배 속에서 과연 모든 민족이 똑같은 수난자였는가는 의문의 여지가 있는 것이거니와, 여하튼 반봉건과 반제적 성격을 함께 가지고 있던 동학혁명에서 민족주의의 근거를 찾은 박종화의 논리는 이승만의 '덮어놓고 뭉치자'라는 해방공간의 정치적인 담론과 연결된다고 할 수 있다.

이러한 포석을 전제로 박종화는 『청춘승리』[21]에서 식민지 시기 민족 저항사의 최정점에 3·1을 두고 그것을 이승만을 중심으로 하는 민족주의 우파 운동으로 전유하는 서사전략을 취해간다. 『청춘승리』는

---

20) 박종화, 위의 소설, 204쪽.

21) 박종화, 「청춘승리」, 『자유신문』, 1947.6~12; 『청춘승리』, 수선사, 1949; 여기서는 『월탄박종화대표작전집』 6권, 삼경출판사, 1976 참조.

식민지 시기 민족사의 전개를 신옥란·경찬 남매를 중심으로 한 일가
(一家)의 항일저항사를 통해 서사화하고 있는 작품이다. 옥란과 경찬
남매의 외조부는 태극기를 만들고[22] 미국과 러시아에 외교사절로 파
견되었던 무관으로 군대해산 때 순국했고, 남매의 아버지는 민족대표
33인 중 1인으로 옥사했으며, 옥란 자신은 광주학생사건을 일으킨 당
사자이자, 소요사건의 주모자로 투옥된다. 옥란의 남편 임일파는 민족
주의당 사건으로 10년형을 받은 애국지사이며, 남동생인 경찬은 부민
관 폭파 사건을 일으키고 옥고를 치르다 해방된 인물이다. 이러한 항
일의 가족사를 통해 박종화는 항일 투쟁의 정통성을 민족주의자들에
게 부여하고 3·1을 그러한 정통성의 근거로 삼는다. 이 소설에서는 3
·1에 대한 역사적 사실들이 굴절되고 왜곡되어 있는 장면들이 등장한
다. 가령 1920년경 탑골공원을 거쳐 아버지의 묘로 성묘를 가는 옥란
의 입을 통해서 신석종은 "탑골 공원에서 독립선언을 하신 뒤에 다시
대한문(大韓門) 앞에서 연설을 하시다가 왜놈 헌병한테 붙잡"[23]힌 것으
로 묘사된다. 신석종을 포함한 민족대표 33인은 탑골 공원에서 시위를
주도하다가 헌병에게 체포된 것으로 설명되지만 이것은 역사적인 사
실과는 다르다. 해방기 3·1에 대한 회고에 따르면[24] 민족대표 33인은

---

22) 박종화가 옥란일가를 통해 근대 '민족' 저항사의 내러티브를 서사화하면서 그 시원으로
　　내세우는 외조부에 의해 '태극기'가 만들어졌다고 설정하고 있는 것은 의미심장하다. '태
　　극기'를 '민족'의 상징이자 국가 상징으로 주조하면서 그 태극기의 상징성을 우파적 저항
　　내러티브의 원천으로 설정하고 있다고 할 수 있다.
23) 박종화, 위의 소설, 47쪽.
24) 해방기 3·1의 실체에 접근할 수 있는 특집들이 여러 미디어에서 기획되었다. 대표적으로
　　는 『신천지』의 1946년 3월호 3·1 특집을 예로 들 수 있다. 이 특집의 권두언에 해당하는
　　「삼일운동의 회고」(8쪽)에서 33인중 1인이었던 권동진은 민족대표 33인이 그 전날 숙의

과거 이완용의 사저였다가 요리집으로 바뀐 태화관에서 독립선언서를 읽은 후 종로서에 연락하여 연행되어 간 것이 역사적 사실이기 때문이다.[25] 소설 속에서 민족대표들이 대한문에서 연설 후 연행되었다고 묘사한 이유는 뒤에서 살펴보게 될 좌파의 공격에 대한 의식적인 방어라고 할 수 있을 터이다.

이 소설에서의 3·1 표상 중 역사적 사실과 결정적으로 차이가 있는 것은 이승만에 대한 묘사이다. 이 소설의 서술자는 3·1에 대해서 "미국에 있던 이승만 박사는 멀리 남북 만주와 노령에 있는 동지들과 일본 유학생을 연락해놓고 다시 조선의 각층 각계 종교 단체와 교육계를 망라하여 광무황제의 승하 전후를 계기로 하여 독립운동을 계획했던 것"[26]이라고 설명하고 있다. 이러한 서술을 통해 이승만을 국가 지도자로 옹립하기 위한 전사(前史)로써 3·1을 활용하고 있다. 성묘를 가는 여정에서 옥란 모녀가 나누는 대화를 통해 전달되는 '민족대표 33인이 탑골공원에서 연설하다가 잡혀갔다', '이승만이 3·1을 지도했다' 등의 내용은 3·1을 중심으로 근대 독립운동사의 우파적 계보를 실체화하려는 의도 아래서 제시되고 있는 것이다. 특히 서대문 근처를 지나면서

끝에 관헌과 동포 사이에 충돌과 의도치 않은 사상자를 낼 것을 염려하여 파고다 공원이 아닌 태화관으로 독립선언서 낭독 장소를 바꾸었다고 회고하고 있다.

25) 김성보는 「3·1에서 33인은 '민족대표'가 아니다」(역사비평, 1989 겨울)에서 이른바 '민족대표 33인'이 3·1의 기폭제 역할은 했지만, '청원운동' '외세의존성' '반민중성'이라는 차원에서 '민족대표'일 수 없다는 사실을 지적하고 있다. 특히, 장소를 태화관으로 옮긴 이유가 거사가 누설되어 학생들이 모이면 소동이 날 염려가 있다는 손병희의 제안 때문이었으며, 태화관에서도 선언서 낭독없이 한용운의 간단한 취지설명과 축배 후 자진 연행되었다고 지적한다. 김성보는 이러한 거사장소의 이동과 이후 취조시 진술에 나타난 33인의 반민중성을 근거로 '민족대표'라는 명명의 부당성을 지적하고 있다.

26) 박종화, 앞의 책, 54쪽.

독립문에 대해 설명하는 대목은 이승만을 중심으로 한 독립협회를 호명하여 근대 독립운동사의 기원으로 주조하는 언술의 하나라고 할 수 있다.[27]

박종화는 해방기 우파 민족주의 진영을 대표하는 작가의 하나이다. 그가 해방기 이래 남한 건국기에 걸쳐서 집중했던 작업은 공산주의자를 '민족'의 범주에서 축출하고 탈이념화된 '민족'이라는 신화와 형상을 주조하는 것이었다. 가령, 좌파를 천륜을 거스르는 '적'으로 형상화하며 민족됨의 범주에서 축출하고 있는 우파 문인들의 작업은 여수순천사건을 취재하고 엮은 『반란과 민족의 각오』(1949)에 잘 드러나 있는데, 그 중에서도 박종화의 「남행록」은 대표적인 사례라고 할 수 있다.[28] 요컨대, 박종화는 해방기에 『민족』 『청춘승리』를 통해 민족이라는 선험적인 동질적 집단을 주조하였는데 그 구체적인 저항의 레퍼토리는 왕조적인 '충'과 민족주의 우파적 세계관으로 굴절된 민족 저항운동에 대한 해석이며, 그 정점에는 3·1이 자리하고 있었다고 할 수 있다.[29] 건국 이후 「남행록」 등에서는 이러한 '민족'이라는 동일자 안에서 좌파와 공산주의를 축출함으로써 '반공 민족'을 주조해 내었다고 정리할 수 있을 것이다.

---

27) 박종화, 위의 책, 49쪽.

28) 우파 문인들의 여순사건과 반란군의 형상화에 대해서는 김득중, 「여순사건과 이승만정권의 반공이데올로기 공세」, 역사연구 제14호, 2004. 12, 임종명, 「여순'반란'재현을 통한 대한민국의 형상화」, 『역사비평』, 2003. 등을 참조할 것.

29) 박종화가 '민족'이라는 동일자를 주조하는데 있어 3·1의 역할이 무엇이었는가는 「삼일운동의 노래」(김순애 작곡, 박종화 작사, 『자유신문』 1946. 2. 11)를 통해서도 알 수 있다. "아세아깊은밤에/동이터지고/백두산상상봉에/봉화올넛다/거룩다백의민족/울부젓구나/자유그것이안이면/죽엄을달라/후렴 무궁화삼천만리/화려한강산/민족은영원이/멸치않는다/"

2) 계급주의적 시각과 3·1 표상

조선문학가동맹 소설분과위원장이었던 안회남이 쓴 「폭풍의 역사」, 「농민의 비애」는 여러 가지 측면에서 박종화의 『민족』, 『청춘승리』와 대비되는 작품이다. 박종화가 『민족』을 통해서 수난자로서의 '민족'을 동일한 집단으로 묘사했다면 안회남은 해방기의 일련의 소설을 통해 민족의 계급적 분절에 치중하였다. 「농민의 비애」[30]의 주인공 서대응 노인은 어린 시절 동학혁명 때 아버지를 여의고 징용으로 아들도 잃은 후, 손자 영이를 키우다 자살하는 빈농이다. 서대응의 불행한 가족사를 통해 해방기 남한 농촌의 궁핍한 현실을 묘파하고 있는 이 작품에서도 박종화의 『민족』이 소재로 삼고 있던 동학에 대한 묘사가 등장하는 점에 주목할 필요가 있다. 이 소설에서 갑오년의 봉기는 "일반 인민이 제폭구민을 내세우고 나선 일대 혁명 투쟁이었다. 투쟁의 지도층에 동학당 관계의 인물이 많이 참여했을 뿐이지, 실은 단순한 종교 투쟁이 아니라, 봉건주의의 횡포와 죄악을 무찌르기 위한 일반 대중의 자연발생적 싸움"[31]으로 정의된다. 동학 봉기의 실패를 묘사하는 이 소설의 입장은 박종화의 『민족』의 내러티브에서 동학을 '민족 지상', '민족 통합'의 정신으로 묘사했던 것과는 다른 맥락을 띠고 있다.

동학군이 불리해지자 그 속에 기여 있던 양반 계급의 몰락자, 엽관운동의 실패자, 기회주의자 등 이반자가 속출했다. 인민의 세력이 성하던 때

---

30) 안회남, 「농민의 비애」, 『문학』, 1948. 4 ; 『한국소설문학대계24-심문/마권 잔등 폭풍의 역사 외』, 동아출판사, 1995 참조.
31) 안회남, 위의 소설, 542쪽.

는 모두 동학 동학 하더니 일본 군대가 후원하는 바람에 모두 수성군(守城軍)이 되었다. 구구한 공리를 얻기 위해 떼거지 같은 테러단이 각 지방에 발호하여 동학 두 글자를 붙여, 함부로 백성을 박해하고 토색질하였다.[32]

한국이 망하여 일본에 병탄되었을 때, 정부 기관을 가지고 백성을 못살게 하며 억누르고 있던 놈들이 나라를 팔아먹었다. 지사(志士)는 피를 흘렸고, 조선 인민의 수많은 생명은 희생을 당하였다. 그러나 이것을 찬동하여 소위 내각총리대신 이하 대관, 민족 반역자 매국노 칠십육 명은 후작이니 자작이니 남작이니 하여, 일본의 사작(賜爵)을 받아 귀족의 칭호를 얻었고, 이들의 부하와 자손들이 도지사, 군수 따위가 되었으며, 관리 삼천육백사십오 명은 총액 육백 칠십구만 원의 합병 은사금이라는 것을 받아먹었다.[33]

안회남은 박종화가 묘사하는 '민족'이라는 초계급적 동일자를 분절시키고 있다. 소설은 동학이 '농민' 계급의 봉기이며, 식민화로 '민족'의 모든 성원이 동일하게 핍박받았다는 인식이 부당하다고 제기한다. "토지조사사업이 진행되어 측량등기가 끝났을 적엔 세력 있던 양반들이 지주가 된 대신 많은 농민들은 토지를 잃었"다고 묘사함으로써 식민화의 결과가 민족 모두에게 동일하게 적용된 것이 아니라는 사실을 지적한다.

이러한 인식은 「폭풍의 역사」에서 더욱 직접적으로 제시된다. 박

---

32) 안회남, 위의 소설, 543쪽.
33) 안회남, 위의 소설, 544쪽.

종화의 『청춘승리』가 옥란 일가의 가족사를 통해 민족주의 운동사의 내러티브를 주조하며 계급과 계층의 차이를 넘어서는 '민족'이라는 동일자를 상상했다면, 안회남의 이 소설에서는 3·1과 해방기에 대를 이어 희생된 농민 포달과 돌쇠 부자를 통해 민족 내부의 계층적, 계급적 차이를 부각시키는 계급적 내러티브를 주조하고 있다. 소지식인인 현구의 계급적 각성을 중심으로 전개되고 있는 이 소설의 서사는 28년전의 3·1과 28년이 지난 1947년 3·1에 대한 의미부여와 기념행사가 서두와 말미를 차지하는 구조를 가지고 있다. 어린 현구는 28년전 3·1 때 농민인 포달이 만세를 외치다 일본 순사의 총을 맞고 "나는 조선의 백성이다!"라고 부르짖으며 죽었다는 이야기를 들었고 이후 장성해 가며 이것을 가끔 생각했다가 해방 이후가 되어서야 조선인들이 3·1에 대해서 기록한 글을 보고 그 진상을 알게 된다. 장성한 현구가 알게 된 3·1의 실체는 농민과 하층민들이 주도하고 그들의 희생이 가장 많았던 운동이며, "유명한 삼십삼 인이 독립선언서를 발표하고 추후로 일동 자리를 같이하여 음식을 나눌 때, 형사들이 와서 포위하고 자동차로 실어갔다는데, 그때 요릿집 보이들도 접대하던 기생들도 만세를 불렀다"[34]는 사실이다.

해방 이후에도 여전히 소지식인적 의식에 사로잡혀 있던 현구를 각성시킨 것은 농민이다. 현구는 8·15 해방 때도 자연발생적으로 제일 먼저 궐기한 것은 농민이었으며, 조선독립만세를 부르며 일본인들을 내쫓을 것을 선언한 것도 농민이었음을 환기하고, 그들과 달리 미온적

---

34) 안회남, 「폭풍의 역사」, 『인문평론』, 1947. 4 ; 여기서는 앞의 책, 503쪽.

인 태도를 보이던 지방의 유지들 혹은 친일부역자들을 이들 농민과 분리하여 사고하게 된다. 현구는 더 이상 '민족'을 동일한 집단으로 사유하지 않는다. 이처럼 현구를 각성케하는 데에는 3·1의 희생자인 포달의 아들 '돌쇠'의 역할이 결정적이다. 돌쇠는 "해방 전에도 환영받구, 이건 해방 후에도 환영받구 하면, 어떡합니까? 해방 전에 환영받은 사람은 일본놈이구, 해방 후에 환영받을 사람은 조선 사람이거든요…… 해방 전에 환영받았으면 해방 후에는 환영 못 받구, 해방 전에 환영 못 받은 사람이 해방 후에 환영받어야 합니다"[35]라는 말로 해방기의 친일파 청산이라는 정치적 의제의 본질을 제기한다. 자각된 현구의 입을 통해 해방기 이승만의 "덮어놓고 한데 뭉쳐라"하는 논의와 "우리는 다 같은 동포요. 우리는 독립을 위하여 민족과 국가를 위하여 동포끼리 서로 의좋게 정답게 손목을 잡읍시다. 그러면 저절로 통일이 되어 국가가 이루고 그냥 완전독립이 되는 것 아니오?"[36]라는 논리의 허상이 폭로된다. 현구의 깨달음의 핵심은 '민족'을 상상하는 박종화의 방식과는 정반대의 방식으로 나아간다.

지주 자본가 관리라는 두둑한 주머니는 그냥 두고, 네 것도 내 것이고 내 것도 내 것 식의 그냥 덮어놓고 뭉쳐서 그냥 독립하고 그냥 나라를 세우고 싶은 것이다. 그러나 그냥 독립도 없고, 그냥 나라, 그냥 민족, 그냥 통일이란 없는 것이다. 그러한 관념을 떠나서 현실에서 출발해 가지고, 그냥이 아니라 어떠한 방법으로 통일하고, 어떠한 나라를 어떻게 세우겠

---

35) 안회남, 위의 소설, 512쪽.
36) 안회남, 위의 소설, 513쪽.

다는 것, 즉 대다수에 쫓아라 하는 것이 민주주의다. 이것을 반대하고 다 같은 민족이다, 그냥 뭉쳐라 하는 것은, 공상이고 욕심이며 속임수요, 정답게 의좋게 하자는 것은 실상인즉, 정답고 의좋은 게 아니라 자기네들만 독재하자는 것이다. 이것은 현실 불가능이다. 같은 민족 한 동포다 그냥 덮어놓고 뭉쳐라 하는 것은, 기실 일제시대와 다름없는 지배욕을 동포 민족이라는 미영으로 기만하는 것이다.[37]

현구는 해방기 이승만의 대동단결론에 대해서 신랄한 비판을 수행하고 있다. 민족 부르주아의 허위성과 기층 민중의 활동을 대비시키는 이러한 신랄한 비판은 기층민중의 만세운동과 민족대표 33인의 행적의 대비로 표상되는 3·1에 대한 해석과 긴밀하게 관련되는 것이기도 하다. 요컨대 현구의 해방기 정치적인 판단과 행동에는 3·1의 계급성에 대한 각성이 결정적으로 작용하고 있다. 1947년 경의 해방기 남한의 상황은 군정과 군정의 비호 아래에서의 친일파들의 복권, 신탁통치에 대한 찬반론으로 인한 좌우익대립, 좌우합작의 결렬, 대구 폭동 등으로 이어지며 포달의 아들 돌쇠는 쌀 시장에서 곡식매매를 금지하고 관리들이 쌀을 뺏어간 데서 생긴 소요 중에 총을 맞고 3·1 때 죽은 아버지를 부르며 죽는다. 소설은 이러한 대를 잇는 희생과 그 희생자를 농민 계급으로 제시함으로써, 3·1의 주체가 그러하였듯이, 해방기 건설될 국가가 노동자, 농민 중심의 계급적 주체를 기반으로 한 민족국가여야 한다는 메시지를 전달하고 있다. 현구는 친일부역자인 면장 이

---

37) 안회남, 위의 소설, 513~514쪽.

석기의 제지에도 불구하고 1947년의 3·1 기념식[38]을 거행하며 "오늘의 3월 1일은, 28년 전 옛날의 3·1을 기념하기 위한 날이 아니다. 정말은, 그보다 더 크고 더 힘찬 새로운 3월 1일을 가져와야 할 것"[39]이라고 부르짖는다. 현구의 부르짖음 속에 소환되는 과거의 3·1과 더 크고 힘찬 '오늘의 3월 1일'은 박종화의 내러티브가 주조한 민족주의적 3·1의 표상과는 정 반대에 위치한 계급적 각성에 바탕한 3·1 표상이라고 요약할 수 있을 것이다.

3) 좌·우파 3·1 표상의 공존-김남천의 「3·1 운동」

김남천의 「3·1 운동」은 성천을 배경으로 동일학원 출신의 민족지사 고영구와 현교사 등이 주도하여 3·1을 일으킨 일련의 과정을 극화하고 있다. 이 희곡에서 먼저 주목할 대목은 기독교와 천도교라는 종교적인 차이에서 갈등하던 청년들이 3·1을 계기로 민족이라는 통일된 동일자로 융합되는 과정이다. 이것은 3·1 자체가 민족이라는 동일자의 감각을 실현시키고, 한국민족을 근대 민족으로 생성시킨 실질적인 계기였다는 역사적인 사실에 충실한 것이다. 천도교측 대표인 최관술의 입을 통해 3·1의 의미는 "한놈의 왜놈도 한 마리의 헌병도 한짝

---

38) 앞서 언급한 김민환의 연구에 따르면 1947년의 3·1 기념식에서는 전국적으로 좌파와 우파의 힘에 의한 극한대립이 일어났으며 경찰의 개입으로 인한 발포도 있었다. 이 소설이 끝을 맺고 있는 학교 운동장의 기념식 이후 좌우파의 대립이 기다리고 있었다고 할 수 있을 것이다. 김남천, 함세덕, 유치진의 희곡을 대상으로 분석한 차승기의 「기미와 삼일-해방 직후 역사적 기억의 전승」, 『한국현대문학연구』28, 2009는 좌우파가 각기 다르게 전유한 3·1의 의미와 재현 방식에 대한 중요한 참조를 제공한다.

39) 안회남, 위의 소설, 527쪽.

의 쪽발도 한개의 나막신짝도 깨끗이 몰아내고 소탕하여 우리 삼천리 금수강산을 이천만 백의의 아름다운 보금자리로 만들려는 날"로 규정된다. 이 목표를 위해 "천도교와 기독교와 군내유지가 한몸이 되었고 농민과 학도와 청년과 부인네가 한 정신이 되었습네. 우리민족의 힘은 완전히 한덩어리가 되었습네다"[40]라고 선언된다. 평양 인근 벽지인 성천과 그 주민들은 조선과 조선민족의 축도이다. 이 성천에서 이루어진 3·1은 종교, 계층, 젠더의 차이를 넘어서 독립을 위해 하나가 된 민족 운동으로 그 성격이 규정되며, 이것은 그대로 종교, 계층, 젠더의 차이를 넘어서 '조선 민족'이라는 동일자를 탄생시킨다. 3·1은 '백의'로 표상되는 에스닉시티와 '삼천리 금수강산'으로 표상되는 한반도 공간의 결합 속에서 '왜놈, 쪽발, 나막신짝'이라는 이종족을 축출하고 근대적인 민족으로 조선민족이 등장하는 순간이기도 했다. 이 작품에서는 '조선민족'의 또 다른 타자로 헌병 끄나풀인 '길 보조원', '문 뚱땡이' 등 친일 부역자를 제시한다.[41]

이러한 설정은 해방 직후 부르조아 민주주의 제세력과의 통일전선 속에서 민족국가를 수립하려 했던 남로당 노선에 충실한 조선문학가동맹의 민족문학건설 구상과 부합하고 있는 것이라고 할 수 있다. 즉, 해방기의 민족국가 건설과 민족문학 건설에 친일 부역자를 제외한 좌

---

40) 김남천, 『3·1운동』, 아문각, 1947; 여기서는 김남천, 위의 희곡, 『한국근대단편소설대계』 3, 태학사, 495쪽.

41) 이 작품에서는 식민통치(동척, 신작로 개발, 금융조합)에 의한 농민의 수탈이라는 차원에서 계급적 차원이 강조되고, 또한 성천지역 3·1의 지도자인 기독교, 천도교 측의 연장자들 (조목사와 최구장)이 일본 헌병과 타협하는 장면을 제시함으로써 이 운동의 계급적 성격과 '민족대표 33인'으로 표상되는 훼절한 민족주의자들에 대한 비판적 시각을 드러내고 있다.

우파를 망라한 전 역량을 결집시키려 했던 남로당의 구상이 김남천의
이 희곡이 주조한 3·1의 표상 속에 녹아 있는 것이다. 서두의 '작가의
말'에 이러한 사정이 여실히 드러나 있다.

내가 태극기를 우러러 처음 보기는 1919년 3월 1일 보통학교 1학년 나
이 아홉 살 때였다. 아침 햇발이 유난히 빛나고 아름답던 그날 수천군중
의 선두에서 편편히 퍼뜩이며 방선문을 거쳐 고을로 고을로 행진해 들어
오는 태극기-이 농민대중의 선두에 선 최초의 태극기 밑에서 내 고향 수
백 동포가 왜군헌의 총칼에 피를 뿌리고 쓰러졌다. **재래 이십수년간 고향
젊은이로서 태극기와 붉은 기를 사수하여** 혹은 넘어지고 쓰러진 이 혹은
총칼에 몰려서 옥에 갇힌 이 그 수를 헤아릴 길이 없다. (…중략…) 그러나
성천서 일어난 사실만으로 이 극을 짜는 것이 아님은 물론이나 내 뜻과
피와 마음이 가는 곳은 의연히 평양서 160리를 격한 나의 고향이 아닐 수
없는 것이다. **언어나 무대에서 특별한 지방색을 고집할 필요가 없음은 이
운동이 일지방에서만 일어난 것이 아니기 때문**도 있는 것이나 방언이 연
기의 진실성을 저상할까 우려함에도 결과된 일이다. 대방의 비판을 바라
는 바이다.[42] (강조-인용자)

「3·1운동」에는 민족을 표상하는 상징으로 태극기, 애국가, 백의
등이 등장한다. 이와 함께 좌파의 상징인 '붉은 기'가 공존하고 있다.
이러한 표상의 공존은 해방기 초기에 좌우파가 함께 태극기를 대표 표
상으로 활용했었던 사정과 무관하지 않으며[43], 나아가 남로당의 부르

---

42) 김남천, 「3·1운동」, 『신천지』, 1946. 3.
43) 평양에서 열린 "김일성장군 환영대회" 사진의 중앙에 태극기가 위치하고 있는 것은 그 방

주아 민주주의 단계의 혁명노선 및 통일전선과 관련된다. 즉 민족을 대표하는 표상으로서의 태극기와 계급을 대표하는 표상으로서의 붉은 기가 공존하는 상태라고 할 수 있다.

이러한 표상의 공존은 또한 3·1의 원인으로 작용한 국제적 정세에 대한 인식에도 반영되어 있다. 동일학원의 교사이자 지역사회의 중심으로 활동하다 일본 헌병에 쫓겨 망명한 지 4년째가 된 고영구가 변장하고 들어와 기독교계 청년에게 천도교와 연합하여 3·1에 참여할 것을 독려한다. 고영구는 "세계대전이 끝나자 아라사에는 오랜 동안의 전제적 로마노프가 倒壞되고 암흑사회가 번복되어 레-닌의 지도하에 적색혁명이 성취되었고, 한편 미국대통령 윌슨의 주창으로 민족자결이 제의되어 약소민족의 해방이 국제간에 커다란 중심문제가 되어 있습니다. 이 기회에 우리 2천3백만 힘을 단합하여 일제히 운동을 개시하면 우리의 독립은 틀림없이 완성될 것을 믿습니다"[44]라고 3·1의 국제적인 배경을 러시아 혁명과 윌슨의 민족자결주의 양자에서 구하고 있다. 현재 한국의 학계와 대중지식은 윌슨의 민족자결주의가 그 운동의 결정적인 동인이었다고 간주하지만, 해방기의 좌파와 1970년대 초반까지의 북한에서는 3·1을 1917년의 러시아 혁명과 레닌주의의 영향에 의해 일어난 것으로 설명하고 있었다.[45]

증이다. 해방 직후 '태극기/애국가/백의민족'이라는 표상은 좌·우파 모두가 활용하던 것이었다가 이후 남북한의 분단과 함께 남한의 상징표상으로 정착하고, 북한에서는 새로운 상징과 표상이 대두했다고 할 수 있을 것이다.

44) 김남천, 「3·1운동」, 태학사판, 465~466쪽.

45) 3·1에 대한 북한에서의 전체적인 상과 남한의 그것과의 차이 그리고 북한의 3·1 표상의 변화에 대한 개략은 허동찬(「3·1운동을 보는 북한의 시각」, 『북한』, 1989. 3)을 참조할 것. 해방 직후 김일성의 연설과 이후의 『김일성 선집』, 『역사사전』, 『조선전사』 등을 분석하고

김남천은 성천을 배경으로 3·1을 극화하면서, 이 운동을 전민족의 저항이자 민족이라는 동일자를 구성해 간 대표적인 사건으로 그리고 있다. 김남천의 「3·1운동」은 3·1의 경험과 좌절을 근대적 민족이라는 상상의 공동체를 형성하는 중요한 경험으로 표상하고 있으며, 동시에 해방 이후 좌우의 이념을 초월하여 '민족국가'를 건설할 수 있는 공통의 지반으로 제시하고 있다고 정리할 수 있다.

(3) 건국 이념으로서의 3·1과 기원의 계보화

1948년 8월 15일 수립된 대한민국의 제헌헌법전문(前文)은 "悠久한 歷史와 傳統에 빛나는 우리들 大韓國民은 기미삼일운동으로 대한민국을 건립하여 세계에 선포한 위대한 독립정신을 계승하여……"[46]라고 명시하며 3·1의 정신을 대한민국 건국 정신의 기반으로 제시한다. 해방기에 계급과 민족 사이에서 균열을 보이던 3·1 표상은 대한민국 건국을 분기점으로 그 균열의 지점이 봉합되고 남한 국가 건국의 이데올로기적 기반으로 자리잡았다.

남한 건국 이데올로기로서의 3·1 표상 체계의 특징을 잘 보여주는 저작이 이선근의 『화랑도 연구』[47]이다. 이 저서는 한국사의 흐름을 화랑도로 대표되는 본원적 정신의 자기전개로 파악하고 있다. 신채호의

있는 이 글에 따르면, 1971년에 발간된 『역사사전』까지는 3·1이 러시아사회주의 10월혁명의 영향 아래 일어난 것으로 묘사되었다가 『조선전사』 이후 즉 70년대 후반부터 금지되었다고 설명되어 있다. (33~34쪽.)

46) 제정 1948.07.17 (헌법 제1호) 국회 대한민국 헌법 前文

47) 이선근, 『화랑도 연구』, 해동출판사, 1949.

초기 사관인 '국수' 사상을 차용한 이 저술의 주어는 화랑도이지만, 그
것을 근세의 동학과 3·1로 연결짓는 발상은 앞서 언급한 박종화, 안회
남의 사례와 비교하여 흥미로운 논점을 제공한다. 박종화, 안회남, 이
선근 등이 동학과 3·1을 표상하고 그것을 연결하는 방식은 각기 다르
지만, 이 사건들을 연결지음으로써 민족사의 정당성, 혹은 각각의 정
치적인 신념의 정당성의 근거로 제시한다는 점에서는 공통성을 발견
할 수 있다. 특히 박종화와 이선근에게서는 문학 작품과 역사서라는
장르의 차이에도 불구하고 동일한 발상이 엿보인다. 이선근은 동학이
민족고유의 정신인 화랑도를 계승하였다고 서술하고[48], 그 둘을 다시
3·1의 중요한 절반의 기반으로 제시한다. 3·1 민족대표의 출신성분
을 분석하면서 3·1정신은 "기독교, 천도교의 반분씩의 역할과 여기에
불교 2인의 결합, 교육계, 청년학도들의 결합"으로 구성된다고 설명한
다. 이러한 성분 분석을 통해 전통적인 국선사상인 화랑도(동학-천도교)
와 이에 동조한 불교, 그리고 근대 이래 외국에서 들어온 민주주의 사
상이 결합하여 3·1을 일으켰다는 내러티브가 가능해졌다. 대한민국
헌법 전문의 첫 구절을 해설하면서 이선근은 "대한민국의 건국이념은
확실히 3·1정신의 계승이니 3·1정신은 곧 우리 민족 고유의 전통이오
신앙인 화랑도와 동학도와 천도교를 거쳐 기미운동에 뻐친 사상적 요
소를 뼈로 한 것이며 이에 다시 근대세계의 민주주의 사조를 수입함

---

48) 3·1을 중추로 하여 한국의 고유 정신, 혹은 역사적 사건들과 연결지어 계보화하려는 것은
해방 이후 한국 지식계의 한 특징이기도 하다. 앞서 살핀, 박종화, 안회남의 소설이 수행
하고 있는 이러한 작업이나 이선근의 작업, 그 외에도 백낙청의 경우에서도 이러한 사례
를 볼 수 있다. 그의 초기 대표평론인 「시민문학론」에서 3·1을 시민의식과 결부시켜 설명
하며, 그것을 특히 실학→동학→3·1로 이어지는 근대성의 계보로 파악하고 있다.

으로써 민족적 자각 아래 체득발견한 독립정신이 갑신정변을 거치고 독립협회를 거쳐 기독교로더부러 기미운동에 뻐친 사상적 요소를 살로 한 것"[49]이라고 체계화한다. 요컨대 3·1은 국선도→동학→천도교로 이어지는 '민족정신'과 개화파(갑신정변)→독립협회(기독교, 민주주의)로 이어지는 외래적 '민주주의' 사상의 결합을 통해 가능했다는 설명이다. 이 둘의 결합인 '3·1정신'은 드디어 대한민국의 건국정신의 기반으로 이념화된다. 박종화가 『민족』을 통해서 동학을 민족주의 운동으로 새롭게 표상하고, 다시 『청춘승리』를 통해 3·1을 중심으로 독립협회와 이승만 등의 우파적 저항사의 내러티브를 주조했듯이, 이선근은 『화랑도 연구』를 통해서 조선 고유의 정신을 '화랑도'로 본질화하여 그것을 자기구성의 기원으로 삼으면서 '동학'을 거쳐 3·1과 연결짓고, 다시 여기에 기독교 및 독립협회를 한국의 저항사의 주류로 계보화하였다. 3·1 표상을 매개로 하는 이러한 작업의 목표는 단정수립을 정당화하고 그 핵심인 '이승만'을 중심으로 하는 새로운 '민족주의'의 내러티브를 정당화하는 것이었다고 정리할 수 있다.

---

49) 이선근, 위의 책, 198쪽.

(4) 3·1 표상의 다양한 전유에 대하여

3·1이라는 근대 한국의 역사적 사건이 해방 이후 어떠한 맥락 속에서 표상되었는가를 다양한 사례를 통해 검토해 보았다. 3·1은 근대 한국 민족의 탄생에 결정적인 영향을 끼친 사건이다. 이러한 역사적 사실도 중요하지만, 해방 이후 3·1을 표상하는 방식이 각각의 집단과 정치적인 이해관계에 따라 달랐다는 사실을 인식하는 것이 중요하다. 앞에서 살펴보았던 해방기 좌우파의 3·1 표상, 이후 남북한의 3·1 표상의 차이가 본 논의의 핵심에 해당하는 것이긴 하지만, 이외에도 다양한 집단 및 관점에 따라 3·1이 다르게 표상되는 사례를 볼 수 있다. 심지어, 통치자였던 일본인의 관점에서도 3·1 표상은 다르게 나타났다.

식민지 시기 일본의 주류 미디어와 식민지 관료들은 3·1을 무지하고 야만적인 식민지인의 소요와 폭동으로 표상했지만, 이러한 스테레오 타입의 인식과 다른 태도를 취한 일본인도 있었다. 그들은 식민통치를 비판하고, 과거 조선인의 예술에 대한 경탄과 함께 현재의 참혹한 상황에 대한 연민을 드러내며 그 상태를 개선하고자 하는 저술을 남기기도 했다. 다이쇼 데모크라시의 상징이었던 요시노 사쿠조(吉野作造)는 그 대표적인 사례의 하나이다.[50] 또한 야나기 무네요시(柳宗悅)가 조선인의 예술에 대해 경의를 표하고 3·1의 야만적 탄압에 대해 비

---

50) 물론 요시노 사쿠조의 비판은 조선의 식민지 병합 자체가 아니라 식민지 통치의 야만성과 비합리성에 대한 비판이라는 점에서 한계가 있다고 할 수 있다. 이에 대해서는 한상일, 『제국의 시선-일본의 자유주의 지식인 요시노 사쿠조와 조선문제』, 새물결, 2004 참조.

판했던 것은 잘 알려져 있는 사실이기도 하다.[51] 3·1의 표상이 더욱 복잡한 면모를 지니는 사례로 유아사 가츠에(湯淺克衛)의 문제작 「간난이」를 제시할 수 있을 것이다. 1934년 검열된 『간난이』의 첫 출판본에는 3·1에 대한 이야기가 부재한다. 해방 이후 쓴 복원판의 8장에서야 수원에서 순사를 하는 류지의 아버지 마타베가 고종의 장례식에 참여하기 위해 서울에 올라갔고, 장례식 행렬에 참여한 조선민들이 만세를 외치기 시작했다는 소식을 류지가 학교에서 알게 된다는 서사가 시작된다. 3·1과 관련된 서사가 들어서고, 제암리 사건을 연상시키는 교회의 학살장면 등이 삽입되면서 재조일본인인 류지와 조선인 간난이의 우정과 사랑을 중심으로 하는 서사는 간난이의 실종, 그리고 피살의 가능성, 그녀를 찾아헤매는 류지의 모습으로 끝을 맺는다.

1946년에 유아사 가츠에가 검열로 삭제된 원본(1934년작)을 기억에 의존하여 새로 쓴 작품이 원본에 얼마나 충실한 지 확인하기는 어렵다.[52] 그렇지만 이 혼성적인 텍스트에서 묘사된 3·1의 표상은 3·1이 관점에 따라 어떻게 다르게 보일 수 있는가를 보여주는 사례이다. 이 소설을 "내선일체 완성을 위한 두 민족간 가교로서의 신념을 피력하

---

51) 야나기 무네요시가 한국의 미를 설명한 방식이 지닌 식민주의적 성격에 대한 비판은 기왕에도 있었다. 특히 가라타니 고진은 야나기 무네요시의 조선예술에 대한 미적 찬탄을 식민지 현실을 괄호친 미적 오리엔탈리즘의 일종으로 파악하고 있다.(가라타니 고진, 「미와 지배-오리엔탈리즘 이후」, 『작가』 9호, 1997. 9) 그러나 야나기 무네요시가 한국인과 한국예술에 대해 가지고 있던 애정과 헌신은 그 자체로 소중한 것으로 파악해야 할 것이다.

52) 재일평론가 임전혜는 이 텍스트를 '전후'의 혼성적 텍스트로 보면서 일본인으로서 식민지배에 대한 사과의 마음, 전향한 이후 자신의 과오를 극복하고 싶은 여망을 담은 것으로 파악한다. 유아사 가츠에의 「간난이」 원본과 복원본에 대한 논란에 대해서는 김수연, 「리뷰:유아사 가츠에이의 『간난이』」, 『피라텐』 창간호, 2007을 참조함.

기 위하여 쓴 전형적 내선일체지향소설로 재평가하여야 한다"[53]는 권
승혁의 논점은 3·1에 대한 일본인의 관점이 갖는 중층적인 측면을 이
해하는 하나의 단서이기도 하다. 그는 다카자키 소지의 『식민지 조선
의 일본인』을 활용하며 일본의 조선 지배는 군인에 의해서만 이루어진
것이 아니라 조선에 이주한 일본인 민초들에 의해 지탱되어졌던 사실
을 설명하고, 따라서 이 소설은 식민정착민(재조일본인)의 입장에서 조
선·조선민을 정당하게 지배했다면 3·1만세 운동 같은 '폭동'은 일어나
지 않았고, 일본 순사들이 처참하게 살해당하지도, 간난이도 그 격동
에 휘말려 죽지도 않았을 것이라는 작가의 '온정주의'의 맥락에서 읽어
야 한다고 설명한다. 이러한 맥락에서 보면 「간난이」의 3·1 표상은 군
인(헌병) 등의 무단통치 때문에 발발한 폭동이며 그에 대한 진압에서
나타나는 야만성에 대한 비판은 식민지 통치에 대한 비판이라기보다
는 식민지 현지 권력에 대한 요시노 사쿠조 등의 비판과 연결되는 측
면이 있다.

시선을 해방 이후의 남한 사회, 그 중에서도 특수한 집단인 실향민
들에게로 돌려보자. 반공주의와 결합된 3·1 표상은 분단 이후 남한에
서 새삼스러운 것이 아니지만, 특히 실향민들이 만든 신문의 경우 식
민지 시기 동향출신의 독립투사와 지역에서의 3·1 기사 등을 반복 게
재하면서 동향의 유대감과 함께 반공주의와 결합된 자유민주주의의
첨병으로써 자신들의 아이덴티티를 부여하고 있다. 이를테면 『황해민
보』에서는 안중근, 김구, 이승만으로 이어지는 향토인물에 대한 동일

---

53) 권승혁, 「내선일체지향소설로 본 『간난이』」, 『일본어문학집』32호, 2006, 194쪽.

시가 나타난 기사가 반복적으로 게재되며, 3·1과 반공정신을 접목시키면서 자신들의 민주역량을 강조하는 기사[54] 등이 반복된다. 내국적 디아스포라라고 할 수 있는 월남민들은 남한 사회에 정주하기 위해서 남한에 대한 충성을 증명하여야 했고, 동시에 고향을 유대로 하는 공동의 아이덴티티를 구축하고자 했다. 이러한 두 가지 목적을 동시에 달성하기 위해 지역의 위인과 사건을 활용하였으며, 그 한 가지 유력한 방식이 지역의 독립투사에 대한 강조와 민족운동으로서의 3·1 표상을 강화함으로써 공산주의와 변별되는 지역의 전통을 창출하는 것이었다. 황순원의 「아버지」[55]와 같은 글은 이러한 월남민 아이덴티티가 3·1과 맺고 있는 관계를 예시한다. 이 소설은 '평양'이라는 지역과 남강 이승훈에 대한 회고, 아버지의 3·1운동의 경험담, 그리고 해방 이후 신탁통치에 대한 반대 등 월남민이라는 아이덴티티와 식민지 기억, 해방기 정치적 입장을 정서적으로 결합시킨다. 월남 지식인의 입장에서 3·1은 식민지 투쟁과 반공에 기반을 둔 자신의 정치적 아이덴티티를 제시할 수 있는 기억의 창고였다고 할 수 있다.

---

54) "율곡선생의 은거지이기도 하며 최근에 와서는 한민족의 철천지 원수 이등방문을 처단한 안중근 의사와 항일독립운동 등 우국의 일념으로 평생을 마치신 만고의 애국자 백범김구 선생이 태어난 곳이기도 하다."(『황해민보』, 「벽성군민판」(1975. 9. 15) "이제 또다시 돌아온 3·1절을 맞아 한맺힌 가슴을 안고 북의 김일성도당들에게 맹성을 촉구하나니 하루빨리 민족적 양심으로 되돌아와 남북대화를 무조건 재개하고 민족의 지상과제인 평화통일을 이룩해야할 것이 아닌가"(『황해민보』, 1976. 3. 1)

55) 황순원, 「아버지」, 『황순원전집』, 문학과지성사, 1994.

제2장

만들어진 영웅 — 기독교 민족국가의 아이콘 '유관순'

(1) 영웅이라는 사회 결속의 미디어

유관순은 해방 이후 정규 교육을 받은 한국 사회의 구성원이라면 누구나 알고 있는 3·1을 대표하는 여성 영웅이다. "영웅은 구성원 전부를 상하·수평관계 속에서 매개하고 연결시킨다는 의미에서 하나의 미디어(매체)였고, 다시 민족 정체성이라는 숨은 신이 되어 구성원의 내면을 조종해나갔다"[1]는 지적처럼, 근대의 영웅은 모르는 사람들을 하나의 민족(국민)인 '우리'로 묶는 상상의 원천으로 기능했다. 5만원권 지폐 도안에서 신사임당과 경합했던 저간의 사정이 웅변하고 있듯이 한국 사회에서 유관순은 본받아야 할 젠더 모델로 자리한다. 그녀

---

1) 오선민, 「전쟁 서사와 국민국가 프로젝트」, 이승원 외, 『국민국가의 정치적 상상력』, 소명출판, 2003, 217쪽.

의 삶은 고무줄 노래의 레파토리로부터 독립기념관, 서대문형무소의 전시실 및 전국적으로 산재한 동상들, 초중등학교의 역사 교재와 아동용 위인전, 영화 등을 통해 일상과 제도에서 반복하여 재현됨으로써 '우리'를 결속시키는 미디어로서의 역할을 수행해 왔다. 그렇지만 북한 사회에서 유관순은 3·1의 아이콘이 아닐 뿐만 아니라, 항일 운동의 역사 서술에서도 삭제되어 있다.[2] 유관순이 북한 사회에서 알려지지 않은 영웅이라는 사실[3]은 유관순이 대한민국이라는 특정한 공동체의 연계에만 관여하는 남한 경계 내에 제한된 미디어라는 사실을 방증한다.

유관순이라는 역사 영웅이 남한 사회에서만 기능하게 된 이유는 무엇일까. 이러한 질문은 자연스럽게 3·1의 많은 희생자[4] 중에서도 유독 유관순이 3·1의 아이콘이 된 까닭은 무엇이며 언제, 누구에 의해서인가라는 의문과 연동된다. 앞질러 결론을 이야기하자면 유관순 표상 창출이 이루어진 기원의 시기는 해방기로 소급된다. 해방 직후 유관순의 희생은 민족수난의 상징으로 서사화되었으며 이후 한국 사회

---

2) 북한에서의 3·1표상은 주로 김일성 가계의 선대인 김형직의 활약과 수난사 혹은 계급적 봉기라는 시각에서 구성되어 있다. 3·1에 대한 북한의 역사상(像)과 남한과의 차이, 그리고 북한의 3·1표상의 변화에 대한 개략적인 이해는 허동찬, 「3·1운동을 보는 북한의 시각」, 『북한』, 1989. 3을 참조함.

3) 학계의 역사서술 뿐만 아니라 북한의 지식 유통과정에서도 유관순이라는 인물은 삭제되어 있다. 북한의 전체 교과서를 검토하진 않았지만 이른바 탈북자로 한국 사회에 정착한 새터민 대학생들은 한국 사회에 정착하기까지 유관순에 대한 교육을 받은 바 없는 것으로 증언하고 있다.

4) 박은식의 『한국독립운동지혈사』(김도형 옮김, 소명출판, 2008, 198쪽)에 따르면, 3·1은 200여만 명이 참가하여 7,509명이 사망, 15,850명이 부상, 45,306명이 체포되었으며, 헐리고 불탄 민가가 715호, 교회가 47개소, 학교가 2개소에 달하는 항쟁이었다. 조선총독부의 이른바 '조선만세소요사건'의 공식 집계를 따르더라도, 3·1은 106만 명이 참가하여 진압 과정에서 553명이 사망, 12,000명이 체포된 사건이었다.

의 민족적 정당성을 부여하는 전통의 표상을 획득했다. 해방 직후 구성된 유관순 이야기가 전승되면서 특정한 시기의 정치적 이데올로기가 그 표상에 퇴적되었다.

과거와의 연계를 현재 속에 창출하려는 공동체의 노력 속에서 전승은 특히 그 공동체의 정체성 중에 핵심으로 간주되는 전통을 창조하는 작업을 주도한다. 그러나 한 공동체의 문화적 연구에서 전승에 주목할 때 민족적 정통성을 주장하는 어떤 경험의 연속을 찾아내는 것 못지 않게 공존이나 갈등의 관계에 있는 서로 다른 역사적 연계의 흔적에 각별히 주목할 필요가 있다. 불변하는 본질적인 것과 관련된 것으로만 오해되기 쉬운 전승 개념 기반의 연구는 한국문화의 역사에 잠재되어 있는 이질적인 다수의 서사를 현재화(顯在化)함으로써 그 역사에 대한 이해를 새롭게 만들 뿐만 아니라 사회적 역사적 맥락에 따라 문화적 과거를 활용하는 다양한 양상을 새롭게 확인하는 방법이기도 하다.

한국 사회에서 3·1의 아이콘으로 자리한 유관순 표상과 내러티브는 이러한 전통 창출과 전승을 통해 한국 사회를 객관화하여 볼 수 있는 유용한 자료이다. 여기서는 우선 1948년을 전후하여 유관순의 표상화가 이루어지는 과정을 재구해 보도록 하겠다. 여기서의 관심이 유관순의 실제 생애와 그것을 재현한 내러티브 간의 차이를 검토하는 데 있지 않다는 점을 분명히 할 필요가 있다.[5] 이 글은 해방기에 원형이

---

5) 그렇지만 그녀의 생애를 실증적으로 확정하는 연구들도 중요하며 이 글이 그러한 작업들에 크게 빚지고 있다는 사실 또한 밝혀둔다. 특히 기존 자료를 비판적으로 집대성한 이정은, 『불꽃같은 삶, 영원한 빛 유관순』, 한국독립운동사연구소, 2004. 기존 유관순 전기문

만들어진 유관순 이야기가 이후 역사적 맥락에 따라 기원의 텍스트가 구성해 놓은 유관순 이야기의 특정 국면을 전유하면서 변형되고 있다는 점에 착안하고 있다. 식민지 시기에도 유관순의 비극적 생애를 전하는 자료들이 존재하긴 하지만[6], 그것은 식민지 조선의 법역 밖에서만 미미하게 유통된 것이었다. 유관순이 지금처럼 3·1의 상징으로 대중화된 것은 해방 이후이다.

유관순은 언제 누구에 의해 민족적 수난의 대표자로 호명되고 표상되었는가?[7] '암흑기'로 표상되는 식민지 시기와 도래할 국민국가 사

을 분석하여 출생일, 생몰일, 가족관계, 활동상의 오류 등을 바로잡은 김기창, 「유관순 전기문(집)의 분석과 새로운 전기문 구상」, 『새국어교육』66, 2003.등에서 큰 도움을 받았다. 김기창이 기존 전기문을 교열하고 새로 발굴한 사실을 부가하여 정리한 유관순 생애의 골격은 다음과 같다. "유관순은 1902년 12월 16일 충청남도 천안시 병천면 용두리 338번지에서 유중권과 이소제의 3남 2녀 중 차녀로 태어났다. 이화학당에 재학 중인 그녀는 1919년 3월 1일 파고다 공원에서의 독립만세운동과 3월 5일의 서울역 만세운동에 참여하였을 뿐만 아니라, 귀향하여 1919년 4월 1일 병천 만세운동을 주도하였다. 병천 만세운동의 주모자로 체포되어 경성 복심법원으로부터 3년형을 받고 복역 중, 1920년 9월 28일 오전 8시 20분 서대문 감옥에서 순국하였다." 김기창, 앞의 논문, 330쪽.

6) 해방 이전 병천의 3·1기록은 「독립신문」을 인용한 『신한민보』(1919.9.2)의 「텬안 시위운동의 후문—30여명을 일시에 총살」; 김병조, 『한국독립운동사략』(상), 상해 선민사, 1920, 107쪽;박은식의 『한국독립운동지혈사』, 김도형 옮김, 소명출판, 2008, 239~240쪽 등에서 확인할 수 있다. 『신한민보』에서는 이 시위의 주모자를 김구응, 박종만으로 명기하고 있으며 그 초점도 김구응 모자의 죽음에 맞추어져 있다. 〈한 이화여학생의 체포—소녀의 양친은 원수에게 피살〉이라는 기사는 "서울 이화학당 학생○○○여사는 자기의 양친이 오랑캐 왜적에게 피살 당하여 분기의 맘을 단단히 먹고 각처로 돌아다니며 독립운동을 계속하다가 왜적의 사냥개에게 발각되어 중상을 입고 왜적의 손에 붙들려 감옥에 피수"하였다고 전하고 있는데 유관순의 행적으로 짐작된다. 박은식의 기록에서는 '천안의 참살'이라는 제목으로 김구응 모자의 참혹한 죽음에 초점이 맞추어져 있다. 이러한 기사들은 검열제도로 대표되는 식민지 조선의 통제시스템 속에서는 유통되기 어려웠다.

7) 이 글을 구성하는 데에는 해방기 유관순 기념사업회의 구성, 교과서에서의 유관순 기사의 저술 양상, 박정희 시대의 기념사업과 유관순 표상 등을 검토한 정상우, 「3·1운동의 아이콘, 유관순」(『3·1운동 90주년 기념 학술 심포지움 〈3·1운동, 기억과 기념〉』, 2009년 2월 26일, 67쪽.)에서 많은 도움을 받았다. 지면을 빌어 고마움을 표한다.

이에 위치한 해방기의 기억 서사에서 3·1은 과거와 미래를 연속시켜 주는 주체 구성의 구심점으로 제시되었다. 이것은 좌우파를 가리지 않고 동일하게 나타난 현상이었다. 많은 명망가들이 자신의 식민지시기 이력을 3·1과 결부시켜 설명하는 이유 역시도 동일한 맥락이라고 할 것이다.[8] 특히 유관순과 관련한 논의에서는 조선임전보국단 결전부인 대회[9] 등을 결성하고 대회의 사회를 보는 등 체제 협력의 혐의에서 자유롭지 못했던 박인덕[10]이 이화학당 출신의 제자 유관순을 민족주의의 정화로 표상화하고 그를 가르친 스승으로서의 자기상을 제시함으로써 과오를 씻어내고자 한 측면이 있다. 유관순은 과거의 죄를 정화하는 제의였고, 또한 권력에 민족주의적 정당성을 부여하는 권위이기도 했다. 예컨대 1951년 김성수의 부통령직 수락을 전하는 저널리즘의 기사에서 그의 부인이 유관순과 옥고를 함께 치루었다는 사실을 부각

---

8) 해방기 3·1과 주체구성의 관련 양상에 대해서는 역사문제연구소 외 주최, 〈3·1운동 90주년 기념학술 심포지움〉 『3·1운동, 기억과 기념』(2009. 2.26.) 중, 최선웅, 「좌와 우, 그들이 기념하는 3·1운동」; 정상우, 「3·1운동의 아이콘, 유관순」; 최병택, 「역사교육이 재구성한 기억」 및 성균관대학교 동아시아학술원의 3·1운동 심포지움을 종합하여 출판한 박헌호, 류준필 편집, 『1919년 3월 1일에 묻다』, 성균관대학교출판부, 2009가 출간된 바 있다.

9) 1941년 12월 27일 개최된 대회이다. 1949년에 발간된 『민족정기의 심판』 〈제8 民族魂을 秋波에 싣고 倭帝의 王冠을 획득한 娘子群〉에서는 박인덕, 모윤숙 등 이 대회를 주최하고 참가한 여성 리더들을 "오늘은 金가의 품으로 내일은 李가의 품으로 굴러다니며 자기의 살덩어리를 파는 매춘부"보다 못한 죄악으로 단죄하고 있거니와 이러한 당대적 기억은 박인덕 등이 왜 유관순 영웅화와 3·1의 희생 내러티브를 강화할 수밖에 없었는가를 역설적으로 증언한다고 하겠다.

10) 박인덕은 이화학당 최고의 수재로 알려졌던 대표적인 신여성으로 백만장자와의 결혼과 구미유학 후의 이혼 등으로 식민지 조선을 떠들썩하게 한 스캔들의 주인공이기도 하다. 이에 대해서는 전봉관(『경성기담』, 살림, 2007)이 간략히 정리한 바 있다. 박인덕 개인의 인생은 한국 근대사에서 여성 젠더에 대한 많은 문제적인 쟁점을 안고 있는 것이라고 생각한다. 이 글에서 박인덕에 대한 언급은 그의 생애에 대한 전체적인 가치평가와는 무관하게 해방기 유관순 표상과의 정치적인 관계만을 추론한 것임을 밝혀둔다.

시키는 장면은 유관순이 권력에 어떠한 도덕적 권위를 부여하는가를 보여주는 좋은 사례이다.[11] 이제부터 유관순이 3.1의 아이콘으로 부상하게 되는 과정을 전기와 영화 내러티브의 분석을 통해 재구해보자.

(2) 해방기 유관순 표상 창출과 내러티브의 구축 과정

대한민국의 탄생은 '자연스러운 일'은 아니었다. 당연한 말처럼 들리는 이 점을 명확히 해야만 건국을 둘러싸고 관점을 달리한 당파들 사이의 정치적 투쟁의 산물로서의 대한민국의 국가 설립, 그리고 이후 '국가성'과 '민족국가성'의 획득을 위한 노력들이 분석의 시야에 포착된다. 신생 대한민국은 많은 한국인에게 '국가'가 아니라 잠정적인 '단독정권'으로 보였다. 따라서 제1공화국의 통치권력과 이데올로그들은 대한민국을 '단독정권'에서 '국민국가'로, 나아가 '민족적 정수'로 승화시켜야만 했다. 3·1표상, 그 중에서도 유관순 표상과 내러티브는 '단독정권'을 수립해 가는 정치적 투쟁의 과정에서 유력하게 구사된 문화정치의 한 양상이었을 뿐만 아니라, '단독 정권' 수립 이후에는 '국민국가'를 '민족적 정수'로 승화시키는 문화적 국가기획의 일환이었다.[12]

---

11) 「김성수 부통령직 수락풍경」, 『민주신보』(석), 1951. 5. 18.(자료대한민국사 21권)에서 기자는 김성수의 부인이 "정신여고를 거쳐 3·1운동 당시에는 유관순씨와 반일투쟁을 하다 옥중 생활도 했다고 하며"라고 김성수의 아내 이아주를 매개로 유관순이라는 식민지 투쟁의 기억을 김성수와 연결시켜 그의 부통령직에 권위를 부여하고 있다. 실제로 이아주는 유관순과 같은 8호실 감방에 있었다.(이정은, 앞의 책, 407쪽.)

12) '단독정권'에서 '국가', '민족국가'로의 전환과 해방기 이래의 문화적 기획들이 불가분의 관계에 있고 그것이 단지 정치의 종속변수로 취급되어서는 안 된다는 시각은 임종명, *The Making of the Republic of Korea as a Modern Nation-State : August1948~May1950*,

탈식민지 한국 사회에서 유관순의 정치적인 가능성은 우선 그녀가 여성, 그것도 어린 소녀로 죽었다는 점에서 찾아질 수 있다. 탈식민국 가에서 식민경험의 혹독함을 강조하는 민족수난의 이야기가 여성 수 난의 내러티브를 차용한다는 점을 새삼스럽게 강조할 필요는 없을 것 이다.[13] 유관순이 여성이며, 어린 학생이었다는 점, 특히 기독교 계열 의 미션스쿨인 '이화학당' 출신이라는 점, 3·1의 과정에서 부모가 죽 고 오빠가 옥고를 치렀다는 가족사의 비극성 등이 덧붙여지며 그 정치 적 효용성은 배가된다. '순결함'을 상징하는 어린 여학생이 3·1로 부모 와 형제를 잃고 투옥되어 고문으로 희생되었다는 기본적인 사실은 희 생의 비극성을 극대화하는 요소이다.[14] 이처럼 유관순은 비극적 여성 영웅으로 호명될 수 있는 여러 조건을 구비하고 있었는데 그 중에서도 이화학당 동문이라는 배경이 유관순이 해방기의 중요한 민족주의적 표상으로 소환되는 데 직접적인 역할을 한 것으로 보인다.[15] 해방 직

Chicago, Illinois, 2004에게 빚지고 있다.

13) 식민지 당시의 문학에서도 성적 겁탈의 위협에 직면해 있는 이동하는 여성의 수난사를 통 해 유랑하는 식민지인의 민족수난을 형상화하곤 했다. 민족 이야기의 주조에 동원되는 여 성 수난사의 젠더 정치학에 대한 연구는 권명아(「여성수난사 이야기와 파시즘의 젠더정치」, 「수난사 이야기로 다시 만들어진 민족이야기」, 『문학 속의 파시즘』, 삼인, 2001; 「여성수난사 이야 기, 민족 국가만들기와 여성성의 동원」, 『여성문학연구』, 2002; 「여성수난사 이야기의 역사적 층 위」, 『상허학보』 10, 2003)에 의해 지속적으로 이루어져 왔다. 유관순 이야기는 본질적으로 민족이야기의 주조에 동원되는 여성수난사 이야기라는 맥락을 공유하고 있다.

14) 문학 작품에서 불의와 권력에 희생당하는 순결한 정신의 표상으로 어린 소녀의 희생을 제 시하는 상상력은 연원이 깊고 익숙한 것이기도 하다. 유관순과 유비관계를 형성하는 잔 다르크도 그러하거니와, 헝가리 민주화의 희생으로 소녀의 죽음을 노래한 김춘수의 시도 그러한 상상력을 증거하는 사례로 거론할 수 있을 것이다. 여성, 그 중에서도 지식인 여성 의 희생에 대한 사회적 태도가 어떠한가는 촛불시위 때 전경에게 밟힌 (서울대)여대생에 대한 대중의 태도를 환기해보아도 짐작될 터이다.

15) 이 점은 김마리아(1891~1944)의 사례와 비교해 보면 분명해진다. 김마리아는 기독교계 미 션인 정신여고를 졸업한 후 이 학교 교사로 있으면서 독립운동에 관여하여 1919년과 20년

후 유관순기념사업회의 결성에는 신봉조, 서명학 등 '이화(梨花)' 출신 인사들의 역할이 컸다. 해방기에서부터 유관순을 기념하는 행사에 이화 출신의 동문과 재학생들이 조직적으로 참여했을 뿐만 아니라 이후 여러 차례의 영화 제작에서도 엑스트라로 동원되곤 했다.[16]

이화 출신 동문들이 주도하여 구성된 기념사업회에는 당시 정계, 학계의 중요인사들이 참여하게 된다. 1947년 8월 신봉조, 정인보, 최현배, 설의식, 장지영, 서명학 등에 의해 발기된 기념사업회는 조병옥, 오천석을 명예회장으로 하고, 이시영, 오세창, 조소앙, 이청천 등을 고문으로 하여 1947년 9월 1일 창립되었다. 이후 11월 말 유관순의 고향인 병천면에 있던 사무소를 서울로 이전하면서 명예회장 조병옥, 회장 오천석, 고문에는 서재필, 이승만, 김구, 오세창, 이시영, 김규식, 위원에는 정인보, 최현배, 장지연 등을 선임하며 조직을 재편한다. 이화학당 출신의 동문들의 주도에 의해 발기된 기념사업회가 경무부장 조병옥, 문교부장 오천석 등 미군정의 관료 및 이른바 '우익' 계열의 중요 정치인사와 정인보, 최현배 등 민족주의 계열의 학자들로 이루어진 것

에 투옥되고 이후 상해로 망명 애국부인회 활동을 하다 도미하여 신학을 전공한 후 1935년 귀국 선교 활동에 전념하다가 해방 직전에 죽은 식민지 시기의 대표적인 여성 독립운동 인사이다. 3·1 직후가 아닌 1944년에 죽었다는 점에서 유관순이 가지고 있는 비극성에 비해 그 상징성이 약했다고 할 수 있다. 특히 대학으로 승격되어 한국의 여성 리더를 재생산한 '이화'에 비해 사회적 영향력이 상대적으로 미약한 '정신'여고 출신이었다는 점에서도 유관순과 비교될 수 있을 것이다.

16) 『조선일보』 1947년 11월 30일(2면) "식이 필한 뒤 하오 5시 천안병천국민학교에서는 일즉이 유관순 처녀가 다니든 이화학교 생도들의 [순국처녀 유관순의 밤]을 열어 그 당시의 감격을 재연하였고 한편 서울계몽문화협회에서는 유관순을 극영화로 하여 방금 촬영중에 있다."는 기사는 '이화'라는 특별한 학맥이 유관순이라는 동문을 한국사회의 대표 여성 표상으로 제시해간 양상을 보여준다. 유관순 전기에서 자주 활용되는 김활란과 함께 찍은 유관순의 사진은 이러한 배경을 요약하는 시각적 장면으로 제시될 수 있을 것이다.

을 알 수 있다.[17] 민족주의, 기독교, 미국 등 해방기의 이른바 우파 정치세력의 중요한 키워드를 연결시킬 수 있는 문화정치적인 핵심 코드가 유관순이었다.

해방기 이래의 유관순 내러티브는 그녀의 민족주의(혹은 애국주의)[18]와 함께 기독교도로서의 유관순의 형상에 또 다른 초점이 두어져 있다. 유관순 이야기들은 그녀가 기독교적 교양을 배경으로 윤리와 정의감을 형성하였음을 강조하면서, 그녀의 희생을 기독교적 순교로 제시한다.[19] 민족주의적인 희생양이자 기독교적 순교자의 형상이 교차해 있다는 점에서 유관순은 민족주의와, 기독교(혹은 미국)로 표상되는 서구적 민주주의를 신생 국가의 핵심 가치로 제시한 단독정부 수립파가 동원할 수 있는 최적의 정치적 상징이었다.

이상을 전제하고 이 글의 관심인 유관순 영화에 관해 검토하기 전에 먼저 기념사업회의 사업목표에 따라 집필되어 최초 영화의 재료가 된 것으로 추정되는 전영택의 「순국처녀 유관순전」(1948)[20]에 대해

---

17) 이 기념사업회의 사업은 다음 5가지였다. 1) 기념비, 동상 및 기념관의 건립 2) 도서를 출판하여 유관순의 정신을 국내외의 동포에게 보급할 것 3) 교육기관을 설치하여 유관순의 정신을 기조로 한 국민교육을 실시할 것 4) 유관순 傳 영화화 5) 매봉을 중심으로 녹화운동 전개 등이다. 기념사업회의 구성과정과 인적 구성의 면면과 이후 이러한 목표들이 실현되는 과정에서 전영택의 전기 간행, 윤봉춘의 영화가 제작되었다는 사실은 정상우, 앞의 논문, 67~73쪽의 내용을 참조하였다.

18) 국가가 없는 식민지에서의 해방 투쟁을 '나라' 사랑과 '애국심'으로 묘사하는 것은 대한민국 설립 이후 뿐만 아니라 국가 성립 이전의 유관순 내러티브에서도 확인되는 것이다.

19) 유관순 표상과 내러티브의 중요한 창안자들, 즉 최초의 전기작가 전영택, 최초 영화의 감독이자 이후 2회에 걸쳐 유관순 영화를 감독한 윤봉춘은 크리스찬으로 기독교의 맥락과 유관순의 민족주의적 비전을 결합시키고 있다.

20) 전영택, 「순국처녀 유관순전」, 1948 ; 이 글에서는 『전영택 전집』3권, 목원대출판부, 1994를 참조했음을 밝혀둔다.

서 검토해 보자. 전영택은 서문에서 그 내용 대부분이 유관순의 조카인 유제한[21]의 초고와 이대교수 김정옥의 원고를 참고삼아 집필한 것이라고 밝히고 있다. 유의할 사항은 이 전기 집필이 기념사업회 발기인이자 이화여고 교장인 신봉조, 박현석, 최흥국, 홍순의, 박계주, 김규택 등이 유가족의 협력을 얻어 조직한 유관순 전기간행회와 '당국의 후원하'에 이루어졌다는 사실이다.[22] 역사적 사실의 취사선택과 내러티브화는 목사였던 작가 전영택 개인의 창의에 의한 것이지만 그것은 또한 유관순기념사업회, 전기간행회의 정치적 관점을 공유하고 있는 것이다. 이 전기를 전영택 개인의 저작으로만 회수하고 나면 전기를 구성하게 되는 데 작용한 다양한 집단의 정치적 지향은 가려지게 된다. 전영택이 평양 출신의 개신교 목사였으며 1930년에 미국 패시픽 신학교에 입학하여 1932년에 졸업한 후 귀국하여 '홍사단'과 목회 활동에 전심한 대표적인 미국통 지식인으로 해방 이후에는 군정청 문교부 편수국 편수관(1946)을 역임했다는 사실을 감안하면 전영택이 투사한 집단의 이념적 성격을 가늠할 수 있을 것이다. 현재까지 전승되는 유관순 이야기의 골격을 결정한 이 전기의 서문에서 전영택은 유관순을 '해방 후에 비로소 발견'하였으며, '특별히 우리 젊은 여성들과 여학생들에게 알리고' 싶어 이 소전을 쓴다고 밝히면서 '관순의 빛나는 생

---

21) 유관순의 사촌오빠인 유경석과 노마리아 사이에 태어나 식민지 말기 투옥되어 이후 애족장을 받은 바 있는 유관순의 오촌 조카이다.

22) 「유관순 전기 간행」, 『조선일보』, 1948. 2. 4. 이 저서의 서문을 기념사업회 회장이자 미군정 문교부장 오천석이 쓰고 있다는 사실은 '당국의 후원'이 의미하는 바가 무엇인가를 보여준다. 달리 말하자면, 유관순은 (준)국가 권력이 국가를 형성해 가며 자신의 이데올로기를 내면화한 국민을 만들기 위해서 수행한 다양한 문화정치적 기획의 하나로 소환된 것임을 이러한 인적 관련이 보여준다.

애를 아는 데까지 전하여 건국정신을 힘있게 일으키고저 함'을 목표로 삼고 있다. 이러한 진술에서 건국정신을 고취하면서 여성들에게 젠더 모델을 제공하고자 하는 의도를 가지고 이 전기가 집필되었음을 알 수 있다. 전기는 총 14장으로 구성되어 있다.

1장 〈조선의 잔다르크〉에는 해방 이후 지금까지 유지되는 유관순 표상의 핵심이 드러나 있다. 유관순을 일컬어 '거의거의 죽어가는 조선의 애국적 생명을 소생케 하여 오늘의 해방과 광복이 오게 한 조선의 잔다르크'로 명명함으로써 '충'과 '기독교'의 결합 속에서 유관순을 기독교적 민족주의의 표상으로 제시한다. 신앙심이 독실한 잔 다르크가 경건한 기도 속에서 성령의 임함을 받아 조국을 구하는 오를레앙의 성녀로 거듭나듯이, 유관순 역시 모두 잠든 새벽에 이화학당의 기도실에서 성스러운 기도를 통해 민족을 위해 목숨을 바치고자 하는 경건한 형상으로 제시된다. 유관순=잔 다르크의 유비관계가 표상 창출 단계에서 등장했다는 점, 그 서술 속에 잔 다르크 이야기에 대한 설명 없이 직접적으로 잔 다르크를 제시하고 있다는 사실에서 당대 조선에서 잔 다르크에 대한 지식이 대중화되어 있었음을 추론할 수 있다.[23]

---

23) 권보드래는 「연애의 형성과 독서」(『역사문제연구』7, 2001)에서 1907년 『애국부인전』을 통해 소개된 잔 다르크가 '국민으로서의 여성'이라는 명제를 인상깊게 아로새겼으며 1900년대에 국가를 위해 모든 것을 다 바치는 구국 영웅의 전형이었다가 1920년대에 통속화된 형상으로 바뀌고 있음을 지적한 바 있다. 1920년대의 이상수의 소설 『쟌다르크의 사랑』은 한 사례인데 "불행히 그 어린 가슴을 태우는 연애의 상대자는 적국 장수이었었다. 중심에서 솟아오르는 애국심과 간장을 태우는 애정은 서로 극단으로 배치되었다"라는 광고문구에 등장한 쟌 다르크는 "구국영웅도 아니요 자기 내면의 요구에 귀기울인 참인간도 아니요 사랑의 비극에 우는 히로인"으로 제시되었다는 것이다. 그 자체로 영웅이 어떻게 소비될 수 있는가를 보여주는 흥미로운 사례이지만 이 글의 관심에 국한해서 보자면 이러한 사실은 당대 대중들에게 잔 다르크가 널리 알려져 있었다는 것을 방증한다. 통속적 연

〈2장 나물캐는 소녀〉와 〈3장 이 아버지 이 딸〉에서는 유관순의 어린 시절로 돌아가 그녀의 가계를 충의(忠義)의 선비 가문으로 계보화한다. 아버지 유중권은 "옛날 신라나 고구려 여자들은 비록 여자라도 글공부는 물론이고 활쏘기와 말타기를 배워서 나라가 위급할 때에는 용감하게 나가서 싸웠다"며 관순을 공부시켜 "신라와 고구려 여자들과 같이" 유관순을 기르자고 그 아내와 의논한다. 선각자이자 지사로서의 유중권, 그리고 효자 가문으로서의 유씨 문중을 소개하면서 유관순은 "두 눈과, 뚜렷하고 곧게 생긴 코가 어울려서 남자다운 영특한 기상을 보이고, 아래 위가 고르고 튼튼해 보이는 체격에는 날래고 활발한 태도"를 지녔으며 "장난을 좋아하고 장난을 하면 반드시 머리가 되었다"라며 리더십있는 능동적인 인물로 묘사된다. 또한 "동정심이 많고 언제나 남을 도와 주기를 좋아하였다"라든가 "부모가 시키는 일은 첫마디에 순종하고 조금도 어기는 일이 없으며, 비록 제 힘에 겨운 듯한 일이라도 거역하는 일이 없었다. 그러나 만일에 어른의 말이라도 도리에 옳지 아니한 일이면, 한사코 듣지 않고 제마음대로 하기 때문에 어른들도 능히 그 뜻을 굽히지 못하였다"라고 서술하고 있다. 이러한 유관순의 성격 묘사를 통해서 해방기의 여성에 대한 젠더 역할의 두 층위를 읽을 수 있다. '활쏘고 말타는 신라, 고구려 여성과 같은' 남성적인 씩씩함, 강한 고집, 리더십 등 능동적인 젠더상이 강조되면서도, 동시

애담으로의 변개 자체가 잔 다르크라는 전기적 사실을 전제한 이후에야 가능한 것이기 때문이다. 해방기 유관순 표상화의 과정에서 잔 다르크가 직접적인 유비관계로 혹은 유관순이 잔 다르크 이야기를 동네 처녀들에게 들려주는 것으로 설정되는 것은 '애국계몽기' 이래 잔 다르크 이야기가 대중적으로 알려져 있었으며, 유관순 이야기를 익숙한 잔 다르크의 구국 영웅서사와 연동시켰다는 가정이 가능할 것이다.

에 부모에게 순종하는 '효'라는 전통적인 부덕의 윤리가 공존한다. 여성을 국가 건설에 동원하기 위해 공적영역에서 능동적인 젠더 역할을 강조하면서 한편으로는 전통적인 가부장적 이데올로기인 '효'를 결합시켜 긍정적 여성상을 부각시키려는 의도가 보인다.

〈4장 나라없는 설움〉에서는 유중권이 먼저 각성하여 '흥호학교'를 설립 경영하였고 이 과정에서 일본인 '고마도'에게 사채를 얻어 쓰고 봉변을 당하는, 이후 영화의 장면에서 반복적으로 재연되는 에피소드가 삽입되어 있다. 〈5장 새로운 빛을 찾아〉에서는 "이 때에 사람들이 모여서 희망을 가지고 힘있게 나아가면서 서로 힘을 합하여 나라와 사회를 위하여 좋은 일을 해보자고 하는 데는 오직 교회밖에 없었다. 나라와 민족을 걱정하고 간절한 마음으로 기도하는 데도 교회 사람들이 모이는 자리 밖에 없었다"라며 교회(기독교) 민족주의를 부각시킨다. 또한 이후 유관순 연구에서 크리스찬이 아닌 것으로 실증된 유관순의 부친 유중권을 유빈기, 조인원 등과 함께 예배당을 짓고 전도한 것으로 서술하면서, 이러한 영향으로 유관순도 독실한 신자가 되어 아버지가 병들었을 때는 기도로 아버지의 병을 낫게했다는 일화를 제시하며 '효'라는 전통의 윤리감각과 기독교를 결합시키고 있다. 이후 공주의 선교사 사부인에 의해 교비생으로 선발 이화학당에 입학하는 사정을 다룬 〈6장 이화학당으로〉를 거쳐, 〈7장 이화의 꽃향기〉에서는 틈날 때마다 기도를 하는 독실한 신앙심을 강조하거나, 부지런히 일하고 타인의 빨래와 청소를 대신하면서 학교의 도움을 받아 공부하는 교비생이지만 경제적 도움을 그에 상응하는 노력으로 갚으려는 유관순의 바른 성품을 전하고 있다. 굶는 동급생을 위해 자신의 밥을 양도하고, 갈등

만주를 파는 고학생을 돕는 모습을 그리며 '이화의 빛나는 꽃이요, 높은 향기'로 그녀의 품성을 묘사하고 있다.[24]

〈8장 자유의 부르짖음〉에서는 박인덕 등의 교사와 선배들의 모의 속에 이화학당 시위에 참여하는 상황이 설명되고, '만세운동에 나가라'는 성령의 계시 속에서 유관순이 시위에 참여하는 모습이 그려진다. 〈9장 산 위의 聖女〉에서는 휴교 이후 고향에 돌아와 '매봉' 꼭대기에서 정조가 죽은 후 3년간 망곡했다고 전해지는 백의처사 유영일, '충신불사이군'을 외치며 인조 때 죽은 어우 유몽인 등의 조상을 생각하며 국가와 민족을 고뇌하는 유관순이 제시된다. "무릎을 꿇고 나라를 위하여, 또 장차 일하려고 하는 저에게 힘을 주시기를 하나님께 성심으로 기도하였다"라며 매봉을 매개로 왕조에 대한 충성과 기독교를 결합시키고 있다. 이후 관순이 마을의 유지들을 예배당으로 모아 놓고, 그들을 설득하여 거사한 것으로 묘사한다. 특히 삼일운동 전날 매봉 꼭대기의 유관순은 "캄캄한 밤 중에 산 한가운데 불빛을 받아 환하게 나타난 그의 얼굴은, 옛날 오백 년 전에 다 기울어져 가는 조국 불란서를 구하려고 십자가를 들고 백마를 타고 올레안성을 향하여 용감히 떠나는 잔다르크의 거룩하고 용감스러운 그 자세가 완연하였다"라며 '천사요, 사람은 아니었다'라고 성녀화되고 있다. 〈10장 붉은 피를 본 무리〉에서는 시위 당일 장터에서 연설을 하고 과격화하는 시위를 제지하는

---

24) 김기창, 앞의 논문의 보론에 실려있는 유관순과 기숙사 동료였던 이정수(보각스님)와의 대담에 따르면 당시에 빨래는 이름을 써서 내놓으면 세탁소에서 해서 금요일날 저녁에 가져왔으며 학생들은 빨래를 하지 않았다고 한다. 유관순의 바른 품성을 강조하기 위해서 삽입한 전영택 전기의 삽화들은 이후 영화에서 반복적으로 형상화된다.

유관순의 면모가 그려져 있다. 〈11장 철천의 한〉에서는 폭력적인 진압에 의해 부모가 모두 죽고, 많은 사람이 살상되며 유관순 자신도 "칼로 젖가슴을 내리쳐서 유방이 상하여 온 몸이 피투성이 되고 마루바닥에 붉은 피가 흘"르는 장면이 묘사된다. 〈12장 독립만세의 화신〉에서는 검거 후 자신이 주모자임을 주장하며 태극기를 그리는 장면, 만세를 선창하는 장면과 함께 공주감옥에서의 장면 등을 묘사한다. 이동 중의 오빠와의 조우, 만세 선동과 고문 및 일본 헌병이 일본도로 유관순을 내리 치는 장면들이 묘사되어 있다. 〈13장 충천의 의기〉에서는 공주에서 삼년을 받고 서울 복심 재판소에서 재판 중 의자를 집어던져 7년형을 받은 것으로 묘사하고 있다. 감옥 안에서 계속하여 만세를 선창하여 몸이 상하자 박인덕이 이를 만류하는 장면, 감옥 안에서 아이를 낳은 부인을 보살피는 모습, 유관순의 애족심에 조선인 간수가 감화되어 그녀를 돌보다가 파직되는 장면이 등장한다. 〈14장 순국 처녀의 최후〉에서는 유관순에게 가해진 악형과 밥에다 모래와 쇠가루를 넣는 일제의 폭력 등이 서술되어 있다. 유관순이 고문으로 사망하고 이화학당 교장 프라이와 월터가 전옥에게 시체를 내주기를 요구하나 거절하자 미국에 보고하여 세계여론을 일으킬 것이라 위협하여 시체를 양도받는다. 석유궤짝에 넣은 관순의 시체가 온 몸이 상처투성이로 여러 토막으로 끊겼으며, 경찰의 감시 속에 쓸쓸히 장례지내는 것으로 서사가 종결되고 있다.

장황하지만 전영택의 전기 내용을 요약한 것은 이 전기문이 이후 유관순 내러티브를 결정하는 판본이기 때문이다. 이후의 전기문 혹은 영화 내러티브는 전영택이 짜놓은 이 전기를 골간으로 에피소드들을 변개, 삭제하거나 추가 삽입하는 방식으로 이루어진 것이다. 특히 최초의 영화는 이 전기가 쓰여지는 동시에 이것을 참조하여 시나리오를 구성한 것으로 판단되거니와, 이 기본 자료를 시나리오화하면서 어떻게 정서적 공감을 불러왔는가에 주목하여 논의해 보겠다.

(3) 유관순 영화 내러티브의 창출 : 윤봉춘의 1948년작 「유관순」

유관순에 관한 최초의 영화 『유관순』(각본 감독 윤봉춘, 각색 이구영)은 유관순 표상과 내러티브의 골격을 결정하고 그것을 대중화했다는 점에서 전영택의 전기와 함께 유관순 표상의 기원으로 간주해야 할 텍스트이다.[25] 특히 이 영화가 대한민국이 설립된 1948년에 제작, 상영되었다는 사실은 시사하는 바가 크다. 윤봉춘은 독립운동으로 인해 옥고를 치른 경험이 있는 거의 유일한 '우익' 영화인으로 '우익진영'이 모인 계몽문화협회를 이끈 감독이다.[26] 그는 또한 독실한 기독교 신자이기

---

25) 윤봉춘은 다음과 같이 증언하고 있다. 〈유관순〉이 "기술로나 연출로나 아주 보잘 것, 더군다나 16미리로 맨들었습니다. 그랬는데 그때 서울 인구가 한 30만 정도? 한 40만 정도 되겠나? 했는데, 그때 단성, 아니 중앙극장하고 동양극장, 동시상영을 시켰습니다. 해가지고 한 극장에 열몇 일씩 해가지고 서울 총 인구의 1할 이상 동원했다는 것은 한국영화사상 최촙니다. 그렇죠. 한참 동안에도 그런 동원 숫자가 나오지 않았습니다. 마지막에는 저, 소년 단체가 다 구경하러 왔댔으니까. 그러니까 그게 순전히 오랜 동안에, 오랜 동안에 아주 받은 설움과 감격된 속에서 맨들어진 게 〈유관순〉이거든요."(이영일의 「한국영화사를 위한 증언록」, 소도, 2004, 184쪽.) 구술자의 과장을 감안하더라도 이 영화가 지녔던 대중적 파급력을 확인할 수 있다.
26) 윤봉춘은 회령 지역의 만세시위 주모자로 체포되어 청진형무소에서 6개월간 옥고를 치루었고, 나운규 등과의 간도 지역 비밀결사 '도판부'에 가담한 후 1921년에 1년여 투옥되었다. 이러한 공로로 1993년 건국훈장 애국장을 추서받았다.

도 했다.[27] 식민지 경험과 관련된 해방기 윤봉춘의 행적을 논의하면서 이순진은 영화「유관순」의 중요한 특징들을 언급한 바 있다.[28] 이 영화는 일본인을 수탈과 고문의 이미지로 구성하고 조선인은 민족을 일시적으로 배신한 부역자(헌병보조원)도 모두 만세를 부름으로써 조선이라는 동일성을 회복하는 것으로 제시한다. 이러한 선명한 민족적 대립구도 속에서 계급, 세대, 젠더, 이념 등의 갈등요인들은 사라진다. 또한 「유관순」 이후 '만세운동'에 뒤이은 투옥과 고문은 한국영화에서 식민지 시대를 재현하는 전형적인 방법으로 자리잡게 되었다는 것이 이순진의 지적이다. 여기서는 이순진의 논의가 놓치고 있는 몇 가지 문제를 「유관순」[29] 시나리오의 내러티브 분석을 통해서 제기해 보고자 한다.

윤봉춘 감독 자신의 이력이 독립운동의 경험, 기독교, 우파 민족주의라는 해방기 단독정권 수립파와 그 기반을 공유하고 있다는 사실을 다시 한 번 상기할 필요가 있다. 윤봉춘은 전영택의 전기문을 재료로 하여 이러한 자신의 이력과 세계관에 충실하게 영화의 내러티브를

---

27) 윤봉춘의 회고에 따르면 그의 아버지는 동학군이었고, 어머니는 기독교인으로 아들에게 종교적 감화를 주었으며 지식은 없었지만 임진왜란 시의 김덕령과 계월향의 고사를 반복해서 들려주었다. 이후 회령 신흥학교에서 간도 명동학교 출신의 교사 박용운의 민족주의적 감화 아래에서 민족주의를 생리적인 이념으로 형성했다고 술회하고 있다. 특히 신흥학교는 기독교 장로교 계열로 윤봉춘의 민족주의＋기독교의 기반은 이 학교에서 비롯되었다고 할 수 있다. 한국예술연구소편, 『이영일의 한국영화사를 위한 증언록』 6권, 소도, 2004, 22~36쪽.

28) 이순진, 「식민지 경험과 해방직후의 영화만들기-최인규와 윤봉춘의 경우를 중심으로」, 『대중서사연구』14호, 2005. 12.

29) 「유관순」, 『한국 시나리오 선집』 제1권, 영화진흥공사 ; 윤봉춘 원작, 이구영 각색, 『한국 시나리오걸작선3-유관순』, 커뮤니케이션북스, 2005.

구성하고 있다. 도입부인 〈S#4 신문지〉 장면에서 '약소민족국가의 해방을 주장, 미국 대통령 윌슨 씨가 민족자결주의를 부르짖었다'고 기술하고, 곧바로 이어서 〈S#5 독립운동의 각종 협회〉에서는 민족의 단결을 도모하는 여러 지사들이 중국, 미국 등지로 망명하여 민족사상을 고취하였다고 서술한다. 이러한 일련의 도입은 식민지 독립운동을 모두 민족주의 운동으로 수렴하고 소련, 혹은 계급운동 등의 맥락을 소거하는 것이다. 앞서 기념사업회의 인적 구성이 이화학당 외에 망명한 민족주의 그룹(김구 계열), 미국을 자신의 정치적 배경으로 하는 기독교 계열의 인사들(서재필, 이승만, 조병옥, 오천석)로 이루어졌다는 사실을 지적했거니와 이 시나리오에서는 이러한 기념사업회의 면면 중에서도 이화학당과 단독정권 수립파의 정치적 욕망이 두드러져 있다. 이와 관련하여 〈S#122 기숙사 방(환상)〉 장면은 각별히 강조될 필요가 있다. 눈 내리는 겨울 날 노래를 부르고 놀다가 사감 박인덕이 젓가락 한 뭉치를 내어 놓으며, "여러 학생들, 이 젓가락을 하나씩 누구든지 세워 보시오"라는 주문을 하고 모두가 실패했지만 유관순만이 '가지고 있는 젓가락을 모조리 모아 노끈으로 허리를 질근 동여 박 선생님 앞에 우뚝 세워' 놓자 박인덕은 "맞았습니다. 한 사람 한 사람의 힘은 가장 약하나 힘과 힘을 뭉치면 가장 큰 것입니다. 우리 민족도 단결하여야 합니다. 오늘도 관순이가 맞혔습니다"라고 칭찬한다. 단결이라는 수사는 1950년대와 유신시대의 맥락에서도 또 다른 정치적 해석이 가능한 것이지만, 특히 신생 대한민국의 설립을 전후한 시기의 이 발화는 특별한 정치적 레토릭을 연상시킨다. 이 장면에서의 단결에 대한 강조는 "덮어놓고 뭉치자"에서부터 "뭉치면 살고 흩어지면 죽는다" 등 이승만의 정치적 구호와 연결된다. 감옥에서 혹독한 고문을 받고 있는 영웅 유관순의 입을 통해 제시되는 이러한 메시지가 '서울 인구의 1할'이라는 관객을 매개로 퍼져 나갔다는 사실은 유관순의 정치적 상징성을 웅변한다.

국내적으로 단독정권 수립파의 정치적 이데올로기가 관철되어 있다면, 국제적인 맥락에서는 미국 헤게모니하 질서 재편의 흔적이 투영되어 있다. 3·1의 직접적인 동기로 윌슨의 '민족자결주의'가 강조되는 것에 비례해 독립운동의 망명지로서의 소련이 삭제되는 과정이 연동되어 있다는 점은 앞서 지적한 바 있다. 윌슨의 민족자결주의가 3·1의 강력한 외적 동인이라는 것은 역사적 사실이지만 그것이 내러티브 안에서 어떻게 배치되고 강조되는가는 다른 맥락에서 논의되어야 한다. 미국은 구한말 이래로 영토적 야심이 없는 국가라는 이미지가 널리 유포되어 있었으며, 1919년 3·1의 외적 동인인 윌슨의 민족자결주의를 통해 약소민족의 구원자인 정의로운 국가라는 형상을 획득했다.[30] 영화에서도 이러한 미국의 국가 이미지를 확인할 수 있다. 유관순의 시신 인도를 거부하는 전옥을 향해 월터 교장은 "관순의 시체를 아니 내어준다면 이 사건을 우리 미국에 알리어 세계여론을 일으키겠소"(〈#135〉)라고 말한다. 이화학당의 교장이 유관순 시체를 양도받는 교섭은 역사적 사실일 터이지만, 시나리오 안에서 이러한 장면이 선택

---

30) 미국에 대한 한국인의 태도와 관념은 고정적이지 않으며 호의적/부정적 태도가 교차한다. 호의적 대미인식은 1880~1890년대 형성된 후 집권층과 일반대중에게로 확산되었으며 한국의 식민지화에 동의한 가쓰라—태프트 밀약에도 불구하고 이 호의적 인식에는 별 변화가 없었다. 이에 대해서는 유영익·송병기·양호민·임희섭, 『한국인의 대미인식:역사적으로 본 형성과정』, 민음사, 1994를 참조할 것.

되어 내러티브화함으로써 발생하는 효과는 기록의 사실 여부와는 다른 차원의 문제이다. 월터의 말이 지닌 힘은 일본 제국주의를 패배시킨 강력한 국가이자 냉전 세계질서에서 '대한민국'이 편재될(되어야만하는) 지정학적 블록의 헤게모니를 좌우하는 미국으로부터 연원한다. 관객들은 미국이라는 현실의 힘을 배경으로 하는 월터의 언술이 전옥(일본)을 움직여 유관순의 시체를 내어주는 과정을 시각화한 내러티브를 통해 확인한다. 이 장면을 통해 일본도 두려워하는 미국의 힘은 현시화된다.[31]

이러한 정치적 맥락 외에도 이 영화를 통해서 식민지를 재현하는 중요한 서사적 관습이 마련되고 있다는 사실을 지적해야만 한다. 그것은 민족수난사를 재현하는 방식과 관련된다. 유관순의 사적에는 민족주의 내러티브를 구축할 수 있는 극단적인 수난의 형상들이 가득하다. 성적 고문을 암시하는 심문 및 감옥에서의 여성수난, 전원시적 가족공동체와 마을공동체의 파괴, 어린 두 동생의 고난 등. 말하자면, 목가적 농촌을 배경으로 고결한 정신을 갖춘 부모 슬하에서 귀여운 동생들과 함께 한 유토피아적 삶이 폭력에 의해 파괴되고, 성적 고문을 포함한 악독한 고문에 맞서다 순교한다는 서사는 민족의 수난사를 대표할 만한 드라마라고 할 것이다.[32] 이 시나리오의 마지막에는 일본인 간수

---

31) 이후 1959년작에서는 유관순이 직접 연설을 통해 윌슨의 민족자결주의에 대해서 설명하고 있다. 이러한 장면의 강화는 한국전쟁에서 한국을 구원한 미국 상과 관련될 것이다. 50년대의 미국상은 이러한 측면에서 유관순의 입을 통해 적극적으로 제시될 필요가 있었을 것이다.

32) 1959년의 영화에서는 변호사를 통해 유관순을 "세계역사에 유례가 없는 비극적 인물"이라 선언한다.

들이 유관순을 살해하는 장면이 등장한다. 간수들은 유관순의 하부(下部), 즉 성기에 호수로 물을 넣어 자궁파열을 시키는 고문을 자행하는가 하면, 칼로 시체를 일곱 토막내어 사과박스에 넣는 만행을 저지른다. 사실 여부[33]를 떠나 이러한 장면이 주는 효과는 일본에 대한 적개심을 상기시키고, 민족적 수난사를 성적인 코드로 전환시키는 것이었다고 할 수 있다.

헌병에 학살된 아버지, 이를 비난하는 어머니마저 일본 군도에 의해 두 동강 나고, 집이 불타며 동생들도 불타죽을 위협을 당했으며, 오빠 관옥도 공주 시위로 투옥되는 등 일본의 폭력에 결단난 유관순의 '가족수난'은 관객 모두에게 피해자로서의 자기 의식을 주조하게 만들었을 것이다. 특히 전영택의 전기에서는 부재했던 동생 관복, 관석의 수난 장면의 삽입과 이에 대한 유관순의 애틋한 감정의 묘사는 유관순의 가족 수난사의 정서적 효과를 극대화하는 요소이다. 이후 유관순이 '누나'로 호명된 이유에는 계급과 이데올로기에서 자유로운 소녀를 내세움으로써 '민족'이라는 동일자를 강화하고자 하는 정치적인 의도가 의식적, 무의식적으로 투사되고 있다고 할 수 있는 데, 그 정서적인 차원에서는 윤봉춘의 이 '오랍동생을 못잊는 애닯은 누이'로의 표상화가 유관순 '누나'의 감성구조의 연원으로 작용한 측면도 있다.

---

33) 이정은은 유관순의 사망 전후의 사실 관계를 논증하고 있다. 이 논증에 따르면, 유관순 시체의 연고를 찾을 수 없어서 시신이 부패했으며, 프라이 학당장이 아니라 월터 학당장 대리가 시체를 인수하였다.(이정은, 앞의 논문, 409쪽.) 유관순의 장례를 치룬 오빠 유우석과 월터 학당장은 시신절단설을 부인하고 있다.(432쪽.) 방광이 파열되었다는 진술은 이정수(보각스님)의 회고로 남아 있으나 그것이 국부에 물을 넣어서 파열되었다든가, 성적인 고문과 연결되었다는 확증을 진술하고 있지는 않다. 토막설 등은 그녀의 죽음의 비극성과 고문의 잔학성을 강조하는 과정에서 대두되었던 듯하다.

이외에도 이 시나리오에서 눈에 띠는 몇 가지 특징적인 대목을 언급하며 이 절의 논의를 마무리하고자 한다. 전영택 전기에서 잔다르크는 언급됨으로써만 유관순과의 유비관계를 형성했다면, 이 시나리오에서는 유관순이 마을 처녀들에게 오를레앙의 잔다르크 이야기를 들려주며 조국을 위해 목숨을 바치는 삶을 살자고 설득하는 장면으로 서사 내부에 삽입된다. 이러한 잔 다르크의 이미지는 영화의 마지막 장면에서 일곱 토막난 관순의 시체를 수습하여 치르는 진혼예배와 연결됨으로써 유관순의 기독교적 순교의 이미지와 겹쳐진다. 전영택 전기의 초라한 장례행렬에 비해 이러한 장엄한 진혼예배를 통해 '천당'이라는 영생의 이미지와 유관순의 순교를 연결시킴으로써 그녀의 죽음이 결국 독립과 현재 대한민국의 건국이라는 정치적 승리로 귀결되었다는 결말을 제시하고 있다.[34] 이러한 결말은 기독교 민족주의라는 대한민국 건국기의 잠재적 이념의 현시였다고 할 수 있을 것이다.

---

34) 이 시나리오의 해제에서 한국영화전사를 간행한 바 있는 대표적인 영화전문가 이영일은 "이화학당의 월러교장이 전옥으로부터 관순의 일곱토막난 시체를 받아내 정동교회에서 진혼예배를 보는 라스트씬은 필자도 잊을 수 없는 만감이 사무친 장면"이라고 회고하거니와 이러한 회고를 통해서 이 장면이 준 인상을 짐작할 수 있다. 일본 경찰의 감시하에 최소한의 인원만이 참석했던 초라한 장례행렬 대신 영생과 연결되어 있는 진혼예배의 장엄함으로 결말을 대체한 것은 육신의 죽음을 넘어서 지금 현재 조선을 가능하게 한 정신적인 승리를 강조하고자 하는 의도였으리라 추론할 수 있다.

(4) 박제화된 영웅들의 해방을 위하여

살펴본 것처럼, 민족의 희생과 저항의 상징인 유관순 표상은 해방 이후 민족주의 계열, 단독정부 수립파, 이화학원 동문들의 주도로 구성된 것이다. 유관순기념사업회와 전기간행위원회를 배경으로 하는 1948년의 전영택의 전기, 이를 바탕으로 제작된 윤봉춘의 영화 〈유관순〉(1948)이 이후 한국 사회에서 전승되는 유관순 표상의 골격을 결정하고 대중화한 기원의 텍스트라고 할 수 있다. 전영택과 윤봉춘의 1948년 텍스트를 통해 기독교 미션 이화학당 출신 소녀의 희생은 민족주의적, 기독교적 순교로 의미화되었으며, 민족적 정통성의 도덕적 권위로 자리잡았다. 이러한 유관순의 정치적 상징성은 남한 단독정권 수립을 주도한 통치엘리트들이 남한 국가에 민족적 정수를 부여하고자 한 문화적 국가 기획에 부합하는 것이었다. 이후 유관순의 표상은 시대에 따라 통치 엘리트의 필요에 부응하는 각기 다른 이념을 발화하는 영웅의 초상으로 재구성되곤 했다.[35]

나는 이미 유관순 표상에 대한 연구에서 영화 시나리오를 중심으로 시대별로 전유되어 전승되는 유관순 이데올로기를 분석한 바 있다.[36] 1959년 개봉된 윤봉춘의 두 번째 〈유관순〉 영화에서는 경주 등

---

35) 유관순은 국가에 의해서만 소환된 영웅이 아니라 시민사회에서도 그를 자유와 사랑의 영웅으로 호명했다. 가령, 1960년의 4.19의 희생자 여중생 진영숙을 '민주 동산에 핀 애국의 꽃송이'로 표제하며 '제2의 유관순'으로 명명하고 '민주 동산에 한 떨기 장미꽃으로 피어 영생'하라는 기사문 등을 통해서 불의한 이승만 독재를 쓰러뜨린 민주의 영웅이자 혁명의 수호자로 유관순 표상이 전유되고 있다.

36) 정종현, 「유관순 표상의 창출과 전승」, 『한국문학연구』 36, 2009. 이하는 그 영화적 전승의 내용을 간략히 정리한 것이다.

38선 이남의 역사적 장소와 결부된 유관순 내러티브를 구성함으로써 '남한' 민족을 균질화된 동일자로 구성하는 장소의 정치학이 작동하고 있다. 김승옥이 각색한 1966년 윤봉춘의 세 번째 〈유관순〉의 시나리오에서는 4·19 이후 자유, 박애 등의 보편적 가치를 추구하는 시민적 자아상과 한일회담 이후 고양된 내셔널리즘의 열망이 결합된 유관순 표상이 제시되고 있다. 1974년 유신헌법과 긴급조치 하에서 김기덕 감독이 제작한 〈유관순〉에서는 국가주의와 가부장의 권위가 결합된 유신 이데올로기가 투사된 유관순 표상이 구성된다. 이러한 표상과 내러티브들은 모두 해방기에 만들어진 영웅이야기를 그 기원으로 삼아 재구성된 것이다.

식민지 체제에서의 죽음의 비극성을 극대화시키는 사례는 유관순에게만 한정되는 것은 아니다. 또 다른 사례로 윤동주의 경우를 거론할 수 있을 것이다. 해방 이후의 민족 수난사의 또 하나의 신화적 형상으로 우리는 후쿠오카 감옥에서 옥사한 윤동주의 삶과 죽음을 마주하게 된다. 이육사와 함께 이른바 '암흑기' 한국 시단에 주옥같은 한국어 시를 남기고 독립운동을 했다는 죄목으로 투옥되어 감옥에서 죽은 청년 시인 윤동주는 그 자체로 하나의 신화이다. 특히 그 신화는 그가 후쿠오카 감옥에서 생체실험을 통해 죽었다는 전언에 의해 그 비극성이 더욱 극대화된다. 현재 확인되는 생체실험설은 윤동주의 당숙인 중문학자 윤영춘이 1952년에 쓴 「고 윤동주에 대하여」[37]에 처음으로 등장하여 역사적 사실로 자리했다. 그 자신도 일본 경찰에 검거된 적이 있

---

37) 윤영춘, 「고 윤동주에 대하여」, 『문예』 제3권 제2호(통권14호), 1952, 5, 6월호.

는 윤영춘은 당질인 윤동주의 문학에 대해 논하면서 그의 검거 과정과 최후의 주검을 목도했던 장면을 증언한다. 윤동주의 부고를 받고 윤동주의 부친과 후쿠오카 형무소에 가서 아직 살아 있는 송몽규를 만나러 복도에 들어섰을 때, "푸른 죄수복 입은 이십대의 한국청년 근 오십명이 주사맞으려고 施藥室 앞에 쭉 느러선 것"[38]을 보았으며 피골이 상접된 송몽규에게 까닭을 물으니 "저놈들이 주사를 맞으라고 해서 맞았더니 이 모양 되었고 동주도 이 모양으로…하고 말소리 흐려졌다"[39]고 술회한다. 윤영춘은 그 후 일주일 정도 뒤에 송몽규도 죽었다고 적고 있다. 송몽규를 만나고 나서 사망실에 찾아갔을 때 윤동주의 시신은 죽은 지 10일이 지났으나 "구주제대에서 방부제를 썼기 때문에 몸은 아무러치도 않다"[40]고 덧붙이고 있다. 윤영춘은 윤동주의 사체를 수습한 사람이고 그의 진술처럼 송몽규와 만났으며 그곳에서 그러한 조선청년들을 목격했다는 그의 기억을 굳이 부정할 이유는 없을 것이다. 그렇지만, 이 진술은 여러 가지 합리적인 의문을 유발시키는 것도 사실이다. 만약 실제로 생체실험을 했다면 면회객들의 환시하에 그것을 진행했을 것인가라는 의문이 그 하나이다. 그만큼 잔악하고 대담한 일본제국주의자들이었다고 답할 수도 있을 터이지만, 적어도 그러한 생체실험은 일반인이 접근 불가능한 형태로 진행되었으리라는 것이 보다 합리적인 추론인 듯하다. 또 하나의 의문은 왜 윤동주의 시신을 방부처리했을까라는 의문이다. 그것도 규슈제대에서 말이다. 실제로 생

---

38) 윤영춘, 위의 글, 100쪽.
39) 윤영춘, 위의 글, 101쪽.
40) 윤영춘, 위의 글, 같은쪽.

체실험이 있었다면 불태워서 증거를 없애는 것이 형무소가 취할 방도가 아니었을까. 위의 진술에서 자연스럽게 떠오르는 의문과 더불어 한 가지 더 참조할 만한 당대인의 증언이 남아 있다.

　윤동주가 옥사한 시기 후쿠오카와 지척인 나가사키 형무소에 투옥되어 있었던 항일의용군 출신의 연변 작가 김학철은 생전에 남긴 에세이에서 윤동주의 죽음을 생체실험과 연관시키는 한국사회의 기억에 대해서 신랄한 비평을 남긴 바 있다. 『우렁이 속 같은 세상』[41] 중 '20세기의 전설들'이라는 항목에서 그는 아시아-태평양 전쟁기에 전향하지 않고 징역 18년의 장기간의 수형생활을 견딘 일본 공산당의 지도자 도쿠다 규이치(德田球一)를 비롯하여 무기징역 미야모토 켄지(宮本顯治), 무기징역 박렬, 만주의 태항산에서 항일무장투쟁을 수행하다가 총상을 입고 투옥된 김학철 자신 등 일본 파시즘의 입장에서는 보다 더 위협적인 수인(囚人)들이 후쿠오카와 나가사키에는 넘치고 있었다라고 말한다. 김학철은 일본 감옥은 그 제도 자체가 생체실험이나 독살 따위를 하게끔 되어 있지 않았고, 다만 지병과 영양불량 등으로 병사를 한 정치범들은 존재했다고 기억한다. 이들을 모두 제쳐두고 유독 징역 2년의 단기수인 윤동주 등만을 골라서 생체실험을 할 이유가 없다는 것이 김학철 주장의 골자이다. 이러한 주장이 윤동주 생체실험론에 익숙한 한국문학 독자의 심경을 거스르는 발화일지도 모르겠다. 김학철의 비판을 인용하는 것이 순결한 시인이자 청년인 윤동주의 삶과 민족애를 폄훼하려는 것으로 오해되지 않길 바란다. 윤동주의 죽음에 대한

---

41) 김학철, 『우렁이 속 같은 세상』, 창비, 2001, 124~126쪽.

일종의 신화화에는 순결한 젊은 시인의 죽음의 비극성을 강화함으로써 일본 제국주의의 흉폭한 성격을 극대화하려는 일종의 기억의 정치학이 개재되어 있다고 할 수 있을 것이다.

교토의 도시샤 대학과 하숙집터에는 윤동주의 시비가 서 있다. 교토에서 1년간 박사후연수를 하던 2011년 겨울, 나는 2월 16일 윤동주의 기일에 지금은 일본조형예술대학으로 바뀐 그의 하숙집 터 앞에 모여서 윤동주를 추모하는 많은 일본 청년들을 만났다. 이러한 모임은 후쿠오카 형무소와 윤동주가 소풍을 갔었던 우지(宇治)시의 공원에 있는 시비 앞에서도 조촐하게나마 해마다 열리고 있다. 일본인들이 윤동주를 기념하는 것은 그가 자신들의 선조들이 집단적인 가해자였던 제국주의의 폭력에 의한 희생자였기 때문이기도 하지만, 그의 죽음과 문학이 인간에게 가해지는 폭력에 대한 항거를 상징하기 때문이다. 폭력과 야만의 시대에 죽어가는 약한 것들에 대해 연민을 가지고, 조용하지만 결코 나약하지 않은 인간의 불굴의 정신으로 그러한 시대에 맞서 갔던, 인류사적·문명사적 영웅으로서 윤동주의 가치는 빛난다. 인류 보편의 가치인 사랑과 서정을 노래했던 윤동주의 삶과 죽음을 진정으로 헤아리는 길은 그의 죽음을 민족주의의 상징으로 회수하여 원한의 르상티망을 구성하는 것이 아니라 그를 보편적인 가치의 표상으로 기억하는 것일 터이다.

이것은 유관순의 경우도 마찬가지이다. 나는 지금도 지속되고 있는 '군대 위안부' 문제 등으로 대표되는 가혹했던 식민지 지배와 수탈의 기억을 망각하자고 주장하는 것은 아니다. 그렇지만 서대문형무소 역사관 고문전시실 등을 방문할 때마다 느끼게 되는, 한국 사회가 가지고 있는 기억의 정치학의 편향성에 대해서는 잠시 언급해 두고자 한다. 우연히도 내가 그곳에 갈 때마다 어린 학생들이 견학하고 있었다. 일제의 독립운동가 고문 전시물을 통해 일본이 잔혹한 식민지 지배를 했다는 사실을 그 학생들은 배웠을 것이다. 또한 그러한 과거가 되풀이 되지 않도록 강한 힘을 길러야 한다는 역사의 교훈이 가르쳐지고 있었다. 식민지를 경험한 공동체의 일원으로서 식민지 시기 역사교육의 필요성을 충분히 인정하더라도 과연 저 어린 아이들에게 폭력의 장면을 보여주며 일본인 전체에 대한 원한을 심어주는 교사들의 설명이 타당한 것일까 하는 의문이 드는 것은 어쩔 수 없었다. 또한 그 장소는 대한민국 건국 이후에도 박정희, 전두환 시대에 이르기까지 거대한 폭력의 장치로 작용했고 많은 정치범들이 투옥된 곳이다. 일본에 대한 올바른 역사의식을 심어주고자 만들었다는 전시실은 사실 일면적인 역사인식을 배양하고 현재를 망각하는 장치로 작용하고 있는 것은 아닐까. 과거를 직시하되 원한과 폭력을 넘어서는 역사교육의 장이란 어떻게 가능할 것인가? 또한, 성적 수난과 민족적 증오심을 키우는 표본으로서 유관순을 소환하여 통치 이데올로기를 투사해온 냉전 시대의 박제된 영웅 만들기로부터 민주와 자유, 사랑의 보편적 가치를 구현하려는 우리 시대의 영웅으로 유관순을 살려내는 것은 어떻게 가능할 것인가. 우리가 함께 풀어가야할 화두로 남겨두고자 한다.

제3장

관동대지진의 '추억'

　　2011년의 8·15 특집극은 퇴계의 14대손으로 의열단원이자 시인이었던 혁명가 이육사의 삶을 그린 〈절정〉이었다. 윤동주와 더불어 식민지 말기 저항시인으로 일컬어지는 이육사의 일대기를 그리는 이 드라마를 우연히 보게 되었는데, 이육사가 조선민족혁명단의 핵심간부인 '윤세주'를 만나는 장면에서 깊은 인상을 받았다. 이 드라마에서 이육사는 일본, 그것도 교토에서 유학하는 것으로 설정되었다.[1] 그곳에서 관동대지진을 겪으며 자경단의 조선인 학살을 목격하고, 그 와중에 '윤세주'의 도움을 받아 피신하는 것으로 그려지고 있었다. 1922년 발생한 관동대지진은 도쿄를 포함한 간토오(關東) 지방에 피해가 집중

---

1) 이육사의 생애를 재구한 김희곤의 『새로 쓰는 이육사 평전』(지영사, 2000, 61쪽)에 따르면, 그의 일본 유학 기간은 관동대지진 이후인 1924년 4월부터 1925년 1월 귀국하는 약 9개월 여이다. 또한 유학지는 도쿄였으며 그가 다닌 학교는 기록에 따라 동경정칙예비교, 일본대학문과전문부 등 여러가지 설이 있다.

되었으며 교토는 간사이(關西) 지방에 위치하고 있었다. 관동대지진과 이어지는 조선인 학살의 광풍이 만든 공포의 분위기가 이곳에도 영향을 미치긴 했을 터이지만 그것은 동경 지방과는 조금은 다르게 체감될 수밖에 없다. 여기서 드라마에 나타난 고증의 부족이라든가 일본의 관동/관서에 대한 지리적 감각의 부재를 비판하려는 것은 아니다.[2] 이 드라마를 보면서 흥미로웠던 것은 이육사의 민족적 자각의 계기를 관동대지진이라는 수난의 표상과 결부시키는 강고한 무의식이다.

나는 관동대지진이 일본의 식민지 조선 경영이 실패하게 된 근원적 사건이라고 생각한다. 관동대지진은 식민지 조선인에게는 르상티망에 해당한다. 다이쇼 데모크라시라는 일본 교양주의의 한 복판에서 발생한 이 야만적 학살의 기억은 강렬한 것이었다. 1930년대 이후 제국 일본의 동화의 담론과 식민지인들에게 발화된 국민적 평등에 관한 다양한 구애의 이데올로기는 논리의 차원에서는 일부의 식민지 지식인들에게 동의의 구조를 획득한 듯이 보이지만, 관동대지진으로 소급되는 신체에 각인된 살해의 공포는 식민지민들의 무의식에 잔존하고 있었다고 할 수 있다.

관동대지진은 단순히 멀리 일본에서 벌어진 일만은 아니었다. 그것은 풍문을 형성하며 식민지 조선의 여론에 민감한 영향을 끼쳤다. 조선총독부가 신설한 민정시찰관 제도를 연구한 염복규에 따르면, 관

---

2) 2010년의 일본 동북지방 대지진 때 필자는 일본 교토에서 연수 중이었다. 이때 한국의 매스미디어들이 일본 지진을 다루는 방식은 그 자체로 한국인이 일본인의 재난에 대해서 갖는 어떤 무의식을 반영한 연구테마라고 생각되거니와, 지진과 전혀 무관했던 교토도 일본이라는 지리적 동일감각 안에서 거의 사지처럼 여겨져서 가족으로부터 귀국을 종용하는 눈물어린 전화를 받았던 기억을 가지고 있다.

동대지진 이후 대규모로 발생한 이재민들이 부산으로 피난하였고 이들을 위무하기 위해 총독부는 조선인 민정시찰관 홍승균을 약 40여일간 출장보낸다. 홍승균의 임무는 단지 구호와 위무만은 아니었다. 오히려 중요한 임무는 조선으로 돌아온 피난민들의 동향을 탐문하는 것이었다. 이를 위해 홍승균은 6천여 명의 피난민들과 접촉했는데 특히 주된 접촉 대상은 1천여명의 학생들이었다고 한다. 홍승균은 이들로부터 동경부의 조선인 구호에 대한 감상, 부산에서 구호에 대한 감상, 동경에서 벌어진 조선인 학살에 대한 부산, 경남 지역민의 감상을 수집했다. 이러한 정보 수집 활동을 통해 홍승균은 관동대지진 와중에 벌어진 일본인의 조선인 학살이 민심에 대단히 악영향을 미치고 있으며 이것이 빌미가 되어 "불행히도 사변"이 일어나지 않을까, 혹시 일어난다면 그것은 "3·1운동에 비할 바가 아닐 것"이라는 우려를 표명했다.[3]

고등경찰관계년표의 대정 12년 기록은 이러한 식민지인들의 르상티망으로서의 관동대지진의 면모를 보여주는 자료이다. 9월 중의 기사를 번역 소개하면 다음과 같다.

13일 대구에서 진재 활동사진을 공개할 때 조선인은 내지인에 대해서 조소적이고 불온한 언동을 보임으로써 40분만에 중지하다.

15일 대진재 후의 유언비어가 성행해서 경성의 재향군인 및 시민의 일

---

3) 이상은 염복규, 「'문화통치' 초기의 민정시찰관 제도」, 『식민지연구의 최전선 제1회 연구회』, 도시샤대학, 2011.7.1, 53-54쪽 참조. 관동대지진 발생 이후 조선인 학살에 대한 총독부의 대응 전반에 대해서는 이형식, 「중간내각 시대(1922.6-1924.7)의 조선총독부」, 『동양사학연구』113, 2010, 293-297쪽 참조.

부는 조선인의 악화를 염려하여 자경단 조직을 계획하다.

18일 평북 의주에서 진재활동사진을 영사했는데 내지인은 아파하고 동정하는 반면에 조선인은 거의 狂喜하는 경향이 있어서 중지하다.[4]

총독부는 관동대지진의 참사를 기록한 영화를 제작하였고 조선에 있던 재조일본인 및 조선인들의 구호와 본국에 대한 위로를 조직하기 위해서 이 기록물을 순회영사하였다. 경찰의 기록에서 알 수 있듯이, 조선인들은 무너지고 폐허가 된 관동 지방과 죽은 일본인들을 보며 '미쳐 날뛸 듯이 기뻐(狂喜)'했으며, 일본인들은 조선인의 불온한 행동을 보며 자경단 조직을 계획할 정도로 위협을 느끼고 있다. 실제로 재조일본인은 3·1운동 때와 마찬가지로 자경단을 조직하고 부산에서는 일본도를 차고 수원지(水源池)를 지키는 자가 나타나는 지경이었다고 한다. 마루야마 경무국장은 "만약 이것을 방치해 두어서는 반드시 자경단과 조선인 사이의 충돌이 일어나 심상치 않은 사태의 원인이 될 것이 틀림없다"고 생각하여 전국에 자경단의 해산을 명령했다.[5]

식민지 시기 관동대지진의 조선인 학살에 대해서 공식화된 발언과 조사 등은 금지의 담론이었다. 그렇지만, 이렇게 금지되었을지라도 그 사건은 조선인들의 집단적 무의식에 깊숙이 잠재되어 있었다. 가령, 해방 이후 처음으로 포고된 조선건국준비위원회 부위원장 안재홍의 성명은 이 무의식의 지층을 보여준다. 항복 선언 이후 불안정한 상황

---

4) 「高等警察關係年表」 대정 12년(1923) 9월 기록. 번역은 필자.
5) 丸山鶴吉, 『伍十年ところどころ』, 大日本雄辯會講談社, 1934, 351쪽. 여기서는 이형식 위의 글, 295쪽에서 재인용.

을 우려한 총독부로부터 치안유지의 위임을 받은 건국준비위원회 부위원장 안재홍이 16일 오후 3시 10분부터 경성중앙방송국에서 20여분간 행한 연설의 내용은 해방 직후 고요한 긴장의 유지가 어떻게 가능했는가를 일러준다. 안재홍은 「互愛의 精神으로 結合 우리 光明의 날 맞자」라는 제목으로 '海內外'의 삼천만 동포에게 '건국준비위원회' 명의로 첫 번째 메시지를 보냈다. 그는 "우선 당면긴급한 문제는 대중의 把握과 국민수습으로서 첫째 민족대중자체의 일상생활에서 생명재산의 안전을 도모함이오 또하나는 조일양민족이 자주호양 태도를 견지하야 추호라도 마찰이업도록하는 것"이라고 밝히고 있다. 일본인과의 관계를 잘 유지해야 하는 이유를 안재홍은 다음과 같이 적고 있다.

最終으로 國民各位男女老少는 이지음 言語動靜을 格別히 主意하야 日本人住民의 心事感情을 刺戟함이 업도록 盡力하지 아니하면 아니됩니다. 過去四十年間總督政治는 벌서 過去의 일이오 하물며 朝日兩民族은 政治形態가 如何하게 變形되든지 自主互讓으로 亞細亞諸民族으로 써의 써메고 잇는 各自의 使命을 다하여야할 國際的 條件하에 노혀잇는 것을 쪽바로 認識하여야합니다. 우리들은 受難의 途程에서 한거름씩 荊棘의 덤풀을 헤처나아가는데에 彼此가업는 共鳴同感을 하여야합니다. 여러분 日本에 잇는 伍百萬朝鮮同胞가 日本國民諸氏와 한가지로 受難의 生活을 하고 잇는 것을 생각할째 朝鮮在住 一百幾十萬의 日本住民諸氏의 生命財産의 絶對確保가 必要하다는 것을 聰明한 國民諸氏가 充分히 理解하실바인 것을 疑心치 아니합니다. 諸位의 甚大한 주의를 요청하야 마지 아니합니다.[6]

---

6) 안재홍, 「互愛의 精神으로 結合 우리 光明의 날맞자」, 『매일신보』, 1945. 8. 17, 1면

(강조-인용자)

조선동포들에게 일본에 있는 오백만의 조선 동포를 기억하며 조선
에 거주하는 일본인에게 위해를 가하지 말라는 이러한 발화는 거꾸로
일본에 거주하고 있는 조선인의 생명에 위해를 가한다면 조선내 일본
인의 생명을 장담하지 못한다는 메시지이기도 하다. 재조일본인과 재
일조선인은 8·15로 조성된 일본 제국의 붕괴와 함께 생긴 불안정한
시공간에서 과거의 질서를 유지시키는 상호 인질의 역할을 수행하고
있었다. 안재홍의 이러한 발화에서는 직접적으로 언급되어 있지 않지
만, 발화 당사자도 또한 발화를 받아들이는 수신자들에게도 모두 동시
에 떠오르는 무의식적인 연상은 '관동대지진'의 학살이었을 것이다. 실
제로 해방 직후 많은 이들이 관동대지진의 학살을 기억하고 공포에 사
로잡혔던 경험을 술회한다. 식민지 마지막해인 1945년 경도제국대학
경제학과에 입학했다가 비날론을 발명한 교토제대의 이승기 교수 등
과 함께 유치장에 갇혔던 경험을 가지고 있는 전 '조선대학' 학장인 백
종원은 자전적 기록에서 관동대지진의 기억과 조선인 살해의 위협을
다음과 같이 증언하고 있다.

　"〈본토결전〉, 〈일억옥쇄〉가 소리높이 부르짖어지는 중에, 아메리카군
의 본토 상륙을 앞두고 그것에 호응하려는 조선인은 모두 스파이로서 살
해할 것이라는 불온한 풍설이 떠다니고 있었습니다. 관동대진재 때의 조
선인 대학살의 생생한 사실을 알고 있는 우리들은 그것을 단순한 거짓 풍

문으로 들어넘길 수는 없었습니다."[7]

관동대지진 당시 일본 교토의 도시샤 대학에 재학하고 있었던 정지용도 해방 이후 그동안 억압되었던 당시의 사건을 기억하여 재서술하고 있다. 정지용은 해방 이후 쓰여진 「관동대진재 여화」에서 관동대지진의 조선인 학살을 일으키게 된 유언비어의 내용과 그 이후 미국, 소련 등의 구호를 공연한 트집으로 거부하는 일본의 행태를 신랄하게 비판하고, 무엇보다도 대지진을 빌미로 '상애회'를 조직하여 출세의 발판으로 삼은 박춘금 등의 행적을 강하게 비판한다. 흥미로운 것은 당시의 조선인 민족주의자들에 대한 비판이다. 정지용은 '일본인이 아무리 우리 무고한 교포를 학살하였다 할지라도 우리는 원수를 은혜로 갚아야 한다'고 주장하며 YMCA회관에서 대연설회를 열고 진재민 구조금을 거두어 금액과 물자를 보낸 월남 이상재, 윤치호 등의 이른바 조선민족주의자들의 행보를 기억해내며 그들을 성토한다. 이러한 관동대지진에 이어지는 기억이 미야현(三重縣)의 조선인 학살 사건에 대한 '餘話' 부분이다.

정지용의 기억은 우선 그 피해가 심각하게 과장되어 있다. 정지용은 당시의 상황을 "동경대진재중 대량학살이 있었는가 하면 바로 다음 해[8] 일본 삼중현 탄광에서 조선인 광부 삼백명 이상을 작업중 탈출 계획이라는 명목하에 또 학살한 일이 있었던 것이나 원수를 은혜로 갚는

---

7) 白宗元, 『在日一世が語る戰爭と植民地の時代を生きて』, 岩波書店, 2010, 130쪽.(번역은 필자)
8) 정지용의 기억의 오류인 듯 하다. 미야현 탄광 사건은 관동대지진 두 해 뒤에 일어났다.

<u>조선민족주의자들은 탄핵연설 한번 하지 못하고</u> 일본 대판 동경 등지에 있던 조선노동자 학생 일본인 사회주의자 연합으로 탄핵연설대회를 열었으나 연사의 말이 대진재 학살사건과 삼중현 탄광이변에 미치기만 하면 즉시 일경놈들이 〈중지!〉〈중지!〉를 연발하였던 것"[9]이라고 술회하고 있다.

　자료를 통해 당시 상황을 재구해 보자. 정지용의 기억과 결부하여 당대의 상황을 재구하기 위해서는 그가 시를 발표한 경도학우회 기관지 『학조(學潮)』[10] 기사를 검토해볼 필요가 있다. '동경학우회'의 기관지가 『학지광(學之光)』이었다면 '경도학우회'의 기관지가 『학조(學潮)』였다. 『학조(學潮)』 창간호에 실린 학우회 기사에 따라 1925, 6년도 경도학우회의 중요활동을 일별해도 이 단체가 학생들의 단순 친목만을 위한 조직은 아니었음을 알 수 있다. 학우회는 경도에 있는 '京都在留朝鮮人勞動總聯盟會'에서 개설한 노동야학에 강사를 파견하는 등 당대 재일조선인사회와 관련을 맺고 여러 가지 활동을 했다. 경도학우회의 성격을 보여주는 다음 기사를 참조해보자.

---

9) 『정지용전집 2』, 민음사, 2003, 525쪽.
10) 1920년대의 도일 유학생들은 개별 학교의 차이를 넘어서 조선유학생학우회를 조직하여 민족/사회운동과 연계하여 활동하였다. 京都學友會는 京都帝大, 同志社, 立命館, 同志社女子大學, 三高 등의 유학생을 망라하였다. 1926년 『學潮』 창간호의 「基本金及會館建築費募集趣旨書」에서는 회관 건축과 기본금 모금을 호소하며 경도학우회 회원을 500명으로 추산하고 있다.

學友會記事

1926년 1월 16일 幹事及會員有志와 緊急會議를 開하고 三重縣木本町事件을 討議한 結果 그 眞相을 聽知하기 爲하야 李康昊 郭鍾烈 兩君을 大津에 派遣하야 避亂者等을 訪問하다.

1926년 1월 18일 眞相調査委員 韓吉洙 郭鍾烈 兩君을 三重縣木本町에 派遣하여 調査를 맛친 後에 此를 三重縣警務部에가서 質問케하다.

(중략)

1926년 1월 31일 오후 1시 京都帝大學生集會所에서 本會臨時總會를 開하고 調査委員의 眞相報告가 有하다 當日 吾後 6時에 該彈劾演說會를 三條基督靑年會館에서 開하다.[11]

學藝部重要事記

(1926년 1월 31일) 三重縣木本町에서생긴 同胞殺害事件批判演說會를 三條基督敎靑年會館에서 吾後 7時부터 開催하다. 몰려오는 聽衆 5百餘名 會場을 철통가치에워싼 數百名警官의 警戒裡에서 韓吉洙君의 司會로시 작되엿다. 本會, 勞動總同盟, 評議會及其他日本人各團體의 辯士들의 熱烈한獅子吼가 잇섯스나 擧皆中止를 當하고 吾後10時頃無事閉會하다.[12]

'三重縣동포살해사건'이란 동경대지진의 조선인 학살이 일어난 두 해 뒤인 1925년 미야현의 도로공사현장에서 노동자로 일하던 조선인

---

11) 『學潮』 창간호, 157쪽.
12) 『學潮』 창간호, 159쪽.

土工 60여인에 대해서 町民과 경찰, 소방조, 청년단, 자경대 등 2천여 명이 공격하여 조선인 2명이 살해되고 2명이 행방불명된 사건이다. 공사장 등에서 일본인 노동자들에게 멸시를 당하며 감정이 쌓여가던 중 활동사진관에서 일본인과의 시비가 계기가 되어 갈등이 시작되었으며 일본인의 공격에 조선인 노동자들은 다이너마이트 등을 던지며 격렬히 저항한 사건이다. 이 사건으로 조선인 14명, 일본인 17인이 유죄를 받았지만 일본 법정은 조선인측에 대해서 장기형벌을 언도했다.[13] 위의 기사에서 경도학우회에서는 조사위원을 파견하고, 三重縣 경찰서에 사건에 대해서 항의했으며 돌아와서 조선인노동총연맹 및 평의회, 그리고 일본인 단체들과 함께 규탄연설회를 수행했음을 알 수 있다. 『學潮』에 시를 투고하고 그와 친한 김말봉, 이태규가 임원으로 참여하고 있어서 관계가 깊었던 정지용도 1월 31일 이 규탄집회에 참석했다는 사실을 알 수 있다.[14] 이 집회에 대한 내용은 한 달여 뒤 『大阪朝日新聞』(京都滋賀版, 1926년 2월 2자)에서 확인할 수 있다.[15]

자신이 참여했던 미야현 사건에 대해서 그것을 '관동대지진의 여

---

13) 이 사건에 대해서는 朴慶植, 『在日朝鮮人運動史-8·15解放前』, 三一書房, 1979, 164-167쪽을 참조할 것.

14) 「압천상류」에서는 경도 비예산 케이블카 공사장의 조선인 노동자들과 조우한 경험을 인상적으로 묘사하고 있거니와 정지용은 유학생으로서 엘리트 의식을 강하게 가지고 있으면서도, 동시에 당대 조선 민중들에 대한 부채의식('남달니 손이 희여서 슮흐구나', 「카페프란스」)을 지니고 있었다. 이러한 인식이 해방 이후 중간파적 입장의 『경향신문』 주필로서 활동하다가 결국 '보도연맹'에 가입되게 되는 경로로 이어졌다고도 말할 수 있을 것이다. 이에 대해서는 추후 지면을 달리하여 논의하고자 한다.

15) 『學潮』 2호 학우회보(115쪽)에서도 "이태규군의 긴급동의가 採決되야 만장회원일동은 과거관동대진재당시에 무참히도××된동포를 위하야 수분간일제기립묵도를 결행하다"고 적고 있는데, 수난받는 조선인에 대한 연민과 연대는 이 시기 유학생회의 기본적인 멘탈리티였다고 할 수 있겠다.

화'로 인식하며 2명의 사상자를 200여명에 대한 학살로 기억하는 정지용의 사례를 통해 식민지의 수난에 대한 기억의 강도와 해방기 새로운 정체성의 형성이 맺고 있는 관계를 짐작할 수 있다.[16] 정지용의 이 기억의 방식에서 주목할 것은 그가 관동대지진에 대해서 취한 태도를 통해서 여러 정치세력을 비평하고 해방기 자신의 정치적 입장을 정한 것처럼 보인다는 점이다. 그는 사회주의자는 아니지만, 식민지 이래의 이른바 민족주의자들의 계보를 잇는다고 자처하는 다양한 정치세력들에 대해서 비판적인 입장을 고수하고 있었으며 그러한 그의 성향이 『경향신문』 활동 등과 결부되면서 대한민국 건국 이후 보도연맹에 가입하게 되는 경로를 밟게 된다고 볼 수 있다.

관동대지진에 대한 기억은 단순히 과거의 사건으로서만이 아니라 지금-여기의 정체성 및 정치적 상황과 결부되어 재해석되었다. 1946년 9월 3일의 『자유신문』 사설의 논법을 살펴보자. 사설은 일본이 "그날의 이 무서운 죄악을 저지른데는 그 배후에 이 기회에 닥처온 자국내의 정치적 혼란과 불안한 민심이 가저오랴는 반정부적 폭동과 반항의 예봉을 조선사람에게 향하게하랴는 음모가 잇섯든 것"으로 분석하고 "이들 우민의 잔인을 탓하기보다 오히려 그들을 조종하고 그들의 폭행을 지도한 당시 정치가에 대하야 절치부심하지 아니할 수 업슬 것"이라고 논평한다. 사설은 이러한 동경대지진때 벌어진 학살의 참화를 일본만의 특수한 상황으로 국한하지 않고 "항상 정치적 위기에 잇어서

---

16) 설정식도 『제신의 분노』(1948)에 수록된 「진혼가」에서 순이, 원보라는 시적 인물의 관동대지진 학살을 진혼하며 "사만(四萬)" 생령은 짐승의 밥이 된 것이었다."고 관동대지진의 수난을 강조하고 있다. 설희관 엮음, 『설정식문학전집』, 산처럼, 2012, 185쪽.

그 자기에게 유리한 질서를 유지하기 위하야" 일어나는 것으로 이러한 종류의 음모가 "일본인이 상시최초로 창안한 잔인한 수법이 아니라 역사상에 그 유례를 얼마든지 볼 수 있는 악덕정치가의 상용수단"이라고 규정한다. 그 구체적인 사례로 국회의사당에 불을 질러 그 죄를 유태인에게 뒤집어 씌워 반유태열을 선동하여 침략적 민족주의를 장려한 나치스의 사례, 1884년 군사상 기밀을 독일에 팔았다고 유태계 불란서인 뒤레퀴스를 지목하여 반유태열을 불러일으켰던 사건 등을 적시한다. 사설은 관동대지진의 학살을 "우리 과거 사십 년 예속생활의 가장 뼈압펏든 기억"으로 명명한다. 주목할 것은 이 글이 관동대지진의 잔혹한 참상과 수많은 희생을 언급한 뒤에 그것을 지금-여기의 조선사회와 겹쳐 놓는 지점이다. 사설은 관동대지진을 일으킨 것과 같은 "비열하고 잔인한 정치적 수단인 모함과 모략의 전술이 지금 건국기 조선에서 피가 피를 씻는 방법으로 행하여지고 잇는 사실"을 비판하고 있다. "대중이 권력에 의하야 눈을 못감을 罪名을 지고 혹은 囹圄에서 혹은 피난처에서 그 원한을 불부치게 되는 일이 있다면 이것은 인류의 행복을 위하여 무서운 죄악을 조선정치가의 손으로 만드는 것"[17]이 될 것이라고 경고한다. 이 사설은 관동대지진을 민족적 수난사로서 기억하지만, 그렇다고 일본과 조선만의 특수한 관계로만 한정하지 않고 인류보편적 규범에 비추어 권력이 행한 쇼비니즘적 음모와 폭력 중의 하나로 규정한다. 그리고 이러한 폭력은 지금-여기의 일군의 '조선정치가'들에 의해 반복되는 것으로 그리고 있다. 『자유신문』의 성향과 사설의

---

17) 「사설-일본 동경진재의 회고」, 『자유신문』 1946. 9. 3, 1면.

날짜 등을 감안하면, 히틀러의 의사당 방화사건 등과 유사한 모함과 모략에 의한 대중의 피해는 아마도 정판사 위조지폐 사건 등 좌익에 대한 탄압을 비판하는 맥락을 띠고 있다고 볼 수 있을 것이다.

이러한 사설 이외에도 이 신문에는 같은 날자에 「원혼에게 해방을 보고」, 「민전성명 - 증오할 일제 잔당을 구축」, 「동경서도 추도회 성대」라는 관동대지진 관련 기사들이 실린다. 사설을 포함하여 이들 기사는 관동대지진의 수난사적 의미를 규정하고 다시 그것을 일본제국주의 청산이라는 해방 조선의 지금-여기의 현재의 과제로 연결시키고 있다. 특히 동경에서의 집회를 전하고 있는 기사는 관동대지진의 추억이 민족 수난사의 회로로서만이 아니라 일본 사회에서는 재일조선인과 일본공산당의 연대의 매개로 작동하고 있음을 알려준다.

> 수천명의 조선인 중국인 일본인들은 1일 궁성압 광장에 모혀 대진재때 '우물'에 약을 너엇다하야 무수히 학살을 당한 조선동포와 당시 일인혁명가로 헌병대에 피살당한 大杉榮씨 등의 추도식을 성대히 거행하엿다한다. 식장에는 일본공산당 간부 野坂參三씨를 비롯하야 각정당 노동단체 대표들도 참석하엿스며 '경찰력과 軍力에 의하야 정권을 획득하는 어떠한 기도에도 반대한다'는 결의를 하엿다한다.[18]

1946년 9월 1일 일본 천황의 황거 앞에서 조선인, 중국인, 일본인 등이 모여서 관동대지진을 민족을 넘어선 공동의 기억으로 재구성하고 그것을 매개로 하여 지금-여기의 일본 사회에서 재일조선인과 일본공산당의 종족을 넘어서는 연대를 창출해 내고 있다. 이러한 연대의

---

18) 「동경서도 추도회 성대」, 『자유신문』 1946. 9. 3, 2면.

매개는 조선인과 오스기 사카에(大杉榮) 등 공동의 학살 기억이다. 이 순간 관동대지진은 일본과 조선이라는 국민국가의 경계성으로 구분되는 민족적 원한의 트라우마에서 저항과 연대의 기반으로 재맥락화되기도 한다.

간단히 검토해 보았듯이, 관동대지진의 기억은 식민지의 수난사를 강화하는 종족적 트라우마의 원천으로 소환되어 민족의 공공기억의 일부를 이루었는가 하면, 한편으로는 그 사건의 기억이 새로운 미래를 향한, 민족을 넘어선 연대의 기반으로 소환되기도 했다. 이러한 학살의 기억과 폭력에 대한 성찰을 바탕으로 공동의 미래를 고민해가는 지혜는 여전히 우리에게 남겨져 있는 과제이다.

제5부

전통·의례 만들기와 '한국학'의 형성

제1장

제국 기억의 전유와 전통과 의례의 창조

(1) 단군의 초상 : '팔굉일우'에서 '홍익인간'으로

최남선은 8·15 해방을 맞아 『국민조선역사』를 통해서 무엇보다도 중요한 것을 "한국 국민의 역사를 일체의 잔훼(殘毁)·옹폐(壅蔽)·왜곡(歪曲)으로부터 건져내어 진정한 원자(原姿)"로 돌아오게 하여 "정당한 역사를 소유하게 하는 것이 국민생활의 출발점이요, 진행선이요, 또 귀착 목표"[1]라고 주장했다. 그것은 이(異)민족이 철저하게 파괴한 역사를 복원하기 위한 국민의 역사, 즉 '신국사(新國史)'의 논리였다. 달리 말하자면 그것은 곧 역사 지식의 영역에서 민족으로의 '귀환'을 모색한 결과였다. 민족으로의 '귀환' 기획은 『국민조선역사』, 『성인교육국사독

---

1) 최남선, 「국민조선역사」 서문, 고려대 아세아문제연구소편, 『최남선전집』1, 동방문화사, 2008, 242쪽.

본』, 『중등국사』 등의 출판으로 이어지는 일련의 '국사' 만들기로부터 출발한다. 그리고 그 '국사'는 20년대 이후 특히 만주건국대학에서 '역사' 만들기를 통해 동북아 지역의 건국 신화로서 창안했던 '단군' 신화를 한반도 안으로 즉 '국사=한국사'로 '귀환'시키는데 중점을 두고 있었다.

역설적이지만, 최남선은 식민지 시기 그 왜곡된 국민의 역사를 만드는 데 누구 못지 않은 정력을 기울였다. 식민지 시기 단군 신화는 한국인을 여타의 다른 민족 집단과 구분되는 특수한 공동체로 인식하는 근대적 민족관념의 거점으로 소환되었다.[2] 그렇지만 단군에 대한 논의는 민족주의적 맥락에서만 이루어진 것은 아니었다. 단군을 둘러싼 논의는 '아시아적 생산양식'과 더불어서 일본인과 조선인 지식 집단 사이에서 벌어진 가장 열띤 논의 중의 하나였다. 또한, 단군을 둘러싼 논쟁은 식민지 시기 이념과 방법을 달리하는 조선인 연구자들의 세계 인식과 학문관의 차이를 뚜렷히 보여준다. 식민지 시기 그려진 '단군'의 초상은 조선인의 집합적 자기인식의 기원인 '국조'의 형상에서부터 한중일을 포함한 광활한 문화권의 원점으로 묘사되는가 하면, 원시공산사회로부터 부족사회, 고대국가 형성으로 이어지는 사적유물론에 입각한 보편적 역사발전론이 조선사에서도 확인되는 증거물이기도 했으

---

2) 기존의 연구에 따르면, 근대 이전부터도 단군을 국조로 하는 단일민족의식이 형성되어 있었다. 단군은 구한말 서구의 내셔널리즘의 영향 아래 한국 민족주의의 핵심을 이루는 이데올로기적 상징으로 재부각되었다. 단군에 대한 경모는 신앙으로 발전하여 1909년 나철의 '원단군교'로 체계화되어 등장하였으며 식민지 지배체제 성립 이후 본류인 대종교와 총독부의 인가를 받은 유사단체인 단군교로 분화되어 전개된다. 이에 대해서는 삿사 마츠아키(佐佐充昭), 「한말·일제시대 단군신앙운동의 전개 : 대종교·단군교의 활동을 중심으로」, 서울대학교 종교학과 박사논문, 2003을 참조.

며, 일본인 연구자들에게는 조작된 위조품으로 간주되기도 하였다.

1900년을 전후한 시기부터 일본의 동양사학자들은 이후 한국학계에서 '단군말살론'이라고 명명되는 단군신화 조작설을 일관되게 제기하였다. 단군에 대한 기록이 중국에는 존재하지 않고 『삼국사기』에도 없으므로, 단군 사적이 처음 나타나는 『삼국유사』(1275-1308) 발간시기까지의 사이에 새롭게 등장한 전설적인 인물이라는 것이 큰 틀에서의 기본 주장이다. 고구려 계승을 표방한 고려의 승려가 단군을 고구려의 선조라고 날조한 것이라는 那珂通世, 白鳥庫吉 등의 僧徒妄談說, 일연의 창작이라기보다 고려 중엽 평양신에게 단군이란 존칭을 바쳐서 조선 창시의 신인으로 삼았다는 今西龍의 王險城神說, 小田省吳의 묘향산 산신설, 三浦周行과 稻葉岩吉 등이 주장한, 기자에 대항하여 씨족적 신앙의 대상으로 단군을 강조했다는 민족적 감정설 등이 존재한다.[3] 이러한 말살론에 대해 대종교 등의 반박이 있었지만, 그것이 본격적인 사론의 형태를 띠고 제기된 것은 1925년 동아일보에 신채호의 「전후삼한고」, 「평양패수고」 등이 발표되면서부터로 알려져 있다.[4] 이후 최남선, 정인보, 안재홍 등 이른바 '국학' 계열 학자들의 조

---

[3] 최남선은 1926년 동아일보에 연재한 단군론에서 일본인들의 단군론을 위의 명명을 사용하며 정리하고 비판하였다. 또한 백남운도 최남선류의 단군론을 '환상적인 독자성'으로 비판하면서 동시에 일본인 학자들의 단군말살설에 대해서도 '합리주의적인 假象'이라 비판한 바 있다. 일본인 연구자들의 '단군말살설'은 해방 이후 중국 산동성 가양현에서 발견된 「武氏祠石室畵像石에 보이는 단군신화」에 의해 무너졌다. 단군신화와 대체로 동일한 이야기가 여기에 그려져 있었는데 이 석실은 기원후 2세기에 만들어졌고, 그 원본은 기원전 2세기까지 소급되는 것으로 밝혀졌다. 그 내용은 김재원, 『단군신화의 신연구』, 정음사, 1947에서 최초로 소개되었다.

[4] 이들 논의는 『동아일보』에 연재된 「조선사연구초」(1924. 10. 13-1925. 3. 16)에 수록되어 있다. 1929년 조선도서주식회사에서 『조선사연구초』로 간행되었다.

선고대사 관련 글들이 발표되면서 단군은 민족주의의 중심적 표상으로 부각된다. 주목할 것은 식민지 시기 국학자들이 그린 단군의 초상에서 민족의 국조라는 특수성의 기원으로서 뿐만 아니라 바로 그 민족이라는 특수성을 넘어서는 보편에 대한 열망을 확인할 수 있다는 점이다. 단재의 조선 고대사의 서술에서 잘 드러나듯이, 우선 고대 조선은 광대한 영토를 영유하고 중국과 대등하게 존재했거나 혹은 오히려 그것을 압도하는 제국의 형상을 띤 국가로 현현한다. 단재는 부여족의 고대 국가들 즉 고조선, 부여 등을 중국 영토 대부분을 영유하는 대국가로 제시하고, 마한, 진한, 변한의 전삼한의 위치를 요동 지역으로 설정하는 등 조선고대사의 강역을 확대시켰다. 또한 중국문화를 타자로 삼아 단군을 기원으로 하는 한민족 고유의 문화적 원류를 구성하여 그것이 이후 국선도, 화랑도, 풍류, 낭가 등으로 계승된 것으로 설명한다. 이미 많은 연구들이 지적했듯이, 단재의 고대사 인식에는 사회진화론과 제국주의의 논리가 도사리고 있는 것이거니와, 그것은 힘이라는 왜곡된 형태의 보편성에 대한 욕망이 내재해 있는 것이라고 할 수 있다. 이러한 고대의 낭만화는 민족주의적 원류를 구성하는 방식을 보여준다는 점에서도 흥미롭지만, 그것이 민족의 경계를 넘어 세계사적 보편과 접속하는, 혹은 보편을 자처하는 상상력으로 발전했다는 점에서 더욱 주목될 필요가 있다.[5]

---

5) 정인보는 1935년 1월 1일부터 1936년 8월 29일까지 「오천년간 조선의 얼」이라는 제목으로 『동아일보』에 한국 고대사에 대해서 연재하였는데, 이 저술에서 정인보는 중국 문헌과 일본 관학자의 조선사 연구를 비판하며 단재와 마찬가지로 고대 조선의 강역을 확대시킨 바 있다. 낙랑군이 평양에 있었다는 일본 관학자(官學者)들의 주장을 문헌 고증을 통해 반박하는가 하면, 「시조 단군」에서 "조선의 시조 단군은 신이 아니라 인간이었다"라고 단군 조

　　1925년도에 발표된 최남선의 「불함문화론-조선을 통하여 본 동방문화의 연원과 단군을 계기로 한 인류문화의 일 부면」[6]은 이런 측면에서 특기할 만하다. 최남선은 "동양학의 진정한 건립은 조선을 중심으로 하여 조선의 비밀의 옛 문이 열림을 기다려 비로소 시작"[7]된다고 주장하며, 단군(문화)를 조선의 건국신화로서만이 아니라 일본을 포함하는 동방문화권의 공통의 표상으로 제시한다. Park(밝)이라는 神을 뜻하는 고대어가 산악에 남아 있는 양상을 통해 남으로는 유구로부터 일본, 조선, 동부중국, 만주, 몽고, 중앙아시아, 발칸반도에 이르는 광활한 권역을 동일한 문화권으로 해석하며 조선역사의 출발점인 단군신화를 이 동방문화의 연원을 드러낸 것으로 설명한다. 천강신화와 태백산(밝)이 조선과 일본에 공통된다는 주장에는 일선동원론의 논리가 자리하고 있고, 이것은 1930년대 이후 범아세아주의로 확장되며 내선일체의 논리로 활용된다.[8] 최남선의 불함문화론은 그 비과학성과 이러한 일선동원론의 요소들 때문에 당대 및 현재까지도 큰 비판을 받았다.

　　지금-현재의 조선사의 굴종이나 결핍과 대비되는 영광의 고대에

선을 역사 연구의 대상으로 재인식하기도 했다.

6) 최남선, 「불함문화론-조선을 통하여 본 동방문화의 연원과 단군을 계기로 한 인류문화의 일 부면」(윤재영 번역), 고려대아세아문제연구소편, 『육당최남선전집』2권, 동방문화사, 2008 참조.

7) 최남선, 위의 글, 43쪽.

8) 가령 최남선의 「神ながらの昔を憶ふ」(『新時代』 7輯, 1941. 7)은 민족적 주체성의 보증이었던 단군이 일선동원론으로 노골화되는 과정을 보여준다. 이 글에서 최남선은 불함문화론의 동방문화권에 대한 논의를 재연하면서 '비아세아적 위협'에 직면한 시국의 중대함에 올바르게 대응하는 것은 고대문화의 본원성을 회복하는 것, 즉 일선동원론에 입각한 내선일체의 완성에 있다고 암시하고 있다.

서 세계사적인 문화권으로 '불함문화(동방문화권)'를 구성하려는 시도
는 단군을 조선민족이라는 특수한 공동체의 기원으로 설정하면서 복
수의 세계문화권의 중심으로 구성하려는 보편화에 대한 욕망이 투사
되어 있는 것이기도 하다. 흥미로운 것은 이러한 논의 구조가 중국문
화를 타자화하면서 새롭게 '동양'이라는 지정학적 권역을 창안했던 동
양사학의 담론틀을 연상시킨다는 점이다.[9] 단군신화의 해석을 두고서
는 최남선과 시라토리(白鳥庫吉)는 대립적인 견해를 가지고 있었지만,
중국을 타자화하고 복수의 보편사 속에서 특권화된 자신을 중심에 두
는 보편의 일환으로서의 동양(동방문화권)을 구성해가는 방식에서는 공
통점을 발견할 수 있다. 이 글이 일본어로 쓰여졌다는 사실은 각별히
강조될 필요가 있다.[10] 일본인 독자를 향해 야심차게 발화된 불함문화
론은 새로운 보편으로 동양을 창안하는 제국의 동양사에 동방문화권
이라는 유사 담론을 제시하며 자기 증명을 도모한 것이라고 해석할 수
있다. 그가 제시한 불함문화론은 1930년대 이후 일본제국주의의 범아
세아주의의 아류로 전락해버린다. 최남선은 제국의 판도 안에서 그렸
던 단군의 초상을 해방 이후 신생 민족국가의 강역을 캔버스로 하여
다시 그리는 작업을 했다고 할 수 있다. 단재와 최남선의 단군론을 가

---

9) 동양사학의 제도적 정착 과정과 권력과의 공모에 대해서는 Stefan Tanaka, *Japan's
  Orient:Rendering Pasts into History*(California: University of California Press, 1993 ; 스
  테판 다나카, 『일본동양학의 구조』, 박영재·함동주 옮김, 문학과지성사, 2004 참조.

10) 최남선의 '불함문화론'은 伊藤卯三郎編, 『朝鮮及朝鮮民族』1집, 조선사상통신사, 1927에
  발표된 논문이다. 『朝鮮及朝鮮民族』은 1920년대 한국 지식계를 대표하는 인사들이 필
  자로 나서서 조선(민족)에 대한 과거와 현재, 각지의 풍속 그리고 장래에 대한 전망에 이
  르는 지식을 망라하며 '조선(민족)'을 구성하고 있는 단행본으로 1920년대의 '조선학' 혹은
  '조선연구'를 가늠할 수 있는 저술이다. 이에 대한 분석과 논평은 다른 지면을 기약하겠다.

로지르는 공통분모는 고대 조선의 강역을 확장하여 강한 국가를 그 기반에 두고 상상된다는 점이다. 최남선의 경우 그것이 일본 제국을 강역으로 하는 이데올로기로 전락했지만, 그것은 약간의 붓터치로 민족의 기원으로 다시 복귀될 수 있는 것이기도 했다.

식민지 시기 단군에 대한 지식은 마르크스주의자들에 의해서도 생산되었다. 최남선의 단군론을 비판했던 마르크스주의자들은 단군을 매개로 한 또 다른 방식으로 조선사를 세계사와 접속시키고 있다. 가령, 마르크스주의에 기반하여 조선사를 설명한 백남운의 그 유명한 『朝鮮社會經濟史』의 실질적인 서장에 해당하는 「제2장 단군신화에 대한 비판적 견해」는 대표적인 사례이다. 백남운은 "단군신화는 문헌상에 나타나는 가장 오래된 건국신화인 만큼 귀중한 사료이다. 그러나 그것을 실재화하거나 신비화해서는 안 된다"[11]고 언급하며 『삼국유사』와 『세종실록』의 단군신화에 대해 여러 분과학문의 방법론을 활용하여 분석하면서 단군이 특정한 인격자나 민족시조가 아닌 농업공산사회 붕괴기 원시 귀족인 남계 추장이라고 주장하였다. 그는 조선민족의 발전사가 결코 단군신화에서 시작되는 것이 아니며 그것은 기껏해야 우리 원시사회의 발전사에서 역사적인 지표에 불과하고, 농업공산체의 발전과정을 암시하는 점에서 역사적 중요성이 인정된다고 언급한다. 백남운은 단군신화를 "인간의 현실적인 관계의 세계사적 유사성의 표명"[12]이라 이해한다. 보편적인 발전사관인 사적유물론의 관점에서

---

11) 백남운, 『조선사회경제사』, 박광순 옮김, 범우사, 1989, 27쪽.
12) 백남운, 위의 책, 29쪽.

단군신화는 원시사회의 발전사에서 비교적 후기에 생긴 변화를 나타
내는 계급적 이데올로기이다. 『삼국유사』의 단군신화는 농업공산체의
붕괴 과정을 『세종실록』의 단군신화는 생산력의 비약적인 발전 및 고
구려의 건국과정을 간파하는 기록이라고 간주된다. 이러한 사유는 김
태준의 「단군신화연구」에서도 거의 유사하게 반복된다. 김태준은 "신
화도 스스로 어느 정도까지의 세계사적 공통성을 가지"[13]므로 신화를
근본에서 부인, 말살하려고 해서는 안 되고, 그 신화를 편찬한 당시 사
회관계의 반영이라는 사실을 염두에 두고 그 역사적 보편 법칙에 비추
어 해석해야 한다는 견해를 피력한다. 이들의 논의는 단군신화는 고조
선의 발상신화이고 단군시대는 조선역사의 초기 단계를 알려주는 지
표임에는 틀림없지만, 원시공산사회의 붕괴와 모계사회에서 부계사회
로의 전환기 남계 추장의 확립에 대한 전설이 봉건 및 자본주의 사회
에 와서 그 시대의 외피를 입고 나타나게 되었다는 견해로 요약할 수
있을 것이다. 일원론적 발전사를 전제로 하는 사적유물론의 맥락에서
원시공산사회에서 고대노예제 사회, 봉건제로의 보편적 이행단계가
조선사에서도 존재했다는 것을 논증하려는 목적으로 구성된 『조선사
회경제사』의 체계 안에 배치된 '단군(신화)'는 그 자체로 조선사가 지니
고 있는 보편성의 증표이다.[14] 백남운은 마르크스주의라는 보편과 (역

---

13) 김태준, 「단군신화연구」, 『조선중앙일보』 1935년 12월 6일-12월 24일 ; 여기서는 이기백
    편, 『단군신화논집』, 새문사, 1988, 199쪽 참조.

14) 김태준이 지적하고 있듯이, 현존하는 최초의 기록인 『삼국유사』에서의 단군신화에 대한
    묘사에서 고조선의 건국시기를 고고학적 발견들이 추정하는 고조선의 건국시기와 다르게
    요(중국) 임금 시대로 소급하여 설정하는 데에는 중국 만큼 오랜 역사를 지닌 공동체로서
    의 자긍이 투사되어 있다고 할 것이다. 후대에 단재와 최남선, 정인보, 안재홍 등이 단군
    을 기원으로 하는 특수한 공동체의 경계를 구성하는 것도 몽고라는 외세하의 일연의 그것

사)과학의 이름으로 사적유물론의 맥락에서 조선사의 특수성이 세계사적 보편성의 맥락과 동일한 계통구조를 밟고 있음을 논증하고 있으며, 김태준의 장문의 단군론 역시 이러한 계보 안에서 단군의 해석을 통해서 '조선사'의 특수성을 보편성과 조우시키고 있다.[15]

이처럼 식민지 시기의 단군에 대한 지식은 경합하는 세계관, 학문관이 교차하는 것이었다. 해방 이후 최남선은 '국사로의 귀환'을 주창하며 자신이 식민지 시기 그렸던 단군의 초상을 한반도라는 캔버스에 맞추어 수정하는 작업을 수행했다. 이러한 최남선의 역사지식의 생산과 함께 단군과 '홍익인간'은 대한민국의 설립과 더불어 국민국가의 통합의 이데올로기로 전면화했다.

대한민국 건국 직후인 1948년 9월 25일 법률 제4호 '연호에 관한 법률'을 통해 단기(檀紀)는 서기(西紀)와 함께 국가의 공식 연호로 법제화되었다. 또한 1949년 10월 1일 '국경일에 관한 법률'을 제정·공포하여 단군의 조선 건국일을 10월 3일로 비정하고 이 날을 개천절로 정하여 국경일로 선포하였다.[16] 또한 '홍익인간'도 국가의 공식적인 교육이념

처럼 식민지 하에서의 보편성과 역사성을 구성하려는 욕망과 관련될 것이다.

15) '보편주의'를 하나의 세계사적 폭력이라고 본다면, 스스로 보편성을 참칭하는 '보편주의'는 '법 정립적 폭력', 그러한 '보편주의'에 기대어 내부에 자리할 수밖에 없는 '특수주의'는 '법 집행적 폭력'이라고도 언급할 수 있을 것이다. 최남선의 '불함문화론'은 일본 동양사의 동형의 구조에서 근원적인 보편성을 단군에 투사하고자 한다는 점에서 '법 정립적 폭력'이자, 동양사의 수행성의 측면에서 보자면 '법 집행적 폭력'의 성격을 공유하고 있으며, 마르크시즘의 보편 법칙에 부합하는 조선사의 특수성을 구성하는 마르크시스트들의 논점은 '법 집행적 폭력'이라고도 분류할 수 있을 것이다.

16) 단기 연호는 1961년 12월 2일 법률 775호 '연호에 관한 법률'에 의해 폐지되고 서력 기원만 사용되고 있다. '개천절'이라고 하는 이름은 대종교(大倧敎)에서 비롯되었다. 대종교는 개천절을 경축일로 제정하고 매년 경축 행사를 거행하였다. 1919년 대한민국 임시 정부가 수립되자 임시 정부에서는 음력 10월 3일을 국경일로 제정하였다. 해방 이후 다시 이 음

으로 채택된다. '홍익인간'이라는 문구는 대한민국 건국에 앞서 미군정기에 백낙준이 제안하여 찬반논쟁을 거쳐 채택된 교육이념이다. 당시 '홍익인간'은 비과학적인 신화에 가까우며, 일본인들이 즐겨 쓰던 '팔굉일우(八紘一宇)'와 닮아 있다는 이유로 교육이념으로 부적절하다는 의견도 많았다. 가령 역사철학자 신남철은 "八紘一宇'가 '弘益人間'으로 변하였다는 것이 과연 얼마나 무엇을 인민의 생활과 민족해방에 기여공헌한단 말이냐"[17]고 신랄하게 비판한 바 있다. 신남철은 국조 단군과 연관된 '홍익인간'이라는 구호가 제국의 '팔굉일우'가 변형된 것임을 암시한다. 단군을 민족의 기원이 아닌 사적유물론에 입각한 역사의 특정 단계의 지표로 파악한 마르크스주의자들에게는 단기 연호는 식민지 시기 매일같이 확인하며 살았던 다이쇼(大正), 쇼와(昭和) 등의 천황을 중심에 둔 제국 일본의 력(曆)을 연상시키는 것이었다. 그들은 '홍익인간'에서는 '팔굉일우'를 연상하였다.

그러나 미군정은 민주주의, 인도주의, 인간주의 등에 긍정적으로 반응했기 때문에, '만인을 이롭게 한다는 매우 인도주의적인 사상'인 '홍익인간'을 교육이념으로 채택한다. 정부수립 후 '홍익인간'은 다시 교육이념으로 채택되는데, 이때 그 의미는 미군정기와 달랐다. 문교부장관 안호상은 "홍익이라는 글자는 한문이지만 우리나라에서는 독특성을 가지고 있는 것이며" 서양교육을 보더라도 교육이념은 인간주의, 인문주의가 중점이고, 이런 점에서 "홍익인간이라는 말이 서양보

___

력을 양력으로 전환하여 기념일로 제정하였다.
17) 신남철, 「제4장 민족문화론」, 『전환기의 이론』, 1948, 167쪽.

다도 훨씬 우수성을 가졌다"고 설명한다. 미군정기 '홍익인간'은 우리의 것, 민족주체성 확립의 필요에 의해 돌아가야 할 민족정신으로 강조된 것이다. 즉 대중에게 새로운 국가이념으로 무장시키기 위한 것으로서 '홍익인간'을 소환하여 '우리나라의 독특성'을 드러내기 위한 이념이었다. 그리고 그것은 민족, 민족주체성, 민주공화국, 일민주의를 대신하는 의미로 인식된 것이다. 이처럼 민족을 부각시키고 국가에 대한 충성을 다할 것을 주장하는 안호상의 일민주의 민족 기획은 한국의 역사, 주로 장군들의 전기를 엔솔로지로 만든 '위인전'을 동원한다. 특히 신라 통일의 주역인 '화랑'의 '충'을 강조했다. 이제부터 국민국가의 이데올로기로 동원된 또 다른 표상인 화랑의 이야기를 살펴보자.

(2) '화랑도' ― 국민국가의 이념

1) 민족으로의 귀환과 화랑 이야기

해방기, 새로운 국민국가 건설을 모색하는 담론에서 특징적인 것은 이상적인 국민의 자질로 '무사'와 그 정신이 소환되는 장면을 쉽게 목격할 수 있다는 사실이다. 해방기 민족으로의 귀환 서사에서 화랑 이야기는 좌우파를 막론하고 중요하게 고려한 전통표상이었다. 식민지 시기 학병으로 일본 제국의 '대동아전쟁'에 동원되었던 조선인 청년학생들은 자신들의 학병 출정을 강압에 의한 것으로 서사화하면서, 또한 향후 독립되었을 때의 군사적 준비를 위한 참전이었다는 알리바이를 만드는가 하면, 조선인의 우수성을 증명하기 위해 열심히 군사훈련을 받았다는 등의 일련의 '학병' 서사를 만들고 있다.[18] 민족이라는 대문자의 동일자 안에서 하위의 능동적인 주체로서 자신들의 정체성을 내세웠던 학병 출신의 모임 '학병동맹'의 기관지 『학병』 1호의 「학병은 도라왓습니다」에서 귀환 학병 이춘영은 불과 몇 년전 자신들을 전장으로 내몰았던 선배 및 사회저명 인사들이 귀환한 자신들에게 그러한 열기를 보여주지 못한다는 윤리적인 비판을 가하며 자신들을 '신조선 건설'의 주체로 명명한다. 이어서 그는 學兵이 글자그대로 "「學」이고 동시에 「兵」"으로 "왼손에는 학리적 이론을 들고 바른손에 피 보다도 진한 투쟁의 旗ㅅ빨을 들어"[19] 삼천만의 '전위대'가 되겠다는 의지를 피력한다. '문(學)'과 '무(兵)'를 통합한 신조선 건설의 전위라는 담론은 이춘영이 민족의 이름으로 윤리적으로 비판하고 있는 선배 명사들이 학병출진을 독려하며 활용했던 화랑 담론을 좌파 버전으로 변형한 것이다. 이 글의 바로 뒤에 이어지는 '화랑관'[20]이라는 표제 하의 칼럼을 편집한 점은 의미심장하다. 해방 조선에서 학병 및 청년들의 역할을 제시하는 글로 채워진 란을 '화랑관'이라고 명명한 의도에는 신라의 리더였던 화랑에 견주어 자신들을 신생 조선의 리더로 자임하는 의식이 반영되었다고 할 수 있다.

해방기 좌파들에게도 신라와 화랑을 활용한 자기 구성 작업의 흔

---

18) 「귀환학병진상보고좌담회」(『신천지』 창간호, 1946. 2.)에는 '학병동맹'원 20여명의 학병체험과 학병을 거부하고 도피했던 체험 등이 나와 있다.

19) 이춘영, 「학병은 도라왔습니다」, 『학병』 1집, 1946. 1, 11쪽.

20) 『학병』 1집(1946. 1, 54~60쪽)에서는 '화랑관'이라는 표제하에 「청년의 의기를 논함」, 「해방여성에게 주는 말」 등의 기사를 싣고 있는데, 표제와 구체적인 글의 내용에서 '화랑=해방기 청년'이라는 의식을 엿볼 수 있다.

적이 엿보인다. 문학사를 마르크스주의의 사적유물론의 체계에 맞추어 서술한 문학사가 이명선은 『조선문학사』에서 신라 시대의 문학을 설명하며 다음과 같은 진술을 남기고 있다. .

원래 서사시는 전쟁을 주제로 하는 것이 많으며 민족을 방어하기 위하여 동분서주하는 민족영웅을 그리는 것이 많다. 삼국통일 이전의 약 1세기간은 서사시 산출에 최적의 현실적 토대를 제공한 것이라고 하지 않을 수 없다. 하물며 이 영웅적 시대의 꽃이라고도 할 화랑도 자신이 歌樂으로 相悅하여 詩作의 소양을 충분히 가지고 있음에랴!

물론 이미 계급 분화가 진행되어 사회와 개인과의 대립은 면할 수 없었으나 화백의 제도로 삼국 중에서 유독하게 민주적 정치를 실시한 신라는 적어도 귀족들 사이에서는 희랍의 자유민들 사이에서 보는 바와 같은 민주정신이 왕일해 있었다. 희랍을 '순조롭게 자란 어린 아이'라 하고 희랍 시대를 소위 '고전적 고대'라고 한다면 신라는 조선 중에서는 그래도 제일 '순조롭게 자란 어린아이'였으며 신라시대는 '고전적 고대'에 가까운 시대였다. 신라의 예술을 볼 때 희랍을 연상하는 것은 결코 우연한 일이 아니다.[21]

마르크스주의의 사적유물론에 비춰보면 신라는 고대 노예제 사회였지만, 그렇다고 해서 화랑 이야기가 사회과학적 맥락에서 비판적으로 접근된 것만은 아니었다. 이명선에게 신라 시대는 오히려 조선의 역사 중 가장 민주적인 시대로 표상되었고, 그 시대의 문학은 마르크

---

21) 이명선, 『조선문학사』(조선문학사, 1948) ; 여기서는 이명선, 『조선문학사』(범우사, 1990), 56~58쪽.

스의 그리스 문학에 대한 찬탄을 활용한 어법으로 상찬되었다. 이명선이 모든 좌파들의 인식을 대표한다고 할 수도 없고, 또 좌파들이 신라 시대와 화랑에 대해서 가지고 있는 인식도 단일한 것이 아니지만, 화랑과 신라 시대를 민족영웅의 서사시와 민주적인 시대로 표상하는 이명선의 시각을 통해 좌파적인 전통 표상을 통한 자기구성 작업의 일단을 확인할 수 있다.[22]

화랑 이야기 혹은 화랑이 살았던 신라 시대는 좌우파를 망라한 진영에서 새롭게 구상하는 '민족', '국가', '민족문화'의 구성을 위한 거점으로 활용된 것이지만 그러한 구상과 표상화는 특히 우파들에 의해 보다 적극적으로 이용되었다. 민족주의를 내세우며 스스로를 좌익과 변별한 우파 이데올로그들은 이러한 무사의 자질을 국민 정신의 덕목으로 체계화하고자 하였다. 그 중에서도 특히 '대한민국'의 건국에 관여했던 통치 엘리트들과 이데올로그들은 화랑을 이상적인 국민의 전범으로 소환하고, 화랑도를 민족사와 대한민국 건국의 이데올로기로 정초하는 작업을 의식적으로 수행했다. 초대 교육부 장관이자 일민주의(一民主義)의 입안자인 안호상은 고대 한국의 통일이 신라의 '무사도 정신의 교육'을 통해 가능했다고 주장했다.[23] 안호상은 청년들에게 나라를 위해 목숨을 바칠 것을 호소하며, '스팔타 청년' '토이기 청년'과

---

22) 이명선의 『조선문학사』 중 「화랑도의 정신」 부분의 서술에서는 화랑도를 "고대 씨족사회에서 노예제 사회를 디디고 중앙집권제의 봉건사회로 넘어가는 과도기의 신라 이데올로기"(51쪽)이라고 규정하는 좌파적 관점과 동시에 이 화랑정신이 통일신라, 고려, 조선을 거치며 유교적 폐해에 의해 왜소화되었다는 식민지 시기에 만들어진 조선사의 내러티브가 혼재되어 있다.

23) 안호상, 「교육과 혁명」, 『생활문화』 1, 20~21쪽.

함께 '신라의 화랑소년'이 오직 국가를 위해 살고 죽었기 때문에 세계사에 영원히 빛나는 존재가 될 수 있었다고 설명하며 화랑도를 국가주의와 연관짓는다.[24] 대한민국의 이데올로그들은 조선이 일본의 식민지가 된 이유를 '숭문천무(崇文賤武)'의 정신에서 찾았다. 그들은 화랑도를 하나의 이상적인 '무사'로, 또는 민족영웅으로 제시하며 그 계율 중에서도 '임전무퇴'의 항목을 특별히 부각시켰다. 화랑도는 국민도덕으로 정립되어 갔으며, 그것은 대한민국 국민의 이상적인 이미지를 무사로 고착시키는 것이었다. 이러한 작업은 사실 몇 년전 제국일본의 담론이 수행한 작업이었다. 신생 민족국가의 이상적 엘리트로서의 '화랑'이 수년 전에는 제국 일본의 이상적인 '신민(臣民)'의 자질이었다는 사실은 그들에게 중요한 고려 사항이 아니었다.[25] 이제부터 화랑을 통해 이상적 국민상을 주조하고자 했던 대한민국 건국기의 화랑담론에 대해서 검토해 보자.

2) 대한민국의 건국과 화랑도의 건국이념화

대한민국이 공식적으로 출범한 1948년 8월 15일 이후 '화랑' 표상은 한국 사회의 다양한 영역, 그 중에서도 특히 군대와 관련된 영역에서

---

24) 안호상, 「건국청년의 각오」, 『개벽』 1946. 4.

25) 나는 이미 애국계몽기로부터 식민지 시기의 화랑 담론에 대해 검토하면서 일본의 동양론의 담론 구조 내부에서 화랑도 담론이 반제국적 민족주의 담론이 아니라, 일선동원론과 제국의 충용한 신민이 지녀야 할 자질의 원천으로서 맥락화되고 설명된 양상들에 대해서 검토한 바 있다. 이에 대한 상세한 논의는 『동양론과 식민지 조선문학』(창비, 2011)을 참조할 것.

가시화된다. 1949년에 '화랑'이라는 이름의 담배가 최초의 군용담배로 시판되었으며[26], 이후 군부의 핵심적인 인맥을 형성하는 육군사관학교가 '화랑대'로 표상되고, 또한 훈포장의 한 등급으로 '화랑' 무공훈장이 제정된다.

단정 수립 직후 화랑 표상이 집중적으로 활용되게 된 계기는 '육탄 10용사'의 기념사업과 그와 관련한 담론화이다. 1949년 5월 3일 인민군 1사단 병력 1천여 명이 송악산 능선을 따라 기습하여 38선 남쪽의 일명 '비둘기' 고지를 점령했다. 이튿날인 5월 4일 고지를 탈환하기 위해 김석원이 지휘하는 부대가 송악산 전선에 투입되었다. '황군' 대좌 출신으로 남한 군부의 수뇌가 된 김석원의 지휘를 받은 이 부대는 제주도 4·3 봉기를 진압한 직후 이 송악산 전투에 투입되었다. 송악산 고지를 탈환하는 작전에서 수류탄을 들고 북한군의 토치카를 육탄공격하다 죽은 10명의 국방군이 바로 육탄 10용사이다.

그렇지만 육탄 10용사의 산화라는 것은 날조였다고 한다. 실제 이들 십용사는 '산화'한 게 아니라 길을 잃어 포로로 잡혔다는 것이다. 그러나 김석원 장군이 지휘 책임을 물어 소대장을 사형시키라고 격분하자, 중간 지휘관이 허위 보고를 통해 자발적 전사로 처리하기로 결정

---

26) 『동아일보』 1949. 5. 25일자 기사 「軍人專用 煙草 「花郎」을 製作」에서는 화랑 시판 기사와 함께 "국민에게 충실을 다하자"는 화랑담배의 로고가 소개되고 있다. 이 '화랑' 담배는 한국전쟁기 유호 작사/박시춘 작곡의 '전우의 시체를 넘고 넘어…'로 유명한 「전우야 잘자라」의 2절에서 "화랑담배 연기 속에 사라진 전우야"라는 구절로 불려진 바로 그 담배이며, 1981년도까지 가장 오랫동안 시판된 담배이기도 하다. 박정희 시대의 화랑 담배에는 "우리자신의 생존을 위해 적과 싸우자. 전통문화와 민족의 정통성을 수호하자. 조국통일과 민족중흥을 실현하자" "구국의 유신이다. 새역사를 창조하자" 등 유신기의 이데올로기가 로고로 사용되었다.

파주 통일공원에 있는 육탄십용사 동상

한 데서 그 '미담'은 만들어지기 시작했다고 한다.[27] 포로가 된 것이 아니라 자살 특공대로 산화했다고 미화함으로써 현장 지휘관은 총살을 면했으며, 일본육사 출신 김석원은 이승만의 신임을 살 수 있었다. 이들의 자살특공의 서사, 그리고 그것이 만들어지는 과정, 구체적으로 묘사되는 방식 자체가 식민지 시기 일본의 '삼용사'의 서사화 등의 익숙한 문법을 그대로 차용하고 있는 것이기도 하다.[28]

이들의 실종을 '산화'로 공식화한 후 정훈본부에서는 『肉彈十勇士』[29]라는 공식적인 선전물을 간행한다. 이 책의 서장에는 경무대 비

---

27) 이러한 사실은 대한민국 국방부 장관을 지낸 박병권이 1964년에 증언하면서 알려졌다. 국방부는 공식적인 한국전사를 편찬하면서 이 회고를 묵살했다.

28) 식민지 시기 저널리즘이 전쟁 영웅의 신화를 만들어낸 과정과 그와 유사한 방식으로 육탄십용사 이야기가 만들어지는 과정에 대해서는 한만수 「육탄십용사, 날조된 신화-전시 검열과 기자의 소설쓰기」, 『잠시 검열이 있겠습니다』, 개마고원, 2012를 참조할 것.

29) 육군본부정훈감실, 『육탄십용사』(1949).

서관 김광섭의 시와 '십용사의 노래'가 실리고, 국방장관 신성모, 총참
모장 채병덕, 1사단장 김석원의 서문, 육군본부정훈감 송면수의 간행
사가 게재되고, '비둘기고지육탄전기'와 함께 10용사 개개인의 전기로
구성되어 있다.

국가기관의 공적인 현창의 기록인 이 전기에서 특징적인 것은 이
들 십용사의 정신을 '화랑 정신'으로 공식화한다는 사실이다. 국방부
장관 신성모는 서문에서 "화랑들은 국가민족을 위해 싸우다 국가민족
을 위해 죽는 것을 화랑의 영광으로 생각했든 것이다. 이곳에 비로소
화랑정신은 발전이 되어 신라통일의 성업은 이루어졌든 것"이라고 언
급한 후, "이 거룩한 혼과 정신은 바로 우리 십용사들의 그 혼과 정신"
이라고 연결시키고 이 정신을 새겨서 "조국재건 국가통일에 이바지"하
는 인물이 되자고 호소하고 있다.[30] 간행사를 쓰고 있는 정훈감 송면
수는 북한을 일제 36년의 치욕 뒤에 "새로운 이민족을 주인으로 맞이
하는", 우리 민족을 버린 매국집단으로 규정한 후 "원수들을 소탕하기
위하여 총진군"을 할 지금 필요한 것이 "화랑혼"이라고 언급한다. 십용
사는 "성스러운 싸움에서 맨먼저 핀 화랑혼의 꽃"[31]으로 후세의 귀감
이 될 것이라 칭송되고 있다. 이들의 수사에서 '화랑정신'은 민족의 정
신이지만 그것은 '남한 민족'만의 정신이며 북한은 혈족적 동일성을 가
지고 있지만 민족을 버린 집단으로 타자화되고 있다.

이어지는 십용사 개인의 전기도 화랑에 기댄 수사가 가득하다. 수

---

30) 신성모, 「서문」, 앞의 책.
31) 송면수, 「십용사전을 내면서」, 위의 책.

류탄을 들고 토치카를 파괴하고 죽은 10용사의 행위는 황산벌 전투에
서 죽음으로써 신라군의 사기를 올린 반굴, 관창의 일화와 비견된다.
첫 번째에 위치한 서부덕 소위의 전기에서부터 화랑혼에 대한 수사가
반복적으로 등장하는데 "황산벌 싸움터에서 단신 적진으로 주검을 찾
어 돌진한 이팔청춘의 반굴 관창 두 화랑의 거룩하고 위대한 살신성
인의 정신은 배달혼의 찬란한 꽃"[32]으로 묘사하고 적진에 뛰어들어 죽
은 십용사의 행적을 "화랑혼을 받들은 거룩한 열혼(十魂)은 송악산 기
슭에 꽃과 같이 졌다"[33]고 대응시킨다. 윤옥춘의 전기에서는 학창 시
절 윤옥춘이 일요일이면 "젊은 화랑 반굴 관창 두 소년이 적진에 돌입
하여 조국을 위하여 생명을 초개 같이 버린 곳"[34]인 황산벌의 인근인
부여를 찾아 가서 시를 지으며 화랑 정신을 내면화한 것으로 서술하
고, 국방경비대에 입대하면서 그 어머니에게 "반굴 관창 두 소년과 같
이 죽을 수 있는 때"[35]를 찾아 출가하는 것으로 묘사한다. 윤옥춘 전기
집필자의 인식에서는 윤옥춘이 부여를 찾아 가던 그 학창시절이 '대동
아전쟁'이 한창이었던 식민지 말기였으며 화랑의 표상이 총동원의 레
토릭으로 활용되었던 시절이라는 기억은 문제되지 않는다. 학생 윤옥
춘이 떠올렸을 화랑들의 '충'이 어느 국가로 수렴되는가는 문제될 것이
없으며, '충'에 대한 대중의 인식에 호소하는 자동화된 '클리셰'로서 화
랑 이야기가 대두하는 것이다. 어려서부터 공적인 대의에 자신의 사적

---

32) 위의 책, 14쪽.
33) 위의 책, 20쪽.
34) 위의 책, 43쪽.
35) 위의 책, 45쪽.

욕망을 희생할 줄 아는 아이, 그렇게 훈육하는 부모, 그 중에서도 특히
어머니 등, 십용사 전기에 등장하는 요소들은 위인전에서 익숙하게 접
할 수 있는 것이다. 십용사전의 구성과 레토릭은 특히 일제 말기의 총
동원 체제 아래에서 선전되었던 동원의 담론과 동일한 것이다. 이 십
용사의 어머니들은 일제 말기의 '군국의 어머니'의 재현이고, 십용사
자체는 "十軍神"으로 명명되며, 일제말의 그 유명한 '九軍神'[36] 이야기
를 환기시키고 있다. '십용사'와 관련해서 저널리즘이 뽑아낸 '화랑' 운
운의 표제들과 육군 정훈국의 『육탄십용사전』은 식민지 시기 만들어진
'충용'의 화신으로서의 화랑 이미지가 대중들에게 여전히 효력을 발휘
하는 강력한 표상이라는 사실을 방증하고 있다.

　'武'와 '애국'의 상징으로서의 화랑이라는 단편적인 표상화를 넘어
서 화랑도를 건국의 사상적 기반으로 체계화하려는 작업이 진행되었
다. 그 대표적인 작업으로 앞서 3·1 표상에서 언급했던 이선근의 저서
를 다시 한 번 환기할 필요가 있다.[37] 이선근은 '화랑'을 이상적인 국민
의 표상으로 제시할 뿐만 아니라, 나아가 '화랑도'를 민족사 전개의 핵
심이념이자 대한민국 건국 정신의 지반이 된 사상으로 체계화한다. 그

---

36) 1942년 이후 태평양전쟁 때 진주만에서 죽은 9명의 일본군을 '구군신'으로 명명하고 선전
　하는 대대적인 프로파간다가 있었다. 일례로 이광수는 「진주만의 九軍神」(『신시대』, 1942.
　4)이라는 시에서 이들 9명의 무용을 노래하고 있다.

37) 해방 직후 및 남한 단정 수립 직후에 화랑을 언급한 많은 간행물들이 있다. 왕명의 『오천
　년 조선사화집』(조선출판사, 1946), 김동인의 『화랑도』 상,하(한성도서, 1949), 이은상의 『화
　랑도』(계림사, 1950) 등은 그 사례이지만, 화랑도를 남한 건국의 기반으로 제시하고 이를
　통해 한국사를 통사적으로 구성하고 있는 이선근의 저작이 이 시기 화랑담론을 대표한다
　는 판단에서 그의 저작을 중심으로 논의를 전개한다.

는 『화랑도 연구』[38]를 통해서 한국사 전체를 화랑도 정신을 중심으로 서술한다. 이 저술은 단재 신채호가 「朝鮮歷史上一千年來第一大事件」에서 제시한 '낭가사상/유교(사대)사상'의 대립이라는 문법에 토대한다. 한국사를 낭가(고구려 조의선인, 신라의 화랑도) 사상 대 유교의 대결로 바라본 신채호의 기본 도식을 구체화하면서, 고려와 조선조 이래 화랑도 정신이 퇴색해가는 과정을 서술하고, 근세 이후 동학혁명과 3·1운동을 화랑도의 이념과 연결하여 대한민국 건국의 기반사상으로 설정하고 있다.[39] 이선근이 수행한 작업은 화랑도를 한국 고유의 사상, 정신으로 정초하고 이것을 다시 현대의 조선에 투사하여 민족국가의 이념으로 정립하는 것이다. 이러한 구도 속에서 고대 신라와 현대의 대한민국은 결코 떨어져 있는 것이 아니며, 화랑도는 고대로부터 현재의 대한민국에까지 연면이 그 정신이 이어져 있는 자주, 독립, 민주주의 정신의 다른 이름이 된다. 그는 이 저서의 곳곳에서 반복하여 화랑도의 사적을 민족사적 관점에서 해설한 후 그것을 지금 현재의 대

---

38) 이선근, 『화랑도 연구』, 해동문화사, 1949.

39) 이선근은 화랑도를 매개로 스스로를 단재와 동일한 계열에 위치짓고 민족사 서술자의 자리를 점유한다. 이 저서의 마지막 보유란에 신채호의 상기 논문을 싣고 해설을 쓰고 있는데, 여기서 이선근은 단재를 "생존해 계실 때 뵈올 기회를 갖지 못한 나의 스승이시다. 민족해방을 위한 혁명선배로서 보다도 위대한 사학자로서 나는 이분을 스승으로 사모하고 존경하여왔다."(이선근, 위의 책, 203쪽)고 언급하고 있다. 와세다를 졸업, 조선일보에서 신문기자로 활약하다 만주로 이주, 농장을 개척 일본제국의 국책에 적극협조하며 협화회의 원을 역임한 이선근의 이력(정운현, 『나는 황국신민이로소이다』, 개마고원, 1999. 참조)은 신채호와 동일한 계열에 위치할 수 없는 것임에도 그는 화랑도 서술을 통해 자신을 신채호 계보의 사학자이자 혁명가로 자리매김하고 있다. 이러한 이선근의 자기상의 주조는 식민지 시기의 기억을 의식적으로 망각하여 소거시키고, 자신의 이념을 신채호와 연결시킴으로써 대한민국 민족주의 이념의 새로운 기원이 되고자 하는 의식적인 행위라고 할 수 있다.

한민국 청년에게 발화하는 방식을 취한다. 과거와 현재는 시간과 공간과 상관없이 동일시되고 '청년 신라'는 '청년 대한민국'으로 치환된다.

그는 화랑도에서 한국적 민주주의의 원리를 발견하는 데, "그들의 조직원칙은 덕망과 인격과 용의를 표준으로 중의를 존중하였으며 나아가 남녀의 차이나 구별을 두지 않았든 모양이니 권모술수나 허위기만을 대기(大忌)하고 음해와 사투를 엄계하면서 남녀균등의 대우를 지켜온 것은 확실히 신라의 건국초부터 시범하여온 우리 민족 고유의 민주주의 방식"[40]으로 자리매김하고, "대한의 청년들이여! '민주주의' 네 글자만 나타나면 미국식이냐 소련식이냐 하여 골머리를 알키 전에 우리 선민들이 밟어온 이 화랑도 속에도 남부끄럽지않은 민주주의 방식이 숨어있음을 깨닷고 이를 찾어보며 이를 발양하여본들 그 무엇이 부족하랴"[41]라고 화랑도를 한국적 민주주의 원리로 정립하고자 한다.[42] 골품제가 말기까지 엄격히 고수되었던 귀족사회 신라를 남녀차별이 없고, 계급과 신분에 상관없이 화랑이 될 수 있었던 이상적인 민주주의 사회로 설명하며, 화랑도의 원리에서 한국적 민주주의의 원리를 발견하고 선양하는 이러한 논법은 '武'의 측면만이 강조되던 이전의 화랑도 담론과는 그 양상을 달리하는 특징이라고 할 것이다. 화랑도가 발

---

40) 이선근, 위의 책, 13쪽.

41) 이선근, 위의 책, 14쪽.

42) 화랑, 혹은 신라 시대를 이상적인 민주주의 국가로 표상하는 작업은 이 시기에 광범위하게 이루어진 작업인 듯하다. 일례로 해방기에 유소년기를 보낸 유종호는 『나의 해방전후』 (민음사, 2004, 18쪽)에서 해방직후 학교에서 배운 가장 영광스러운 과거가 신라시대였으며, 그 시대가 "만장일치제로서 한 사람의 반대가 있어도 성사가 안 되는 민주적인 화백제도, 전국의 명산대천을 찾아다니며 심신을 단련하고 다섯 가지 계율을 목숨보다 존중했던 화랑과 화랑도" 등으로 묘사되었다고 술회하고 있다.

생한 신라 시대 서술을 마감하는 이선근의 진술에서 그가 화랑도 연구를 수행한 당대적 의미를 유추할 수 있다. 그는 "화랑도 생겨서 불과 1세기에 신라는 백제와 고구려를 능가할 수 있었고 당인의 팔년주병도 격퇴하여 민족통일의 대기업을 확립할 수 있은 것이니 화랑도는 우리 민족의 독립정신이오 자주통일의 기본이념인 것"[43]이라고 언급하고 있다. 그가 화랑도를 문제삼는 것은 화랑도가 통일의 이념이 될 수 있고, 외세(미국, 소련)를 구축할 수 있는 민족의 자주정신으로 소환될 만한 것이기 때문이다. 결국 이러한 논법 속에는 '남한(대한민국)＝신라', '북한＝고구려, 백제', '당나라＝미국, 소련'이라는 도식이 암암리에 작동하고 있다고 할 수 있다.[44]

이제부터 이 저술의 구체적인 내용을 하나씩 살펴보도록 하자. 저서의 전체적인 구성은 우선 화랑도의 출발지였던 삼국시대의 신라를 중심으로 화랑도 이념과 조직원리 등을 설명하고, 그것을 조선의 자생적이고 중심적인 사상이자 원리로 설정한 이후 이 정신이 후대에 어떻게 축소되었으며, 그 와중에도 어떻게 연면히 이어졌는가를 통시적으로 서사화하고 있다. 이선근의 논의는 단재가 주조한 조선사 내러티브를 세밀하게 재현하면서 진행된다. 그는 국난기의 무장들을 고평하면서 유가의 사대성과 당파분쟁 등을 여기에 대비시킨다. 이를 개략

---

43) 이선근, 앞의 책, 24쪽.

44) 남한을 신라로 투사하여 당대 세계정세를 삼국시대의 동아시아 정세와 결부시켜 설명하는 감각은 이후에도 어렵지 않게 찾아볼 수 있다. 서정주의 『우남이승만전』(華山, 1995, 259~265쪽)의 중판본 발문에서 허문도는 '이승만'을 미국을 이용하여 대한민국을 건국하고 다시 그로부터 자주독립할 수 있게 한 인물로 묘사하며, 그에게 삼국시대의 '신라'와 화랑정신을 투사하고 있다.

적으로 살펴보면 고려조에서는 윤관의 여진족 정벌과 9성 축조, 묘청란 등을 언급하며 당대의 북벌론과 무장들의 정신을 화랑도의 계승으로 파악하고 김부식 등의 사대파를 비판한다. 이어서 이성계의 위화도회군을 화랑도 정신이 멸살된 계기로 규정한 후 조선조의 붕당을 거론하며 유교의 사대주의를 비판한다. 당쟁을 통해 유가의 병폐를 극언하면서 이와 대비시켜 이충무공을 성웅으로 만드는 내러티브를 구축하며 충무공의 정신도 화랑도와 연결짓는다. 이순신을 성스러운 영웅의 반열에 두는 성웅 내러티브[45]의 서술 이후, 이선근은 그러한 이순신의 행적과 정신을 화랑도과 연결지으며 그를 핍박한 유가에 대해 극단적인 비판을 수행한다. 이순신의 행적과 정신을 화랑 정신으로 등치시키는 이러한 이선근의 작업에서 남한 건국 전후에 화랑 표상이 국가의 의례에서 차지하는 중요도를 알 수 있다. 이와 관련하여 1950년 벽두에 이순신 기념비의 제막식을 보도하고 있는 저널리즘의 표제는 인상적이다. 동아일보의 「빛나다 화랑의 정신-충무공기념비제막식성황」[46]이라는 기사에서는 "임진란 당시에 신병기 거북선을 창조하여 남해각처에서 일병을 뭇찔러 우리의 국토를 방위하고 <u>화랑정신을 천추에 빛나게 한</u> 충무공 이순신 장군"이라는 수사가 보인다.[47] 충무공 이순신

---

45) 이순신을 '성웅'의 반열(110쪽)에 올리는 서사를 통해 박정희 시대의 이순신 숭배의 기반을 엿볼 수 있다. 이선근이 이후 남한 교육계에서 중심적인 인물로 활약할 수 있었던 것은 그가 만주인맥인 동시에 이상적인 '무사'상과 무사도의 정신을 내러티브화함으로써 박정희 군사정권의 정당성을 주창할 수 있는 이데올로기적 기반을 제공했다는 사실과도 무관하지 않을 듯하다.

46) 『동아일보』 1950. 1. 9.

47) 은정태, 「박정희시대 성역화 사업의 추이와 성격」(『역사문제연구』15, 2005)에 따르면 1966~1969년에 이르는 이순신 및 현충사 성역화 사업을 통해 충무공 성웅화 작업은 정점에

을 '화랑도의 이조적 중흥'으로 파악하는 이러한 수사를 통해 화랑정신이 국가건국기의 남한 사회에서 최고의 권위가 부여된 전통으로 자리 잡았다는 사실을 짐작할 수 있다.

효종과 현종 대의 북벌론에 대한 간단한 서술 이후, 이선근은 자신이 이 저술을 쓰게 된 진정한 이유인 대한민국의 건국이념과 화랑도를 연결시키는 작업을 수행한다. 이 대목이야말로 화랑도라는 전통 표상을 통해 남한 국가의 정통성과 주체성의 근거를 정초하고자 했던 이데올로그 이선근의 야심찬 전략이 드러나는 지점이다. 이선근은 동학을 화랑도 정신이 근대에 이어진 가장 적실한 사례로 제시한다. 동학의 교조인 최제우가 화랑도의 발상지인 경주 출신이며, 그의 선조가 난랑비 서문의 저자인 최치원이라는 점, 또한 최제우가 입산수도하여 득도하고 그 와중에 선인이 비결을 준 것이 김유신의 경우와 유사하다는 점 등의 비논리적인 유사성을 매개로 화랑도는 동학과 연결된다. 비논리적인 이러한 근거로부터 시작하여 동학이 유불선을 비판적으로 계승하고 거기에 기독교의 천주를 원용한 방식이 최치원이 난랑비 서문에서 밝힌 풍류도의 구성 방식과 동일한 것임을 밝히며 한국의 전통적 사상으로 계승된 화랑도가 동학으로 이어졌다고 주장한다. 동학의 포, 접 등의 조직원리도 화랑의 조직원리와 대응되며, 동학혁명도 화랑도가 평상시에 수양을 위주한 교단의 범위를 지켜오다가도 국가와 민족

오르며 이후 1970년대 후반에 이르러 다시 충무공 정신이 '화랑도의 이조적 중흥'으로 낮게 평가되었다고 밝히고 있다. 은정태와 노영구(「역사 속의 이순신 인식」, 『역사비평』 69호, 2004, 345~355쪽)는 파당성의 증거로 활용되는 이순신과 임진왜란은 총화단결의 시대에는 부합하지 않는 존재로 인식되었다고 지적한다.

에 위난이 닥쳐올 때에는 정치와 군사의 제일선을 담당하여 행동했던 것의 재현이라고 설명한다. 결론적으로 이선근은 "동학은 우리 민족고유의 신앙이오 전통인 화랑도의 계승"이며 "천도와 더부러 민족의 신앙 민족의 전통을 깨우처 주고 나아가 자주독립이 무엇이며 호국구민이 무엇인가를 가르처준 것은 화랑도가 쇠미한 이래 오로지 동학도가 있을 뿐"[48]이라고 화랑도와 동학을 직접적으로 연결시키고 있다.

화랑도의 계승인 동학은 다시 3·1운동의 기반으로 제시된다. 이선근은 3·1운동 민족대표의 출신성분을 분석한다. 그의 주장에 따르면 3·1정신은 민족대표 33인의 성분을 통해 "기독교, 천도교의 반분씩의 역할과 여기에 불교 2인의 결합, 교육계, 청년학도들의 결합"으로 구성된다고 볼 수 있다. 망국의 표상이었던 유교는 3·1운동에서도 철저히 배격되었다. 이러한 성분 분석을 통해 전통적인 국선사상인 화랑도(동학)와 이에 동조한 불교, 그리고 근대 이래 외국에서 들어온 민주주의 사상이 결합하여 3·1운동을 일으켰다는 내러티브가 가능해졌다. 3·1운동 정신의 중심은 민족정신인 화랑도와 결부된다. 이러한 설명 이후 '화랑도→동학→3·1정신'은 드디어 대한민국의 건국정신과 결합된다. 대한민국 헌법 전문의 첫 구절인 "유구한 역사와 전통에 빛나는 우리들 대한민국은 기미 3·1운동으로 대한민국을 건립하여 세계에 선포한 위대한 독립정신을 계승하여"를 해설하며 이선근은 "대한민국의 건국이념은 확실히 3·1정신의 계승이니 3·1정신은 곧 우리 민족 고유의 전통이오 신앙인 화랑도와 동학도와 천도교를 거쳐 기미운동에 뻐

---

48) 이선근, 앞의 책, 181쪽.

친 사상적 요소를 뼈로 한 것이며 이에 다시 근대세계의 민주주의 사조를 수입함으로써 민족적 자각 아래 체득발견한 독립정신이 갑신정변을 거치고 독립협회를 거쳐 기독교로더부러 기미운동에 뻐친 사상적 요소를 살로 한 것"[49]이라고 체계화한다. 이선근이 『화랑도 연구』를 통해서 수행한 작업은 조선 고유의 정신을 '화랑도'로 본질화하여 그것을 자기구성의 기원으로 삼으면서 한국적 주체성의 원천으로 소환하는 것이다. 화랑도를 동학 및 3·1운동과 연결지음으로써 현대 남한의 건국이념의 기반으로 승격시키고 분단시대를 해소할 수 있는 남한의 국가정신으로 체계화한 것이 바로 이선근 작업의 핵심이라고 할 수 있을 것이다.

'민족문화'라는 개념 속에는 민족사의 과거로부터 현재까지 면면히 지속되어온 변화불변의 본질적인 것이 존재한다는 강고한 신념이 전제되어 있다. 그러나 일반의 통념과는 달리 '민족문화'를 구성하는 것들은 각 시대와 주체의 현재적 관점에서 해석되고, 선택되어 구성되는 가변적인 것이다. 화랑 이야기는 근대 초기 지식인들이 '조선'이라는 자기구성을 위해 조선 정신의 원류로 소환한 이래 이러한 불변의 '민족정신(문화)', '전통'이라는 신화에 부합하는 것으로 받아들여졌다. 그러나 지금까지 살펴보았듯이 실체로서의 화랑이 무엇이든 간에[50], 화랑담론은 담론화되는 맥락에 따라서, 또는 그 담론화의 주체에 따라서

---

49) 이선근, 위의 책, 198쪽.

50) 화랑의 실체와 관련하여 민족주의를 벗어난 상상을 하기란 쉽지 않다. 가령 「화랑들이 '변태'여서 부끄러운가」(『한겨레신문』 2006. 9. 1)라는 박노자의 지적은 화랑 표상과 관련된 민족주의적 강박을 비판하고 있는 한 사례이다.

정치적 문화적 효과가 달라진다는 사실을 확인할 수 있었다.

이 절에서는 조선인의 자기구성을 위해서 본격적으로 거론되었던 화랑도 담론이 해방직후, 남한 건국직후 새로운 국가 이데올로기로 구성되어 가는 과정을 검토하였다. 화랑 표상과 그 이데올로기는 이후 남·북한에서 다르게 변주되고, 남한에서도 한국전쟁기, 전후인 1950년대와 그 이후의 박정희 시대에 각기 다르게 구성되었다.[51] 문학의 영역에서만 국한해서 보더라도 김동리, 서정주 등의 남한 문단 초창기의 주류들은 화랑으로 대표되는 신라정신을 축으로 하여 남한식 민족문학을 구성해 갔다. 북한을 포함한 1950년대 이후의 화랑 표상에 대한 검토는 또 다른 지면을 기약하고자 한다.

(3) 상징과 의례 : 국호, 태극기, 무궁화, 애국가

얼마전 학술회의 석상에서 1900년대를 전후한 한국문학을 전공했었던 한 선배 연구자가 자신을 '대한제국' 문학 연구자라고 농담처럼 정의하는 것을 들은 기억이 있다. 국가와 문학의 관계를 자연스럽게 환기시키는 농담이었지만 그 안에는 '대한제국'과 '대한민국'을 하나의

---

51) 이를테면 한국전쟁기에 잡지 『화랑』(화랑구락부 출간)이 출간되고, 전후에는 『사상계』 등의 잡지에서 신라와 화랑에 대한 탐구가 이루어진다. 박정희 시대 '화랑교육관' 등에서 이루어진 학생들의 사상교육 등도 한 사례일 것이다. 북한의 경우 『조선문학사』 및 다양한 역사서에서 신라의 3국통일을 외세의존적 사건으로 정의하며 고구려, 발해의 축에 북한을 계보화하는 역사 서술이 일반적으로 확인된다. 이러한 내러티브 속에서 신라의 '화랑'의 자리는 축소되거나 무시되며 그 자리를 고구려, 발해의 반외세적인 '상무정신'이 차지하고 있다. 해방 이후 남북한에서의 화랑 이야기의 변화 과정에 대해서는 추후 별도의 지면을 통해 고찰하도록 하겠다.

근대국가로서 연속시키는 묘한 뉘앙스가 개재했다. 대한민국이라는 국호는 상해임시정부 수립 당시 신석우가 제안하였고, 여운형 등이 조선 왕조가 망하던 시기에 잠시 쓰이던 국호라는 이유로 반대했지만 정식 국호로 채택된 것으로 알려져 있다. '대한'이라는 국호가 망국의 조선 왕조를 상기시킨다는 감각은 해방 직후에도 존재했다. 이를테면 이태준의 「해방전후」에서 주인공 '현'은 서울서 듣고 온 시국담을 김직원에게 들려주며 해방이 되면 외국에 더 알려진 '고려'를 써서 '고려민국'이 될 것이라고 전해준다. 이에 대해 김직원은 이왕이면 '대한'이 국호가 되었으면 좋겠다고 말하면서, 국호도 "'대한', 임금도 영친왕을 모셔내다 장가나 조선부인으루 다시 듭시게 해서 전주이씨 왕조를 다시 한번 모셔 보구 싶"[52]다고 말하고 있다. '대한'이라는 국호는 일종의 복벽의 맥락에서 과거 이왕가의 왕조명으로 소환되고 있는 셈이다.

이씨 왕조가 구한말 '大韓'이라는 국호를 채택한 것은 중국에 대한 자주적 관계를 천명하려는 의도를 지니고 있다. 한반도에 거주하고 있던 마한, 변한, 진한 등의 고대 '韓'족을 중심으로 하는 민족국가의 정체성을 제시하며 그 한족을 하나로 합친 '대한'을 표방한 것이다. 그렇지만 '韓'이라는 것이 일본과 중국과 변별되는 독립된 정체성을 보증하는 명명인가는 관점에 따라서 이견이 있을 수 있다. 알다시피, 이익, 안정복 등 조선조의 유학자들이 지니고 있었던 '마한정통론'이 상기시키는 '韓'은 단군조선-기자조선-마한-삼국으로 이어지는 계보를 한국사의 정통으로 보는 관점으로 중국으로부터 기원한 기자를 중심에 둔

---

52) 이태준, 「해방전후」, 앞의 책, 283쪽.

사관이기 때문이다. 중국의 혼란을 뒤로 하고 동방으로 온 성인 '기자'
가 교화한 문명국이 고조선이고 그것이 漢 무제에게 멸망한 이후 기자
의 후예인 '준'이 망명하여 마한으로 이어졌으며 그러한 계보에서 한국
사의 주류적 정통성을 유교적 교화에서 찾고 있는 것이 이른바 '마한
정통론'이라고 할 수 있다.[53] 중국으로부터의 도래자인 기자를 정통으
로 삼는 '마한정통론'을 연상시키는 '大韓'이 중국과의 관계를 끊고 독
립과 자주를 상징하는 제국의 국호가 된 것은 상당히 아이러니한 현상
이라고 할 수 있을 것이다.

재일조선인 작가 김달수가 해방기의 조선 사회를 재현한 『태백산
맥』에서는 이러한 국호의 문제와 함께 애국가 등의 의례와 관련한 당
대의 감각에 대해 시사를 얻을 수 있다.

> 백성오는 잠자리에 누운 채 미소를 지으며 〈애국가인가……〉하고 생각
> 했다. 〈그래도 저 '하느님이 보우하사 우리 대한만세'란 대목은 재미없군.〉
>
> 대한사람 대한으로 길이 보전하세.
> 〈음, 저 대목도 어색해. 그렇다면 저 노래도……〉 하고 백성오는 생각
> 했다. 그것은 아일랜드의 어떤 민요 곡조에 가사만 바꾼 것으로 일본의
> 〈반딧불〉이란 노래와 똑같은 것이었다.
> 그러나 백성오는 혼자 피식하고 웃었다. 저 대목도 '재미없다', 이 대목
> 도 '어색하다'해도 지금은 아직 그것에 대신할 만한 다른 애국가가 없었
> 다. 그렇게 말하려면 그것에 대신할 만한 것이 있어야 한다.

---

53) 이익, 안정복 등의 마한정통론 등에 대해서는 이만열, 「17·8세기의 사서와 고대사인식」,
이우성 등저, 『한국인의 역사인식』하, 창비, 1996을 참조할 것.

어쨌든 모두가 과도기에서 비롯된 현상이었다. 모든 것이 새로 만들어
지고 바뀌어야만 했다.

백성오는 자리에서 일어나 옷을 입고 툇마루로 나왔다. 오늘은 이사를
하기로 한 날이었다. 다행히 하늘은 맑게 개어 있었다.

〈어, 형님. 잘 주무셨어요? 이제 일어나실 때도 됐다고 생각한 참이었
어요……〉

김상녕이 연숙의 어깨 너머로 말을 건네왔다.

〈그래서 그렇게 고래고래 노래를 불러댄 거야? 억지로라도 일어날 수
밖에 없더군. 하하하. 두사람 다 가수론 실격이야.〉

〈아, 그래요? 하지만 난 애국가가 너무 마음에 들어요. '동해물과 백두
산이'라고만 해도 웬지 가슴이 벅차오는 기분이 들거든요. 어떤 놈은 낡
아서 싫다고 하지만요.〉

김상녕이 아까처럼 노랫말에 가락을 붙여 부르며 툇마루 쪽으로 다가
왔다. 연숙은 부엌으로 들어갔다.

〈어떤 놈? 놈이라니 너무한데〉하고 백성오는 또 웃었다.

〈그 중에는 나도 낄 것 같은데.〉

〈그래요? 형님도 이 노래가 낡았다고 생각하는 모양이군요. 그러나 이
건 저 3·1독립운동 과정 속에서, 그 투쟁 속에서 만들어진 게 아닙니까?
하긴 시간적으로는 확실히 낡았을지도 모르지만……〉

〈아니, 내가 말하는 건 그런 뜻이 아니야. 그리고 자네가 지금 말한 점
에 대해서도 몇가지 설이 있어. 3·1투쟁이 실패해 국외로 망명하던 누군
가가 압록강을 건널 때 지었다든가……. 그러나 그런 사실은 접어두고라
도 애국가로서는 역시 좀 지나치게 종교적인 냄새가 풍긴다고 생각해. 그
렇기 때문에 전체적으로 지극히 감상적이고 지나치게 수동적인 자세가
아닌가 여겨지는 거야.〉

〈그래요. 그러나 어떤 놈〉하며 김상녕이 웃었다.

〈그 어떤 사람이 낡아서 싫다고 한 건 그 점이 아니고 이 가운데 '대한'이라는 말이었어요. 그런 고리타분한 것은 이미 없어졌으니까 노래를 부르려면 '조선'으로 고쳐야 한다는 거예요〉

김상녕은 애국가를 좋아한 나머지 거기에 대해 조금이라도 부정적인 평가를 하는 것은 도저히 승복할 수 없다는 식이었다. 그러나 백성오는 이렇게 덧붙였다.

〈그렇지. 확실히 '대한'이란 명칭 같은 건 그렇다고 생각해.〉

〈그러나 우리들이 지금 조선이라 부르는 것도 소위 '한일합방' 뒤 왜놈들이 자기들 멋대로 갖다 붙인 이름 아니예요?〉

〈그런 건 아니야. 왜놈들, 아니 일본인이 그 당시 나라 이름을 바꾼지 얼마 되지 않은 대한을 멸망시킨 대신 그전 것을 부활시켰다는 말이 될 수도 있지만, 조선이라는 이름은 훨씬 전부터 있었어. 유사 이래 처음 생긴 고조선은 그만 두고라도 우리들이 보통 이조라고 부르는 것도 정확히 말하면 이씨조선시대라고 해야 해. 조선이란 명칭은 아주 옛날부터 계속 쓰여왔던 것이야.〉

〈……〉

〈그렇기 때문에 '대한'보다는 '조선'이라고 해야 한다는 의견에는 나도 찬성하지만, 그러나 문제는 그 한구절에만 있는 것이 아니라 노래 전체야. 그렇다고 지금 당장 부를 만한 다른 〈애국가〉가 없는데도 절대로 그걸 불러서는 안된다는 말은 아니야. 이렇게 말하고 있는 나도 앞으로 얼마 동안은 그걸 부를 수밖에 없겠지만 우리들이 부를 〈애국가〉로서는 좀 적당치가 못하다고 생각해. 그 노래가 갖고 있는 종교적인 냄새뿐만 아니라 감상적이고 수동적인 자세를 눈여겨 볼 필요가 있어. '하느님이 보우하사'라든가 '길이 보전하세'라는 대목은 하늘의 신, 요컨대 실체가 없는 그 무엇인가에 의지하는 것과 다를 바 없어. 그것을 '상녕군, 그대에게 바

랍니다'라고 한다면 구체적으로 이해할 수 있겠지만 말이야.)[54]

(밑줄 – 인용자)

소설에서는 좌익적 성향을 대표하는 백성오와 우익청년단의 세계를 대표하는 김상녕을 통해서 해방 직후 탈식민지 사회에서 '대한'과 '조선'이 경합하고 있는 상황이 묘사되어 있다. 이 국호의 문제에는 과연 어디로 돌아갈 것인가라는 문제가 개재되어 있다. '대한'은 임시정부가 채택한 공식적인 국호이지만, 사라진 이왕가를 연상시킨다는 비판이 있고, '조선'은 고조선 이래 한반도의 공동체를 표상하는 대표적인 국호이지만 제국의 지방으로서의 '조선'이라는 흔적을 간직한 것이기도 하다. 이제까지 '조선'이라고 불렸던 문화적 동일자에 대한 호칭은 단정수립과 함께 '대한민국'과 '조선민주주의인민공화국'으로 나뉘어 정리된다. 대한민국 설립에도 불구하고 관습적 명칭으로서의 '조선'의 흔적은 한두 해 동안은 지속되는 것으로 보인다. 가령 출판계의 책의 서지는 그 한 사례이다. '국문학' '국사'라는 명명은 곧바로 익숙한 일본 제국의 국문학, 국사를 연상시켰기에, 해방 직후 제국 일본 시절의 국사와 국문학에 대응하는 '조선문학' '조선사'라는 용어로 대체되었다. 이러한 명칭은 해방된 한국 사회의 국가성을 전제하면서도 제국의 지방을 배경으로 하는 식민지적 잔상이 겹쳐지는 것이었다. 단정수립 이후인 1949년, 50년 초까지도 '조선'은 여전히 민족을 대표하는 관습적 명칭으로 혼용되었다. 조선과 대한민국은 한국 전쟁을 거치면

---

54) 김달수, 임규찬 옮김, 『태백산맥』상, 연구사, 1988, 54 – 55쪽.

서 확연하게 분화된 명칭으로 정착하게 된다. 또한 이 시기를 거치면서 '국문학' '국사'라는 것은 더 이상 제국의 지식을 가리키는 것이 아니라 '한국'이라는 국가를 배경으로 한 지식으로 제도화된다. 조선어학회는 1949년 조선어를 한글로 명명하고 학회명칭을 한글학회로 개명한다. 1, 2권까지는 '조선말 큰사전'으로 명명하다가 1950년 6월 1일의 3권부터 '큰사전'으로 이름을 바꾸는 변화도 '조선'이라는 명칭이 대한민국 사회에서 사라져가는 과정에 대응한다고 할 것이다. 해방 직후 『조선시가사강(1946)』, 『조선시가의 연구(1948)』 등 '조선문학'의 범주 속에서 저술을 명명하다가, 1949년에야 『국문학사』라고 제명하는 조윤제의 경우나 해방 직후 출판한 '조선사대관'을 '국사대관'(1949)으로 개제하는 이병도의 경우, '조선문학연구초(1946)'를 '국문학연구초'로 개제하는 이희승 등은 식민지 시기의 잔상과 북한의 국호로 맥락화된 '조선'을 소거하고 '대한민국' 국가를 배경으로 하는 국사, 국문학 지식을 전면적으로 발화하는 과정을 보여주는 사례이다. 상해 임시정부의 초대 대통령을 역임하고 아마도 그 자신 전주 이씨임을 강하게 자각하고 있었을 이승만과 그를 지지한 통치 이데올로그들에게 '대한민국'의 '대한'이라는 국호야말로 상해 임시정부의 독립투쟁에서의 상징성과 이씨왕조의 '대한제국'이 주는 향수를 함께 전취할 수 있는 적절한 국호로 여겨졌을 것이다.[55]

---

55) 왕조의 후손임을 내세워 권위를 획득하려 한 것은 이승만에게만 국한된 욕망은 아니었다. 백범 김구는 식민지 시기 쓴 친필본 『백범일지』에서 자신을 '역적 김자점의 방계 후손'으로 명기하며, 신분을 숨기고 상놈으로 살아야 했던 차별의 경험을 자신의 평민의식과 저항의식의 원천으로 제시하였다. 그러나 1947년 국사원에서 출간된 『백범일지』를 통해서 김구의 가계는 경순왕의 자손 안동 김씨로 변경된다. 해방 이후 김구는 두 차례나

앞서의 인용에서는 또한 애국가에 대해서도 좌우파에 따른 다른 감각을 느낄 수 있다. 백성오는 애국가에 대해서도 그 '올드 랭 사인'의 곡조와 종교적인 냄새 때문에 거부감을 지니고 있다. 이러한 백성오의 거부감에 대해서 김상녕은 그것이 "3·1독립운동 과정 속에서, 그 투쟁 속에서 만들어진" 것이라는 점을 강조한다. 달리 말하면 올드랭 사인 곡조의 '애국가'는 3·1과 마찬가지로 독립투쟁의 공공기억의 상징으로 맥락화한다. 최근 애국가를 둘러싼 작사자를 두고 윤치호와 안창호를 내세운 논쟁이 흥사단과 윤치호 작사설의 연구자 사이에서 있었다. 좌파의 입장에서는 그 작사자가 윤치호든 안창호이든 동해물과 백두산이라는 경계 안의 모든 사람을 지배/피지배의 계급과 무관한 동일한 민족으로 구성하고, 하나님이라는 종교적 절대자의 보살핌을 희구하는 노래 가사 자체가 수동적인 것으로 여겨졌을 것이며 이에 대한 비판이 백성오를 통해 발화되고 있다고 할 수 있을 것이다.

'태극기'라는 상징도 무척이나 흥미로운 기호이다. '태극'이라는 것은 그 근원을 따져 보자면 우주의 기원을 설명하는 유교 철학과 긴밀하게 관련되어 있고, 태극기의 주변을 장식하는 팔괘 역시 '주역'적 세계관을 대표하는 기호이다. 이런 맥락에서 보자면 태극기 역시 동아시아의 공통적인 기호의 아카이브에서 건져내어 근대 전환기의 한국 사회가 자신의 독자적인 상징으로 재맥락화한 것이라고 말해도 틀리지

경순왕릉을 방문하고 "선조 경순왕릉"이라는 표현을 쓰고 있다. 해방기 정국을 이끌기에는 역적의 방계 후손보다는 왕조의 후예라는 가계가 권위를 획득하는 데 도움이 된다고 판단한 듯하다. 김구의 가계의 변화에 대한 자세한 상황은 김구 지음, 배경식 풀고 보탬, 『올바르게 풀어 쓴 백범일지』, 너머북스, 2008, 41~42쪽 참조.

1918년경의 동경유학생들 가운데 태극기를 든 학생이 김연수

않을 것이다.[56] 서구와 일본 등의 근대 국가에는 모두 국가를 상징하는 국기가 있다는 점에 착안하여 만들어진 태극기는 잠시 동안이나마 대한제국의 공식적인 상징으로 활용되었다. 그 기억은 강렬한 것이었다. 3·1운동으로 태극기가 전민족의 수난과 저항의 상징이라는 집단기억을 형성하기 이전부터도 태극의 문양은 '조선'이라는 공동체를 상징하는 표상이었다.

위의 사진은 인촌 김성수의 동생이자 경성방직 사장 김연수의 공

---

56) 필자는 2011년 여름에 일본 교토 근처에 있는 미호미술관이 자신들이 모은 세계의 다양한 유물을 전시하는 특별전을 열람할 기회가 있었다. 특히 인상적이었던 유물 중의 하나가 3세기를 전후한 시기에 인도 가까운 중국의 지방에서 조성된 불상이었다. 암반에 새겨진 불상의 좌우에는 日神과 月神이 좌우에서 옹립하고 있었다. 이 日神의 형상은 三足烏로 당시 한국 TV 역사드라마가 고구려 시오니즘을 구성하며 민족주의의 심볼로 소환한 바로 그 삼족오였다. 다신교인 인도의 태양신이 불교와 습합하여 보살로 전신하여 중국과 고구려로 전파되었고, 그것이 근대 한국에서 다시 민족주의의 상징으로 재탄생한 것이 아닌가 하는 추론을 할 수 있었다. 본래 모든 문화는 이동하며 잡종의 문화를 구성한다. 그것을 순혈의 민족문화로 단선화하는 정치의 동력이 타자에 대한 폭력을 발생하게 한다.

식전기 『수당 김연수』에서 재인용한 것이다. 경도제대 경제학부에 입학하기 전 동경 유학 시절에 찍은 유학생 모임에서의 사진인데 가운데 김연수가 들고 있는 깃발이 인상적이다. 이 깃발은 지금의 태극기와는 다르게 태극의 물결이 세로로 서 있었으며 팔괘는 없다. 그리고 그 태극 무늬 아래 "PANTO(반도)"라고 한반도를 음차하여 하나의 상징 깃발을 만들었다. 유학생들은 태극이라는 구왕가의 상징과 '반도'라는 영토를 결합시켜 사라진 국가의 기호로 전유하고 있다. 태극기의 태극은 민족의 대표성을 주장할 수 있을만큼 대중에게 익숙해진 기호였다.

3·1운동의 태극기의 물결의 경험은 말할 것도 없고 아래의 그림과

경성방직의 태극성 광고

같이 '상품'에 각인되어 대중에게 감각화되기도 했다. 광고사진 속 여인이 잡고 있는 것은 '경성방직'에서 만든 옷감 광목인 '태극성'이다. 김성수 일가가 주도하여 설립한 경성방직은 서구의 방직업을 일찌감치 따라잡은 일본의 값싸고 질좋은 옷감에 정면으로 경쟁하기 어려운 후발 업체였다. 이때 주창된 것이 '물산장려운동'이었으며 '태극' 문양이 들어간 '태극성'은 민족을 대표하는 상품으로 재탄생된다. '물산장려운동'의 민족주의의 고취에 힘입어 경성방직은 식민지 재계에 안착하고 이후 사세를 넓혀 '南滿紡績株式會社'로 확장되어 제국의 자본으로 변신한다.[57] 제국의 자본으로 전신한 이후에도 민족자본을 표방한 경성방직의 이 '태극성'은 여전히 민족주의적 감성을 자극하는 상품이었음은 물론이다.[58] 해방 이후 '반민특위'가 김연수의 반민족 혐의에 대해 무죄 판결을 하는 논리는 자못 인상적이다. 경제인으로서 민족자본 경성방직을 운용하고 일본자본과 타협하지 않았다는 점, 많은 인재에게 장학금을 주어 민족의 동량으로 키웠다는 점 등과 함께 태극기와 무궁화의 상징이 김연수의 혐의를 벗기는 중요한 계기로 작동한다.

---

57) 김성수, 김연수 일가의 경성방직의 설립과 변천 등에 대해서는 카터 J 에커트, 『제국의 후예』, 주익종 역, 푸른역사, 2008을 참조할 것.

58) 김성수, 김연수 일가의 '경성방직'은 한국의 현재 재벌들의 모습의 전사에 해당한다. 재력가의 자제였던 김성수, 김연수는 유학 중에 형편이 어려운 고학생들이나 똑똑한 조선 유학생들의 학비와 생활비를 후원했다. 그 후원을 받은 유학생들이 학업을 마치고 귀국한 뒤 식민지 조선사회의 리더십을 형성한다. 동아일보의 중역들과 필진들, '물산장려운동'의 이데올로그들의 상당수가 일종의 인촌, 수당 장학금 출신이다. 그들의 민족주의적 필치 속에서 경성방직은 성장할 수 있었다. 또한 그 이후 경성방직이 총독부 권력과의 협력 속에서 조선이라는 국경을 넘어 국제적인 자본으로 전환한 뒤에도 여전히 그것은 민족자본으로 표상되었다.

"이 경방기업이 결코 민족정신을 버리지 아니한 증좌로서는 기 발전과
정에 있어서 전술과 같이 정치적 경제적으로 여러 가지 악조건이 수반되
어 있었음에도 불구하고 만만한 투지로써 최후까지 분발하여 일본자본에
매수 내지 타협이 되지 아니한 점과 경방 자본의 표시인 각 주권이 무궁
화의 회란에 태극기를 모사(증좌 일, 이호)하여서 간절히 민족혼을 상징
한 점과 경방의 생산 광목 선전 포스타에 역시 태극기를 상표(증좌 3호)로
한 사실 등으로 보아 능히 간취할 수 있으며"[59]

재판관들은 경성방직이 생산한 광목의 "태극성"과 발행한 주식 증
권의 무궁화 도안이 민족의식을 드러내기 때문에 그가 어쩔 수 없이
강요된 친일을 했다고 판단하고 방면한다. 앞서 동경유학생들이 태극
문양을 통해서 조선을 상징했듯이, 태극과 무궁화 문양은 민족을 상징
하는 도상이었지만, 그것이 늘 반제국적 형상을 지닌 것인가는 의문이
다. 특히 무궁화의 경우는 일본 제국과 식민지 사회가 그 도상을 두고
경합했다고까지 말할 수 있을 것이다. 대한제국의 이왕가의 왕실문양
은 알다시피 '李花'였다. 그런 측면에서라면 대한제국의 국화는 '李花'
라고 할 수 있다. 무궁화가 언제부터 공식적인 국화로 간주되었는가는
정확히 알 수 없다. 무궁화는 고대 이래 한반도에 무궁화가 많다는 뜻
의 '근화' '근역'을 설명해놓은 중국의 문헌자료에서부터 확인되거니와,
그것이 근대의 어느 시기에 만들어진 애국가에 '무궁화 삼천리 화려강
산'이라는 후렴구로 삽입되면서 대중에게 공식적인 상징으로 자리잡
게 된 것으로 보인다. 그렇지만 그것은 또한 조선의 지방색을 상징하

---

59) 『수당김연수』, 삼양사, 1985, 206쪽.

1932년에 발행된 조선은행 신권

는 것으로 체제 내부로 수렴되기도 했다. 식민지 시기 발행된 조선은행권 화폐의 도안은 그 한 사례이다.

1915년에 5원권과 10원권이 발행된 이후 해방이 될 때까지 조선은행권의 기본도안은 일정했다. 1914년 최초의 조선은행권에 이어 모두 18종의 신은행권이 발행되었지만, 부분적인 문양에 약간의 변화만 있었을 뿐, 오른쪽 면에는 언제나 긴 수염을 기른 '수노인상'이 등장했다. 1932년 1월 조선은행은 일본 내각인쇄국이 제조한 신1원권에 이어 같은 해 6월 1일 신10원권을 발행했다. 신10원권에는 중앙에 이화(李花)와 무궁화가 겹쳐서 인쇄되었다. 이제는 일본 황실에 편입된 이왕가의 문장인 이화와 더불어 무궁화를 겹쳐 놓은 이 화폐의 표상 체계 안에서 무궁화는 제국의 일 지방으로서의 조선을 대표하는 지방색일 뿐이다. 경성방직의 주식 증권에 무궁화 도안을 넣었다는 것이 곧바로 민족의식으로 간주되는 것은 사실 지나치게 순진한 발상이다. 이미 제국의 표상 체계 내부에 존재하는 이러한 공동체의 상징을 독립된 국가의

관점에서 반제국적 도상으로 해석한 것이기 때문이다.[60]

그렇지만, 망국과 식민지 해방 투쟁의 과정에서 가장 강력한 저항의 기억을 표상하는 이들 상징물들 특히, 태극기는 해방 직후 민족 전체가 그 상징성을 받아들이는 데 동의한 것으로 판단된다. 일례로 평양운동장의 김일성장군환영대회 석상의 김일성은 태극기를 배경으로 연설하였으며, 재일조선인 재중조선인 등을 포함한 한반도 안팎의 조선인들 전체는 해방을 이 태극기의 상징을 손에 들고 환영하였다. 앞서 3·1운동을 다룬 부분에서 언급했듯이, 이 태극기가 지니는 상징성은 좌우파가 함께 전유하고자 했던 것이기도 하다. 그런 이유에서 김남천은 태극기를 적기와 함께 민족적 저항의 상징으로 구성하였고, 박종화는 민족저항의 '성가족'의 계보의 첫 자리에 태극기를 제작한 조부를 위치시킨다. 그렇지만 시간이 지나면서 점점 이 태극기가 국가의 상징으로서 타당한가에 대한 의문 역시도 존재하고 있었던 것 같다. 태극기가 일종의 낡은 상징이라는 생각은 오영진의 기록에서 확인할 수 있다.

"과연 저것이? 음양과 팔괘를 그려낸 저 깃발이 장차 우리의 독립국가임을 상징하고 국제무대에서 빛나는 우리의 표지가 될 국기란 말인가. 그러기에는 색채감이 부족하다. 따라서 국민의 마음을 흥분시키는 자극과

---

60) 오기영의 해방기 세태에 대한 논평이 빛나는 칼럼 중에는 해방기 담배인 '무궁화' '백두산' 등 중에 가짜 '무궁화'와 더 싼 담배인 '백두산'을 '무궁화'로 속여 파는 상술이 횡행해서 판매하는 소년들이 자신이 파는 담배가 '진짜 무궁화'라고 소리치는 장면이 그려진다. 경성방직의 태극성과 마찬가지로 민족의 상징이 생활 기호품의 세계에서 상표로 활용되는 양상이 흥미롭다. 오기영, 「진짜 무궁화-해방경성의 풍자와 기개」, 성균관대학교출판부, 2002, 54쪽.

매력이 적다. 그 뿐 아니라 네모에 그린 주역의 팔패는, 결단코 근대적감 각이 아니다. 또한 음과 양을 상징하는 중앙의 원은 사진에 찍으면 생각만 하여도 지긋지긋한 일장기와 흡사해진다. 오십대의 동포들에게는 친근미도 있고 그것과 같이 흘린 피와 투쟁의 역사가 엉키어 버리기에는 아쉬운지 모르나, 고려가 완전히 독립되는 날에는 젊은 세대를 위하여 신생국가의 국기는 단연 새로이 제정하여야 할 것이다.

그리고 보면 애국가 역시……, 일제의 탄압으로 외지로 망명하는 애국지사의 심정을 그대로 표현한 듯한 애조를 띄운 애국가의 곡조 역시 오늘의 우리에게는 합당하지 않다."[61]

해방 직후 평양에서 서울로 가는 기차간에서 연변의 태극기를 보며 상념하는 오영진의 진술은 흥미롭다. 태극기와 애국가에 대한 그의 판단의 기준은 바로 '모더니티'의 감각이다. 태극기와 애국가가 그 색채와 음률에서 근대적 감각이 결핍된 낡은 것이라고 판단하고 있는 것이다. 이러한 예외적인 생각들이 있었지만, 대한민국 설립과 함께 태극기는 국기로 결정된다. 국기로 결정된 태극기에 대해서 이번에는 다시 또 다른 형태의 논란이 있었던 것을 확인할 수 있다. 당시 문교부의 발표를 전하는 신문기사를 잠시 살펴보자.

최근 세간 일부에서는 해방되던 해 겨울, 문교부에서 제정하여 현재 사용하고 있는 태극기의 형태에 대하여 이론이 있어 세인의 의혹을 사고 있던 바, 이에 대하여 문교부에서는 7일 태극기를 송포하기까지의 경위를

---

61) 오영진, 『소군정하의 북한-하나의 증언』, 중앙문화사, 1952, 36쪽

발표하여 同部 제정의 국기가 엄정한 易學的 근거와 확실한 典故的 고증을 얻어서 정해진 것임을 명백히 하였다. 동 발표에 의하면 문교부에서 현재의 국기를 동 부에서 결정한 국기는 본래 구왕궁에서 소장하고 있다가 故宋錫夏씨가 민족박물관에 진열하기 위하여 소장하고 있는 태극기를 근거한 것으로 李瑄根·黃義敦·李秉岐·張志暎·宋錫夏·申奭鎬·吳世昌 등 제씨와도 문의검토한 결과, 이것이 易理에 맞는 정확한 것이 제정되었다고 한다.

그러나 여기에 한 가지 문제는 지면에 표시할 때의 旗竿의 위치인데 세계 각국의 국기는 모두 기간이 向左측에 있으나 구왕궁 소장의 태극기는 乾을 기준으로 하여 우측에 기간을 달았었다고 한다. 국제적 통일에 맞추기 위하여 그대로 뒤집어서 기간이 좌측이 되게 발표하게 되었다는 것으로 이는 지면상에 표시되었을 때 문제이지 이로 하여금 규격에나 역리상의 해석에 있어 조금도 모순되는 것은 아니라고 한다. 즉 伏羲 八卦 次序를 보면 역의 繫辭傳에 "易有太極 是生兩儀 兩儀生四象 四象生八卦"라 하여 태극기에 나타난 부분은 이 중의 坤, 坎, 離, 乾과 음양이라고 한다. 다음 태극음양의 생성과 四卦의 배치를 보면 太極陰陽의 생성에 대하여는 易經 說卦 제3장에 "易逆數也"라 하였고 그 本義에 "起震而歷離兌以至乾 自巽而易坎艮以至坤"이라 하였으며 朱子 疏註에 "自一陽 始生於復 起多至節 歷離兌之間 爲春分 爲至于乾 爲純陽 自一陰 始生於鉅 起夏之節 歷坎艮之間 爲秋分以至于坤 爲純陰"이라 하여 陽은 곧 震에서 일어나고 離兌을 지나 乾에 이루고 陰은 곧 巽에서부터 坎艮을 지나 坤에 이르는 것이 易理에 맞는 바른 것이라고 말하고 있다.[62] (밑줄 : 인용자)

기사는 해방 이후 미군정청의 문교부 때부터 결정되어 사용되어

---

62) 「文教部, 태극기의 4괘는 易理에 맞는다고 발표」, 『서울신문』, 1948. 9. 9.

온 태극기의 '괘'가 잘못되었다는 논란이 있었으며, 그 논란에 대해서 정식 국가수립 이후의 문교부가 "엄정한 易學的 근거와 확실한 典故的 고증"을 통해서 정해진 것이라고 최종적으로 정리하는 내용이다. 흥미로운 것은 이 '역학적 근거'라는 것이 결국은 주역의 권위이고 '典故的 고증'이라 함은 이선근, 황의돈, 이병기, 장지영, 송석하, 신석호, 오세창 등 민족주의적 지식을 대표하는 사계의 권위에게서 확인받았다는 것인데 그 확인 내용의 핵심은 이왕가의 궁중 소장품이라는 데에 있다고 하겠다. 국호 '대한민국'과 마찬가지로 태극기 역시 3·1, 독립투쟁 등의 저항의 공공기억과 함께 일제 식민지 이전의 순정한 상태, 즉 여기서는 이왕가라는 식민 이전의 주권성을 자신의 권위의 원천으로 차용하고 있다. 이렇게 설립된 '대한민국'을 표상하는 '태극기'와 일본 제국의 '히노마루'의 기억은 대략 3년여의 시차를 두고 있다. '국기'에 대한 의례가 환기시키는 식민지의 기억을 어떻게 인식하고 있는가를 잘 보여주는 다음 기사를 살펴보면서 이 장의 논의를 마무리하자.

"국기배례를 우상숭배로 알고 거부하였다가 초등학교 학생이 퇴학처분을 받고, 이에 대한 견해 혹은 성명 담화들이 발표되었다. 국기가 우상이냐 아니냐는 넛까릴 것 없이 국기에 대하여 경례를 한다는 것은 어느 나라 국민이고 이행하고 있는 터이다. 미군이 진주한 이래 볼 것 같으면, 그들은 자기 나라 국기게양에는 물론 태극기를 게양하는 의식에 참가했을 때에도 경례를 하였다. 이렇듯 국기에 대한 예의는 거의 상식화되었는데 어찌하여 새삼스럽게 문제가 생기는 것인가? 고려대학교 현상윤 총장이

지적하였거니와 요즈음 국기를 내세우는 일이 너무 많은 것 같다. 대소롭지 않은 회합에서나, 혹은 매일 아침 모이는 예회 같은데에 으레 국기를 숭배하는 것은 도리어 국기에 대한 엄숙한 존경심을 덮게 하는 역효과를 내게 하지 않나 생각된다. 더군다나 무슨 회합에서든지, 식순이 있고, 그 순서를 보면, 국기배례, 애국가주창, 묵도로 되어 있는 것이, 일제 때의 소위 '국민의례'라는 것과 그 순서가 같아서 철모르는 어린이들은 대강대강 해버릴 염려가 없지 않다. 그러니 국기를 위하고 아끼는 의미에서 국기에 배례하는 경우를 잘 가려내어야 할 것이다."[63] (밑줄 – 인용자)

식민지의 '국민의례'와 대한민국의 '국민의례'는 어떻게 다른가. 그 국가가 하나는 악하고 하나는 선하기 때문에 그것은 다른 것일까? 국기배례를 거부한 '초등학생'은 퇴학을 당했거니와 그 다음에 오는 것은 무엇이었을까? 그것은 '비국민'이라는 표지였으며, 한국전쟁에서 이 표지는 곧바로 죽음과 직결되는 것이었다. 태극기와 인공기라는 표상의 세계를 수락하지 않는 자에게는 절멸만이 남아 있는 상태, 이것이 단정 수립 이후 탈식민지 한국사회가 향해간 곳이었다.[64]

---

63) 「낙랑고」, 『학풍』 1949. 7, 94쪽.

64) 이러한 사태의 진전을 역사학자 김성칠의 1950년 10월 6일 일기에서 확인할 수 있다. "아내가 간직하여 두었던 태극기를 내걸었다. 석달 동안 낯선 인공기(人共旗)가 펄럭이던 바로 그 깃대에 다시 태극기를 달아놓고 적이 마음이 후련해짐을 느끼었으나 해바라기인양 이 깃발 저 깃발을 갈마꽂는 내 몰골이 몹시 서글프기도 하다. 그러고도 행여 산에 있는 게릴라 부대들이 이 깃발을 보고 밤에 내려와서 말썽을 부리지나 않을까 적이 걱정되는 내 마음의 잔조로움이여. 저녁때 누가 대문을 호기롭게 두드리기에 문간에 나가보았더니 웬 군인이 인조견(人造絹)으로 된 낡아빠진 국기를 가지고 와서 우리 기와 바꿔 달라는 것이다. '여보, 우리도 좋은 것을 좋아하고 나쁜 것을 싫어하는 마음씨는 당신과 다를 바 없는데, 이런 무리한 법이 어디 있소' '그래봬도 그 기폭에 우리들의 한숨이 서리고 우리들의 눈물이 얼룩진 것이오. 아무게나 가지고 와서 바꿔달라니 남의 감정을 짓밟는 것도 분수가 있지 않소' 하고 하고 싶은 말이 많았으나 아무말 없이 하자는 대로 바꿔주

제2장

『學風』을 통해 본 '한국학' 형성의 한 맥락

(1) 제국 학술(제도)의 '遺制'와 탈식민의 욕망

1950년 3월 『學風』지에 발표된 김성한의 소설 「金可成論」은 해방 이후 한국 지식사회를 풍자하고 있는 작품이다. 주인공 김가성은 교토제대 출신의 서울대 교수로 암시되는 27살의 신진 학자이다. 김가성의 중학 화학교재를 읽은 한 중학생은 친구에게 "틀렸어, 왜말로 쓴 그 무슨 책이더라? 하여튼 무슨 화학연구야. 꼭 그대룬거 뭐, 사선 뭣해"라며 김가성 저술의 독창성을 부정하고, 김가성의 동창들인 신문기자들은 "홍, 해방 덕을 단단히 봤지. 무호동에 이작호(無虎洞狸作虎)야"라

였다. 그는 총을 메고 있기 때문에."

얼마 전 한국사회에서 이른바 '통합진보당' 사태라는 것이 있었고, 그 논란은 국기에 대한 경례(국민의례) 여부를 통해 사상을 검증하는 일종의 마녀사냥으로 번져갔다. '국민의례' 여부를 통해 국민/비국민을 나누겠다는 이 신원검증의 폭력, 우리는 수사적 차원에서가 아닌 현실에서 여전히 냉전 세계를 살고 있다.

며 그를 "새치기 학자"[1]로 힐난한다. 중학생의 비아냥을 통해 비판되는 김가성의 표절, 즉 해방 이전 일본의 교육내용을 답습한 개설서와 번역서의 출간은 사실 당대의 일반적 현상이었다. 아직 새로운 지식을 생산해낼 조건이 미비한 탈식민지 사회에서 비록 '일본의 것을 답습한 것'일지라도 과거 지배자가 구사한 지식의 레토릭 위에 민족의 언어를 덧씌우는 과정은 그 자체로 새로운 정치적 의미를 생산해 냈다. 일본인 교수의 공백을 전제로 한 '無虎洞狸作虎'라는 표현에도 탈식민지 지식인 집단의 존재론적 위치가 포착되어 있다. 이 표현에는 청산의 대상이면서 동시에 권위의 원천인 제국의 학술(제도)에 대한 양가적 감정이 담겨있다. 이를테면, 김가성의 학문적 전문성을 보증하는 것은 'K제국대학출신'이라는 이력과 제국대학과 연속해 있는 것으로 간주되는 S대학의 권위이다.[2]

일본인 학자를 '虎'로 표현하는 무의식[3]이 무심결에 드러내는 제국

---

1) 김성한, 「金可成論」, 『學風』(통권 11호) 1950. 3, 83쪽.

2) K제국대학 출신 S대학교수 김가성의 〈화학의 철저적 연구〉라는 소설 속 책광고는 '제국대학'이 여전히 권위의 상징으로 통용되고 있는 당대적 사실을 증거한다. 해방 이후 국립 서울대학교는 설립과정에서 경성제국대학의 부지와 건물, 해방 당시의 재학생들을 그대로 흡수한 '경성대학'을 거쳐 설립되었다. 또한 제국대학 출신자들 다수가 서울대학교 교수로 재직하였다. 공식적인 서울대학교사(서울대학교교사편찬위원회, 『서울대학교 50년사』, 서울대학교출판부, 1996)는 개교를 1946년으로 명기하지만 『서울대학교 의과대학사』(서울대학교 의과대학사편찬위원회, 1978), 『서울法大百年史資料集(光復前 50年)』(서울大學校法科大學同窓會, 법문사, 1987)에서는 경성제국대학을 자신의 뿌리로 간주하는 이중적인 대학사를 가지고 있다.

3) 특히 제국대학 출신자들에게 제국대학의 대학으로서의 '유일성'과 그 권위에 대한 향수를 찾는 것은 어려운 일이 아니다. 조윤제가 그의 스승 오구라 신페이(小倉進平)에 대해 우호적으로 회고하며 바람직한 대학상을 제시하는 것도 오구라 신페이 개인을 넘어서 제국대학 법문학부라는 제도에 대한 향수라고 할 수 있다.(조윤제, 「대학교육의 자성」, 『도남조윤제전집 伍』, 태학사, 1997, 142-144쪽) 규슈제대 경제학부 출신의 최호진이 '국대안'에 대해 "그 문제는 누가 보든지 잘못된 거였어요. 대학하고 전문학교하고 어떻게 1 대 1로 통합할 수

학술(제도)에 대한 이러한 양가적 태도의 기원은 식민지 시기로 소급된다. 잘 알려져 있듯이, 조선인은 유일한 대학이었던 경성제국대학(법문학부)의 교수직 진입이 막혀 있었다. 대학 제도 안에서 조선어 학술은 허용되지 않았으며, 경성제대 일본인 학자들의 관학에 대항하는 조선인의 학술 진영은 대학제도 밖에서 마련될 수밖에 없었다. 연희전문의 상과연구회와 『경제연구』, 보성전문의 『보성학회논집』의 간행, 진단학회의 설립과 『진단학보』의 간행, 경성제대 출신자들의 학술지였던 『신흥』이나 당대 철학 연구자들을 망라했던 '철학연구회'(1932)와 그 동인지 『철학』[4], 조선경제학회의 창립(1933), '조선학 운동'으로 촉발된 조선연구[5], 전문학교에 재직 중인 조선인 최고의 지식인들을 동원하여 각 신문사가 주최한 순회강연 등은 대학 제도 밖에서 구성된 '식민지적 아카데미즘'이라고 명명할 수 있는 것이었다.[6] 그렇지만 이들 지식인

가 있었겠어? 그런데 그게 전부 대학으로 승격"된 것을 비판하는 데에서도 제국대학의 권위에 대한 향수를 읽을 수 있다.(최호진, 「일제말 전시하에서의 학문편력과 해방후 경제학과 창설」, 『역사비평』(통권15호), 1991. 5, 261쪽)

4) 『新興』지의 성격과 경성제대 출신 지식인들의 자기인식에 대해서는 박광현, 「경성제대와 『신흥』」, 『한국문학연구』 21호, 1999. 12. '철학연구회'와 『철학』지에 대해서는 김재현, 「한국에서 근대적 학문으로서 철학의 형성과 그 특징」, 『시대와 철학』 제18권 3호, 2007 가을, 208–211쪽 참조.

5) 이지원(「1930년대 '조선학' 논쟁」, 『논쟁으로 본 한국사회 100년』, 역사비평사, 2002, 134쪽)에 따르면, 1930년대 식민지 조선 학술계의 조선연구에 대한 입장은 크게 (1) '조선학 운동'을 주창했던 정인보, 안재홍 등의 비타협적 민족주의 좌파 진영 (2) 조선학 연구 자체를 국수성을 강조하는 파시즘 논리라고 부정한 국제주의 노선의 마르크스주의 진영 (3) '조선학 운동'의 운동성을 삭제하고 '순수'학문으로서의 '조선문화연구'를 주장한 이병도 주도의 진단학회 (4) '조선학 운동'의 관념적 방법론을 비판하며 과학적 입장에서 '비판적 조선학'의 진흥을 주창한 백남운 등의 마르크스주의 학술 진영으로 대별할 수 있다.

6) '식민지적 아카데미즘'이라는 개념에 대해서는 정종현, 「신남철과 '대학' 제도의 안과 밖–식민지 '학지(學知)'의 연속과 비연속」, 『한국어문학연구』, 2010 참조. 이러한 개념을 더 발전시켜 식민지 학술장을 도해하고 있는 최근의 연구로 홍종욱의 「식민지 아카데미즘'의 그

집단들이 경성제대 일본인 학자들을 중심으로 한 일본어 학술과 경쟁의식을 가졌더라도, 학술연구자로서의 자기 인식의 핵심에는 (제국)대학 출신이라는 아카데미즘이 자리하고 있었다는 점을 간과해서는 안된다. 마르크스주의자를 포함한 이들 지식인 대부분은 제국의 학문제도에서 그 정체성을 형성한 학자들이었다.

해방 직후의 지식사회도 이러한 식민지 조선의 학술계와 연속성을 지니고 있었다. 이를테면 '조선학술계의 총력을 집결하야 해방 건설의 위업에 협력'하는 것을 임무로 삼아 1945년 8월 16일에 구성된 '조선학술원'의 상임위원 42명이 도쿄제대 10명, 교토제대 9명, 게이조(京城)제대 8명, 도호쿠제대 3명, 규슈제대 4명, 도쿄상대 1명, 와세다대 4명, 미국대학 출신 3명으로 구성된 것은 한 사례이다.[7] 방기중은 해방 직후 설립된 '조선학술원'이 백남운 계열과 이병도 계열이 결합한 "학술진영의 통일전선 형태를 취"[8]한 것이라고 간단히 언급한 바 있다. 이병도와 백남운은 각각 실증주의와 사회경제사 연구를 대표하는 학자들이다. 학문방법론을 달리한 이들은 해방 직후 새로운 학술 진영 수립을 목적으로 상호 연합하였다. 『국사대관』이라는 저술은 상징적이다. 최호진의 회고에 따르면, 이 저술은 조선학술원의 첫 사업으로 백남운이 이병도에게 맡겨 씌어진 일반인과 대학생을 위한 교재로,

---

늘, 지식인의 전향」, 『사이間SAI』 11호, 2011. 11을 참조할 것.

7) 조선학술원 상임위원의 출신대학별 통계는 「학술원위원록」, 『학술-해방기념논문집(제1집)』, 서울신문사, 1946. 8, 230쪽의 명단을 참조하여 필자가 재구성한 것이다.

8) 방기중, 『한국근현대사상사연구』, 역사비평사, 1993, 230쪽. '조선학술원'의 구성과 성격에 대해서는 방기중과 함께 김용섭, 『남북 학술원과 과학원의 발달』, 지식산업사, 2005를 참조할 것.

'불티나게' 팔렸다고 한다.[9] 1945년 8월 16일 조선학술원이 조직된 같은 날에 열렸던 진단학회 총회에서 선출한 상임위원 중에 김영건, 도유호, 이여성 등 이후 월북한 마르크스주의 계열의 지식인들이 포함되어 있는 것도 해방 직후 학술계의 연합의 상황을 보여준다.[10] 이후 '국대안' 사태를 거쳐 조선학술원의 중요한 두 축이었던 진단학회 계열과 마르크스주의에 기반한 사회경제사연구 계열의 학자들이 국립서울대학교와 김일성종합대학의 중심 교수진으로 분화한 것은 잘 알려진 사실이다.

'경성제국대학'의 후신인 경성대학과 여타 전문대학을 통합 재구성해서 '국립 서울대학'을 만드는 과정에서 조선에 대한 지식을 담당하던 '법문학부'는 '문리과대학'이라는 새로운 제도로 대체된다.[11] 이러한 일련의 과정에서 제국의 지방학으로서 수행되었던 '조선학'은 새로운 국민국가의 동질적 자아를 형성하는 규범적 지식인 '한국학'으로 변모해 간다. 근대적 학문을 대표한 두 축 중 하나인 마르크스주의 학자들이 대거 월북한 상황에서 진단학회 회원들이 대학 제도를 장악하게 된 것은 당연한 추세였다. 이 과정에서 '조선학 운동'의 운동성을 삭제하고 순수학문으로서의 '조선문화연구'를 주장했던 진단학회 연구자들도 민

---

9) 최호진, 앞의 글, 263쪽. 해방 직후의 제목은 『조선사대관』이었으며, 현재 확인되는 판본은 『국사대관』(4판), 동지사, 1948. 11. 20이다.

10) 진단학회, 「진단학회 50년 일지」, 『진단학보』57, 1984, 250쪽.

11) '국대안' 주도세력이 경성제대를 대표했던 식민지적 학제인 '법문학부'를 미국식의 교양학부를 변용한 문리과대학으로 재편한 것은 탈식민의 이슈를 선점하는 정치적 효과를 지닌 것이었다. 이러한 관점을 포함하여 그 동안 연구에서 간과되어 온 '경성대학' 시기를 전후한 학술계의 상황에 대해서는 박광현의 「탈식민의 욕망과 상상력의 결여-해방기 '경성대학'을 중심으로」, 『한국문학연구』, 2011. 6이 좋은 참조가 되었다.

족문화의 수립이라는 탈식민의 의제를 외면할 수 없었다. 진단학회원인 손진태, 이인영이 표방한 '신민족주의'에서 알 수 있듯이, 탈식민지의 상황은 실증주의 방법론과 '조선학 운동'의 이념을 밀착시켰다. 제도적으로는 서울대 문리과대학의 '한국학' 관련 학문의 교수직이 조선어학회와 진단학회 회원들로 채워지고, 학문방법론으로는 민족주의와 결합된 실증주의가 학계의 주도적 학문 성향으로 자리하게 된다.

1980년대 말을 전후하여 등장한 '국대안'에 대한 연구는 이 시기의 문제를 좌우 대립을 근간으로 하여 도덕적 좌파와 식민사관의 후예인 부도덕한 우파라는 이분법을 전제로 하여 설명해온 측면이 있다.[12] 그렇지만, 역설적으로 제국의 지식(제도)는 좌우파의 구분을 넘어서 해방 이후 한국 학술의 공통지반으로 작용했다. 식민지의 '유제'이면서 동시에 학문적 권위의 원천이기도 한 제국의 지식과 자신과의 관계를 어떻게 설정하고 극복할 것인가라는 질문은 해방 후 지식인들이 공통으로 직면한 문제이다. 국가의 설립을 전후하여 탈식민지의 학문적 과제가 제기되고 수행되어가는 과정에 대한 정치한 분석은 이념과 도덕의 맥락에서 파악되어온 당대 지식사회의 재편과 학술의 변동에 대한 이해를 수정 보충하는 데 필수적이다.

여기서는 그 동안 연구된 적이 없는 을유문화사의 종합학술지 『學

---

12) 가령, 최혜월(「미군정기 국대안반대운동의 성격」, 『역사비평』 1988. 6)과 이길상(『미군정하에서의 진보적 민주주의 교육 운동』, 교육과학사, 1999)의 논문은 '국대안'에 대한 중요한 연구이지만 이러한 진영론적 입장에서 자유롭지 못한 듯하다. '국대안'의 교수자치 문제에 대해서 단순히 민주/비민주 문제로만 접근할 수 없으며, '교수자치'가 제국대학의 기득권을 재현하는 것으로 맥락화 되기도 했다는 점을 지적하고 있는 김기석(『일란성 쌍생아의 탄생, 1946:국립서울대학교와 김일성종합대학의 창설』, 교육과학사, 2001)의 논의는 과거의 이념 중심의 관점을 수정 보완하는 데 참조가 된다.

風』(1948.10-1950.6)을 중요 텍스트로 삼아서 지식사회의 재편과 구체적인 학술담론의 변동, 그리고 탈정치의 아카데믹한 학문관이 제도를 장악하고 권위를 획득해 간 헤게모니화 과정을 규명하고자 한다. 정인보를 자사의 정신적인 지주로 내세운 을유문화사는 진단학회 회원들을 주요 필진으로 구성하며 대한민국 설립을 전후한 탈식민지 지식 사회의 재편기에 중요한 역할을 수행하였다. 을유문화사가 발행한 학술지 『學風』은 역사학회(1952년 3월), 국어국문학회(1952년 12월), 한국철학회(1953년), 한국정치학회(1953), 한국경제학회(1952) 등 한국학과 사회과학의 중심 분과 학회들이 설립되기 이전에 지속적으로 간행되었던 유일한 인문학, 사회과학 관련 종합학술지라는 점에서 중요하다. 『學風』을 분석하는 것은 따라서 대한민국 건국기 한국 인문/사회과학계의 상황과 그 주도 세력의 추이를 재구성하는 의미를 지닌다.

(2) 『學風』 필진을 통해 본 대한민국 건국기 지식 사회의 재편

『學風』은 대한민국이 설립된 직후인 1948년 10월 창간되었다. 조풍연이 편집을 담당하고 있었다. 월간지를 표방했지만 원고난으로 2-3달만에 한 호가 발행되는 경우도 있어서 1950년 6월호까지 20개월 동안 통권 13호로 마감되었다. 1948년부터 1950년의 대한민국 건국 초기는 그 전후의 미군정과 한국전쟁의 강한 규정력에 의해 연구의 시야에서 간과되기 쉬운 시기이다. 그렇지만 이 시기는 한국 사회의 문화적 동질성을 구성하는 다양한 제도와 관념이 마련되었다는 점에서 현대 한국사회의 기원적 시공간이다. 이 시기와 출판간기가 정확히 대응하는 『學風』은 해방과 정부수립, 한국전쟁으로 이어지는 격변에 따른 지식 사회의 변동 양상을 고스란히 간직한 귀중한 사료이다. 당시 서울대 불문과에 재학하며 편집부에서 원고 청탁일을 맡았던 안효식은 "『學風』지는 지성지로서 학자나 대학가에서 큰 인기를 끌었습니다. 대학가에서는 심지어 이 『學風』 잡지를 들고 다니지 않으면 대학생이 아니라고 할 정도"[13]였다고 『學風』지의 당대적 위상과 해방 후의 학문세대에게 끼친 영향을 증언하고 있다. 언어학자인 김방한도 자신이 대학 강단에 섰을 때 '언어학사' 강의의 교재가 없어서, 유응호의 「현대언어학의 발달」[14]이라는 논문을 읽고 그것을 통해 현대언어학사의 대체적인 가닥을 잡아 강의했다고 회고하고 있다.[15] 김방한이 참고한 유응호의 논문은 소쉬르의 언어 이론을 한국 학계에 처음 소개하는 글이었는데, 이를 통해서도 『學風』지에 게재된 논문들의 전문성을 미루어 짐작할 수 있다.

『學風』의 편집은 권두언(혹은 '학풍시평'), 본격적인 학술 논문, 당시 출판된 학술 성과에 대한 서평, 서구 지식과 학계의 소개, 학술답사보고, 명저해제, 출판계 소식[16] 및 칼럼란 '낙랑고'와 문학란으로 구성되었다. 이외에도 정인보, 윤일선 단 2명의 학자만을 다루고 끝난 기획란 「학자군상」[17]이 있었다. 『學風』은 또한 종간까지 경제학, 정치학,

---

13) 안효식 회고담, 1982. 7. 30, 『을유문화사 50년사』, 95쪽.

14) 유응호, 「현대언어학의 발달」, 『學風』(통권 5호) 1949. 4. 동경제대 언어학과 출신인 유응호는 한국전쟁 때 월북하여 김일성대 어문학부 교수를 역임했다.

15) 김방한, 『한 언어학자의 회상』, 민음사, 1996, 80쪽.

16) '출판계 소식'이라고 명명했지만 을유문화사의 출판물을 홍보하는 란이다.

17) 학자군상-위당 정인보씨」(통권3호), 1949. 1. ; 「학자군상-윤일선 박사」(통권5호), 1949. 4.

사회학의 세 번의 사회과학 특집호를 꾸렸다.[18]

해방 이후 형성된 한국의 지식제도는 결국 그것을 만들고 운용한 지식인(교수)의 인적 구성의 문제와도 겹치기 때문에 여기서 먼저 『學風』 필진의 면면을 통해 이를 검토해 보고자 한다. 『學風』의 전체 필자는 다음과 같다.

『學風』의 중요 필자들은 당대 대학교수들, 그 중에서도 서울대 문리과대학 및 여타 단과대학의 교수들이다. 특히 문교부 장관 안호상, 차관 손진태, 고등교육국장 이인영, 김두헌 등 신생 대한민국의 문교 행정을 장악한 학자 관료들을 포함하고 있는 필진은 『學風』이 당대 지식 권력과 긴밀한 관련을 지닌 학술지임을 알려준다.[19] 여기서 『學風』

정인보는 을유문화사가 '을유문고'의 1권을 그의 『양명학연론』으로 출발하려 했을 만큼 출판사의 정신적인 지주로 삼았던 '국학'의 대표로 간주되는 인물이었다. 윤일선은 '조선학술원' 및 경성대학, 서울대학에 이르기까지 정세의 극심한 변동에도 언제나 아카데미 수립의 핵심인사로 참여한 자연과학을 대표하는 의학자로, 이후 서울대 총장과 대한민국 학술원장을 역임한 한국 지식제도의 산파이자 실력자 중의 하나였다.

18) 이들 특집은 당대의 대중적 수요를 반영하는 것이기도 하다. 경성제대에는 독립적인 경제학부와 정치학 전공이 없었으며 식민지적 특수성을 반영한 법문학부가 설립되어 있었다. 최호진은 해방 이후 새 대학과 학과를 설립했을 때 많은 학생들이 '정치과, 경제과'로 몰렸다고 회고하며, 그 이유를 "굶주렸던 학문"이라는 말로 표현하고 있다.(최호진, 앞의 글, 260쪽)

19) 해방 이후 '국대안'의 혼란과 많은 지식인의 월북 및 여러 사립대학의 설립으로 교수진의 이동이 잦았고 부족한 교수인력 때문에 여러 대학에 겸직해 있는 경우가 많았다. 당대 신문에는 각 학부장의 명단만 남아 있고 교수진을 파악할 수 있는 정확한 서류들도 확인할 수 없었다. 『서울대 50년사』의 학과사에서 제시한 교수진과 『學風』지에 부분적으로 소속이 명기된 것을 종합해보면 다음과 같다. 이희승(국문과), 이숭녕(국문과), 정래동(중문과) 이양하(영문과), 이휘영(불문과), 유응호(언어학과), 손진태(사학과), 유홍렬(사학과), 이인영(사학과), 안호상(철학과), 김두헌(철학과), 박종홍(철학과-독문과 학과장 대리), 김종흡(종교학과), 박일경(정치학과), 서임수(정치학과), 이동주(본명 이용희, 정치학과), 민병태(정치학과), 전석담(상학과), 정영술(상학과), 최영철(상학과), 허 동(상학과), 이상백(사회학과), 이만갑(사회학과), 최문환(사회학과), 김중업(건축공학), 김용준(동양화), 피천득(사범대 영문과), 이혜구(음악과), 윤일선(의대), 이춘녕(농대), 김준섭(철학과), 신태환(경제학), 고승제

검 려, 고승제, 고재국, 김경진, 김규식, 김기림, 김기창, 김동리,
김동성, 김두헌, 김두홍, 김병규, 김성진, 김성칠, 김성한, 김 억,
김안진, 김용준, 김용호, 김은우, 김일출, 김재원, 김정혁, 김종흡,
김준섭, 김중업, 김진섭, 김태동, 김태오, 민병태, 박경원, 박두진,
박목월, 박술음, 박영준, 박원식, 박은용, 박일경, 박종수, 박종홍,
배룡광, 배정국, 백 석, 변세진, 서임수, 서정주, 석주명, 설정식,
성경린, 성인기, 손명현, 손응록, 손진태, 신석초, 신태환, 안동혁,
안응열, 안호상, 양병식, 양주동, 여상현, 염상섭, 유응호, 유진오,
유한철, 유홍렬, 윤동주, 윤세창, 윤일선, 이건혁, 이동욱, 이동주,
이만갑, 이면석, 이상균, 이상백, 이석범, 이숭녕, 이양하, 이영철,
이용구, 이인수, 이인영, 이재욱, 이재훈, 이종우, 이지동, 이진영,
이춘녕, 이혜구, 이호근, 이홍직, 이휘영, 이희승, 임원식, 임학수,
장만영, 장서언, 장수길, 장철수, 장후영, 전봉덕, 전석담, 전창식,
전홍진, 정래동, 정비석, 정영술, 정인조, 조남령, 조복성, 조연현,
조의설, 조지훈, 주요섭, 채만식, 최문환, 최영수, 최영철, 최재희,
피천득, 한구동, 한상직, 한상진, 한춘섭, 허 동, 홍이섭, 홍종인,
홍효민

의 주도세력이 서울대 문리과대학 교수들이면서 동시에 진단학회 회원들이라는 점은 각별히 강조되어야만 한다. 『學風』의 필진 중 이상백, 손진태, 김두헌, 이희승, 이숭녕, 양주동, 김재원, 이인영, 김성칠, 유홍렬, 이재욱, 이홍직 등이 진단학회 회원으로, 잡지의 성격을 결정짓는 비중있는 글들을 쓰고 있다.

해방 이후 진단학회와 을유문화사의 관계는 지식권력과 출판자본

(경제학), 손명현(법대) ; 이외에도 김병규, 김성칠, 김안진, 안응렬, 윤세창 등이 서울대에서 근무한 이력이 확인된다.

의 조우와 그를 통한 '한국학' 지식의 형성과 대중화의 양상을 보여주는 전형적인 사례이다. 설립부터 1950년대까지 을유문화사의 많은 출판물 중에서 이후 '한국학'의 형성과 관련된 중요 기획으로 '조선말큰사전', '조선문화총서', '한국사' 발간을 꼽을 수 있다. '조선말큰사전'의 저자는 홍원사건으로 옥고를 겪은 민족주의 지식의 대명사 '조선어학회'이며, '조선문화총서'와 '한국사'의 필진들은 진단학회 회원들이었다. 을유문화사의 사장 정진숙은 "'조선문화총서'는 을유가 처음으로 한국학의 부흥을 위해 시도한 기획인데, 이 기획도 이 박사(이상백−필자주)의 발상에 의해 시작되었고, 그 밖에 잡지 『學風』을 비롯, 진단학회의 『한국사』 전 7권에 이르는 초창기 을유의 업적으로 평가되는 일련의 출판 도서의 기획들이 모두 이 박사와 김재원 박사의 영향력으로 이루어진 성과였다"[20]고 저간의 사정을 밝혀놓고 있다.[21] 을유문화사 출판의 주요 기획자 이상백은 당시 서울대 문리과대학 철학과 사회학 전공 교수로써 1948년 8월 11일에 진단학회 회장으로 선임되었으며, 초대국립박물관장을 역임한 김재원은 진단학회 이사 등의 직책을 맡고 있었다.

이상백의 기획으로 1947년 4월 1일 발간된 '조선문화총서'는 현재 한국의 분과 학문의 기원으로 간주되는 연구자들의 논저로 이루어졌으며, 제1권이 진단학회 회원이자 서울대학교 교수이며 문교부 차관을 역임하는 손진태의 『조선민족설화의 연구』였다. 한국전쟁 이전까

---

20) 정진숙, 「그때 그 일들」, 『동아일보』 1976. 3. 9.
21) 『진단학보』 제16호가 1949년 1월에 속간되어 1975년 4월의 제 38호까지 26년간에 걸쳐 을유문화사에서 간행될 만큼 을유문화사와 '진단학회'는 밀접한 관계를 맺고 있었다.

지 출판되거나 원고가 마련된 '조선문화총서' 13권의 저자[22]는 조선 왕조의 세습 악사 출신이었던 함화진을 제외한 필자 전부가 제국대학과 와세다 출신의 진단학회 회원이었다. 함화진과 1944년 타계한 고유섭 이외의 필자 모두가 서울대학교 문리과대학 교수로 재직하고 있었다. '국대안' 파동을 거쳐 설립된 국립 서울대학교는 해방 이후 식민지 시기의 전문학교를 확대 개편한 종합사립대학의 존재 때문에 제국대학이 지녔던 '유일성'을 상실했지만, 여전히 아카데미를 대표하는 유력한 학문권력(권위)이었다. 흥미로운 것은 이병도, 김두헌, 이상백, 조윤제, 이숭녕 등이 '조선문화총서'로 출간한 각자의 저술을 가지고 논문박사 제도를 통해 서울대에서 박사학위를 취득하고 있다는 점이다.[23] 탈식민지 사회에서 대학이라는 지식 제도를 설립하고 주도한 지식 집단이 그 제도를 통해 첫 박사로 배출되는 것은 스스로를 학문적 권위의 기원으로 구성하는 과정이기도 하다. 그것은 또한 '식민지적 아카데미즘' 의 형태로 제도 밖에 존재했던 식민지 지식인들이 경성제대 법문학부를 대체한 서울대 문리과대학이라는 제도를 완벽하게 장악했음을 의미하는 것이기도 하다. 개별 저술에 대한 검토는 지면관계상 생략하지만, 이 저술 대부분이 "해방 이전의 잡지에 발표한 것을 혹은 그대

---

22) 제1집, 『조선민족설화의 연구』(손진태), 제2집 『조선문화사연구논고』(이상백), 제3집 『조선탑파(塔婆)의 연구』(고유섭), 제4집 『고려시대의 연구』(이병도), 제5집 『조선민족문화의 연구』(손진태), 제6집 『조선시가(詩歌)의 연구』(조윤제), 제7집 『조선어음운론연구』(이숭녕), 제8집 『동방문화교류사논고』(김상기), 제9집 『이조건국의 연구』(이상백), 제10집 『조선음악통론』(함화진), 제11집 『조선민족사개론』(손진태), 제12집 『조선가족제도의 연구』(김두헌), 제13집 『한국만주관계사의 연구』(이인영);12권까지는 한국전쟁 전에 출판되었고, 이인영의 논고는 조판을 끝내고 지형을 뜨는 과정 중 한국전쟁이 발발하여 그가 납북된 뒤에 출판되었다.

23) 『을유문화사 50년사』, 을유문화사, 1997, 84-85쪽.

로 혹은 보정하여 간행한 것"[24]이라는 사실에 특히 주목해야 한다. '조선문화총서' 시리즈는 식민지 시기 생산된 지식이 탈식민의 '민족지'를 구성하는 양상을 보여주는 사례이기 때문이다. 또한, '조선문화총서'는 "프랑스의 소르본느대학, 리옹대학, 영국의 런던대학, 미국의 캘리포니아대학, 컬럼비아대학 등과 의회도서관에서도 구입"[25]되어 서구에 '한국'의 정체성을 소개하는 첫 사례였다는 점에서도 주목할 필요가 있다. 한국 전쟁 이후 총서명은 '한국문화총서'로 개제되는데 식민지 이래의 '조선학'의 전통이 대한민국 설립 이후 '한국학'으로 재구성되는 과정을 이러한 기호의 변화를 통해서도 확인할 수 있다. 문교부 관리, 서울대학교 문리과대학, 진단학회 중심의 지식인 집단들이 대한민국 건국기 '한국'이라는 자기정체성과 관련한 지식생산에서 주도적인 역할을 했으며, 『學風』의 기획 및 저술에도 주도적으로 참여하고 있음을 알 수 있다.

그렇지만, 여기서 간과하지 말아야 할 것이 사회경제사 연구의 계보를 잇고 있는 학자들의 존재이다. 『學風』지를 꼼꼼히 읽어보면, 대한민국 정부 수립 이후에도 식민지 시기 이래 경합했던 실증주의와 사회경제사 연구가 공존하며 학문적 헤게모니 투쟁을 벌이고 있는 상황을 확인할 수 있다. 가령, 백남운이 설립한 민족문화연구소의 연구소원 중 설정식, 유응호, 이진영, 전석담, 최영철, 최문환, 홍효민 등이 『學風』의 필진으로 참여하고 있는 것은 그 사례이다.[26] 민족문화연구

---

24) 홍순혁, 「해방 후 국사학계의 동향」, 『신천지』, 1950. 6, 115쪽.
25) 『을유문화사 50년사』, 60쪽.
26) 민족문화연구소원 명부는 「민족문화」2(1946. 10, 방기중 258쪽 재인용)을 참조하여 대조함.

소 구성원 중에도 이념적 편차는 있었으며, 월북했다고 해서 모두 마르크스주의자였다고 단정해서는 안 되지만, 이들 대다수가 백남운의 사회경제사 연구와 학문적 친연성을 지니고 있었던 것만은 사실이다. 이외에도 이후 북한의 학계에서 이름이 확인되는 허동, 정영술[27]과 사형당한 시인 유진오를 비롯하여 한국전쟁을 전후하여 월북하는 김용준, 김기림, 김병규, 임학수, 여상현 등이 『學風』의 초창기 필진으로 참여하고 있는 것도 인상적이다. 이상 『學風』의 편집과 필진의 특징에 대한 개요를 토대로 이제부터 『學風』의 개별/특집 논문들의 구체적인 분석을 통해 대한민국 건국기 학술 담론의 특징을 확인하고 아메리카니즘의 등장과 사회주의의 타자화와 병행하여 실증주의 학문관이 학술의 중심방법론으로 헤게모니화하는 과정을 검토해 보자.

(3) 『學風』의 담론을 통해 본 대한민국 건국기 학술의 변동

1) 실증주의와 사회경제사 연구의 길항

『學風』의 권두언 「학문의 권위를 위하여」는 "아무런 학적수업도 없는 도배가 일시의 영달을 노리고 사이비이론을 강단에서 紙上에서" 퍼트리고 "양심있는 다수의 학도는 생활의 위협 아래" "오늘은 생활을 위하여 몸을 영리기업에 두기도 하며, 내일은 세속적 위력에 아첨하여

---

27) 허동은 최영철, 전석담과 함께 자본론을 번역하였다. 최영철, 전석담, 허동, K.Marx, 『자본론 제1권』(5分冊), 서울출판사, 1946-1948. 모두 월북해서 북한 학계에서 활동하였다. 정영술도 이후 월북하여 김광진과 함께 『조선에서 자본주의적 관계의 발전』(1973)을 집필하고 있다.

학계를 파는데 여념이 없"는 세태를 비판한다. 결론적으로 『學風』은 "정권당국의 정책적 도구"가 되는 것을 거부하고 "어느 특정한 단체의 소속도 아니요, 다만 학문의 권위를 위하여 한 개의 초석"[28]이 되겠다고 선언하고 있다. 이상백이 쓴 것으로 짐작되는 이 권두언은 전문성을 학문의 가장 중요한 자질로 제시하며, 세속적인 이해와 정치로부터 초연한 아카데믹한 학문상을 주조한다. 이러한 학문관은 정치와 능동적인 관계를 설정하는 마르크스주의의 실천적 학문관을 정치의 도구가 된 사이비 학문으로 구성해내는 당대적 맥락을 지닌다. 『學風』 창간호와 이어지는 2호의 '학문론' 특집의 논문들은 권두언에 잠재되어 있는 학문관의 갈등 양상을 구체화하고 있다. 『學風』의 첫 논문이 이상백의 「과학적 정신과 적극적 태도」라는 사실은 인상적이다. 이상백은 이 논문에서 바람직한 학문의 방법으로 "관찰의 우위를 믿는 것이오 따라서 사실을 존중"[29]하는 '과학적 정신'과 "현실을 파악함에 그치지 않고 그로부터 새롭고 높은 세계의 질서를 건설"[30]해 가는 '적극적인 정신'을 아우른 콩트적 의미의 '실증주의'를 제시한다. 그는 '건설'과 '형성'에 관심을 가진 학문방법인 실증주의적 정신이 '지금-여기' 건국의 상황에 있는 '우리'에게 필요한 정신이라고 주장한다. 이상백의 실증주의 학문론의 선언에 뒤이어서 유물사관에 기반한 사회경제사 연구의 계보에 속하는 전석담의 「토지국유제의 기본적 모순에 대하여」[31]

---

28) 「학문의 권위를 위하여」(권두언), 『學風』(통권1호) 1948. 10, 2-3쪽.

29) 이상백, 「과학적 정신과 적극적 태도」, 『학풍』(통권1호), 8쪽.

30) 이상백, 위의 글, 9쪽.

31) 전석담, 「토지국유제의 기본적 모순에 대하여」, 『학풍』(통권1호).

가 자리하고 있는 것도 이채롭다. 이러한 배치가 지니는 당대적 의미는 같은 민족문화연구소 출신인 이진영이 『學風』의 「경제학 특집」에서 전석담의 저술을 매개로 당대 학계의 진영을 구분하는 방식을 참조하면 보다 명료해질 것이다. 이진영은 전석담의 『조선사교정』(1948)과 『조선경제사』(1949)를 백남운이 미처 다루지 못한 조선 시대를 포함하는 통사적 요구를 해결한 저작으로 고평한다. 이진영은 전석담을 백남운으로부터 시작하는 '조선사회경제사 연구'의 '신진' 계승자로 계보화하여 "실증주의적이라는 가식 밑에 과학성을 결여"[32]한 노(老)대가와 "관념사학가, 문화사관에 사로잡힌 사가"[33]들과 대립시키고 있다. 학문관을 둘러싼 대립이 정치와 학문의 관계를 매개로 보다 직접적으로 드러나 있는 『學風』 2호의 학문론 특집을 통해 이 문제를 보다 상세히 검토해 보자.

이상백은 「학문과 정치」에서 아리스토텔레스의 '학문을 위한 학문', 시민계급의 본질과 관련된 르네상스 시대의 자연과학, 과학적 방법을 사회에 투사한 사회과학에 대한 논의를 거쳐 결론적으로 '몰가치성'에 기반한 베버의 "직업으로서의 학문"[34]을 이상적인 학문관으로 제시한다. 가치판단과 사실판단을 구분한 베버의 유명한 『직업으로서의 학문』을 원용하여 이론으로서의 학문, 정치적 가치 평가를 배제한

---

32) 이진영, 「조선사회경제사 연구의 새로운 진전」, 『학풍』(통권6호) 1949. 5, 54쪽. 여기서 노대가는 '도참설' 연구에 대한 비판으로 보아 이병도를 지칭하는 것이다.

33) 이진영, 위의 글, 59쪽. 글의 전체적 맥락을 통해 보면 이상백, 손진태 등의 방법론에 대한 비판이다.

34) 이상백, 「학문과 정치-이론과 실천의 문제」, 『학풍』(통권2호) 1948. 11, 9쪽. 이상백은 다음 호에서도 진정한 학문을 정치와 분리시키는 「政治의 虛構性에 對하여」(1949. 1)를 집필하여, 학문의 탈정치화에 대한 주장과 마르크스주의 비판을 지속하고 있다.

학문을 주장하는 이상백이 의도한 것은 '학문의 탈정치화'이다. 그것은 식민지 시기 '조선학 운동'에서 운동성을 소거하고 '순수' 학문을 주창했던 진단학회 학문방법론의 연속이기도 하다. 창간호와 마찬가지로 이상백의 뒤에는 전석담의 「학문과 자유」가 배치되어 있다. 전석담에 따르면 모든 위대한 학문적, 사상적 체계는 예외없이 성(聖)/속(俗)의 권력과의 투쟁을 통해서 발전했다. 학문은 사회적 산물이니만큼 계급사회에 있어서는 학문도 역시 계급적일 수밖에 없으며, 사회의 자유와 더불어 학문의 자유도 획득될 수 있다. '연구를 위한 자유 획득 투쟁'은 독립적으로 존재하는 것이 아니라 사회적 투쟁의 일부이며, '학문과 자유'는 곧 '학문과 투쟁'이라는 범주로 전환해야 한다고 주장한다.[35] 정치에서 독립적인 학문을 주장하는 이상백의 논의와, 정반대로 사회적 자유를 획득하기 위한 정치적 투쟁으로서의 학문을 강조하는 전석담의 논의는 식민지 시기 이래 최근의 한국 학계에 이르기까지 다양한 형태로 변주되어 대립해 온 학문관이기도 하다.

이상백과 전석담이 '정치성'을 매개로 한 학문관의 대립을 보여준다면, 이어지는 이재훈과 김병규의 글에서는 '전문성'을 둘러싼 학문관의 차이를 확인할 수 있다. 이재훈은 「학문과 교수」에서 이상백과 마찬가지로 베버의 '직업으로서의 학문'을 참조하며 학문의 '敎授'에 있어서 주관적, 당파적인 견해의 배제를 주장한다. 특히 그는 "개인적 利害, 私情의 극복, 즉 자기초월에 있어서만 진리의 세계, 객관적 실재

---

35) 전석담, 「학문과 자유」, 『학풍』(통권2호) 1948. 11, 13쪽.

계를 인식"할 수 있다며 학문을 "도덕적 정진"[36]으로 파악한다. 이재훈이 묘사하는 전문성에 기반한 '진리'의 사제로서의 학자상과는 반대로 김병규는 「학문과 학도」에서 근대 이후 학문의 민주주의적 성격이 강화되었다고 주장하며 이를 '학문의 보편화'라고 명명한다. 이 글에서 보편화는 대중화를 의미한다. 중세의 '승려'들처럼 학교/연구소 등에 소속되어 학문을 독점하는 특권적 계층을 '학도'로, 이와 대립되는 학자상을 '민중의 학도'라고 명명한다. "구태의연한 뿌르조아 학도의 倭塵을 추종하기에만 급급하다가는 결실없는 학문의 외양을 장식한 사이비 학도로 전락"[37]할 것이라 주장하는 김병규의 맥락에서는 실증주의에 기반한 '전문성'은 부르주아 지배계급의 이해를 호도하는 이데올로기에 불과하다.

이처럼, 마르크스주의에 기반한 사회경제사 계열의 글들은 초기에는 『學風』 주류의 학문관과 길항하며 공존했지만, 1949년 5월호의 '경제학 특집'을 경계로 지면에서 사라진다. 『學風』의 시평이 전하듯이 "정치적 압력 때문에 일부 문화인은 사상적, 예술적 행동의 자유를 제약 당"[38]하는 정치 상황이 강화되면서 마르크스주의 지식은 지하화하고 '진단학회' 및 미국 중심의 사회과학방법론이 주도적 학술경향으로 자리잡게 된다.

---

36) 이재훈, 「학문과 교수」, 『학풍』(통권2호), 14쪽.
37) 김병규, 「학문과 학도」, 『학풍』(통권2호), 21쪽.
38) 「학풍시평–문화인의 생활옹호」, 『학풍』(통권7호) 1949. 7. 4쪽.

2) 실증주의적 한국문화 연구와 민족이라는 이념

『學風』에서는 정치/경제/사회학 등의 사회과학이 특집으로 구성된
반면에 통상의 학술논문의 중심은 한국문화에 대한 실증적인 연구들
로 이루어졌다. 한국문화 연구의 방법론은 식민지 시기 습득한 실질적
인 지식에 기반했다. 가령, 박경원이 「조선불상의 광배에 대한 소고」
에서 일본의 사례를 분석한 石田 박사의 「佛敎光背の種類と變遷」을
기본틀로 삼아서 "石田박사가 명명한 광배의 명칭 중에 부적당한 것
또 명칭을 부치지 아니한 것 일본에는 없고 우리나라에만 있는 것들은
필자가 일시적으로 명명"[39]하였다고 밝히고 있는 것은 한 사례이다.
박경원이 石田의 논의를 차용하고 있는 장면을 제시하는 이유는 그
지식의 식민주의적 기원을 강조하려는 것이 아니다. 보다 주목할 것
은 그 기원적 지식을 재구성하여 민족문화라는 자기동일적 지식을 생
산하고 자연화해가는 과정이다. 박경원의 또 다른 글 「이조문인화론」
을 통해서 이 문제를 검토해 보자. 이 글은 송나라로부터 영향을 받아
출발한 조선의 문인화가 한국사의 특수한 맥락 속에서 독창적으로 재
구성되는 과정을 설명하는 데 방점을 두고 있다. 불교(종교) 중심의 신
라/고려 시대에 유교가 이성(理性) 혁명을 수행했고 그 이성의 작용에
의해 독특한 조선적 문인화가 성립되었으며, 조선조 초기의 문인화가
당시 '來朝'한 교토 相國寺 승려 '周文'에 의해 일본으로 전파된 사실
을 문헌을 통해 고증한다.[40] 이 글은 중국/일본이라는 강대국 사이에

---

39) 박경원, 「조선불상의 광배에 대한 소고」, 『학풍』(통권2호) 1948. 11, 45쪽.
40) 박경원, 「이조문인화론」, 『학풍』(통권7호), 1949. 7, 43-62쪽.

서 영향받고 정체될 수밖에 없었던 조선이라는 관념을 유포한 식민사관의 지리적 결정론의 패러다임을 문인화의 전파를 매개로 '중국＝조선→일본'으로 재조정하여 민족문화를 주체화하고 있다.

이숭녕의 「ㆍ음연구의 방법과 실제」[41]는 자신의 'ㆍ음운' 연구에 대한 최현배의 『한글갈』의 논평이 비전문적이며, 인신공격적 비판이었다면서 그에 대해 문헌의 용례를 제시하며 반박하는 글이다. 이숭녕은 「나의 서재생활」에서 '시종일관한 好學의 선배'로서 칸트의 사진을 책상 앞에 걸어두고, 바둑판과 라디오 등 학문 생활에 '불필요한 것들을 제거하고 오로지 한 길을 나아'가며, '손님이 없는 서재'를 꿈꾸는 학자로서의 자기상을 제시한 바 있다.[42] 이러한 이숭녕이 훈민정음의 'ㆍ' 음운의 용례를 고구하는 모습은 베버가 "어느 고대 필사본의 한 구절을 옳게 판독해 내는 것에 자기 영혼의 운명이 달려 있다는 생각에 침잠할 능력이 없는 사람은 아예 학문을 단념하십시오"[43]라고 제시한 바 있는 '직업으로서의 학문'을 수행하는 학자상을 환기시킨다. 『조선고가연구』(1945), 『여요전주』(1947) 등의 연구성과에 대한 반향을 촉구하며 자신의 저술에서 논쟁적 부분을 추려 문헌에 대한 해박한 지식을 곁들이면서 학계에 시위하고 있는 양주동의 「古歌箋劄疑」[44]에서도 전문성과 결부된 학문상은 강화된다. 경성제대 영문과 출신으로 서울대 예술대 음악과 교수였던 이혜구의 「조선의 구악보」[45], 삼국유사의 각

---

41) 이숭녕, 「ㆍ음연구의 방법과 실제」, 『학풍』(통권2호), 1948. 11.
42) 이숭녕, '나의 서재생활」, 『학풍』(통권1호), 1948. 10, 31~32쪽.
43) 막스 베버, 전성우역, 『직업으로서의 학문』, 나남, 2006, 33쪽.
44) 양주동, 「古歌箋劄疑」, 『학풍』(통권4,5호), 1949. 3~4.
45) 이혜구, 「조선의 구악보」, 『학풍』(통권2호), 1948. 11.

종 토템신화를 여러 사료를 인용하며 고대 조선사회의 반영으로 설명하고 있는 손진태의 「삼국유사의 사회사적 고찰」[46] 등을 통해서도 문헌이라는 객관적 자료의 고증을 통해 '진리'를 추출한다는 실증주의 학문방법론의 이념이 지식대중에게 가시화된다. 실증주의는 보편타당한 객관적 '진리'를 제시하며 학문의 헤게모니를 추구했다. 그렇지만 실증주의적 방법론에 의해 연구된 대상은 당대의 현실보다는 민족정체성을 찾기 위한 '전통(문화)'에 대한 탐구가 주를 이루었으며, 그것은 쉽게 민족주의의 기반으로 전환될 수 있는 것이었다. 이런 점에서 대한민국 건국기의 실증주의 학문은 '진리'와 '민족'이라는 보편과 특수의 영역을 접합시킨 것이었다.

이인영은 또 다른 형태의 보편과 특수의 관계 설정에 대한 고민을 보여준다. 일찍이 이기백이 "일제시대 얻은 실질적 지식과 해방과 더불어 관심에 오른 새로운 이론이 조화되지 않는데서"[47] 발생한 모순적 현상으로 적절하게 파악했듯이, 이인영의 신민족주의는 식민사관의 전형적 산물인 停滯性론과 타율성을 한국사의 기본적 성격으로 파악한다. 이를테면, 창간호에 실렸던 「우리민족사의 성격」[48]에서 '조선민족사'의 특수성의 내적 요인을 '농업사회적 소극성'이라는 정체성론에서 찾고 외적 요인을 '국제상 중간 존재적 성격'이라는 '지리적 결정론'에 의한 타율성론에서 찾는 데에서 그 적실한 사례를 볼 수 있다. 중국의 강력한 통일국가의 압박으로 한국사가 중앙집권적 통일국가 형

---

46) 손진태, 「삼국유사의 사회사적 고찰」, 『학풍』(통권3,4호), 1949. 1-3.
47) 이기백, 「신민족주의사관과 식민주의사관」, 『한국사학의 방향』, 일조각, 1978, 113쪽.
48) 이인영, 「우리 민족사의 성격」, 『학풍』(통권1호), 1948. 10.

태를 유지하게 되었으며, 봉건제가 부재하게 되었다고 진단하는 「국
사와 세계사」에서도 그가 경성제대에서 습득한 지식의 영향을 확인할
수 있다. 그렇지만 보다 주목할 것은 이인영이 제시하는 '세계사적 필
연성'과 '민족적 의지와 창조'를 아우르는 역사관이다. 그는 "민족적 세
계관에 입각한 세계사적 국사"[49]라는 슬로건을 제시하며 한국사의 전
개를 '민족태동기-민족성장기-민족침체기-민족각성기'로 구분한다. 특
히 근대 이후라고 지칭되는 이 민족각성기에 이루어진 서구에의 문호
개방(구한말)을 '국사'가 '동양사'를 넘어 '세계사'에 관여한 것으로 이해
한다. 보다 엄밀히 말하자면, 자본주의 근대세계로의 편입을 세계사적
보편과의 접속으로 해석하고 있는 셈이다. 이러한 해석 속에서 우리
의 민족사는 '자유를 위한 투쟁의 역사'로 서술되고 "이민족의 침략을
배격"하면서 "민주적 민족문화의 수립을 위해 노력한 역사"[50]로 규정
된다.

'우리 밖'의 보편성을 지향하는 사고방식을 이인영이 보여주고 있
다면, 같은 경성제대 사학과 출신인 김성칠이 『學風』에 신설된 '명저
해제란'에 쓴 「연암의 열하일기」는 '우리 안'의 보편성을 찾아서 재구
하는 사고의 양식을 보여주는 사례이다. 김성칠은 조선후기를 "극도
로 마비된 생산의 터전 위에서 시민사상의 맹아조차 움돋아 나지 못하
였으며" 다만 연암이 "숨막힐 듯한 봉건의 도가니 속에서, 오직 한사람
시민사회의 이념을 암중모색한 학자"이며 "그 대표적 저술이 열하일

---

49) 이인영, 「국사와 세계사」, 『학풍』(통권11호) 1950. 3, 44쪽.
50) 이인영, 위의 글, 49쪽.

기"[51]라고 규정한다. 「양반전」, 「虎叱」 등을 통해 신분제와 주자학을 비판하고 자전론을 주장한 그의 실학은 '시민사회 이념'으로 호명된다. 실학＝근대성(시민사회)이라는 '우리 안'의 보편성을 찾는 이러한 작업은 이후 1960년대에 이르러서는 그 '봉건의 도가니' 안에서 자본주의적 맹아를 찾는 '내재적 발전론'으로 발전할 수 있는 인식적 계기를 내포하고 있는 것이다. 이인영과 김성칠의 한국사에 대한 인식은 세계사적 '보편'이라는 기준을 자신의 외부/내부의 양방향에서 찾는다는 차이는 있지만 '민족사'를 보편사와 조우시켜 재구성하고자 한다는 점에서 동형의 사고구조를 보여준다고 할 수 있다. 그렇다면 이제부터 세계사적 보편으로 등장한 미국(서구)에 대한 『學風』지의 구체적인 담론을 검토해 보자.

3) 미국 헤게모니하 세계 심상지리의 재편과 사회주의의 타자화

『學風』 학문 담론의 주제는 한국이라는 '자기'에 대한 탐구와 함께 미국(서구)이라는 보편에 대한 지향이었다. 『學風』에서 타자에 대한 관심은 유럽 고전과 미국의 지식(문화)에 집중되어 있다. 동시대 유럽(문화)에 대한 관심은 「전후 불란서 문학 특집」[52]에서 전후의 실존주의 사상과 문학, 레지스탕스 문학 등을 소개하는 정도에 그치는 반면에 미

---

51) 김성칠, 「연암의 열하일기」, 『학풍』(통권4호) 1949. 3, 78쪽.
52) 「전후 불란서 문학 특집」, 『학풍』(통권12호) 1950. 5. 이 특집은 양병식, 「전후의 불란서문학과 사상」, 안응렬, 「항거문학에 대하여」, T.K, 「불안과 연민」, 프레베르/루이 아라공의 시(양병식 번역), 전창식, 「줄리앙 방다의 지성」, 짱 콕토, 「내가 본 아메리카」(T.K번역), 베르꼬오르, 「북극」(이휘영 번역)으로 이루어져 있다.

국 저널리즘의 기사와 논문들은 거의 동시간대에 번역 소개된다.[53] 미국을 직접 체험한 저명한 한국 학자들이 미국의 지식사회를 소개하는 글도 『學風』이 즐겨 게재한 기사이다. 아인슈타인, 옵펜하이머 등의 과학자들과의 만남과 그들의 대학원생 지도 등을 언급하며 세계의 중심이 된 미국 과학계를 소개하는 윤일선의 「미국의 학자와 학생」,[54] 국립박물관장으로 1년 동안의 미국 연수를 수행하며 느낀 감회를 르포 형식으로 연재하고 있는 김재원의 「아메리카 통신」,[55] 식민지 시기 하얼빈 교향악단 지휘자 출신으로 당시 줄리어드 음대에서 유학하고 있던 임원식의 「미국기행」, 「미국 악단 근황」,[56] 미국 대학원에서 유학 중이던 이춘녕의 「미국의 대학 생활」[57] 등은 그 사례들이다. 김재원은 「미주의 학자들」과 「구라파의 동양학자들」에서 프랑스 동양학 대가들의 죽음과 독일 동양학계의 몰락상을 묘사하면서 "소련과 그 솔하 국가를 제외한 세계의 문화, 경제, 군사의 중심은 틀림없이 미국이므로 모든 방면의 연구와 같이 東亞 방면에도 많은 학자를 배출하게 될

---

53) 창간호에서부터 1948년 3월 6일자 '네이션지' 소재의 '레인호울드 늬이브'의 「아메리카문화의 고민상」(박술음역) '쌔터데이 이브닝 포스트지'의 조오지 갤럽의 「선거운동과 투표」(이상균역), '하버드 실업평론 1948년 9월호' 소재 「인플레이슌에 대한 西歐州의 공격」(김경진 번역) 등 동시기의 미국 저널리즘의 기사를 소개하고 있다. 이후에도 미국의 정치, 경제학계의 동향에 대한 소개와 번역이 지속적으로 실리고 있다.

54) 윤일선, 「미국의 학자와 학생」, 『학풍』(통권1호) 1948. 10.

55) 김재원, 「아메리카 통신」, 『학풍』(통권2-5) 1948. 11-1949. 4.

56) 임원식, 「미국기행」, 『학풍』(통권3호) 1949. 1. : 「미국 악단 근황」, 『학풍』(통권8호) 1949. 10.

57) 이춘녕은 이병도의 아들로 미국 유학을 거쳐 서울대 농대 학장, 학술원 종신회원을 지냈다. 규슈대학을 졸업한 이춘녕이 다시 미국으로 유학을 떠나 새로운 학문적 정체성을 형성하는 것도 당대 학문 패러다임의 변화상을 보여주는 사례이다.

것"[58]이라 결론짓고 있다.

1950년을 맞이하여 『學風』이 20세기 50년을 결산하며 마련한 특집 '20세기 문명의 회고와 전망'[59]은 이러한 중심의 이동을 가시화한다. 영국으로부터 미국으로의 패권의 이동을 보여주고 장래의 전쟁에서는 미국이 승리할 것이며 전쟁을 피하기 위해서 소련의 반성이 필요하다고 진단하는 장철수의 「국제정세반세기관」, 미국에 종속된 유럽 경제 및 미/소의 1948년 경제 총생산량을 100:20으로 지표화해 제시하는 고승제의 「전반기의 경제동향」에 이르면 당대는 미/소 냉전기가 아니라 미국 일극체제의 세계로 느껴질 정도이다.

현실 세계의 힘의 이동은 학술의 급격한 미국 지향성으로 이어졌다. 정치/경제학 특집을 통해서 학문세계에서 보이는 변화의 양상에 대해서 간략하게 살펴보자. 고승제 주도로 이루어진 「경제학 특집」[60]의 특징은 Keynes 경제학에 대한 관심이다. 1936년 케인즈의 『일반이론』의 출간과 함께 근대경제학의 체계가 등장하긴 했지만[61], 식민지 시기 경제학의 주류는 고전주의 경제학과 맑스주의 경제학이었다. 케

---

58) 김재원, 「미주의 학자들」, 『학풍』(통권7호) 1949. 7, 108쪽.
59) 1950년 한국전쟁 발발에 따른 종간으로 중단되었지만 이 기획의 전체적인 구상은 다음과 같았다. "思潮:이인수, 국제:장철수, 경제:고승제, 원자:김용호, 전쟁:박기준, 사회:이상백, 건축:김중업, 미술:김환기, 영화:김정혁, 음악:노광욱, 연극:서항석, 사상:이종우, 교육:장리욱, 종교(교섭중)" 4, 5월호에 실린 특집의 글은 「금세기 전반의 사조」(이인수), 「국제정세반세기관」(장철수), 「전반기의 경제동향」(고승제), 「영화 50년」(김정혁), 「원자학의 전망」(김용호), 「건축 50년」(김중업)이다.
60) 「경제학 특집」, 『학풍』(통권6호) 1949. 5.
61) 케인즈의 이론은 교토제대 경제학부 출신의 마르크스주의 경제학자 윤행중이 1938년에 「夏期紙上大學—이론경제학의 최신학설 '케인스' 경제의 이론」, 『동아일보』1938.8.3~7.(전5회)를 통해 소개했으며, 이후 『현대 경제학의 과제』(박문출판사, 1943)에서 다시 정리하고 있다.

인즈에 대한 비판적 검토를 중점적으로 다루고 있는 고승제의 「현대 경제학의 제문제」를 위시하여 이면석의 「케인즈의 생산물량결정요인론」, 신태환의 「케인즈 화폐이론의 성격」 등 케인즈를 직접적으로 내세우고 있는 논문들과 폴 T 호맨의 「아메리카 경제학계의 동향」이라는 번역 논문을 포함한 특집의 관심은 당대 한국 경제학계의 주된 관심이 케인즈와 미국 경제학으로 전환하고 있음을 알려준다. 이들 필자들 중 신태환의 행로는 '해방전후' 경제학계의 변모를 상징적으로 보여준다. 대표적인 마르크스주의 경제학자들인 백남운, 김광진과 동경상과대학 동문인 신태환은 식민지 시기 연희전문 상과강사를 거쳐 해방 이후 서울대 교수와 총장 및 학술원장을 역임한 경제학자이다. 일본 제국 최고 학부의 경제학 프로그램을 통해 훈련된 그는 서울대학교 교수로 재직하던 1953년에 미국무성 초청교환교수로 미국 경제학을 대표하던 시카고대학에서 연수했다. 그는 이 시기 설립된 한국경제학회의 초대회장이기도 하다. 이러한 행로는 일본 제국의 프로그램에 의해 지식을 형성한 세대들이 해방 이후 미국 연수를 통해 학문적 정체성을 재구성하고 한국 학계의 새로운 중심으로 등장하는 양상을 보여주는 전형적인 사례이다.[62]

---

62) 김준섭은 컬럼비아 대학원생 신분으로 실용주의와 논리적 실증론(실험론)이 결합된 미국 학계의 최신 철학이론을 소개하는 「과학적 경험론」(『학풍』통권10호 1950. 2)을 기고하고 있다. 김준섭은 한국 전쟁 직후인 1954년에 서울대 교수로 부임하여 김두헌, 박종홍의 독일 철학 계통과는 다른 미국 철학을 가르쳤으며, 이후 한국철학회 회장을 역임했다. 『학풍』의 사회학특집 필자인 이만갑도 동경제대 사회학 전공자로 서울대 사회학과 교수로 재직 중 미국 연수를 거쳐 복귀하여 '생물사회학'과 '사회조사방법론'을 강의한다. 이들의 이력을 통해 대학 지식 사회에서 미국적 지식이 헤게모니화하는 구체적 실례를 확인할 수 있다.

'민주주의'에 대한 논의가 중심을 이룬 「정치학 특집」[63]도 이러한 변모상을 보여준다. 해방 직후 '민주주의'는 추축국의 전체주의와 대립하는, 소련을 포함한 연합국을 지칭하는 용어였다. '미국식 민주주의'와 '소련식 민주주의'라는 용어에서 알 수 있듯이, 민주주의는 최고의 가치를 나타내기 위해, 좌/우를 막론하고 경쟁적으로 사용하는 기호였다.[64] 하지만 『學風』의 담론에서 민주주의는 온전히 서구(미국)의 정치제도와 원리만을 지시하는 용어로 한정된다. 서임수의 「탄핵제도론」, 장후영의 「법치국가론」, 윤세창의 「선거제도 개설」, 김태동의 「영국 헌정의 특징」, 이상백의 「다수결 원칙의 이론적 근거」, 이상균, 「의회 정치의 역사적 회고」 등은 영국과 미국의 민주주의 원리와 제도를 검토하며 한국과 비교하는 방식으로 구성되어 있다. 「정치학 특집」은 서구 민주주의를 이상적인 정치체제로 지향하는 대한민국 정치학계의 현실을 반영하고 있다.

그렇다면 현실로 존재하는 또 다른 진영인 소련(혹은 중국)과 그 이념인 마르크스주의는 『學風』 지면에서 어떻게 재현되었는가? 『學風』에서 중국, 소련 등 당대 한국 사회를 둘러싸고 있는 현실 사회주의 국가에 대한 지식은 거의 찾아볼 수 없다. 『學風』 전체에서 '사회주의'를 표제로 내건 유일한 글이 사회주의 비판서인 니콜라스 베르자이에프의 「노예와 자유」의 소개에 기초한 김은우의 「사회주의의 노예상과

---

63) 「정치학 특집」, 『학풍』(통권9호) 1950. 1.
64) 조선조의 지혜로운 재상의 야사를 전하며 '민주주의 대신'이라고 명명하는 김동성의 「민주주의 대신과 김풍덕」(『학풍』 통권2호, 1948.11)은 '민주주의'라는 기호가 가치론적으로 사용되는 상황을 증언한다.

자유상」[65]이라는 사실은 이 잡지의 사회주의관을 요약한다. 개성적 인간애에 기반한 것이 참된 민주주의이고 언제나 하나가 되려는 전체주의적 사회주의는 노예적 정치제도라고 비판하는 이 글의 입장은 이후 분단기를 풍미하는 민주주의/사회주의관의 출발이기도 하다.

사회주의에 대한 배제와 타자화가 이러한 직접적인 공격으로만 이루어진 것은 아니다. 『學風』에는 개량 사회주의적 관점을 지닌 글들이 존재했다. 이는 당시 현실 정치와 대응하는 현상이기도 하다. 당대에는 소련식 사회주의와 변별되는 개량주의적(혹은 중도파) 입장의 지식인 집단이 존재했으며, 대한민국 국가 설립에서도 중요한 한 축을 담당하였다.[66] 『學風』의 정치관련 논문에서는 특히 Sombart와 Laski 등의 정치학자의 논점을 참조하며 이러한 중도적 관점을 피력하는 글들이 존재한다. 가령, 한춘섭은 「미국인과 사회주의」[67]에서 경제적으로는 비옥한 토지와 노동생산성의 월등함을, 정치적으로는 양당제하에서 민주당이 노동당적 강령으로 노동조합의 요구를 수렴할 수 있는 구조 때문에 미국에 사회주의가 존재하지 않는다는 1910년대 Sombart의 논의를 소개하며 그 진단이 여전히 유효하다고 결론 내리고 있다. 몇 호 뒤에 쓴 「무산정당의 진출」[68]에서 이 논의는 보다 확장된다. 그

---

65) 김은우, 「사회주의의 노예상과 자유상」, 『학풍』(통권7호) 1949. 7.

66) 가령, 조선공산당 당원 출신으로 초대 농림부 장관을 역임한 조봉암이라든가 기획처 장관으로 남한의 토지개혁 입안에 관여한 이순탁 등은 이러한 사례일 것이다. 이순탁의 중도적 사상에 대해서는 홍성찬, 「한국근현대 이순탁의 정치경제사상연구」, 『역사문제연구』1, 1996을 참조.

67) 한춘섭, 「미국인과 사회주의」, 『學風』(통권7호) 1949. 7.

68) 한춘섭, 「무산정당의 진출」, 『學風』(통권9호) 1950. 1.

는 프롤레타리아 운동을 서구의 노동(정당)운동 진영과, 소련 및 그 영향권 하의 후진 국가의 사회주의 운동으로 구분한다. 소련을 중심으로 한 현실 사회주의가 아니라 서구 선진 사회 내부에 있는 무산자의 노동운동을 강조하는 논법에서 그가 지닌 정치적 입장을 알 수 있다. 영국 노동당 당수를 역임한 정치학자 라스키의 개량주의적 정치이론을 소개하는 민병태의 「라스키의 국가다원론」,[69] "정치적 민주주의를 여하히 운영하여 경제적 사회주의를 달성할 것인가"[70]를 근대정치의 가장 중요한 과제로 제시하며 역시 라스키의 정치이론을 참조하는 서임수의 「행정관리론」 등을 통해서 민주주의 정치와 사회주의 경제를 결합시켜 남북한의 이념적 절충을 모색하려는 소장 정치학자들의 노력을 확인할 수 있다.

서구의 노동운동과 사회주의를 분리함으로써 현실 사회주의를 배제하는 방식과 함께, 『學風』에서 마르크스주의를 타자화하는 또 다른 방식은 역사적 효용이 다한 낡은 것으로 맥락화하는 것이다. '20세기 문명의 회고와 전망'의 첫 번째 논문인 이인수의 「금세기 전반의 사조」는 '영문학=세계문학'이라는 묵시적 구도 속에서 진행되는데, 영문학의 사회적 전통을 설명하면서 마르크스주의에 관심을 가졌던 흐름에 대해 "그들의 맑시즘은 새로운 이메지와 술어를 제공하는 한 기교적 방편에 불과"하였으며, "그들의 맑시즘은 이제와서는 녹쓸은 전리품으로 서재에 진열"[71]할 물건이라 규정한다. '영문학=세계문학'이

---

69) 민병태, 「라스키의 국가다원론」, 『學風』(통권9호) 1950. 1.

70) 서임수, 「행정관리론」, 『學風』(통권10호) 1950. 2, 39쪽.

71) 이인수, 「금세기 전반의 사조」, 『學風』(통권11호) 1950. 3, 27쪽.

라는 보편문학의 내부에서 마르크스주의는 역사적 시효가 다한 낡은 가치로 박제화된다. 레닌의 제국주의론을 20세기 전반기를 해석하는 데 유용한 이론으로 역사화하는 고승제의 「현대 경제학의 제문제」[72], 바이런, 세익스피어 문학과의 영향관계를 강조하며 유럽문학사 내부의 러시아 국민문학이라는 맥락에서 푸시킨을 소개하는 홍효민의 「러시아 문학과 푸쉬킨」[73]도 러시아 혁명을 거세하는 한 방식을 보여준다. 이러한 과정을 통해서 한반도 이북에 현실로 존재한 사회주의 권력과 그와 연계된 소련 및 중국과 관련된 지식은 『學風』의 학술 담론에서 타자화되었다.

4) 결론을 대신하여―식민지 지식제도의 연속과 비연속

지금까지 『學風』을 중심으로 실증주의적 아카데미즘이 민족주의와 민주주의라는 가치이념과 결합하면서 헤게모니화하는 과정을 검토해보았다. 대한민국 건국기의 학술계는 일본 제국의 '유제'를 기반으로 하고, 대한민국이라는 신생 국가의 자기동일적 정체성의 확립과 관련된 민족주의를 강조하면서 민주주의로 표상되는 미국 중심의 서구 자본주의 세계를 보편적 가치로 지향했다. 식민지와 탈식민지 학문의 연속과 단절의 중층적인 양상은 강조될 필요가 있다. 해방 직후의 지식인들은 식민지 시기 습득한 실질적인 지식을 반복한다는 점에서 식민지에서 자유롭지 못한 것이 분명하다. 그렇지만, 그 낡은 지식을 근대

---

72) 고승제, 「현대 경제학의 제문제」, 『學風』(통권6호) 1949. 5. 10쪽.
73) 홍효민, 「러시아 문학과 푸쉬킨」, 『學風』(통권7호) 1949. 7.

성과 국민국가 건설에 부합하는 새로운 것으로 재구성하면서 과거와 단절하고자 한다는 점에서 탈식민적 의제를 지향했던 것도 사실이다.

"민족진영의 거두"로 호명되는 진단학회 회원이자 서울대 철학과 교수 김두헌의 야심찬 장편논문 「민족과 국가」[74]는 이러한 상황을 요약적으로 보여준다. 김두헌은 일본 근대초극의 담론들이 활용했던 퇴니슨의 이익사회와 공동사회 이론을 당대 한국 사회에 적합한 방식으로 변주한다. "공동사회와 이익사회와를 아울러 포섭한 고차적 공동사회를 파지하고 나아가서 공동사회로서의 민족과 이익사회로서의 국가와를 아울러 포섭한 민족국가의 이념을 수립"[75]하자고 주장하는 대목에서는 전시체제기 미키 키요시의 협동주의 철학의 재생을 목격하는 듯하다. 개인주의를 국민주의의 중요한 계기로 제시함으로써, 민주주의적 요소를 보충시킨 후 "민족은 공동사회적 요소이지만 계급은 이익사회적 요소의 산물"[76]이라는 비판을 통해 사회주의를 배제시킨다. 결론적으로 그는 "자유주의적인 이익사회로서의 민주주의 국가와 통제주의적인 공동사회로서의 전체주의 국가를 아울러 지양한"[77] 새로운 국가이념이 필요하다며 그것을 "민족적 도의국가, 민족적 민주국가"[78]라고 정의한다. 일본 제국의 근대초극의 철학이 탈식민지 사회의 "민족적 민주주의" 이념으로 재구성되는 과정은 식민사관의 지식틀 위에서 세계사와 조우하는 국사를 주창한 역사학자 이인영의 사유방식과

---

74) 김두헌, 「민족과 국가」, 『學風』(통권10호) 1950. 2.
75) 김두헌, 위의 글, 22쪽.
76) 김두헌, 위의 글, 28쪽.
77) 김두헌, 위의 글, 33쪽.
78) 김두헌, 위의 글, 38쪽.

같은 것이다. 그것은 그 둘만의 문제가 아니라 제국 지식제도의 후예들이 공통으로 처한 딜레마인 동시에 자신들에게 부여된 탈식민적 의제에 대한 나름의 응전의 결과물이기도 하다.

대한민국 건국기 이래 학문의 주류 방법론으로 자리잡은 실증주의는 현재 우파 민족주의 학자들의 전유물처럼 간주된다. 그렇지만 실증주의를 우파 민족주의와 동일시해서는 안 된다는 것 또한 분명하다. 이를테면 실증주의에 대해 배격하는 인식을 보인 대표적인 우파 민족주의자 최현배의 경우나 식민주의 사학과 민족주의 사학을 지양하며 진리를 민족보다 우선시했던 이기백의 실증사학의 예를 통해서도 민족주의와 실증주의가 동일시 될 수 없다는 것을 알 수 있다.[79] 실증주의=우파민족주의/반실증주의=좌파라는 현재까지도 영향을 끼치고 있는 기묘한 이분법은 해방 이후 이념으로서의 민족주의와 방법으로서의 실증주의가 결합하고, 여기에 대한민국 건국을 전후하여 탈정치의 담론을 통해서 마르크스주의를 배제하면서 형성된 것이다. 방법론의 차원에 머무르는(혹은 머물러야 할) 실증주의가 이념의 차원으로 상승하고, 거꾸로 이념의 차원인 마르크스주의가 오히려 방법론의 수준으로 내려오는 이상한 굴절의 기원인 대한민국 건국기의 학술장을 역사화하여 접근할 필요가 있다. 이 지식장의 검토를 통해서 실증주의는 정치와의 관계를 부정했음에도 불구하고 탈정치의 학문을 내세워 또 다른 정치를 하고 있었다는 점을 비판할 수 있을 것이다. 그런 의미에

---

79) 이기백의 실증사학에 대해서는 김기봉, 「민족과 진리는 하나일 수 있는가?」, 도면회·윤해동 엮음, 『역사학의 세기』, 휴머니스트, 2009. 참조.

서 실증주의는 충분히 실증주의적이지 못했다. 그렇지만, 학문으로서의 마르크스주의 역시 충분히 마르크스주의적이었다고 말할 수 있을까. 냉전이 시작되었던 대한민국 건국기의 지식사회의 학문론을 역사화한 이러한 작업의 문제의식을 탈냉전의 시대로 일컬어지는 지금-여기의 역사적 환경에 부합하는 학문론에 대한 고민으로 이어나가고자 한다.

제6부

결론

—'냉전시민론'을 위한 서설—

이 글에서는 대한민국 설립을 전후한 한국사회가 강렬한 식민지 경험과 그것을 극복하고자 하는 탈식민의 의식 속에서 순혈의 민족문화를 구성하고, 그 민족문화의 내부로부터 공산주의를 타자화해가는 과정을 살펴보았다. 탈식민지 시기의 국가 건설과 문화 기획은 자신이 벗어나고자 한 식민지적인 것과 새롭게 도래한 미국 문화 등과의 교섭 속에서 혼종적으로 만들어진 것이라는 점을 드러내 보이고자 했다. 일본과 미국이라는 두 개의 제국 사이에서 순정한 한국적인 것을 상상하는 의식 그 자체가 이데올로기적이라는 것이 이 글의 중요한 문제의식이다. 이 글이 그렇다고 한국인의 오래된 생활감각과 관습, 전통의 존재를 부인하는 것은 아니다. 그렇지만 그러한 오래된 생활감각조차도 자신의 장소에 기반을 둔 고유의 문화와 중국문화와의 교섭을 통해, 혹은 불교와 습합하면서 전통으로 재구성된 것이라는 점을 인식해야 한다. 사실 모든 문화는 이동하는 잡종성을 그 중요한 특징으로 한다. 현대 한국문화의 잡종성과 구성성은 식민지 경험에 대한 반대급부로 더욱 강렬하게 요구된 민족문화 회복의 당위적 명제 속에서 식민지적 잔재로 부정되었으며 그 부정적인 것을 추출 청산함으로써 순화할 수 있다고 믿어졌다. 본 연구에서는 이것을 해방기의 지리적 귀환과 함께 정신적 '귀환'의 강박으로 범주화하여 고찰하였다.

필자의 판단으로는 탈식민지 시기 한국사회에서는 적어도 세 개의 문화 범주가 뒤얽히며 한국 현대문화의 성격을 형성했다. 그 하나는 일본적인 것이고, 다른 하나는 식민지 지배와 무관하게 민족의 저류에 연면히 흐르고 있었던 것으로 상상되는 전통의 문화이며 마지막으로는 새로운 세계 체제의 결정적 규정력으로 작용하기 시작한 미국문화의 헤게모니이다. 본론의 논의를 통해서 탈식민지 한국 사회와 문화의 새로운 형성 과정에 작용한 이 세 가지 동력들의 상호 작용에 대해서 설명하고자 노력하긴 했지만, 논의를 끝내고 보니 일본 제국하 식민지적 문화가 어떻게 민족주의적 문화와 지식으로 변용 재구성되었는가에 중심이 두어져 있는 느낌을 지울 수 없다. 현대 한국문화의 형성 과정에서 작용한 미국문화의 헤게모니를 강조하는 차원에서 해방 이후 미국문화에 대한 언급을 조금 보강하고자 한다.

현대 한국사회와 문화가 미국과 맺고 있는 관계는 여전히 한국 인문사회과학계의 가장 중요한 화두 중의 하나이다.[1] 우리가 미국(문화)와 맺고 있는 현실적인 관계를 감안하면 우리에게 과연 미국은 무엇인가라는 질문은 여전히 중요하다. 그것은 단지 친미냐, 반미냐의 정치적인 입장의 문제에서뿐만 아니라 한국 현대 사회의 형성에 대한 사실의 확인 차원에서도 다시 질문되어야 한다. 미국은 해방 직후 대부분의 한국인들에게 '해방자', '해방의 은인'로서 받아들여졌다. 인천에서 살면서 해방을 맞이했던 평범한 한 청년의 아래 일기는 당대 민중이 미국과 미군에 대해서 품었던 생각의 일단을 보여준다.

오후 2시경에 나는 인천재판소 옥상에서 상륙광경을 보는데 그 때 상륙한 미군 10명이 일본군의 안내로 재판소 내로 들어와 여러 가지 서류

---

1) 현대 한국사회 문화와 미국(문화)에 대한 빼어난 기존 연구들이 존재한다. 허은, 『미국의 헤게모니와 한국 민족주의―냉전시대(1945-1965)문화적 경계의 구축과 균열의 동반』, 고려대학교민족문화연구원, 2008 ; 김덕호, 원용진외, 『아메리카나이제이션: 해방 이후 한국에서의 미국화』, 푸른역사, 2008; 장세진, 『상상된 아메리카: 1945년 8월 이후 한국의 네이션 서사는 어떻게 만들어졌는가』, 푸른역사, 2012 등.

등을 본 후 옥상에 미국기를 달았다. 미군은 항상 웃는 얼굴이고 가끔 우
리들에게 영어로 문답을 한다. 영어를 모르는 우리는 영어로 '아이 노우'
그럴 뿐이다. …중략… 오후 5시에는 미군이 시가행진을 하였다. 참으로
활발한 군인들이었다. …중략… 그리고 어떤 군인도 친절하였다.(1945년 9
월 8일)

거기에는 해상이나 육지로 다니는 자동차가 있었고 자동차 안에서
나 군인 손 안에서나 전화를 하는 소형 무선 전신기를 보고 참으로 놀랐
다. 이러한 훌륭한 국민에게 미국보다 조그많고 얄미운 제국주의 일본
이 전쟁을 일으켰으니 어찌 저희가 지지 않겠는가 하고 생각하였다. (1945
년 9월 9일)

거기는 미군 MP들이 조선인을 위해서 트럭에 타고 대(隊)를 쫓아가고
적십자 자동차도 대(隊)를 쫓아간다. 참으로 조선인을 사랑해주는 미군
에 감사하였다. (1945년 9월 22일)

해군, 육군 어느 군인을 보든지 활발하고 씩씩하게 생겼다. 그때 나는
생각하였다. 영어를 알았더라면 군인과 같이 놀고 말도 할 텐데 영어를
몰라 공부하기 시작하여 가지고 …중략… 나는 하루 바삐 영어를 배워 미
군과 재미있게 회화를 하도록 노력하겠다. (1945년 9월 28일)[2]

---

2) 「이광환 일기」, 1945년 9월 중에서 발췌인용. 인용된 일기는 맞춤법과 띄어쓰기, 외래어 등
   을 현대어법에 맞게 고친 것이다. 여기서는 이 일기를 발굴하여 소개한 이현식, 「〈이광환
   일기〉와 인천의 일상문화」, 『인천담론·인천정담』, 리토피아, 2012, 155쪽에서 재인용했다.
   이광환은 1926년 5월에 태어나 2000년 5월에 생을 마감한 사람이다. 평생 인천 동구 송현
   동에서만 살다간 인천 토박이로 한국전력공사의 전신인 경성전기주식회사와 한국전력 변
   전소 직원으로 근무했다. 그는 평생 동안 일기를 썼다. 자세한 사항은 이현식의 글을 참조
   할 것.

상륙한 미군에 대한 시각이 솔직담백하게 표현된 인용문에서 친절하고 늘 웃는 고마운 존재로서의 미군과 문명이 발달한 미국이라는 인상을 확인할 수 있다. 일본을 압도한 문명의 나라이자 우리를 구해준 은인이며, 여유로움과 활기가 넘치는 그들에 대한 호감은 영어를 배워 회화를 해보고 싶다는 바람으로 이어지고 있다. 이 청년의 미국관을 당시의 모든 조선인의 미국인식이라고 말할 수는 없을 것이다. 그렇지만, 이러한 미군에 대한 감각이 인천 지방의 한 청년만의 것이 아니라는 점은 분명하다. 우파 정치세력은 물론이거니와, 조선공산당 등 좌파 계열의 정치 세력도 연합국의 일원으로 파시즘을 분쇄한 미군을 해방자로서 받아들인 사실을 우리는 잘 알고 있다.

그렇지만 곧 미군에 대한 이해에서 해방자와 점령자 사이의 '인지 부조화'가 발생한다. '북위 38도 이남의 조선영토와 조선인에 대한 통치의 모든 권한은 당분간 본인의 권한하에서 시행한다'는 제1조로 시작하는 9월 7일의 맥아더의 포고문은 미군이 점령자인가 해방자인가에 대한 의문을 불러일으켰다. 이 해방과 점령 사이의 간극, 이념으로서의 미국과 현실의 미군 사이의 간극이 탈식민지 한국 사회의 정치, 사회, 문화를 이해하는 중요한 단서라고 할 수 있다. 이후 한국 사회는 실질적인 주권을 행사하는 미군정 아래에서 급속하게 재편된다. 2부의 염상섭 등의 작품을 통해서 확인할 수 있었듯이, 이러한 점령자로서의 미군에 대한 착잡한 인식은 미국을 신식민자로 간주한 공산당 등뿐만 아니라 중도적인 입장의 지식인들의 기록을 통해 어렵지 않게 확인할 수 있다. 한 지식인의 이 시기 일기를 참조해 보자.

　다섯시 차로 남행하기로 하고 출장서류 대강과 회장의 증명서를 얻어 가지고 역으로 나갔더니 오늘이 음력 그믐날이므로 역 구내가 몹시 붐비었다.

　Traffic Controlling Bureau엘 들렀더니 회장이 이미 전화로 연락해 두었으므로 곧 좌석 지정을 받을 수 있었다. 미국 사람에게 빌붙어서 일반 동포들이 가지지 못하는 좌석을 차지하지 마라는 아내의 부탁이었고 나도 그 말이 지당한 줄 알지만 이번에 일부러 이 길을 취해보기로 하였다.

　조선 사람들의 타는 차는 그렇게도 초솔(草率, 엉성하고 볼품없음)한 것이건만 미군인 전용차량은 2등 침대차를 개조한 것으로서 호화로운 것이었고 그나마 조선 사람의 손으로 각별히 소제(掃除, 청소)해 놓은 것이었다. 이러한 것이 멀리 온 손님을 위해서 우리들의 반가운 심정을 표하는 것이고 또 저네들도 겸손한 마음으로 고맙게 받는 것이면 좋으련만 만일 그렇지 못해서 우리들은 힘에 눌려서 상전을 섬기는 마음으로 이러한 설비를 베풀고 또 저네들은 어떠한 우월감으로써 이 대접을 받아들인다면 통곡할 현상이다. 이래도 민중의 지도자들은 이념의 고집과 세력 다툼에만 눈이 어두워 있으니 한심한 일이다. 해방 이후의 이러한 수모를 그네들은 어떻게 보는 것일까.

　역 포옴 안에 소련 사절단이 식당차를 빌려서 거기서 숙식하고 있었다. 그들이 따뜻한 난방장치 속에서 호화로운 음식을 먹고 있는 걸 조선 사람들은 추운 포옴에 서서 무얼 하러 넘겨다보고 있는지 딱한 일이다. 그저 외인(外人)이 신기하기만 해서 구경하는 축들이라고 보기엔 그만한 철은 났을 법한 중학생 이상의 무리들이건만.

　좌석을 준다기에 미군 전용차량에 탔더니 MP들이 와서 next car로 가라고 몰아세운다. 계집아이 둘만 남기고 기타의 조선 사람은 좌석 지정이 있어도 전부 쓰레기통 같은 다음 찻간으로 쫓아내고 그리고 그 찻간에

이미 타고 있는 일반승객들은 또 몹시 붐벼서 설 자리도 없는 다음 찻간
으로 내어쫓는다. 간혹 그런 줄을 모르고 이 찻간에 타는 사람이 있으면
총부리를 내어밀고 left go를 연발하면서 기어이 next car로 떠밀어낸다.
이쪽 차량에는 열 사람도 못다 타서 아주 비다시피하고 다음칸은 수백명
이 붐비어서 창밖에까지 넘칠 지경이다.

앞엣 찻간에 탄 계집아이들이 얄밉기 그지없다. 그러나 next car의 수
많은 승객들은 이 찻간에 탄 우리들을 또 그와같이 얄밉게 생각하리라.

밤이 깊을수록 한기가 스며드는데 유리가 깨어진 창으로부터 눈보라
섞인 매운 바람이 불어치고 그나마 거의 비다시피 한 찻간이므로 사람의
훈기도 없어서 몹시 춥다. 이러한 곤경은 미인(米人)에게 좌석 지정을 받
은 당연한 업보(業報)리라.[3]

미군 철로계의 증명서를 가졌으므로 미군 전용차에 타려다가 다른 군
정청 조선인 관리들과 함께 가슴패기를 몹시 얻어맞았다. 가슴이 사뭇 떨
리고 눈에 눈물이 핑 돈다. 개도야지처럼 함부로 얻어맞고 쫓겨나서 화차
(貨車)에 가까스로 설 자리를 비집을 수 있었다.

소년 시절에 왜인 경찰에게 무지스레 얻어맞았고 이제 다시 미국군인
에게 이 봉변을 당했다. 약소민족의 설움이 새삼스레 뼈에 사무친다. 그
래도 그때는 일정(日政)을 반항하다가 얻어맞았지만 이번엔 미군정에 빌
붙어서 좀 편한 자리를 얻으려다가 이 봉변이다. 그들의 만행을 책하기보
다도 내 지지리 못났음이 한스럽다. 아무리 몸이 고달프더라도 다른 동포
들과 함께 붐비는 중에 고생하는 것이 옳은 것을, 그들의 증명서를 이용
하려던 내 태도가 근본적으로 잘못이었다. 떠나기 전에 아내가 그 비루칙
칙한 증명설랑은 쓰지 마라던 것을, 그 말이 옳다고는 생각하면서도 몸의

---

3) 김성칠, 「1946년 2월 1일자 일기」, 『역사앞에서』, 창비, 2009(개정판 1쇄), 33쪽.

컨디션이 좋지 못함을 양심에의 변명으로 삼고 차중의 안일을 얻고자 한 내 생각이 무엇보다도 잘못이었다.[4]

김성칠의 일기는 자못 인상적이다. 일기에는 탈식민지 조선사회에서 미군의 위상과 그와의 관계에 대한 지식인의 자의식이 예리하게 포착되어 있다. 본질적으로는 외국의 점령자인 미군정에 '빌붙으려는' 자신의 의식이 식민지의 근성임을 날카롭게 자각하고 있는 이 삽화를 통해서 총독부와 연속되는 미군정의 어떤 성격을 암시받을 수 있다. 김성칠이 포착하고 있는 것은 '두 개의 제국 그 사이의 한국'과 자신의 존재론적 위치이다.[5] 일본 제국에서 벗어났지만 조선은 '태평양 전장에서 진정한 군정이 수립된 유일한 곳'이 되어 버리고 실질적으로 미군정의 통치를 받게 된다. 탈식민지 조선사회에서 가장 강한 규정력을 발휘한 맥아더의 포고가 과거 식민지 시절과 마찬가지로 도쿄에서, 그렇지만 황거와 천황을 대체한 GHQ사령부의 맥아더의 명의로 발신된 것은 아시아 질서의 변동을 상징한다. 미국 헤게모니 하의 구 일본 제국의 재편 과정에서 GHQ와 남한 군정청의 관계는 일본정부와 조선총독부 사이의 관계를 재현하고 있었다. 이후 탈식민지 한국 사회는 잘 알다시피 루스벨트에 의해 확립되었던 국제주의적 정책(신탁통치안)이 수정되고 냉전 체제의 확립과정과 연동하며 단정수립으로 이어지

---

4) 김성칠, 「1946년 2월 8일(눈오다) 일기」, 위의 책, 38~39쪽.
5) 중국, 일본, 미국 제국 사이의 한국문화와 주체 구성에 대한 본 연구의 많은 논점은 안드레 슈미트, 『제국 그 사이의 한국』, 정여울 옮김, 휴머니스트, 2007의 논의에서 많은 시사를 받았음을 밝혀 둔다.

게 된다. 남한에서 일어난 이러한 일련의 과정은 동아시아의 미국 정책의 실질적인 집행자와 그 동반자였던 맥아더, 하지, 이승만의 연계 속에서 이루어진 것이다.[6] 맥아더, 하지, 이승만의 연대는 남한의 단독정부 수립에 결정적인 기반이 되었다. 국립 서울대학교의 명예박사 수여의 기록은 이러한 사실을 우회적으로 보여주는 증거이다. 서울대 대학신문은 1964년에 맥아더의 죽음을 전하며 그와 서울대와의 인연을 다음과 같이 환기시킨다.

"〈고'맥아더'장군〉 서울대 명예박사 제1호 '노병은 죽지않고 사라질뿐'이라던 세기의 명장 '다글러스 맥아더' 원수가 지난 6일 새벽 순명하자 한국의 조야는 해방과 6.25 당시의 그의 위업을 회상하면서 깊은 조의를 표하였다. 서울대로서는 '맥아더' 장군이 명예박사학위의 제1호 수령자였다는 연고관계로 더욱 큰 조의를 표하였는데 장군은 대한민국 정부가 수립되던 1948년 8월 10일 서울대 맨 처음의 명예법학박사를 받았던 것이다. 명예박사는 맥아더장군 다음에 존. R.하지 중장(48년도) 세 번째로 이승만전대통령(49년도)에게 명예법박을 수여하였다"[7]

국가 성립 이전, 미군정이 주권을 행사하는 가운데 설립된 '국립' 서울대학교가 수여한 명예박사학위 1호 수령자가 맥아더라는 사실은 그가 한국 국가 형성에 가장 지대한 영향을 끼친 인물이라는 점을 웅변하고 있다. 맥아더, 하지, 이승만의 이러한 '명박' 수여 순서는 그대

---

6) 브루스 커밍스, 『한국전쟁의 기원』1, 김자동 옮김, 일월서각, 1986/2008, 179면.
7) 『서울대 대학신문』(0535호) 1964.4.9, 1면.

로 태평양지역의 정치적 위계와 유비관계를 형성한다. 한국전쟁을 거치면서 대한민국은 미국-일본-남한의 위계적 분업 체제 속에서 냉전 아시아 진영의 최전선에 편제된다.

그렇다면 해방 이후 한국문화의 재편은 어떻게 설명할 수 있을까? 동아시아의 아메리카니즘을 언급하는 자리에서 요시미 순야는 헐리우드 영화가 식민지 경성의 젊은이들에게 모더니티의 상징으로 여겨져 "경성의 젊은 여성들은 걸음걸이가 크게 바뀌었고, 모던걸은 은막의 히로인이 했던 머리 모양이나 화장, 복장, 말투, 포즈까지 흉내내고" 있었으며, "동시에 기독교 선교사들의 영향으로 조선의 모더니스트들에게 '미국'은 제국 일본의 거짓 근대와는 다른 '풍요롭고' '자유로운' 근대의 표상으로서도 받아들여지고 있었다."[8]고 지적한 바 있다. 요시미 순야가 지적하듯이, 한국 문화의 미국화의 기반은 식민지 시기에 이미 마련된 것인지도 모른다. 허나 역시 한국문화의 아메리카화는 미군정과 한국전쟁을 거치면서 본격화했다고 볼 수 있다. 김정혁은 『학풍』지가 마련한 20세기 전반기 특집 중 하나인 「영화 50년」에서 세계영화사의 흐름을 대자본에 기반한 미국 영화의 세계화로 설명하면서, 미국 중심으로 재편된 세계심상지리에 편제된 한국 사회를 "지난 달 '허리웃드'의 '그리아 가아슨' 양의 쪽진 모발이 오늘의 서울거리에 아무 거리낌없이 활보하고 있으며, 팔려간 '샤르르 보아이예'의 넥타이핀이 오늘 충무로의 쇼오윈도에 매달려 있다."[9]고 미군정 3년을 거친

---

8) 요시미 순야, 『왜 다시 친미냐 반미냐-전후 일본의 정치적 무의식』, 산처럼, 2008, 73쪽.
9) 김정혁, 「영화 50년」, 『학풍』(통권12호) 1950. 5, 29쪽.

한국사회의 풍경을 요약적으로 제시한다. 한 마디로 현대 한국문화의 중요한 외적 규정력은 '일본제국에서 미국제국으로'라고 요약할 수 있을 터이다.

　그렇지만 여기서 한 가지 강조해야 하는 것은 이러한 변화가 아주 매끄럽게 이루어졌으며, 일본적인 것이 사라졌다고 생각하는 것은 오산이라는 점이다. 또한, 탈식민지 한국사회의 지식인들이 문화의 미국화를 곧바로 근대성으로 수락했다고 판단하는 것도 역시 사태를 지나치게 단순화하는 것이다. 가령, 대중작가 정비석이 남긴 『도회의 정열』(1949)은 그 하나의 사례이다. 이 작품은 1950년대 『자유부인』의 기본적인 도식을 미리 선보이고 있는 소설이다. 이 소설은 해방기의 경성을 배경으로 데파트와 영화, 댄스, 피크닉과 드라이브 등 도시의 소비생활을 즐기는 신여성 회사원 한혜련과 신국희, 미군정과 연계된 미국유학생 오하림, 그리고 학병출신의 교원 장완기 등 4명의 얽히고 설킨 연애담을 중심으로 한다. 7년 동안의 유학 생활을 한 오하림은 미국시민권자로 세련되고 모던한 청년이다. 그렇지만 그는 자신의 집 식모는 물론이거니와 최국희, 한혜련 등의 여자들 모두를 쾌락의 대상으로 취하고자 하는 호색한으로 설정된다. 회사 동료인 최국희와 한혜련은 창을 마주한 앞 건물의 회사원 오하림의 모던한 스타일에 매혹된다. 한혜련은 자신의 정혼자로 학병으로 징용되어 남양까지 끌려갔다가 돌아와 교육을 통해 국가건설에 기여하는 장완기와의 약속을 저버리고 오하림에 접근해 성적 쾌락을 즐기다 아이를 임신한다. 작가는 한혜련을 장완기의 신실함을 투박함으로, 민족적 의식을 고지식함으로 오인하고 오하림의 경박함을 모던으로 잘못 이해하는 허영의 여인으로 그리고 있다. 오하림은 한혜련과의 육체적 관계를 즐기면서 동시에 동양적인 미를 지닌 최국희를 취하고자 한다. 소설의 결말은 오하림이 임신한 한혜련을 버리고 구호물자 관련의 ECA 사무 관련을 보기 위해 미국으로 떠나고, 장완기와 최국희가 결연될 것을 암시하면서 끝난다. 이 소설에서 오하림은 점령자로서의 '미국(미군)'에 대한 탈식민지 한국사회 남성지식인의 복잡한 심기가 투사된 대상이다. 오하림은 신국희를 짚차에 태우고 통행금지 시간에 다녀도 패스포트에 의해 통과되는 '노란 피부의 미국인'이다. 그의 짚차 옆에 앉은 '최국희' 혹은 '한혜련'은 양공주로 인지된다. 서구적 기호품으로 가득찬 그의 응접실은 "특수선이 돼서 전등 걱정이 없"[10]는 미국의 연장선에 있는 특권적 영토이다. 오하림은 자본주의 국가 미국의 부정적인 소비문화를 표상하고 이것을 '미국식 교양'의 근대로 오인한 허영의 상징인 한혜련이 자신의 몸과 인생을 망치는 비극적인 결말로 치닫는다. 식민지의 수난을 견뎌내고 민족을 위한 미래에 투신하는 장완기는 동양적인 미와 가치의 상징인 최국희와 결연된다. 흥미로운 것은 최국희 역시 오하림의 가짜 근대성에 매혹되어 오하림과 육체 관계를 맺기 직전에 한혜련과 오하림의 관계를 우연히 눈치채게 되어 오하림의 마수에서 벗어나는 것으로 그려진다는 점이다. 최국희가 본래 자신의 가치와 미를 회복하게 되는 것은 장완기의 진정한 가치를 깨닫고 그와 결연됨으로써 실현된다. 간략히 요약한 것만으로도 이 소설이 앞서 4부에서 분석했던 『자유부인』과 대응됨을 알 수 있다. 오하림은 『자유부인』의 신춘호/오

---

10) 정비석, 『도회의 정열』, 평범사, 1949, 107쪽.

태석으로, 한혜련은 오선영과 장윤주로 장완기는 장태연 교수로 변주될 터이다. 대중문학이 재현하는 남성 지식인의 무의식에서는 해방자로서의 미군과 이념으로서의 민주주의에 대한 수락과 함께 점령자로서의 미국(군)에 대한 반감이 여성젠더를 매개로 하여 투사되어 있다. 달리 말하면 '양공주'에 대한 성적 비판은 사실상 미군과 미국문화에 대한 남성 지식인의 콤플렉스를 여성에게 전가하는 것이다.[11] 냉전으로 나뉜 세계체제 안에서 '자유진영'에 편제된 대한민국에서 미국의 헤게모니를 부정할 수 없지만, 대한민국의 주체성을 구성하고자 했던 지식인들은 미국 문화를 양가적으로 재현하였다. 이 과정에서 반공, 민족주의, 민주주의가 결합된 형태의 '냉전 교양'을 기반으로 삼은 일종의 '냉전 시민'이 탄생한다.

식민지적인 것과 전통문화와 미국적인 것의 조합 속에 탄생하는 한국형 냉전시민의 한 형상이 정비석 『자유부인』의 장태연이라면, 현실에서 확인되는 이 냉전 시민의 한 형상을 대표적인 친일지식인 최재서를 통해서 발견할 수 있다.[12] 『국민문학』의 편집자이자 '친일문학'

---

11) 김남천의 『1945년 8월 15일』에서 미군 파티에 동원되는 이경희가 미군 짚차를 타고가는 장면은 '낙랑클럽' 등 해방기의 일종의 지식계급형 양공주에 대한 당대 좌파 및 남성 지식인들의 시선을 반영하는 것일지도 모른다. 물론, 이화여대 출신을 중심으로 한 '낙랑클럽'의 성원들은 자신들이 국가를 위해서 미군과의 고급한 사교를 통해 건국에 이바지했다는 자부심을 지니고 있었지만 말이다. 채만식의 「낙조」의 양공주 춘자의 다음과 같은 일갈은 당대 미국에 대한 대한민국 남성/여성의 지식엘리트들에 대한 신랄한 비평이라 할 수 있다. "난 양갈보야. 난××놈한테 정줄 팔아먹었어. ××놈의 자식 애벘어. 그러니깐 난 더런 년야…… 그렇지만서두 난 누구들처럼 정신적 매음은 한 일 없어. 민족을 팔아먹구, 민족의 자손까지 팔아먹는 민족적 정신 매음은 아니 했어. 더럽기루 들면 누가 정말 더럴꾸? 이 얌체빠진 서방님네들아!"(채만식, 「낙조」, 『한국소설문학대계15-태평천하 외』, 동아출판사, 1995, 507쪽.)

12) 최재서의 이러한 변신에 대해서는 「최재서의 맥아더-맥아더 표상을 통해 본 한 친일엘리

의 대명사인 최재서의 변모는 이 과정을 대표하는 사례이다. 최재서는 1950년대 『사상계』와 『새벽』지에 서구적 교양과 맞닿아 있는 '문학원론'을 연재하고 『인상과 사색』[13] 등의 에세이를 통해 4.19의 학생들을 지지하는 열렬한 민주주의의 사도로 전환한다. 친일 지식인인 최재서의 이러한 변신은 어떻게 가능했을까? 최재서는 한국전쟁기에 쓴 맥아더 전기에서 "지하실에서 이불을 뒤집어쓰고 동경방송에 나오는 '매카-더 콤뮤니케'를 듯던 작년 7월 이래 매카-더 장군은 나의 생활의 일부였다."[14]고 고백한다. 미처 피난하지 못한 인민군 점령하의 지하실에서 도피생활을 하고 있던 그에게 동경발 맥아더 코뮤니케는 그가 붙잡을 수 있는 유일한 삶의 희망이었을 것이다. 최재서의 이 내밀한 고백에서 유일한 희망인 맥아더의 '옥음'이 '동경'에서 들려온다는 것은 얄궂지만 시사적이다. 황국신민이 되고자 했던 제국의 후예 최재서에게 과거의 천황을 대신한 전후 일본의 새로운 '백인 천황'이자 자유아시아의 벽안의 쇼군 맥아더가 한국을 방어하고 수복하겠다는 '성지'를 발신하고 있으며, 미국 헤게모니하에서 반공을 매개로 구성된 새로운 '자유아시아'의 신민이 되고자 한 최재서가 이를 수신하고 있는 형국이다. 일본 제국의 신민으로 보편적 주체가 되고자 했던 최재서는 한국전쟁기 자신이 직접 쓴 『매카더 선풍』(1951)과 번역한 『영웅 매카더 장

트의 해방전후」, 『한국어문학연구』, 2012. 8을 통해서 상세히 분석한 바 있다. 여기서는 그 대략적인 경개를 요약적으로 제시했음을 밝혀둔다.

13) 최재서, 『인상과 사색』, 연세대학교출판부, 1977. 이 책은 1959년 5월 9일부터 1960년 9월 5일까지 48회에 걸쳐 『연세춘추』에 연재된 것을 최재서 사후에 전재 출판한 것이다.

14) 최재서, 『매카-더 선풍』, 향학사, 1951, 1쪽.

군전』[15] 등의 글쓰기를 통해서 미국 헤게모니를 중심으로 새로 형성된
자유아시아에서 새로운 주체로 신생한다. 이런 맥락에서 보자면 『문학
원론』,[16] 『셰익스피어예술론』[17] 등은 비정치의 세계로의 침잠이라기 보
다는 '자유진영'이라는 새로운 세계의 보편성의 표지인 '영문학'을 통해
서구적 휴머니즘과 민주주의를 교양으로 하여 새로운 시민으로 신생
하는 일종의 제의적 작업이었다고 말할 수 있을 것이다. 냉전 체제하
에서 형성된 냉전문화와 그에 기반을 둔 이른바 '냉전시민론'이라는 형
용모순의 새로운 문제틀을 가지고 향후의 연구를 이어가도록 할 계획
이다.

마지막으로 본 연구의 미흡한 부분과 향후의 또 다른 계획에 대해
서도 간단히 언급하고 마무리하고자 한다. 대한민국 국가 설립과 문학
과의 관련 양상을 초점에 두게 되면서, 본 연구는 이 시기 좌파들의 향
방에 대해서는 거의 언급할 수 없었다. 식민지 말기의 반미담론과 해
방기 좌파의 반미담론, 식민지 말기의 생산문학론, 동아협동체론 등
동양론의 폭넓은 자장 속에서 자신의 문학적 정체성을 유지시켰던 이
기영, 한설야 등의 행로 등 북한 국가 형성과 문학이 맺는 관계에서도
식민지적인 것의 변용과 재생산은 검토되어야 할 중요한 주제이다. 또
한, 남북한의 국가기획에 포섭되지 않은 다른 열망과 기획들을 포함한
이 시기 문화에 대한 전체적인 조망은 여전히 미완으로 남겨져 있다.

---

15) 후랑크 케리, 코-니리아스 라이안, 최재서 옮김, 『영웅 매카-더 장군전』, 일성당서점,
    1952.
16) 최재서, 『문학원론』, 춘조사, 1957.
17) 최재서, 『셰익스피어예술론』, 을유문화사, 1963.

이 또한 향후 본 연구의 보론으로서 지속적으로 수행해가고자 한다.

참고문헌

(1) 기본자료

『신천지』, 『백민』, 『민성』, 『문학』, 『문예』, 『화랑』, 『매일신보』『조선일보』, 『동아일보』, 『서울신문』, 『자유신문』 등

강덕상, 「조선사료연구회의 호즈미 세미나에 참석하기까지」, 해설·감수 미야타 세쓰코, 정재정 옮김, 『식민통치의 허상과 실상』, 혜안, 2002.
계용묵, 「별을 헨다」, 『동아일보』, 1946. 12.
계용묵, 『계용묵전집』1, 민음사, 2004.
곽하신, 「停車場廣場」, 『신천지』 1947. 7.
國書刊行會內 引揚體驗集編輯委員會, 『死の三十八度線』, 『生きて祖國へ』第5卷, 國書刊行會, 1981.
김광주, 「惡夜」, 『백민』 1950. 2.
김구, 『올바르게 풀어쓴 백범일지』, 배경식 해제, 너머북스, 2008.
김남천, 「1945년 8·15」, 『자유신문』 1945.10.15.–1946.6.28.(총165회)
김남천, 『3·1운동』, 아문각, 1947.
김내성, 『한국장편문학대계 17–19 : 청춘극장–上,中,下』, 성음사, 1970.
김달수, 임규찬 옮김, 『태백산맥』, 연구사, 1988.
김동리, 「해방」, 『어문론총』 제37호(2002)
김동리, 「해방」, 『어문론총』 제39호(2003)
김동리, 「穴居部族」, 『백민』, 1947. 3.

김동인, 『화랑도』, 한성도서, 1949.

김만선, 「大雪」, 『신천지』 1949. 2.

김만선, 「사냥꾼」, 『문학예술』(4권 5호), 1951. 8.

김만선, 「서부 전선에서(종군기)」, 『조선문학』 1963. 2.

김만선, 「태봉령감」, 『조선문학』 1956. 12.

김만선, 「폭우 속에서」, 『조선문학』 1957. 11.

김만선, 『압록강』, 동지사, 1948.

김석동, 「북조선의 인상」, 『문학』 8호, 1948. 7.

김송, 「만세」, 『백민』(창간호), 1945. 12.

김송, 「무기없는 민족」, 『백민』, 1946. 2.

김송, 「인경아 울어라」, 『백민』, 1946. 4

김영건, 『문화와 평론』, 서울출판사, 1948.

김재원, 『단군신화의 신연구』, 정음사, 1947.

藤原てい, 『내가 넘은 삼팔선』, 정광현 옮김, 수도문화사, 1949.

리챠드·E·라우터백크, 『한국미군정사』, 국제신문사출판부 역, 국제신문사출판부,
      1948.

문제안외, 『8·15의 기억-해방공간의 풍경, 40인의 역사체험』, 한길사, 2005.

박종화, 「청춘승리」, 『자유신문』, 1947.6~12.

박종화, 『청춘승리』, 수선사, 1949.

박종화, 『민족』, 예문각, 1949

박종화, 『월탄박종화대표작전집』 6권, 삼경출판사, 1976.

박종화, 『월탄박종화대표작전집』 6권, 삼경출판사, 1976.

박홍민, 「벌쟁이」, 『婦人』 3호, 1946.

서울대학교교사편찬위원회, 『서울대학교 50년사』, 서울대학교출판부, 1996.

설희관 엮음, 『설정식 문학전집』, 산처럼, 2012.

손소희, 「회심」, 『백민』, 1948. 5.

신남철, 「제4장 민족문화론」, 『전환기의 이론』, 1948.

안수길, 「여수」, 『백민』 1949. 5.

안회남, 「농민의 비애」, 『문학』, 1948. 4.

안회남, 「섬」, 『신천지』, 1946.1.

안회남, 「폭풍의 역사」, 『인문평론』, 1947. 4.

안회남, 『불』, 을유문화사, 1947.

양석일, 『밤을 걸고』, 김성기 옮김, 태동출판사, 2001.

엄흥섭, 「귀환일기」, 『우리文學』, 1946. 2.

엄흥섭, 「집 없는 사람들」, 『백민』, 1947. 5.

염상섭, 「38선」, 『염상섭전집10』, 민음사, 1987.

염상섭, 「해방의 아들」, 『염상섭 전집10』, 민음사, 1987.

오기영, 「三面佛」, 『신천지』 1권 9호, 1946. 10.

오기영, 「진짜 무궁화-해방경성의 풍자와 기개」, 성균관대학교출판부, 2002.

오기영, 『사슬이 풀린 뒤』, 성균관대 출판부, 2002..

오기영, 『민족의 비원 자유조국을 위하여』, 성균관대학교출판부, 2002.

오영진, 『소군정하의 북한-하나의 증언』, 중앙문화사, 1952.

왕명, 『오천년 조선사화집』, 조선출판사, 1946.

유주현, 「煩擾의 거리」, 『백민』, 1948. 10.

육군본부정훈감실, 『육탄십용사』, 1949.

윤봉춘 원작, 이구영 각색, 『한국시나리오걸작선3-유관순』, 커뮤니케이션북스, 2005.

윤영춘, 「고 윤동주에 대하여」, 『문예』 제3권 제2호(통권14호), 1952, 5, 6월호.

이명선, 『조선문학사』, 조선문학사, 1948.

이선근, 『화랑도 연구』, 해동출판사, 1949.

이은상, 『화랑도』, 계림사, 1950.

이태준, 「농토」, 『이태준문학전집』4, 깊은샘, 2001.

이태준, 「불사조」, 『현대일보』 1946.3.27.-7.19.

이태준, 「사상의 월야」, 『매일신보』 1941.3.4.-1942.7.5.

이태준, 「정열과 지성」, 『민성』, 1946. 5.

이태준, 「해방전후」, 『이태준문학전집』3, 깊은샘, 1995

이회성, 『백년 동안의 나그네』, 김석희 옮김, 프레스빌, 1995.

이희환 편집, 김남천, 『1945년 8·15』, 작가들, 2007.

임옥인, 『월남전후』, 여원사, 1957.

장덕조, 「삼십년」, 『백민』 1950. 2.

전영택, 『순국처녀 유관순전』, 수선사, 1948.

정비석, 「민주어족」, 『한국일보』 1954.12.10∼1955.8.8(총228회)

정비석, 「化の皮(辻小說)」, 『國民文學』 1943. 7.

정비석, 『고원』, 백민문화사, 1946.

정비석, 『도회의 정열』, 평범사, 1949.

정비석, 『나비야 청산가자』, 신원문화사, 1988.

정비석, 『민주어족』, 정음사, 1955.

정비석, 『자유부인』, 정음사, 1954.

정비석, 『청춘의 윤리』, 매일신보사, 1944.

정지용, 『정지용전집 2』, 민음사, 2003.

채만식, 「소년은 자란다」, 『월간문학』 1972. 9.

최남선, 「국민조선역사」, 고려대 아세아문제연구소편, 『최남선전집』1, 동방문화사,
　　　2008.

최남선, 「불함문화론-조선을 통하여 본 동방문화의 연원과 단군을 계기로 한 인류문
　　　화의 일 부면」(윤재영 번역), 고려대아세아문제연구소편, 『육당최남선전집』 2
　　　권, 동방문화사, 2008.

최남선, 「神ながらの昔を憶ふ」, 『新時代』 7輯, 1941. 7.

최재서, 『매카-더 선풍』, 향학사, 1951.

최태응, 「집」, 『백민』 1947. 8-9

허준, 『殘燈』, 을유문화사, 1946.

현월, 『그늘의 집』, 신은주·홍순애 옮김, 문학동네, 2000.

홍구범, 「봄이 오면」, 『백민』 1947. 5.

황순원, 「담배 한대 피울 동안」, 『신천지』 2권 6호, 1947. 7.

황순원, 「아버지」, 『황순원전집』, 문학과지성사, 1994.

황순원, 『카인의 후예』, 중앙문화사, 1954.

후랑크 케리, 코-니리아스 라이안, 『영웅 매카-더 장군전』, 최재서 옮김, 일성당서점,
　　　1952.

W.L.Wilkie, 옥명찬 옮김, 『하나의 세계』, 신천지사, 1947.

『학술-해방기념논문집(제1집)』, 서울신문사, 1946. 8.

(2) 국내문헌

고모리 요이치, 『1945년 8월 15일, 천황 히로히토는 이렇게 말하였다』, 송태욱 옮김, 뿌리와 이파리, 2004.

고모리 요이치, 『포스트콜로니얼』, 송태욱 옮김, 삼인, 2002.

고바야시 히데오, 『滿鐵-일본제국의 싱크탱크』, 임성모 옮김, 산처럼, 2004.

공임순, 『식민지의 적자들』, 푸른역사, 2005.

권명아, 『식민지 이후를 사유하다: 탈식민화와 재식민화의 경계』, 책세상, 2009.

권명아, 『역사적 파시즘-제국의 판타지와 젠더 정치』, 책세상, 2005.

권보드래외, 『잡지로 보는 인문학-지식의 현장 담론의 풍경』, 한길사, 2012.

권형진·이종훈 엮음, 『대중독재의 영웅만들기』, 휴머니스트, 2005.

김철, 『국민'이라는 노예-한국문학의 기억과 망각』, 삼인, 2005.

김건우, 『『사상계』와 1950년대 문학』, 소명출판, 2003.

김경일·윤휘탁·이동진·임성모 지음, 『동아시아의 민족이산과 도시』, 역사비평사, 2004.

김기석, 『일란성 쌍생아의 탄생, 1946: 국립서울대학교와 김일성종합대학의 창설』, 교육과학사, 2001.

김기협, 『해방일기』1·2, 너머북스, 2011.

김덕호, 원용진외, 『아메리카나이제이션: 해방 이후 한국에서의 미국화』, 푸른역사, 2008.

김동윤, 『신문소설의 재조명』, 예림기획, 2001.

김득중, 『빨갱이의 탄생-여순사건과 반공국가의 형성』, 선인, 2009.

김방한, 『한 언어학자의 회상』, 민음사, 1996.

김산·님 웨일즈의 『아리랑』(개정2판 6쇄), 동녘, 1994.

김상태 편역, 『윤치호 일기』, 역사비평사, 2001.

김성칠, 『역사앞에서』, 창비, 2009.

김승환, 『해방공간의 현실주의문학 연구』, 일지사, 1991.

김용섭, 『남북 학술원과 과학원의 발달』, 지식산업사, 2005.

김윤식, 『해방공간 한국작가의 민족문학 글쓰기론』, 서울대출판부, 2006.

김윤식, 『해방공간의 문학사론』, 서울대학교출판부, 1989.

김재용 외, 『재일본 및 재만주 친일문학의 논리』, 역락, 2004.

김철, 『식민지를 안고서』, 역락, 2009.

김학철, 『우렁이 속 같은 세상』, 창비, 2001.

김현식 편, 『삐라로 듣는 해방 직후의 목소리』, 소명출판, 2011.

김효순, 『나는 일본군 인민군 국군이었다』, 서해문집, 2009.

김희곤, 『새로 쓰는 이육사 평전』, 지영사, 2000.

다카사키 소지, 『식민지 조선의 일본인들』, 이규수 옮김, 역사비평사, 2006.

다카시 후지타니, 『화려한 군주:근대일본의 권력과 국가의례』, 한석정 역, 이산, 2003.

다케우치 요시미, 『일본과 아시아:다케우치 요시미 평론선』, 서광덕·백지운 옮김, 2004.

동국대 한국문학연구소편, 『한국전후문학연구』, 이회, 2002.

레이 초우, 『디아스포라의 지식인』, 장수현·김우영 역, 이산, 2005.

레이 초우, 『원시적 열정』, 정재서 역, 이산, 2004.

로버트 J.C.영, 『포스트식민주의 또는 트리컨티넨탈리즘』, 김택현 옮김, 박종철 출판사, 2005.

마루카와 데쓰시, 『냉전문화론』, 장세진 옮김, 너머북스, 2010.

마크게인, 『해방과 미군정』, 까치편집부번역, 까치, 1986.

막스 베버, 전성우역, 『직업으로서의 학문』, 나남, 2006.

박광현, 『현해탄 콤플렉스』, 어문학사, 2012.

박명림, 『한국 1950:전쟁과 평화』, 나남, 2002.

박완서, 『그 많던 싱아는 누가 다 먹었을까』, 웅진출판, 1992.

박은식, 『한국독립운동지혈사』, 김도형 옮김, 소명출판, 2008.

박지향·김철·김일영·이영훈 엮음, 『해방전후사의 재인식』1·2, 책세상, 2006.

박헌호, 류준필 편집, 『1919년 3월 1일에 묻다』, 성균관대학교출판부, 2009.

방기중, 『한국근현대사상사연구』, 역사비평사, 1993.

백남운, 『조선사회경제사』, 박광순 옮김, 범우사, 1989.

백철, 『국문학전사』, 신구출판사, 1973.

베네딕트 앤더슨, 『상상의 공동체: 민족주의의 기원과 전파에 대한 성찰』, 윤형숙 옮김, 나남, 2002.

베른트 슈퇴버 지음,『냉전이란 무엇인가』, 최승완 옮김, 역사비평사, 2008.

브루스 커밍스,『한국전쟁의 기원』1, 박자동 옮김, 일월서각, 1986.

사에구사 도시카스, 심원섭 옮김,『사에구사교수의 한국문학연구』, 베틀북, 2000.

사카이 나오키,『번역과 주체』, 후지이 다케시 옮김, 이산, 2005.

사토 다쿠미, 원용진·오카모토 마사미 옮김,『8월 15일의 신화』, 궁리, 2007.

서정주,『우남이승만전』, 華山, 1995.

성공회대 동아시아연구소 편,『냉전아시아의 문화풍경(1940-1950)』, 현실문화연구,
    2008.

송건호 등저,『해방전후사의 인식』1-6, 한길사, 2007.

송기한·김외곤편,『해방공간의 비평문학』1·2·3, 태학사, 1991.

송희복,『해방기 문학비평 연구』, 문학과지성사, 1993.

스즈키 토미,『이야기된 자기』, 한일문학연구회역, 생각의 나무, 2004.

스테판 다나카,『일본동양학의 구조』, 박영재·함동주옮김, 문학과지성사, 2004.

슬라보예 지젝,『이데올로기라는 숭고한 대상』, 이수련 옮김, 인간사랑, 2002..

신형기,『민족이야기를 넘어서』, 삼인, 2003.

신형기,『이야기된 역사』, 삼인, 2005.

신형기,『해방기 소설연구』, 태학사, 1992.

신형기,『해방직후의 문학운동론』, 제3문화사, 1988.

아사노 도요미,『살아서 돌아오다-해방공간에서의 귀환』, 이길진 번역, 솔, 2005.

아시아평화와 역사교육연대 편,『한·중·일 3국의 8·15기억』, 역사비평사, 2005.

안드레 슈미트,『제국 그 사이의 한국』, 정여울 옮김, 휴머니스트, 2007.

양평,『베스트셀러 이야기』, 우석, 1985.

에드워드 W. 사이드,『문화와 제국주의』, 박홍규 옮김, 문예출판사, 2005.

에릭 홉스봄 외,『만들어진 전통』, 박지향·장문석 옮김, 휴머니스트, 2004.

와다 하루키,『북조선』, 서동만·남기정 공역, 돌베개, 2002.

요시미 순야,『왜 다시 친미냐 반미냐-전후 일본의 정치적 무의식』, 산처럼, 2008.

우쓰미 아이코,무라이 요시노리 공저,『적도에 묻히다: 독립영웅, 혹은 전범이 된 조
    선인들 이야기』, 김종익옮김, 역사비평사, 2012.

유영익 외,『한국인의 대미인식』, 민음사, 1994.

유종호,『나의 해방전후』, 민음사, 2004.

유진오, 『養虎記』, 고려대출판부, 1977.

이경훈, 『어떤 백년 즐거운 신생』, 하늘연못, 1999.

이경훈, 『오빠의 탄생』, 문학과 지성사, 2003.

이기백편, 『단군신화논집』, 새문사, 1988.

이길상, 『미군정하에서의 진보적 민주주의 교육 운동』, 교육과학사, 1999.

이길상·오만석 공편, 『한국교육사료집성-미군정기편Ⅲ』, 한국정신문화연구원, 1997.

이병순, 『해방기 소설연구』, 국학자료원, 1997.

이성시, 『만들어진 고대』, 박경희 옮김, 삼인, 2001.

이영미외, 『김내성 연구』, 소명출판, 2011.

이완범, 『삼팔선 획정의 진실』, 지식산업사, 2001.

이우성 등저, 『한국인의 역사인식』하, 창비, 1996.

이정은, 『불꽃같은 삶, 영원한 빛 유관순』, 한국독립운동사연구소, 2004.

이중연, 『책, 사슬에서 풀리다-해방기 책의 문화사』, 혜안, 2005.

이충우, 『경성제국대학』, 다락원, 1980.

이혜령, 『한국소설과 골상학적 타자들』, 소명출판, 2007.

이효덕, 『표상공간의 근대』, 박성관 옮김, 소명출판, 2002.

임종국, 『친일문학론』, 평화출판사, 1966.

장세진, 『상상된 아메리카: 1945년 8월 이후 한국의 네이션 서사는 어떻게 만들어졌
　　는가』, 푸른역사, 2012.

장형준, 『위대한 수령 김일성 동지 문학령도사』2, 문학예술종합출판사, 1999.

재외동포재단 기획, 『분단의 경계를 허무는 두 자이니치의 망향가』, 현실문화연구,
　　2007.

전봉관, 『경성기담』, 살림, 2007.

정병준, 『우남 이승만 연구』, 역사비평사, 2005.

정용욱, 『존 하지와 미군 점령 통치 3년』, 중심, 2003.

정운현 엮음, 『학도여 성전에 나서라』, 없어지지않는이야기, 1997.

정운현, 『나는 황국신민이로소이다』, 개마고원, 1999.

정일준 외, 『우리 학문 속의 미국』, 한울아카데미, 2003.

정종현, 『동양론과 식민지 조선문학』, 창비, 2011.

조영암, 『한국대표작가전』, 수문관, 1953.

존 다우어, 『패배를 껴안고-제2차 세계 대전 후의 일본과 일본인』, 최은석 옮김, 민음
   사, 2009.

차승기, 『반근대적 상상력의 임계들』, 푸른역사, 2009.

최유리, 『일제말기 식민지 지배정책연구』, 국학자료원, 1997.

카터 J 에커트, 『제국의 후예』, 주익종역, 푸른역사, 2008.

테사 모리스 스즈키의 『북한행 엑서더스』, 한철호 옮김, 책과함께, 2010.

파냐 이사악꼬브나 샤브쉬나 지음, 『1945년 남한에서』, 김명호 옮김, 한울, 1996.

프랭코 모레티, 『근대의 서사시』, 조형준 옮김, 새물결, 2001.

하루오 시라네·스즈키 토미 엮음, 『창조된 고전』, 왕숙영 옮김, 소명출판, 2002.

하하키기 호세이, 『해협』, 정혜자 옮김, 나남, 2012.

한국예술연구소편, 「이영일의 한국영화사를 위한 증언록」06, 소도, 2004.

한만수, 『잠시 검열이 있겠습니다』, 개마고원, 2012.

한민주, 『낭만의 테러 파시스트 문학과 유토피아적 충동』, 푸른사상, 2008.

한상일, 『제국의 시선-일본의 자유주의 지식인 요시노 사쿠조와 조선문제』, 새물결,
   2004.

한석정, 『만주국 건국의 재해석―괴뢰국의 국가효과』, 동아대학교출판부, 1999.

한수영, 『친일문학의 재인식:1937-45년 간의 한국 소설과 식민주의』, 소명, 2005.

한원영, 『한국현대신문연재소설연구』, 국학자료원, 1999.

허은, 『미국의 헤게모니와 한국 민족주의―냉전시대(1945-1965)문화적 경계의 구축
   과 균열의 동반』, 고려대학교민족문화연구원, 2008.

『수당김연수』, 삼양사, 1985.

『을유문화사 50년사』, 을유문화사, 1997.

A. 기토비차·B.볼소프저, 『1946년 북조선의 가을―소련 작가들의 해방직후 북조선 방
   문기』, 글누림, 2006.

(3) 논문

가라타니 고진, 「미와 지배-오리엔탈리즘 이후」, 『작가』9호, 1997. 9.

강예묵, 「북으로 간 이태준의 그후」, 『북한』1972. 5.

강진호, 「이상과 현실의 거리:해방기 이태준 소설론」, 『문학과 논리』2, 1992.

강진호, 「한 근대주의자의 신념과 좌절-해방 후 이태준 소설의 변모 양상」, 『돈암어문학』17집, 2004. 12.

강헌국, 「월북의 의미-이태준의 경우」, 『비평문학』18호, 2004. 6.

공제욱, 「1950년대 한국사회의 계급구성」, 이종오외, 『1950년대 한국사회와 4·19혁명』, 태암, 1991.

권명아, 「여성수난사 이야기와 파시즘의 젠더정치」, 「수난사 이야기로 다시 만들어진 민족이야기」, 『문학 속의 파시즘』, 삼인, 2001.

권명아, 「여성수난사 이야기의 역사적 층위」, 『상허학보』10, 2003.

권보드래, 「연애의 형성과 독서」, 『역사문제연구』7, 2001.

권보드래, 「중립의 꿈 1945-1968:냉전너머의 아시아, 혹은 최인훈론을 위한 시론」, 『상허학보』34, 2012. 2.

권승혁, 「내선일체지향소설로 본 『간난이』」, 『일본어문학집』32호, 2006.

김건우, 「토착지성의 해방전후」, 『상허학보』 36, 2012. 10.

김경수, 「혼란된 해방 정국과 정치 의식의 소설화-염상섭의 효풍론」, 『외국문학』53호, 1997년 겨울호.

김기봉, 「민족과 진리는 하나일 수 있는가?」, 도면회·윤해동 엮음, 『역사학의 세기』, 휴머니스트, 2009.

김기창, 「유관순 전기문(집)의 분석과 새로운 전기문 구상」, 『새국어교육』66, 2003.

김득중, 「여순사건과 이승만정권의 반공이데올로기 공세」, 『역사연구』 제14호, 2004. 12.

김명섭, 「동아시아 냉전질서의 탄생」, 『동아시아의 지역질서』, 2005.

김민환, 「한국의 국가기념일 성립에 관한 연구」, 서울대 사회학과 석사학위논문, 2000.

김병구, 「염상섭 『효풍』의 탈식민성 연구」, 『비평문학』33, 2009. 9.

김병욱, 「정비석의 문학:'성황당'을 중심으로」, 『월간문학』1971.

김복순, 「해방 후 대중소서의 서사방식(상)」, 『인문과학 연구논총』 19, 1999.

김상태, 「지역·연구·정실주의」, 『역사비평』, 1999 여름.

김상태, 「평안도 기독교 세력과 친미엘리트의 형성」, 『역사비평』, 1998 겨울.

김성보, 「3·1에서 33인은 '민족대표'가 아니다」, 『역사비평』, 1989 겨울.

김수연, 「리뷰:유아사 가츠에이의 『간난이』」, 『피라텐』 창간호, 2007.

김예림, 「'배반'으로서의 국가 혹은 '난민'으로서의 인민 : 해방기 귀환의 지정학과 귀
    환자의 정치성」, 『상허학보』29, 2009.

김예림, 「종단한 자, 횡단한 텍스트-후지와라 데이의 인양서사, 그 생산과 수용의 정
    신지(精神誌)」, 『상허학보』34, 2012.

김예림, 「치안, 범법, 탈주 그리고 이 모든 사태의 전후(前後)- 학병로망으로서의 『청
    춘극장』과 『아로운』」, 『대중문화연구』24, 2010. 12.

김익균, 「해방기 사회의 타자와 동아시아의 얼굴-해방기 소설에 표상된 상해에서
    온 이주자」, 『한국학연구』38, 2011.

김재남, 「성황당에 나타난 작가의식」, 『세종어문연구』, 세종어문학회, 1987.

김재영, 「'농토'연구」, 『상허학보』1집, 1993. 12.

김재용, 「8·15 이후 염상섭의 활동과 '효풍'의 문학사적 의미」, 『한국문학평론』 1997
    여름호.

김재용, 「월북 이후 이태준의 문학활동과 '먼지'의 문제성」, 『민족문학사연구』10호,
    1997.

김재현, 「한국에서 근대적 학문으로서 철학의 형성과 그 특징」, 『시대와 철학』제18권
    3호, 2007 가을.

김종수, 「김내성 소년탐정소설의 '바다' 표상」, 『대중서사연구』21, 2009. 6.

김현주, 「김내성 후기소설 '애인'에 나타난 욕망과 윤리」, 『대중서사연구』21, 2009. 6.

나리타 류이치, 「'고향'이라는 이야기·再說」, 『한국문학연구』 30, 2006. 6.

노상래, 「정비석 소설연구-「성황당」의 욕망구조를 중심으로」, 『현대문학연구』8, 1998.

노영구, 「역사 속의 이순신 인식」, 『역사비평』69호, 2004.

니시카와 나가오, 「담론 : 나의 생애와 학문, 그리고 조선 -뒤늦게 온 청년의 만년(晩
    年)에 대하여」, 『사이間SAI』12, 2012.

류보선, 「역사의 발견과 그 문학사적 의미」, 『한국현대문학연구』, 제1집, 태학사,
    1991. 4.

박광현, 「'전후'와 '센고(戰後)'-식민지 역사에 관한 기억/망각」, 『국제언어문학』10호, 2004. 12.

박광현, 「'재일'문학 속의 현해탄」, 김태준 편저, 『문학지리·한국인의 심상지리』하, 논형, 2005.

박광현, 「경성제대와 『신흥』」, 『한국문학연구』21호, 1999. 12.

박광현, 「탈식민의 욕망과 상상력의 결여-해방기 '경성대학'을 중심으로」, 『한국문학연구』, 2011. 6.

박노자, 「화랑들이 '변태'여서 부끄러운가」, 『한겨레신문』2006. 9. 1.

박상준, 「바라보기 혹은 보여주기의 성패」, 『한국소설문학대계』23, 동아출판사, 1995.

박용재, 「해방기 자기서사와 주체성 복원의 기획」, 동국대학교석사논문, 2009.

박태균, 「8·15직후미군정의 관리충원과 친일파」, 『역사와 현실』10, 1993.

백영서, 「'동양사학'의 탄생과 쇠퇴」, 『창작과 비평』, 2004. 겨울호.

변재란, 「한국 영화사에서 여성 관객의 영화 관람 경험 연구:1950년대 중반에서 1960년대 초반을 중심으로」, 중앙대학교 박사논문, 2003.

삿사 마츠아키(佐佐充昭), 「한말·일제시대 단군신앙운동의 전개 : 대종교·단군교의 활동을 중심으로 」, 서울대학교 종교학과 박사논문, 2003.

서석배, 「단일 언어 사회를 향해」, 『한국문학연구』29호, 2005.

서영채, 「두 개의 근대성과 처사의식」, 『상허학보』1집, 1993.

신형기, 「해방 이후의 이태준」, 『상허학보』5집 2000. 1.

신형기, 「허준과 윤리의 문제-「잔등(殘燈)」을 중심으로」, 『상허학보』17, 2006.

오선민, 「전쟁 서사와 국민국가 프로젝트」, 이승원 외, 『국민국가의 정치적 상상력』, 소명출판, 2003.

은정태, 「박정희시대 성역화 사업의 추이와 성격」, 『역사문제연구』15, 2005

이건지, 「일본의 추리소설-反문학적 형식」, 『추리소설이란 무엇인가?』, 국학자료원, 1997.

이기백, 「신민족주의사관과 식민주의사관」, 『한국사학의 방향』, 일조각, 1978.

이동욱, 「후진국에 있어서 관료부패의 원인」, 『사상계』, 1959. 11.

이선미, 「연애소설과 젠더질서 재구축의 논리-김내성의 '실낙원의 별'을 중심으로」, 『대중서사연구』22, 2009. 12.

이순진, 「식민지 경험과 해방직후의 영화만들기-최인규와 윤봉춘의 경우를 중심으로」, 『대중서사연구』14호, 2005. 12.

이어령, 「성황당考」, 『한국단편문학 100선』, 경미출판사, 1984.

이연식, 「해방직후 조선인 귀환연구에 대한 회고와 전망」, 『한일민족문제연구』, 2003. 12.

이영미, 「추리와 연애, 과학과 윤리-장편소설로 본 김내성의 작품세계」, 『대중서사연구』21, 2009. 6.

이임하, 「한국전쟁과 여성성의 동원」, 『역사학보』14, 2004. 12.

이종호, 「해방기 이동의 정치학-염상섭 소설을 중심으로」, 『한국문학연구』36, 2009. 6.

이지원, 「1930년대 '조선학' 논쟁」, 『논쟁으로 본 한국사회 100년』, 역사비평사, 2002.

이철순, 「1950년대 후반 미국의 대한 정책」, 『해방전후사의 재인식』2, 책세상, 2006.

이현식, 「〈이광환 일기〉와 인천의 일상문화」, 『인천담론·인천정담』, 리토피아, 2012.

이형식, 「중간내각 시대(1922.6-1924.7)의 조선총독부」, 『동양사학연구』113, 2010.

이혜령, 「'해방기' 식민기억의 한 양상과 젠더」, 『여성문학연구』19, 한국여성문학회, 2008. 6.

이혜령, 「언어 법제화의 내셔널리즘-1950년대 한글간소화파동 일고」, 『흔들리는 언어들』, 성균관대학교대동문화연구원, 2008.

이혜령의 「해방(기): 총 든 청년의 나날들」, 『상허학보』27, 2009. 10.

이호걸 「김내성의 '청춘극장'과 한국액션영화」, 『대중서사연구』21, 2009. 6.

임종명, 「여순'반란'재현을 통한 대한민국의 형상화」, 『역사비평』, 2003.

임종명, 「탈식민 남한, 3·1의 표상과 경쟁, 그리고 설립 초기 대한민국」, 『1919년 3월 1일에 묻다』, 2009.

임종명, The Making of the Republic of Korea as a Modern Nation-State:August1948~May1950, Chicago, Illinois, 2004.

장규식, 「3·1운동의 진원지 북촌」, 『서울, 공간으로 본 역사』, 혜안, 2004.

장세진, 「상상된 아메리카와 1950년대 한국 문학의 자기 표상」, 연세대 박사논문, 2007.

장신, 「일제 말기 김성수의 친일행적과 변호론 비판」, 『한국독립운동사연구』32, 2009.

전성곤, 「만주 건국대학창설과 최남선의 건국신화론」, 『일어일문학연구』, 2006. 2.

정상우, 「3·1운동의 아이콘, 유관순」, 『3·1운동 90주년 기념 학술 심포지움 〈3·1운동, 기억과 기념〉』, 2009년 2월 26일.

정세영, 「김내성 소설론」, 동국대 석사논문, 1991.

정종현, 『피바다'와 주체문예이론의 관련양상」, 『한국문학연구』25집, 2002.

정종현, 「大東亞'와 스파이—김내성 장편소설 '태풍'을 통해 본 '대동아'의 심상지리와 '조선'」, 『대중서사연구』22, 2009. 12.

정종현, 「私的 영역의 대두와 '진정한 自己' 구축으로서의 소설-안회남의 '신변소설'을 중심으로」, 『한국근대문학연구』4, 2001.

정종현, 「신남철과 '대학' 제도의 안과 밖-식민지 '학지(學知)'의 연속과 비연속」, 『한국어문학연구』, 2010.

정종현, 「최재서의 맥아더-맥아더 표상을 통해 본 한 친일엘리트의 해방전후」, 『한국어문학연구』, 2012. 8.

정종현, 「한국 근대소설과 평양이라는 로칼리티」, 『사이』, 2008.

정종현, 「제국/민족의 경계와 식민지적 주체」, 『상허학보』13, 2004.

정진숙, 「그때 그 일들」, 『동아일보』1976. 3. 9.

정혜영, 「김내성과 탐정문학」, 『한국근대문학연구』20, 2006. 12.

정혜영, 「방첩소설 '매국노'와 식민지 탐정문학의 운명」, 『한국현대문학연구』 24, 2008. 4.

정혜영, 「제국과 식민지, 그리고 탐정문학-김내성의 '태풍'을 중심으로」, 『한국현대문학연구』30, 2010.

정호기, 「박정희시대의 '동상건립운동'과 애국주의」, 『정신문화연구』106호, 2007 봄호.

정호웅, 「염상섭의 효풍론-냉소와 풍자」, 『실천문학』52, 1998. 11.

조기준, 「아시아적 침체성의 제문제」, 『사상계』, 1957. 8.

조현설, 「동아시아 신화학의 여명과 근대적 심상지리의 형성-시라토리 구라키치(白鳥庫吉)·최남선·茅盾을 중심으로」, 『민족문학사연구』제16호, 민족문학사연구회, 2000.

주유신, 「〈자유부인〉과 〈지옥화〉:1950년대 근대성과 매혹의 기표로서의 여성 섹슈얼리티」, 『한국영화와 근대성』, 소도, 2005.

진덕규, 「미군정의 정치사적 인식」, 『해방전후사의 인식』, 한길사, 1979.

차승기, 「기미와 삼일-해방 직후 역사적 기억의 전승」, 『한국현대문학연구』28, 2009.

천정환, 「해방기 거리의 정치와 표상의 생산」, 『상허학보』 29, 2009.

최미진, 「한국전쟁기 정비석의 『여성전선』 연구」, 『현대문학이론연구』32집, 2007. 12.

최성희, 「미국 연극의 수용과 전후 한국 여성의 정체성」, 김덕호·원용진, 『아메리카나이제이션』, 푸른역사, 2008.

최승연, 「'근대적 지식인 되기'를 향한 욕망의 서사」, 『대중서사연구』21, 2009. 6.

최애순, 「이론과 창작의 조응, 탐정소설가 김내성의 갈등」, 『대중서사연구』21, 2009. 6.

최영욱, 「해방 이후 학병 서사 연구-학병의 '기억'과 '정체성'을 중심으로」, 연세대 석사논문, 2009.

최원식, 「한국문학의 근대성을 다시 생각한다」, 『생산적 대화를 위하여』, 창작과비평사, 1997.

최지현, 「학병의 기억과 국가」, 『한국문학연구』32, 2007.

최혜월, 「미군정기 국대안반대운동의 성격」, 『역사비평』1988. 6.

최호진, 「일제말 전시하에서의 학문편력과 해방후 경제학과 창설」, 『역사비평』(통권 15호), 1991. 5.

테어도르 휴즈, 「냉전세계질서 속에서의 '해방공간'-해방 직후의 남·북한문학 연구」, 『한국문학연구』28, 2005. 6.

하라 유스케, 「고바야시 마사루(小林勝)와 최규하(崔圭夏)」, 『사이間SAI』12, 2012.

한기형, 「해방 직후 수기문학의 한 양상-오기영 『사슬이 풀린 뒤』의 경우」, 『상허학보』, 2002. 9.

한석정, 「만주국과 조선과의 관계」, 『아시아문화』, 한림대학교 아시아문화연구소, 2003.

한수영, 「고대사 복원의 이데올로기와 친일문학 인식의 지평」, 『실천문학』, 2002. 봄호.

한수영, 「친일문학 논의와 '재만조선인문학'의 특수성」, 『재일본 및 재만주 친일문학의 논리』, 역락, 2004.

허동찬, 「3·1운동을 보는 북한의 시각」, 『북한』, 1989. 3.

홍성찬, 「한국근현대 이순탁의 정치경제사상연구」, 『역사문제연구』1, 1996.

홍순혁, 「해방 후 국사학계의 동향」, 『신천지』, 1950. 6.

황종연, 「아이덴티티의 장소로서의 경주」, 『한국문학연구』39, 2010.

황종연, 「조선 청년 엘리트의 황국신민 아이덴티티 수행」, '한일, 연대21' 엮음, 『한일 역사인식 논쟁의 메타히스토리』, 뿌리와이파리, 2008.

외국문헌

(1) 영서

Anderson, Benedict R. Imagined Communities, Lodon:Verso 1991.

Gi-Wook Shin and Michael Robinson, editors, Colonial Modernity in Korea, Published by the harvard University Asia Center, 1999.

Hobsbawm, Eric and Terence Ranger.eds. The Invention of Tradition, Cambridge:Cambridge UP 1983.

Jacques Derrida, Monolingualism of the Other or the Prosthesis of Origin, Stanford:Stanford Univ. Press, 1998.

Louise Young, Colonizing Manchuria:The Making of an Imperial Myth, Mirror of Modernity-Invented Traditions of Modern Japan, University of California Press, 1998.

Naoki Sakai, Subject and Substratum: on Japanese Imperial Nationalism, Cultural Studies 14(3/4) 2000.

Stefan Tanaka, Japan's Orient:Rendering Pasts into History(California: University of California Press, 1993.

Tomi Suzuki, Narrating the Self-Fictions of Japaneses Moderity, Stanford University Press, Stanford, California, 1996.

Vlastos, Stephen. de. Mirror of Modernity:Invented Traditions of Modern Japan. Berkeley:U of California P 1998.

W.L.Wilkie, One World, New York:Simon & Schuster, 1943.

(2) 일본서

姜德相,『關東大震災　虐殺の記憶』, 靑丘文化社, 2003.

高峻石,『朝鮮　1945～1950』, 三一書房, 1972.

高峻石,『朝鮮人·私の記錄-體驗的日本植民史』, 同成社, 1972.

貴志俊彦·土屋由香　編,『文化冷戰の時代』, 國際書院, 2009.

金達壽,『金達壽全集』, 筑摩書房, 1980.

朴慶植,『在日朝鮮人運動史-8·15解放前』, 三一書房, 1979.

朴慶植,『在日朝鮮人運動史-8·15解放前』, 三一書房, 1979.

白宗元,『在日一世が語る戰爭と植民地の時代を生きて』, 岩波書店, 2010.

山室信一,『キメラー滿州国の肖像』, 中公新書, 1999.

成田龍一,『'故鄕'という物語』, 吉川弘文館, 1997.

熊木勉,「李泰俊とベニンホフ」,　2006年度～2008年度科學硏究費補助金基盤硏究B硏
　　　究成果報告書『植民地期朝鮮文學者の日本體驗に關する總合的硏究』, 2009. 5.

尹健次,『「在日」を生きるとは』, 岩波書店, 1992.

李恢成,『北であれ南であれ　わが祖国』, 河出書房新社, 1974.

川村湊,『戰後文學を問う』, 岩波書店, 1995.

現代史の編,『ドキュメント關東大震災』, 草風館, 1995.

D·W·コンデ,『アメリカは何をしたか1　解放朝鮮の歷史　上下』, 岡倉古志郎譯,　太平出
　　　版社, 1968.

기억과 경계 학술총서
1940년대 한국문학의 연속과 비연속
제국의 기억과 전유

초판 1쇄 발행일 2012년 11월 30일

지은이 정종현
펴낸이 박영희
편집 이은혜·유태선·정지선·김미령
인쇄·제본 태광인쇄
펴낸곳 도서출판 어문학사
　　　　　서울특별시 도봉구 쌍문동 523-21 나너울 카운티 1층
　　　　　대표전화: 02-998-0094 / 편집부1: 02-998-2267, 편집부2: 02-998-2269
　　　　　홈페이지: www.amhbook.com
　　　　　트위터: @with_amhbook
　　　　　블로그: 네이버 http://blog.naver.com/amhbook
　　　　　　　　　다음 http://blog.daum.net/amhbook
　　　　　e-mail: am@amhbook.com
　　　　　등록: 2004년 4월 6일 제7-276호

ISBN 978-89-6184-284-6 93810
정가 27,000원

※잘못 만들어진 책은 교환해 드립니다.

이 도서의 국립중앙도서관 출판시도서목록(CIP)은 e-CIP홈페이지(http://www.nl.go.kr/ecip)와
국가자료공동목록시스템(http://www.nl.go.kr/kolisnet)에서 이용하실 수 있습니다.
(CIP제어번호: CIP2012005869)

이 논문은 2007년 정부(교육인적자원부)의 재원으로 한국학술진흥재단의 지원을 받아 연구되었음
(KRF-2007-812-A00180) 원과제명 "1940년대 한국문학의 연속과 비연속"